좋은 산문의 길, 스타일

품격 있는
글쓰기 지침서의
고전

Style

F. L. 루카스 지음 · 이은경 옮김

좋은
산문의 길,
스타일

메멘토

이 책이 받은 찬사들

『스타일』은 자양분이 되는 글귀로 가득한, 산문 글쓰기에 관한 한 최고의 책이다. F. L. 루카스는 자기 소명에 온 정력을 쏟아붓는, 현 시대에 최고의 지성과 교양을 갖춘 학자다. —조지프 엡스타인, 『더 뉴 크라이티리언*The New Criterion*』

루카스의 조언은 버릴 부분 없이 유익하다. 그의 문체 자체가 그가 추구하는 미덕들을 고스란히 보여준다. —『가디언*Guardian*』

대단히 만족스러운 책이다. 독자들에게 심어주고자 하는 수칙들을 풍성한 예시로 설명한다. 읽는 즐거움과 글쓰기 기술 연마라는 두 마리 토끼를 잡을 수 있는 책.
—『타임 앤 타이드*Time and Tide*』

탁월하다. Q의 『글쓰기의 기술』과 나란히 놓아두어야 할 책이다.
—『타임스 에듀케이셔널 서플먼트*Times Educational Supplement*』

문체에 관한 철학이 훌륭할 뿐만 아니라 유연하면서도 호탕한 글로 쓰여 있어 젊은 독자들에게 특히 유익한 책이다.
—『타임스 리터러리 서플먼트*Times Literary Supplement*』

†

이 책은 분명 많은 독자에게 즐거움을 줄 뿐만 아니라 많은 작가에게도 도움이 될 것이다. 루카스는 시인, 소설가, 번역가, 전기 작가, 비평가, 편집자로서 삼십 권이 넘는 책을 내놓으며 여러 방면에서 두각을 나타냈다. 그 자신이 문체가 있기에 그는 문체에 관한 글을 쓸 자격이 있다. 루카스의 글은 언제나 명쾌하고 조화롭고 예리하다. 그가 소개하는 풍성하고 주옥같은 인용문들은 그가 누구나 부러워할 만큼 일곱 가지 언어에 걸쳐 최고의 글에 정통함을 보여준다. 그는 문체란 곧 인격의 발로라고 주장하면서 정중하고도 유쾌하며 정직하고도 간명한 글을 쓸 것을 독자들에게 촉구한다. 그의 책은 이론뿐만 아니라 실례로 가르침을 보여준다. ─『선데이 타임스 *Sunday Times*』

매우 흥미롭고 귀감이 되는 책이다. ─『데일리 텔레그래프 *Daily Telegraph*』

논지의 측면에서는 두말할 것도 없고, 영어, 프랑스어, 라틴어로 된 친숙하지는 않지만 빼어난 글들의 모음집으로서 즐길 가치가 있다. ─『스펙테이터 *Spectator*』

문학에 대해 신사적으로 다가가는 낭만적인 글의 결정체. 우리는 인정할 수밖에 없다. 루카스는 너무도 현명하기에 드러낼 수 없는 한 가지 비밀을 갖고 있다. 그는 결코 단조롭거나 지루하지 않다. ─『더 케임브리지 리뷰 *The Cambridge Review*』

이 책이 주는 가장 큰 즐거움의 하나는 풍부한 인용문과 적재적소에 배치한 다양한 언어와 문화권의 일화다. …… 산문을 사랑한다면 누구나 즐겁게 읽을 수 있고 산문을 쓰려고 마음먹은 독자라면 누구나 유익함을 얻을 수 있다. 루카스는 결코 이론을 내세우는 데 그치지 않는다. 그는 가르친 바를 몸소 실천한다.

─『비비시 리스너 매거진 *BBC Listener Magazine*』

✝

루카스는 문체에 관한 책을 쓰면서 본인이 무엇에 관해 이야기하고 있는지 안다. 더 중요한 것은 상당한 분량에 달하는 그의 책이 그만의 분명한 문체로 쓰였다는 점이다. 앉자마자 단숨에 읽어버릴, 손에 꼽힐 만한 책이다. ―『요크셔 포스트*Yorkshire Post*』

이 책의 가장 큰 장점은 인용문이다. 영어만큼이나 프랑스어로 된 인용문도 많다. 인용문의 광대한 범위와 적절성 또한 놀랍다. ―『뉴스테이츠먼*New Statesman*』

영어로 글을 쓰거나 말을 하는 사람들이 더 이상 두서없이 장황하거나 단조롭거나 허식을 차리지 않는다면 이 책이 절판되어도 무방할 것이다. 그러나 그 전에는 안 된다. …… 책장을 넘기다 보면 저자의 박학다식함에 깊은 인상을 받을 것이다. 그러나 저자는 독자들이 편하게 다가오도록 배려한다. 그는 적절한 일화를 소개하고 생동감 넘치는 비유를 하는 데 탁월한 감각을 보인다. 방대한 지식이 쌓여 있는 그의 창고에서 독자들을 매료시키는 이야깃거리들이 쉼 없이 쏟아져 나온다. …… 이 책이 영문학을 전공하는 학생들만의 전유물이란 생각은 오산이다. 이 책은 독자를 즐겁게 하거나 설득시키고자 하는 모든 작가, 좋은 글을 더 즐기고자 하는 모든 독자를 위한 선물이다.

―브루스 프레이저 경,
어니스트 가워스의 『솔직담백한 글쓰기*The Complete Plain Words*』의 편집자

일러두기

1. 원서의 주는 책 뒤에 수록했고, 해당 본문에 아라비아숫자로 표시했다.
   옮긴이주는 각주로 처리했고, 해당 항목에 *로 표시하였다.
2. 인용 원문은 책 뒤에 부록으로 실었고, 해당 인용문에 ❶-1, ❶-2, ❶-3과 같이 표시했다.
3. 본문과 찾아보기의 인명, 서명은 영어식 표기가 아닌 해당 언어를 병기하는 것을 원칙으로 했다.
4. 각주의 인명 해설은 브리태니커백과사전, 두산백과 등을 참고해 작성했다.

차례

이 책이 받은 찬사들 … 5

F. L. 루카스에 대하여 … 11

이 책에 대하여 … 15

서문 … 21

1장 문체의 가치 … 23

2장 문체의 기초: 인격 … 65

3장 독자에 대한 예의: 명료성 … 91

4장 독자에 대한 예의: 간결성과 다양성 … 108

5장 독자에 대한 예의: 세련성과 소박함 … 151

6장 낙천적 기질과 유쾌함 … 176

7장 분별력과 진실성 … 195

8장 건강과 활력 … 225

9장 직유와 은유 … 257

10장 영어 산문의 음악성 … 296

11장 글쓰기의 방법 … 366

주 … 399

인용 원문 … 421

찾아보기 … 471

F. L. 루카스에 대하여

케임브리지 킹스칼리지의 프랭크 로렌스 (피터) 루카스(Frank Laurence 'Peter' Lucas, 1894~1967)는 저명한 문학가이자 가장 다재다능한 20세기 작가의 한 사람이었다. 그가 쓴 베스트셀러 『아리스토텔레스의 '시학'에 비춰본 비극 *Tragedy in relation to Aristotle's 'Poetics'*』(1927년, 증보 1957년)은 문학 전공 학생들의 필독서이고, 『스타일 *Style*』 (1955)(한국어판 제목은 『좋은 산문의 길, 스타일』)은 널리 호평을 받고 있는, 좋은 산문을 쓸 수 있도록 하는 길잡이다. 그가 학계에 가장 큰 기여를 한 결실은 총 4권으로 된 『존 웹스터 전집 *Complete Works of John Webster*』(1927)이다. 이 전집으로 현대에 들어와 영국 제임스 1세 치하의 극작가들의 작품을 최초로 집대성했다는 공로를 인정받아 T. S. 엘리엇으로부터 '완벽한 주석가'라는 찬사를 받았다.

루카스는 그리스어 및 라틴어 시詩도 번역했는데, 『그리스 시 *Greek Poetry*』(1951)와 『그리스 극 *Greek Drama*』(1954)이 대표적이다. 그의 번역본은 전통적인 음보와 어법을 고스란히 살려내어 기품이 묻어나고 원문에 충실했다는 평가를 받았다. 루카스는 비평가이자 번역자로 명성을 얻었으나 창의적인 작가로 인정받기를 더 바랐다. T. E. 로렌스가 루카스가 쓴 시에 반해 그의 벗이 되었다. 그의 몇몇 시작품은 선집에서 찾아볼 수 있다. 제1차 세계대전 당시 쓴 시들을 비롯하여, 좀 더 널리 알려졌으면 하는 아쉬움이 남는 그의 대표작으로는 「모리투리, 1915년 8월 모를랑쿠르에서 돌아오는 길 위에서 Morituri —August 1915, on the road from Morlancourt」(1935)와 「밤은 쌀쌀하지만 어둡지 않네The Night is Chilly but not Dark」(1935)가 있다. 「운명의 시간The Destined Hour」과 「스페인 1809Spain 1809」(1953)와 같은 시는 전설과 역사를 바탕으로 쓴 것이다. 「훗날, 그녀의 대답 Her Answer, in after years」과 「창가의 죽은 벌Dead Bee inside a window-pane」(1935)은 낭만적 서정시다.

소설로 비타 색빌웨스트와 E. M. 포스터에게서 감성적이고 세련되었다는 찬사를 받은, 1700년대 후반 프랑스의 사랑·철학·정치를 다룬 「세실Cécile」(1930)이 있다. 루카스는 극으로도 영역을 확대하여, 런던 웨스트엔드에서 소비에트연방의 이야기를 최초로 극화한 「곰의 춤The Bear Dances」(1932)이라는 작품을 선보였다. 이 작품은 케임브리지대학교가 (그의 말을 빌리자면) "공산주의를 추종하는 피 끓는 젊은이들로 넘쳐나던" 시기에 집필되었다는 점을 생각할 때 이념적인 측면에서 대담한 시도였다.

루카스는 이 책에서 "논쟁을 대할 때 가장 현명한 방법은 그것을 피하는 것일 테다."라고 말했지만 그에게는 지키기 어려운 원칙이었다. 그는 본인이 판단하기에 문학적 모더니즘의 반계몽주의와 퇴폐주의에 대해서는 예외적으로 논쟁을 불사했다. 파시즘과 나치즘이 지적 자유, 서구문명 자체에 가하는 위협에 대해서도 마찬가지였다. 그가 1933년부터 1939년까지 유화정책을 비판하며 영국 언론에 전한 강력한 어조의 서신들은 오늘날에는 잊혔으나 당시에는 널리 지지를 받았다. 그 서신들은 논객이 지녀야 할 자세의 본보기였다. 1938년에 프라하에서 그는 이렇게 썼다. "이것이야말로 내가 사랑하는 영국의 목소리다. 뮌헨에서 돌아온 체임벌린이 환대를 받았다는 소식을 들었을 때, 나는 영국의 영혼을 위해 떨고 있었다." 게다가 그는 각종 기사, 풍자적인 글, 책을 집필하고 연설을 하거나 모금 활동을 했으며 청원을 하거나 망명자들과의 만남을 주선하고 난민을 돕기 위해 발 벗고 나서기도 했다. 영국이 패배하자 나치스는 그를 암살 대상 목록에 올리기도 했다.

루카스는 걸출한 언어학자로 1939년 9월 3일에 외무부의 요청으로 블레츨리 파크에서 활동하게 되었다. 그는 헛-3이라는 건물에서 3명으로 구성된 팀의 일원으로 전쟁 기간 내내 번역가, 첩보 분석가, 보고서 작성자로서 오후 4시부터 새벽 1, 2시까지 가장 분주한 시간대에 활동했다. 새로 투입된 인력 사이에서 지도자 역할을 했고, 한동안은 부서의 책임자 역할도 담당했다. 헛-3이 그토록 높은 수준의 정확성과 명료성을 추구할 수 있었던 것은 대개 루카스가 그런 면에서 무척 까다롭고 엄격했던 덕분이다. 그가 헛-3을 회상하며 쓴 글은 현재 국립보존기록관에 보관되어 있고, 여러 역사책에 인용되었다.

1921년에 루카스는 재능 있지만 지금은 진가를 인정받지 못한 소설가 E. B. C. 존스와 결혼하였다. 그는 케임브리지 사도회와 존스 덕분에 블룸즈버리 그룹에서 어느 정도 인지도 있는 인물이 되었다. 그가 여기서 가장 절친하게 지냈던 벗은 도라 캐링턴과 샤를 모롱, 마리 모롱이었다. 그러나 1920년대 후반에 첫 번째 결혼생활이 끝났고, 1932년에 거튼 칼리지 졸업생인 젊은 프루던스 윌킨슨과 두 번째 결혼을 했다. 프루던스는 야생의 자연(스코틀랜드, 아일랜드, 그리스, 아이슬란드, 노르웨이)을 정처 없이 거니는 루카스의 열정적인 취미를 함께했고, 그가 여행기를 쓸 때 영감을 받을 수 있도록 도움을 주었다. 그러나 비극적이게도 프루던스 루카스가 이른 나이에 병으로 세상을 떠난다. 루카스는 결국 1940년에 스웨덴의 심리학자인 엘나 칼렌버그와 세 번째 결혼을 했다. 그는 엘나를 "내가 그녀를 절실히 필요로 할 때 저 먼 바다 너머에서 내게 다가온 이방인"이라고 칭했다.

가족과 대부분의 삶을 함께했던 마지막 삼십 년은 생애에서 가장 행복한 시간이었다. 심리학에 큰 관심을 갖게 되었고, 『스타일』을 비롯하여 그의 연륜과 원숙함이 묻어나는 저서를 집필했으며, 행복에 관한 수필을 쓰기도 했다. 또 오래전부터 사회적 활동에서 두각을 나타냈던 그는 세계의 과잉인구 문제로 관심을 돌려 그 위험을 경고하는 일에도 힘썼다. (『가장 시급한 문제, 그 밖의 에세이 *The Greatest Problem, and Other Essays*』, 1960.)

A. Z.

이 책에 대하여

　F. L. 루카스의 가장 유명한 저서인 『스타일』은 1946년부터 1953년까지 케임브리지대학교에서 매년 실시한 강의로 출발했고, 처음에는 '영어 산문과 글쓰기', 이후에는 '아리스토텔레스의 수사학에서 살펴본 문체', 그리고 최종적으로 '스타일'로 제목이 바뀌었다.

　루카스는 늘 문체에 관심이 있었다. 그가 쓴 첫 번째 책은 『세네카와 엘리자베스 시대의 비극Seneca and Elizabethan Tragedy』(1922)인데, 이 책을 쓴 이유는 그가 세네카나 그의 극작품을 좋아해서가 아니라 로마인들의 경구적인 문체에 매료되어서다. 옥스퍼드대학교의 리처드 리빙스턴 경은 루카스의 두 번째 저서인 『에우리피데스와 그의 영향력Euripides and his Influence』(1923)의 서문에서 그를 두고 "젊은 세대의 학자들 사이에서 문체와 문학비평으로 이미 정평이 나 있다."라고 평가했다.

　반세기에 이르는 세월과 십여 가지가 넘는 분야를 아우르는 그의 집필 활동에 대해 비슷한 찬사가 쏟아졌다. 『스타일』을 집필하기 오래전부터 그는 이미 이 분야에 정통한 사람이었다.

　루카스가 책에서 넌지시 암시했듯이, 그가 이러한 강의를 하게 된 직접적인 계기는 전시 중에 블레츨리 파크의 헛-3에서 첩보 분석가 겸 보고서 작성자로 활동한 경험이었다. 거기서 그는 글을 잘 쓰는 일이 얼마나 중요한지를 그 어느 때보다 절실하게 체감했다. 그가 책에서 블레츨리 파크라는 실명을 직접 거론하지는 못했으나, 그가 그곳에서 활동하며 쌓은 권위와 신념이 책의 곳곳에서 물씬 드러난다.

루카스는 아리스토텔레스, 퀸틸리아누스가 쓴 책과 페이터의 「문체에 관한 수필Essay on Style」을 비롯하여, 이전 세대가 문체에 관해 쓴 글들을 이미 알고 있었다. 제 1차 세계대전 후 케임브리지대학교에 재학 중이던 당시 그는 글쓰기의 기술을 강조한 아서 퀼러-쿠치 경의 강의를 들었다. 그는 허버트 리드 경이 쓴 『영어 산문의 문체 English Prose Style』(1928)도 알고 있었다. 그러나 한 권의 책에 스타일이라는 단순한 제목을 과감하게 붙이고 그 안에서 글쓰기 기술을 자세히 다루기 위해서는 상당한 확신이 필요했다. 아마도 동시대의 모든 비평가 중에서 루카스만 그러한 시도를 할 수 있었을 것이며, 게다가 그 결과도 성공적이었다.

『스타일』은 1955년 7월에 런던의 카셀 앤드 컴퍼니와 뉴욕의 맥밀란 컴퍼니에서 출간되었다. 기지 넘치고 접근하기 쉽고 유익했던 덕분에 『스타일』은 곧 많은 독자의 사랑을 받았고, 평단과 독자 모두에게서 호평을 받았다. 본디 적대적인 태도를 취하는 데다가 1920, 30년대에 루카스가 모더니즘을 향해 공격을 퍼부었던 기억을 떨쳐내지 못한 언론에서도 그의 책에 대해서는 비판할 거리를 별로 찾지 못했다. 〈더 일러스트레이티드 런던 뉴스〉조차도 그의 사진과 함께 호의적인 평론을 실었다.

초판은 곧 모두 팔려나갔고, 1955년 후반에 2쇄가 발행되었으며 1960년대 중반까지 연이어 증쇄가 발행되었다. 한편 미국에서는 잡지 『홀리데이*Holiday*』가 루카스에게 1960년 3월호에 실을 글을 기고해달라고 요청했다. 이 요청으로 그가 쓴 수필 「문체의 매력에 대하여On the Fascination of Style」는 『긴 여정의 독자: 사상과 문체*The Odyssey Reader: Ideas and Style*』(뉴욕, 1968)라는 책에도 실렸고, 덕분에 『스타일』의 독자층이 더 두터워졌다. 그 후로 이 수필은 지금까지도 산문 문집을 통해 독자들에게 다가가고 있다.

그러나 초반에 루카스는 일부 독자들로부터 항의 편지를 받기도 했다. 책에 외국어로 된 긴 인용문이 너무 많다는 이유에서였다. 1962년에 뉴욕의 콜리에 북스와 1964년에 런던의 팬 북스에서 페이퍼백으로 발행한 2판에서는 본문 일부를 수정하고 각주에 번역문을 넣었다. 증보판 서문에서 그가 마지못해 영어 번역문을 첨가했다고 덧붙였으나 이 페이퍼백들은 더욱 인기를 끌었다.

1974년에 카셀 앤드 컴퍼니가 새로운 판을 출간했는데 이는 실수로 '2판'으로 불렸다. 이 판은 실제 2판이라기보다는 초판을 재인쇄한 것이었다. 여기에는 1973년에 어니스트 가워스 경의 고전인 『솔직담백한 글쓰기*The Complete Plain Words*』를 개정하고 루카스의 저서를 극찬했던 브루스 도널드 프레이저 경의 서문이 실렸다. 이 판은 1970년 후반에 모두 팔려나갔다. 현재는 어느 판이든 중고본의 수가 적고 가격까지 높기 때문에 새로운 판의 발행이 시급한 시점이다. 이번 판은 카셀에서 발간한 원판과 대조한, 팬 북스에서 1964년에 발간한 본에 바탕한 것이다.

『스타일』은 명쾌하고 다채롭고 힘 있는 문체를 이루는 속성들을 논하면서, 저자가 케임브리지대학교에서 평생 영어를 가르치며 쌓아온 경험에서 우러난 일화와 다양한 문학작품의 예문을 풍부하게 수록하고 있다. 『스타일』을 읽은 많은 독자와 적지 않은 수의 작가가 비교적 이른 나이에 이 같은 책을 만나는 행운을 얻었다고 저자에게 감사의 뜻을 전했다. 그런가 하면 이 책을 왜 좀 더 일찍 만나지 못했을까 하고 아쉬워하는 사람들도 있다. 벌써부터 『스타일』의 뒤를 잇거나 이와 유사한 책들이 나오고 있다. 『스타일』과 맺은 오랜 기억을 간직한 독자들은 이 책이 여전히 해당 분야의 최고의 저서라는 데 의문을 품지 않는다.

알렉산더 잠벨라스
옥스퍼드대학교 보들리언 도서관
2012년

문체의 시작은 인격이다

서문

이 책은 케임브리지대학교의 강연 내용을 엮은 것이다. 대부분의 내용을 다시 썼으나, 격식에 얽매이지 않고 독단적으로 보이지 않도록 본래의 강연 형태를 유지했다. 왜 그런지는 모르겠지만 언어에 관해 글을 쓰는 사람들은 유독 독단에 빠지기 쉬워 보인다. 한 가지 분명히 하고 싶은 점은 더러는 내 견해를 강력히 내세우긴 했지만 그건 취향의 문제이므로 견해는 견해로 남아야 한다는 것을 명심하고 있다는 것이다.

이 책에는 다양한 저자의 문장이 상당히 많이 예시로 수록되어 있다. 어쩌면 너무 많이 인용했는지도 모른다. 그러나 풍부한 예문이 없는 문체에 관한 책은 다채로운 삽화가 없는 예술이나 생물학에 관한 책만큼이나 쓸모가 없다. 이 책의 많은 예문은 프랑스어로 되어 있다. 내가 프랑스에 심취한 사람처럼 보일지도 모르겠다. 그러나 프랑스어 산문은 뛰어난 장점이 있는 경우가 많다. 원판에서는 외국어 인용구를 번역하지 않고 그대로 수록했다. 인용문을 영어로 옮기면 원문에 못 미칠뿐더러 독자들에게 무례한 경우라 생각했기 때문이다. 하지만 나중에 덴마크의 한 여성과 필리핀의 맨발의 카르멜회의 신부를 비롯한 일부 독자들에게서, 도저히 뜻을 알 수 없는 외국어 문장 때문에 당혹스러웠고 애가 탔다는 이유로 완곡한 질타의 목소리를 들었다. 그래서 이번 판에는 영어로 옮긴 번역본을 함께 수록했다. 번역을 할 때는 원문을 문자 그대로 옮기는 데 주안점을 두었다. 품격 있도록 글을 매끄럽게 옮기는 것보다 실용을 추구하는 것이 더 중요하다는 생각에서다.

또 한 가지 분명히 해야 할 점은 헨리 왓슨 파울러Henry Watson Fowler의 대표 저서 『현대영어어법사전Modern English Usage』이나 그 계보를 잇는 책들과 달리, 이 책은 언어 및 문법과 관련하여 세세한 내용을 다루고 있지 않다는 점이다. 내가 이 책들을 폄하한다는 뜻이 아니다. 오히려 그 반대다. 이 책들은 때로는 지나치게 순수주의를 추구하거나 보수적일 수는 있지만 더없이 필요한 책들이다. 그러나 '정확성'은 실은 내 관심사가 아니다. 문체는 사람과 마찬가지로 완벽하게 정확할 수 있으나 그만큼 지루하거나 단조로워질 것이다. 성패를 떠나서, 나는 그보다 더 일반적이고 긍정적인, 그러나 그만큼 답을 찾기가 힘든 질문에 답하려 노력했다. 그 질문은 바로 구어든, 문어든, 언어에 설득력 내지는 힘을 부여하는 속성은 무엇인가이다.

F. L. 루카스

1964년

1장

문체의 가치

새뮤얼 버틀러[*][1]는 이렇게 말했다.

"요즈음 시답잖은 『선데이 타임스*Sunday Times*』에 문체를 논하면서 브라우닝 부인의 서신을 다룬 기사가 실렸다. 기사는 이렇다. '기록에 따르면 플라톤은 사후 발견된 대화편 초고 첫 단락을 무려 70가지 다른 형태로 썼다고 한다.[2] 워즈워스는 하늘이 내린 재능을 최대한 갈고닦으려는 노고를 아끼지 않았다. 대문장가인 뉴먼 추기경은 한 수필에서 자신만의 문체를 얻으려고 피나는 노력을 기울였다고 고백했다.'[3] 그러나 문체에 온갖 공을 들이는 작가들 중에서 글이 읽기 쉬운 작가는 한 명도 보지 못했다. 플라톤이 한 문장을 쓰려고 70번이나 시도를 했다는 사실만으로도 내가 왜 그를 싫어하는지 충분

● 　새뮤얼 버틀러(Samuel Butler, 1835~1902): 영국 소설가, 수필가, 비평가. 풍자 소설 『에레혼*Erewhon*』, 자전 소설 『만인의 길*The Way of All Flesh*』이 대표작이다.

히 설명이 된다."

우리 중에 (관습에 얽매인 사람을 조롱하면서 장난스러운 쾌감을 느낀) 버틀러만큼 대담하고 직설적인 사람은 많지 않을 것이다. 그러나 시험 답안지나 박사학위 논문 아니면 심지어 전문 문학 비평가가 책이나 정기간행물에 게재한 글을 읽을 때면, 우리 중 많은 수가 생애 대부분을 영어에 바쳤어도 버틀러가 훈계한 바를 실천에 옮기지 못한 것은 아닌가, 라는 생각이 가끔 든다. 실제로 버틀러는 글을 잘 쓰려고, 생생하고 흥미 있는 글을 쓰려고 심혈을 기울였다. 앞으로 알게 되겠지만,[4] 그는 원칙상으로도 그러했다. 버틀러는 문체를 깎아내리는 태도에서 본인이 한 상당수 발언과는 상반된 모습을 보였다. 그가 반감을 가진 것은 실은 문체 자체가 아니라 문체의 지나친 꾸밈과 가식이었기 때문이다. 나 역시도 예술에서 '지나친 꾸밈과 가식'은 무가치하다고 생각한다.

사실상 버틀러가 벌인 논쟁은 여타 많은 논쟁과 마찬가지로, 대부분 말로만 남아 있다. 그가 말하는 '문체'란 인위적으로 연마해서 세련되게 만든, 한 사람만의 개인적이고 고유한 문체, 즉 허식적인 탐미주의자와 연관된 어떤 것을 의미한다. 이러한 의미에서 해즐릿*역시 문체를 갖는 것을 거부했다.[5] 사우디*도 이렇게 썼다.

- 윌리엄 해즐릿(William Hazlitt, 1778~1830): 영국 작가. 문학적 기교와 허세를 부리지 않는 진솔한 문체에 지성을 담은 작품을 썼다.

- 로버트 사우디(Robert Southey, 1774~1843): 영국 시인, 잡문 작가. 초기 낭만주의 운동을 이끈 콜리지, 워즈워스의 동료다. 오늘날 그의 시는 거의 읽히지 않고, 이해하기 쉽고 명쾌한 점에서 돋보이는 산문이 더 인정받고 있다. 『넬슨의 생애Life of Nelson』, 『영국에서 보낸 편지Letters from England: By Don Manuel Alvarez Espriella』 등이 고전으로 꼽힌다.

"나는 어느 순간에도 문체라는 것을 생각하지 않는다. 그저 분명한 영어로 글을 쓰고 모든 사람이 이해할 수 있는 언어로 내 생각을 옮기려고 노력할 뿐이다."

그러나 이러한 발언에도, 비평가들은 해즐릿과 사우디의 '문체'에 대해 찬사를 아끼지 않았다. 그럴 만도 하다. 그렇다면 우리는 왜 문체라는 유용한 단어를 램, 드 퀸시, 페이터, 다우티에게서 볼 수 있는 독특한 투나 버릇이라는 의미에 가까운, 글쓰기의 특별한 방법이라는 의미로 한정시켜야 할까? 이렇게 되면 우리에게 필요한 일반적인 용어가 사라진다.

나는 '문체'를 매도하는 사람들이 실은 허세나 가식을 부리기에는 자존심이 너무 강한 나머지 앞서 언급한 의미의 문체를 하찮은 것으로 치부하지 않나 하는 생각을 가끔 한다. 더욱이 사람들은 보편성과 비개인성이라는 덕목을 이상하게 믿는 경향이 있다. 호레이스 월폴*은 새뮤얼 존슨*의 문체를 호되게 깎아내리면서 이렇게 말한다.

"아무리 대단한 문인이라도 글 전반에 이목을 끄는 어떤 습성이나 방식이 묻어날 경우, 그것은 결점이 되고 자연으로부터의 일탈을 나타낸다. …… 대문호들은 우리가 그들의 손길을 느낄 수 있는 어떤 흔적을 글 속에 늘 남겨왔기 때문에 지금까지 불완전했다고 할 수 있다. 작가가 보편성을 추구하면 할수록 우리가 민첩성과 명민함을

• 호레이스 월폴(Horace Walpole, 1717~1797): 영국의 작가이자 미술품 감정가, 수집가. 고딕 로맨스를 유행시킨 중세의 공포 이야기 『오트란토의 성 *The Castle of Otranto*』으로 유명하다.

• 새뮤얼 존슨(Samuel Johnson, 1709~1784): 시인 겸 평론가. 풍자시 『런던 *London*』, 『욕망의 공허 *The Vanity of Human Wishes*』 및 비극 『아이린 *Irene*』 등을 썼고, 17세기 이후의 영국 시인 52명의 전기와 작품론을 10권으로 정리한 『영국 시인전 *Lives of the English Poets*』을 집필했다.

아무리 발휘한다 해도 그의 작품 속에서 작가만의 고유한 속성을 감지하기가 더 어려워진다. 이 속성은 특정 작가임을 나타내는 그만의 특성이자 징표이다."[6]

다행스럽게도, 월폴의 서신을 보면 본인이 주장한 수칙을 그다지 성실히 실천하지는 않은 듯 보인다. 그러나 지금 우리의 관심사는 이 삭막한 일률적 기준이 현명한지 아닌지 판단하는 일이 아니다. (이 기준이 정반대로 어떻게 해서든 독창성을 손에 쥐려는 열망보다 더 현명해 보이지는 않지만 말이다.) 요는 개인 고유의 독특한 투나 방식을 싫어하는 사람이라면 그걸 '문체'라고 불러서 혼란을 일으키지 말고 예배통일법Act of Uniformity이라 부르는 편이 낫겠다는 말이다.

과연 '문체style'란 무엇일까? 문체란 말은 죽은 은유다. 스타일style은 본래 '필기구',[7] 즉 글씨를 쓰는 용도의 뼈나 금속으로 된 끝이 뾰족한 물체를 의미했다. 그러나 고전 라틴어에서 stīlus라는 단어가 이미 확장되어 처음에는 '글 쓰는 방식', 후에는 더 보편적으로 말과 글에서 '본인을 표현하는 방식'을 뜻하게 되었다. 현대 영어에서 '스타일'은 추가적인 의미를 갖게 되었다. 프랑스어에서와 마찬가지로 스타일은 '본인을 표현하는 좋은 방식'으로 의미가 협소해졌고, (예: His writing lacked style) 문학 외의 기타 예술은 물론 삶의 방식을 논하는 데까지 사용이 확대되었다. (예: Her behaviour showed always a certain style.)[8] 그러나 우리가 여기서 관심을 가져야 할 두 가지 주된 의미는 (1) '글을 쓰는 방식'과 (2) '글을 쓰는 좋은 방식'이다.

따라서 우리의 주제는 어떤 논지를 펼칠 때든 감정에 호소할 때든, 특히 산문에서 언어를 효과적으로 사용하는 방법이다. 언어를 효과적으로 사용하려면 무엇보다도 명료함과 간결함으로 사실을 열거하는 능력이 필요하다. 그러나 주제가 허락하는 한도 내에서 격조가 드러나는 방식으로 혹은 흥미를 유발하는 방식으로 사실을 열거해도 해가 될 것은 없다. 물론 주제가 원뿔 곡선론이나 패류학처럼 순전히 실용적이라면, 격조가 드러나는 방식이나 호기심을 유발하는 방식으로 글을 쓸 여지가 별로 없을 수도 있다. 그러나 요리책이라도 가끔은 반어법을 써서 재치를 더하는 경우가 있다. 심지어 수학자들도 천국으로 향하는 수직선이니 하면서 농담을 해댄다.[9] 그렇지만 여기서 더 나아가 감정을 표현, 전달하고(동물들조차도 그렇게 한다.) 다른 사람의 감정에 불을 붙일 필요가 있다. 감정이 없다면 문학은 물론이고 다른 예술도 없다.

누군가는 버틀러처럼 이렇게 반응할지도 모른다. "그렇지만 이것은 전부 글귀를 매만지고 운율을 조작하는 *꾸밈* 행위일 뿐이다. 단순명료한 영어와 상식을 달라." 하지만 '상식'이 일반적인 것과 거리가 멀 듯이 단순명료한 영어는 실제로 실천하기가 그리 간단하지 않을 수 있다. 게다가 이러한 어려움은 때때로 사람들이 깨닫는 것보다 공적으로나 사적으로나 더욱 심각한 결과를 가져온다. 우리의 언어적 의사소통은 무척이나 애매모호하게 남는 때가 많다.

2000년 동안 전 세계 기독교도들 사이에서는 논쟁이 끊이질 않았다. 성서 구절의 의미에 대해 의견 일치를 볼 수 없었기 때문이다. 구약성서와 신약성서 모두 논쟁의 중심이 되었다. 철학의 뜰과 정원에는 철학자들이 자신만의 언어적 거미줄에 얽혀 꼼짝 못한 채 매달려 있다. 정치인들은 앞으로 어떤 의미에 대해 의견을 달리할지 합의하기 위해 얄타나 포츠담에서 만난다. 고용주와 근로자들은 타협에 다다르지만 그것은 새로운 불협화음으로 이어진다. 왜냐하면 저마다 이해한 내용을 오해하기 때문이다. 약삭빠른 변호사들은 온갖 난해한 전문용어로 문서를 작성하는 데 생애를 바치고, 그 문서들은 창과 방패가 된다. 그렇지만 그만큼이나 약삭빠른 다른 변호사들이 그러한 문서에서 법적 소송의 근거가 될 만한 요긴한 부분을 찾고 만다. 심지어 명확성에 수천 명의 생과 사가 걸려 있는 전쟁에서도 명령을 오해하여 재난이 발생한다. 어떤 사람들은 시의 모호성을 찬양한다. 그러나 산문에서 모호성은 끝없는 저주가 될 수 있다.

예를 들어 크림반도에서는 루칸 경의 명령을 카디건 경이 오해한 결과 중기병 여단의 승리가 몇 시간 만에 수포로 돌아갔고, 이후 래글런 경의 명령을 루칸 경이 오해하여[10] 경기병 여단이 자살이나 다름없는 행위를 하고 말았다. 로저 케이스먼트 경은 에드워드 3세의 법령에 찍힌 쉼표 하나 때문에 교수형에 처해졌다. 유니버시티 칼리지 오브 런던의 이포 에반스 교수가 50만 달러의 유산을 '자선 단체 혹은 선행 단체'에 기부한 칼렙 디플록이라는 사람의 사례를 소개한 바 있다. '자선 단체 혹은 선행 단체'라고 명시한 표현은 뜻은 충분히 전달될지 모르나 다소 불필요하게 반복된 면이 있다. 그러나 법은 명확성을 위해 간결성을 희생시키는 때가 많다. 그리고 이 둘 모두를 잃는 경우가 허다하다. 앞서 말한 사례에서 법 전문가들은 '선행 단체'가 반드시 '자선 단체'는 아니라는 점에 주목했다. 소송은 제1심 법원에서 상소 법원으로, 또 최고 법원으로 넘어가며 진행되었다. 판사들은 머리를 맞대고 지혜를 짜 모아 무려 7만 개 단어 분량의 판결문을 내놓았다. 딱한 디플록의 유언은 끝내 무효한 것으로 판명되었다. '혹은'이라는 단어가 판결에 결정적인 역할을 했다. 그래서 중국인들은 종이 한 장이 법정으로 날아 들어가면 그걸 다시 찾아오기까지 한 쌍의 황소가 필요하다고들 말한다.

사람들이 언어의 어려움만 과소평가하지는 않는다. 때로는 언어가 지닌 어마어마한 힘 역시 과소평가한다. 반면 문학인들은 (무척 인간적인 이유로) 그 힘을 과장하려는 유혹에 간혹 빠진다. 펜이 칼보다 강하다고 너무도 확신에 찬 어조로 목소리를 높이는 작가들을 향해 우리가 미소를 짓는 것도 무리가 아니다. 솔타운의 플레처•는 한 국민의 노래를 그 나라의 법보다 더 중요한 것으로 격상시켰고, 셸리•는 시인을 인류의 인정받지 못한 입법자라고 미화시켰으며, 테니슨•은 시인이 단어로 세상을 흔든다고 말했다. 내가 느끼기에 이 말들은 자기만족적인 반쪽짜리 진실에 지나지 않는다. 데모스테네스는 언변의 힘을 동원했지만 그리스를 구하지 못했고, 키케로 역시 로마공화국을 구하지 못했으며, 밀턴도 잉글랜드 연방을 구하지 못했다. 그러나 볼테르와 버크가 어떠한 면에서 유럽의 힘이 되었고, 루소의 『사회 계약론Du Contrat Social』이 유럽 역사에 지워지지 않는 흔적을 남겼으며, 페인의 『상식Common Sense』이 미국 역사에 역시나

•　솔타운의 앤드루 플레처(Andrew Fletcher of Saltoun, 1655~1716): 스코틀랜드 작가, 정치인.

•　퍼시 비시 셸리(Percy Bysshe Shelley, 1792~1822): 영국의 낭만파 시인.

•　앨프레드 테니슨(Alfred Tennyson, 1809~1892): 영국 빅토리아 시대의 대표적인 시인. 1850년에 출간한 『인 메모리엄In Memoriam』은 시인의 대표작일 뿐 아니라 빅토리아 시대의 대표시이기도 하다.

지워지지 않는 흔적을 남긴 것도 사실이다. 이는 우리를 무감각하게 만드는 익숙함만 털어낸다면 아직도 충분히 놀라운 사실이다. 이들은 사고의 힘만큼이나 문체의 힘으로도 승리를 거머쥔 자들이다. 게다가 우리는 영어 성서의 영향력도 잊지 말아야 한다.

떠올리기만 해도 혐오스러운 아돌프 히틀러의 말과 글이 독일 국민을 중독시킬 만큼 강력하지 않았다면, 독일 국민이 그의 역겨운 허언을 거부하기에 충분한 의식을 갖추고 있었다면, 혹은 윈스턴 처칠이 가장 어둡고도 민감한 시기를 보냈던 동포들의 감정에 불을 붙이고 이를 대변했던 천부적인 언변을 갖고 있지 않았다면 지금 우리 시대의 역사는 어떻게 달라졌을까? 공산주의자라 할지라도 부르주아의 싸구려 보석이라고 문체를 매도하면서 거부하지 않는다. 우리는 이런 말을 듣는다. "스탈린의 문체를 연구하는 일은 언어학자와 비평가의 몫이다." "스탈린처럼 글 쓰는 법을 배워라." 그러나 이러한 불쾌한 과장법 속에서도 적어도 문체의 중요성에 대한 인식을 찾아볼 수 있다.

수년 전, 한 저명한 과학자는 문학계의 분위기에 격분한 나머지 이렇게 반감을 표시했다. "이 수력 전기의 시대에서 장황함을 숭배하는 것은 시대에 뒤떨어진 행위다. 불꽃 간극이 펜보다 강하기 때문이다." 그는 있지도 않은 아리안 인종의 미덕을 설파하고 세상을 향해 지옥 같은 복음을 강요하기 위한 무기를 고안했던 히틀러 총통이 이미 웅변술로 제 3제국의 과학자들을 유순한 노예로 전락시켰다는 사실을 망각한 듯 보인다. 마찬가지로, 소비에트 연방에서도 생물학자들이 '마르크스주의'를 마지못해 받아들이고 갈릴레오처럼 정통주의가 과학보다 강함을 다시 한 번 깨달았다.

그런가 하면 마다리아가 씨[•]는 프랑코 정권 스페인의 교리문답서에서 다윈에 관한 재미난 구절을 인용한 바 있다. "이 과학자는 영국 슈레스버리에서 출생했다. 그는 신에게서 뛰어난 관찰력을 부여받았으나 지력은 타고 나지 못했다."

우리 선조들은 희망에 가득 차 '진실은 위대하고 반드시 승리한다'고 거듭 구호를 외쳤다. 그들은 선전에 대해서는 별반 알지 못했다. 인류는 아직 언어에 통달하지 못했다. 오히려 과학자들을 비롯하여 인류가 언어에 종종 지배당한다. 이 사실을 깨닫는 사람이 드물다. 그러니 상황이 더 나빠질 뿐이다.

책이 이렇게 어마어마한 힘을 발휘하는 것은 꼭 문체가 탁월해서만이 아니다. 마르크스의 글이 새로운 복음이 된 것은 언어가 아름다워서가 아니었다. 문체의 성인이자 순교자인 플로베르[•]는 당대 최고의 작가들이 완벽한 단어보다 더 큰 무언가에 몰두해 있다고 고백했다.

위대한 천재를 결정짓는 것은 보편화하고 창조하는 힘이다. …… 우리

• 마다리아가 씨(Señor de Madariaga, 1886~1978): 본명은 살바도르 데 마다리아가 이 로호Salvador de Madariaga y Rojo. 스페인 저술가, 외교관. 프랑스 대사와 스페인 상주 대표를 역임했다. 1936년 내전이 일어나자 영국으로 망명, 1975년 독재자 프랑코가 사망한 후에 귀국했다.

• 귀스타브 플로베르(Gustave Flaubert, 1821~1880): 프랑스 사실주의 문학의 창시자. 『보바리 부인*Madame Bovary*』, 『감정교육*L'Éducation sentimentale*』, 『성 앙투안의 유혹*La Tentation de Saint Antoine*』 등 수많은 대작을 남겼고, 모두 독자적인 문체를 자랑하는 작품들이다.

는 돈키호테의 존재를 카이사르의 존재만큼 확고하게 믿지 않는가? 이러한 의미에서 셰익스피어는 실로 놀라운 존재다. 그는 인간이 아니라 온 대륙이었다. 그의 안에는 위대한 인간, 다양한 인간 군상, 다채로운 풍경이 삶을 살았다. 그와 같은 작가라면 문체에 공을 들일 필요가 없다. 그러한 작가는 결함이 있다 해도 강력하다. 오히려 그러한 결함 때문에 강력하다. 그러나 범인에 불과한 우리는 기량을 갈고닦아야만 성공할 수 있다. 우리 세기의 위고는 숱한 결점을 갖고 있었지만 모든 경쟁상대를 압도할 것이다. 그는 도대체 어떠한 영감을 갖고 있단 말인가? 나는 그 어디서도 감히 입밖에 꺼낼 수 없는 말을 여기서 조심스럽게 해보고자 한다. 즉, 위대한 작가라 할지라도 때로는 심히 형편없는 글을 쓴다는 것이다. 게다가 그 사실이 그들에게는 훨씬 더 다행한 일이다. 형식의 예술은 위대한 작가가 아니라 2류 작가(호라티우스, 라브뤼예르)에게서 기대해야 한다.[11] ❶-1

플로베르의 말 속에는 상당한 진실이 담겨 있다. 하지만 아주 충분하지는 않다. 스콧,* 디킨스나 발자크가 더러는 무심하게 심지어 형편없이 글을 썼지만, 최고의 순간에 그들의 위대함이 빛을 발한 것은 문체 덕분이었다.[12] 빅토르 위고가 때로는 침체되고 그로테스크하기까지 하더라도, 내 생각에 그의 승리는 그의 등장인물이나 아이디어보다는 그의 언어, 음악, 형상화 덕분이다.[13] 셰익스피어는 취

---

* 월터 스콧(Walter Scott, 1771~1832): 스코틀랜드의 역사소설가, 시인, 전기 작가. 역사소설의 창시자이다. 『마지막 음유 시인의 노래*The Lay of the Last Minstrel*』(3권), 『마미온 *Marmion*』, 『호수의 여인*The Lady of the Lake*』의 3대 서사시로 유명하다.

약한 플롯, 표면적인 인물의 성격 묘사, 깊이 없는 아이디어로 질타를 받았고, 그러한 질타가 늘 부당한 것은 아니었다. 그러나 비난의 목소리를 낸 사람들조차도 그의 '언어적인 아브라카다브라'의 신비한 마법만은 인정할 수밖에 없었다. 게다가 플로베르가 문체를 완강히 부정했을 때 그가 호메로스를 기억했을까?

사실상 그는 2000년 전 롱기누스가 주장했던 단순한 논점을 그저 반복한 셈이다. 작가의 결함 있는 위대함이 그보다 협소한 완벽함보다 위에 있다는 얘기다. 따라서 핀다로스가 바킬리데스*보다 우위라고 할 수 있다. 우리 대부분이 이 말에 수긍할 것이다. 하지만 그렇다 해도, 이러한 문체의 완벽함이 호라티우스, 베르길리우스, 포프, 라신, 플로베르와 같은 2류 작가들에게 불후의 명성을 부여하는 데 여전히 큰 힘을 갖고 있다는 사실이 얼마나 놀라운가?

간단히 말해, 나는 단어가 가진 어색한 부적절함과 단어가 세상을 흔드는 힘 중에 어떤 것이 더 놀라운지 모른다. 정서적인 동물로 남아 있는 한, 인간들은 귀가 붙잡히는 토끼와 같이 덜미를 잡히고 말 것이다.

그래도 독자들은 조바심을 내비치며 이렇게 반응할지도 모른다. "이게 다 우리에게 무슨 소용이지? 우리가 위대한 정치인이나 작가가 될 것도 아닌데 말이야. 더더구나 짧은 논문 한 편조차 쓸 일이 없고 교구회에 감정적으로 호소할 일도 없는데." 맞는 말이다. 그렇지만 우리 모두 말을 한다. 때로는 필요 이상으로 더 무디고 심드렁

---

* 핀다로스, 바킬리데스: 둘 다 5세기에 활동한 그리스 서정 시인이다.

하게 말을 한다. 우리 모두 편지를 쓴다. 물론 이 혼란과 전화의 시대에 서신을 쓰는 기술이 쇠퇴하긴 했지만 말이다. 참으로 안타까운 일이다. 또 우리는 저마다 인간관계를 맺는다. 때로 무엇을 말해야 할지, 어떻게 말해야 할지, 무엇을 침묵으로 남겨놓아야 할지에 대해 인식을 어떻게 하는가에 따라 이 관계가 크게 달라진다. 직업만 봐도, 설득력 있게 사례를 제시하거나 정확하게 사실을 전달하는 능력이 중요하지 않은 직업은 별로 없다. 한 예로, 전시의 내 기억을 떠올리자면 당시에는 신호 통신이 매우 혼잡했는데 참담한 재난이 일어나지 않게 하려면 통신 내용이 확실해야 했고 또 원활한 전송을 위해서 통신 내용이 간결해야 했다. 그건 의외긴 했으나 잊을 수 없는 교훈이었다. 마지막으로, 문학이 지닌 힘의 상당 부분이 문체에서 비롯한다면, 문체에 대한 인식 없이 어떻게 문학을 온전히 즐길 수 있겠는가?

펠레우스가 어린 아들 아킬레우스의 교사로 포이닉스를 지목했을 때, 포이닉스는 아킬레우스에게 두 가지를 가르쳐야 했다.

네 아버지가 너를 이끌고 가르치도록 나를 지목했다.
네가 공적의 실천가, 언변의 대가가 되도록 말이다.[14] ❶-2

이와 같은 이상은 아직까지도 시대에 뒤떨어진 것이 아니다.

그렇다면 교육의 목적이 과연 무엇일까? 지식의 습득? 그건 한 가지 목적에 불과할 뿐 가장 큰 목적이 아니다. 십년 앞을 내다보자. 애써 머릿속에 축적한 사실과 날짜들은 대부분 송두리째 사라지고 말 것이다. 이내 우리는 기억력이 체와 같다는 걸 알게 된다.

지옥의 다나이드*는 영원토록 체를 가득 채웠다. 우리도 이 땅에서 사는 내내 같은 행위를 한다. 케임브리지에는 캠강이 흐르지만 레테의 강도 흐른다.

내 개인적인 경험을 말해보자면, 웹스터가 집필하거나 공동 집필한 가벼운 극작품들을 스무 번이 넘도록 읽고 그에 대해 글을 쓰고 주석을 달고 수차례 교정을 한 적이 있다. 그러나 지금은 작품의 줄거리조차 기억이 나지 않는다. 또 제 1차 세계대전 당시에는 독일 군대의 조직도를 외워야 했는데, 지금은 독일 군대가 지구상에서 희미해져버린 것처럼 그 내용도 내 머릿속에서 감쪽같이 사라져버렸다. 그렇게 습득된 지식은 무의식 속에 남아 있을 수 있다. 그 내용은 빠르게 되살아나지만 또 이내 사라져버린다. 그러는 편이 나을지도 모른다. 기억력이 너무 뛰어나면 머릿속이 북적이는 헛간이 되어 그 안에서 움직이고 생각하기조차 어려워진다. 백기사처럼 넘비며 쥐덫이며 온갖 잡동사니를 달고 달그락거리며 평생 달리는 것보다 더 나은 일들이 있다. 어느 경우에든 우리 대부분은 지속적으로 다시 배우는 것만을 정확히 안다. 기억은 끊임없이 그 내용을 상기시켜줘야 하는 알코올 중독자와 같다.

이 때문에 나는 많은 교육자를 보고 놀라곤 한다. 내 눈에 그들은 가치 있는 일이 무엇인지 모를 때가 더러 있다. 더욱이 그들은 우리

• 　다나이드: 다나오스의 50명의 딸들을 말한다. 다나오스의 쌍둥이 형제인 아이깁토스의 50명의 아들들과 결혼하기로 했으나 한 명만 빼고 모두 결혼식 날 밤에 남편을 죽여버렸다. 그 죄로 49명의 딸은 밑 빠진 욕조에 영원토록 물을 채우는 형벌을 받는다.

가 얼마나 많이 잊는지 계속해서 잊는다. 그러나 한번 습득한 기술, 예를 들면 말을 하고 글을 쓰고 모국어나 외국어를 즐길 수 있는 능력은 단순한 사실들의 축적보다는 쉽게 잊히지 않고 더 빠르게 복구된다. 내게는 캐드먼*의 시대 이래 이 세상에 나온 모든 영어 책의 내용을 알고 기억하는 것보다 조리 있게 사고하고 명쾌하게 의사소통하는 능력이 더 중요하다. 따라서 그리스 신화에 나오는 메데아처럼 모든 걸 잃었다 해도 '내 자신은 남아 있다는 것'을 여전히 느낄 수 있다. 속을 채운 거위라 할지라도, 이 세상의 온갖 것으로 속을 채웠다 할지라도, 거위는 거위다.

그렇다면 영어 교육의 주된 목적이 영어로 글 쓰는 법을 배우는 것이라 생각해볼 수 있다. Q의 『글쓰기의 기술*Art of Writing*』을 읽어 봤다면, 저자가 그 목적이 실현되기를 얼마나 열렬히 바랐는지 짐작할 것이다. 비평가들이 유행처럼 난해한 글을 써대던 당시의 추세를 두고 "그런 작자들은 글 쓰는 법을 모른다."고 하면서 그가 얼마나 안타까움과 불편한 심기를 드러냈는지 기억한다. 하지만 Q는 진정으로 글을 쓸 줄 알았다. 부분적으로는 이 이유에서, 그를 '구닥다리'라고 여긴 자들이 오히려 그보다 훨씬 더 빨리 시대에 뒤떨어지지 않았나 하는 생각을 해본다.

그로부터 영어는 우리의 초중고등학교와 대학교에서 더 큰 비중을 차지하게 되었다. 하지만 양이 곧 질을 담보하지는 않는다. 이러한 양적 증가가 영문학이나 영어라는 언어에 과연 정말로 기여할지

• 캐드먼(Cædmon, 658~680): 고대 영어로 시를 쓴 최초의 그리스도교 시인.

회의를 품는 자들도 분명 있을 것이다.

여기서 짚고 넘어가지 않을 수 없는 참담한 실수는 '비평'을 읽고 쓰는 일이 굉장히 강조되고 있다는 사실이다. 비평가는 그저 눈먼 길잡이일 때가 많다. 비평 이외에도, 훨씬 값어치 있는 활동이 많다. 더군다나 비평은 그 요소들을 청소년에게 대량으로 교육시킬 수 있는 과학이 아니다. 비평은 성인조차도 이렇다 할 성공을 거두기 힘든 어려운 예술이다. 청소년이 비평을 한다면 배운 판단을 단순히 반복하거나 혹은 건전한 반항심을 타고났다면 배운 내용에 반대되는 의견을 내세우는 데 그칠 뿐이다. 그리고 그로부터 취향이 곧 불쾌감이고 가장 고결한 기쁨이 불쾌감을 느끼는 것이라는, '지성인'들 사이에서 쉽게 찾아볼 수 있는 안이한 생각에 다다르게 된다. 이로써 결국 본인의 견해를 제외하고는 문학에서 거의 아무것도 즐기지 못하는 동시에 살아 숨 쉬는 문장을 쓸 수 없게 된다.

> 그릇된 배움으로 훌륭한 감각이 훼손된다.
> 어떤 이들은 학교라는 미로에서 갈팡질팡하고,
> 천성이 어리석은 자들은 멋쟁이 행세를 한다. **❶-3**

우리는 창조가 그 결과가 썩 좋지는 않더라도 비평보다 얼마나 더 힘든지를 고질적으로 잊곤 한다. 가을이 다 되도록 모스크바에서 시간을 지체한 나폴레옹의 어리석은 판단을 비판할 수는 있다. 그러나 우리 중에 거기까지 다다를 수 있는 자가 몇 명이나 될까? 결론을 말하자면, 솔직하게 비평하는 일을 삼가야 한다는 말이 아니라, 아무엇도 직접 창조해보지 않은 자들이 종종 변변찮게 비평을 한다는 것이다.

대학에서 영어는 천부적인 재능을 타고난 극소수 학생들에게는 좋은 과목이다. 물론 윤리학을 택하는 학생들도 많을 테다. 그러나 영어는 수월한 과목으로 간주되어 그보다 여섯 배는 많은 학생을 끌어 모은다. 만약 모국어 외에 고대 언어와 현대 언어 하나씩에 능통해야 한다는 조건을 내건다면 영어를 전공으로 택하는 학생들의 수가 줄어들지도 모른다. 그러나 무엇보다도, 학교, 대학, 내세에서 중요한 것은 셰익스피어에 대한 새로운 해석이 아니다. 그러한 해석은 대부분 거짓인 데다가 새로운 비평 이론이 아니다. 거의가 쓸모없다. 그렇지만 말로 언급되거나 글로 쓰인 최상의 것에 대한 지식과 말을 하고 글을 쓰는 능력은 중요하다. 물론 후자를 가르치는 데에는 한계가 있다는 점을 인정한다.

지금까지 내가 한 말이 불필요한 우려처럼 들린다면, 학교에서 영어가 새로운 전문 과목으로 특화되어 발생한 결과를 살펴보자. 나는 현 실정이 특히 불안하다. 최근 한 장학생 후보의 글을 옮겨보겠다.

시인이 되려면 바깥세상과의 접촉에서 *특정한 틀의 감수성*을 반드시 지녀야 한다. 시인의 표현수단으로는 산문, 시, 무운시, 광시가 있다. 본질이 존재한다면, *형식적인 외형질*은 아무도 모르게 빠져나가 버린다.

(영감에 관하여) 영감을 선사하는 불꽃은 규칙으로 대신할 수 없다. 그

러나 무언가가 반드시 영감의 *매개체*가 되어야 한다. 많은 경우, 이 매개체는 산문의 형태를 띤다. 현재 우리는 *기질이라는 것이 숫자 8을 추구할 정도로 길고 복잡하게 우회하는 건강상태가 될 수 없다는 사실*에 만족한다. 또한 *작가가 있어야 할 '적소'를 결정하는 데 외부 요인들이 중요한 톱니바퀴*라고 정당하게 결론을 내린다. ❶-4

('내가 이로 물어뜯어 만들었어도 그것보단 낫겠다!' 언젠가 공예가 윌리엄 모리스가 일부 조각가들의 기형적인 작품을 보고 격노하여 한 말이다. 그런데 '중요한 톱니바퀴'로 조각해 만든 '적소'라니.)

마지막으로, 「템페스트The Tempest」의 종결부에 대해 쓴 글을 살펴보자.

이러한 종결부는 허식에 불과한 만족스러운 당혹감과 극 전체의 드높은 도덕적 상한선, 성취의 보고實庫로 가능하다. ❶-5

학교에서 '영문학'이 지나치게 강조되고 있다는 사실에 사람들이 회의적인 눈길을 보내는 이유를 이제 알겠는가? 위 글을 쓴 운 나쁜 젊은이가 '허식에 불과한 만족스러운 당혹감'으로써 그리스어를 했다면, 그의 머릿속에 생각할 무언가 생겨나 그리스 고유의 품위와 자제력을 얻었을지도 모른다. 만약 현대 언어를 했다면 적어도 유용한 무엇인가를 얻었을지도 모르고, 수학을 했다면 생각을 하도록 강요를 받았을지도 모른다. 또 역사나 과학을 했다면 증거와 확고한 사실들이 절대적으로 필요하다는 사실을 깨달았을지도 모른다. 그러나 이 젊은이는 고작 무가치한 언어로 무가치한 생각을 표현하는 방법을 배우는 데 그치고 말았다. 유능하고 저명한 한 영문학 교수가 웃으며 내게 한 말이 자주 떠오른다. "대학에서 영문학을 하지 않는 게 다행이에요. 전 고전을 했거든요."

좀 더 진중한 유형의 학생이 쓴 글을 살펴보자. 영어 공부를 추가로 6년을 더하면 다음과 같은 박사학위 논문이 탄생하기도 한다.

> 후기의 시는 분명히 특성과 교육 수준이 다양한 독자들을 위해 쓰였다. 특히 몽매한 사람들을 대상으로 했는데, 세속적인 오락물을 즐기는 데에서 그들이 더 나은 입지를 차지하도록 하기 위해서였다. 따라서 시에 동일한 관습이 적용되었고 동일한 방식과 맥락으로 시가 제시되었다. 또 언어적으로나 구조적으로나 소리 높여 낭송되고 매력적으로 보이도록 시의 틀이 짜였고, 역량이 있거나 시에 익숙한 자, 친숙한 자(지역 부목사, 사무관, 기타 세속적·종교적 공동체의 일원)나 이방인(일반 방문객, 탁발승, 기타 직업적 이주자)이 주선하는, 대개는 성직자의 동기와 역량에 따라 주최되는 관심사가 서로 다른 사람들의 모임에 적합하도록 만들어졌다. **❶-6**

이 연구생은 자기 삶을 강제 수용소로 이끌지도 모른다. 그는 자기 분야에서 학식을 축적하여 카조봉* 박사를 깜짝 놀라게 할지도 모른다. 하지만 글 쓰는 법은 모른다. 단어들이 혼란스럽게 뒤죽박

---

* 이작 카조봉(Isaac Casaubon, 1559~1614): 프랑스의 고전학자, 신학자.

죽이 된 지점에서는 그의 머릿속도 그러한 상태였을 것이다.

따라서 영어 교육의 두 가지 주된 목적은 첫 번째가 영어로 글을 잘 쓰는 것이고 두 번째가 영어권 작가들의 작품성을 인정하고 즐기는 것이다. 글쓰기가 엉망인 사람이라면 이 두 가지 목적 중 첫 번째를 달성하는 데 완전히 실패한 셈이다. 그렇지만 그런 사람이 두 번째 목적을 달성하는 데에도 큰 성공을 거둘 수 있을지는 의문이다. 물론 시나 그림이나 음악의 진가를 알아보기 위해 직접 시를 쓰거나 그림을 그리거나 음악을 연주할 수 있어야 하는 건 아니다. 화가 휘슬러는 비평가 러스킨을 상대로 한 소송에서, 일반 시민이 판사에게 법을 가르칠 수 없듯이 그림을 그리는 데 생애를 바치지 않은 자는 회화의 기법을 판단할 수 없다고 판사에게 호소했다. 휘슬러는 궤변술에 말려든 상태였다. 분명 포도를 재배하여 와인을 제조하지 않고도 와인 감정가가 될 수 있다. 달걀 삶는 법을 몰라도 미식가가 될 수 있다.

그러나 문학 비평은 좀 다르다. 미술 비평가는 자기가 비평한 내용을 그림으로 그려내지 않는다. 반면 문학 비평가는 반드시 직접 글을 써야 한다. 만약 문학 비평가가 글 다루는 감각을 보이지 못한다면, 그건 그림 실력이 조악한 예술가가 다른 예술가에게 평가를 내리려 하는 것과 마찬가지다. 비평가가 옳을 수도 있지만 그의 판단에 의심의 여지가 많은 것도 사실이다. 그러므로 글 실력이 별 볼일 없는 문학 비평가의 글을 읽기를 거부한다는 건 나름 일리가 있다. 그러한 비평가가 역사적으로나 문헌적으로나 뜻깊은 연구를 했을지도 모르지만 말이다.

요는 내가 방금 제시한 예문만큼이나 글쓰기가 형편없는 영어 전공자라면 영어 공부에서 많은 걸 얻기가 어렵다는 얘기다. 문체를 제대로 소유하지 못했다면 타인의 문체도 제대로 판단할 수 없기 때문이다.

"결국 문체는 가르침으로 배울 수 없다는 얘기잖아." 독자들은 이렇게 반응할 것이다.

안타깝게도 이 말은 자주 사실로 드러난다. 더 나아가, 교육이 이러한 의미에서 득이 되는 게 아니라 오히려 결정적인 해를 끼치기도 한다. 실제로 스콧, 디킨스, 하디의 작품에서 볼 수 있듯이, 교육을 받지 못한 자들이 때로는 그보다 사회적으로 우위에 있는 자들보다 훨씬 더 생생한 언어를 구사한다. 마찬가지로 그들은 하디의 작품 속 우유배달원이 보여준 감칠맛 나는 언어와 같은 타인의 생생한 언어에서 즐거움을 느낄지도 모른다.

"바보 탐보다는 많이 알아요. 마부 아저씨, 당신 말이 얼마나 두서없는 찬송가처럼 들리는지 아시나요?" 우유배달원이 귀를 쫑긋 세우며 물었다. "다시 해보자고요. 잘 내뱉은 한 마디는 제 시든 마음에는 크리스마스의 장작불 같으니까요." ❶-7

덤프리스의 교회에서 존 코민을 칼로 찌른 브루스는 교회 문가에서 우연히 마주친 토마스 커크패트릭 경에게 이렇게 말했다. "내가 코민을 죽인 게 아닌지 염려되오." 그러자 커크패트릭이 대답했다. "염려라! 내가 확실히 하겠소." 그는 교회로 들어가 상처 입은 코민의 숨통을 마저 끊어버렸다. 흄은 (자신의 천재성에도 불구하고 18세기의 정교함의 영향을 받아) 이렇듯 간결한 역사 속 일화를 세련되게 다듬은 다음 파괴할 필요가 있다고 생각했다. 그래서 이렇게 썼다.

얼마 안 있어 브루스의 벗인 토마스 커크패트릭 경이 반역자가 죽었는지 물었다. "내 생각엔 그런 것 같소." 브루스가 대답했다. 그러자 커크패트릭이 이렇게 외쳤다. "추측하도록 남겨지는 게 문제란 말인가? 그렇다면 내가 그를 구하리다."15 ❶-8

또 아일랜드 극작가인 존 밀링턴 싱의 대표적인 구절을 살펴보자. (「서쪽 나라에서 온 멋쟁이The Playboy of the Western World」에서 크리스티는 페긴에게 결혼해달라고 애걸했다.)

페긴: (그에게서 뒷걸음치며) 그렇게 구혼하다니 참 대담하군요. 당신이 고향으로 돌아가서 다른 여자를 새로 만나고 당신 아버지의 시체가 네댓 달이면 썩을 걸 온 세상 사람들이 다 아는데 말이에요.
크리스티: (버럭 화를 내며) 당신 말고 다른 여자를 만난다고요? (그녀를 따른다.) 난 그러지 않을 거요. 네댓 달 후에 날이 따스해지면 당신과 나는 밤이슬 속에서 네이핀을 거닐 테고 달콤한 향기가 실려 올 것이오. 당신은 언덕으로 가라앉는, 작지만 빛나는 초승달을 보게 되겠지.
페긴: (장난스럽게 그를 쳐다보며) 밀렵꾼의 사랑이군요. 크리스티 마혼. 네이핀에서는 언제 밤이 내려앉죠?

크리스티: 내가 두 팔 벌려 당신을 와락 안으면 당신은 내 사랑이 밀렵 꾼의 사랑인지 백작의 사랑인지 따위는 안중에도 없을 것이오. 난 당신의 오므린 입술이 짓이겨지도록 입맞춤을 퍼부을 테지. 평생토록 홀로 황금의자에 앉아 있는 하느님이 가련하게 느껴질 때까지 말이오.

페긴: 재미있군요. 크리스티 마혼. 당신 같은 젊은 달변가라면 어떤 여자라도 마음을 내어줄 거예요.

크리스티: (의욕에 차서) 잠깐 기다리고 내 말 들어봐요. 우리는 성 금요일에 에리스에서 길을 잃고 헤매다 우물에서 물 한 모금을 마시고 젖은 입술로 위대한 키스를 하겠지. 아니면 온 세상의 꽃들 속에서 당신은 몸을 뒤로 젖힌 채 햇살을 받으며 장난을 치겠지.

페긴: (그의 어조에 감동을 받아 낮은 목소리로) 전 정말 멋질 거예요. 그렇지 않아요?

크리스티: (황홀한 목소리로) 주교관을 쓴 주교들이 그때의 당신을 본다면 그들은 흡사 성스러운 예언자와 같을 것이오. 그들은 천국의 빗장을 잡아당겨 트로이의 헬렌을 보려고 할 테지. 그녀는 황금 숄로 감싼 꽃다발을 든 채 서성일 것이오.

페긴: (무척 다정한 목소리로) 시인처럼 말하고 용맹한 심장을 지닌 당신 같은 사람을 즐겁게 하기 위해, 제가 가진 건 무엇일까요.[16] ❶-9

고백하건대, 위 대목을 매번 읽을 때마다 초서*의 작품에 등장하는 요리사처럼 걷잡을 수 없는 희열을 느끼곤 한다. (초서의 작품에

---

* 제프리 초서(Geoffrey Chaucer, 1343~1400): 중세 영국 최대의 시인. 근대 영시의 창시자. 중세 이야기 문학을 집대성한 대작 『캔터베리 이야기The Canterbury Tales』를 썼다.

등장하는 일반인들 역시 그들보다 상류계급에 있는 자들보다 생동감 넘치는 언어를 구사한다.) 워즈워스°가 노래했던 웨스트모얼랜드의 사람들이 그런 묘미를 살려 말을 했다면, 독자들은 서민들의 소박하고 친근한 언어야말로 시에 알맞은 언어라고 지겹도록 되풀이했던 그에게 더욱 열린 마음으로 귀를 기울였을 것이다. 물론 독자들은 싱의 작품 속 아일랜드인들이 목가적 이상향의 양치기만큼이나 인위적인, 오로지 문학작품을 위해 설정된 시골 사람들이라 생각할 수도 있다. 그러나 싱의 생각은 달랐다.

> 다른 극작품에서와 마찬가지로, 「서쪽 나라에서 온 멋쟁이」를 집필할 때 나는 한두 단어를 제외하고는 아일랜드인들에게서 들었거나 신문을 읽을 수 있기 전 내가 다니던 유치원에서 들었던 단어들을 사용했다. …… 아일랜드의 농부와 정말 가깝게 지내본 사람이라면, 이 극에 나오는 가장 거친 말과 생각조차도 그위살리아, 카라로, 내지는 딩글 만의 작은 산비탈의 오두막집에서 들려올 법한 말에 비해 완곡하게 다듬어졌음을 알 것이다. …… 몇 년 전 「골짜기의 그림자The Shadow of the Glen」를 집필했을 때에는, 당시 머물렀던 위클로의 낡은 집 바닥 틈새에서 어떤 것에서보다 더 많이 배웠다. 그 갈라진 틈으로 부엌에서 일하는 어린 여종들의 대화를 들을 수 있었기 때문이다. 이 점이 중요하다. 사람들의 상상력과 그들이 사용하는 언어가 풍부하고 생동감 넘치

• 윌리엄 워즈워스(William Wordsworth, 1770~1850): 18세기식 기교적 시어를 배척한 영국 낭만파 시인. 『서정 민요집Lyrical Ballads』(콜리지와 공저, 1798)은 영국 낭만주의 운동의 시발점이 되었다.

는 나라에서는 작가 역시 방대한 양의 풍부한 단어를 쓰면서 동시에 작품에 현실감을 더할 수 있기 때문이다. 이는 포괄적이고 자연적인 형태를 띤 모든 시의 뿌리다. 그러나 도시를 대상으로 한 현대 문학에서는 소네트나 산문시 혹은 삶의 일반적인 관심사와는 동떨어진, 고심하여 쓴 소수의 책에서만 풍부함을 찾아볼 수 있다. 한편에서는 말라르메와 위스망스가 이러한 문학을 양산해내고 있고, 또 다른 한편에서는 입센과 졸라가 웃음기와 핏기 없는 단어들로 삶의 현실을 다루고 있다. …… 좋은 극작품에서 모든 대사는 견과나 사과처럼 맛이 완전히 들어야 한다. 그러한 대사는 시에 대해서 일언반구도 하지 않는 사람들 사이에서 일하는 자라면 쓸 수가 없다. 아일랜드에서 우리는 불같이 맹렬하고 장대하며 또 부드러운 상상력을 갖게 될 것이다. 따라서 글을 쓰고자 하는 우리는 전원생활의 봄날이 잊히고 수확은 오로지 기억에 불과하며 볏짚이 벽돌로 바뀌어버린 곳에 사는 작가들에게는 주어지지 않은 기회를 갖고 시작할 것이다.[17] ❶-10

교육의 결과가 가져다준 그림이 썩 유쾌하지만은 않다. 그 안에 상당한 진실이 있을까 봐 우려스럽다. 그 진실이란 바로 도시, 학교, 신문이 득이 되기도 하지만 그만큼 막대한 해를 끼쳤다는 점이다. 우리는 문명과 교육이 정신을 영민하게 하면서도 혀를 무디게 하고, 또 지성에 불을 밝히면서도 상상력을 바래게 한다는 불쾌한 진실을 마주해야 한다. 원시인의 언어는 일종의 마법 같아 보일 때가 많다. 반면 지성인의 언어는 일종의 대수학과 같다. 존 버니언*을 기억하자.
어쩌면 이 때문에 몽테뉴*가 프랑스의 '시장과 거리'에서 들려오는 말들에 혹은 '시장과 거리'의 사람들이 쓰는 말에 크게 만족하지 않았나 싶다. 또 그래서 완벽한 프랑스어를 열렬히 추구했던 순수주의자 말레르브*가 ('우울한' 버턴이 기분전환을 위해 옥스퍼드 바지선 선원들의 호된 욕지거리에 귀 기울인 것처럼) 생장Saint-Jean 성문의 문지기들의 말에 진지하게 귀 기울이지 않았나 싶다. 순수한 프랑스어를 찾으려고 부단히 노력했던 보줄라* 역시 '그리스어와 라틴어에 정통한 자보다는 여성과 배우지 않은 자에게 조언을 구하는 편이 대개 더 낫다'는 규칙을 가지고 있었다. 디드로*는 문체 전반에 대한 더욱 광범위한 질문에서 더 극단적인 태도를 보였다.

"진실을 말하자면, 좋은 문체는 마음에서 우러난다. 그래서 수많은 여성들이 말하는 법이나 글 쓰는 법을 배우지 않고도 천사처럼 말을 하고 글을 쓴다. 반면 많은 현학자들은 평생 학문에 매진해왔어도 말하기와 글쓰기가 형편없다."

여성이 여전히 더 달변가인지는 잘 모르겠다. (서신은 더 잘 쓰는 경

•   존 버니언(John Bunyan, 1628~1688): 잉글랜드의 목사. 설교가. 베드퍼드서의 시골에서 태어나 읽기와 쓰기 외에는 거의 교육을 받지 못했고 가업을 이어 땜장이가 되었다. 청교도 종교관을 독특하게 표현한 『천로역정The Pilgrims Progress』의 저자이다.

•   미셸 드 몽테뉴(Michel de Montaigne, 1533~1592): 에세essai라는 문학 형식을 만들어낸 프랑스의 사상가이자 문필가. 『수상록Essais』은 인간 정신에 대한 회의주의적 성찰과 라틴 고전에 대한 해박한 교양을 담고 있다.

•   프랑수아 드 말레르브(François de Malherbe, 1555~1628): 엄격한 형식, 절제, 순수한 어법을 강조하여 프랑스 고전주의의 기반을 닦은 시인.

•   클로드 파브르 보줄라(Claude Favre Vaugelas, 1585~1650): 문어와 상류사회에서 쓰는 프랑스어를 표준화하는 데 이바지한 프랑스의 문법학자.

•   드니 디드로(Denis Diderot, 1713~1784): 1745~1772년 계몽주의 시대의 주요 저작물인 『백과전서L'Encyclopédie』의 편집장을 맡았던 프랑스의 문필가, 철학자.

향이 있는 것 같다.) 'le bon style est dans le coeur(좋은 문체는 마음에서 우러난다.)'라는 말은 중요한 진실에 근거하지만 마음 따뜻한 디드로에게서나 들을 법한 과장처럼 들린다. 그러나 교육, 학습, 연구가 말하기와 글쓰기 실력을 향상시키는 게 아니라 더러 악화시킨다는 점이 그저 지켜볼 문제로 남아 있지 않은지 우려된다. 내 기억이 맞다면, 길버트 머리* 교수는 대학가 도시에 사는 사람들이 폴리네시아인 같았으면 좋겠다는 바람을 이따금 털어놓았다. 나는 그 말이 어떤 의미인지 안다. 그러나 지금으로서는 침묵으로 신중을 기하는 편이 좋을 것이다.

그렇다면 우리가 교육에 절망을 느끼고 촌사람들이 사는 목가적 이상향이나 불모지로 돌아가야 할까? 그건 아니다. 돌아가는 일 따위는 없다. 그러나 현대 문명이 다시는 순수해지지 않았고 루소의 감상적인 후회로 빠져들지 않았다는 사실을 용기 내어 인정할 수는 있다. 물론 우리가 지금까지 이루어낸 것을 폄하하려는 의도가 아니다. 예를 들어 18세기의 운문보다 헬라스나 에이레의 원시전설 또는 영국 북부의 서정민요에 시적인 측면이 더 많다고 느낀들, 그 위대한 18세기의 산문에 녹아들어 있는 장려함, 즐거움, 매력까지 잊게 되지는 않는다. 말레르브는 문지기들의 말에 귀 기울였지만 그들과는 동떨어진 계층의 사람이었다. 소작농에게 불후의 명성을 주었던 싱은 더블린의 트리니티 칼리지와 파리로 갔다. 대부분의 영국 작가

---

* 길버트 머리(Gilbert Murray, 1866~1957): 고대 그리스 극작의 대가인 아이스킬로스, 소포클레스, 에우리피데스, 아리스토파네스 등의 작품을 번역하고 무대에 올려 고전극을 부활시킨 영국의 고전학자.

들은 실제로 중산층 출신이었고, 그들 중 많은 수는 대학에서 공부를 했다. (비록 그곳에서 글을 쓴 일은 별로 없었지만.) 내 요지는 박식한 자라고 해서 그보다 교육 수준이 낮은 자보다 본인을 더 잘 표현하는 건 아니라는 얘기다. 실제로 일반인에게서 배울 점이 더 많을 때도 있다.

교육자들은 교육을 지나치게 맹신하는 경향이 있다. 한 예로 체스터필드*는 누구나 훈련을 거치면 '훌륭한 웅변가'가 될 수 있다는 흔치 않은 견해를 갖고 있었다. 단, 뭐든 될 수 있지만 시인만은 될 수 없다고 했다. "짐 마차꾼이라도 밀턴이나 로크, 뉴턴만큼 빼어난 재능을 타고났을 수 있다. 다만 그들은 문화 때문에 짐 마차꾼보다 높은 위치에 있는 것이다." 또 내가 알고 지냈던 어떤 이는 보통의 아이라도 충분히 어릴 때 시작하기만 한다면 삼위일체설을 연구하는 학자로 거듭날 수 있다고 열변을 토했다. 그러나 내 경험에 따르면, 앞서 언급한 자들은 만들어지기보다 타고난다. 마찬가지로 화가는 예나 지금이나 학교에서 교육을 받지만, 위대한 작가는 글쓰기를 배우지 않는다. (비록 런던과 미국에서 일종의 글쓰기 교육이 광고되고 있기는 하지만 말이다.) 문학의 거장들은 스스로를 가르치는 것 같다. 초서에서 버지니아 울프에 이르기까지, 독자들이 접하는 작가들은 영

* 필립 도머 스태너프, 체스터필드 백작 4세(Philip Dormer Stanhope, 4th Earl of Chesterfield, 1694~1773): 영국 정치가, 외교관. 예절, 사교술, 세속적인 성공비법 등에 관한 안내서인 『아들에게 주는 편지Letters to His Son』, 『대자에게 주는 편지Letters to His Godson』의 저자로 유명하다. 프랑스 예법과 문화 그리고 프랑스적인 취향의 열렬한 예찬자. 매력적이고 유머가 풍부했고 포프, 스위프트, 볼테르와 친분을 맺고 있었으며 작가들이 후원자이기도 했다. 그러나 새뮤얼 존슨과 관계가 좋지 못했는데, 존슨은 예술후원자들을 비판하는 한 유명한 서한에서 체스터필드를 비난했다.

어를 '한 것'이 아니라 '하는 중'이다.

고대 수세기에 걸쳐 연설가를 양성하려는 노력이 꾸준히 이루어진 건 사실이다. 단, 그 결실이 미미해 보인다. 그러한 노력은 일부 그리스 궤변가들이 일반인을 능변가로 만들 수 있다고 공언하면서 시작되었다. 이후에는 수사학자들이 그 뒤를 이었다. 그들은 그리스·로마 전역까지 대거 무리를 형성하게 되었고, 유베날리스•는 그들을 두고 극북極北의 땅에서까지 일자리를 찾는다고 손가락질했다. 그러나 실제로는 아리스토텔레스의 『수사학Rhetorica』조차도 아테네 웅변술의 위대한 시대를 연장시키지 못했고, 그 시대는 오히려 끝으로 향했다. 그의 『시학Poetica』이 죽어가는 비극에 새로운 생명을 불어넣지 못했듯이 말이다. 늘 그렇듯이, 비평 이론은 자식을 낳을 수 없었다. 오로지 해부만 할 뿐이다. 키케로는 웅변술에 관한 논문을 내놓았지만 새로운 키케로는 아니었다. 때로 흥미롭고 감탄스럽기도 한 롱기누스나 퀸틸리아누스 같은 학자들도 실상 별다른 결실을 맺지 못했다. 끝내 영국인들에게는 (스코틀랜드인들에게는 해당되지 않지만) '수사학'이 모순적이게도 욕설이 되었다. 매슈 아널드•의 노력에도, 나는 비평가들이 창작을 하는 사람들에게 매우 큰 득이 되었다고 생각하지 않는다. 오히려 해가 될 때가 더러 있다.

체호프의 작품에는 한 남자가 새끼 고양이에게 쥐 잡는 훈련을 시

• 데시무스 유니우스 유베날리스(Decimus Junius Juvenalis, ?~127?): 로마의 풍자시인 가운데 가장 영향력이 큰 시인.

• 매슈 아널드(Matthew Arnold, 1822~1888): 영국 빅토리아 시대의 시인이자 비평가, 교육자. 『교양과 무질서Culture and Anarchy』(1869)와 같은 작품을 통해 '교양'의 옹호자가 되었다.

키려다가 결국 고양이가 쥐를 보고 몸을 웅크리게 된다는 이야기가 나온다. 또 한 아이에게 한탄 사람들이 걷는 법을 가르치기 위해 아이를 한탄으로 보냈다는, 위나라 왕자가 전한 교훈적인 우화도 있다. "아이는 걸음걸이를 터득하지 못했다. 그러나 그 걸음걸이를 배우려고 온 시간을 쏟아부은 탓에 정상인처럼 걷는 법을 잊어버렸고 끝내 네 발로 기어서 고향으로 돌아왔다."•

교육은 낙관론자들이 생각하는 것보다 확실성이 떨어지고 더 위험할 수 있지만, 그럼에도 불가피한 필요로 남아 있다. 교육은 체호프의 새끼 고양이를 망쳐버렸다. 그렇지만 모든 말과 매와 사냥개를 교육시켜야 한다. 유리를 다이아몬드로 바꿀 수는 없다. 그러나 다이아몬드를 더욱 빛나도록 광을 낼 수는 있다. 심지어 유리도 절단하여 모양을 낼 수 있다. 어느 누구도 작가로 태어나지 않는다. 아무리 뛰어난 사람이라 해도 배워야 한다. 사람은 뭔가를 직접 해보려고 노력할 때 가장 많이 배운다. 내 역할은 그저 몇 가지 제안을 하고 타인의 경험에서 얻은 얼마간의 예를 제시하는 것이다. 이렇게 하면 그 고통스러운 과정을 조금이나마 단축하는 데 보탬이 될지도 모른다.

그러나 문체 연구에는 타인의 훌륭한 글을 더 깊이 즐기고, 명쾌하게 말하고 글을 쓰며 사고하는 능력을 배양한다는 두 가지 목적 외에 세 번째 목적이 있다. 바로 영어라는 언어의 순수성을 보존하는 것이다.

• "아이는~돌아왔다.": 근대 단편소설의 거장인 체호프 작품 중 「누구에게 책임이 있나?Who Was to Blame?」라는 소설의 내용이다.

우리 대부분이 유명해지거나 오래도록 기억될 가능성이 별로 없다. 그러나 한 나라나 문학계에 눈부신 공로를 세운 매우 걸출한 극소수의 사람들 못지않게 끈기 있는 노력으로 세상이 후퇴하지 않도록 만드는, 알려지지 않은 다수의 사람들도 중요하다. 이들은 새로운 가치를 정복하지는 못하더라도 과거의 가치를 수호하고 유지한다. 세간의 이목을 끌진 못하지만, 이들의 승리는 선조로부터 물려받은 것을 손상되지 않고 빛바래지 않은 상태로 고스란히 후대에 물려주는 것이다. 우리 대부분은 다음 세대에 횃불을 넘겨줄 수만 있다면 그리고 그들이 횃불을 내려놓는 일만 없다면 그걸로 충분하다. 우리를 아는 소수의 사람들에게서 사랑을 받고 그들이 이 땅에서 사라질 때에 함께 잊히는 것만으로도 충분하다. 인류의 운명은 '별'들의 손에 전적으로 좌우되지 않는다.

우리 유산의 일부는 바로 영어다. 물론 우리가 손으로 영어를 움켜쥔다고 해서 선택받은 소수의 사람처럼 그것이 아서 왕의 마법의 검이 되는 건 아니다. 하지만 그 검을 더럽히거나 녹슬지 않은 깨끗한 상태로 물려주도록 본분을 다할 수는 있다.

50년 전과 달리 영국은 이제 세계 최대강국의 왕좌에서 내려왔다. 빅토리아 여왕 시대에 키플링이 그랬듯이, 누군가 맹목적이고 노골적인 오만함에 대해 우리에게 경고하는 일은 이제 필요하지 않다.

광기어린 호언장담과 어리석은 말
부디 백성들에게 자비를 베푸소서, 신이시여! ❶-11

실제로 수필을 읽다 보면 이따금 정반대의 느낌을 받는다. 그러니까 영국이 동쪽과 서쪽 두 강대국의 그늘에 가려 빛을 잃은 광경을 목격한 젊은이들 사이에 어떤 불안과 낙담이 엄습했다는 느낌을 받는다. 그렇지만 왜 꼭 기원전 3세기의 아테네인이나 그로부터 3세기 후의 로마인처럼 의기소침한 어조로 말을 해야 하는지 그 이유를 알지 못하겠다. 최초의 엘리자베스 여왕과 앤 여왕 치하의 영국 역시 더 강력하고 인구가 많은 경쟁국들의 그림자 속에서 지냈다. 그랬어도 당시 영국인들은 어느 국가와도 견줄 수 없는 풍요로운 문명을 일궈냈다. 문학과 사고에서도 마찬가지였다. 영국인들에게는 두 가지 중요한 자산, 즉 영어라는 말과 글자가 있었기 때문이다.

이 둘은 지금도 남아 있다.

따라서 우리의 입지는 어렵고도 위험하다. 그러나 우리의 입지가 더 안정적이라면 실로 위험했을 것이다. 영국인들은 나태한 경향이 있기 때문이다. 위기가 찾아올 때까지 사고를 게을리 하고 노력을 기울이는 데 나태한 모습을 보인다. 우리에게는 동쪽의 바람이 필요하다.

그러나 우리의 현재 관심사는 언어다. 한 나라의 언어의 질은 어느 정도까지 그 나라의 삶과 사고의 질에 따라 달라진다. 그리고 한 나라의 삶과 사고의 질은 그 나라의 언어의 질에 따라 달라진다. 이 사실은 그리스어의 격조와 미묘함, 라틴어의 정교함과 견고성, 프랑스어의 밝은 명쾌함, 아이슬란드 영웅전설의 삭막한 간결성, 노래하듯 말을 하는 이탈리아어의 웅변조의 가락에서 찾아볼 수 있다.

위대한 작가라면 언어에 더 능할 테다. 그러나 언어를 새로 만들지는 못한다. 이따금 괴테는 독일어로 글을 써야 한다는 사실에 괴로워했다. 그리고 제국 통치하의 로마 문학의 한 가지 약점은 작가와 일반인이 쓰는 라틴어가 크게 달랐다는 점이다. 한 나라의 언어는 그 땅과 마찬가지로 끊임없는 경작과 잡초 뽑기를 필요로 한다. 언어는 상당히 멀리까지 퇴보할 수 있다. 현대 그리스어는 부정사와 미래시제를 잃었고(어색한 우회어법으로 대체됨), 모음 3개와 이중모음 3개가 하나의 소리 'ee'로 퇴화되었다. 따라서 건강의 여신을 뜻하는 단어 'Hygieia'가 불협화음처럼 'Ee-yee-ee-a'로 바뀌어버렸다. 실은 삶의 순리가 이러하다. 내리막길로 접어들기는 무척이나 쉽다. 굴과 따개비는 한때 머리가 달려 있었다.

여기서 프랑스어로부터 배울 점이 있다. 시와 시적인 형태를 띠는 산문에서, 영어 문학은 어느 언어권의 문학과 견주어도 뒤지지 않는다. 그러나 좀 더 일반적인 산문에서는 프랑스어가 더 높은 수준을 유지하는 것으로 보인다. 내 짐작에 부분적으로 그 이유는 프랑스의 지성인과 교육자들이 산문에 대해 더 숙고하고 신중을 기하기 때문인 것 같다. 프랑스인이 "하지만 이건 프랑스어가 아니야."라고 비난할 때 보이는 격앙과 멸시의 어조로 영국인이 "하지만 이건 영어가 아니야."라고 반감을 표시하는 걸 언제 들어보겠는가?

지금으로부터 2세기 전에 프랑스 비평가 아베 르 블랑도 영국을 방문하여 동일한 차이에 주목했다. "요즘 프랑스인들은 작가의 작품을 칭송할 때 이렇게 말한다. '이 작품은 잘 구성된 책, 잘 쓰인 극, 잘 정리된 담론이다.' 반면 영국인들은 이렇게 말한다. '이 작품은 좋은 것, 훌륭한 것들로 가득하다.'"[18] 이 프랑스인은 문제를 바로

잡으려고 학교까지 세웠다. 그의 시도가 얼마나 성공을 거두었는지는 모른다. 하지만 그것은 보통의 영국인이 생각하기에 국가 대항전처럼 진지한 일에나 어울릴 법하고, 언어를 지나치게 꾸미고 다듬고 현학적으로 사용하는 것도 영국인이 의식적으로 우려하는 증상이다.[19]

프랑스인들이 이렇게 산문에서 우수성을 보존했다고 한다면, 그건 그들이 언어의 은수저를 입에 물고 태어났기 때문이 아니다. 많은 사람은 프랑스어가 이탈리아어보다 음악적이지 않다고 지적한다. 이탈리아의 작가 비토리오 알피에리는 프랑스어의 징징거리는 비음을 몹시 혐오했다. 한 프랑스 작가는 날벌레 떼 같은 단어들 때문에 성가시다고 불평했다. 그는 y, en, se, ne, le, la와 같은 형태뿐 아니라 조동사 avoir와 être, 동사 faire, 까다로운 접속사를 비롯한 모든 것이 프랑스 산문에 해를 입힌다고 말했다.[20]

그러나 영국 작가 존 애딩턴 시먼즈가 지적했듯이, 프랑스인들은 근면성실하게 경작을 해서 그보다 비옥한 땅보다 더 나은 수확을 거둬들였다. 그들이 질 낮은 고기를 가지고 우리보다 더 나은 음식을 만들 듯이 말이다. 또 몇몇 나라의 여성들보다 때로는 타고난 미가 부족한 프랑스 여성들이 그 어디에도 뒤지지 않는 멋과 매력과 우아함을 자아내는 것처럼 말이다. 이러한 이유로, 괴테는 노년에 자신의 작품 『파우스트Faust』를 프랑스어로 읽기를 선호했다.[21] 그리고 슈트라우스가 쓴 『예수의 생애Leben Jesu』의 프랑스어 번역본은 프랑스보다 독일에서 더 많이 팔려나갔다고 한다. 제안하건대, 프랑스어 산문을 읽으면 영어로 글 쓰는 법을 꽤 많이 배울 수 있다. 그리고 이 말은 견해의 문제이지만, 프랑스어의 영향력이 독일어의 영향력으로 대체되었던 19세기 초반에 영어 산문은 상당한 고통을 겪었다.

한편 편견일 수도 있지만, 때로는 불행했던 독일의 역사를 보면 독일어의 특정한 속성과 인과관계가 있다고 생각한다. 독일어는 시에는 근사하게 어울리지만 산문에서는 (쇼펜하우어와 니체의 예외가 있지만) 이따금 표류하는 모호함과 흐릿한 추상성 때문에 길을 잃는 경향이 있다. 한 예로 히틀러가 유대교에 관해 썼던 글을 살펴보자. "악마같이 극악무도한 편협함으로 가득한 삶의 가치관은 강요된 정신으로 그리고 더할 나위 없이 강력한 의지로 결국 산산이 부서지겠지만, 그 자체로는 순수하고 근본적으로 진실한 새로운 생각이다."[22] 이 같은 문장들로 빼곡한 800쪽짜리 책을 읽는다는 건 보통 영국인에게는 악몽이나 다름없다. 더더구나 그런 책을 열정으로 읽어야 한다는 건 전적으로 이해할 수 없다. 출처는 분명하지 않지만, 내가 육군성에 재직할 당시 독일인들의 이러한 측면을 단적으로 보여주는 농담이 있었다. "왜 이렇게 단순한가? 더 복잡하게 만들 수는 없는가?" 우리는 적군의 어마어마한 효율성, 집요함, 담력을 과소평가하지 않았다. 그렇다 해도, 난해하고 추상적인 말도 안 되는 영어를 하려고 해도, 독일인에 견줄 만큼 하기란 어렵다.

더 세부적인 측면을 살펴보자. 영어 문체에서 가장 중요한 것 중 하나가 바로 어순이다. 영어에서는 절이나 문장에서 가장 강조되는 부분이 마지막이다. 마지막은 절정에 해당하고, 이후 순간적인 정적이 흐르는 동안 마지막 단어가 독자의 머릿속에 계속해서 맴돈다. 그것이 사실상 결정적 역할을 한다. 그러므로 어떤 단어를 문장 끝에 놓아야 할지 두 번 생각해야 한다. 반면 독일어 문장에서는 기이한 문법적 관행이긴 하지만, 이 마지막 위치를 부정사나 과거분사를 위해 남겨두어야 할 때가 있다. 또 종속절일 경우에는 마지막 위치를 본동사를 위해 남겨두어야 한다. 따라서 특별히 강력하지 않은 이상, 단순한 문법 때문에 논리적 강조가 희생되는 경향이 있다. 심지어 니체의 글에서도 이 경향을 찾아볼 수 있다. "Ich lehre Euch den Übermenschen. Der Mensch ist Etwas, das überwunden werden soll.(초인超人에 대해 가르쳐주겠다. 인간은 초월해야 할 대상이다.)" 이 문장에서 핵심 단어는 Übermenschen과 überwunden이다. 그러나 Übermenschen은 응당한 자리를 차지한 반면 überwunden은 그렇지 않다.[23] 물론 이 문장이 크게 문제되지는 않는다. 그러나 더 긴 문장이나 절에서 독일어는 명확성과 핵심을 잃기 쉽다. 그러다 보니 영국인, 프랑스인, 독일인 무리가 앉아 있는 카페에서 영국인들은 탁자 주위로 단단히 자리를 잡고 앉아 침묵을 지키고 프랑스인들은 한꺼번에 속사포같이 말을 쏟아내는 반면, 독일인들은 긴장을 놓치지 않고 놀라우리만치 집중력을 발휘해 돌아가며 서로의 말을 경청하는 광경을 보게 된다는 우스갯소리가 있다. 그 광경을 본 사람은 그제야 깨닫는다. 독일인들이 기다리고 있는 것이 바로 동사라는 것을 말이다. 의아한 점은 어떻게 해서 그런 엉뚱한 규칙들이 생겨났는가 하는 것이다. 들은 바에 따르면, 그런 규칙들은 라틴어 산문의 우수성을 독일어에 도입하려는 순진한 르네상스적 시도에서 비롯했다고 한다. 로마인들은 동사를 마지막에 놓는 뚜렷한 경향이 있었다.[24] 그러한 로마인들의 경향이 독일어로 건너가 철칙이 된 것처럼 보인다.

아르미니우스가 아마도 무덤 속에서 씁쓸하게 웃어댔을 것이다.

영어는 그보다 다행스러운 상황이었다. 우리 선조들이 노르만족의 정복하에 신음하는 동안, 바위가 빙하로 매끈해지듯이 영어에서 사마귀 같은 불필요한 성장물이 대거 떨어져나갔다. 또 한편으로 영어는 외래의 출처, 특히 프랑스어로부터, 부분적으로는 프랑스어를 통해, 그리고 라틴어로부터 끊임없이 풍성함을 더했다. 하지만 영어가 점차 수준이 낮아져 일종의 일반어가 되는 걸 보는 데 만족하지 않는 이상, 이제는 영어의 운명이 그대로 흘러가도록 간과할 수 없다. 배움으로 받아들여야 할 것이 있는 반면, 맞서 싸워야 할 것이 있다. 우리는 싸구려 신문, 싸구려 책, 거대한 도시, 어디에나 있는 관료들을 비롯하여 다수의 위험한 영향력에 둘러싸여 있다. 관료 특유의 오만함과 법적, 정치적으로 신중함을 기하려는 필요에 의해서, 별다른 의미를 갖지도 않는 단어들이 우후죽순으로 많이 생겨났다. 19세기 민주주의에 대해 한 현명한 정치인은 이렇게 논평했다. "우리는 주인들을 교육시킬 필요가 있다." 이 말은 20세기 관료체제에도 역시나 절실하게 적용된다.

해안선처럼 우리의 언어도 시간이라는 무게 속에서 서서히 그러나 끊임없이 변화한다. 그러나 실제로는 변화가 아무리 서서히 진행된다 할지라도 특정한 시점에서 이를 눈으로 관찰할 수 있다. 한 가지 예를 들어보겠다. 1837년에 매콜리*는 이렇게 썼다. "런던 사람 1만 명 중에 will과 shall의 올바른 사용에 관한 규칙을 정할 수 있

---

* 토마스 배빙턴 매콜리(Thomas Babington Macaulay, 1800~1859): 『영국사History of England』의 저자로 이른바 '휘그식 역사해석'의 창시자. 수필가이자 시인, 정치인이기도 하다.

는 자는 한 명도 없다. 그러나 런던 사람 100만 명 중에 will과 shall
을 잘못된 위치에 놓는 자는 한 명도 없다." 참으로 매콜리다운 발
언이다. 감탄스러울 만큼 명쾌하고 예리하다. 그러면서도 분명 과
장된 면이 있다. 1837년의 행복했던 런던에서 위와 같은 문법 오류
에 '한 번이라도' 빠진 사람이 손에 꼽힐 정도로 적었다는 말을 믿을
수 있을까? 그러나 매콜리의 경솔함에 빠지지 않고, 오늘날 런던 사
람 100명 중 한 명이 그러한 규칙을 과연 지키는지 의문을 제기해볼
수는 있다. 내가 지금까지 본 바로는, 우리 중 태반이 교육수준이 높
든 낮든, 글을 쓸 때든 말을 할 때든, 예를 들면 "I will go tomorrow
from London to Cambridge.(나는 내일 런던에서 케임브리지까지 간다.)"
라고 말한다. 이 말은 'I am willing to go.(나는 가려고 한다.)'를 의미
한 것이 아니다. 즉 '나는 비숍스스토트퍼드로 돌진하거나 죽기로
결정했다.'를 의미하지 않고, 그저 'I shall go.(나는 간다.)'를 의미한
다. 나는 아직도 'I shall go.'라고 말하는 편이 낫다고 생각한다.

내가 어렸을 적에는 1인칭 단수나 복수에서 'will'이 기꺼이 하겠
다는 태도나 결심을 의미한다고 배웠다.[25] shall은 단순한 발언이었
다. 모든 사람이 그렇게 알고 있었다. 물론 교육을 받지 못한 자나
스코틀랜드인(당연히 매콜리는 제외), 아일랜드인은 제외하고 말이
다. 한 아일랜드인이 바다에 빠졌다가 "No one shall save me. I will
be drowned.(아무도 날 구해주지 않겠지. 난 빠져 죽을 테다.)"라고 소리
치는 바람에 본의 아니게 구조의 손길을 놓쳤다는 일화가 있다. 그
러나 오늘날 사람들은 이 가련한 아일랜드인이 "난 물에 빠져 죽겠
지."라고 외쳤다고 짐작한다. 그리고 거의 모든 사람이 그가 사용한

'will'의 의미를 받아들였다.

내게는 다소 안타까운 상황이다. "I will see her tomorrow.(내일 그녀를 본다.)"라는 문장이 결연한 의지나 결심이 아닌 단순한 사실을 나타내게 되었다면, 그러한 의지나 결심은 적어도 글에서만큼은 "I am willing to see her tomorrow." 내지는 "I am resolved to see her tomorrow."와 같은 우회적 어법으로 반드시 표현되어야 한다. 만약 이렇게 해서 간결성이 사라진다고 생각한다면, "I *will* see her tomorrow."와 같이 이탤릭체로 표기할 수도 있다. 물론 이탤릭체의 사용을 극구 반대하는 사람들도 있다. 지면상의 적법한 장치를 사용하여 강조하고자 하는 목소리를 표시하면 왜 안 되는지 그 이유를 모르겠다. 이탤릭체가 쉽게 남용될 가능성이 있지만 말이다.[26]

한편 1인칭에서 사실을 표현하는 'shall'과 의지나 결심을 표현하는 'will'의 오래된 사용법이 2인칭과 3인칭에서는 반대로 상당히 복잡하게 남아 있다고도 볼 수 있다.[27] 그러나 영국인 특유의 나태함이 계속되어, 과거에 영어에서 격어미*나 문법성*을 없애는 등 상당히 합리적이었던 간소화라는 과정에 의해 세 가지 인칭 모두에서 단순한 사실을 표현하기 위해 일괄적으로 'will'을 사용하게 될 수도 있다. 일리 있는 말이다. 결국 무지한 사람들이 승리하여 규칙에 어긋난 그들의 문법이 올바른 영어 표현이 될 수도 있다. 아무도 모를 일

• 격어미: 단어의 격을 구별해주는 어미. 예를 들면, 고대 영어에서 남성명사 단수의 소유격과 여격을 나타낼 때 각각 -es와 -e를 붙인다. 돌을 뜻하는 남성명사 stān의 소유격, 여격은 stān-es, stān-e이다.

• 문법성: 명사에 자연적 성과 관계없이 임의적으로 표시되는 성. 예를 들면, 고대 영어에서 여성을 뜻하는 단어 'pif'는 자연성과 상관없이 중성에 해당한다.

이다. 그렇지만 나는 승산 없는 싸움일지라도, 과거의 'will'과 'shall'의 사용법을 지키기 위해 계속해서 맞서 싸울 것이다.

이보다 더 심각한 언어 변화의 또 다른 예는 'as if'의 사용이다. 우리는 "It looks as if negotiations are breaking down.(협상이 결렬된 것으로 보인다.)"과 같은 표현을 여기저기서 접한다. 내게는 무척 불쾌하게 들린다. 'It looks as if'는 'It seems that'의 의미로 사용되었다. 하지만 이 둘은 동일하지 않다. 완전히 풀어서 쓰자면 "It looks as it would look if negotiations were breaking down."이 되어야 한다. 여기서 'were' 대신 'are'를 쓰는 것도 상당히 비논리적이다. 프랑스인들이 지나치게 논리를 내세우는 경향이 있다면, 영국인들은 충분히 논리적이지 않은 경향이 있다.

내 주제는 문법이 아니라 문체다. 그러나 잘못된 문법은 문체를 망가뜨릴 수 있다. 더욱이 문체가 존재하기 어려울 정도까지 언어가 퇴화할 수 있다. 길버트 머리 교수가 언젠가 말한 대로, 영어가 수세기에 걸쳐 'When'e met'e, 'e took off'e'at'과 같은 표현이 나올 지경까지 퇴화한다면, 밀턴과 같은 우리의 대문호들은 불명예를 안은 채로 남을 것이다. 우리가 경계할 수 있는 위험들이 있다. 운 좋게 충분한 교육을 받은 사람들이 이제는 가장 무거운 책임을 떠안아야 한다.

순수한 영어에 극도로 집착하는 일부 작가들처럼 모든 언어적 변화를 금하자는 얘기가 아니다. 그건 카누트 왕과 파팅턴 부인을 모방하는 행위에 지나지 않는다. 전반적으로 나는 문학에 대해 보수적인 태도를 취한다. 그동안 문학의 반란을 이끈 자들을 수도 없이 봐

왔다. 그리고 그들 대부분이 불쾌감을 일으켰다. 그러나 언어가 언제나 그 모습 그대로 있을 수는 없다. 따라서 일반 대중을 위해서는 관용구와 어휘의 변화가 너무 빨라서도 안 되고, 무모해서도 안 되며, 악의를 갖고 의도적으로 이루어져서도 안 된다. 개별 작가에게는 다음과 같은 포프*의 조언이 더할 나위 없이 유용할 것이다.

새로운 것을 시도할 때 처음이 되지 말라.
그러나 낡은 것을 버릴 때 마지막이 되지 말라.[28] ❶-12

영국, 영연방 자치령, 미국이 동일한 언어를 사용한다는 사실은 영어가 궁극적으로 세계어가 될 가능성이 크다는 점을 의미한다.[29] 그러나 이 공통어는 바람직하지 못한 방향으로 쉽게 보편화될 수 있다. 영어가 전 세계를 얻는 대신 고유의 영혼을 잃는다면 안타까울 것이다. 우리의 시대가 시작되면서 그리스어는 근동의 공용어가 되었다. 그러나 이제 그것은 소포클레스의 그리스어가 아니다.

결론을 내리자면, 교육에서 문체 연구는 영어의 음미, 영어의 숙달, 영어의 순수성 추구, 이렇게 세 가지 주된 목적이 있다. 이 세 가지로 충분하지 않다고 생각하는 사람이 있다면 그는 욕심이 과한 것이다.

● 알렉산더 포프(Alexander Pope, 1688~1744): 영국 신고전주의시대 시인, 풍자가. 정규교육을 받지 못했으나 독학으로 고전을 익혔고, 타고난 재능으로 21세에 시집 『목가집Pastorals』을 발표하였다. 『비평론Essay on Criticism』을 발표하여 영국 시단에서 확고한 지위를 얻었다. 대표작은 풍자시 『우인열전愚人列傳The Dunciad』(1728, 개정판 1742)이다. 이것은 자기가 싫어하는 출판업자·시인·학자 들을 철저하게 조롱한 작품이다.

독자들은 이렇게 생각할지도 모른다.

'거창하긴 하지만 전부 일리 있는 이야기야. 그렇지만 영어의 창창하고도 음울한 앞날은 너무도 먼 세상일이야. 우린 그 전에 이미 세상을 떠나겠지. 더욱이 지금 우리에게는 저마다 가꾸고 일굴 정원이 있어. 한 언어를 통달한다는 건 멋진 일이야. 하지만 그걸 어떻게 해내지? 아일랜드에서는 한때 블라니 스톤*에 입을 맞추는 것만으로도 족했는데 말이야. 저자의 비결이 대체 무엇이지?'

내 주머니에는 블라니 스톤이 없다. 나는 몇 가지 원칙, 다수의 예시, 몇 가지 경고를 제시할 뿐이다.

이제 독자들의 인내를 부탁하면서 끝을 맺어야겠다. (아니 시작해야겠다.) '문체'란 논의하기에 가장 골치 아픈 주제기 때문이다. 18세기에 누군가 쓴 냉소적인 구절이 계속해서 내 머릿속에 떠오른다.

> 처음에 그들은 인고의 노력을 기울여 좋은 시를 쓰기 위한 규칙을 만들어낸다.
> 그리고 그들이 쓴 글로써 무엇이 나쁜지를 몸소 보여준다. **❶-13**

좋은 산문을 쓰기 위한 규칙을 만드는 일은 그저 허세나 가식처럼 보일 수 있다. 그러나 나는 존슨의 방대한 글 뒤에서 피난처를 찾는다. 본인이 설파한 바를 직접 실천으로 옮기지 않는 작가를 두고 매클라우드 부인이 존슨에게 반감을 표시했을 때, 존슨의 대답은 이러

• 　블라니 스톤(Blarney Stone): 아일랜드 코크Cork 부근의 성 안에 있는 돌. 여기에 키스하면 말솜씨가 훌륭해지거나 아첨을 잘하게 된다고 한다.

했다.

"어쩔 수 없습니다. 부인. 그렇다고 해서 더 나쁜 책이 나오는 건 아닙니다. …… 저는 평생 한낮이 되도록 침상에 누워 있곤 했습니다. 그렇지만 젊은이들에게는 아침 일찍 일어나지 않는 자는 어떠한 공도 세울 수 없다고 온 진심을 담아 조언합니다."

2장

문체의 기초: 인격

　문체에 관한 논의는 대부분 잘못된 지점에서 시작하는 듯하다. 건물의 초석을 무시하고 상부 구조와 장식에만 온 신경을 쏟는 건축가처럼 말이다. 이러한 사람들은 단어의 선택, 형용어구의 삽입, 단락의 구성 등 글쓰기의 특정한 기술에만 초점을 맞춘다. 더욱이 그들이 내세우고 따르는 규칙이나 지침도 임의적이고 쉽게 변하는 경향을 보인다. 그들의 말을 들을 때면 나는 레어테스가 폴로니어스*의 훈계를 귀담아 들을 때처럼 따분해진 나머지 반감을 품고 만다. (그러나 폴로니어스의 가르침 중 일부는 새겨들을 만하며 레어테스 역시 훈계하기를 좋아하는 아버지 폴로니어스의 성향을 꼭 닮았다.) 나는 글쓰기의 요령이나 비법 따위는 모조리 무시하고 저 멀리 스코틀랜드의 언덕

●　레어테스, 폴로니어스: 둘 다 『햄릿』의 등장인물이다. 폴로니어스는 프랑스로 떠나는 아들 레어테스에게 충고를 하고 레어티스는 여동생 오필리어에게 정조를 지키라고 훈계한다.

내지는 글쓰기의 기술이라는 허식 따위는 들어본 적 없는 그리스의 소농들 사이에 있다고 가정하고 시작해보려 한다. 사실 앞서 언급한 새뮤얼 버틀러와 무척이나 같은 심정이다. 도입부에서 인용했던 그의 글을 좀 더 옮겨보면 이렇다.

> 명확하고 간명하며 완곡하게[1] 글을 쓰도록 노력해야 한다. 대개는 다수의 문장을 서너 번에 걸쳐 고쳐 쓸 것이다. 이 선을 넘는다면 글을 다시 쓰지 않는 편이 낫다.[2] 글쓴이는 같은 말을 되풀이하지 않으면서 독자가 주제를 잘 파악하도록 글을 배열하며 불필요한 단어를 삭제하고 나아가 무관한 사안을 언급하지 않으려고 부단히 애를 쓸 것이다. 매번 본인의 문체가 아니라 독자의 편의를 생각할 것이다. 뉴먼과 R. L. 스티븐슨과 같은 저자들은 그들의 글이 내용으로써 가치를 증명받기에 앞서, 좋은 글의 척도로서 소위 문체라는 것을 먼저 연마하려고 고심한 것처럼 보인다. 단언컨대, 나는 문체를 위해 한 치의 노력도 들이지 않았고 문체에 대해 생각해본 적도 없을뿐더러 그것이 문체인지 아닌지 알지도 못하고, 알고 싶지도 않다. 내게는 그저 평범하고 단순한 솔직함이 중요하다. 본인과 독자에게 손해를 입히지 않고서 본인만의 문체를 생각할 수 있다는 건 내게는 상상불가한 일이다. ❷-1

이미 말했지만, 실은 버틀러가 자신의 문체가 빼어나다는 사실을 알지 않았나 하는 의심이 든다. 그럼에도 이 저돌적인 작가가 '문체'라는 말을 '글쓰기의 격조 높은 방식'이라는 의미로 오용하여 이를 비판하려 한 게 아닌가 싶다. 그렇지만 내 요지는 이렇다. 문학에서 문체란 그저 한 인간이 타인의 마음을 움직이기 위한 수단이라는 것이다. 따라서 문체는 사실상 사람의 됨됨이, 즉 심리적 측면의 사안이다. 그러므로 정신적 토대가 우선되어야 한다. 왜냐하면 그러한 바탕 위에서 수사학의 규칙들이 논리적으로 성립되기 때문이다. 수사학의 규칙들은 (단, 타당하고 견실할 경우) 임의적이거나 쉽게 변하지 않는다. 이 규칙들이 임의적이거나 가변적이지 않고 사리에 맞고 논리적으로 보인다면, 아마 거슬리거나 식상하게 여겨지지 않을 것이다.

그렇다면 관건은 어떻게 해서 사람의 마음을 감동시키고 움직여야 최선인가 하는 것이다. 아무리 사실적인 글이라도 그 안에는 감정이 스며 있기 마련이다. 편형동물의 습성을 다룬 건조한 어조의 생물학 논문일지라도, 혹은 에드워드 I세 시대의 달걀 값을 살펴본 객관적인 역사 연구물일지라도, 알기 쉽고 명쾌하게 글을 쓰고 일목요연하게 논지를 펼친다면 독자에게서 즐거움과 감탄을 자아낼 수 있다. 심지어 수학 문제의 답안도 (비록 이 지점에서 내 목소리는 떨리지만) 미학적인 아름다움을 선사할 수 있다.

일목요연함과 명료성을 선사한다는 장점 외에, 인격의 영향력은 글쓴이가 감정에 치우치지 않고 공정해지려 노력하는 주제에도 적용될 수 있다. 글의 주제가 경기 순환에 관한 새로운 이론이라고 하자. 게다가 글쓴이가 갖고 있는 증거가 분명하다. 그러나 진실을 옹호하는 자가 개인적으로 얼마나 불쾌한 사람인지에 상관없이 어찌되든 진실이 끝내 승리를 거둔다 해도, 글쓴이가 논지를 펼치는 방법, 그것도 설득력 있게 논지를 펼치는 방법을 알고 있다면, 진실의 승리를 더 빠르게 앞당길 수 있다.

이보다 과학적인 성격이 덜하고 더 문학적인 글쓰기와 말하기에서는 감정이라는 요소의 비중이 훨씬 커진다. 더불어 설득력의 중요성도 그만큼 커진다.

예를 들어 한 나라에게는 히틀러가 됭케르크에 있다고 해도 백기를 들어 항복할 가능성이 없다는 점을 설득시켜야 한다. (다행스럽게도 별다른 설득이 필요하지 않았다.) 혹은 독자에게는 종달새가 단순히 새가 아니라 '쾌활한 기운'을 상징한다는 점(여기에 대해서 나는 다소 반대한다.)을 설득시켜야 한다.

설득력은 글쓴이가 자기 믿음을 관철시키기 위해 제시한 동기에 따라, 즉 글쓴이의 동기가 얼마나 이치에 맞게 제시되었는가, 얼마나 흡인력 있는 단어들로 표현되었는가에 따라 부분적으로 달라진다. 하지만 이는 설득하는 자의 인격에 따라서도 달라진다. 때로는 크게 좌우된다. 실생활에서 우리가 누군가로부터 조언을 들을 때 그가 해주는 조언의 유익함만큼이나 그의 인격에서도 자주 영향을 받는 것과 마찬가지다.

반복해서 말하지만, 문체는 인간이 타인과 접촉하는 수단이다. 문체는 단어라는 옷을 입은 인격, 그러니까 발화 속에서 구현된 인품이다. 친필이 사람의 됨됨이를 드러낸다면, 문체는 이를 더 고스란히 드러낸다. 문체가 사실상 문체라고 할 수 없을 만큼 색채와 생기가 없는 경우가 아니라면 말이다. 따라서 근본적인 것은 기술이나 기법이 아니다. 물론 유용하겠지만 말이다. 작가의 인격이 독자에게 거부감을 준다면, 작가가 분리부정사를 쓰지 않는다 한들, 'that'과

'which'의 미묘한 차이를 구별한다 한들, 파울러의 『현대영어어법사전』을 통독했다 한들 아무런 소용이 없다. 영혼은 구문론 그 이상의 것이다. 만약 독자들이 글쓴이를 싫어한다면, 그들은 글쓴이가 말하는 내용도 싫어할 것이다. 인간의 본성이 원래 그렇다. 독자들이 글쓴이를 좋아하지 않는다면, 그들은 글쓴이가 공정한 내용을 말한다 해도 태반은 그걸 부정할 것이다.

그러므로 좋은 글을 쓰려면 글쓴이의 인격도 적어도 얼마간은 훌륭해야 한다. 더욱이 속임수는 종국에는 탄로 나기 마련이므로,[3] 글쓴이의 인격이 겉보기에 좋은 게 아니라 실제로 좋아야 한다. 책을 집필해서 펴내는 사람들은 이따금 본인이 깨닫는 것보다 더 많은 방식으로 본인을 대중에게 드러낸다. 저자는 저서를 집필하여 팔 수 있다. 그러나 스스로를 고스란히 내어주는 셈이다.

지금까지의 이야기가 너무 현실과 동떨어지게 들리지 않는지 염려된다. 그러나 그리 새로운 이야기가 아니다. 건조한 아리스토텔레스에게서도 (물론 그는 웅변술에 관해서만 이야기하지만) 크게 다르지 않은 입장을 찾아볼 수 있다.

"그렇지만 웅변의 기술은 청중이 특정한 판단을 하도록 유도하는 것이 목적이므로…… 연사는 본인이 쓰는 갖가지 단어에 신중을 기하고, 그 단어들이 납득할 만하고 설득력 있는지 확인해야 하며, 본인을 특정한 유형의 사람으로 내세움과 더불어 본인을 판단하는 청중을 어떤 특정한 사고의 상태에 있게 해야 한다. …… 왜냐하면 그래야만 청중이 친숙함을 느끼든지 적대감을 느끼든지 불쾌감을 느끼든지 혹은 관대함을 보이든지 간에 그들의 견해에 중요한 영향을 미칠 수 있기 때문이다. …… 강한 신념을 전달하기 위해 연설자는 세 가지 속성을 갖춰야 한다. 사실적인 증거 외에, 우리를 설득시키는 요인 세 가지가 있다. 그것은 바로 뛰어난 감각, 훌륭한 인격, 청중을 향한 호의다."[4]

이렇듯 공감과 인격을 강조한 태도는 냉철하고 공평무사한 아리스토텔레스가 보였다고 하기에는 다소 의아할 수도 있다. 하지만 이것이야말로 그의 핵심이다.

3세기 후, 그보다는 상상력이 풍부한 '롱기누스'가 아리스토텔레스와 본질적으로 동일한 진실을 깨달았다. 그의 깨달음은 이랬다. "문체의 절정은 숭고한 인격의 울림이다."[5] 그리고 고결할 정도로 소박했던 보브나르그*가 비평가들을 향해 "감식력을 갖추려면 반드시 영혼이 있어야 한다."라고 조언했을 때, 숱하게 그러나 잘못 인용되는 "문체가 곧 사람이다.(Le style est l'homme même. Style is the man himself.)"[6]라는 격언을 뷔퐁*이 남겼을 때, 예이츠*가 문체를 "말과 논쟁에 대한 높은 수준의 교양"이라고 정의했을 때, 그들은 이렇듯 계속해서 잊히는 관점을 일제히 되풀이한 셈이었다.

* 뤽 드 클라피에르 드 보브나르그(Luc de Clapiers de Vauvenargues, 1715~1747): 프랑스의 도덕주의자. 인간 본성에 비관적인 파스칼이나 라 로슈푸코와 달리 개인이 미덕을 쌓을 능력을 갖고 있다고 믿었다.

* 조르주 루이 르클레르크, 뷔퐁 백작(Georges-Louis Leclerc, Comte de Buffon, 1707~1788): 프랑스의 박물학자. 36권에 이르는 『박물지*Histoire naturelle*』를 저술했다.

* 윌리엄 버틀러 예이츠(William Butler Yeats, 1865~1939): 아일랜드 극작가, 시인. 라파엘전파, 상징주의의 영향을 받고 자연과 대립하여, 자연보다 우월한 것으로서 예술의 세계를 믿어왔다. 후기에는 독자적 신화로 자연(자아)의 세계와 자연 부정(예술)의 세계의 상극을 극복하려 노력했다.

나폴레옹은 감상적인 탐미주의자가 아니었다. 그럼에도 누군가를 관직에 임명해달라는 요청을 받을 때면 이렇게 물었다. "그가 글을 쓴 적이 있습니까? 그의 문체를 한번 봐야겠소."

한편 중국의 현인들은 이 진실을 오래전에 깨달았다. 공자가 정리했다고 알려진 『시경』에는 봉건국들의 통속적인 민요가 수록되어 있는데, 이 민요들은 주기적으로 중국 황제에게 전달되어 왕실 음악가들이 그로부터 백성들의 도덕적 상태를 짐작했다고 한다. 아마 플라톤이 수긍의 뜻을 내비쳤을 것이다. 전해지는 이야기에 따르면, 공자가 거문고를 배워 어떤 곡을 익혔다고 한다. 열흘 후 그는 이렇게 말했다. "곡조를 익혔으나 박자를 익힐 수 없었다." 그리고 또 수일이 지나 이렇게 말했다. "박자를 익혔으나 곡조를 만든 이의 의도를 이해하지 못하였다." 또 수일이 지나 이렇게 말했다. "아직까지도 그의 품성을 표현해내지 못하겠다." 이윽고 그는 이렇게 말했다. "이제야 강렬한 열망에 휩싸여 저 높이 하늘을 올려다보며 사색에 잠겨 있는 자를 보았다. 이제 그가 보인다. 어둠에 휩싸여 우뚝 솟은 자태로 눈빛을 번뜩이며 세계 통치의 야망을 품은 자. 그가 주나라 문왕이 아니고 누구겠는가?"[7] 린위탕林語堂에 따르면, 공자는 서예와 회화를 평가할 때에도 이렇게 말했다고 한다. "가장 중요한 기준은 예술가가 뛰어난 기교를 보였는지가 아니라 그가 고결한 품성을 지녔는지의 여부이다."[8]

이 모든 이야기가 현대의 생각과는 많이 동떨어지게 들릴 수도 있다. 그러나 여기에는 대부분의 비평에서 너무도 자주 잊히는 사실의 토대가 존재한다. 존슨과 생트 뵈브*는 그 사실을 늘 염두에 두었지만 말이다.

아리스토텔레스로 돌아와 보자. 그는 웅변가로서 본인이 하는 발언, 청중의 태도, 본인 스스로 만들어내는 인상, 이렇게 세 가지를 고려했다. 이를 웅변술에서 문학 전반으로 쉽게 확장시켜 적용해볼 수 있다. 문학인이라면 (A) 말 (B) 감정에 관심을 갖는다.

(A) 그는 특정한 방식으로 말을 한다.

(B) (1) 그는 자신이 한 말로 (a) 의도적으로 (b) 의도치 않게 청중에게서 어떤 감정을 끌어낸다.[9] (2) 그는 (a) 의도적으로 (그가 고의적으로 비인간적이지 않는 한) (b) 의도치 않게 자신의 어떤 감정을 드러낸다. (3) 그는 (a) 의도적으로 (b) 의도치 않게 그 자신과 자신의 감정으로 청중에게서 어떤 감정을 끌어낸다.

간단히 말해, 작가는 서로 다른 일곱 가지 행위를 한 번에 할 수 있다는 얘기다. 그 중 네 가지는 의식적으로 말이다. 문학이란 참으로 복잡하다.

한 예로, 로마 광장에서 마르쿠스 안토니우스가 한 연설을 살펴보자.

• 샤를 오귀스탱 생트 뵈브(Charles Augustin Sainte Beuve, 1804~1869): 프랑스 비평가, 시인, 작가. 근대 비평을 확립했다.

(A) 말. 카이사르는 지조 있는 자들의 손에 죽었다. 그들은 그가 야심 가였다고 말한다.

(B) 감정. (1) 안토니우스는 살인자들을 향해 고의적으로 존중을 표하면서 청중이 그들에게 격분하도록 부추긴다. (2) 그는 자신의 감정을 드러낸다. (a) (의도적으로): 충심에서 우러난 분노 (b) (의도치 않게): 은밀한 야망 (3) 그는 청중에게서 자신과 관련된 감정을 끌어낸다. (a) (의도적으로): 그는 중용의 정치가이지만 충실한 벗임을 자처한다. (b) (의도치 않게): 그는 눈치 빠른 청중들이 자신의 약삭빠름에 역설적인 즐거움을 느끼도록 유도한다.

이와 관련된 극작품이나 로마의 역사를 아는 사람이라면 안토니우스가 불리한 입장에 있다고 느낄 것이다. 심지어 광장에 모여 안토니우스의 연설에 귀 기울이던 사람들 틈에도 그의 화려한 미사여구 속에 감춰진 의도를 간파하는 예리한 관찰자가 여기저기 있었다고 상상해볼 수 있다. 마찬가지로, 작가에게도 그렇게 상황 판단이 빠른 독자들이 늘 기다리고 있다. 행간을 읽는 독자들은 승리할 가치가 있다. 그러나 작가가 그들을 잊는다면, 작가의 글에서 비열함이나 역정, 옹졸함, 자만심이나 거짓이 묻어난다면, 작가가 아무리 재간이 뛰어나고 글 솜씨가 특출하다 해도 결국 구제받지 못한다. 그래서 내가 문체에서 가장 첫 번째가 인격이라고 거듭 강조하는 것이다. 모든 독자를 줄곧 속이기란 쉽지 않다.

아래에 제시된, 귀족 후원자에게 보낸 두 서신을 살펴보자.

(첫 번째 서신은 영국 문학의 대표적인 인용구가 되었다.)

제가 바깥방에서 기다린 지, 문전에서 박대를 당한 지 어느덧 칠 년이 지났습니다. 그동안 저는 불평해봤자 소용없는 어려움 속에서 줄곧 소임을 다했고, 단 한 번의 도움의 손길 없이, 격려의 말 한 마디 없이, 호의에서 우러난 미소 없이, 마침내 그간 집필한 내용을 책으로 펴내기 직전에 이르렀습니다. 그러한 처우는 전혀 뜻밖이었습니다. 전에는 후원자를 둔 적이 한 번도 없었기 때문입니다.

베르길리우스의 양치기는 비로소 사랑을 깨닫게 되었고 그 사랑이 바위틈에서 살아왔다는 사실을 알게 되었습니다.

물에 빠져 살려고 허우적대는 사람을 무심히 바라만 보고 있다가 그가 뭍으로 올라오자 그제야 거추장스럽게 도움을 주려고 하는 자가 후원자[10]는 아니지 않습니까? 제 노고를 기꺼이 높이 사주셨으나, 좀 더 이른 때에 그리고 자애심에서 우러나 그러셨다면 얼마나 좋았을까요. 하지만 너무 뒤늦게 알아봐주신 탓에, 저는 이제 그런 일에는 관심도 없고 그 기쁨을 누릴 수도 없습니다. 저는 이제 혼자의 몸인지라 그 기쁨을 누구와도 나눌 수 없습니다. 저는 이제 그런 기쁨을 바라지도 않습니다.

제가 아무런 혜택도 받지 못했기에 제 의무를 인정하지 않는 점, 그리고 다름 아닌 신의 뜻으로 홀로 제 일에 매진할 수 있었기에 세상 사람들이 제가 후원자의 은혜를 입었다고 믿기를 원치 않는 점이 후원자님께 그리 가혹한 처사가 되지 않기를 바랍니다.

지금까지 어떤 배움의 옹호자에게도 의무를 지지 않고 제 일을 해왔기 때문에 저는 낙담하지 않을 것입니다. 그렇지만 가능하다면 이제 그 의무를 저버리려고 합니다. 저는 한때 넘치는 기쁨으로 저를 그토록 마음 부풀게 했던 희망의 꿈에서 이미 오래전에 깨어났기 때문입니다.

존경하는 후원자님께
당신의 가장 미천하지만
충실한 종이 드립니다.
새뮤얼 존슨 ❷-2

이제는 사뭇 다른 서신이다.

친애하는 경에게
제가 감히 무례함을 범하는 것이 아닌지 모르겠습니다. 이 점에 대해서는 변변찮은 변명의 여지가 있지만 타당한 사유는 없습니다. 제 의도를 귀하께서 인정한다는 사실에서 적당한 사유를 찾을 정도로 운이 좋은 게 아니라면 말입니다. 그리고 제가 귀하의 지위보다는 천재성에 호소한다는 점을 친히 알아주시지 않는다면, 또 제가 귀하의 작품을 통해 귀하의 영구적인 또 다른 자아에 친숙하긴 하오나 제가 귀하와 개인적으로는 친분이 전혀 없다는 사실을 제가 잊도록 친히 허락해주시지 않는다면 말입니다. 제가 만약 귀하의 작품 속에서 사고와 감정의 균형, 순종과 지배의 균형, 결코 어제의 것이 아니라 지금도 울려 퍼지고 있는 유일하고 영원한 음악, 타인의 정신에 배어 있는 것과 유사한 힘을 발견하지 못했다면 어떠했을까요. 제 말을 믿어주십시오. 전 아마도 지금과 같은 무례함을 과감히 시도하지 못했을 뿐만 아니라 예의에 대한 제 인식이 그런 바람을 가로막았을 것입니다. 백조가 본능적으로 나약한 새끼를 두 날개로 품을 때와 같은 타고난 선의를 진정한 시인에게서 분명히 기대할 수 있으리라는 사실을 전 알고 있었습니다. 부디 저를 같은 포도밭에서 일하는 동료 일꾼으로 봐주셨기를, 저를 눈여겨볼 가치도 없는 존재라고 여기지 않으셨기를 바랍니다. 저는 틀림없이 동료 일꾼이자 그 몫은 하찮지만 동일한 유산을 공동으로 물려받은 계승자입니다. 비록 귀하의 광대한 대지는 볕이 잘 드는 곳에 펼쳐져 있고, 제 대지는 북쪽의 땅에 자리 잡고 있지만 말입니다. 제가 키우는 포도나무들은 나귀들이 갉아먹었고 가장 풍성하고 향기로운 포도송이들은 약탈을 일삼는 여우가 따먹고 못쓰게 만들어버렸습니다. 침통함 속에서 간청하는 이 서두가 장황하고 두서없는 점을 부디 너그러이 봐주십시오. 지금 이 서신을 쓰는 저의 심정이 불안하고 이 서신이 결국 어떤 반응을 얻게 될지 염려되기 때문입니다. 불안과 걱정으로 우리 모두는 지나치게 격식을 차리게 됩니다. ❷-3

차이는 극명하다. 한 서신은 빼어나지만 나머지 한 서신은 극도로 비참하다. 그러나 두 서신 모두 천재적인 작가가 쓴 것이다.

사실에 대한 존슨의 발언은 간명하다. 체스터필드가 존슨을 너무도 뒤늦게, 게다가 별다른 도움도 주지 않고서 그에게 감사함을 요구한 것이다. 존슨이 청중에게서 끌어내려는 감정 역시 간단하다. (여기서 '청중'은 그가 그저 책망하려고 했던 체스터필드가 아니라 그가 귀족의 오만함을 고발하여 공감을 이끌어내려 했던 일반 대중이다. 그의 서신은 실제로 '장안의 화제'가 되었다.) 존슨의 독자들은 예술가를 등한시한 후원자에게 반감을 느끼고, 어떤 처참한 빈곤도 좌절시키지 못하는 가치에 대해 존경심을 품었을 것이다. 간단히 말해, 이 서신은 서신의 공화국에서는 독립 선언문이나 다름없다.

존슨이 드러낸 감정은 정직한 자의 강한 분개다. 그리고 행간을 읽은 독자라면 어떤 다른 감정들, 즉 체스터필드의 부당한 처우로 의무에서 벗어났다는 만족감, 혼자 힘으로 위대한 업적을 이루어냈다는 자부심, 해묵은 원한에 그토록 통쾌하게 복수를 했다는 승리감을 느낄 수 있었을 것이다. 그가 드러낸 이러한 감정들은 지극히 인간적이며 그에게 어떤 오점도 남기지 않는다.

따라서 존슨의 서신은 전반적으로 명쾌하게 효과를 발휘한다. 기교로 가득 찼지만 자연스러워 보인다. 기교가 그에게는 제 2의 천성이 되었기 때문이다. 이 균형 잡힌 대립은 존슨의 한 가지 특징으로 남아 있다. 반어법이 진동하듯 떨리고, 독자는 낭랑하게 울려 퍼지는 로마의 3행 연구聯句("그 기쁨을 누릴 수도 없습니다. …… 그 기쁨을 누구와도 나눌 수 없습니다.[11] …… 그런 기쁨을 바라지도 않습니다.")에 다다를 때마다 짜릿함으로 전율한다. 이 서신은 매우 기독교적이지도 않고 매우 겸손하지도 않다. 그저 매우 정직한 한 남자의 분노다.

다만 한 대목만이 내게는 거짓으로 들린다. 바위틈에서 자라난 사랑을 발견한 양치기가 대체 여기서 무엇을 하고 있는 걸까? 밀턴이 쓴 목가풍의 애도시 「리시다스Lycidas」를 경멸하고 목가적 전원시의 꾸며낸 모순을 숱하게 비웃었던 존슨이 대체 무엇에 홀려서 본인을 목가적 이상향의 피리와 지팡이를 든 자로 표현했을까? 그의 성향에는 오히려 북과 곤봉이 더 잘 어울린다. 게다가 변덕스러운 아마릴리스 같은 체스터필드 경이라니? 난쟁이 키클롭스라면 몰라도 말이다.

그렇지만 거짓된 대목은 단 한 문장에 지나지 않는다. 그것도 그 대목이 정말 거짓일 경우의 이야기다. 내가 두 번째로 인용한, 1815년 3월에 콜리지*가 바이런*에게 쓴 서신과는 대조된다.[12] 콜리지는 존슨만큼이나 명민한 자였다. 아마 많은 사람이 존슨보다 더 높이 평가할 것이다. 그는 이따금 더 좋은 시를 내놓았다. 그런데 어떻게 이렇게 형편없는 글을 썼을까? 자기 취지를 잘못 전달했을까? 애처로운 미소를 띠고 서신을 읽는 바이런의 모습이 눈에 선하다. 물론 도움을 간청하기보다는 당당히 도움을 거절하는 서신을 쓰기가 더 쉽다. 그러나 간청하는 서신을 쓰기가 아예 불가능한 건 아니다. 금전적으로 어려운 데다 시집까지 출판하지 못해 절망에 빠진 영국의 시인 크래브*가 정치가이자 저술가인 버크*에게 도움을 청하며 쓴 인상적인 서신을 읽어보길 바란다. 그러나 나약한 새끼 백조가

- 새뮤얼 테일러 콜리지(Samuel Taylor Coleridge, 1772~1834): 영국 서정시인, 비평가, 철학자. 워즈워스와 쓴 『서정민요집Lyrical Ballads』은 영국 낭만주의 운동의 시초가 되었다.

- 조지 고든 바이런(George Gordon Byron, 1788~1824): 영국 낭만파 시인.

- 조지 크래브(George Crabbe, 1754~1832): 목사로 생활하면서 여가에 시를 썼던 영국 시인. 처음에는 의학을 공부하였으나 성공하지 못하고 런던으로 갔다. 1781년, 정치가 E. 버크에게 간절한 호소 편지를 써 보냈고, 크래브의 편지를 읽은 버크가 그의 시 『도서관The Library』을 출판하도록 도왔다. 버크는 자신의 영향력을 이용해 크래브가 성직에 임명되도록 했다.

- 에드먼드 버크(Edmund Burke, 1729~1797): 아일랜드 태생의 보수주의 정치가이자 문필가. 대표작으로 『프랑스혁명에 대한 고찰Reflections on the Revolution in France』이 있다.

어미 품을 찾아 울어댄다는, 진심이라고는 조금도 느껴지지 않는 이 말도 안 되는 서신은 무기력해 보이는 데다 거짓되고 어리석기까지 하다.[13] 콜리지는 악한에 위선자나 다름없다. 아마도 그는 어렴풋하게나마 그걸 몸소 느꼈을 테고 수치스러웠을 것이며 그런 탓에 자기 문체에 대해 의기소침해졌을 것이다. 어쨌든 내 요지는 이 한 편의 서신이 무엇보다도 그 이면에 있는 글쓴이의 인격, 즉 콜리지의 나약한 자아 때문에 망가졌다는 점이다. 두 새뮤얼 간의 극명한 차이가 아닐 수 없다. 이 점에 대해 너무 곰곰이 생각할 필요는 없다. 그렇다고 알고 있으면 충분하다.[14]

인품이 좋다고 해서 재능 없는 자가 글을 잘 쓸 수 있는 건 아니다. (그런 경우가 가끔 있기는 하다.) 하지만 재능 있는 자가 인품이 좋다면 글을 훨씬 더 잘 쓸 수 있다. 베르길리우스와 호라티우스를 카툴루스와 오비디우스보다 높은 반열에 올려놓은 것은 무엇보다도 인격이다. 드라이든보다 초서를 높은 반열에 올려놓은 것도 바로 인격이다.[15] 셰익스피어를 그의 동시대 작가들보다 높은 반열에 올려놓은 것도 바로 인격이다. 많은 엘리자베스 시대 작가들은 때때로 셰익스피어만큼이나 매혹적인 무운시를 썼다. 그러나 셰익스피어만이 햄릿이나 이모젠과 같은 인물을 창조할 수 있었다. 우리는 골드스미스*의 목사나 스턴*의 토비 숙부과 같은 인물을 그저 기쁨과 즐

---

* 올리버 골드스미스(Oliver Goldsmith, 1730~1774): 영국의 작가, 시인. 아일랜드에서 목사의 둘째 아들로 태어났다. 『웨이크필드의 목사 The Vicar of Wakefield』로 명성을 얻었다.

* 로렌스 스턴(Laurence Stern, 1713~1768): 영국의 작가. 대표작으로 실험소설의 전형인 『트리스트럼 샌디 Tristram Shandy』가 있다.

거움으로 대할 수 있다. 그러나 잠시 생각해본다면, 골드스미스나 스턴이 실생활에서 어떤 흠이나 약점을 보인다 하더라도, 그러한 인간 본성마저 매력으로 비쳐질 만큼 그들이 고결한 인격을 갖추었다는 사실을 알 수 있다. 그들이 기억되는 것도 바로 이러한 점 덕분이다.[16]

의문의 여지도 많고 개인적인 선호에 해당되는 이야기지만, 나는 근본적으로 인품이 더 정직하다는 이유로 와일드와 쇼보다는 플로베르와 하디를, 베이컨보다는 몽테뉴를, 더 유쾌하고 쾌활하다는 이유로 스위프트와 루소보다는 스턴과 볼테르를, 더 감성적이고 자제력이 강하다는 이유로 브라우닝과 메러디스보다 테니슨과 아널드를 선호한다. 최근의 예를 들자면, 성미 까다로운 사이비 학자들과 허튼 소리를 해대는 데카당파들이 아찔하게 현기증 나도록 하늘 높이 치솟은 지성을 감당하지 못했던 지난 반세기의 평론계에서 데스먼드 매카시*의 경향으로 되돌아가는 추세에 대해 나는 얼마나 안도감을 느끼는지 모른다. 그의 글은 기지 넘치고 즐거운 데다 현명하고 훌륭하기 때문이다.

물론 독자들은 비용, 루소, 바이런, 보들레르처럼 인간적으로는 평판이 나빴으나 위대한 작가도 있다고 반문할지 모른다.

문제가 그리 간단하지만은 않다. 어떤 사람을 '나쁘다'는 한 마디로 일축하기에는 무리가 있다. 물론 킹즐리는 자녀 중 한 명이 하이

---

* 데스먼드 매카시(Desmond MacCarthy, 1877~1952): 『뉴스테이츠먼*New Statesman*』에 「상냥한 매Affable Hawk」라는 칼럼을 매주 9년간에 걸쳐 쓰면서 박학다식함, 뛰어난 안목으로 이름을 떨쳤다.

네*가 어떤 사람인지 묻는 질문에 이렇게 대답했다. "나쁜 사람이란 다. 얘야. 나쁜 사람." 그리고 내 기억이 맞으면, 칼라일*은 하이네를 '불한당'이라고 비난했다. 하지만 우리가 그런 판단을 진지하게 받 아들이는가?

미학에서와 마찬가지로 윤리학에서는 사람들의 판단이 의견합일 로 좁혀지는 일 없이 시대에 따라 크게 달라졌다. 물론 어떤 지점에 서는 역사가 시작된 이래 놀랄 만한 의견일치도 있었다. 어느 시대 에든 탐욕, 배반, 비겁을 옹호하는 자는 거의 없었다. 하지만 예를 들어 중세시대에는 가장 치명적인 죄악 중 하나가 이해하기 어렵고 성립시키기 불가능한 난해한 신학 내용을 믿기를 거부하는 행위 또 는 그 내용을 다르게 믿는 행위였다. 그런가 하면 19세기 영국에서 는 일부 사람들이 성 행위를 죄악이나 다름없는 것으로 전락시켰다. 이는 위험한 단순화다. 그에 대한 반발로 그 후손들 중 많은 수가 성 행위를 그들의 유일신으로 만들었다. 따라서 나는 '나쁜'이라는 말 을 선善의 자기변호적인 상쇄작용 없이 타인에게 고통을 초래하는

• 하인리히 하이네(Heinrich Heine, 1797~1856): 독일 시인으로『노래책Buch der Lieder』 (1827)으로 국제적인 명성과 영향력을 확고히 했다. 유대인. 공격적인 풍자, 급진적 태도, 남을 아랑곳하지 않는 태도 때문에 많은 사람에게 애국심이 없고 파괴적인 악당으로 보였으며, 점증 하는 반유대주의도 그에게 불리하게 작용했다. 그의 많은 시가는 인기가 있었기 때문에 나치가 이 시가들을 명시선집에 포함시켰지만, '작자 미상'의 시가로 표기했다. 수십 년 동안 그의 문학 적 명성은 프랑스·영국·미국에서 더 널리 알려졌다. 마르크스와 엥겔스가 괴테 이후 최고의 독 일 시인으로서 평가하며, 저작에서 그의 시문을 빈번하게 인용했다.

• 토마스 칼라일(Thomas Carlyle, 1795~1881): 영국의 철학자, 역사가. 독일 고전철학과 반동적인 낭만주의의 영향을 받아, 범신론汎神論의 입장을 취했다. 물질주의, 공리주의에 반대 하여 자본주의를 비판했다. 1848년의 유럽 혁명운동의 실패, 영국에서의 차티스트 운동의 후퇴 후에는 부르주아의 편에 서서 노동자 계급의 탄압, 식민지 정책을 정당화하고 지지하였다.

도덕적 성향이나 행위를 칭할 때 쓰는 편이다.

둘째로, 휘트먼*이 "나는 크다. 나는 다양함을 담아낸다."라고 말한 것처럼, 모든 사람에게는 저마다 다양한 면이 있다. 이러한 선과 악의 복잡다단한 조합은 고정된 상태에 머물지 않는다. 인격은 극히 다양한 속성의 복합체일 뿐만 아니라 그 속성들은 해마다 심지어 시간마다 달라진다. 스페인 사람들은 현명하게도 인간에 대해 이렇게 말한다. "그날 그는 용감했다." 우리는 모두 스스로와 전쟁을 벌인다. 만약 '개인'이라는 말이 문자 그대로 '나뉘지 않은 온전한' 자를 의미한다면, 이 세상에 그러한 인간은 없을 것이다.

확실히 콜리지는 바이런에게 비참한 서신을 썼던 당시와는 매우 다른 감정 상태로 「늙은 수부의 노래The Ancient Mariner」를 썼다. (존슨은 어떤 감정 상태에서도 그런 비참한 서신을 쓰지 못했을 것이다.)

이 모든 이유에서, 인격에 대한 판단은 반드시 극히 잠정적인 사안으로 남아야 한다. 하지만 판단이 필요할 때도 종종 있다. 가치관이 없는 사람은 편견에 사로잡힌 사람만큼이나 불구자이다.

셋째로, 작가를 판단할 때는 작가란 최상의 순간에 자기 인격의 최상의 측면을 갖고 주로 글을 쓰고 실제로도 그래야 한다는 점을 기억해야 한다. (저자는 책에서보다 실생활에서 존경스러움과 흥미로움이 덜한 경우가 흔하다.) 그래서 몽테뉴는 『수상록Essais』 덕분에 본인이 쓴 글만큼 곧고 강직하게 살아가는 것처럼 사람들 눈에 비칠 수 있

---

* 월트 휘트먼(Walt Whitman, 1819~1892): 미국의 저널리스트이자 수필가, 시인. 형식과 내용 면에서 혁신적이었던 시집 『풀잎Leaves of Grass』으로 미국 문학에서 혁명적인 인물이 되었다.

었다고 털어놓았다. 아랍의 시인 알 무타나비°는 페르시아에서 돌아오는 도중에 쿠파 인근에서 베니 아사드의 공격을 받고 패했다. 그가 부리나케 피신하자 그의 종이 이렇게 말했다고 한다. "그렇게 급히 피신하셨다는 걸 아무에게도 알리지 마십시오. 주인님이 이렇게 글을 쓰시지 않으셨습니까?"

　내 이름은 기마부대, 밤, 광막히 펼쳐진 사막에 알려져 있다.
　이제는 종이와 펜이 아니라 칼과 창을 들어야 할 때다. **❷-4**

　알 무타나비는 자기가 쓴 시에 수치심을 느낀 나머지 전쟁터로 다시 달려갔고 그곳에서 운명을 달리했다.

　분명 작가의 좋지 못한 측면도 그의 작품 속에 스며들어 본색을 드러낼 가능성이 있다. 그러나 아무리 인성이 형편없고 방탕했다 할지라도 프랑수아 비용° 안에 여전히 살아 있는 것은 그의 쓰디쓴 정직성이다. 교수대에 매달려 새들의 먹이 신세가 된 동지들, 지옥의 불길 앞에 몸을 떨었던 연로하신 어머니, 잃어버린 4월을 후회하는 쇠약한 노파들, 오래전에 죽은 여인들의 빛바랜 아름다움에 대한 연민이 그의 안에 살아 있다. 병적인 호기심으로 가득 찬 걸어 다니는 박물관, 자아도취자, 과시욕이 강한 자, 박해의 광인이었던 루소 안

●　알 무타나비(al-Mutanabbi, 915~965): 시리아·이집트·이라크 등의 궁정을 드나들며 많은 시를 읊고 호족들을 위한 송시頌詩를 지었던 시인. 정치, 종교 운동으로 투옥과 유랑 생활을 거듭했고, 여행 도중 도둑떼의 습격을 받아 살해당했다.

●　프랑수아 비용(François Villon, 1431~1463): 프랑스의 서정시인. 감옥에서 인생의 대부분을 보낸 범죄자이기도 하다.

에 지금도 여전히 살아 있는 것은 자연, 소박함, 빈민의 등에 올라탄 타락한 '문명'의 부당함과 거짓에 대한 깨어 있는 인식이다. 바이런의 연극조의 암울함과 멜로드라마는 오래전에 죽었다. 그러나 위선에 대한 격한 경멸과 압제에 대한 혐오 속에서 그가 쓴 시와 산문은 아직 살아 있다. 보들레르의 부패한 면은 추악하지만, 인간의 황폐함, 고통, 수치심에 대한 그의 비극적인 연민은 그렇지 않다.

요컨대, 위대한 작가가 인격이 좋지 못한 자로 판단될 때에는, 그를 판단한 잣대가 협소하지는 않은지, 그가 실생활보다 작품 속에서 더 나은 인간인지, 혹은 그가 최상의 작품을 집필하던 순간에 더 나은 인간이었는지 되물어볼 필요가 있다.

한편 크로커*는 매콜리의 작품을 평할 당시, 로저스*의 표현을 빌리면 "살해를 시도했다가 자살하고 말았다."고 한다. 그 이유는 크로커가 무심코 드러낸 악의의 감정이 그가 독자들에게서 끌어내려고 했던 그보다 완만한 감정보다 컸기 때문이다. 벤틀리* 역시 인간은 다름 아닌 스스로에 의해 파괴된다고 말했고 유감스럽게도 그 사실을 몸소 보여주었다.

앙리 4세가 '군인의 성경'이라고 칭한 『논평Commentaires』에서 블

• 존 윌슨 크로커(John Wilson Croker, 1780~1857): 영국의 정치가, 작가. 혹독한 비평으로 유명하다.

• 새뮤얼 로저스(Samuel Rogers, 1763~1855): 시인. 대표작으로 『기억의 즐거움The Pleasures of Memory』이 있다.

• 리처드 벤틀리(Richard Bentley, 1662~1742): 영국의 성직자이자 역사 고전학자. 1700년 케임브리지대학교 트리니티 칼리지의 학장으로 선임되었고, 학장으로 재임한 동안 오만한 기질로 동료 교수진과의 마찰과 법정 소송을 일으켰다.

레즈 드 몽뤼크*는 1554년에서 1555년에 걸쳐 카를 5세의 군대에 맞서 시에나를 수호했던 유명한 일화와 이후 앙리 2세에게 그 일화를 전한 사례를 소개했다. 몽뤼크는 수개월간 기근과 위태로움이 계속된 가운데 인내심과 뛰어난 수완을 발휘하여 시에나 시민들이 맞서 봉기하도록 이끌었다. 그의 비결은 무엇이었을까?

> 내가 왕에게 전한 바는 이렇다. 어느 토요일 장터에 갔다가 사람들이 죄다 자루와 그 입구를 맬 가느다란 끈 그리고 장작 한 단을 사는 광경을 보았다. 사람들은 모두 그걸 어깨에 짊어지고 가는 중이었다. 나는 내 방에 다다라 장작에 붙일 불을 청했고, 자루를 가져다가 그 안에 내 모든 야망, 탐욕, 육욕, 폭식, 나태, 편애, 시기, 기벽, 가스코뉴 사람 특유의 기질을 담았다. 달리 말해, 내 임무를 다하는 데 방해가 되는 것을 모두 넣은 셈이다. 나는 아무것도 빠져나오지 않게 자루의 주둥이를 끈으로 단단히 묶은 다음 그걸 불길 속으로 던져 넣었다. 그로써 나는 왕을 위해 본분을 다하는 데 걸림돌이 될 모든 것을 없앴다. ❷-5

인품이 더없이 선명하게 드러나고 무척이나 생생하게 쓰인 글이다. 불이라도 삼킬 듯한 성정의 소유자였던 몽뤼크는 병력뿐만 아니라 말을 결집시키는 능력도 중요하다는 사실을 알았다. "지휘관이라면 웅변술에 능해야 한다." "무인인 우리는 보고 행하는 바를 글로 기록하는 습관을 들여야 한다. (군사적인 사안과 관련하여) 우리가 문

---

* 블레즈 드 몽뤼크(Blaise de Montluc, 1502~1577): 프랑스의 군인. 『논평』은 병법에 관한 의견을 담은 일종의 자서전이다.

인보다 더 잘 해낼 수 있기 때문이다. 문인은 지나친 변장술로 보기 좋게 꾸미는 경향이 있으며 그래서 서기와 같은 인상을 준다."

그러나 내가 시에나의 포위에 관한 이 구절을 인용한 이유는 문체가 생생하기 때문이 아니라 문체를 얻고자 하는 자가 펜을 들 때마다 어떻게 해야 현명한지가 감탄스러울 정도로 잘 요약되어 있어서이다.

독자들은 설교가 아니라 강연을 들으려고 이 책을 펼쳐 들었다고 말할지 모른다. 만약 그렇다면 미안하게 생각한다. 그렇지만 나는 본 대로 진실을 말할 뿐이다. 문체의 시작은 인격이다. 이 사실은 내가 처음 발견한 게 아니라 나보다 판단력이 더 뛰어난 사람들이 발견한 것이다. 게다가 나는 이 사실을 발견하고서, 전혀 의외의 곳에서도 이 사실을 확인하고서 놀랐다. 플로베르는 '예술지상주의'라는 헛된 외침을 그 누구보다도 열렬히 지지했다. 그러나 57세였던 사망하기 전 해에 그는 사바티에 부인에게 이렇게 편지를 썼다.

"마음의 재능은 지성의 재능과 분리될 수 없다는 미학 – 윤리적인 이론이 있습니다. 이 둘을 구별하는 자는 둘 중 하나도 가지지 못한 자입니다."[17] 문체를 부정하는 것으로 시작한 새뮤얼 버틀러 역시 원점으로 돌아왔다.

"얼마나 결실이 있었는지는 모르겠지만, 나 역시 내 인격 안에 있는 조바심, 성급함, 그와 비슷한 결점을 고치려 부단히 애를 썼다. 그 이유는 내 인격에 조금이나마 관심이 있어서가 아니라 그러한 결점을 고치면 삶이 더 편해지고 곤경에 빠지는 일을 면할 수 있을 뿐만 아니라 좋은 사람들이 내게 선뜻 다가오기 때문이다. 게다가 이렇게 하면 문체에 미약하게나마 도움이 된다고 생각한다."

맞는 말이다.

내 결론은 이렇다. 품격 있는 글을 쓰려면 제유법과 환유법을 비롯하여 수사학 지침서에 나오는 온갖 내용을 읽는 것으로 시작해서는 안 된다. 그러한 내용은 나중에 읽어도 된다. 단, 몽뤼크의 자루는 항상 기억해야 한다.

독자들은 이렇게 반박할지도 모른다.

"저자는 문체의 문제가 한 인격이 다수의 사람에게 미치는 영향과 관련이 있다고 말했지. 저자는 작가의 인격에 대해서만 계속 말을 하는데, 그렇다면 독자들의 인격은 어떻게 되지? 그것 역시 중요하지 않은가?"

그렇다. 맞는 말이다. 때로는 안타까울 정도로 맞는 말이다. 누군가는 한 인간이 그의 동시대인들만큼 가증스러웠다면 어땠을지 묻는 쇼펜하우어의 분노나 "신이시여, 대체 절 어떤 시대에 태어나게 하신 겁니까?"라는 플로베르의 물음에 공감을 표할지도 모른다. 그러나 내가 가장 존경하는 작가들은 독자의 취향을 크게 고려하지 않았다.

말하기나 글쓰기의 기술은 일부 과학과 마찬가지로 순수 아니면 응용으로 나뉜다. 응용에 속하는 말하기나 글쓰기는 배심원단에게 호소를 하고 유권자들 앞에서 유세를 하거나 공식적인 각서 및 선전문을 작성하고 돈벌이를 위해 글을 쓰는 경우처럼, 몇 가지 실용적인 목적을 지닌다. 이 경우, 문체는 그 대상에게 소용이 없거나 이롭지 못하면 좋지 못한 것으로 간주된다. 그러나 순수문학의 작가는 알지 못하는 사람들이 자기 글을 읽기를 바란다. 심지어 아직 태어나지 않은 사람들, 자기가 알 수 없는 사람들에게 글이 읽히기를 바란다. 따라서 작가는 본인이 기쁘도록 글을 쓰면 타인 역시 기뻐할 것이라는 점을 믿고서 글을 써야 한다. 아니면 이상적인 독자, 즉 본인이 중시하는 유형의 독자를 염두에 두고 글을 쓸 수 있다. 작가는 모든 독자에게 해당되는 예의, 즉 본인이 생각하고 느끼는 바를 최대한 명쾌하게 전달하는 예의를 미지의 독자에게 보일 수 있다. 그리고 그렇게 해야 한다. 그러나 본인과 다른 취향의 독자들을 만족시키려는 행위는 배반이라는 사실을 기억해야 한다.

물론 위대한 작가들이 때로는 다르게 행동한 것도 사실이다. 셰익스피어는 그의 이상과 대중의 취향인 신과 재물 모두에 충실하려고 노력한 듯 보인다. 그러나 『소네트집Sonnets』의 몇몇 비통한 구절로 보건대, 그가 혐오감과 수치심을 전혀 느끼지 않은 건 아니었다. 드라이든*은 (완고한 밀턴과 대조적으로) 대중의 취향으로 크게 치우치거나 아예 그쪽으로 부합하지 않은 대표적인 예를 보여준다. 그가 활동했던 왕정복고시대의 극작품 대다수가 함량 미달이긴 했지만 카를 2세 치하에서 조성된 분위기에 물든 관객들 탓에 달리 나아질 가능성이 없었을 것이다. 당시 사람들은 대부분이 방탕하거나 방종했고, 프랑스의 세련미와 스페인의 호언장담으로 얄팍하게 겉을 꾸몄을 뿐만 아니라, 19~20세의 영특한 젊은이처럼 냉소적이면서도 때로는 18~20세의 들뜬 젊은이처럼 어리석을 정도로 낭만적

* 존 드라이든(John Dryden, 1631~1700): 영국 시인, 극작가, 비평가. 왕정복고기의 대표적인 문인.

이었다. 따라서 놀라운 점은 드라이든의 「사랑을 위한 모든 것All for Love」이 「안토니와 클레오파트라Antony and Cleopatra」보다 피상적이라는 것이 아니라 오히려 그 안에 정교한 요소들이 담겨 있다는 점이다.* 그가 작품을 집필하면서 당대 분위기에 압도당하지 않았다는 점은 높이 평가할 만하다.

한편 삶에서 한층 더 중요한 것들과 비교하여 문학을 결코 우상시하지 않았던 스콧은 대중의 취향이 어떤지 알아보기 위해 본인의 저서가 얼마나 팔려나갔는지를 서슴없이 확인했다.

과거의 작가들을 판단할 때 그 독자들의 인격 역시 기억하는 것이 중요하지만, 고백하자면 나는 세상에 결코 굴복하지 않는 작가, 루시퍼만큼 자긍심을 갖고 코리올라누스만큼 고집스러운 작가를 선호한다. 워즈워스나 홉킨스*가 그들 나름의 길을 끝까지 고수하는 걸 보면, 워즈워스는 다소 우둔해 보이고 홉킨스는 영락없이 우스워 보이기도 한다. 그러나 나는 그들의 독립성을 존경한다. 나는 랜더*의 초연함, 다가오는 반세기 동안 진가를 인정받지 못할 것이라는 사실을 수용하는 스탕달*의 자세, 평단과 대중 모두를 향한 플로베르의 멸

• 　드라이든의~점이다: 드라이든의 「사랑을 위한 모든 것」은 셰익스피어의 「안토니와 클레오파트라」를 모체로 한 유창하면서도 절제된 무운시다.

• 　제라르 맨리 홉킨스(Gerard Manley Hopkins, 1844~1889): 19세기 영국의 시인이자 예수회 신부로 『홉킨스 시집』이 있다. '돌발리듬'이라는 독특한 운율법을 이용하여 남성적인 힘, 유연함, 강렬함, 떨림 등을 이끌어냈다. 특히 장시 「도이칠란트호의 난파The Wreck of Deutschlan」가 유명하다.

• 　월터 새비지 랜더(Walter Savage Landor, 1775~1864): 영국 시인 겸 수필가. 역사적인 인물들의 대화를 산문 형식으로 적은 『상상적 대화Imaginary Conversations』로 널리 알려졌다.

• 　스탕달(Stendhal, 1783~1842): 심리적, 정치적 통찰로 유명한 프랑스 소설가. 대표작 『적

시를 좋아한다. 입센이 「페르귄트Peer Gynt」가 설사 시에 대한 노르웨이적인 발상에서 비롯된 극시가 아니라 해도 그건 반드시 그러한 극시가 될 것이라고 했던 발언은 '똘똘 뭉친 다수'에 대한 그의 대담한 반감과 절묘하게 일맥상통한다.

결국 인격이 훌륭한 작가라면 독자들의 인격에 크게 연연해하지 않을 것이다. 예의가 경의보다 낫다. 공자는 군자는 예를 갖추지만 순응적이지는 않다는 말로 정곡을 찔렀다. 범인은 순응적이지만 예를 갖추지는 않는다.

인격이 문체에서 중요하다면, 인간의 어떤 자질들이 가장 중요할까? 내 생각에 시대와 장소에 따라 윤리체계가 저마다 달랐지만 온 역사를 통틀어 사람들이 보편적으로 중시했던, 특히 의식적으로든 아니든 작가와 연사들 사이에서 중시되었던 몇 가지 인간의 자질이 있다. 골드스미스가 독자를 향한 가졌던 정중함과 예의, 스턴의 좋은 기질과 유쾌함, 매콜리의 건강함과 생기, 존슨의 뛰어난 감각과 진심이 그 예다. 이 특성들은 몽뤼크가 자루에 담아 불태웠던 결점들과 상반된다. 이제는 그 특성들을 하나씩 살펴보도록 하겠다.

과 흑*Le Rouge et le noir*』, 『파름의 수도원*La Chartreuse de Parme*』이 있다.

3장

독자에 대한 예의: 명료성

이해할 수 있는 사람이 아니라 오해할 수 없는 사람이 되어야 한다.

—퀸틸리아누스

모호함은 가증스러운 허식이다.

—몽테뉴

앞서 말했듯이, 문체에서 인격을 가장 먼저 생각해야 한다. 그다음으로는 어떻게 청자나 독자의 공감을 얻을지 고려해야 한다. 예를 들어 청자나 독자에게 불필요한 골칫거리를 떠안기는 행위는 예의에 어긋난다. 따라서 명료성이 중요하다. 또 청자나 독자의 시간을 허비하는 행위도 예의에 어긋난다. 따라서 간결성이 중요하다.

언젠가 프랑수아 티에보 시송 교수가 해준 이야기가 기억에 남는다. 한 프랑스인이 그에게 이렇게 말했다고 한다. "프랑스에서는 수고를 떠안는 자가 작가이고, 독일에서는 독자이고, 영국에서는 이도 저도 아니지요." 지나치게 단순한 일반화이다. 어쩌면 비방일지도 모른다. 그렇지만 아주 틀린 이야기도 아니다. 여기서 프랑스 산문이 지금까지 왜 높은 수준으로 남아 있는지에 대한 또 다른 이유를 찾아볼 수 있다. 게다가 부분적으로는, 프랑스 문화가 우리 문화보다 대화와 살롱에 더 기반을 두었기 때문일 수도 있다. 대부분의 대화에서 말하는 자가 갈피를 못 잡거나 지겹도록 장광설을 늘어놓는다면 그가 바보천치가 아닌 이상, 그 사실을 곧 깨닫게 된다. 게다가 살롱은 특히 여성들의 영향을 많이 받았다. 대체로 여성은 남성보다 따분함과 어색함을 더 못 견딘다.

우선 명료성에 대해 이야기해보자. 언어의 사회적 목적은 의사소통, 그러니까 타인에게 뭔가를 알리거나 일부러 잘못 알리거나 영향력을 행사하는 것이다. 물론 우리는 혼자서도 언어를 사용하여 속으로 생각을 하거나 어떤 감정을 스스로에게 털어놓는다. 그러나 글쓰기는 자기와 나누는 대화라기보다 타인과 하는 의사소통과 더 관련이 있다. 물론 일부 작가, 특히 시인은 독자들 앞에서 독백을 한다. 하지만 이러한 발화는 어떤 면에서는 독자가 직접 듣는다기보다는 엿듣는 형태를 취하긴 하지만, 대개는 독자에게 다가가려는 의도가 숨어 있다. 분명 일부 현대 문학에서는 타인과의 의사소통이 은밀하고도 두서없는 독백으로 대체되는 경향이 생겨났다. 이 독백은 독자역시 스스로를 향해 은밀하게 속삭이도록 유도한다. 마치 저자가 손수 마약을 넣어 만든 담배를 손님들에게 건네 그들이 저마다 고독한 꿈속으로 빠지도록 부추기는 것처럼 말이다. 하지만 나는 이러한 행위가 그만한 가치가 있는지, 그리고 한 사람의 꿈과 명상이 마치 중국어처럼 알 수 없는 말을 읊조리는 다른 누군가의 목소리에 자극을 받아 크게 고조될 수 있는지 아직 확신이 서질 않는다. 고통에 시달리며 미쳐가는 우리의 세기에서 정치에서나 시에서나 비이성적인 자들은 해로운 아편이다.

좌우간 대부분의 산문에서는 문체에 대한 디포*의 견해가 지배적이다. "바보나 미치광이를 제외하고, 저마다 능력이 다른 평범한 사람 500명을 향해 누군가가 말을 할 때에는 그들 모두가 그 말을 이해해야 한다." 이 말은 프랑스어 문체의 가장 중요한 세 가지 속성에 대해 아나톨 프랑스*가 남긴 격언인 "첫째도 명료성이요, 둘째도 명료성이요, 셋째도 명료성이다."와 매우 흡사하다. 시와 시적 산문은 산중턱에 걸려 있는 구름이나 뇌우와 같이 어렴풋한 신비감으로 힘을 얻기도 한다. 그러나 일반 산문은 어느 봄날 애티카*의 공기처럼 청명할 때 가장 힘을 얻는다.

물론 모호함을 항상 피할 수는 없다. 아인슈타인의 생각이나 프루스트의 심리학을 쉽게 만들기란 불가능하다. 그러나 난해한 주제라도 필요 이상으로 어려운 글로 쓰일 때가 있다. 예를 들어 철학자 유

● 　대니얼 디포(Daniel Defoe, 1660~1731): 영국 소설가, 저널리스트, 정치가. 대표작 『로빈슨 크루소Robinson Crusoe』(1719~1722)와 『몰 플랜더스Moll Flanders』(1722). 쉽고 직설적인 문체로 독자들의 관심을 받았다.

● 　아나톨 프랑스(Anatole France, 1844~1924): 프랑스 작가, 비평가. 풍자적이며 세련된 비평으로 당대 프랑스의 이상적인 문인이라는 평을 받았다.

● 　애티카(Attica): 에게 해 사로니코스 만에 면한 그리스 중남부 지방. 중심 도시는 아테네.

형의 저자는 이따금 자기를 보호하려는 정상적인 본능에서, 자기 이론을 설명할 때 구체적인 예를 제시하기를 한사코 거부한다. 과학자 유형의 저자는 인디언 용사가 깃털로 몸을 치장하듯 온갖 기술적인 전문용어로 글을 도배한다. 대부분의 모호함은 불필요하고 해롭다.

모호함은 조리가 서지 않거나 사려 깊지 못하거나 생각이 과다하게 넘쳐날 때 생길 수 있다. 겉치레, 허식을 차리거나 형식에 구애받을 때에도 그렇다.

조리가 서지 않아서 생기는 모호함은 생각이나 말을 다루는 데 서툴기 때문일 수 있다. 대개는 둘 모두를 다루는 데 서툰 경우가 많다. 우리가 입밖에 내지 않은 생각조차 대부분은 말로 이루어지기 때문이다. 퐁트넬*은 반어적인 어조로 이렇게 말했다. "나는 나 자신을 이해하기 위해 항상 노력한다." 그러나 어떤 사람들은 스스로를 이해하려는 의지가 없거나 그럴 만한 능력이 없다. 그렇다 하더라도 글을 잘 쓸 수는 있다. 그러나 가능성이 낮다. 개별 문장이 명료하다고 충분한 것이 아니다. 이 문장들이 명료하게 연결되지 않는다면, 그 결과물은 혼란 그 자체일 수 있다.

사려 깊지 못해서 생겨나는 모호함은 자기중심주의, 그러니까 자기가 갖고 있는 지식을 타인도 반드시 공유해야 한다는 경솔한 생각 때문일 수 있다. 로버트 브라우닝*은 『소르델로Sordello』를 집필하면

• 베르나르 르 부예, 퐁트넬 공(Bernard Le Bouyer, sieur de Fontenelle, 1657~1757): 프랑스의 과학 사상가, 문필가. 루이 14세 시대가 낳은 가장 박식한 인물이라고 볼테르가 평했다.

• 로버트 브라우닝(Robert Browning, 1812~1889): 영국 빅토리아 시대를 대표하는 시인. 『소르델로』는 정치 권력을 쥐느냐, 인류에 봉사하는 이상을 실현하느냐로 고민하는 청년 시인을 그린 난해한 이야기시詩다.

서 중세 롬바르디아의 상황에 너무 익숙해진 나머지, 독자들도 그에 익숙할 것이라 당연시하는 경향을 보였다. 지나치게 기술적인 언어를 사용하는 경향도 비슷한 이유에서일 수 있다. 아니면 그저 허세라는 단순한 이유에서일 수 있다.

생각이 과다하게 넘쳐나서 생겨나는 모호함은 한 번에 너무 많은 내용을 말하려는 시도 때문이다. 이는 생각이 너무 많거나 어느 선까지 말해야 적당한지 제대로 인식하지 못해서일 수 있다. 작가는 아무리 밝게 빛나는 영감일지라도 그 때문에 논지에서 벗어날 위험이 있다면 그것을 가차 없이 잘라낼 준비가 되어 있어야 한다.[1] 물론 몽테뉴처럼 생각이 편하게 마음대로 흐르도록 의도적으로 방치하여 훌륭한 결과물을 얻을 수도 있다. 그러나 콜리지는 연상력은 풍부했지만 자제력이 약했기에 훌륭한 결과물을 얻지 못할 때가 많았다. 그의 글은 그만의 형상화를 빌려 표현하자면, 새끼 개구리들이 여기저기 흩어져 있는 가운데 큼지막한 어미 개구리들이 팔딱거리며 뛰노는 광경을 떠올리게 한다. 메러디스도 '장광설을 피하려고' 비유를 사용했으나 그 결과가 늘 좋지만은 않았다.

그런가 하면 자기 생각에 심취해서가 아니라 그에 대해 확신이 너무 없을 때에도 문제가 생길 수 있다. 이러한 현상은 젊은 작가들에게서 흔히 볼 수 있다. 이들은 첫 문장을 쓰고 나서 불현듯 불안감에 사로잡혀 종속절에 단서를 붙이고 또 붙여나간다. 이럴 때에는 다시 생각하는 편이 낫다. 정말로 필요하지 않은 부차적인 생각들은 따로 제쳐두고, 필요한 생각들을 뒤로 미루어 문장들을 분리해야 한다. '한 번에 하나씩'이라는 히틀러의 규칙은 정치에서와 마찬가지로 글쓰기에서도 효과를 발휘할 수 있다. (그가 서쪽을 끝내기 전에 동쪽을 공격하여 이 규칙을 깨기 전까지는 말이다.) 많은 르네상스 작가들은 키케로와 리비우스를 흠모하여 종잡을 수 없이 복잡한 미로 같은 문장을 쓰는 유혹에 빠져 때로는 본인은 물론 독자마저 길을 잃게 만들었다. 오랜 시간을 들이면 분명 정교한 건축물을 만들 수 있다. 그러나 볼테르의 경우와 같이, 더 간소하고 간결한 건축물이 더 쉽고 명쾌하고 핵심을 잘 전달할 수 있다. 게다가 그는 이러한 격언을 남겼다. "모든 걸 다 말하면 지루해진다."

터키 최고의 철학자로 명성이 자자한 이슬람 탁발승이 이웃에 살았다. 사람들은 조언을 구하러 그에게 갔다. 팡글로스가 대표로 그에게 이렇게 말했다. "스승님, 인간과 같은 참으로 이상한 동물이 왜 창조되었는지 여쭙고 싶어 찾아왔습니다." "지금 무슨 일에 관여하고 있는 겁니까? 그게 당신의 일입니까?" 탁발승이 물었다. 그러자 캉디드가 이렇게 답했다. "그렇지만 존경하는 스승님, 세상은 지금 어마어마한 악으로 넘쳐나고 있습니다." 탁발승이 또 답했다. "이 세상에 선이 있든, 악이 있든 그게 무슨 상관이지요? 국왕 폐하께서 이집트로 배를 보내실 때에 배안의 쥐들이 편안한지 아닌지 염려하시나요?" "그렇다면 우리가 어떻게 해야 합니까?" 팡글로스가 물었다. "입을 굳게 다무십시오." 탁발승이 답했다. "원인과 결과, 가능한 최상의 세상, 악의 근원, 영혼의 속성, 이미 성립된 조화에 대해 스승님과 조금이나마 의논을 하려는 기대에서 제가 자만했군요." 팡글로스가 말했다. 이 말에 탁발승은 사람들 앞에서 현관문을 닫았다.[2] ❸-1

일부 사람들에게는 위 글이 무척이나 단순해 보일지도 모른다. 그러나 이 문장들이 작은 도깨비들처럼 뛰논다. 그들의 눈은 불같이 번쩍이고 그들이 태어난 그날처럼 지금도 생기가 넘친다. 다행스럽게도 이것이 글쓰기의 유일한 방법은 아니다. 다양성은 산문의 미덕이다. 명료성보다는 중요도가 떨어지지만 글을 쓰는 좋은 방법이다. 다만, 긴 꼬리에 비늘로 뒤덮인 용처럼 문학의 황금 과실을 지키는 평론지에서 다양성을 자주 찾아볼 수 없을 뿐이다.

단락도 문장과 마찬가지로 과밀하거나 길이가 길면 모호함을 초래할 수 있다. 잘 짜인 긴 문장은 어떤 품격을 자아내지만, 긴 단락에서 품격을 찾으려 하거나 실제로 그걸 찾는 독자는 거의 없다. 사실상 단락은 적어도 산문에서는 아름다움보다는 편의를 위한 장치인 경우가 대부분이다. 각 단락의 끝마다 독자는 잠시 숨을 고르고 휴식을 취할 수 있다. 중요한 사실은 독자 역시 단락의 끝을 쉬어야 할 적당한 지점이라고 느낀다는 것이다. 달리 말하면, 단락은 하나의 통일체가 되어야 한다. 사려 깊은 작가는 독자가 숨을 고를 지점을 적당히 여러 군데에 배치한다. 단락이 짧으면 용이성과 명료성을 살릴 수 있다. 그러나 단락이 너무 짧으면 그 효과가 미미해지는 경향이 있고, 독자는 수준 이하의 사람 취급을 받는다고 느낄 수 있다. 여기서도 다양성을 추구해야만 단조로움을 피할 수 있다. 다만 의심스러울 때는 단락을 너무 길게 하는 것보다 위험을 무릅쓰더라도 짧게 하는 편이 더 안전하다.

겉치레나 허식을 차릴 때 생겨나는 모호함은 가식적일 때도 있지만 늘 그렇지는 않다. 토마스 브라운 경*과 같이, 저자가 자기 자신보다 본인이 다루는 주제에 격조를 더하려고 노력하는 경우가 있다. 내 경우에는 『기독교인의 도덕성』에서 다음과 같은 진기한 구절을 읽을 때면 비판하려는 마음이 사라지고 기쁨이 차오른다. "좀스럽지 않게 용의주도하게 움직이고 염려스럽게 근심하기보다는 세심하게 배려하라." "어떤 행위가 습관화될 때 그 때문에 어떻게 열정이 수그러드는지, 한결같은 대상들이 어떻게 그 실마리를 느슨하게 하는지 잊지 말라." "부당함 속에서 전진하는 자는 자신의 기형적인 특성을 악화시키고 그림자를 밤으로 바꾸며 검은 황달 속에서 스스로를 흑인으로 만든다." 물론 극단적으로 모순적인 문장들이다. 누군가는 '검은 황달' 때문에 에티오피아인이 더욱 칠흑 같아지는 광경을 보고 토마스 경이 기쁨에 손을 비벼대고 있는 모습을 상상할지도 모른다. 누군가는 『기독교인의 도덕성』이 과연 사람들의 도덕 수준에 한 치라도 기여를 했을지 의심할지도 모른다. 그보다는 따뜻한 격언 한마디가 더 효과적일 수도 있다. 그러나 자신을 도덕주의자, 과학자, 골동품 수집가라고 상상한 이 별난 천재는 실은 뼛속까지 예술가였다. 그가 무엇에 대해 글을 쓰는지는 그리 중요하지 않았다. 모든 것이 그의 손에서 마법에 걸린 섬의 음악과 환상으로 탈바꿈되었다.

그렇기는 하지만 문학계에 『기독교인의 도덕성』 하나만 있어도 충분하다. 토마스 경의 글은 모방하기도 힘들다. 철학자든, 과학자

---

* 토마스 브라운 경(Sir Thomas Browne, 1605~1682): 17세기 영국의 의사·저술가. 『기독교인의 도덕성Christian Morals』은 기독교의 가치와 행실에 대한 명상록으로 그가 장남을 위해 쓴 것이다.

든, 변호사든, 비평가이든, 대부분의 저자에게는 겉치레나 허식에 따른 모호함이 조지프 애디슨이 쓴, 다음 글에 나오는 현학자와 같이 그저 성가시고 말도 안 되는 골칫거리일 뿐이다.

"물어보니 내 학식 있는 벗이 그날 유명한 말재주꾼인 스완 씨와 식사를 했다는 걸 알게 되었다. 스완 씨와 나눈 대화가 어땠는지 들려달라고 하자 내 벗은 그가 대개는 말장난으로 대화를 이어갔고 때로는 어떤 말을 강조하여 반복하기도 했지만 그가 환의법을 사용하여 겸손하게 자기 견해를 밝힐 때 가장 빛났다고 했다."

이와 비슷하게, 문학의 아름다움을 해설하는 일부 현대 평론가들은 "시 연구의 총체적인 목적은 독자의 상상력의 통합이다." 내지는 "우리는 제임스가 『황금 주발*The Golden Bowl*』의 제한된 본질의 주제에서 『카사마시마 공작부인*The Princess Casamassima*』의 더욱 극단적인 양극화로 옮겨간 단계에 대해 짐작만 할 뿐이다." 따위의 말을 한다. 그냥 책을 덮는 편이 낫다. 내가 읽은 평론 중 절반에서는 작품에 대해 이야기할 때 '통일성'이라는 단어를 쓰지 않는다. 의례적으로 '유기적 통일성'이라는 단어를 쓴다. 얼마나 많은 작가가 '유기적'이라는 단어의 의미를 이해할지 모르겠다. 그리 많지는 않으리라 짐작된다. '유기적 통일성'이라는 말은 이제 진부한 비유나 흔해빠진 공식처럼 들린다. 왜 간단히 '통일성'이라고 말하지 못할까?

겉치레나 허식에 따른 모호함은 속임수를 시도할 때 생겨나는 모호함과 이웃지간이다. 후자의 모호함은 무척 오랫동안 횡행해왔고, 신비로움의 대상이 되려는 인간의 욕구가 사라지지 않는 한, 앞으로도 계속해서 존재할 것이다. 한 예로, 설교를 들은 소감을 말해달라는 부탁에 한 교구 관리는 이렇게 말했다. "다소 이해하기 쉽고 단순했습니다. 제 경우에는 판단을 흐리게 하고 감각을 혼란스럽게 하는 설교가 좋습니다." 마찬가지로, 콜리지의 아버지도 '성령의 직접적인 언어'인 히브리어로 된 성서 구절로 추종자들을 기쁘게 했다. 학식이 다소 부족한 설교자들은 임시방편으로 라틴어를 사용했다. 'Mascula quae maribus(에라스무스 유파)'라는 말이 조야한 사람들의 귀에 낭랑하게 울려 퍼졌다. 그런가 하면 한 교구의 총무가 크리스마스에 발행할 사망자 통계표에 실을 글귀를 써달라고 시인 윌리엄 쿠퍼에게 부탁한 일화도 있다. 이전에 그 일을 담당했던 그 마을의 시인이 "독서를 무척 많이 한 박식한 신사라 교구 사람들이 그의 말을 이해하지 못했기 때문이다".

그보다 훨씬 오래전, 고대 알렉산드리아에서는 리코프론이 「알렉산드라Alexandra」라는 불가해한 시를 썼다. 그 시에는 약 3000단어가 사용되었는데, "그중 518개는 어디서도 찾아볼 수 없는 단어였고, 117개는 처음 등장한 단어였다". 그리고 로마제국의 첫 세기에 퀸틸리아누스는 당시 유행하던 몽매주의를 비웃었다. "천재가 우리를 이해하면 우리는 스스로를 천재라고 생각한다." 그가 쓴 기록에 따르면, 당시 한 수사학 교사가 학생들에게 강조한 표어는 "어둡게 하라."였고 그의 가장 큰 칭찬은 "정말 훌륭하군! 내 힘으로는 이해할 수 없어."였다. 하지만 현대에 들어와서 사람들을 속이기가 어려워졌다고 생각한다면 지나친 낙관이다. 공쿠르 형제는 졸라가 이렇게 말했다고 전한다.

"이런, 'naturalism(자연주의)'이라는 단어를 보고 저도 당신들만큼이나 웃었습니다. 그래도 이 단어를 반복해서 자주 써야겠군요. 무엇이든지 사람들이 그걸 새로운 것으로 받아들이도록 하려면 그것에 명칭을 부여해야 하니까요."

명료성은 물론 한계와 위험이 있다. 첫째로, 독자들이 고마워하리라고 기대해서는 안 된다. 나는 비극을 주제로 한 간단한 입문서를 최대한 명료하게 집필하려고 꽤나 애를 쓴 적이 있는데, 후에 한 독자의 감상평을 이렇게 전해 들었다.

"알다시피 상당히 좋아요. 그런데 너무 단순해요!"

둘째로, 시와 시적 산문은 앞서 이야기한 대로, 어스름한 불빛 속에서 더 커 보인다. 『맥베스Macbeth』가 그야말로 어둠 자체인 장면을 거듭한 끝에 힘을 얻은 것처럼 말이다. "차디차게 꼼짝 않고 누워 썩어간다."라는 말만큼 공포를 더 잘 표현한 말이 어디 있겠는가? 실제로 번역 시에서는 좀 더 명료성을 추구하는 경향이 있어서 원작의 그림자같이 어두운 장엄함이 고스란히 옮겨지지 못할 때가 많다. 따라서 아이스킬로스나 단테의 작품을 번역하는 데 어려움이 따른다.

말라르메˙는 에레디아˙를 찾아가 이렇게 호소했다. "얼마 전 훌륭한 시 한 편을 썼는데 저조차도 그게 무슨 의미인지 알 수가 없어 설명을 청하러 이렇게 찾아왔습니다." 그러나 난 말라르메에 관한 글을 읽을 당시 그의 담화를 기록한 사본을 요청한 적이 있다. 왜냐하

˙　스테판 말라르메(Stéphane Mallarmé, 1842~1898): 프랑스 시인. 폴 베를렌과 상징주의 시운동을 창시, 주도했다.

˙　호세 마리아 데 에레디아(José Maria de Heredia, 1842~1905): 쿠바 태생의 프랑스 시인. 소네트의 대가다.

면 내 독서에 "약간의 모호함을 더하기 위해서"였다. 지금 내가 한 말이 진지하게 받아들여질지는 잘 모르겠다. 쉬운 것이 오히려 어렵다는 생각이 항상 진실로 남아 있다.

한편 버크가 지적했듯이, 일반적인 산문이라도 언어가 너무 명료하면 힘이 부족해질 때가 있다. 그런 글은 독창적이지 못하고 단조롭고 평범해 보일 수 있다. 물론 정신의 무의식적인 측면은 영향을 받지 않을 수도 있다. 프랑스의 화가 코로는 오전 9시면 작업을 끝냈다고 한다. "이제 모든 게 보이는군. 그러니 볼 게 아무것도 없어." 독자가 모든 걸 보도록 만드는 건 분명 별 쓸모가 없다. 식상함과 빤함으로 독자가 하품을 하게 된다면 말이다. 따라서 모든 걸 분명하게 만드는 일뿐만 아니라 가능하다면 모든 걸 새롭게 만드는 일 역시 필요하다.

그러나 이 과제는 때로 극복되기도 한다. 밀턴•과 라신•의 시, 버크와 샤토브리앙•의 산문은 모호하다고 볼 수 없다.[3] 그렇다고 해서 별 볼일 없는 건 더더욱 아니다. 골드스미스나 랜더 또는 매콜리[4]의 명료성에는 지루하거나 식상한 면이 없다. 존슨의 대화나 도로시 오

• 존 밀턴(John Milton, 1608~1674): 장엄문체와 사탄의 묘사로 유명한 대서사시 『실락원 *Paradise Lost*』(1667)의 저자로서 셰익스피어에 버금가는 대시인으로 인정받는다.

• 장 바티스트 라신(Jean Baptiste Racine, 1639~1699): 몰리에르, 피에르 코르네유와 함께 17세기 프랑스의 3대 극작가 중 하나로 여겨진다. 역사상의 인물을 주인공으로 한 비극을 주로 썼는데, 인물에 인간성을 주고 과장을 피해 가면서 쓴 것이 특징이다. 저서로는 『앙드로마크 *Andromaque*』, 『페드르*Phèdre*』, 『베레니스*Bérénice*』 등이 있다. 또 문장은 프랑스어의 모범이 되었다.

• 프랑수아-오귀스트-르네, 샤토브리앙 자작(François-Auguste-René, vicomte de Chateaubriand, 1768~1848): 프랑스의 작가, 외교관. 프랑스 낭만주의 초기 작가.

즈본과 호레이스 월폴의 서신도 마찬가지다. 로크와 그 외 숱한 작가들처럼, 명료한 산문이 이따금 지나치게 무미건조해 보인다면 그건 작가의 성격 자체가 그만큼 무미건조하기 때문일지 모른다.

산문에는 시에서 볼 수 있는 시율施律적 표현*이 대개 없다. 산문은 위험을 각오할 때에만 시어詩語를 사용한다. 그러나 단 한 가지, 공유할 수 있는 시의 필수 요소가 있다. 바로 비유법이다. 물론 과도한 시적 비유는 위험하다. 케케묵은 비유도 글의 힘을 약화시킨다. 그러나 상상력이 풍부한 산문 작가라면 위험하지도, 진부하지도 않은 심상을 찾아낼 것이다. 산문에서 이러한 장치를 부정하는 엄격한 순수주의자들은 삼손의 머리카락을 모조리 밀어버리는 셈이다. 아리스토텔레스는 이미 이 사실을 깨달았다.(『수사학』, III, 2.)

"『시학』[5]에서 이미 논의했듯이, 운문과 산문에서 가장 강력한 것은 바로 비유다. 산문의 경우 특히 이 사실에 신경을 써야 한다. 산문이 운문보다 장치가 부족하기 때문이다. 비유는 무엇보다도 명료성, 즐거움, 생소함이라는 세 가지 장점을 선사한다. 어느 누구도 다른 사람으로부터 이 재능을 빌려올 수 없다."

비유는 문체와 관련하여 매우 중요하므로 후에 더 심도 있게 다루기로 한다.[6]

어떻게 명료성을 얻을 수 있을까? 대개 수고를 들이면 가능하다. 그리고 독자들에게 깊은 인상을 주기보다는 그들에게 도움을 주려는 의도로 글을 쓰면 가능하다. 대부분의 모호함은 무능보다는 욕

---

* 시율적 표현: 박자가 있는 행진곡과 같은, 율격이나 운율을 지닌 표현.

심, 즉 심오한 통찰력이나 글의 장려한 분위기 내지는 풍부한 미사여구로 찬사를 받으려는 욕심에서 비롯되지 않나 싶다. 작가는 본인의 생각이 뚜렷해질 때까지 생각을 하고 또 해야 한다. 또 그 생각들을 분명한 순서로 배열해야 하고, 짧은 단어, 문장, 단락을 선호해야 하며, 한 번에 너무 많은 내용을 말하려고 해서는 안 된다. 또 무관한 내용을 언급하기를 삼가고, 무엇보다도 상상력과 공감을 발휘하여 독자의 입장이 되어보아야 한다. 몰리에르*가 자기가 쓴 극작품을 요리사에게 읽어준 일화는 유명하다. 그보다 8세기 앞서 중국에서는 시인 백거이白居易가 그와 비슷한 일화를 남겼다. 스위프트*를 담당했던 발행인인 포크너도 마찬가지로 스위프트와 그의 남자 하인 두 명에게 교정쇄를 큰 소리로 읽어주었다. 그리고 하인들이 글을 이해하지 못하면 그들이 완전히 이해할 때까지 그 대목을 수정하고 매만지는 작업을 거쳤다. 요약하자면, 특히 산문에서 모호하게 글을 쓰는 자는 대개는 허세를 부리고 자기중심적인 자다. 열린 마음과 공감하려는 태도로 자기만의 목적을 넘어서서 더 큰 목적을 달성하려고 글을 쓰는 자는 글이 명료할 수밖에 없다. 만약 그렇지 않다면 그는 사고가 명료하지 못한 자일 것이다.

•　몰리에르(Molière, 1622~1673): 17세기 프랑스의 극작가이자 배우. 『타르튀프Tartuffe』, 『아내들의 학교L'École des femmes』, 『인간혐오자Le Misanthrope』 같은 작품으로 새로운 양식의 희극을 창조했다.

•　조너선 스위프트(Jonathan Swift, 1667~1745): 영국 소설가. 풍자소설과 역사소설을 썼으며, 『걸리버 여행기』, 『통桶 이야기The Tale of a Tub』 등이 있다.

이탤릭체에 대한 주의사항

이탤릭체는 명료성에 다소 도움이 된다. 그러나 때로는 거부감을 일으킨다. 이탤릭체를 반대하는 사람들의 주장은 이렇다. "작가라면 이탤릭체 같은 장치 없이도 의미가 명확하도록 문장을 정연하게 배열할 줄 알아야 한다." 이 말을 유추해보면, 물음표나 느낌표도 없애야 한다. 작가라면 이러한 부호 없이도 의미가 명확하도록 문장들을 정연하게 배열할 줄 알기 때문이다. 쉼표는 왜 없애지 않는가? 고대인들은 쉼표를 사용하지 않았다. 현대의 변호사들도 유언장을 작성할 때면 쉼표를 쓰지 않는다.

글이란 그저 말의 대용물이라는 게 답 같다. (실제로 괴테는 글을 '말의 남용'이라 불렀다.) 이렇게 되면, 단어들을 어떻게 말하는지 표시하기 위해 우리가 글에서 어떤 부호를 사용해야 하는가, 라는 상식적인 편의성이 중요한 사안이 된다.

"You are satisfied with what you have done?(당신이 한 일에 만족하십니까?)"와 "You are satisfied with what you have done!(당신이 한 일에 만족하시는군요!)"는 어감이 완전히 다르다. 말하기에서 이 차이는 목소리로 전달된다. 글쓰기에서 이 차이는 구두법으로 전달된다. 그러나 만약 느낌표가 고안되지 않았다면, 맥락상 모든 정황이 분명하지 않는 한, 두 번째 문장을 "You surely do not mean to say that you are satisfied with what you have done?(당신이 한 일에 만족했다고 말하려는 게 아니신가요?)"라는 어색한 문장으로 에둘러 표현해야 한다.

말에 더 가깝게 글을 쓰기 위해 그리고 독자가 작가의 의도에 더 가깝게 다가가도록 하기 위해 인쇄상의 유용한 장치를 더 많이 만들어야 한다고 주장할 수도 있다. 이래즈머스 다윈* 박사는 감탄 부호를 뒤집은 형태의 특정한 부호를 써서 반어법을 나타내자는 제안을 한 적이 있다. 세심하고 꼼꼼한 시인들이 자기 시를 정확히 어떻게 낭송해야 하는지 나타내기 위해 특정 기호나 표기법을 고안해내지 않은 게 놀라울 따름이다. 음악가들이 음악을 어떻게 연주해야 하는지 표시하는 것처럼 말이다. 나는 우리가 지금 갖고 있는 여러 문장 부호에 이러한 부호들까지 첨가시킬 의사는 전혀 없다. 다만 강조의 표시로서 이탤릭체가 사라진다면 유감스러울 것이다.

새커리*는 이렇게 썼다.

"우리는 그 익숙한 오래된 무덤을 보고 우리가 여기 있은 이래 자리가 어떻게 바뀌었는지 생각한다. 그리고 현재의 의사가 아닌 *우리 시대의 의사*가 어떻게 저편에 앉아 있곤 했는지, 그가 무시무시한 눈빛을 번뜩이며 몸서리치는 소년들인 우리를 어떻게 두려움에 떨게 하곤 했는지 생각한다. 그리고 우리 옆에 있는 소년이 예배 시간 동안 우리의 정강이를 어떻게 *걸어차*곤 했는지, 우리가 정강이를 걸어차였다는 이후로 후에 감시자가 우리를 어떻게 회초리로 때렸는지 생각한다."

- 이래즈머스 다윈(Erasmus Darwin, 1731~1802): 영국의 의사. 찰스 다윈과 프랜시스 골튼의 할아버지다. 18세기 유물론의 입장과 가치관을 대변하는 전환기의 중요한 인물이기도 하다.

- 윌리엄 메이크피스 새커리(William Makepeace Thackeray, 1811~1863): 영국 소설가. 나폴레옹 시대의 영국을 그린 소설 『허영의 시장*Vanity Fair*』(1847~1848)과, 18세기 초를 배경으로 한 『헨리 에스먼드 이야기*The History of Henry Esmond, Esq.*』(1852)가 대표작이다.

그리고 웰스[•]의 주인공이 포트웰 여관에서 잠든 풍만한 여인을 보았을 때의 대목은 이렇다.

"*내* 취향이군.' 폴리가 말했다."

이 두 구절에서 이탤릭체를 제거한다면 명료성이 사라질 것이다. 게다가 문장을 다시 쓴다면 간결성이 사라질 것이다.

과도함으로 빠져 들기는 위험할 정도로 쉽다. 아널드는 때때로 시에 감탄 부호를 과도하게 사용했고, 빅토리아 여왕은 서신을 쓸 때 밑줄을 과도하게 사용했다.[7] 그렇지만 이 유용한 장치들을 가끔 남용한다고 해서 그걸 아예 없애버리자는 건 타당치 못하다고 생각한다.

• 허버트 조지 웰스(Herbert George Wells, 1866~1946): 영국 소설가. 『타임머신*The Time Machine*』, 『투명인간*The Invisible Man*』 등과 같은 공상 과학소설, 풍자와 유머가 넘치는 인생소설 『연애와 루이섬 씨*Love and Mr. Lewisham*』, 『킵스*Kipps*』, 자전적 요소가 짙은 『토노 번게이 *Tono-Bungay*』 등 100권이 넘는 책을 썼다.

4장

독자에 대한 예의: 간결성과 다양성

가볍고 빠른 문체를 좋아하는 이들에게는

저 멀리서 짐마차처럼 달려오는

드라이저의 작품을 하찮게 보는 것만큼

멋지고 세련된 일이 없다.

그는 자신의 저녁만찬 따위를 묘사하여

우리에게 날렵하고 선택적인 예술이 무엇인지 가르쳐주었다.

그는 자기가 머무는 곳이 주택이라고 말했다.

그저 "집"이라고는 말할 수 없었으므로.

─G. K. 체스터턴, 「축약의 노래」

폴로니어스는 "간결성은 재치의 영혼이다."라고 말했다. 문체를
다룬 대부분의 책에서 간결성을 별반 논의하지 않는다는 점이 내게

는 놀랍다. 테니슨은 「틴턴 수도원의 시Tintern Abbey」, 「슬러지 씨 Mr. Sludge」, 「중용the Medium」을 비롯하여 대개의 시가 너무 길다고 말했다. (그는 아마 「인 메모리엄In Memoriam」도 여기에 포함시켰을 것이 다.) 내 생각에는 산문도 대개 그러하다.

간결성은 예의의 한 형태다. "내 연설이 어땠나?" 알프레드 드 비니*는 아카데미 프랑세즈에서 연설을 하고서 벗에게 물었다. "훌륭했지! 그런데 좀 길었다고 해야 하나?" 비니는 고매한 인격의 소유자였다. 칼라일와 마찬가지로 침묵을 칭송했다. "오직 침묵만이 위대하다. 그 밖의 모든 것은 힘이 없다." 그는 침묵을 실천하기가 쉽지 않음을 알았다.

저자가 독자의 시간을 허비하는 행위는 예의가 아닐뿐더러 공적인 측면에서도 문제다. 영국에서만 매년 약 2만 권의 도서가 출간되는 가운데, 오래된 책이든 새로운 책이든 좋은 책들이 나쁜 책들에 묻힐 위험이 있다. 이 과정이 한없이 되풀이된다면, 우리는 결국 도서관의 바다에 빠지고 말 것이다. 더욱이 이 수많은 책 가운데 짧고 간결한 책은 거의 찾아볼 수 없다. 대부분의 책의 경우, 전체 장들을 없애는 것이 아니라 불필요한 단어로 이루어진 문장과 불필요한 문장으로 이루어진 단락들을 제거하면 효과적으로 압축시킬 수 있다. 세르주빌 부인이 퐁트넬의 작품을 연로한 그에게 읽어주자 그는 "그건 너무 깁니다."라고 하면서 낭독을 이따금 중단시켰다고 한다. 체

• 알프레드-빅토르 드 비니(Alfred-Victor de Vigny, 1797~1863): 프랑스 시인, 극작가. 시집 『운명Les Destinées』(1864, 사후 간행)에 수록된 11편의 시 중에는 「늑대의 죽음」, 「목자牧者의 집」 등 불후의 걸작이 많다. 수많은 낭만파 시인 중에서 유일한 철학시인이다.

호프도 이렇게 썼다. "뜻밖에도 짧음에 집착하게 되었다. 내 작품이 든 다른 작가의 작품이든, 뭘 읽든지 간에 충분히 짧게 느껴지지 않는다." 나는 두 사람 모두 옳다고 생각한다.

아래 인용문에서 내가 의도하는 축약을 무모하지만 시도해보았다.

보다 높은 수준의 비평을 행하는 데 참여하는 최고의 지성이 예술에서 가장 고결한 것들을 설명함에 있어 하고자 한 바를 모두 행할 때, 언급되지 않은 무엇 그리고 어떤 식으로든 행해지거나 언급될 수 없는, 행해지지 않은 무엇이 항상 남기 마련이다. 일류의 시가 실현한 모든 효과의 모든 원인은 논쟁이나 규정의 미묘함이라는 힘 없이는 정밀하고 정확하게 규정, 상술할 수 없다. 바이런이나 사우디의 최고의 작품에 존재하는 선의의 모든 것은 눈에 띄거나 훌륭한 어떤 것도 비판적인 선의의 분석적인 우려를 피하게 되리라는 두려움 없이, 적절한 찬사로서 규정, 설명, 정당화, 분류될 수 있다. 바이런의 「그리스의 섬들 Isles of Greece」과 같이 강력하게 효과적으로 배열된 강렬한 웅변적 효과들로 구성된 시의 설득적이고 열렬한 능변 속에서, 어느 누구도 무엇이 감탄할 만한지에 대해 잘못된 판단을 내릴 수 없고 어느 누구도 본인이 감탄하는 것이 무엇인지 규정하는 말을 원하지 않는다. 연설자가 주제에 대해 펼치고자 하는 논지는 어느 것 하나 길을 잃는 법이 없으며, 호의적인 환경에서 이루어질 경우, 청중으로부터 갈채를 받지 못하거나 연단이 흔들리도록 우레와 같은 박수가 길게 이어지지 못할 미사여구는 없다. 그것은 「압살롬과 아히도벨Absalom and Achitophel」, 「훈장The

Medal」, 「암사슴과 표범The Hind and the Panther」에 있는 모든 것만큼 효과적이고 그 효과 역시 진정성이 있다. 2행 연구에서 벗어나 4행 시구를 만들어낸 것은 드라이든, 그것도 최상의 순간의 드라이든이다. 그것은 바이런이 달성할 수 있는 최선이다. 사우디가 달성할 수 있었던 최선이, 신속하고도 생생하게 보이는 비극적인 행위와 격정이 간결한 애가의 형태로 엮인, 샬롯 공주를 노래한 애도시에서 보여준 숭고하고도 애처로운 역사였듯이 말이다. 그 장점들은 분명하고 틀림없는 만큼 규정하기도 쉽다. 워즈워스의 결점에 대해서도 동일하게 말할 수 있다. 단, 그의 장점에 대해서는 그렇게 말할 수 없다. 가장 고결한 시를 결정짓는 잣대는 그 시가 모든 잣대를 통과했는지의 여부다. 시적인 본능을 지닌 독자나 청자가 단번에 인지하고 정의할 수 있는 요소가 없는 시일지라도 다른 좋은 속성을 지닐 수 있다. 바이런의 최고의 시만큼 숭고하게 열정적이고 활력적일 수 있고 사우디의 최고의 시만큼 고결하게 비통하고 사색적일 수 있다. 찬사를 하는 자들이 시의 모든 속성에 쉽게 명칭을 부여하고 판단을 할 수 있다면 그것은 시가 아니다. 일류의 서정시는 더더욱 아니다. 단어들의 전진과 울림 속에는 반드시 무언가가 있어야 한다. 시행의 움직임과 운율 속에는 어떤 공감적이고 예리한 비평으로도 영영 설명할 수 없도록 남는 어떤 비밀이 반드시 있어야 한다. 분석을 행함으로써, 시 속에 피어난 꽃의 색깔들이 어떻게 생겨나고 조합되었는지 설명할 수는 있지만 어떤 과정에 의해서 그런 향기가 풍겨나게 되었는지는 결코 설명하지 못한다. 워즈워스의 다양한 작품 중에서 한 가지 우연한 예를 살펴보자.

저 처녀 무슨 노래를 부르는지 말해주는 이 없는가?

어쩌면 애처롭고 구슬픈 노래일지도 모르지.

오래전의 불행한 아득한 것들을 위한.

오래전의 전쟁을 위한.

위 마지막 두 행이 속한 시에서 다른 단어가 남겨지지 않았다면, 위 마지막 두 시행은 정도의 측면이 아니라 유형의 측면에서 바이런이나 사우디의 부류와는 다른 시인의 손길을 보여주는 데 충분하다. 시 전체에서 그보다 완벽하고 심오하며 고귀한 아름다움을 지닌 두 개의 시는 존재하기가 어렵다. 그러나 어느 누구도 이 사실을 알지 못할 경우, 롱기누스의 시대에서 아널드의 시대에 이르기까지, 조일로의 시대에서 졸라의 시대에 이르기까지, 어떤 비평가도 이러한 진실의 확실성을 가시화하는 데 성공하지 못했을 것이다. 만약 이 표현이 꾸밈의 의도가 없다고 한다면, 이것이야말로 워즈워스의 신비로움이다. 모든 위대한 시인 중 어느 누구도 워즈워스의 경우에서만큼, 최고의 작품을 어떻게 집필했는지, 최상의 효과를 어떻게 실현했는지, 깊은 인상을 어떻게 전달하게 되었는지 설명할 수 있는 능력과 이해할 수 있는 역량에 대해 설득당한 적이 없었다. 워즈워스만큼, 시인이 가진 힘, 시인의 성공, 시인의 의문의 여지없는 승리가 그의 이론보다 더 독립적이고 어떤 규칙으로도 설명 불가능한 경우는 없었다.* **❹-1**

• 보다~없었다: 저자 루카스는 이 인용문의 원문에 불필요해 보이는 단어는 대괄호로, 생략에 따른 표현의 변화는 이탤릭체로 표시했다.

독자의 편의를 위해, 축약시킨 위 인용문을 다시 써보겠다.

비평에서 최고의 지성이 할 수 있는 모든 말을 할 때, 무언가가 항상 언급되지 않고 남기 마련이다. 일류의 시가 실현한 효과의 모든 원인은 규정, 상술할 수 없다. 실제로 그 누구도 바이런의 「그리스의 섬들Isles of Greece」의 능변 속에서 무엇이 감탄할 만한지에 대해 잘못된 판단을 내릴 수 없다. 연설가가 펼치고자 하는 논지는 길을 잃는 법이 없으며 청중으로부터 갈채를 받지 못할 미사여구도 없다. 그것은 「압살롬과 아히도벨」, 「훈장」, 「암사슴과 표범」에 있는 모든 것만큼 효과적이다. 그러한 4행 시구를 만들어낸 것은 드라이든, 그것도 최상의 순간의 드라이든이다. 그것은 바이런이 달성할 수 있는 최선이다. 사우디가 달성할 수 있었던 최선이 샬롯 공주를 노래한 애도시에서 보여준 숭고하고도 애처로운 역사였듯이 말이다. 그 장점들은 분명한 만큼 규정하기도 쉽다. 워즈워스의 결점에 대해서도 동일하게 말할 수 있다. 단, 그의 장점에 대해서는 그렇게 말할 수 없다. 가장 고결한 시를 결정짓는 잣대는 그 시가 모든 잣대를 통과했는지의 여부다. 단번에 인지하고 정의할 수 있는 요소가 없는 시일지라도 다른 좋은 속성을 지닐 수 있다. 바이런의 최고의 시만큼 숭고하게 열정적일 수 있고 사우디의 최고의 시만큼 고결하고 비통할 수 있다. 만약 그 모든 속성에 명칭을 부여할 수 있다면 그것은 시가 아니다. 일류의 서정시는 더더욱 아니다. 단어들의 전진과 울림 속에는 반드시 무언가가 있어야 한다. 시행의 움직임과 운율 속에는 영영 설명할 수 없는 어떤 비밀이 반드시 있어야 한다.

저 처녀 무슨 노래를 부르는지 말해주는 이 없는가?

어쩌면 애처롭고 구슬픈 노래일지도 모르지.

오래전의 불행한 아득한 것들을 위한.

오래전의 전쟁을 위한.

시에서 다른 단어가 남겨지지 않았다면, 위 마지막 두 시행은 정도의 측면이 아니라 유형의 측면에서 바이런이나 사우디의 부류와는 다른 시인의 손길을 보여주는 데 충분하다. 이것이야말로 워즈워스의 신비로움이다. 어떤 위대한 시인도 워즈워스의 경우에서만큼, 최고의 작품을 어떻게 집필했는지 설명하도록 설득당한 적이 없었다. 워즈워스만큼, 시인이 가진 힘이 그의 이론보다 더 독립적이고 어떤 규칙으로도 설명 불가능한 경우는 없었다.• ❹-2

인용문이 상당히 많이 줄어들었다.[1] 두 번째 글에서도 아주 새롭지 않거나 난해한 부분들을 더 짧게 축약할 수 있다고 생각하는 독자들도 분명 있을 것이다. 여기서 요지는 이러한 문체로 쓰인 책이 모조리 필요 이상으로 두 배는 길다는 점이다. 어마어마한 시간 낭비가 아닐 수 없다.

스윈번•의 천재성을 매도하는 무리에 동참하려는 의도는 아니다.

• 　비평에서~없었다: 루카스는 몇 가지 추가 수정 사항을 원문에 이탤릭체로 표시했다.

• 　앨저넌 찰스 스윈번(Algernon Charles Swinburne, 1837~1909): 영국의 시인, 평론가. '라파엘 전파' 운동에 가담하여 시를 쓰기 시작하여 극시 「칼리돈의 아틀란타」로 명성을 얻었다. 비평 분야의 대표작으로는 『평론과 연구Essays and Studies』가 있으며, 셰익스피어, 빅토르 위고, 벤 존슨에 관한 작품집이 있다.

『아탈란타*Atalanta*』와 『시와 발라드 I*Poems and Ballads I*』의 일부를 집필한 이 음악적인 천재를 나는 깊이 존경한다. 다만 그는 사고 및 감각의 결핍과 치유할 수 없는 전염병에 걸린 단어들로 몹시 고통을 받았다.

스윈번이 대중 앞에 서는 연설가였다면, 청중 일부는 그 내용을 절반밖에 듣지 못했을 테고 분명히 들리는 부분이라도 절반밖에 이해하지 못했을 것이다. 만약 그의 목표가 청중을 열광의 도가니로 몰아넣는 것이었다면(그럴 가능성은 별로 없지만), 그 모든 수사학적 반복과 부연에 얼마간의 타당한 근거가 생겼을지도 모른다. 사실상 그는 문학의 어떤 구절이 우리를 불가해한 방식으로 감동시킨다는 사실을 몸소 보여줄 뿐이다. 그러한 구절은 우리가 설명할 수 없는 마법의 힘을 가지고 있다. 우리가 그걸 설명할 수 있다면, 그건 더 이상 마법이 아니다. 물론 사람에게도 마찬가지로 신비로운 매력이 존재한다. 모든 현상을 설명하려는 욕구가 강했던 일부 18세기 사람들은 그 매력으로부터 깊은 인상을 받았다. 그들은 그것을 'Je ne sais quoi(말로 설명될 수 없는 묘한 매력)'라 칭했다. 그렇다면 이 모든 사실을 58행 미만으로 말할 수 있을까? 어쩌면 말할 필요가 없는지도 모른다. 전에도 말한 적이 있기 때문이다.

왜 사람들은 이런 식으로 말을 하거나 글을 쓸까? 주된 이유는 단어, 생각, 지식이 많으면 그걸 남용하려는 유혹에 빠져서다. 사람들은 그렇게 하기를 즐긴다. 따라서 콜리지와 매콜리는 나이아가라 폭포처럼 모든 걸 분출시킬 수밖에 없었다. (비록 한 사람이 쓴 최고의 시와 또 한 사람이 쓴 최고의 산문은 내게는 장황하지 않지만 말이다.) 게다가 취향의 차이도 있다. 어떤 이에게는 넘쳐나는 풍부함이 부처럼 보일 수 있고, 또 어떤 이에게는 화려함이 아름다움처럼 보일 수 있다. 하지만 내가 그렇게 느낀다 하더라도, 삶의 지독한 덧없음은 언어의 간결성을 요구할 것이다. 갖가지 단어들로 치장을 하느라 감히 시간을 낭비할 수 없을 정도로 이 세상에는 알아야 할 흥미롭고 매력적인 것이 수두룩하다. 마지막 이유로, 일각에서는 글이 단순명쾌하면 격이 떨어져 보인다고 생각한다. 한 저명한 시의회 의원이 정치가 캐닝의 묘비명을 새길 당시 "그는 가난하게 죽었다."라는 문구 대신 "그는 궁핍한 환경에서 이승을 하직했다."라는 문구로 대체하려 했다는 일화가 있다.[2] 그런 시의회 의원 역시 세상을 떠났다. 그러나 그의 성향을 닮은 후대 사람들은 아브라함의 후손만큼이나 그 수가 많다.

한편 양 자체를 질로 여기는 사람들도 있다. 학자 티를 내는 사람이든 그저 단순한 사람이든 방대한 양 자체에 깊은 인상을 받을 수 있다. 일부 출판사는 얇은 소설책을 선호하지 않는다고 하는데, 그 이유는 독자들이 주말을 보낼 두툼한 책을 원해서라고 한다. 1862년 6월 18일에 마르크스는 엥겔스에게 이렇게 서신을 썼다. "이 책의 분량을 추가로 늘릴 계획입니다. 독일의 독서광들은 책의 가치를 양으로 판단하기 때문이죠." 그리 적절한 이유는 아닌 걸로 보인다.

저자를 지켜주는 요정 대모는 저자에게 펜만이 아니라 수정용 연필도 주어야 한다. 좋은 작가라면 무엇을 쓰지 말아야 할지도 알아야 한다. (웰스의 일부 소설처럼) 너무도 많은 책이 그저 인내심 부족의 결과로 양이 방대하다. 그 책들을 짧게 줄이려면 무한정 시간이 소요될 것이다. 희곡 1,800편과 자서전 450편을 쓰고 1만 7000명이 넘는 등장인물을 만들어낸 로페 데 베가* 또는 서재를 채울 책을 끊임없이 펴내는 발자크, 조르주 상드, 트롤럽*3과 같은 작가들의 에너지를 보면 놀라움에 할 말을 잃을 뿐이다. 독자들은 오히려 글을 적게 쓰고 고쳐 쓰기를 많이 하는 편이 나을 것이라 생각할 것이다. (그렇지만 앞서 열거한 작가들의 기질을 생각한다면 불가능한 일이다.) 물론 다작은 왕성한 천재성의 징표일 수 있고, 그레이*의 경우와 같이 인색한 집필 활동은 병약함의 증거일 수 있다. 그러나 간결성에 약점이 있다면, 힘과 절제도 있다. 사포*의 시는 몇 편 되지 않지만 장미와 같다. 그녀의 동료 여류시인 에린나*에 대해서는 다음과 같은 글이 오래전에 쓰였다.

간명한 언어와 다소 모자란 단어들로 에린나가 노래했다.

그러나 몇 자 적지 않은 이 종이 위에 뮤즈의 축복이 내려앉았다.

이에 기억은 바래지 않고, 그녀의 단어는 승리를 선사할 힘을 얻는다.

- 로페 데 베가(Lope de Vega, 1562~1635): 스페인 황금기의 뛰어난 극작가.

- 앤터니 트롤럽(Anthony Trollope, 1815~1882): 영국 소설가. 19세기 중엽 영국 사회를 냉정하고 정확하게 서술한 연작 소설 『바셋셔 이야기The Barsetshire Chronicle』가 대표작이다.

- 토마스 그레이(Thomas Gray, 1716~1771): 18세기 중엽을 대표하는 영국 시인. 선천적인 우울한 기질 때문에 세상과의 접촉을 피했으며, 1757년에 계관시인으로 천거되었으나 사퇴하고 1758년에 케임브리지의 근대사 교수로 임명되었다. 「묘반의 애가Elergy」는 명성도 재산도 얻지 못한 채 땅에 묻히는 서민들에 대한 동정을 애절한 음조로 노래한 걸작이며, 이 작품으로 18세기 중엽을 대표하는 시인이 되었다.

- 사포(Sappho, BC 610~580): 소아시아 레스보스 섬에서 활동한 유명한 서정시인.

- 에린나(Erinna): BC 4세기 말경에 활동한 고대 그리스의 시인.

어떤 어둠의 그림자 같은 날개도 그녀의 이름 위에 밤을 드리우지 않는
다.

반면 지구상에서 노래하는 우리, 이방인인 우리는 거짓말을 하는 채로
남아 있다.

잊힌 채, 헤아릴 수 없이 수북이 쌓인 채, 서서히 썩어간다.

백조의 소리 없는 노래가 더 낫다.

봄날의 구름 속에서 날카롭게 깍깍대는 갈까마귀들의 울음보다는.[4-3]

타키투스는 장인 아그리콜라의 삶을 단 24쪽을 할애하여 다루
었다. 존슨은 『영국 시인전』에서, 생트 뵈브는 『월요한담Causeries du
lundi』에서 50쪽 내지는 그보다 더 적은 분량으로 주제를 다루었는
데, 이는 후대 비평가들이 그보다 10배는 더 되는 분량으로 논문을
쓴 것보다 효과적이었다. 연륜 깊은 샤토브리앙의 격언에는 (비록 그
가 늘 간결성을 실천한 것은 아니었으나) 정곡을 찌르는 간결함이 담겨
있다.

"내 이름이 영원히 기억된다면 난 충분히 글을 쓴 것이고, 내 이름
이 영원히 기억되지 않는다면 글을 너무 많이 쓴 것이다."

그러나 간결성의 가치는 작가가 글을 적게 쓰도록 하기보다는 더
나은 글을 쓰게 하는 데 있다. 간결성은 실용적이면서도 예술적인
경제학이다. 간결성은 품격, 힘, 속도를 더할 수 있다.

품격은 대개 딱히 노력을 들이지 않고도 풍겨나는 인상, 특히 그
리스인과 프랑스인을 이따금 돋보이게 하는 미묘한 단순 소박함에

서 비롯하고, 니케의 신전이나 라퐁텐, 라 로슈푸코,* 라 브뤼예르*
선집의 빼어난 경구, 내지는 두데토 자작부인이 삶과 작별을 고하며
남긴 "나도 내가 그립다."라는 한 마디에서 찾아볼 수 있다.

　　슬픔에 잠겨 이 묘비가 말한다.
　　"죽음이 그의 것에 눈독을 들이는구나.
　　그녀의 봄날에 처음으로 피어난 꽃, 작디작은 테오도트."
　　그러나 그 작디작은 것이 아버지에게 답한다.
　　"울지 말아요. 테오도투스.
　　인간은 무릇 불행하기 마련이에요."
　　―사모스의 필리타스; 『팔라티네 선집*Palatine Anthology*』, VII, 481.

　　5월! 그대는 노래하는 새들로 빛나지 못했네.
　　꽃의 여신의 자긍심도 그러하네!
　　그대 안에서 모든 꽃과 장미가 피어나네.
　　내 안의 꽃들은 모두 죽었네.
　　―윌리엄 브라운, 「죽음 속에서In Obitum M. S.」

　　그녀는 이 세상에서 가장 공정한 것들을 위해

●　　프랑수아 6세, 라 로슈푸코 공작(François VI, duc de La Rochefoucauld, 1613~1680): 프
랑스 고전작가. '잠언(箴言, maxime: 귀에 거슬리고 역설적인 진실을 경구로 간결하게 표현하는
프랑스 문학형식)'의 대표적인 작가다.

●　　장 드 라 브뤼예르(Jean de La Bruyère, 1645~1696): 17세기 프랑스 모랄리스트.

가장 혹독한 운명을 떠안았네.

그녀는 영락없는 장미였고

단 한 번의 아침을 맞이했네.

　　—말레르브, 「뒤 페리에 부인에게 조의를Consolation à M. du Périer」 **❹-4**

　세 예시문의 품격이 그토록 살아 있는 것은 글이 간결하기 때문이다. 첫 두 인용문은 완전한 작품이고, 마지막 인용문은 17개의 연이 더 있다. 하지만 나머지 연이 없는 게 더 낫다고 생각한다.

　비슷하게, 중국에서도 짧은 시를 선호한다. 중국인들이 말하듯이, 독자가 시를 다 읽은 후에도 계속해서 생각이 맴돈다.[5]

종남에서 눈이 물러가고 봄이 성큼 다가오는구나.　　　雪盡終南又欲春

저 멀리 비취 빛과 거리의 가무스름한 빛이 아름답구나. 遙憐翠色對紅塵

천 대의 마차와 만 명의 마차꾼이 큰 길을 가로지른다.　千車萬馬九衢上

고개 들어 산을 보아도 아무도 없네.*　　　　　　　廻首看山無一人

　　—백거이, 772~846; A. 웨일리 옮김

내가 건넨 붉은 튤립을 그대는 먼지 속에 떨어뜨리고 말았소. 난 그걸 주워들었지. 꽃은 온통 흰색이었소.

그 찰나, 우리의 사랑에 눈이 내렸다오.

　　—창워우키엔, 1879년생 **❹-5**

---

* 　종남에서~없네: 한시 원문과 대조하여 영어 번역의 일부를 수정하였다.

일본의 하이쿠는 더 간결하다.

봄날 소나기에, 우산과
우비가 대화하며 걸어간다.

나팔꽃이 두레박을 휘감았다.
나는 물을 청했다.

내 헛간이 불에 타 무너졌다.
아무것도 달을 감추지 않는다.

(시골의 적막함에 대하여)
나비가 마을의 종 위에서 잠을 잔다. ❹-6

　밀턴과 동시대인이자 이러한 유형의 작품을 선보였던 일본 작가
야스하라 데시쓰는 후대를 위해 단 세 편을 남겨놓고 자기가 쓴 시
를 모두 파기했다. 정말로 극명한 간결성의 예라 할 수 있다.
　모든 작가가 후대를 위해 간결성을 추구해야 한다는 얘기는 아
니다. 나는 그저 '품격 있는 침묵'의 예를 보여주려 한다. 게다가 간
결성은 품격만 아니라 힘도 선사한다. 고대 스파르타의 달갑지 않
은 폐쇄적 체제는 예술이나 사고에 기여한 바가 별로 없었다. 그러
나 철의 종족이 가진 한 가지 속성이 고대에 대한 상상력을 깊이 자
극시켜, 그들이 살던 지역의 이름인 라코니아에서 현대 유럽의 여러

언어에서 찾을 수 있는 '라코니즘'(간결한 표현을 뜻함)이라는 단어가
파생했다. 한 예로 마케도니아의 필리포스 2세가 "내가 만약 라코니
아에 입성한다면 그대들을 전멸시키겠다."라고 협박을 하자 스파르
타는 단 한 마디로 이렇게 응수했다. "만일에." 그리스 시인 시모니
데스가 전장에서 죽은 스파르타 전사들을 기리는 묘비명을 두 줄로
제한한 일은 매우 적절했다.

> 지나가는 자여, 라케다이몬에 있는 그들에게 말하라.
> 그들의 법에 복종하여 우리가 여기 묻혀 있다. **❹-7**

실로 철의 화법을 지닌 땅이라 할 수 있다.

스파르타인들이 압축으로 얻은 힘의 전형적인 예를 보여줬다면,
그들의 경쟁상대인 아테네인들은 정반대로 비극과 웅변술 모두에
서 장황함으로 힘을 잃는 경향을 보였다. 『일리아스*Ilias*』의 종반부
에서 안드로마케, 헤카베, 헬레네가 헥토르의 죽음을 두고 통탄했을
때 세 사람은 모두 합쳐 단 47행을 말했다. 그 대목은 완벽했다. 만
약 아테네의 극작가였다면 애도하는 구절을 더 길게 썼을 테고, 아
마 감동도 덜했을 것이다.

그러나 간결성이 지닌 힘의 측면에서 최초의 위대한 문학적 본보
기가 된 두 명의 작가는 기질의 측면에서 스파르타에 가까운 로마에
서 탄생했다. 물론 이따금 과도한 다변을 보여주기도 했던 키케로와
리비우스도 로마 출신이지만 말이다. 나는 "왔노라, 보았노라, 이겼
노라."라는 카이사르의 허세 섞인 경구(물론 그의 『회고록*Commentaries*』

은 명료성과 간결성의 훌륭한 예다.)나 기민하지만 매정한 세네카의 지혜를 생각한 것이 아니다. 내가 생각한 것은 다소 모자란 듯 절제하여 선택한 단어들이 돌처럼 단단한 로마의 모자이크 장식처럼 영원히 빛나는 「송시Odes」를 쓴 호라티우스와 타키투스다. 내가 보기에는 어떤 책의 도입부도 타키투스가 쓴 『역사Historiæ』의 도입부를 능가하지 못한다. 그는 이 도입부에서 앞으로 다룰 주제와 더불어 '4황제의 해'였던 서기 69년 1월 로마제국의 정세를 단단히 응축된 문체로 소개했다.[6]

나는 재난, 야만적인 전쟁, 백성들의 분란이 끊이지 않았고 평화마저 잔인했던 시기의 이야기를 하려 한다. 네 명의 황제는 칼에 목숨을 잃었다. 내란이 세 차례 있었고, 외란은 더했으며, 때로는 내란과 외란이 동시에 일어났다. 동쪽은 상황이 순조로웠으나 서쪽은 그렇지 못했다. 일루리곤이 곤경에 처했고, 갈리아인들이 무너지기 시작했다. 영국이 완전히 정복되었으나 이내 포기되었다. 사르마티아인들과 수에비족이 우리에 맞서 봉기했다. 다키아는 큰 전쟁을 치러 널리 이름을 알렸다. 파르티아 역시 네로 황제 행세를 한 자에게 속아 전쟁을 감행하기 직전에 이르렀다. 이탈리아어는 수세기 동안 전혀 볼 수 없었던 혹은 알려지지 않았던 온갖 재난이 닥쳤다. 캄파니아 해안의 가장 부유한 지역에 있는 도시들이 점령, 정복당했다. 로마는 대화재로 폐허가 되었고, 가장 유서 깊은 성지들이 파괴되었다. 주피터 신전은 로마인들의 손에 불탔다. 고관들 사이에서는 종교의식에 대한 신성모독과 간통이 성행했다. 바다는 망명자들로 북적였고, 지형이 험준한 작은 섬들은 살인으로 얼룩졌다. 로마는 흉포한 잔학 그 자체를 목격했다. …… 지금까지가 세르비우스 갈바가 두 번째 집정관직을 얻고 티투스 비니우스를 참모로 삼았던, 로마가 끝을 향해갔던 그 해 제국의 형세다.[7] ❹-8

　이것이 바로 절제된 간결함이다. 로마군단의 병사가 가진 단검처럼 단칼에 베어버리는 힘을 갖고 있다. 어떠한 비굴절어도 이에 견줄 수 없고, 아무리 뛰어난 기량의 번역이라 할지라도 원문을 고스란히 옮길 수 없다. 이것이 수세기 후에 나타난 로마의 병적인 퇴폐주의와 사뭇 대조된다는 점이 흥미롭다. 클라우디우스 타키투스가 서기 275년에 원로원에 의해 황제로 추대되었는데, 이 사실은 『로마 황제 열전Historia Augusta』에 다음과 같이 기록되었다. "'트라야누스 역시 연로한 나이에 왕위에 올랐다.'(10번 반복) '하드리아누스 역시 연로한 나이에 왕위에 올랐다.'(10번 반복) '안토니우스 역시 연로한 나이에 왕위에 올랐다.'(10번 반복)…… '우리는 그대를 장군이 아닌 황제로 추대한다.'(20번 반복) '용사들에게 나가 싸우도록 명하라.'(30번 반복)"[8] 클라우디우스가 즉위할 당시(서기 268년)에는 이러한 수고스러운 반복이 무려 80차례나 이루어졌다.[9] 코모두스가 암살된 후(서기 192년) 원로원이 페르티낙스에게 바쳤던 반복적인 성가 역시 그 내용을 믿을 수 있도록 거듭 읊어야 했다.[10] 개별 구절은 로마의 간결성을 간직하고 있으나, 병적일 정도의 반복은 나치와 파시스트의 '승리 만세!'와 '총통! 총통!'을 연상시킬 뿐이다. 이 길고 번거로운 찬가를 읽는 사람은 로마인들이 신경증에 걸린 나머지 이방인들의 침입이 없었어도 멸망했으리라 느낄 것이다.

한편 성 히에로니무스의 불가타 성서에 사용된 후기 라틴어(383~405)에서도, 라틴어는 여전히 간결함의 에너지를 유지하고 있다. 영국에서 옮긴 흠정역 성서의 「욥기」도 간결함의 절정을 보여준다.

Why died I not from the womb? why did I not give up the ghost when I came out of the belly?

Why did the knees prevent me? or why the breasts that I should suck?

For now should I have lain still and been quiet, I should have slept: then had I been at rest,

With kings and counsellors of the earth, which built desolate places for themselves;

Or with princes that had gold, who filled their houses with silver.

(어찌하여 내가 태에서 죽어 나오지 아니하였던가 어찌하여 내 어머니가 해산할 때에 내가 숨지지 아니하였던가

어찌하여 무릎이 나를 받았던가 어찌하여 내가 젖을 빨았던가

그렇지 아니하였던들 이제는 내가 평안히 누워서 자고 쉬었을 것이니

자기를 위하여 폐허를 일으킨 세상 임금들과 모사들과 함께 있었을 것이요,

혹은 금을 가지며 은으로 집을 채운 고관들과 함께 있었을 것이다.)

하지만 아래의 라틴어본보다는 간결함이 훨씬 덜하다.

Quare non in vulva mortuus sum, egressus ex utero non statim perii?

Quare exceptus genibus? Cur lactatus uberibus?

Nunc enim dormiens silerem, et somno meo requiescerem:

Cum regibus et consulibus terrae, qui aedificant sibi solitudines:

Aut cum principibus, qui possident aurum et replent domos suas
argento.

라틴어본은 단어가 46개인 반면 영역본은 단어가 81개다.

중세 암흑시대는 간결성의 품격이나 힘을 크게 깨닫지 못한 듯 보
인다. 그들의 세월은 '더럽고 야만적이고 덧없었을지' 모르나 그들의
낮과 밤은 견딜 수 없을 정도로 길었음에 틀림없다. 너무도 권태로웠
기에 더 이상 권태로울 수 없을 정도였다. 인쇄술이 발명되지 않았음
에도 그들은 거대한 고래 같은 방대한 작품을 썼다. 카툴루스●와 스
켈턴● 모두 젊은 여인의 참새에 관해 시를 썼으나, 카툴루스의 시는
18행이었고 스켈턴의 시는 1,382행이었다. 그러나 때로는 중세시대
일지라도 라틴어 찬가나 토착 서정시에서 간결성의 미덕이 다시금
모습을 드러냈다.

분노의 날이 다가오니

● 가이우스 발레리우스 카툴루스(Gaius Valerius Catullus, BC 84~BC 54): 고대 로마에서
가장 뛰어난 서정시를 쓴 시인. 25편의 시에서 레스비아라는 여인에 대한 사랑을 노래했고, 그
밖의 시에서는 율리우스 카이사르와 그 밖의 인물에 대한 경멸과 증오를 독설적으로 표현했다.

● 존 스켈턴(John Skelton, 1460~1529): 튜더 왕조의 시인이며 정치적, 종교적 주제를 다
룬 풍자작가. 자연스러운 구어 운율에 기초한 짧은 압운 행으로 구성된 시 양식이 스켈턴체
Skeltonics로 불린다.

다윗과 시빌의 예언이라

세상만물 재 되리니.

이 땅은 황금으로 빛나는 이 땅위에 펼쳐진다.

이 땅은 의외로 빨리 이 땅으로 향해간다.

이 땅은 이 땅위에 성과 탑을 쌓는다.

이 땅이 이 땅에게 말한다. '이 모든 게 우리 것이다.'

그런데 지난날의 눈은 다 어디로 갔는가? **❹-9**

또 민요에서도 빛나는 간결성을 엿볼 수 있다.

마거릿은 그늘 드리워진 문가에 앉아 있을 거야

비단처럼 부드러운 솔기를 바느질하면서.

그녀는 엘몬드의 숲에서 지저귀는 새소리를 듣네.

나도 거기 있었으면, 하고 바라네.

그녀는 바느질감을 옆에 놓아두고

바늘마저 놓아두고

엘몬드의 숲으로 향한다지.

될 수 있는 한 빨리. **❹-10**

한편 아이슬란드의 영웅 전설도 빼놓을 수 없다. 아이슬란드는 현
대 유럽에 가장 초기의 의회의 형태를 제공했을 뿐만 아니라 흥미롭

게도 과묵함의 교훈도 주었다. 남녀가 그토록 숱한 감정을 느끼면서
도 말을 아끼는 이 이야기들은 어떤 면에서는 인물들이 극을 이어나
가기 위해 끊임없이 감정을 토해내야 하는 상연용 비극보다 더 비극
적이다. 안티고네, 오셀로, 또는 페드르의 마지막 대사가 더 짧았다
면 좋았으리라고 생각하는 사람은 거의 없을 것이다. 그러나 불타는
베르크트호르스크볼을 눈앞에 둔 날과 베르크트호라의 절제된 말
도 못지않게 감동적이다.* 살해된 키아르탄을 향해 구드룬 오스비
프르스도티르가 내뱉은 간결하지만 침통한 발언이나 연로해진 그녀
가 삶의 우여곡절을 한 마디로 표현한 "나는 그에게 최악으로 했지
만 최선을 다해 사랑했다."라는 대목*도 감동적이다. 이렇듯 간명한
몇 마디는 배우의 길고 유려한 대사보다 듣는 사람의 가슴에 더 깊
이 다가가 진실되게 울린다. 나는 지인들에게 정말로 비극적인 일이
닥치는 것을 본 적이 있다. 그리고 내가 말을 최대한 아끼는 사람을
가장 존경한다는 사실을 알게 되었다.

단테의 『신곡La divina commedia』은 간결한 시는 아니다. 그러나 이
시에서 절정으로 꼽히는 행들에 생명을 불어넣는 것은 바로 간결성
이다. 덕분에 이 작품이 독자들에게 더 큰 울림을 주는 것일까?

그들에 대해 말하지 말자. 그저 보고 지나치라.

- 그러나~감동적이다: 아이슬란드 사가saga 가운데 가장 뛰어난 작품으로 꼽히는 『냘 사가
Njáls saga』. 사가는 중세 아이슬란드 문학의 한 장르로 넓게는 글의 성격이나 목적에 상관 없이
산문으로 쓰인 모든 이야기나 역사이야기를 가리킨다.

- 살해된~대목: 중세 아이슬란드의 사가인 『락스타일라 사가Laxdæla Saga』.

따라서 각자의 것이 의지대로 되리라.

어떤 것이 가능해지리라. 더 이상 묻지 말라.

무기를 든 카이사르는 매의 눈을 가졌네.

그녀는 법 안에서 모든 것이 허용되도록 했네.

사랑이 사랑에서 벗어날 때 어떤 가슴도 사랑을 받지 못한다.

그리고 그 안에서 그날 우리는 더 이상 어떤 것도 읽지 못했다.

그 뒤에 별들을 한 번 더 보았네.

시에나가 나를 낳았다. 마렘마와 죽음. **❹-11**

단테가 간결성을 의식적으로 추구했음이 틀림없다. (이 점에서 그
의 동향인들이 그를 언제나 따른 건 아니었다.)

형체들이 거기 있었고, 눈빛은 엄중하고 생기가 없었네.
겉모습에서 장엄함이 더없이 풍겼다지.
그들은 말수가 적었지. 목소리는 고요하고 낮았네. **❹-12**

중세 영국에서 초서와 맬러리*는 간결성을 추구한 작가는 아니었으나, 적어도 간결성의 가치를 어느 정도 인식했음을 보여주기 시작했다.

> 우리는 되도록 빨리 장황함을 피해야 하네.
> 신의 사랑을 위해 서둘러 가자.
> 더 이상 아무런 이야기도 없이. ❹-13

『캔터베리 이야기*Canterbury Tales*』가 탁월한 이유는 부분적으로 간결성의 필요성을 인식하기 시작한 덕분이다. 이 작품에서 첫 번째로 등장하는 「기사 이야기The Knight's Tale」는 보카치오가 쓴 원작* 길이의 4분의 1에 지나지 않는다. 마찬가지로 맬러리의 이야기들도 분량상으로, 그가 사용한 참고자료의 절반에서 5분의 1에 해당한다. 만약 구구절절 말을 늘어놓았다면 그는 잊히고 말았을 것이다.

르네상스 시대에는 언어가 경제적일 수 있다는 새로운 사실에 사람들이 무척이나 기뻐한 듯 보인다. 에드먼드 스펜서의 서사시인 「페어리 여왕The Faerie Queene」보다 여유롭고 느긋한 시는 드물다. (스펜서는 여왕이란 자고로 뛰지 말아야 하는 법이라고 맞받아칠지도 모른다.) 물론 엘리자베스 시대의 극은 빠른 동작들로 가득하고 대부분

- 토마스 맬러리 경(Sir Thomas Malory, 1415~1471): 1470년경에 활동한 잉글랜드의 작가. 아서 왕과 원탁의 기사들의 성공과 몰락에 대해 영어로 쓴 최초의 산문 「아서의 죽음Le Morte D'arthur」으로 유명하다.

- 「기사 이야기」~원작: 「기사 이야기」는 보카치오의 이탈리아 시 「테세이다Teseida」를 개작한 궁정 연애담이다.

은 화려한 단어들로 길게 치장되어 있다. 그 가운데, 웹스터*의 작품에서 절묘한 압축을 드물게 찾아볼 수 있다.

그녀의 얼굴을 덮어라. 내 눈빛이 멍해지는구나. 그녀는 젊어 죽었다.
❹-14

소네트라는 간결한 형태의 14행시가 널리 퍼진 건 맞지만, 예상만큼 간결성이 일반화되지는 않았다. 특히 연작으로 소네트를 쓸 때 더욱 그러했다. 때로는 작가가 정말로 말하고자 하는 내용에 비해 길이가 지나치게 긴 경우도 있었다.

르네상스 시대 산문에서는 연설가의 격조와 당당함이 저절로 청중의 반응을 유도한다고 믿었던 키케로주의가 등장했다. 이 사조는 그 복잡함 때문에 뛰어난 감각을 지닌 에라스무스*의 심기를 불편하게 했고, 그 장황함 때문에 가스코뉴 사람 특유의 에너지를 지닌 몽테뉴의 신경을 거슬리게 했다. 한편 그에 견줄 만한 보다 간결한 글의 본보기는 세네카가 제시했다. 반대론자들은 세네카의 글을 향해 '작은 옹기병' 내지는 '폐가 작은 세네카의 말라빠진 파편

● 존 웹스터(John Webster, 1580~1625): 영국의 극작가. 「백마The White Devil」, 「말피 공작부인The Duchess of Malfi」 등은 셰익스피어의 작품을 제외한 17세기 영국 비극 가운데 최고 걸작으로 꼽힌다.

● 데시데리우스 에라스무스(Desiderius Erasmus, 1469~1536): 북유럽 르네상스의 가장 위대한 학자. 신약성서를 최초로 편집했고, 교부학과 고전문학에서도 중요한 네덜란드 출신의 인문학자다.

들'이라고 비난했고, 세네카를 모방했던 작가인 립시우스*에 대해서는 문체가 '뜀뛰기를 하는 것 같다'고 비방했다. 이렇게 해서 le style périodique(유려한 문체)와 le style coupé(간결한 문체) 사이에 오랜 갈등이 불거졌다.(어떻게 보면 불필요한 갈등이다.[11] 훌륭한 작가라면 둘 다 다룰 줄 알아야 하기 때문이다.) 영국에서는 17세기 말까지 어느 편도 승리를 거두지 못했지만, 드라이든의 신사적인 편안함, 틸로트슨*의 정직함과 소박함, 왕립협회의 과학적 정밀성이 우세를 떨쳤다.

사상가로서 베이컨은 과다한 어휘로 상술하는 키케로의 유창성을 비난했다. 또 그는 세네카와 타키투스의 간결성도 '그저 조금 더 건강할 뿐'이라고 매도했다. 그들의 간결성이 인위적인 경구를 연상시킨다는 이유에서였다. 반면 수필가로서 그는 세네카의 『서간집 Epistulæ』의 문체에서 배웠다. 그러나 베이컨은 그의 본보기를 능가했다. 그는 동시대에서 가장 집약된 간결성을 보여주는 기념비적인 저작물을 내놓았다.

반복은 대개 시간의 손실이다. 그러나 문제의 요점을 이따금 반복하면 시간이 절약된다. 그렇게 하면 별반 중요하지 않은 발언의 상당수를 피

• 유스투스 립시우스(Justus Lipsius, 1547~1606): 플랑드르 태생의 인문주의자, 고전학자, 정치 이론가. 1592년 루뱅대학교의 역사 및 라틴어 교수를 지냈다. 권위 있는 라틴어 산문 원전 편집자로 그가 편집한 타키투스의 저서와 세네카의 저서는 오랫동안 그 분야의 본보기가 되었다. 당시 활발했던 키케로문체반대운동의 지도자이기도 했다. 간결하고 풍자적인 그의 라틴어 문체는 대부분 타키투스의 영향을 받은 것이다.

• 존 틸로트슨(John Tillotson, 1630~1694): 영국의 성직자. 캔터베리 대주교를 지냈다 (1691~1694).

할 수 있기 때문이다. 길고 복잡한 발언은 경주를 할 때 자락이 긴 예복이나 망토가 거추장스러운 것처럼 사무에는 적합하지 않다. 서두, 인용문, 변명, 그 밖에 자기 일신에 관한 발언은 굉장한 시간 낭비다. 이러한 발언은 겸손에서 우러난 듯 보이지만 실제로는 겉치레에 불과하다. …… 무엇보다도 질서와 분배 그리고 부분의 선별이 신속의 생명이다. 분배는 적절해야 한다. 전혀 분배하지 않으면 결코 일을 제대로 해낼 수 없고 지나치게 분배를 해도 일을 깔끔하게 해낼 수 없다. 시기를 선택하는 것이 시간을 절약하는 것이다. 때 아닌 움직임은 헛수고에 불과하다. ❹-15

버턴*의 『우울의 해부*Anatomy of Melancholy*』에서도 훌륭한 간결성이 보이지만 다소 두서없는 면도 있다. 물론 일부만 본다면 기분 좋은 두서없음이다. 간결성이 기지와 마찬가지로 마침내 중요성을 인정받게 된 것은 아마도 1660년 이후일 것이다. 라 로슈푸코의 금언, 파스칼*의 『팡세*Pensées*』, 라 브뤼예르가 만들어낸 테오프라스투스의 면모를 보여주는 인물들, 포프의 시, 볼테르와 몽테스키외의 산문, 스턴, 버크, 랜더의 일부 작품에서 그러한 간결성을 엿볼 수 있다. 그 위대한 시대를 상기시키는 예는 다음이면 충분하다.

웅변술이란 필요한 내용만을 말하는 것이다.

● 　로버트 버턴(Robert Burton, 1577~1640): 영국의 학자, 작가, 성공회신부. 그가 쓴 『우울의 해부』는 문체상의 걸작인 동시에 당시 철학과 심리학 이론의 귀중한 색인으로 꼽힌다.
● 　블레즈 파스칼(Blaise Pascal, 1623~1662): 프랑스 수학자, 물리학자, 철학자.

—라 로슈푸코

말은 잎사귀와 같아서 그것이 많은 곳에서는

이해의 열매를 찾기가 힘들다.

—포프

그렇다. 나는 자랑스럽다.

사람들이 신이 아닌 나를 두려워하는 게 자랑스럽다.

—포프

"난 트림에게 잔디 볼링장을 남겨놓았지." 토비 숙부가 말했다. 아버지
는 미소를 지으셨다. "나 역시 그에게 얼마간의 연금을 남겨놓았지." 아
버지가 심각해 보이셨다.

—스턴

글을 잘 쓰려면 중간의 생각들을 생략해야 한다. 글이 지루해지지 않
을 정도로 충분히 생략해야 한다. 단, 이해 불가능할 정도로 과도한 생
략은 금물이다. M. 니콜이 모든 양질의 책은 두 배라고 말한 것은 바로
이러한 적절한 압축 때문이다. (실제로 말한 것보다 두 배의 내용을 담
고 있다는 뜻이다.)

—몽테스키외

대형 책 스무 권으로는 혁명이 일어날 수 없다. 위험한 것은 몇 푼 안

되는 손바닥만 한 책이다. 복음서의 값이 1200세스테르티우스나 했다면, 기독교는 결코 우세를 떨치지 못했을 것이다.

—볼테르

현재의 질문은 우리가 존엄성에 의해 어떻게 영향을 받을지의 여부가 아니다. 존엄성은 사라져버렸다. 난 그것에 대해 더 이상 말하지 않으려 한다. 영국의 자부심이라는 잿더미 위에 이 세상이 살포시 내려앉았다!

—버크

나는 그를 피했다. 그를 무시했다. 그도 그 사실을 안다. 그는 나를 사랑하지 않았다. 사랑할 수가 없었다.[12]

—랜더(바이런에 대하여)

우리는 누구와 싸워야 하는가? 가지지 못한 자? 그건 불명예다. 그럼 더 위대한 자? 그건 헛되다.

—랜더 ❹-16

새뮤얼 존슨은 흥미롭게 혼합된 경향을 보여준다. 그는 기번, 버크, 루소와 같이 더욱 풍부한 문체로 회귀한 산문을 보여주었고 이 경향은 샤토브리앙과 낭만주의자들이 이어받았다. 존슨을 시작으로 우회적 어법이 우세를 떨치게 되진 않을까 하는 우려의 목소리가 생겨났다. 그가 집필한 『영어사전A Dictionary of the English Language』의 한 대목을 보면 이렇다. "망: 교차점들 사이에 간격이 있는, 동일한 거리를 두고 그물 모양으로 짜이거나 X자꼴로 교차된 것." 반면 말하기와 후반의 글쓰기에서 존슨의 최대 강점은 간결성이었다.[13] 비극 「아이린Irene」의 실패에 대해 그는 어떤 심정이었을까? "기념비적인 일이다." 존슨의 추종자였던 포트 씨는 이 작품을 "현대의 가장 정교한 비극"이라 칭송했다. 그러자 존슨은 이렇게 대꾸했다고 한다. "만약 그렇게 말했다면 그가 거짓말을 한 것이오." 그리고 몇 년 후에 지인이 그 작품을 크게 낭송하는 것을 듣고 "더 잘 쓸 수 있었을 텐데 말입니다."라는 말을 남기고는 자리를 급히 떴다. "저자가 가진 가장 흡인력 있는 두 가지 힘은 새로운 것은 익숙하게, 익숙한 것은 새롭게 만드는 것이다."라는 그의 한 마디는 고전주의와 낭만주의 사이의 가장 중요한 차이를 나타낸다. 시의 어휘 선택에 관한 그의 금언 "너무 익숙하거나 너무 생소한 단어는 시인의 목적을 망친다."는, 일상적이고 단순한 시어를 추구한 워즈워스와 환상과 상상력에서 비롯된 시어를 추구한 콜리지를 양대 산맥으로 한, 시어에 관한 숱한 논쟁보다 더 간명하게 정곡을 찌른 듯 보인다. 게다가 언젠가는 저자들이 죄다 "경구나 금언를 사용하여" 책을 쓸지도 모른다고 상상한 이도 바로 존슨이었다. (실제로 니체가 상당수의 철학 저서를 그러한 방식으로 썼다.)

19세기 영국 작가들 중에서는 매콜리가 간결성을 가장 선호했다. 그는 『스페인 왕위 계승 전쟁War of the Succession in Spain』에서 그가 묘사했던 별난 인물인 피터버러만큼이나 저돌적이고 성급한 모습을 가끔 보였다. 피터버러를 묘사한 한 대목은 이렇다.

"영국 정부는 그를 이해할 수 없었다. 정부는 피터버러가 워낙에 별난 인물이었기에 그의 판단력을 신뢰하지 않았다. 어느 날 그가 도시에 기병들을 배치하더니 별안간 통보를 내려 수백 명의 보병대를 기갑 부대로 바꾸었다. 그는 정치적인 기밀정보도 주로 정사를 통해 얻었고, 긴급공문을 경구적인 표현으로 가득 채웠다."

매콜리의 숨 가쁜 문체는 이따금 전쟁의 맹렬한 속도에 절묘하게 들어맞았다. 스페인의 보물함대는 비고로 입성했다. 그러나 관료주의에 물든 스페인 관리들은 보물함대가 카디즈에서만 뱃짐을 내리도록 허용했다.

카디즈 상공회의소는 실제로 독점을 하려는 의도에서, 이러한 위급 상황에서도 그들이 가진 특권을 조금도 양보하려 하지 않았다. 이 문제는 인도제도위원회로 회부되었다. 위원회는 무척이나 오랫동안 숙고하고 주저했다. 방어를 위한 약간의 미비한 준비가 이루어졌다. 비고 만 입구에 있는 폐허가 된 두 개의 탑에는 훈련도 받지 않고 무기도 제대로 갖추지 않은 촌사람들 몇 명으로 구성된 수비대가 배치되었다. 정박지 어귀에는 방책이 둘러쳐졌다. 미국에서 대형 범선들을 호송해온 프랑스 군함 몇 대가 그 안에 정박해 있었다. 하지만 모든 게 아무런 소용이 없을 터였다. 영국 선박들이 방책을 부수었다. 오르몬드와 그의 병사들이 요새에 올랐다. 프랑스군은 선박들을 불태우고 해안으로 피신했다. 정복자들은 수백만 달러를 나누어가졌다. 또 다른 수백만 달러는 바다 속에 가라앉고 말았다. 대형 범선들이 모두 포획되거나 파괴되고 나서야 뱃짐을 내리라는 정식 명령이 떨어졌다. **④-17**

매콜리에 관해 이야기하다 보니, 또 다른 19세기의 간결성의 대가가 떠오른다. 더 엄중하고 철인의 유형에 속하는 그는 바로 자주 칭송되는 저술가이자 웅변가인 웰링턴 공작*이다.

(증원병을 요청하는 장교를 향해) "그에게 그가 서 있는 곳에서 죽으라고 말하시오."

(곳에서 떠날 시점을 과도하게 연장해달라고 요청하는 장교에게) "팔든지[14] 항해하라."

(프랑스군 원수들이 파리에서 그를 저버렸을 때) "나는 그들의 뒷모습을 전에도 보았다." ❹-18

그는 인도의 총사령관 후보를 세 명 지명해달라는 요청을 받았을 때, 종이 한 장을 갖고 오더니 '네이피어'라는 이름을 세 번 연달아 썼다고 한다.

웰링턴은 고대 스파르타인들이 라케다이몬의 자유를 부르짖으며 존경했을 법한 자였다.[15]

우리 시대에서는 리턴 스트레이치*의 『세밀 초상화Portraits in

• 아서 웰즐리, 웰링턴 공작 1세(Arthur Wellesley, 1st duke of Wellington, 1769~1852): 나폴레옹 전쟁 때 활약한 영국군 총사령관.

• 리턴 스트레이치(Lytton Strachey, 1880~1932): 영국의 전기 작가이자 비평가. 프랑스 문

Miniature』의 간명함이 내가 이야기하는 미덕들을 가장 잘 보여준다. 전반적으로 우리는 빅토리아 시대 사람들보다는 말수가 적지만 때로는 필요 이상으로 말수가 많다. 누군가는 간결성을 장려하기 위해 시간 제한이 촉박한 방송을 추천할 수도 있다. 그러나 소용이 있는지는 의문이다. 단 20분이 주어지더라도 연사들은 유창하게 본론으로 들어가는 대신, 주제를 소개하느라 횡설수설한다. 스코틀랜드의 한 현명한 교수는 학생들이 수필을 써서 들고 오면 늘 이렇게 묻곤 한다. "잊지 않고 첫 페이지를 찢었나?" 이따금 나는 저자가 원고를 보낼 때 자비를 들여 전보로 그 내용을 보낸다면 책 상태가 나아지지 않을까 하는 상상을 한다.[16]

간결성은 품격과 힘을 선사할 수 있다. 그러나 민첩성도 선사할 수 있다. 민첩성은 속도가 주는 유쾌함의 더욱 순수한 형태이다. 무척 더디게 진행되는 영화를 보거나 사고의 속도가 매우 느린 연사의 말을 듣거나 작가의 글을 읽을 때면 지루해지고 지치게 된다. 시속 2마일의 속도로 2마일을 걷는 것이 그보다 두 배 빠른 속도로 그 거리를 세 번 걷기보다 더 힘든 것처럼 말이다. 아래는 로버트 버턴이 쓴 민첩성이 돋보이는 글의 일부다.[17]

그렇지만 독자들이 더 만족할 수 있도록 이야기를 하나 해주겠다. 모로니아 피아였는지 모로니아 펠릭스였는지, 얼마나 오래전 일인지, 어느 성당인지 모르겠지만 꽤나 많은 액수의 성직록을 받는 참사원 직책 하

학을 다룬 비평서도 냈지만 최대 업적은 『빅토리아 시대의 명사들*Eminent Victorians*』, 『빅토리아 여왕*Queen Victoria*』, 『엘리자베스와 에식스*Elizabeth and Essex*』 등의 전기다.

나가 공석이 되었다. 이에 시체가 식기도 전에, 그 자리를 차지하려고 많은 사람이 곧장 몰려들었다. 그 중 첫 번째는 부유한 벗들과 두둑한 지갑을 갖고 있었다. 그는 그 자리를 손에 넣으려고 누구보다도 비싼 값을 부르려고 했다. 누구든 그가 그 자리를 차지하리라 생각했다. 두 번째는 교회 사제였다. 그는 마땅히 자기가 그 자리에 임명되어야 한다고 생각했다. 세 번째는 태생이 고귀한 귀족이었다. 그는 훌륭한 부모, 후원자, 협력자들의 힘을 빌려 그 자리를 차지하려고 했다. 네 번째는 자력으로 일어선 자였다. 그는 신비로운 화학 현상을 새로이 발견하고 그 밖에 희귀한 발명품을 고안해낸 자로, 그것들을 공공재라고 여겼다. 다섯 번째는 고뇌에 가득 찬 설교가로, 그가 거주하는 교구에서 만장일치로 사람들의 추천을 받은 자였다. 그는 추천서를 갖고 있었기 때문에 남들보다 유리했다. 여섯 번째는 최근 작고한 참사원의 아들이었다. (사람들 말로) 그의 아버지는 빚더미에 앉은 채로 아내와 자식 여럿을 가난 속에 남겨두고 세상을 떠났다. 일곱 번째는 확실한 약속을 보장받은 자였는데, 그 약속은 일전에 그와 그의 귀족 벗들에게 차기 영주 자리와 관련하여 주어진 것이었다. 여덟 번째는 자기가 교회를 위해 막대한 손실을 입어가며 고생했고 나라 안팎에서 부단히 애를 쓴 것처럼 행동했다. 게다가 그는 귀족들이 쓴 서신을 가져왔다. 아홉 번째는 일가 친척의 여자와 결혼한 자였는데, 아내를 보내 자기 대신 간청을 하도록 했다. 열 번째는 최근에 개종을 한, 타지에서 온 의사였는데 재력을 얻길 원했다. 열한 번째는 이전의 부지를 좋아하지 않아 바꾸길 원하는 자였는데, 어떤 조건에 대해서도 이웃, 벗들과 합의를 이루지 못했기에 떠나고 싶어 했다. 마지막으로 열두 번째는 (자칭 평민인) 곧고 정직하고 예의 바르고 정신이 올바른 훌륭한 학자로, 대학가에서 은신하며 사는 인물이었다. 그러나 그는 목적을 달성할 수단이나 재력이 없었다. 게다가 그러한 과정은 죄다 증오했고, 자신을 위해 목소리를 높일 수 없었을 뿐만 아니라 자신의 대의를 지지해줄 벗들도 없었다. 따라서 청을 할 수도 없었고 기대를 하거나 희망을 품을 수도 없었다. 이에 후보들을 심사하던 주교는 당혹감을 감추지 못한 채, 어떻게 해야 할지 그 직책을 누구에게 주어야 할지 곤란해했다. 그러나 결국 자발적인 의향에서, 너그러운 심성에서 우러나 그 직책을 이름만 들어서는 전혀 모르는 대학생에게 주었다. 그 학자는 선물로 성직록을 받은 셈이었다. 선의의 학생들이 기뻐하기가 무섭게 그 소식은 널리 퍼졌고, 그 일로 학생들의 사기가 크게 올랐지만 몇몇은 그 일을 믿으려 하지 않았다. 그런가 하면 그 일이 기적이라고 말하는 이들도 있었다. 그러나 그 중 한 명은 신에게 감사하며 이렇게 말했다. '학문에 정진하고 온 진심을 다해 신을 섬기니 마침내 결실이 찾아오는구나.' 지금까지가 내 이야기였다. 하지만 이건 지어낸 이야기, 허구일 뿐이다. 결코 사실이 될 수 없다. 그러니 그냥 내버려두자.[18] ❹-19

이러한 속도감은 그 자체로 자극이 될 뿐만 아니라 읽거나 듣는 사람이 소극적으로 입을 떡 벌리고 있기보다는 협조하도록, 일어나 달리도록 한다. 독자는 책 내용을 빨리 이해하도록 도전을 받고, 그 도전이 감당할 만하다면 그걸 즐기게 된다.

비슷한 이유가 간결성의 네 번째 장점의 근본을 이룬다. 이 장점은 바로 무언가를 암시하는 힘이다. 독자는 빠져 있는 무언가를 채워 넣어야 한다. 독자는 그 결과를 즐기게 되는데, 왜냐하면 그 결과가 부분적으로는 자신이 이룬 것처럼 보이기 때문이다.[19] 가톨릭교 사제들을 공격하는 홉스*는 칼을 쥐고 미소 짓는 사람이 된다. 그는 사제와 요정을 비교한다.

"요정들은 결혼을 하지 않는다. 그러나 그들 중에는 피와 살로 성교를 하는 인큐비*가 있다. 사제들 역시 결혼을 하지 않는다."

더욱 잔인한 것은 독이 묻은 칼로 찌르듯 밀맨을 비방한 베도스의 서신 중 한 구절이다. "밀맨이 나를 '몹시 불쾌한 학파 중 한 사람'이라고 비난하여 나를 시대에 꽤나 뒤처진 사람으로 만들었소. 나는 그가 또 다른 아들이길 바라오." 그런가 하면 '작은 돈 아끼려다 큰 돈 쓴다.'라는 속담에 해당하는 이러한 중국 속담도 있다. "그 결과가 쌍둥이라면, 불을 아끼려고 잠자리에 드는 건 소용이 없다."

말하지 않은 채 남겨놓아 생겨나는 효과의 극단적인 예는 아무 말도 전혀 하지 않을 때, 즉 침묵의 웅변에서 비롯한다. 1814년 파리의 함락 이후, 나폴레옹은 퐁텐블로에서 프리앙 사단의 장교들과 하사관들을 소집한 자리에서 수도로 진입해 가겠다는 뜻을 밝혔다. "여러분을 믿겠소." 이 필사적인 제안은 의례적인 환호와 갈채가 아닌 완전한 침묵 속에서 받아들여졌다. 침묵이 이어지자 황제는 동요했다. 자신의 친위대를 제대로 알지 못했던 것이다. 그들이 입을 굳게

● 토마스 홉스(Thomas Hobbes, 1588~1679): 영국의 철학자, 정치이론가. 대표적 저서인 『리바이어선Leviathan』에서 군주의 권능에 도전하려는 로마 가톨릭과 장로교회에 강한 비판을 가했다.

● 인큐비: 로마 신화에서 꿈에 나타나 잠자는 여인을 범한다는 귀신이다. 단수는 인쿠부스 Incubus.

다문 이유는 나폴레옹의 계획을 당연한 일로 받아들여서였다. 그들에게는 할 말이 없었다. 어떠한 말이 그러한 침묵의 수락만큼 많은 의미를 함축할 수 있겠는가?

마지막으로, 품격, 힘, 민첩성, 암시 외에, 간결성의 다섯 번째 장점이 있다. 바로 명료성이다. 역설적으로 들릴 수도 있다. 간결성에 모호함의 위험이 있는 게 일반적이기 때문이다. 하지만 작가라면 독자나 청자가 당장에 얼마만큼 이해할 수 있는지뿐만 아니라 이후에도 얼마나 이해할 수 있는지를 고려해야 한다. 이 경우, 절반만 말해도 전체를 다 말하는 것보다 훨씬 더 효과적일 수 있기 때문이다. 어빙거 경은 법정에서 승리를 거두는 비결로 다른 사안들을 너무 깊게 생각하지 않고 한 가지 중요한 핵심에 집중하는 것을 꼽았다. "만약 내 변론이 30분을 초과한다면 어김없이 내 고객에게 해를 입히는 것이다. 어떤 중요한 사안을 배심원단의 머릿속에 주입시키면, 이전에 그들의 머릿속에 각인시켰던 더 중요한 사안을 몰아내는 셈이 된다." 작가들은 이 사실을 잊는 경향이 있다. 물론 작가보다는 법정 변호사의 경우, 청중이 얼마나 기억하는가에 따라 성패가 크게 뒤바뀐다. 그러나 유용성의 측면에서는 그렇지 않다. (실제로 나는 이 책에 상당히 많은 내용을 집어넣으려 노력했다.) 좋은 작가는 무엇을 쓸지뿐만 아니라 무엇을 쓰지 말아야 할지도 안다. 간결하기 때문에 명료해질 수 있다. 명료하기 때문에 간결해질 수 있다.

문장을 쓸 때마다 '좀 더 짧으면 낫지 않을까?' 하고 고심하는 것은 실천하기는 힘들지만 좋은 습관이다. 그러나 간결성은 명료성과 마찬가지로 한계가 있다. 독자가 긴장을 늦추지 못할 정도로 내용을 간결하고 팽팽하게 압축시킨 형태로 계속해서 제시한다면, 그건 독자를 깊게 배려하는 행동이 아니다. 한 단어라도 놓친다면 독자는 길을 잃고 말 것이다. 이 점은 웅변술에서 더욱 그러하다. 벤 존슨[*]은 베이컨의 칭송에 대해 이렇게 말했다. "그의 청중들은 기침을 하거나 그로부터 한눈을 팔 수 없다." 그러나 실제로 청중은 기침을 하거나 연사가 아닌 다른 곳을 보기도 한다. 또 내용을 오해하거나 잊어버리기도 한다. 말에게 귀리만 먹이거나 사람에게 요약된 내용만을 제공한다면 바람직하지 못하다. 때로는 많은 내용을 제시해야 할 필요가 있다. 그래도 어떤 내용을 한꺼번에 구구절절 말하기보다는 두세 가지의 다른 방식으로 여러 차례 간결하게 말하는 편이 낫다.

또 한 가지 짚고 넘어가야 할 것이 있다. 만약 문체가 너무 팽팽하게 긴장되어 있다면, 독자가 너무 긴장을 해서 한시도 정신을 이완시키지 못할 수 있다. 즉, 꿈꾸지 못할 수 있다. 달리 말하면, 정신의 무의식적인 측면이 지나치게 억압된다는 얘기다. 그리스의 날카로운 지형을 따라 여행하던 자가 저 멀리 안개 낀 북쪽 땅의 아련한 윤곽과 음울한 분위기를 그리워하게 되는 것처럼, 독자는 어쩌면 자기도 모르는 새에 좀 더 부드럽고 완화된 분위기를 원할 수 있다.

한편 다양성은 간결성보다 더 중요한 요소다. 아테네인들이 '의인' 아리스티데스에게 신물이 난 것처럼, 좋은 것이라고 해서 많으면 많을수록 좋은 건 아니다. 간결한 문장은 힘을 지닐 수는 있으나

<hr>

[*] 벤 존슨(Ben Jonson, 1572~1637): 영국 제임스 1세 시대의 극작가, 서정시인, 문학 평론가. 셰익스피어에 버금가는 중요한 영국 극작가로 꼽힌다. 『볼포네*Volpone*』, 『연금술사*The Alchemist*』 등의 대표작이 있다.

까딱하면 치명적일 정도로 단조로워진다.

아래는 벤담의 『정치론 단편*Fragment on Government*』 제 2판(1822)의 서문에서 발췌한 글인데, 생생하고 흥미진진하긴 하나 간결성이 지나쳐 글이 단편적으로 끊어지는 것처럼 보인다.

경향이 그러했는데, 책이 그러한 영향을 끼쳤는데, 그 책은 어떻게 되었는가? 어째서 이제야 제 2판이 나오게 되었을까? 갖가지 질문을 할 만도 하다. 몇 마디로 만족스러운 대답을 줄 수 있을 듯하다.

광고는 없었다. 서적판매업자는 광고를 실시하지 않았고 저자는 광고를 감당할 여력이 없었다. 아일랜드는 저작권을 침해했다. 은폐가 계획이었다. 얼마나 이득을 누렸을지가 이미 눈에 보인다. 그에 따라 비밀 엄수의 약속이 요구되었다. 부모의 약점이 그 약속을 깨뜨렸다. 저자는 더 이상 위대한 자도 아니요, 보잘것없는 자에 불과했다.[20] 린드라는 이름만이 그를 지지하며 곁에 있을 뿐이었다. 정치가의 측면에서, 특히 법 집행자의 측면에서 그간의 노력에 얼마나 탄압이 있었을지 짐작이 된다. ❹-20

작가는 볼링을 치는 사람처럼 글의 길이를 다양하게 조절할 수 있어야 한다. 17세기에서나 볼 수 있는, 한 문장을 쓸 때마다 종이 한 쪽을 가득 채우는[21] 방대한 문장이 현대의 세계에서 그리 필요한지는 생각을 해봐야 한다. 한편 수필에서 6개 단어 미만으로 된 문장을 보기는 매우 힘들다. 그 이유는 무엇일까? 그저 습관일 뿐이다.

다양성은 분위기, 느낌, 어조의 다양성이라는 넓은 의미에서, 작가에게 필요한 요소이기도 하고 독자에 대한 예의이기도 하다. 수일 동안 똑같은 음식으로 손님을 즐겁게 할 수는 없다. 몇 시간이고 벨이 계속 울리면 참을 수 없는 것처럼, 신경계는 한 가지 종류의 자극에 대해 피로를 느끼지 않고 계속해서 반응할 수 없다. 클레오파트라(그녀는 열 가지가 넘는 언어를 구사했고, 플루타르크는 이렇게 말했다. "플라톤은 네 가지의 아첨을 인정하지만 그녀는 천 가지의 아첨을 인정했다.")의 '무한한 다양성'은 그녀의 코 길이보다 훨씬 더 중요하다. 물론 진실성이 더 중요하다. 누구나 드라이든의 시므리* 같은 카멜레온 같은 사람을 신뢰하지 않는다. 그러나 한 가지의 분위기나 방식을 가진 사람은 하나의 책만을 읽거나 하나의 생각만을 가진 사람만큼 단조로운 경향이 있다. 초서의 훌륭한 자질 중 하나는 삶에서나 문학에서나 다양한 측면을 지닌 점이었고, 그의 제자 모리스*의 훌륭한 자질은 삶에서의 다양성을 지녔다는 점이었다. 다만 모리스의 「지상낙원Earthly Paradise」은 매력적인 면이 더러 있지만 초서의 『캔터베리 이야기』만큼 호소력을 발휘하지는 못한다. 왜냐하면 그의 격조 높은 음울함에 다양성이 부족하기 때문이다. 라신을 셰익스피어에 견줘보아도 마찬가지다. 진주는 완벽할 수 있으나 어떤 조명 아

• 드라이든의 시므리: 드라이든의 시 「압살롬과 아히도벨」(1681)은 당시 정치계의 위태로운 상황을 구약성서에 기록된 이스라엘 역사의 한 토막에 빗대어 교묘하게 엮어 놓은 풍자시다. 아버지 다윗왕에게 반역하라고 아들 압살롬을 부추긴, 대담하고 잔꾀가 많은 아히도벨과 이스라엘 왕국의 제 4대 왕인 엘라 왕을 살해하고 스스로 이스라엘의 왕위에 오르려 반역을 시도한 악명 높은 시므리Zimri의 성격 묘사가 이 작품의 가장 뛰어난 부분이다.

• 윌리엄 모리스(William Morris, 1834~1896): 영국의 시인, 공예가, 사회주의자. 영국에서 미술공예운동을 일으켜 빅토리아 시대 취향에 일대 변혁을 가져왔다. 「지상의 낙원」(1868~1870)은 중세 고전작품에 기초를 둔 설화 형식의 시다.

래서는 그 빛깔이 흐려진다. 반면 다이아몬드는 어디서든, 어떤 희미한 빛 아래서도 눈부신 광채를 빛낸다.

형용어구에 대한 주의사항

간결성을 자주 해치는 주범은 바로 무의미하거나 지극히 평범한 형용어구다. 볼테르는 형용사가 성별, 수, 격에 일치한다 하더라도 명사의 가장 큰 적이라고 했다. 도데*는 형용어구가 명사에게는 오랫동안 결혼생활을 함께한 아내가 아니라 정부와 같은 존재라고 했다. 서머싯 몸*은 단 하나의 형용어구도 없이 책을 쓰려고 계획한 적이 있다고 했다. 그의 시도는 실로 대단한 금욕 행위처럼 보인다. 편리한 형용어구로부터 마법 같은 힘을 끌어내기가 쉽기 때문이다.

그림자 드리워진 산과 저 멀리 메아리 퍼지는 바다.

장밋빛 손가락을 지닌 새벽녘.

• 　알퐁스 도데(Alphonse Daudet, 1840~1897): 19세기 후반 프랑스의 소설가. 단편집 『방앗간 소식*Lettres de mon moulin*』, 소설 『사포*Sapho*』 등이 있다. 희곡 「아를의 여인*L'Arlésienne*」은 비제가 작곡해 유명해졌다. 자연주의 일파에 속했으나 인상주의적인 매력 있는 작풍을 세웠다.

• 　윌리엄 서머싯 몸(William Somerset Maugham, 1874~1965): 영국 소설가 겸 극작가. 대표작으로 『인간의 굴레*Of Human Bondage*』, 『달과 6펜스*The Moon and Sixpence*』가 있다. 그의 소설은 수식 없는 간결한 문체로 이야기를 재미있게 풀어나가면서 독자를 매혹하는 동시에, 인간이란 복잡하고 불가해한 존재임을 날카롭게 드러내 보이는 특색이 있다.

바람 부는 일리오스.

번쩍이는 투구를 쓴 헥토르.
—호메로스

달, 낮과 밤, 그리고 하룻밤의 침통한 별들.

천둥을 몰고 온 볼투르누스와
폭풍우로 힘을 얻은 남쪽 바람.
—루크레티우스

전능한 운과 거스를 수 없는 숙명.

곤경에 처한 도시의 소리와 기쁨이 사라진 속삭임.
—베르길리우스

그녀는 망아지처럼 잘 놀라고
돛대처럼 길고 빗장처럼 곧다.
—초서

롱사르의 보잘 것 없는 영혼
작고 온순하고 다정한 사람

내 몸의 귀한 손님

이제는 허약하고 핼쑥하며

변변찮고 외로운 자가 되었구나

그대, 죽은 자의 차디찬 왕국으로 내려가리.

—롱사르

물 뿜는 고래와

콧노래 부르는 수면.

짐승들이 기침을 해대는

금빛 웅덩이.

구변 좋고 번지르르한 예술.

앞이 보이지 않는 바람에 가로막혀

쉴 새 없는 폭력에 시달리며

세상을 떠돌다.

—셰익스피어

고요한 저녁이 다가오고 황혼이 잿빛으로 변하니

그녀의 리베리에서 모든 것이 수수한 옷을 차려 입었다.

그들은 광막하고 헤아릴 수 없는 심연을 바라다본다.

바다처럼 잔인무도하고, 어둡고, 황량하고, 사납도다.
―밀턴

바위, 돌, 나무와 함께
지구의 자전 행로를 돌고 있을 뿐.

그들의 말없는 잠.
―워즈워스

깊이를 알 수 없는, 분리된 짠 바다.
―아널드 ❹-21

위와 같은 형용어구는 간결성을 희생시키기보다 오히려 강화시킨다. 왜냐하면 한두 단어 안에서 전체적인 시야가 보이거나 명상이 이루어지기 때문이다. 그러나 (앞서 인용한 스윈번의 글과 같이) 많은 작가의 경우, 형용어구는 양적으로 과도하고 질적으로 부족하다. 만약 형용어구가 정말로 간결성의 효과를 강화시키지 않는다면, 효과는 약화될 가능성이 크다.

5장

독자에 대한 예의: 세련성과 소박함

세련성은 시대에 뒤떨어진 말이다. 아마도 시대에 뒤떨어진 개념인지도 모른다. 몇몇 천재들은 세련성 위에 군림한다. 천재가 아닌 많은 사람은 자기가 세련성 위에 군림한다고 착각한다. 아니면 세련성에 대해 한 번도 생각해보지 않았을지도 모른다. 하지만 평범한 작가에게는 세련성이 문명화되는 일의 중요한 일부다. 세련성과 문명화는 도시에 거주하는 더 나은 유형의 사람과 교양 없는 촌사람을 구별하는 속성들을 포함한다. 세련성은 사람을 경직시키고 곤혹스럽게 하거나 신경 쓰게 만드는 거짓된 예의바름과 달리, 사람을 편안하게 하는 진정한 예의바름이다. 이는 주로 공감과 허식 없는 태도에서 우러난다. 세련성은 원칙을 정하기에는 다소 곤란한 주제다. 이러한 형태의 예의를 주제로 강의를 하다 보면 허세나 가식을 피하기 어렵기 때문이다. 세련성이 삼가기를 촉구하는 것이 바로 허세나 가식인데 말이다. 그럼에도 누군가 이 주제를 두고 수년간 생각해왔고 그래서 타인이 이를 실천하기를 바란다면, 굳이 조심스럽게 입을 닫고 있을 필요는 없다고 생각한다.

말을 하거나 글을 쓸 때, 청자나 독자의 비위를 맞추려는 사람이 있고 강압적으로 호통 치는 사람이 있다. 작가는 연설가보다 남의 비위를 맞추려는 유혹에 덜 빠진다. 독자가 눈에 보이지 않고 혼자이기 때문이다. 물론 때로는 작가가 기대를 품고 있는 누군가에게 몸소 아첨을 하기도 한다. 그러나 일반적으로 작가의 경우, 독자의 비위를 맞추려는 유혹은 강압적으로 호통 치려는 유혹만큼 크지 않다.

사람들은 대부분 남이 비위를 맞춰주거나 아첨하는 걸 좋아한다. 단, 아첨이 충분히 그럴듯해야 한다. 이상한 점은 사람들이 보통 강경한 어조에 반감을 갖는 것 못지않게 그러한 어조를 좋아하는 사람들도 있다는 사실이다. 내가 소심한 소년이었을 적, 자애로운 사감 선생님이 이렇게 말씀하셨다. "네가 스스로를 대단하다고 여길수록 사람들도 너를 그렇게 바라본단다." 물론 사실이다. 그러나 결국은 제 실체가 드러나기 마련이다. 한 예로, 칼라일과 러스킨은 번지르르한 망토를 두르고 오랫동안 선지자 행세를 했으나, 이제 그 신성한 예복은 좀먹은 것처럼 보인다.

현인 행세를 하며 강압적으로 가르치려 들면 안 되는 가장 큰 이유는 그렇게 하면 돌팔이나 바보 또는 둘 다가 될 수 있기 때문이다. 내 생각에 삶은 확실성이 아니라 개연성만을 받아들이는 것이다. 위기의 순간에는, 예를 들어 선박이나 나라가 위험에 처했을 때에는 독재적인 방식이 중요할 수 있다. 그러나 문학이나 사고에서는 독재자 방식이 설 자리가 없다. 자기가 아무것도 모른다는 것만을 알았던 소크라테스가 훨씬 낫다. 의구심이라는 베개를 벤 채 평온하게 미소 지으며 고개를 가로젓던 몽테뉴가 훨씬 낫다. 스위프트, 블레이크, 샤토브리앙 같은 거만한 천재들도 있었지만, 호라티우스, 초서, 몽테뉴, 몰리에르, 골드스미스, 하디와 같은 거만함과는 거리가 먼 매력적인 천재들도 있었다. 천재가 아닌 사람들이 이 두 유형 중 어느 쪽을 본보기로 삼아야 할지는 두말할 필요도 없다.

현대 비평에서는 과거의 『쿼털리*Quarterly*』나 『블랙우즈*Blackwood's*』에서 찾아볼 수 있는, 말에게 채찍질을 하는 듯한 저속한 비평 방식이 용인되지 않는다. (예를 들어 D. H. 로렌스처럼) 몇몇 20세기 작가들은 그러한 방식을 시도했다가 오히려 적보다 본인에게 더 많은 해를 입혔다. 물론 지금도 저명한 비평가가 문집을 편찬한 다음, 대부분의 사람이 그 안의 작품을 다 좋아하지는 않겠지만 시의 진가를 알아보도록 교육을 받은, 세상의 몇 안 되는 선택받은 자들만이 그 안의 모든 작품을 좋아하리라는 서문을 쓰는 것이 가능하다. 이는 사실상 이렇게 말하는 것과 같다.

"감히 내게 반대할 생각은 말라. 내 취향은 결코 틀리지 않는다."

이러한 과오는 그 자체로는 사소하다. 이 우스운 독단주의는 부분적으로는 자만심이나 사심 없는 열정 때문일 수 있다. 그럼에도 비평가들이 왕좌에 앉아 이스라엘 종족들을 판단하려는 전염병에 걸려 안달할 때면 측은하기 짝이 없다. 물론 참을성 많은 대중이 그들의 그런 행동을 감내할지 모른다. 하지만 비평가들에게는 매우 좋지 못한 일이다. 게다가 대학에서 영어 교육이 난무한 결과 생겨난 최악의 행태 중 하나는 영어로 글을 쓰기는커녕 철자도 제대로 알지 못하는 무능함은 뒤로하고, 장장 대여섯 페이지에 걸쳐 테니슨의 '어리석음'이나 하디의 '위선'을 서슴없이 폭로하는 젊은 학생들이 배출되었다는 사실이다. 스무 살의 나이에 강렬한 감정을 갖는다는 건 지당하고 당연한 일이다. 그렇지만 아무리 스무 살이라도 감정을 어느 정도 조절하는 법을 배워야 한다.

작가가 명료성과 간결성을 추구하여 독자의 편의를 생각해야 할 뿐만 아니라, 독자의 감정까지 고려하여 강압적인 어조를 삼가야 한다는 의견에 몇몇 사람은 놀라기도 한다. 하지만 짚고 넘어가자면, 내가 개인적으로 선호하는 유형의 작가는 책을 많이 읽고 심지어 글을 많이 쓰는 일이 결국 그리 중요하지 않다는 점과 우리가 그토록 뜨겁게 논쟁을 벌이는 사안들이 극단적으로 논란의 여지가 있는 것들이고 더욱이 이 사안들이 향후 50년간은 조금도 중요하지 않으리라는 점을 깨달은 자이다. 또 궁극적으로 건전한 상태의 정신이 가장 중요하기 때문에 이름난 작가보다는 정직한 장인이나 평범한 주부가 삶으로부터 더 많은 의미를 주고받기도 한다는 점, 그리고 독자들로부터 감탄보다는 존경을 얻는 게 더 낫고 그들이 감사함을 표한다면 더더욱 좋다는 점을 깨달은 자이다.

신사에 관한 뉴먼*의 묘사가 종종 찬사를 받는다.

• 존 헨리 뉴먼(John Henry Newman, 1801~1890): 영국의 가톨릭 신학자이자 추기경.

그가 곁에 있는 모든 사람을 두루 눈여겨본다. …… 그는 자기가 누구에게 이야기를 하고 있는지를 안다. 그는 상대방의 심기를 거슬리게 하는 때 아닌 암시나 주제를 경계한다. 그가 대화에서 좀처럼 두드러지지는 않지만 상대방을 지루하게 하는 법은 없다. …… 그는 사리분별이 뛰어나기에 모욕에 상처받지 않고 마음의 상처를 기억하지 않으며 악의를 품을 만큼 나태하지 않다. …… 그는 논쟁에 임할 때면 잘 갈고 닦은 지력 덕분에, 끝이 무딘 무기처럼 단칼에 베지 못하고 거칠게 난도질하고 논지를 올바로 이해하지 못하며 사소한 문제에 힘을 낭비하고 상대방을 오해하며 질문을 더 복잡하게 만드는, 더 나을지는 모르나 교육수준이 낮은 자가 실수로 범하는 무례에도 흐트러지는 법이 없다.[1] 그의 견해는 옳을 수도 그를 수도 있으나, 냉철하기 때문에 부당한 법이 없다. 그는 힘이 있는 만큼 단순명료하고 과단성이 있는 만큼 간결하다. **❺-1**

위 묘사는 다소 엄중한 면도 있지만, 뉴먼의 기질이 지닌 세심하고 진중한 측면을 보여준다. 내가 제시하려고 했던 몇 가지 논지를 잘 보여주는 글이다.

그러나 나를 더 따뜻한 공감으로 이끌고 내가 상상한 '세련성'을 훨씬 더 여실하게 드러내는 18세기의 글이 있다. 바로 리뉴 공*의 글이다.

---

* 　리뉴 공(Prince de Ligne, 1735~1814): 벨기에의 장교이자 문인. 장 자크 루소나 볼테르와 같은 유럽의 중요 인물과 주고받은 편지 및 회고록으로 벨기에 문학에 큰 영향을 미쳤다.

오늘날에는 모든 사람이 명석하지만, 만약 사람의 생각이 충분히 명석하지 않다면 불신이 생기기 마련이다. 또 명석하고 기지 넘치는 사람이라 할지라도, 생기, 참신함, 신랄함, 창의성이 없다면 그저 어리석은 자에 불과하다. 물론 생기, 참신함, 신랄함을 갖춘 자라 할지라도 완벽한 매력은 없을 수 있다. 하지만 이에 더해 다음과 같은 덕목을 갖춘다면 의심의 여지없이 명석한 두뇌를 지닌 매력적인 사람이라 할 수 있다. 상상력, 사람의 마음을 끄는 사소한 특징, 얼마간의 즐거움을 주는 모순된 측면, 뜻밖의 돌발성, 미묘함, 품격, 정확함, 축적된 유용한 정보, 진부하지 않은 사리판단력, 천박함과는 거리가 먼 품행, 소박하거나 기품 있는 태도, 사람을 유쾌하게 만드는 말투, 쾌활함, 재치, 품위, 편안한 자유로움, 말이나 글의 개성. **❾-2**

19세기의 성직자와 18세기의 군인이 생각한 이상이 위와 같이 대비된다는 점이 흥미롭다. 나는 뉴먼을 존경하지만 리뉴 공을 좋아한다. 물론 일부 독자는 '평민들이 노예처럼 일하든, 굶어죽든, 그는 사교 모임에서 잘난 척을 했겠지.'라는 생각을 하면서 리뉴 공에게 불편한 기색을 드러낼지도 모른다. 하지만 과거의 문화는 착취의 토대 위에서만 존재할 수 있었다. 라우리움 은광의 노예들은 페리클레스를 위해 대가를 치렀다. 18세기의 가축우리 같은 오두막집은 으리으리한 대저택과 성을 위해 대가를 치렀다. 누군가는 그러한 희생이 사라지기를 바랄 수도 있다. 하지만 리뉴 공은 부질없는 일에 시간을 허비하는 사람이 아니었다. 비록 운명은 그에게 기회를 주지 않았지만, 그는 훌륭한 군인이자 (남편으로서는 그리 충실하지 못했지만) 존경받는 아버지였다. 연로해진 그가 빈 회의 중에 세상을 떠났을 때, 그가 숨을 거두는 순간까지 숱한 악폐가 있었지만 오늘날 우리가 대부분 잃어버린 어떤 기품이 있던 한 시대가 저물어갔음을 상징했다. 당시 데팡 부인 등이 이끌었던 사교계는 많은 면에서 편협했다. 우리 기준으로 볼 때 시에 대해 별다른 감정이 없었다. 그러나 이 눈먼 늙은 여인은 산문과 삶에서 중요한 어떤 속성들에 대해 날카로운 선견지명이 있었다. 당시보다는 까다롭지 않은 우리 시대를 만족시키는 몇몇 작가들에 대한 그녀의 의견을 들어본다면 흥미로울 것이다.

마치 사상의 대체물인 것처럼 세련성이 중요하다고 과장할 필요는 없다. 세련성은 일종의 광택제일 뿐이다. 만약 단테나 밀턴이나 스위프트라면, 가혹하거나 모질거나 잔인해질 자격이 있다. 그들은 인간으로서는 세련미를 잃었을지 모르나, 세련성은 그들의 특성의 일부로서 남아 있다. 인생의 고난도 기쁨과 마찬가지로 받아들여야 한다. 그러나 그들보다 평범한 주제를 다루는 평범한 작가들이 글로써 어떤 영향력을 발휘하려면 독자들의 공감을 얻어야 한다. 중성자나 왜성을 논의하는 과학자조차도 독설이나 오만한 태도를 보이다가 자기 주장에 해를 입히기도 한다.

이제는 세련성을 실천하기 가장 어려운 분야, 즉 논쟁에서 세련미의 예를 들면서 결론을 내리고자 한다. 아마도 논쟁에 대처하는 가장 현명한 방법은 논쟁을 피하는 것일 테다. 비평가들에게 맞서 반박하라는 벗들의 요청에 뷔퐁이 내놓은 답변에 탄복할 만한 지혜가 담겨 있다. "누군가는 이 못된 작자들을 미궁 속에 빠뜨려야 한다오." 그러나 비평이나 기타 중요한 사안에서 도전을 받아들이고 "묵묵히 앉아 야만인들이 떠들도록 내버려두어서는 안 될 때"가 있다. 그러한 논쟁에서는 한 치의 흐트러짐 없는 평정, 정중함, 자제력이 중요하고, 이에 가장 적절한 어조 중에 단연 으뜸은 아나톨 프랑스가 브뤼티에르*에게 한 답변에서 찾아볼 수 있다.

브뤼티에르는 아나톨 프랑스가 아름다움이란 상대적인 것이고 비평은 그저 개인 취향의 고백에 불과하다고 믿는 평론계의 무정부주의자라고 비난했다. 문학이 주는 기쁨의 가치와 관련해서 내게는 아나톨 프랑스의 견해가 절대적으로 옳다. 다만 그는 문학이 영향력의 가치 역시 지닌다는 사실은 잊은 듯하다. (밀턴이나 프루스트가 주는 기쁨의 가치에 대해 언쟁을 벌이는 일은 별 효용이 없지만, 『실락원』의 종교가 저속한지 내지는 『잃어버린 시간을 찾아서A la Recherche du Temps Perdu』의 철학이 신경증에 걸린 퇴폐적 사조의 영향을 받았는지를 논의하는 일은 꽤나 합당하고 중요한 숙제로 남아 있기 때문이다.) 그러나 여기서 핵심은 아나톨 프랑스의 견해가 얼마나 옳은지가 아니라 그가 내놓은 답변의 어조가 얼마나 적절했는지이다.

내가 무척이나 애정을 갖고 있는 M. 페르디낭 브뤼티에르가 내게 심각한 공격을 가한다. 그는 내가 비평의 법칙을 무시하고, 지적인 것들

• 페르디낭 브뤼티에르(Ferdinand Brunetière, 1849~1906): 19세기 프랑스의 평론가, 고등사범학교의 교수. 문학의 발전 법칙에 진화론을 적용한 '장르 진화설'을 주장하면서 인상비평과 논쟁을 벌였다. 주요 저서로 『프랑스 문학사 개론Manuel de l'histoire de la littérature française』 등이 있다.

을 판단하는 잣대가 없으며, 본능에 휘둘려 자가당착 속에서 표류하고, 스스로에게서 벗어나지 못하며, 어두컴컴한 지하감옥 같은 나만의 주관성 속에 갇혀 있다고 비난한다. 나는 그의 맹습이 불만스럽기보다는, 오히려 그의 지조 있는 주장에 대단히 기쁨을 느낀다. 그로부터 느껴지는 내 적수의 탁월함, 깊은 관용을 숨기고 있는 열의에 가득 찬 비난, 논쟁이 되는 사안의 중대성을 비롯하여, 그의 주장의 모든 면이 내게는 영광이다. M. 브륀티에르에 따르면, 다름 아닌 프랑스의 지적인 미래가 이에 달려 있다. ……

따라서 나 홀로 나서서 변호하는 편이 더 마땅하다. 나를 변호하기 위해 노력하겠지만, 우선 내 적수의 용기에 경의를 표한다. M. 브륀티에르는 남다른 대담성을 지닌 투지 넘치는 비평가다. 논쟁에서 그는 나폴레옹 학파 그리고 방어를 하다가도 공세를 취해야만 승리를 거머쥘 수 있고 공격을 당하는 것은 반쯤 패배한 것이나 다름없다고 생각하는 위대한 수장의 부류에 속한다. 그래서 그는 맑은 개울이 흐르는 작은 숲속에 있는 내게 공격을 가하러 왔다. 그는 사나운 적수다. 그는 거짓 공격과 책략을 쓰는 것은 물론이고, 필사적으로 전력을 다하여 맹렬한 기세로 공격을 퍼붓는다. 즉, 논쟁에서 그는 다양한 전략을 사용하고, 본인이 추론에 실패한다 하더라도 순수한 직관력이 있는 자를 경멸하지 않는다. 나는 그의 영역에 소요를 일으키지 않았다. 반면 그는 논쟁하길 즐기는, 심지어 걸핏하면 다투려 드는 기질이 다소 있다. 용맹한 자에게서 흔히 나타나는 약점이다. 나는 그가 그런 약점을 드러내는 걸 보기를 좋아한다. 위대한 니콜라스가 이렇게 말하지 않았는가? "민첩하지 못하고 성을 내지 않는다면, 아킬레우스를 좋아할 필요가 없다."

정말로 M. 브륀티에르와 싸워야 한다면, 내게는 불리한 점이 많다. 너무도 확실하고 분명한 내 열등한 점들을 굳이 지적할 필요는 없다. 그 중에 특별히 두드러지는 한 가지를 꼽자면 그는 내 비평을 개탄스럽게 여긴 반면, 나는 그의 비평에 감탄했다는 사실이다. 이 사실만으로도 나는 방어를 해야 하는 처지에 몰린다. 앞서 말했듯이, 모든 전술가가 탐탁잖아 하는 형세다. 나는 M. 브륀티에르가 구축한 탄탄한 구조물을 가장 높이 평가한다. 그 구조물을 이루는 요소들의 견고함과 그 설계의 공간성에 탄복한다. 최근 나는 강연의 대가인 M. 브륀티에르가 고등 사범학교에서 '르네상스 시대부터 현대까지의 비평의 진화'라는 주제로 강의한 내용을 읽었다. 나는 조금의 주저함도 없이, 그의 사상들이 빈틈없는 체계로 결집되어 있고 아주 적절하고 인상적이고 새로운 방식으로 제시돼 있다고 힘주어 말할 수 있다. 묵직하지만 확신에 찬 그의 사상들의 행진은 밀집 대형으로 빽빽이 늘어서서 방패로 몸을 가린 채 마을을 공격하기 위해 진격하던 로마 군단 병사들의 모습을 연상시킨다. 이는 '거북 대형'이라 불렸으며 가공할 만한 힘을 과시했다. 한편 그의 사상들의 진형이 취한 방향을 향한 내 감탄 속에는 놀라움도 뒤섞여 있다. M. 페르디낭 브륀티에르는 문학 비평에 진화 이론을 적용할 것을 제안한다. 만약 그의 제안이 흥미롭고 획기적이라면, 대중은 얼마 전에 문학잡지 『르뷔 데 되 몽드*Revue des Deux Mondes*』의 한 비평가(바로 브륀티에르)가 격렬한 어조로 과학을 도덕성 아래로 종속시키고 자연과학에 바탕을 둔 모든 학설의 신빙성에 이의를 제기했던 일을 기억할 것이다. …… 그는 불변의 도덕성이라는 미명 아래 다윈의 사상들을 부정했다. 그는 단호히 말했다. "이 사상들은 분명 거짓이다. 위험하기 때문이다." 그런데 이제 그는 진화론에 입각하여 본인의 새로운 비평을 제시한다. …… 지금 나는 M. 브륀티에르가 스스로를 부정하거나 반박하고 있다고 이야기하려는 게 아니다. 그저 명쾌한 추론의 재능과 더불어, 예기치 않은 뜻밖의 것으로 뛰어드는 그의 자질, 인격적 특성, 경향에 주목할 뿐이다. 한때 그가 역설을 사랑하는 자라고 불렸을 때, (그는 이미 빼어난 논리적 사고로 정평이 나 있었으므로) 나는 그 표현이 그저 반어법이라고 생각했다. 하지만 돌이켜보니, 그는 정말로 역설을 사랑했던 것 같다. 게다가 가끔은 비범하고 실로 충격적인 견해를 굳건히 고수하기도 한다.

나는 이렇게 한 비평가를 애정을 갖고 존경하는데, 그는 내 감정에 별다른 반응을 보이지 않는다니 얼마나 잔인한 운명인가! M. 페르디낭 브륀티에르에게는 단 두 가지의 비평이 존재한다. 바로 악에 해당하는 주관적인 비평과 선에 해당하는 객관적인 비평이다. 그의 견해에 비춰볼 때, 쥘 르메트르, 폴 데자르댕, 그리고 나는 역병 중에서도 최악의 역병인 주관성에 감염되어 있다. 왜냐하면 주관성에 의해 환상, 관능성, 강한 욕정에 빠지고, 타인의 작품을 그것이 주는 기쁨으로 판단하기 때문이다. 그가 생각하기에는 무척 추악한 행위이다. 또한 창작물로부터 기쁨을 누리는 행위가 과연 옳은지의 여부를 알기 전까지는 그로부터 기쁨을 누려서는 안 되기 때문이다. 또한 인간은 이성적 동물이므로 우선적으로 사고를 해야 하고, 올바로 사고하는 일은 필요하지만 즐거움을 찾는 일은 불필요하기 때문이다. 또한 무오류의 변증법이라는 수단을 통해 스스로를 가르치려 하는 것이 인간의 특별한 속성이며, 머리를 땋고 나서는 매듭을 지어야 하듯이 일련의 추론 끝에는 늘 진실을 더해야 하기 때문이다. 만약 그렇게 하지 않으면 추론이 제대로 이루어지지 않는데 이를 올바로 성립시키는 것이 필수적이다. 그다음으로는 다수의 추론을 조합하여 십수 년이 지나도록 무너지지 않는 체계를 구축해야 한다. 따라서 이 모든 연유에서, 객관적인 비평이야말로 유일하게 선에 해당하는 종류의 비평이다.[2] ❺-3

브륀티에르의 비난에 대한 소크라테스식의 반어적인 이 침착한 응수는 상처를 입은 채 결백을 주장하는 태도보다 훨씬 더 효과적이다. 관건은 약간의 책략이다. 독자는 겉보기에 자만심과는 거리가 먼 인격에 이끌리게 된다. 독자는 '거북'이라는 기괴한 비유에 쾌감을 느끼고, 마음을 누그러뜨리게 하는 미소가 퉁명스러운 채찍질에 자리를 내주는 순간이 있기는 하지만, 브륀티에르가 관대한 아나톨 프랑스에게 후한 대접을 받는 성미 고약한 현학자라고 느끼게 된다. 이게 바로 핵심이다. 왜냐하면 일반적인 독자는 비평가가 가혹하다고 생각되면 본인이 너그러워지지만 비평가가 너그럽다고 생각되면 본인이 그보다 훨씬 더 가혹해지는 뻐딱한 존재이기 때문이다.

일반적인 독자는 이론보다는 인격에 훨씬 더 많은 관심을 갖는다. 여기서 어떤 인격이 더 매력적이고 호감을 주는지에 대해서는 의문의 여지가 없다. 로마 광장에서 마르쿠스 안토니우스가 브루투스를 상대로 승리를 거둔 일화도 다르지 않다. 유술에서와 마찬가지로, 더 영리한 격투자가 겉으로는 항복하는 척하다가 그보다 융통성 없는 상대방의 힘을 이용하여 그를 제압해버린다. 독자들은 이를 두고 선동적인 표심 모으기나 노련한 변호사의 간계라고 치부할지도 모른다. 하지만 나는 이것이 그리 얄팍한 술책이라고는 생각하지 않는다. 흥분하여 분별력을 잃지 않고 자기 논지를 펴는 차분하고 정중한 논객의 판단력을 믿는 편이 더 합리적이다. 좌우간 이 점은 문체에서 세련성의 가치에 대한 나쁘지 않은 교훈이라 생각한다.

하지만 세련성은 고통을 가하고 논쟁에서 승리하기 위한 묘책보다는 더 나은 무엇이다. 이는 작가와 독자 간의 연대를 끈끈히 하는 주된 수단으로, 이들 간의 공감대는 문학에서 가장 중요한 요소 중 하나다. 세련성은 여성적인 고상함이 아니다. 아무도 여성스럽다고 여기지 않는 제 1대 말버러 공작 존 처칠*이 본인으로부터 외면당한 자들에게서까지 호의를 얻었던 것은 바로 그의 세련미 덕분이다. 세련성은 무엇보다도 자만심, 즉 자아를 타인에게 강요하는 자기주장을 지양하는 일을 필요로 한다. 이는 세상의 그보다 더 많은 중대한 죄악보다도 더 용서가 되지 않는 결점이다. 키케로의 자만심은 우리에게는 그저 봐주고 넘어갈 만한 약점이지만, 그 때문에 그는 큰 대가를 치렀다. 카이사르는 키케로보다는 자만심이 덜했으나, 그보다 신중한 아우구스투스처럼 중용을 끝까지 지켰더라면 암살을 모면하고 역사를 바꾸었을지 모른다. "신사는 그 무엇에 대해서도 자만하지 않는다."라는 라 로슈푸코의 격언과 달리, 기지 넘치고 영민한 빌라르* 공작은 (말버러와 대조적으로) 자만심 때문에 생시몽*을 격분하게 만든 데다가 베르사유에서 적까지 만들어서 본인에게 심각한 타

• 　존 처칠, 말버러 공 1세(John Churchill, 1st Duke of Marlborough, 1650~1722): 영국의 군인이자 정치가. 프랑스 루이 14세와의 전쟁에서 영국군과 그 동맹군을 지휘하여 승리로 이끌었다. 특히 블렌하임 전투(1704), 라미예 전투(1706), 오우데나르데 전투(1708) 등이 유명하다.

격을 입혔다. 문체에서는 그러한 자기만족이 얼마나 큰 자멸을 초
래할 수 있는지 놀라울 따름이다. 작가는 자만심 때문에 난해한 전
문용어를 사용하려는 유혹에 넘어가 모호함에 빠지고 만다. 하지만
자만심에 따른 허세는 금세 실체가 드러날 때가 많다. 이는 가끔 박
식함을 자랑하는 태도로 나타나는데, 단편적인 지식과 그러한 지식
을 가진 자를 지나치게 중시하는 경향을 띤다. 따라서 드 퀸시*는
문체에 관한 수필에서 "The τὸ docendum, the thing to be taught."
라는 이상한 문장을 쓰고 만다. 보통 사람 같으면 "The thing to be
taught."라고 쓰고 말 텐데 말이다. 만약 드 퀸시가 본인이 라틴어를
얼마간 알고 있다는 사실을 반드시 알려야 했다면 "The docendum"
이라고 써야 했다. 하지만 어떤 엉뚱한 발상이 떠올랐기에 그리스어
정관사를 라틴어 미래수동분사에 붙이고 그 둘 앞에 영어의 정관사
를 붙였을까?[3] 작가라면 이러한 행위를 삼가야 한다.

　이어서 세인츠버리*의 경우를 생각해보자. "ἐν ψιλοῖς λόγοις" 왜
이 문장을 "It is written in simple prose."라고 쓰지 않았을까? 사람
들이 그 의미를 잘 모르기 때문에 설명을 덧붙여야 하는 아리스토텔

●　　클로드 루이 엑토르 드 빌라르(Claude Louis Hector de Villars, 1653~1734): 루이 14세
의 지휘관으로 스페인 왕위계승전쟁(1701~1714)에서 혁혁한 공을 세운 인물이다.

●　　루이 드 루브루아, 생시몽 공작(Louis de Rouvroy, duc de Saint-Simon, 1675~1755): 프
랑스의 군인, 작가. 그의 저서 『회고록Mémoires』은 그가 살던 시대의 중요한 역사 자료로 특히
루이 14세의 마지막 몇 년과 섭정시대를 생생히 그리고 있다.

●　　토마스 드 퀸시(Thomas De Quincey, 1785~1859): 영국 수필가, 비평가.

●　　조지 세인츠버리(George Saintsbury, 1845~1933): 영국의 문학사가, 비평가. 비전문가를
대상으로 하는 비평 활동의 선두주자. 즐거움을 문학의 일차적인 목적으로 강조했다.

레스의 구절을 왜 끌고 왔을까? 그리스어를 안다는 사실을 독자들에게 알리기 위해? 만약 그리스어를 알려면 그보다는 더 잘 알아야 할 것이다.

같은 작가의 다른 글을 살펴보자.

"가끔 몇 가지 일반적인 제안이나 추론의 결과, 내지는 잠정적인 격언이 떠오르는데 이것들을 이 결론부에서 요약하고 한눈에 잘 들어오도록 간결한 형태의 표로 만들어 제 3부록에 싣고자 했다. 단, 이 내용들은 임시 돛대나 권한 대행 장교처럼 임의적으로 제시한 것이다. 그러나 해군 소위 후보생 이지의 딱한 벗, 부항해사가 '대행 권한 임명'에 대해 그랬듯이 적어도 이 내용 중 일부에 대해 회의적인 견해를 갖는 건 아니다."

왜 "몇 가지 잠정적인 원칙들을 이 결론부에서 요약하고 그 내용을 표 형태로 제 3부록에 실었다."라고 쓰지 않았을까? 해군 소위 후보생 이지의 딱한 벗, 부항해사는 도대체 왜 끌어들였을까? 많은 독자들은 매리어트의 소설을 읽지 않았을 것이다. 그건 의무가 아니다. 설사 소설을 읽었더라도 그 특정한 구절을 잊었을 수 있다. 왜 독자들의 시간과 인내심을 낭비하는가? 세인츠버리는 진부한 관습에 얽매이지 않고 문학을 기쁜 마음으로 즐기는 다정하고 너그러운 비평가였다. 그는 드 퀸시의 공작새 같은 자만심과는 거리가 멀었다. 그는 글을 쓰다가 불현듯 떠오른 사소한 연상을 차마 그냥 지나칠 수 없었음이 분명하다.

위 두 구절은 우리가 지금까지 논의한 독자에 대한 세 가지 무례함, 즉 간결성의 부족, 명료성의 부족, 자만심 섞인 현학자의 태도를 잘 보여준다.

그렇다면 해결책은 무엇일까? 내가 아는 최선책은 단순해지는 것
이다. 이것이야말로 소박함이다. 담백한 산문을 쓰려면 너무 말이
많아서도 안 되지만 너무 인색해서도 안 된다. 구어적 표현은 내게
는 매우 불쾌하게 느껴진다. 예를 들어 'shan't', 'won't', 'can't'[4]와
같은 표현은 극작품이나 이야기 속의 대화에 쓰이지 않는 한, 산문
에서는 불쾌하게 느껴진다. 17세기 후반에는 이러한 표현을 운문에
도입하려는 시도가 있었고, 그 결과는 좋지 않았다.[5] 다행스럽게도
그러한 경향은 오래 지속되지 않았다.

한편, 누구든 앞서 인용한 드 퀸시나 세인츠버리처럼 말을 하면
상대방은 아연실색하여 말을 잃거나 배꼽을 잡고 웃어대는 반응을
보였다. 어느 날 저녁 살롱에 들어가면서 눈먼 데팡 부인이 이렇게
소리 높여 물었다. "당신이 읽고 있는 그 나쁜 책은 무엇이지요?" 그
건 분명 기지 넘치는 발언이었다. 그 책은 리바롤*의 책이었다. 리바
롤은 실제로 영민한 작가였다. 데팡 부인은 그저 악의가 있었는지도
모른다. 하지만 사람이 책처럼 말한다는 것은 칭찬이 아니지만 책이
살아 있는 사람처럼 말한다는 것은 크나큰 칭찬처럼 들린다.

정말로 훌륭한 문체는 고유의 목소리를 지닌 듯 보인다. 그러한
문체라면 글을 읽기 시작하자마자 그 목소리가 들린다. 내게는 예이
츠의 산문이 최고의 예 중 하나다. 그의 글에는 열정적이고 꿈에 잠

---

* 앙투안 리바롤리, 리바롤 백작(Antoine Rivaroli, comte de Rivarol, 1753~1801): 프랑스
의 정치평론가이자 언론인. 풍자가이자 자칭 귀족. 프랑스 혁명기에 왕정과 전통주의를 지지하
는 책을 썼고, 자신의 언론적 재능을 왕당파를 옹호하는 데 바쳤다.

긴 아일랜드인의 목소리가 배어 있다. 어떤 면에서 보면 예이츠는 허식가이다. 신화와 신비주의를 차용한 절묘한 말장난에 이어 엔도르로 향하는 길가에 대고 돌연 엉덩이를 내보이는 그의 행위에 인내심을 발휘하기란 무척 힘들다. 게다가 연로한 나이에 젊은 토끼들과 어깨를 나란히 하고 달리려는 그의 시도는 하디의 고요한 위엄과는 대조된다. 그럼에도 그에게는 매우 천재적인 또 다른 면이 있으며 이는 그의 최고의 산문에서 드러난다.

이러한 측면은 몽테뉴가 담소를 나눌 때의 매력에서도 드러난다. 그는 정말로 기쁠 때에도 저속하거나 품위를 떨어뜨리는 말을 쓴 적이 없었다. 그는 두서없이 말을 늘어놓다가 자기를 탓하면서 이렇게 말하기도 했다. "지금 내가 주제를 벗어나고 있군. 그렇지만 그게 내 말하는 방식이지 않은가?" 몽테뉴는 군인이 아니었지만 벗 몽뤼크와 마찬가지로 책속에 갇힌 비현실성에 대단한 반감을 나타냈다. "내가 좋아하는 말하기 방식은 글을 쓸 때나 말할 때나 소박하고 단순한 방식이다. 활력과 힘이 넘치고 간결하고 조밀할 뿐만 아니라, 예민하고 까다롭기보다는 박력 있고 직설적인 방식이다. …… 이는 현학자, 수도사, 변호사가 아닌 군인의 화법에 가깝다." 이 말은 내가 지금까지 논의한 명료성, 간결성, 소박함을 그야말로 명쾌하게 요약한다.

스위프트는 "적절한 자리에 쓰인 적절한 단어들이 문체를 결정한다."라고 말했다. 극히 단순한 말이다. 허세를 피하려다가 오히려 궁색함에 빠진 것처럼 들린다. 좋은 말하기를 적절한 장소에서 적절한 발언을 하는 것이라고, 혹은 좋은 삶을 적절한 때에 적절한 행동을 하는 것이라고 정의하는 편이 더 낫다. 따라서 빅토리아 시대의 고지식하고 엄격한 여자 가정교사는 금욕적인 측면에서 유쾌함이나 쾌활함을 못마땅하게 여기면서 눈살을 찌푸린 채 어린 희생양들을 꾸짖었을지도 모른다. 스위프트의 정의는 토마스 브라운 경이나 샤토브리앙과 같은 색채가 다양하고 시적인 종류의 산문을 배제할 뿐만 아니라 담백한 산문마저 무미건조하게 만든다. 무미건조함은 모든 종류의 예술이 가장 피해야 할 것이다. 내 생각에 실은 스위프트가 병적인 내뱉 상태에서 세상을 온통 회반죽이 칠해진 벽으로 둘러싸인 음산한 구빈원으로 보았던 것 같다. (그러다 발작이 찾아오면 외설적인 글을 휘갈겨 써내려간 듯하다.) 우리에게는 다행스럽게도, 그의 문체는 적절한 자리에 쓰인 적절한 혹은 부적절한 단어들 그 이상이다. 미사여구로 치장된 사정없이 휘몰아친 그의 문체의 핵심으로 들어가 보면, 경멸과 증오, 자부심과 분노에 더해 용기와 독립성, 채워지지 못한 애정, 심지어 어떤 연민과 같은 감정이 숨어 있다. 하지만 문체에 대한 그의 정의로부터 문학이 이런저런 종류의 감정과 연관이 있다는 사실을 짐작하기란 어렵다.

우리 목적에 더 가까운 것은 미슐레*가 볼테르와 루소에 대해 한 말이다. "볼테르의 경우, 형태가 사상의 투명한 옷이 된다. 그 이상은 아니다. 루소의 경우, 예술이 무척이나 명백한 존재가 되고, 형태의 지배와 퇴폐가 시작되는 걸 엿볼 수 있다." 이 말은 가식 없는 소박함이 지닌 가치에 대한 내 논지를 여실하게 드러내준다. 다만, 볼

---

* 쥘 미슐레(Jules Michelet, 1798~1874): 프랑스의 역사가로 국립 고문서보존소 역사부장, 파리대학 교수, 콜레주 드 프랑스 교수를 역임했다. 역사에서 지리적 환경의 영향을 중시하였다.

테르나 루소에게는 다소 공정하지 못한 발언으로 보인다. 볼테르의 문체는 단순히 그의 사상들을 감싼 일종의 투명한 셀로판지가 아니다. 물론 다른 작가들 역시 볼테르만큼 예리하고 역설적이며 냉소적인 사상을 갖고 있다. 그러나 그 어떤 작가가 볼테르만큼 민첩하고 신선하며 재기 넘치고 신랄하고 장난기와 쾌활함이 섞인 표현으로 사상들을 풀어낼 수 있겠는가? 또한 내가 루소보다 볼테르를 선호하기는 하지만, 루소가 샤토브리앙의 장엄함으로 이어졌던 더욱 시적인 형태의 산문을 부활시켰다는 이유만으로 그가 '퇴폐적'이라고 단정 지을 수는 없다. 두 종류의 산문이 존재한다는 사실에, 산문의 파르나소스 산에 두 정상이 우뚝 솟아 있다는 사실에 감사하자. 비록 대부분의 우리에게는 그리고 대부분의 주제에는 두 정상 중 낮은 쪽이 더 안전해 보이지만 말이다.

두 정상이 존재한다는 사실을 잊지 말자. 한 현대 비평가의 다음과 같은 견해에 난 전혀 동의할 수 없다. "우리 모두가 말할 수 없는 바를 글로 쓰기를 거부하는 단계에 다다를 것이라 생각하고 싶은 자들도 있을 것이다. 물론 그렇다고 해서 우리가 실제로 말하는 바만을 글로 쓰게 되지는 않겠지만 말이다." 스위프트의 정의보다는 훨씬 명확하긴 하지만, 이 견해는 더 숭고한 종류의 산문을 배제한다.

한편 글쓰기에 지나치게 구어적인 어조를 사용하는 자들은 거기서 더 나아가 속어를 사용하는 경향이 있다. 이러한 경향이 바람직하지 못한 이유는 속어가 종종 저속할 뿐만 아니라 수명이 짧기 때문이다. 1710년 9월 28일에 한 작가가 잡지 『태틀러*Tatler*』 측에 이런 뜻을 전했다.

"우리의 문체에 단순 소박함이 도입된다면 나는 기쁠 것이다. 단순 소박함은 삶에서 가장 진정한 최상의 장신구이고, 예의와 정중함을 중시했던 시대에서는 건축물과 의복에서 그리고 기지의 발휘의 측면에서 늘 단순 소박함을 추구했다. 법정, 도시, 극장, 그 어디에서 차용되었든, 가장되어 꾸며진 모든 새로운 말하기 방식은 언어에서 가장 먼저 소멸되는 부분이다. 내가 숱한 예를 들어 증명할 수 있듯, 우리 시대에도 그러하다."

이와 동일한 일이 로모노소프*의 러시아어 개혁으로 벌어졌다. 그는 교회 슬라브어와 자국어 모두를 개혁의 대상으로 삼았으나, D. S. 미르스키*의 말을 빌리면 "후기에 구어가 진화한 탓에 그의 가장 대담한 구어 표현조차도 우리에게는 상당히 구식으로 들렸다."라고 한다.

많은 면에서 훌륭한 현대 민주주의는 이제 많은 사람이 페리클레스가 클레온보다 열등하다고, 귀족이 평민보다 열등하다고 여기는 단계에 이르렀다. 하지만 미래에는 20세기 문학 전반에서 두 가지 속성, 즉 품위와 우아함이 치명적으로 부족하다는 사실을 깨닫게 될 것이다. 사실 이 둘은 대개 귀족적인 속성에 속한다. 우리 시대의 지성인들조차도 저들 나름으로는 지성을 갖춘 귀족이라 생각할지 몰라도, 두 속성 중 어느 것도 충분히 갖추지 못했다. 그들 대부분의

• 미하일 바실리예비치 로모노소프(Mikhail Vasilyevich Lomonosov, 1711~1765): 러시아 최초의 언어개혁가, 시인, 과학자, 문법학자.

• 표트르 다닐로비치 스뱌토폴크-미르스키(Pyotr Danilovich Svyatopolk-Mirsky, 1857~1914): 러시아 내무장관. 혁명 전에 각료로 활동하면서 정부정책에 온건자유주의 사상을 반영하려 애썼다.

글은 오만함과 저속함 사이를 계속 오가는 것처럼 보인다. 이 둘이 섞일 때를 제외하고 말이다. 따라서 우리는 보다 장엄한 성격의 산문이 소멸하기를 기대해야 할 것이 아니라, 글의 목적이 일반적이라면 더 단순하고 소박한 형태의 산문이 낫다는 점을 기억해야 한다.

물론 문학에는 두 가지 형태의 소박함이 있다. 우선 우리가 흔히 접하는 이야기를 담은 민요나 시 또는 버니언의 작품에서 볼 수 있는, 일반인들의 자연스러운 소박함이다. 그러나 쇠락해가는 중세시대의 미사여구 가득한 어법, 릴리*의 『미사여구*Euphues*』, 영웅극, 탐미주의 운동에서 볼 수 있듯이, 삶이 점점 복잡해지면서 사람들은 인위성과 화려함에 사로잡히는 경향이 있다. 하지만 현명한 자라면 결국에는 도가 넘는 인위적인 예술의 아무 소용없는 복잡함으로부터 정말로 중요한 소박함으로 돌아오기 마련이다. 마찬가지로, 실제 삶에서도 고결한 인격을 지닌 자들이 삶의 끝자락으로 향할수록 더욱 단순 소박해진다. 그 이유는 그들이 예리한 통찰력을 잃어서가 아니라 그들의 가치관이 점점 더 확실해져서이다. 그게 바로 트러헌*의 이상이었다.

•　존 릴리(John Lyly, 1554~1606): 영국의 작가. 산문 문체를 처음으로 시도해 영어에 상당한 영향을 미쳤다. 『미사여구: 기지의 해부*Euphues, or the Anatomy of Wit*』와 『미사여구와 영국 *Euphues and His England*』으로 유명해졌다. 이 작품들에서는 유퓨이즘euphuism이 인위적이고 지나치게 화려한 문체로 소개되었다. 희극을 통해 극적인 산문체 대화를 크게 발전시켰다.

•　토마스 트러헌(Thomas Traherne, 1637~1674): 영국 시인. 영국 성공회 성직자이자 신비 시인으로 꼽힌다. 독창적인 사고와 강렬한 감정을 소유했고, 특히 어린 시절의 기쁨과 순진함을 신비스럽게 환기시키는 능력이 뛰어났으나, 운율과 운을 무절제하게 사용했다. 시보다는 '지복 至福' 철학을 소개한 산문 『명상의 시대*Centuries of Meditations*』가 더 유명하다.

타고난 기질로부터 편안한 태도가 비롯된다.

시인들이 꾸며낸 태도보다 더 맑은 개울이다.

그 바닥은 아무리 깊을지라도 속이 훤히 들여다보인다.

이것이야말로 존경을 얻는 일이다.

아니면 우리는 잠주밈* 족속의 말을 하고

바벨의 지옥처럼 들리는 언어로 이야기를 할 수 있다.

타오르듯 빛나는 유성들 속에서 천재들이 말한다.

놀라움을 안겨주지만 우리를 현명하게 만들지는 못하는 것들을. **5-4**

첫 번째로 언급한 순수한 종류의 소박함은 20세기의 지성인들 때문에 사라져버렸다. 그러나 두 번째 종류의 소박함은 남아 있다.

많은 작가, 특히 학구적이거나 미학을 추구하는 작가들은 몸소 어리석음을 드러내는 것처럼 보인다. 아주 특출할 만큼 영리하지도 못하고 소박할 만큼 정직하지도 못하기 때문이다. 그들의 글을 기초 영어로 옮겨보면, 그들이 본질에 닿는 어떠한 것도 말하지 않았을 뿐만 아니라 본질에 닿는 말할 거리도 없다는 사실이 종종 자명해진다.

설명을 보태기 위해 두 가지 인용구를 소개하면서 끝맺고자 한다. 첫 번째는 랜더의 글이다.

루시안: 디모테오. 저는 맑은 물가에 앉아 있기를 좋아합니다. 맨 돌멩

---

* 잠주밈(zamzummim): '중얼거리는 자들'이란 뜻. 고대 팔레스타인 민족의 하나로 '르바임'으로 불리는 거인족을 가리킨다.

이밖에는 없지만 말이지요. 저를 위해 괜한 수고를 들여 언어의 개울을 탁하게 만들지 말아주시길 바랍니다. 거기서 낚시를 하려는 게 아니니까요.

이따금 시의 숨결을 향해 품을 여는 산문 작가를 비난하지 않습니다. 반면 옥수수 밭이라도 걷는 양, 텅 빈 황야에서도 다리를 높이 치켜드는 자의 걸음걸이는 칭찬할 수 없습니다. 완강한 노인처럼 권위적으로 들릴지는 모르나, 사람이란 강하기 때문에 현실에 안주하지 못한다거나 약하기 때문에 평상시에는 조용히 부드럽게 숨을 쉰다는 말에 설득당하지 마십시오. ……

디모테오. 저는 또한 미의 여신의 지배하에 있습니다. 제게 기쁨의 손길을 건넨 그녀를 경모합니다. 그녀가 저를 저버렸다고는 생각하지 않습니다. 제 반백발이 그녀에게 매력적이지 않더라도, 그녀의 손가락이 제 이마의 주름살 속에서 갈 곳을 잃는다 해도, 그녀가 저를 외면하지 않았다는 사실만은 가장 최근의 냉랭한 제 글에서도 분명하다는 말을 이따금 듣습니다.[6] **5-5**

마찬가지로 티 없이 맑은 물과 같은 아름다움을 보여주는 또 다른 예는 바로 『그리스 사화집Greek Anthology』에 실린 사랑스러운 시다. 이 시는 몇몇 여인들이 지닌, 노력을 들이지 않아도 자연스럽게 드러나는 문체에 대한 재능을 고스란히 보여준다.

길가 옆 헤르메스 조각상에 관하여

잿빛 조약돌 해변 옆, 갈림길들이 만나는 이곳에서

나, 헤르메스는 바람에 휩쓸린 과수들이 자라는 여기 서서 기다린다.

걷다 지쳐 쉬고 있는 방랑자들에게 인사를 건넨다.

나의 샘으로부터 시원하고 맑은 물이 흐른다.[7] **❺-6**

아래 구절은 내가 지금까지 언급한 모든 속성, 즉 명료성, 간결성, 허세나 가식으로부터의 자유로움을 집약하여 보여준다.

나의 샘으로부터 시원하고 맑은 물이 흐른다. **❺-7**

각주에 대한 주의사항

(단순한 참고문헌과는 별개로) 작가가 각주를 사용할지의 여부는 문체와 독자에 대한 배려의 측면에서 사소한 문제다.

각주를 삼가야 할 이유로는 다음을 꼽을 수 있다.

(1) 주의를 산만하게 한다.

(2) 저자가 수고를 더 들인다면, 각주에 들어갈 내용을 본문 안으로 통합시킬 수 있다.

하지만 이 같은 근거들은 큰 설득력이 없어 보인다.

(1) 각주도 과하면 독자에게 성가실 수 있다. 그러나 각주를 무조건 금하는 것도 과하기는 마찬가지다.

(2) 저자가 수고를 들여 각주의 내용을 본문 안으로 통합시킬 수

는 있다. 다만 독자도 수고스러워지기는 마찬가지다. 분명하고 명쾌했던 사고의 흐름이 미로 같아질 수 있다.

(3) 각주는 명료성과 간결성을 강화할 수 있다.

(4) 기번 같은 작가가 각주를 쓰지 않는 걸 누가 원하겠는가?

따라서 적절히 신중하게만 사용한다면 각주는 문제가 없다.

그런데 최근 특히 미국에서는 지능적이지도 않고 독자를 배려하지도 않는 주석 체계가 생겨났다. 각 쪽의 하단에 각주를 달지 않고 책 뒤에 주 전체를 덩어리째 수록하는 방식이다. 일반적인 독자라면 책을 두 군데에서 정독하기를 탐탁지 않아할 것이다. 더욱이 독자가 인내심이 있다면 본문에서 책 뒤편의 주 345번까지 잘 찾아가겠지만, 주 345번에서 그에 해당하는 본문의 구절로 찾아갈 때에는 번거롭게 책을 샅샅이 뒤져야 한다. 이러한 방식으로 주를 다는 저자라면, 주 앞에다 그에 해당하는 본문의 쪽수를 붙이는 요령이나 예의가 좀처럼 없기 때문이다. 따라서 독자들 열에 아홉은 주 전체를 아예 건너뛰거나 만약 관심이 있다면 본문으로 되돌아가지 않고 주만 한꺼번에 대충 훑어보지 않을까 생각된다.

호메로스, 소포클레스, 셰익스피어와 같은 대문호에 관한 해설은 경우가 다르다. 훌륭한 작품에는 그만큼 훌륭한 인쇄 방식이 사용되어야 한다. 한쪽이 할애된 시 작품은 하단에 돌무더기처럼 달린 해설로 힘을 얻지 않는다. 따라서 그러한 해설은 맨 마지막에 싣는 편이 낫다. 그러나 주는 해설이 아니다. 그리고 대부분의 책은 위대한 예술이 아니다. 그러므로 책 뒤에 주를 한꺼번에 싣기보다는 각 쪽 하단에 각주를 다는 이전의 방식으로 돌아가는 편이 합리적이다.

6장
낙천적 기질과 유쾌함

나의 큰 야심은 성을 내지 않는 것이다.

—호레이스 월폴

글을 오랫동안 어루만져라. 결국 글이 미소 지을 것이다.

—아나톨 프랑스

내가 아는 어떤 문체에 관한 지침서도 낙천적 기질에 대해서는 한마디의 언급도 없다. 그러나 낙천적 기질이 부족하면 때로는 문학적 아름다움에 흠집이 가기도 한다.

낙천적 기질은 사실 세련성의 일부다. ("아직도 그 지겨운 주제라니!" 독자들이 푸념하는 모습이 선하다.) 그러나 낙천적 기질 없이 세련성을 지니기는 어렵지만, 세련성이 전혀 없어도 낙천적 기질을 지닐 수는 있다. 내 요지는 둘 다 있을 때 문체가 훨씬 더 좋다는 얘기다. 어느 때에든 비평가가 불편한 심기에서 쓴 것이 분명한 평론을 접할 수 있다. 어느 때에든 문학계의 논객들이 갈수록 짜증과 성을 내는 광경을 볼 수 있다. 그들의 모습은 우리에게 유쾌하거나 설득력 있게 다가오지 않는다. 심지어 시험 답안지를 봐도, 학생들이 불행하게도 화풀이 대상이 된 작가를 향해 독설이나 악담을 퍼붓는 걸 심심치 않게 볼 수 있다. 만약 시험 채점관들이 그러한 답안을 보고 인상적이라고 여기거나 애정을 느끼리라 상상한다면 그건 지나친 낙관이다.

　불편한 심기에서 쓴 글은 크게 세 가지 의도가 있는 듯 보인다. 첫째는 괴로움을 주려는 의도다. 둘째는 이성적 판단보다는 본능에 따른 것인데, 종이 위에서 화를 표출하고 이를 독자들에게도 드러내려는 의도다. 이는 화 그 자체에는 좋을지 모르나 독자들에게는 좋지 못하다. 더 나은 배출구는 휴지통이겠다. 짜증이나 화가 섞인 글의 세 번째 의도는 가능한 한 많은 사람이 그러한 심정을 느끼도록 하는 것이다. 포프는 스포러스와 사포가 자신은 물론 다른 사람들 사이에서도 경멸과 증오의 대상이 되기를 원했다. 그러나 경멸과 증오는 널리 전파할 만큼 귀중한 미덕이 아니다. 더욱이 그러한 시도가 성공할 가능성도 희박하다. 우리가 벌이는 언쟁, 털어놓는 고충, 드러내는 증오에 대해 세상은 이렇다 할 신경을 쓰지 않기 때문이다. 하물며 후세는 더더욱 신경을 쓰지 않을 것이다. 글쓴이가 질타하는 대상이 정말로 이아고만큼 악하거나 칼리반만큼 어리석다 해도, 독자들은 '이런, 과장이 심하군!'이라는 반응을 보이거나 아니면 그저 하품을 하거나 실소를 금치 못할 가능성도 크다. 독자가 함께 웃도록 유도할 만큼 글쓴이가 충분히 영리하지 못하다면 말이다. (하지만 그렇게 하려면 고약한 심보보다는 낙천적 기질이 필요하다.) 지금 머릿속에 떠오르는 가장 위대한 자가 역정을 내도 위대해 보일지 상상해보라. 아마 아닐 것이다. 그가 알렉산드로스여도 말이다. 진정한 위대함은 균형과 절제를 의미한다.

시인들은 익히 알려진 대로 성을 잘 낸다. 예술가의 기질은 극도로 예민한 경향이 있다. 문학의 발자취를 돌아보면, 악을 쓰고 할퀴어대면서 작가를 이끄는 뮤즈를 이따금 마주치게 된다. 그러나 그 결과는 그리 좋지 못하다. 르네상스 시대의 학자들은 "당신의 비인칭 동사 이론이 틀렸음을 신이 입증할 것이오!"라는 말로 서로에게 으름장을 놓거나 자기가 적에게 굴욕감을 안겨서 죽게 만들었다고 떠벌리곤 했다. 밀턴은 적대자를 "돼지…… 절인 오이 같은 코…… 변절한 허수아비"라고 조롱했고, 포프는 『우인열전 The Dunciad』에서 얼간이들과 발길질을 주고받고 굴뚝 청소부들과 힘겨루기를 벌였다. 스윈번과 퍼니벌은 서로에게 '매음굴의 시궁창'과 '돼지같이 지저분한 개울'이라는 험악한 별명을 붙였다. 이 모든 행위는 영감에서 비롯하지도 않았고 누군가에게 영감을 주지도 않는다. 하우스만•이 주로 튜턴 민족을 겨냥하여 무능한 학자들을 호되게 깎아내렸을 때, 그는 더러는 재미를 줄 정도로 기발했으나 너무 성을 내다보니 유치해 보이기까지 했다. 그를 존경했던 독자라면 걸핏하면 화를 내는 그의 이런 면에 실망도 컸을 것이다. 눈부신 광채를 자아내는 파

• 앨프리드 에드워드 하우스만(Alfred Edward Housman, 1859~1936): 영국의 시인·고전학자.

리의 문학계는 오래전부터 옹졸한 앙갚음의 완벽한 장으로서 다소 어리석은 면을 드러냈다. 프랑스 작가들은 흔히 적수를 염두에 두고 회고록을 집필했다. 그리고 누군가가 학회에서 입회를 거절당하면, 남의 불행은 자기 기쁨이라는 듯 "그의 코가 납작해졌다."라는 식으로 그 사실이 언론에 떠들썩하게 오르내렸다. 문체는 정서에 호소한다. 아래에는 언짢은 기색으로 글을 썼을 때 글쓴이가 어떤 해를 입게 되는지 보여주는 두 가지 예를 수록했다. 올바른 정신 상태였다면 그들이 더 나은 글을 썼을 것이다.

미국의 특정 언론인들이 그들과 같은 부류에게 쓰레기 같은 매체를 제공하는 데 만족하지 못하고, 이따금 독자들에게도 불결한 음식 같은 매체를 제공한다는 이야기를 들었습니다. 그들은 그런 쓰레기를 유명 인사들의 의자 밑에서 모았다고 주장합니다. ……

상스럽고 천박한 입은 백발 수염과 결코 어울리지 않으므로, 저는 신문 기자들이 저들의 짐승 같은 발언에 책임을 져야 한다고 생각합니다. 그들은 그러한 발언이 스승에게서 비롯했다고 주장합니다. 이 제자들은 그들만의 외설적인 바탕 위에서, 처음에는 칼라일의 어깨 위에서 이루어졌으나 이제는 치아가 듬성한 백발의 유인원을 향해 가능해진, 언어의 마지막 속임수를 쓰면서 우리에게서 혐오감과 동정을 자아냅니다. 그리고 지금 스승은 노망이 난 채로 더러운 횃대 위에서 침을 뱉으며 떠들어대고 있습니다. 자기 배설물을 먹는 개코원숭이들로 이루어진 그의 불가리아 종족의 합창대 수석 가수 내지는 지휘자가 저들이 먹고 사는 쓰레기를 만들어냅니다.[1]

골즈워디가 끝내 무너지는 것은 성행위와 관련해서다. 그는 추잡스러울 정도로 감상적으로 돌변한다. 그는 성행위를 중요한 것으로 만들기 원하지만 그저 혐오스러운 것으로 만들고 만다. 감상주의는 우리가 실제로 얻지 못한 감정의 표출이다. 우리 모두는 사랑, 열정적인 성행위, 온정을 비롯하여 어떤 감정을 느끼기를 원한다. 사랑이나 성행위에 대한 열정이나 온정 내지는 그 밖의 깊은 감정을 진정으로 느끼는 사람은 극히 드물다. 따라서 사람들은 그런 감정을 느끼는 척 가장한다. 꾸며낸 감정이다. 세상은 온통 그러한 감정들로 뒤덮여 있다. 꾸며낸 감정은 실제 감정보다 낫다. 이를 닦으면서 그 감정을 뱉어낼 수 있기 때문이다. 그리고 다음 날이면 또 다른 새로운 감정을 꾸며낼 수 있다. ……골즈워디가 열정을 다루는 방식은 실로 수치스럽다. 모든 게 개 같다. 그는 일시적인 '굶주림'을 갖고 있다. 사람들이 개에 대해 말할 때면 그는 열을 낸다. 흥분은 지나간다. 그걸로 끝이다. 거기에 얽히지 않았다면 그로부터 걸어 나와야 한다. 어깨 너머로 수치스럽다는 듯 바라보면서 그로부터 빠져나와야 한다. 사람들이 줄곧 지켜보고 있다. 그들을 저주하라. 그렇지만 걱정 말길. 모든 게 지나가고 말 테니까. 신에게 감사하자. 암캐가 다른 방향으로 향하고 있다. 또 다른 무리의 개들이 곧 그 뒤를 따를 것이다. 그로써 내 흔적이 지워질 것이다. 그걸로 충분하다. 다음번에는 내가 적절히 결혼을 하여 내 집에서 개 같은 짓을 할 것이다.[2] ❸-1

위 두 예는 불편한 심경이 문체에 크게 중요하지 않다는 내 요지를 충분히 보여준다. 현재 생존해 있는 작가나 정기간행물의 글에서도 독자를 지치게 하는, 안달하며 짜증을 내는 어조를 어렵지 않게 찾아볼 수 있다.

그렇다고 해서 낙천적 기질이 언제나 옳다는 얘기는 아니다. 또 어떤 것에 대한 건강한 증오가 그 자체로 바람직할 뿐만 아니라 훌륭한 힘의 원천이 될 수 있다는 점을 부정하려는 건 아니다. 나태나 비겁함을 무한한 아량으로 감춘 미온적인 사람들이 있다. 파시즘의 이탈리아를 꽤나 차분하게 여행하면서, 전쟁 도발에 열을 올리는 진보주의자들이 심기를 건드리지만 않는다면 나치주의자들 역시 그들만의 좋은 측면이 있다고 생각할 법한 부류의 사람들이다. 화를 내야 좋을 때가 있다. 혐오하지 않고 그냥 지나칠 수 없는 것들이 있다. 타키투스가 (보다 침착하게 거리를 유지한 기번처럼) 네로와 도미티아누스에게 냉정하게 거리를 두기를 원하는 사람은 없을 것이다. 벨젠과 부헨발트 앞에서는 낙천적 기질이 설 자리가 없다. 그러나 작가라면 그러한 증오와 화라도 조절할 줄 알아야 한다. 이 점은 실제로 삶과 문학의 영원한 역설 중 하나다. 즉, 열정이 없으면 별다른 바를 이룰 수 없지만 열정을 자제하지 않으면 그 결과는 해롭거나 아무 가치가 없다는 얘기다. 리처드 그렌빌 경*이 혐오스러운 종교재판에 격노하여 와인 잔까지 씹어버렸다는 일화가 있다. 누군가는 이롭지 못하다고 생각할 것이다. 리처드 그렌빌 경이 이끈 불멸의

---

* 리처드 그렌빌 경(Sir Richard Grenvill, 1542~1591): 영국의 해군 사령관. 아조레스 제도의 플로레스 섬 연안에서 벌인 스페인 함대와의 유명한 싸움에서 압도적으로 우세한 적을 맞아 영웅적인 활약을 보인 인물.

복수Revenge호가 치열한 격전을 벌였지만, 영국에 진정으로 이바지 하고 스페인에 실질적으로 타격을 가한 것은 바로 낙천적 기질을 지 닌 프랜시스 드레이크 경*이 아닌가 생각된다.

증오 문학, 즉 풍자와 욕설은 결코 숭고한 문학으로 간주되지 않 는다. 특히 운문보다 산문에서 이러한 유형의 문학이 흉포한 양상 을 띠는 것이 허용되지 않는다. 게다가 펜이 칼이 되어야 하는 때라 도, 그 칼날이 냉정함을 유지해야 더 통렬한 효과를 발휘한다. 내게 는 호라티우스의 웃음, 드라이든의 나태 섞인 경멸, 볼테르의 장난 스러운 미소가 유베날리스의 분노, 스위프트의 포효, 포프의 악의보 다 더 인상적이고 매력적이다.

실제로 보통 사람 같으면 현명하게 피해야 하는 많은 행위가 천재 에게는 가능하다. 때로는 가장 최악의 심경에서 위대한 문체가 탄생 하고 신랄함에서 작가 고유의 힘이 솟아난다는 점을 스스럼없이 인 정한다. (비록 타키투스나 라 로슈푸코의 경우와 같이, 그것은 대개 타고난 모질고 매서운 성미 혹은 특정인이 아닌 세상 전반을 향한 냉소이지만 말이 다.) 내가 아는 가장 인상적인 저주는 구약성서 선지자들에게서 찾 아볼 수 있다. 그러나 전체적으로 놓고 보면, 그들의 저주는 신랄하 기보다는 지루하고 따분하다. 고대의 일부 비평가들은 풍자의 창시 자인 아르킬로코스를 호메로스와 거의 같은 반열에 올려놓았다. 그 럼에도, 아마 당연한 일이겠지만 세월은 그를 지켜주지 못했다. 그

---

* 　프랜시스 드레이크 경(Sir Francis Drake, 1540~1596): 영국 해군제독. 1577~1580년 세 계일주 항해를 했다. 스페인 무적함대를 무찌르는 데 중요한 역할을 했으며 엘리자베스 1세 시 대에 가장 명성을 날린 항해가였다.

의 무자비함은 희생자들을 자살로 몰고 갈 의도였으나, 얼마간 현존해 있는 그의 최고작들은 분노보다는 비애나 해학을 보여준다. 빅토르 위고는 유베날리스의 글이 "뱀들의 보금자리 위에서 거대한 날개를 퍼덕이는 수염수리처럼 로마제국 위에 군림하고 있다."고 썼다. 그러나 내게는 오히려 위고가 낭만적으로 보인다. 위고 역시 본인을 나폴레옹 3세의 제국 위를 날아다니는 또 다른 독수리로 묘사했으니 말이다. 게다가 나는 위고의 『징벌*Les Châtiments*』을 다시 읽을 마음이 별로 없다. 실제로 자세히 들여다보면, 가장 많이 회자되는 유베날리스의 글조차도 레반트 이방인이나 학식 있는 여인에 대한 격렬한 반감이 아니라, 육체와 정신의 건강함을 제외한 인간의 덧없는 소망에 대한, 분노보다는 비탄에 잠긴 그의 묘사에서 나왔음을 알 수 있다.

랭글런드, 존슨, 스위프트, 주니어스, 루소, 칼라일, 러스킨의 매도나 통곡도 마찬가지다. 일 년에 한 번 몰리에르의 『인간 혐오자*Le Misanthrope*』를 읽는다 해도 그들에게 아무런 해가 되지 않았을 것이다. 작품 속 주인공인 알세스트가 고결한 성정을 지녔어도 그가 좌절시킨 것은 정직하지 못하고 어리석은 사람들이 아니라 바로 그 자신이었기 때문이다. 단순한 토비 숙부가 더 현명했다. "토비 숙부는 그토록 깊은 비통함으로 악마를 저주하도록 자기 가슴이 자기를 내버려두지는 않을 것이라 말했다. 그는 저주의 아버지라고 슬롭 박사가 대답했다. 자신은 아니라고 토비 숙부가 대답했다. 그러나 그는 이미 영원토록 저주받았다고 슬롭 박사가 말했다. 그 점은 유감이라고 토비 숙부가 말했다." 심지어 신랄한 어조의 포프가 때로는 세상을 더 잘 알았다.

> 하지만 부서지기 쉬운 아름다움은 썩기 마련이기에
> 곱슬머리든, 아니든, 머리타래는 반백으로 변하기에
> 색이 칠해진 것이든, 아니든, 모든 것은 빛이 바래기에
> 남자를 경멸하는 여인은 하녀로 죽기 마련이다.
> 그렇다면 낙천적 기질을 사용하고 유지하는 힘 외에
> 무엇이 남는가? 무엇을 잃게 되는가? **❻-2**

  그러나 그는 낙천적 기질을 스스로 지키지 않았는가! 아티쿠스와 아토싸에 대한 포프의 묘사가 글로 쓰였다는 사실에 나는 기쁨을 느낀다. 그렇지만 내가 개인적으로 좋아하는 누군가 그러한 묘사를 글로 쓰는 건 보고 싶지 않다. 그러한 글은 오래 가지 않는다.

  따라서 천재와는 별개로, 일반인에게 좋은 글쓰기는 낙천적 기질과 관련이 있다. 특히 비평에서 그러하다. 한 예로, 아서 퀄러-쿠치 경*과 데스먼드 매카시 경은 분명히 중대한 실수를 했다. (심지어 아리스토텔레스마저 그러했다.) 그들은 필요하다면, 정당한 근거를 들어 모진 태도를 취할 수도 있었다. 테니슨을 두고 오든이 한 별난 발언에 대해 매카시가 그러했듯이 말이다. 그러나 그들이 쓴 어떤 글에

● 아서 토마스 퀄러-쿠치 경(Sir Arthur Thomas Quiller-Couch, 1863~1944): 영국의 시인, 소설가. 『옥스퍼드판 영시집 1250~1900 The Oxford Book of English Verse 1250-1900』(초판 1900, 개정판 1939), 『옥스퍼드판 발라드집 The Oxford Book of Ballads』(1910)을 편찬한 것으로 유명하다.

서도 성마름이나 언짢음, 불쾌감이 드러나지 않았다. 화는 힘을 얻는 유용한 원천이 될 수 있다. 단, 이를 조절하지 못한다면 없느니만 못하다. 거기다 이상한 점은 사람들이 유쾌하지 않은 모습을 보이면서 유쾌하게 보이길 자주 기대한다는 것이다. 예의와 품위를 갖춘 사람은 성을 내지 않는다.

유쾌함은 낙천적 기질보다 더 긍정적인 속성이다. 그러면서도 더 위험하다. 하지만 역시나 (유쾌함을 좀처럼 드러내지 않는) 영어 문체의 권위자들은 이를 간과한다. 내가 알기론, 긴장을 늦추거나 균형감각을 되찾으려고 할 때 유쾌함만큼 효과적인 수단도 없다. 긴장을 이완시키지 못하는 사람은 실생활에서나 서신에서나 본인은 물론 다른 사람들에게 지루함과 피로를 안겨주기 마련이다. 생전 처음 보는 사람을 대할 때나 분위기가 어색한 회의에 참석할 때 혹은 또 다른 의미에서 어색한 경찰과 대면할 때 미소만큼 그런 냉랭한 분위기를 풀어주는 것도 없다. 물론 웃음이라면 더 좋다. 윌크스가 미들섹스의 유권자들을 상대로 유세를 할 당시, 몇몇 강경한 시민들이 "당신에게 투표를 할 거요. 난 곧 악마에게 투표를 할 거요."라고 으름장을 놓자 그는 이렇게 미소로 화답했다. "그런데 당신 친구가 입후보하지 못하면 어쩌죠?" 당연히 그는 선출되었다. 당연히 그는 존슨에게 반감을 품은 토리당의 마음마저도 누그러뜨렸다.

전설에 따르면, 데메테르는 잃어버린 페르세포네를 찾으려고 슬픔에 잠긴 채 정처 없이 세상을 떠돌다가 마침내 엘레우시스에 다다랐다고 한다. 거기서 판과 에코의 딸인 얌베Iambē가 익살을 부려 그녀의 슬픈 입가에 미소를 주었다. 그 얌베로부터 이오니아의 풍자와 아테네 희극의 약강격*이 탄생했다. 따라서 그리스인들에게는 유쾌함의 위안이 신으로부터 허가를 받은 셈이었다. 희극 자체는 종교적의식이었다. 심지어 철학도 플라톤의 대화 속에서 그리고 인간의 어리석음을 공개적으로 경멸할 때도 웃음을 잃지 않았다는 이유로 '아브데라의 웃는 철학자Laughing Philosopher of Abdera'라고 불린 데모크리토스의 전통 속에서 미소 짓는 법을 배웠다.

유령의 여왕은 밝은 미소를 짓는 법이 없었네.
그러나 데모크리토스가 오자 그를 반겨주네. 페르세포네는
비록 이 세상 몸이 아니지만 여전히 웃음 짓네. 웃음만이
그대의 어머니의 짐을 덜어주었지. 그대를 위해 어머니가
얼마나 오래도록 통탄해했는가.[3] ❻-3

인정하건대, 아리스토파네스의 작품을 제외하고 고대의 유쾌함대부분은 현대인에게 별다른 즐거움을 주지 않는다. 고대의 유쾌함은 유령의 웃음처럼 옅고 희미하다. 웃음은 (다행스럽게도) 만고불멸하지만, 무엇이 웃음을 주는가에 대한 사람의 생각이 쉽게 변하기때문이다. 하지만 현대에 와서는 삶 그리고 문체에서 상당히 큰 비중을 차지하는 설득의 기술에서, 프랑스인들이 독일인들이나 우리보다 유쾌함의 가치를 더 크게 깨달았다고 생각한다. 몽테뉴야말로이 사실을 가장 생생하고 원기 넘치게 말한다. 그는 음울한 진지함

● 약강격(iambic meter): 한 시행이 10개의 음절로 이루어지고 약강弱强의 음절이 5번 반복되도록 하는 운율 방식.

에 대해 이렇게 말했다.

"나는 이러한 종류의 감정과 가장 거리가 먼 사람이자 그러한 감정을 선호하지도 않고 존경하지도 않는다. 비록 세상 전반은 특별히 편애를 갖고 그 감정을 찬미하려고 애쓰지만 말이다. 세상 사람들은 이 침울한 감정으로 지혜, 미덕, 양심을 포장한다. 이것이야말로 초라하고 어리석은 꾸밈 행위이다."

또 그는 철학적 지혜에 관해 이렇게 말했다.

"사람들이 무뚝뚝하게 찌푸린 표정으로 지혜를 아이들이 가까이 다가가기 어려운 것으로 포장하려는 행위는 대단히 잘못되었다. 누가 지혜에 이 창백하고 흉측한 거짓된 가면을 씌웠을까? 이 세상에 진정한 지혜만큼 밝고 즐겁고 유쾌한 것은 없다."

르사주*의 작품 속 주인공 질 블라스도 파란만장한 모험에서 비슷한 교훈을 얻었다. "나를 사로잡은 탐욕과 야망이 내 기질을 완전히 바꾸어놓았다. 나는 유쾌함을 송두리째 잃었다. 음울하고 사색적으로 변했다. 그야말로 어리석은 동물이 되어버렸다." 그보다 높은 수준에서는 르낭*이 마찬가지로 현명하고 사리분별이 뛰어난 전통으로 남아 있다. 그는 마르쿠스 아우렐리우스가 그 모든 음울한 장점을 지녔지만 한 가지 중요한 것이 부족하다고 지적했다. 그것은 바로 그가 태어날 때 곁에 있던 요정의 입맞춤이었다. 한편 저명한 비

•　알랭 르네 르사주(Alain-René Lesage, 1668~1747): 프랑스의 극작가이자 소설가. 많은 풍자극을 썼으며 악한소설을 유럽의 문학 양식의 하나로 만드는 데 큰 영향을 미친『질 블라스 *Gil Blas*』의 저자이다.

•　에르네스트 르낭(Ernest Renan, 1823~1892): 프랑스 비판철학파의 대표적 인물, 역사가, 종교학자.

평가 파게*는 칼뱅 역시 비슷한 면이 부족하다는 사실을 두고 이렇게 말했다.

"이 빼어나고 장중한 문체에는 한 가지 속성이 빠져 있다. 그것은 바로 미소라는 미덕, 온갖 종류의 미소다. 미소에는 유쾌함의 미소, 관용의 미소, 잔잔한 감동을 받았을 때의 미소, 창조와 놀이를 즐기는 눈부신 상상력의 미소가 있다."

심지어 13세기에도 기욤 드 로리*가 쓴『장미 이야기Roman de la Rose』전편의 진중한 목소리에 이어 장 드 묑이 프랑스 특유의 조소가 섞인 속편을 내놓았다. 르네상스 시대에도 토마스 모어의 진중한『유토피아Utopia』에 버금가는 프랑스의 작품은 가르강튀아의 웃음이 담긴 라블레*의 소설이었다.

눈물보다 웃음에 관해 글을 쓰는 편이 낫다.
웃음은 인간의 특별한 속성이기 때문이다. ❻-4

스위프트가 'Vive la bagatelle!(경망한 짓이여 영원하라!)'라고 외

- 에밀 파게(Émile Faguet, 1847~1916): 프랑스의 문학사가, 비평가. 자신이 세운 기준에 미달인 사람들이나 시대를 지나치게 싫어한 그는 순수한 심미적 가치와 한 시대의 일반적인 경향들에 대해서는 상대적으로 관심을 두지 않았다.

- 기욤 드 로리(Guillaume de Lorris, 1200년경~1240년경): 중세 운문 우화인『장미 이야기』중 좀 더 시적인 전편前篇을 썼다. 그가 1230~1240년경 처음 쓰기 시작한 이 작품은 약 40~50년이 지난 뒤 장 드 묑이 이어 썼다.

- 프랑수아 라블레(François Rabelais, 1494~1553): 프랑스 작가. 동시대인들에게는 뛰어난 의사이자 인문주의자였으며, 후세 사람들에게는 익살스럽고 풍자적인 걸작『팡타그뤼엘Pantagruel』과『가르강튀아Gargantua』의 저자로 유명하다.

첬을지 모른다. 그러나 글에서 그 말을 몸소 실천한 것은 스위프트가 아니라 볼테르였다. 1759년에 묘한 쌍둥이 같은 작품 『라셀라스 *Rasselas*』•와 『캉디드*Candide*』•가 등장했을 때, 그 둘은 헤라클레이토스와 데모크리토스처럼 어조가 서로 달랐다. 그러나 18세기 유럽에서는 웃음을 터트리는 볼테르가 스위프트나 존슨보다 훨씬 더 실제적인 영향력을 발휘했다. 오늘날에도 『라셀라스』보다 『캉디드』를 읽는 사람이 더 많다. 『라셀라스』도 걸출한 작품이지만 말이다.

영국인들이 기질적으로 더 진중하다는 얘기가 아니다. 만약 외국인들이 우리가 기쁨을 슬프게 받아들인다고 비난한다면, 부분적으로 그 이유는 우리가 낯선 자를 대할 때 다른 몇몇 민족보다 더 경직되고 수줍어하는 경향이 있기 때문이 아닌가 생각된다. 그러나 스콧이 지적했듯이, 영국 지성인들 사이에 어떤 '위선'의 경향이 있는 것도 사실이다. 이는 진중한 사안에 대한 대중의 농담이나 반어법을 불신하는 태도다. 한 예로, 매슈 아널드가 초서의 언동이 경솔하고 경박하다고 가차 없이 비난했다. 초서는 영국에서 가장 위대한 작가 중 한 명이지만, 아마 프랑스에서도 가장 위대한 작가에 속하기 때

• 『라셀라스』: 새뮤얼 존슨이 어머니의 장례식 비용을 염두에 두고 1주일 동안에 쓴 작품. 주인공 라셀라스는 학자·천문학자·양치기·은둔자·시인 등의 다양한 직업을 전전하면서 각자의 생활 태도가 지닌 한계를 깨닫게 되고, 결국 시인 임랙이 말한 "인생을 선택한 동안은 사는 일에 소홀할 것"임을 알게 되는 내용이다.

• 『캉디드』: 볼테르의 소설. 라이프니츠의 낙천주의를 공격하기 위해 쓴 작품이다. '세상은 만사형통한다.Tout est pour le mieux.'는 식으로 살아가던 캉디드와 그의 애인 키네공드, 스승인 팡글로스는 온갖 우여곡절을 겪은 후 자기들의 운명이 왜 이렇게 부조리한가를 사색하다가 결국에는 말없이 '자기 밭을 가꾸는 것,' 즉 다른 일에 신경 쓰지 않고 자신의 하루하루를 살아가는 것만이 지혜의 비결임을 깨닫는 내용이다.

문일지도 모른다.

최후의 심판일이 오기 전에 독일어가 어쩌면 보편적인 언어가 될지도 모른다는 위험에 관한 프랑스의 사상가 르낭의 글을 아널드가 흔쾌히 좋아했으리라고는 생각지 않는다.

> 만약 그날에 독일어가 사용된다면 세상은 혼란과 숱한 오류에 휩싸일 것이다. 이 점을 당연지사로 여기고 끝내버린 내 영원한 저주를 지적하는 수많은 서신이 내게 온다. …… 그러나 만약 내가 신과 프랑스어로 대화를 나눌 수 있다면 상황이 개선되리라 확신한다. 잠들 수 없는 밤 시간 동안 나는 탄원서를 쓴다. …… 어느 정도는 우리가 영원히 받는 벌의 원인이 바로 신이고, 더 명확히 설명되어야 할 어떤 것들이 있다는 점을 신에게 증명하려고 나는 거의 늘 노력한다. 내 탄원 중 일부는 신이 미소를 띨 만큼 신랄하다. 단, 그 글을 독일어로 옮겨야 한다면 통쾌한 맛은 분명 사라질 것이다. 최후의 심판일이 오기 전까지 프랑스어가 살아 있도록 하자. 프랑스어가 없으면 내 존재는 사라진 것이나 다름없다. ❻-5

경솔할지는 몰라도 매력적으로 다가오는 글이다.

그렇다면 실질적인 결론은 무엇일까? 그건 반드시 기질이나 감각에 대한 질문으로 남아야 한다. '유연한 코'를 비틀어 아담과 이브를 즐겁게 해주려 했던 밀턴의 코끼리나 밀턴 당사자처럼 유쾌함에 별 재능이 없는 사람들이 있다. 하늘은 내가 그러한 사람들을 농담이나 익살이라는 헤어 나오기 힘든 상태로 유혹하는 것을 금한다. 차라리 내가 목덜미가 잡힌 채로 캠강工에 던져지는 편이 낫다.

삶과 가벼움은 그 얼마나 솔직한 유쾌함을 선사하는가! 비극적인 익살극과 같은 이 세상에서 유쾌함만큼 과소평가된 미덕도 없다. 존슨은 자신이 엮은 『셰익스피어 전집 *The Plays of William Shakespeare*』의 서두에서 팔스타프*의 매력을 '끊임없는 유쾌함'이라는 단 두 단어로 요약하여 (적어도 작품 속에서만큼은) 그의 모든 죄악을 덮었다. 혹은 고르디아누스 부자에 대해 에드워드 기번이 『로마제국 쇠망사 *The Decline And Fall Of The Roman Empire*』에서 재치를 곁들여 쓴 글을 생각해보자.

"덕망 있는 지방 총독과 함께 상관 대리의 자격으로 아프리카로 그와 동행한 그의 아들은 그와 함께 공동으로 즉위한 황제였다. 아들은 태도에 순수함이 덜했으나 성격은 아버지만큼이나 쾌활했다. 22명의 첩과 6만 2000권의 책이 꽂힌 서재가 그의 다양한 성향을 보여주었다. 그가 후대에 남긴 것들을 보건대, 첩과 서재는 과시용이라기보다는 직접 사용했던 것으로 보인다."

"즐거운 글이지 않은가?" 피츠제럴드는 이렇게 물었다. 물론 그렇다. 하지만 대부분의 현대 역사에서는 그에 견줄 만한 글을 찾아볼 수 없다. 그 이유는 기번보다 더 위대한 사람들이 글을 써서일까?

우리의 영역에서 또 다른 예를 찾아보자면, 중세 및 르네상스 시

---

* 팔스타프(Falstaff): 영국문학사에서 가장 중요하고 유명한 희극적 인물. 셰익스피어가 쓴 『헨리 4세 *Henry IV*』와 『윈저의 즐거운 아낙네들 *The Merry Wives of Windsor*』에 등장하는 쾌활하고 재치 있는 허풍쟁이 뚱뚱보 기사이다. 『헨리 4세』 2부작에서 그는 "저 존경할 만한 악당, …… 저 원로 불한당, 헛되이 나이만 먹은 늙은이"로 묘사된다. 그러나 팔스타프 자신은 스스로를 "저 친절한 사나이, 진실한 사나이 팔스타프, 용감한 사나이 팔스타프"라고 생각한다.

대의 영국 문학사의 역사적 기록 중 쥐스랑*의 기록만큼 내게 깊은 인상을 남기는 것도 없다. 그가 학자와 외교관으로서의 재능을 조합하려고 했을 뿐만 아니라 프랑스 특유의 품격과 유쾌함을 더했기 때문이다.

따라서 유쾌함의 재능을 지녔다면, 하늘에게 감사하고 그 재능을 사용하는 데 너무 두려움을 가져서는 안 된다. 그런 사람들을 두고 토마스 풀러*는 이렇게 말했다. "어떤 사람들은 자기 말이 웃음을 살까 두려워 자기 말에 미소마저 감돌지 못하게 한다." 친애하는 풀러! 그는 존 던과 같은 자만심과 토마스 브라운 경과 같은 예스러움을 지녔지만, 그 둘보다 훨씬 더 인간적이고 재기발랄하다. 그 역시 스턴과 마찬가지로 경솔하다는 이유로 곤경에 휘말렸다. 그러나 그에 대한 기억이 이토록 생생한 것은 그의 박학다식함이나 뛰어난 기억력이 아니라 바로 그의 익살 덕분이다.

하지만 점잔빼는 사람들이 수두룩한 이 나라에서 유쾌함은 위험하다. 다루려는 주제와 청중을 반드시 고려해야 한다. 청중이 주제와 그 내용을 어떻게 받아들일지는 경험을 통해서만 알 수 있다. 한때 공직에 몸담은 결과 알게 된 사실은 어떤 부서에서는 중요한 사안을 재치 있게 제시하여 관심을 유도할 수 있지만, 또 다른 부서에서는 그토록 중요한 사안을 경솔하게 다루어 고위 관계자들에게 보고하기 부적절하다고 불만을 토로한다는 점이다.

- 쥐스랑(Jusserand, 1855~1932): 프랑스의 외교관·역사가·수필가.
- 토마스 풀러(Thomas Fuller, 1608~1661): 영국의 성직자이자 작가로, 『잉글랜드 명사들의 역사The History of the Worthies of England』를 썼다.

결코 알 수 없다.

제임스 보즈웰*은『헤브리디스 여행기*Tour to the Hebrides*』에서 진지한 사람들이 존슨의 기지 넘치는 글을 언제 불쾌하게 받아들이는지를 지적했다. 그는 저서『존슨전*The Life of Samuel Johnson*』을 레이놀즈에게 헌정하면서 이런 절묘한 글을 썼다.

"위대한 클라크 박사가 한가한 시간에 벗들과 장난을 주고받으면서 유쾌하게 기분전환을 하고 있을 때, 그는 보 내슈가 다가오는 것을 보았다. 그는 갑자기 멈추더니 이렇게 말했다. '벗들이여, 진중해지자. 바보가 이리 오고 있다.'"

한편 유쾌함은 쉽게 과해질 수 있다. 반어법이 익살보다는 안전하다. 단, 내 생각에 반어법은 잔인하기보다는 친절해야 한다. 볼테르의 경우처럼, 웃음이 거듭되면 독자가 끝내 불쾌함에 눈살을 찌푸릴 수 있다. 부분적으로는 이러한 이유에서, 스트레이치의『빅토리아 여왕*Queen Victoria*』이『빅토리아 왕조의 명사들*Eminent Victorians*』보다 훨씬 낫다. 그는 여왕을 조롱의 대상으로 삼으려 했을지 모르나, 결국에는 여왕을 존중, 존경하는 법을 배웠다. 또한 버지니아 울프의 빼어난 비판이 담긴 수필을 보면 환상에 대한 즐거운 열정이 도를 넘어 기이하게 변모해갔음을 느낀다. 그녀는 손에 쥔 펜이 현실의 휘청거리는 만취 상태에 더 많은 알코올을 주입하는 피하 주사기인 것처럼, 실제 삶의 괴벽스러움조차도 두드러지게 과장해야 했다. 무엇이든 지나치면 좋을 게 없다.

•   제임스 보즈웰(James Boswell, 1740~1795): 타고난 관찰력과 기록벽으로 전기 문학의 걸작인『존슨전』을 집필한 전기 작가이다.

독자들은 이렇게 유쾌함을 미덕으로 여기는 점을 의아해할지도 모른다. 아리스토텔레스 이래 수사학에 관한 대부분의 책에서는 유쾌함을 그리 많이 다루지 않았으니 말이다. 그러나 나는 헨리 시드니 경이 아들 필립에게 한 조언에서 위안을 찾는다.

"명랑해지도록 노력하라. 가장 기지 넘칠 때 능력을 최대한 펼칠 수 없고 가장 행복할 때에 아무 일도 이룰 수 없다면 너는 이 아비로부터 퇴보한 것이다."

유쾌함은 위험하고 도를 넘어 부적절해질 수 있는 반면, 낙천적 기질은 대체로 그렇지 않다. 적어도 글쓰기에서는 음울함과 자만심 섞인 근엄한 어조를 피할 수 있다. 학부생의 에세이나 학술지에 실린 '지성인'의 글 또는 '진중한' 책에서 그런 근엄한 어조를 접할 때면 자주 고압적이라는 인상을 받는다. 사람들이 말한 것, 글로 쓴 것, 행한 것은 대개 십년도 채 되지 않아 먼지가 될 것이다. 우리가 기울이는 노력 대부분은 유치원의 북과 트램펄린에 불과하다. 나는 웃음소리가 전혀 들리지 않는 유치원은 좋아하지 않는다. 따라서 글을 쓸 때에는 공중에서 한 번에 달걀 네 개를 던지고 잡는 법을 알게 되어 "추밀원 위원이라도 되는 양 사뭇 진지하고 근엄해진" 애디슨의 양치기와 같은 존재가 되어서는 안 된다.

7장

분별력과 진실성

지옥문처럼 가증스러운 사람을 보았다.

그는 하나를 말하면서 철저히 감춰진 마음속에서는 다른 것을 말한다.

―호메로스

　진실성이란 흥미롭게도 진실하게 다루기가 가장 힘든 주제의 하
나다. 더욱이 비평가들이 저자를 향해 번지르르한 겉발림의 평을 늘
어놓는 가운데, '위선'과 '감상벽'의 경향이 가장 두드러지는 이 시대
에서 진실성을 허심탄회하게 논하기란 더더욱 쉽지 않다.

　더할 나위 없이 어리석은 자라면, 어떤 책이 맘에 들지 않을 때 위
선과 감상벽이라는 두 가지 무기에 손을 뻗게 된다.

　그렇다면 위선과 감상벽은 정확히 어떤 의미일까? 위선은 종종
타인의 믿음에 대한, 그리고 감상벽은 타인의 감정에 대한 모욕이

된다. 우리는 환상과는 거리가 먼, 정신이 강인한 세대라는 사실에 자긍심을 느끼기도 하고 그 사실에 개탄하기도 한다. 하지만 '진실성'에 대해서는 덜 위선적인 말을 하는 편이 더 낫다.

흔히 훌륭한 작품은 당연히 진실하다고 여겨진다. 그럴 수도 있다. 하지만 그 사실을 어떻게 증명해야 할지 나는 모른다. 우리는 곁에 살아 숨 쉬고 있는 누군가의 마음이 실제로 어떤지 읽어낼 수 없다. 하물며 우리와 일면식도 없는, 이미 세상을 떠난 자의 마음을 어떻게 읽겠는가? 로마 광장에서 마르쿠스 안토니우스가 한 연설은 내게는 온전히 진실되게 와 닿지 않는다. 물론 감탄을 자아내는 훌륭한 연설이다. 아니, 나는 모든 좋은 글이 작가에게 오로지 진실이라고 생각할 준비가 되어 있지 않다.

그렇다면 우리는 어떤 근거로 작가가 '위선적'이라고 비난하는가? 그가 글 밖에서는 모순된 언행을 보이기 때문에? 그러나 우리도 저마다 모순된 언행을 일삼는다. 게다가 시시각각 내키는 대로 다른 기분을 드러내는 사람이 시종일관 같은 태도로 입을 굳게 다문 사람보다 더 진실할 수 있다. 아니면 자기 말에 따라 행동하지 않는 사람이 '위선적인' 걸까? 하지만 우리 역시 마찬가지다. 우리는 열렬한 신념을 갖고서 월요일에 뭔가를 말했다가 화요일에는 그 반대를 말하기도 한다. 존슨이 아침 일찍 일어나는 수칙과 그 실천에 대해 어떤 말을 했는지 기억해보자.[1]

아니면 작가가 그가 생각하기에도 분명 터무니없는 어떤 말을 했다는 이유로 그가 위선적이라 비난해야 할까? 그러나 인간의 자기기만의 속성, 원하는 것만 보려는 속성에 이러한 종류의 제한을 가할 경우, 우리는 인간 본성에 대해 별다른 것을 알지 못하게 된다. 천재성이 다분한 뉴먼은 성 야누아리우스의 응고된 피가 액체로 변한다든가 팔레스타인에서 로레토로 성모 마리아의 생가가 통째로 옮겨갔다는 불가사의한 현상을 믿었다.

우리는 진실성에 관한 이 질문에 소크라테스의 무지를 고백해야 한다.

우리는 어떤 사람이 진심인지 아닌지에 대해 강력한 직관을 가졌을 수 있다. 하지만 직관은 지식이 아니다. 이는 판단하기가 무척 어렵다. 존 던은 그리스도와 그의 신부인 교회에 대해 이렇게 글을 썼다.

다정한 남편이여, 우리 눈앞에 그대의 배우자를 드러내고
내 육욕적인 영혼이 그대의 순한 비둘기의 환심을 사도록 내버려두라.
그녀가 모든 남자를 받아들이고 그들에게 마음을 열 때
그대에게 가장 큰 믿음과 기쁨을 주는 자는 누구인가. **❼-1**

하늘의 간통을 이야기한 이 어리석은 재담을 보면, 시인이 종교적 두려움을 충분히 알지만, 그래도 종교적 감정이 무엇인지 정말로 알았을까 하는 의문을 품게 된다. 그러나 누구도 긍정적일 수는 없다. 작가는 감정 기복이 심하고 때로는 광기마저 드러내는 경향이 있고 사람이라면 다양한 성격을 지닐 수 있기 때문에 그들의 오른손은 왼손이 하는 일을 알지 못한다.

만약 누군가 양심에서 우러나 자신의 이해관계에 반하는 말이나

행동을 한다면, 그것은 분명 그 사람의 진실성을 강력하게 보여주는 증거다. 졸라가 드레퓌스를 옹호하다가 비난에 시달리고 결국 망명한 사건과 관련하여, 그의 진정한 정의감에 대해서는 이의를 제기할 여지가 없다. 그러나 순교자라 할지라도 겉과 속이 늘 같지는 않다. 그들은 실은 별나도록 완고한 사람이거나 가학적 고통을 즐기는 사람일지도 모른다. 널리 명성을 떨치기를 기대한 순교자들도 있었다.

결국 타인을 속이려는 자는 우선 본인을 속이는 경우가 다분하다. 의도적인 위선자는 우리 생각보다 훨씬 더 드물지도 모른다. 독자들은 이렇게 생각할 수 있다. "그런 사람들은 지능적으로 부정직한 자들이겠군." 그러나 '지능적으로 부정직하다'는 말은 내게는 피상적인 표현으로 들린다. '부정직하다'는 것은 고의적인 속임수를 암시한다. 그러나 여기서의 과정은 상당히 무의식적인 것일 수 있다.

따라서 누군가 무언가를 말하면서도 그 말에 대해 분명하고 대담하게 생각했다고 말하지 못할 경우, 나는 '위선'이라는 단어로써 그의 의도를 단정 짓지 않는다. 그보다는 '허위'라는 보다 애매한 단어를 사용한다. 예를 들면 이렇게 말한다. "스턴의 작품에서는 이따금 허위를 엿볼 수 있다." 스턴이 얼마나 많이 알았는지, 얼마만큼 계획했는지 우리는 알 수가 없다. 아는 척을 해서도 안 된다.

서두가 긴 점에 대해 사과의 말을 전한다. 그러나 진실성은 중요한 질문이다. 그리고 현대의 비평가들이 발을 디뎌버린 빠져나오기 힘든 수렁을 없애는 일이 필요하다. 우선 의심의 여지없이, (허버트, 존슨, 하디의 최고작과 같이) 진실성의 강렬한 인상을 주는 문체는 독자들에게 강한 호소력을 발휘한다. 반면 의도적이든 아니든, 허위가 드러나는 글은 그만큼 불쾌하게 다가온다. 앞서 인용했던 콜리지의 서신이 한 예다.[2] 나는 그가 정말로 본인을 바이런이라는 어미 백조 옆에 선 '나약한 새끼 백조'로 여겼다고는 생각지 않는다. 하지만 그 러했든 아니든, 그 결과는 욕지기를 불러일으킨다. 죽은 자를 향해 읊은 아래 두 구절을 살펴보자.

죽은 자여, 그대의 손길은 사람들을 향해 작위를 위한 특권, 연금을 위한 특권, 사면을 위한 특권, 베풂을 위한 특권을 허락했다. 죽은 자여, 그대의 손길은 보관관에게 있던 옥새로써 소유를 해결했고, 고관의 칼로써 영예를 안겼으며, 구호품 분배 담당관으로써 빈곤한 자들을 구제했고, 친히 손을 내밀어 병든 자들을 낫게 하였다. 죽은 자여, 그대의 손길은 세 왕국의 균형을 동등하게 유지하여 서로 간에 그리고 그대를 향해 불만이 없도록 했다. 죽은 자여, 그대의 손길은 모든 기독교 세계를 여는 열쇠를 지녀 문을 잠갔고, 적절한 때에 군사들을 들이고 내보냈다. 그대가 운명의 손길, 기독교의 운명의 손길, 전지전능하신 하느님의 손길인 그 손이 힘없이 드리워진 광경을 보았을 때, 그대는 직위, 소유, 호의, 그 외의 모든 것이 얼마나 궁색한지, 얼마나 희미한지, 얼마나 창백한지, 얼마나 순간적인지, 얼마나 덧없는지, 얼마나 공허한지, 얼마나 경솔한지, 얼마나 생기가 없는지 생각했을 것이다. 우리가 마지막으로 만졌을 때 그대의 손은 그리 굳지 않았고 우리가 마지막으로 입맞춤을 했을 때 그대의 손은 그리 차갑지 않았다. 그 손은 우리 모두의 눈에 맺힌 눈물을 닦아주곤 했지만 이제는 눈물의 근원으로서 우리를 옥죌 뿐이다. 눈물을 가둬둘 제방은 없지만 널리 선포되어 분명해진 신의 뜻만이 있을 뿐이다. 우리의 눈물이 저 높은 곳에 다다라, 널리 선언된 신의 뜻에 맞선 속삭임으로 불리는 한, 우리가 눈물을 그친다면 그것은 충성에 반하는 행위요, 배신이 될 것이다.

이 말없는 소녀가 홀로 달빛을 받으며 서 있었을 때, 주름 없는 가운을 걸친 그녀의 형상은 곧고 가냘팠고 성숙한 여인의 굴곡은 미처 발달되지 못해 아직 희미했으며 빈곤과 역경의 흔적은 자욱한 안개에 가려 보이지 않았다. 소녀는 숭고함에 손을 댔고, 추상적인 인간성의 고결한 속성을 위해 무관심으로써 성의 속성을 거부하는 존재처럼 보였다. 소녀는 몸을 굽혀, 지난주에 그레이스와 함께 놓아두었던 시든 꽃을 치우고 그 자리에 싱싱한 꽃을 놓았다.

소녀가 속삭였다. "이제 나만의, 나만의 사랑이에요. 그대는 나만의 것, 오직 나만의 것이에요. 그대는 그녀를 위해 죽었지만 그녀는 끝내 당신을 잊었으니 말이에요! 하지만 난 잠에서 깨어날 때마다 그대를 생각하고 잠자리에 들 때마다 그대를 생각할 거예요. 어린 낙엽송을 심을 때마다 그 누구도 그대처럼 심지 못한다는 걸 생각할 거예요. 막대기를 쪼갤 때마다 사과를 짜서 사과주를 만들 때마다 그 누구도 그대처럼 하지 못한다고 말할 거예요. 내가 만약 그대의 이름을 잊거든, 내가 고향과 하늘마저 잊게 해주세요. …… 하지만 안 돼요. 안 돼요. 내 사랑. 난 그대를 결코 잊을 수 없어요. 그대는 좋은 사람이었고 좋은 일을 했기 때문이에요!" **❼-2**

첫 번째로 인용된 제임스 1세를 위한 존 던의 추도사는 장엄한 장송 행진곡을 연상케 한다. 장려한 형상화와 생 폴 성당의 종소리처럼 울려 퍼지는 "죽은 자여"라는 침통한 반복구와 더불어, 이 추도사는 각 행마다 노련한 웅변가, 오르간 연주 대가의 기량을 보여준다. 그러나 수척해진 입술이 이 「진노의 날Dies Irae」의 가사를 읊조릴 때, 귀에서는 죽은 왕의 지하 납골당만큼이나 허허롭게 울려 퍼지는 무언가가 포착되지 않았을까? 던은 제임스 스튜어트의 세 개 왕국에 '불만'이 다수 있었음을 충분히 알고 있었다.[3] 게다가 그 어색한 손길이 다수의 '눈물을 결코 닦아주지' 못했고, 1625년 당시 어떤 정직한 이도 죽은 왕에 대해 걷잡을 수 없는 절망에 사로잡혀 '신의 뜻에 맞선 속삭임'으로 비통한 눈물을 흘리지 않았음을 알고 있었다. 던은 성직자였으므로 진실 앞에 맹세를 했을 것이다. 그는 죽음의 존재 앞에 서 있었다. 던은 자기가 거짓말을 한다는 걸 알았을까? 아니면 휩쓸려버린 걸까? 누구도 알 수 없다. 하지만 그 근원적인 허위 때문에 그의 독자들 일부는 진실을 알았을 것이다.

두 번째 인용문은 『숲속의 사람들The Woodlanders』의 끝부분으로, 하디는 결코 죽지 않는 한 남자를 향해 슬퍼하는, 결코 살지 못했던 한 소녀에 관해 글을 썼다. 그러나 이 글에는 첫 번째 인용문에 부재했던 현실성, 즉 진실이 존재한다. 조지 무어•는 하디가 산문을 못

• 조지 오거스터스 무어(George Augustus Moore, 1852~1933): 아일랜드의 소설가·문인. 초기 소설에서는 새로운 사조인 프랑스 자연주의를 영국에 도입했고, 뒤에는 플로베르와 발자크의 사실주의 기법을 채택했다. 1901년 예이츠가 주도하는 아일랜드 문예부흥의 영향을 받아 더블린에 건너가 머무르며 작품을 썼고, 1911년 영국으로 돌아와서 또 다른 문학적 출발을 한다. 『엘로이즈와 아벨라르Héloïse and Abélard』에서는 서사시의 주제에 맞는 산문 문체를 개발하려는 노력을 했다.

쓴다고 생각했다. 로버트 브리지스*는 하디가 시를 못 쓴다고 생각했다. 비평가들의 뮤즈는 참으로 변덕스럽다. 그런가 하면 하디가 그가 만들어낸 보다 단순한 등장인물의 입을 통할 때보다 본인의 인격을 통해 직접 말을 할 때 더 확신이 없다고 생각하는 사람들도 있다. 그러나 『숲속의 사람들』 속 소녀 마티 사우스의 슬픔이 존 던의 천재성보다 나를 더 크게 감동시킨다. 그녀의 목소리에는 영국 문학 사상 가장 매력적인 작가의 어조가 스며 있다. 미학적으로 학식을 자랑하는 사람들은 이를 두고 감상적이고 판단력이 부족하다고 치부할 수도 있다. 그러나 하디의 절망적이지만 연민 어린 정직성보다 던의 결정적 발언을 선호한다면 이상한 사람이 될 것이다. 선의는 문학 속에 있고 천재성은 이를 대체할 수 없다. 그러나 선의도 천재성을 대체할 수 없다.

결론적으로, 글을 잘 쓰려면 허위를 피해야 한다. 독자들에게 감동을 주려면 진실성 있는 태도를 갖고 임하여 한 순간이라도 얼버무리거나 말끝을 흐리지 말아야 한다. 그렇다고 해서 위선자라는 비난을 언제나 모면할 수 있다는 얘기는 아니다. 그러나 적어도 그런 비난을 받아야 마땅하다는 얘기는 듣지 않을 수 있다. 글을 쓰거나 쓴 글을 다시 읽는 과정에서, "내가 정말로 그걸 의도했을까? 과장된 걸 알면서도 효과를 노리려고 그렇게 말했을까? 아니면 독자들에게 비난을 받을까 봐 위축되어서 내 의도와 달리 말했을까?"라고 너무

---

* 로버트 브리지스(Robert Bridges, 1844~1930): 영국 시인 겸 수필가. 『단시집 *Shorter Poems*』으로 시인으로서의 명성을 얻었다. 작시법의 기교에 정통했으며 친구인 제라르 맨리 홉킨스의 시를 편집하여 빛을 보게 한 것으로 유명하다.

자주 자문할 수도 없는 노릇이다.

아서 휴 클라프는 걸출한 작가라고 하기는 어렵다. 그러나 여기서
는 여타 많은 작가 중에서도 기억할 필요가 있다. 우리가 이야기하
고 있는 지적인 양심을 보기 드물게 갖추었기 때문이다. 실은 과하
다 싶을 정도로 양심을 지켰다. 양심은 세심해야 할 뿐 아니라 굳건
해야 한다. 그의 양심은 보기 드문 축에 속한다.

나는 인위적으로 꾸며낸 것,
마음에서 우러나지 않은 행위, 부조리한 과정에 치를 떤다.

결국 그 안에는 뭔가 부자연스러운 것이 있다.
그것이 사실임이 나는 고통스럽다. 나는 슬피 울었고 당사자들도 슬피
울었다.

그러나 그대여, 그대의 영혼에 계략을 쓰지 말라.
사실은 사실로 두고 삶은 그저 흘러가도록 두어라. **❼-3**

언어는 이따금 엉뚱하고 운율 역시 서투르다. 그러나 모든 작가가
위 구절의 마지막 두 행을 가슴 깊이 새겼으면 한다.

누군가는 동의하지 않을 것이다. 예이츠를 흠모하던 한 영리한 자
와 설전을 벌였던 게 기억난다. 그는 예이츠가 때로는 허세를 부리
는 면이 있다는 점을 인정하면서도, 이 세상은 무대나 다름없기 때
문에 당사자가 바란다면 가면을 쓰도록 허용되어야 한다고 말했다.

나는 그렇게 생각하지 않는다. 과묵함은 좋지만 가식은 안 된다. 베일은 괜찮지만 가면은 안 된다.

한편 진실성과 관련하여 너무 세세한 것에 얽매여서도 안 된다. 존슨이 '도에 넘치는 혐오스러운 과장법'에 관해 훌륭한 교훈을 남겼으나 그가 대화에서 과장법을 다수 사용하지 않았다면, 마치 선서를 하듯 대화를 했다면, 세상은 더 각박했을 것이다. 하지만 대화는 글쓰기가 아니다. 그리고 책에서도 독자를 기만하지 않는, 또 기만하려는 의도가 없는 과장법을 어렵지 않게 찾아볼 수 있다. 그러나 작가에게 심각한 기만은 위험한 행위다. 그 중에서도 자기기만이 가장 위험하다. 실제로 사람들은 스스로를 기만하는 자보다 타인을 기만하는 자에게 자주 존경심을 느낀다. 이러한 이유에서 나는 바이런과 셸리(몇몇 예외는 있다.)의 시 대부분보다 바이런의 산문을 선호한다. 시에서 바이런은 이따금 과장 섞인 미사여구나 냉소적인 표현을 쓰는 등 허세를 부리는 경향이 있고, 셸리는 어떤 면에서는 진실성의 영혼이지만 고매한 의도를 갖고서 자기기만의 수렁에서 또 다른 자기기만의 수렁으로 빠져드는 듯 보인다.

우리는 작가에게 마지막 한 글자까지 완벽하게 만들도록 촉구하는 '예술가의 양심'에 대해 많이 듣는다. 그러나 내 경우에는, 마지막 한 점의 증거까지 철저히 저울질하도록 촉구하는 과학자의 양심도 본받으라는 조언을 학생들에게 거듭 한다. 존 클래펌 경이 내게 이런 말을 한 적이 있다. "학생들에게 역사에 대해 생각하라고 권고할 때 문제점은 그들이 근사한 문장을 썼을 경우 그것이 진실이라고 믿는다는 점입니다." 나는 할 말이 없었다. 나 역시도 그 사실을 너무 잘 알고 있었기 때문이다. 나는 수년간 이렇게 말해왔다.

"자네들의 일반화는 아름다운 경구와 같다. 그걸 글로 쓰지 않고 그냥 내버려두기란 어렵다는 걸 이해한다. 하지만 그 일반화에 예외도 있다는 걸 생각하자. 잘 알 것이다. 자네들이 그토록 애정을 갖고 있는 그 일반화의 문장을 죽이고 싶지 않다면, 왜 '한 가지 가능한 점은……'이라는 말로 그 문장을 시작하지 않는가? 그리고 왜 그에 대한 결정적인 반대 의견을 제시하지 않는가? 그렇게 하면 아름다움과 진실성 모두를 실현할 수 있다. 아니면 전면적인 선언이나 다름없는 그 문장에 적어도 '아마'나 '때때로'와 같은 말을 덧붙일 수도 있다."

하지만 이 조언은 별 효과가 없는 듯 보인다. 문학계 사람들은 이렇듯 옹졸하기까지 한 신중함을 냉대하는 경향이 강하다. 이 때문에, 우리 비평계 전반이 대대로 조잡하고 너저분한 사이비 과학, 즉 문학계 별들의 점성술로 남아 있는 것이다.

흔들림 없이 한결같은 통찰력을 가로막는 가장 큰 장애물은 약한 분별력이 아니라 감정의 힘이다. 예술가는 일반인보다 영원한 딜레마에 자주 직면한다. 즉, 열정이 없으면 가치 있는 일을 제대로 해내지 못하고 열정이 있으면 잘못된 행위를 하는 데 끊임없이 빠져든다. 유일한 답은 강한 열정과 강한 자제력을 한데 어우러지게 하는 것이다. 하지만 쉽지 않다. 그러한 열정 중 가장 왜곡된 것이 바로 열의라는 관대한 열정이기 때문이다. 체스터턴°과 벨록°을 생각해 보자. 이들은 훌륭하지만 지금은 부당하게 잊힌 작가다. 두 인용문 모두 자제력 부족이 가져온 과장 때문에 필요 이상으로 망가졌다.

마른 전투

막다른 곳으로 몰려 패배한 전선이 마침내 파리의 성벽 가까이 다다랐다. 세상은 이 도시의 파멸을 기다리고 있었다. 관문들은 열려 있는 듯 보였다. 프로이센이 세 번째로 그리고 마지막으로 그 관문을 뚫고 들어가려 하고 있었다. 자유와 평등의 긴 서사시가 끝을 향해가고 있었기 때문이다. 그럼에도, 겉보기에 절망적인 연합군이 마지막 기대를 걸고 있는, 유능한 프랑스인이 각진 푸른색 제복을 입고 불독과 같은 풍채로 마치 바위처럼 냉정을 잃지 않고 서 있었다.[4] 그는 기즈에서 침공을 막아내고 당혹감에 갈피를 못 잡는 병사들을 다시 소환했다. 그는 자포자기한 듯 후퇴를 계속하여 수도 앞에서 마지막 치열한 접전을 벌어야 한다는 책임을 묵묵히 떠맡았다. 그는 서서 지켜보았다. 그가 지켜보는 중에도 대대적인 침공이 갑자기 방향을 바꾸었다.

바깥쪽에서 파리 안으로 그리고 위쪽에서 파리를 감싸면서, 옅은 푸른색 제복을 입은 적군들이 평원 위에 긴 대열로 늘어서서 사령관 폰 클루크를 중심으로 푸른 날개처럼 선회하고 있었다. 폰 클루크는 일순간

- 길버트 키스 체스터턴(Gilbert Keith Chesterton, 1874~1936): 작가, 시인, 문예비평가, 저널리스트. 영국 가톨릭시즘의 지도자로 활약하면서 당시 진보파인 조지 버나드 쇼나 허버트 웰스 등과 많은 논쟁을 벌였다.
- 힐레어 벨록(Hilaire Belloc, 1870~1953): 시인, 역사가이자 수필가로 체스터턴과 평생 친구 사이였다. 두 사람의 문학 활동이 20세기 초반 영국 가톨릭 사상의 계몽과 가톨릭 부흥에 큰 영향을 끼쳤다.

멈춰서더니 그를 중심으로 선회하고 있던 병사들의 움직임을 지연시키기 위해 몇몇 부차적인 병력을 급파하면서 필사적으로 연합군의 전선을 향해 돌진하여 마치 망치로 내려치듯 전선의 중심부를 가격했다. 보기보다 필사적인 가격은 아니었다. 그는 영국 병사들의 체력과 사기가 떨어졌으리라 기대했고, 엿새 밤낮으로 뒤쫓았던, 가을날 회오리바람 앞의 낙엽과 같던 프랑스 전선의 후방부가 바로 눈앞에 있었기 때문이다. 마치 가을 낙엽처럼 붉게 얼룩지고 흙먼지투성이에 넝마가 된 채로 그들은 구석으로 쓸려간 것처럼 그 자리에 있었다. 그러나 그들의 정복자들이 동쪽으로 방향을 틀어가는 와중에도, 그들의 군용 나팔이 크게 울려 돌격을 알렸고 영국군들은 크레시라 불리는 숲으로 돌진하여 세속적인 인류 역사의 가장 고결한 순간 속에서 두 번째로 그곳에 그들이 봉인을 찍었다.

그러나 영국과 프랑스의 기사들이 마상馬上 시합과도 같았던 전투 속에서 더욱 다양한 상태로 만난 곳은 크레시가 아니었다. 그들이 그렇게 만난 곳은 애초부터 전혀 기사답지 않았고 전혀 형제답지 않았던 것에 맞선, 남아 있는 기사도 정신과 형제애를 위한 모든 기사의 동맹에서였다. 지상에서, 바다에서, 하늘에서 살인과 지독히 어리석은 행위와 광기를 비롯하여, 후에 많은 일이 일어날 터였다. 하지만 모든 사람이 가슴속으로는 프로이센의 세 번째 공세가 실패했으며 기독교 세계가 다시금 세상을 지배하리란 것을 알았다. 피와 철의 제국은 북부 숲의 어둠 속으로 서서히 퇴각해갔다. 반면 서쪽의 강대국들은 전진해갔다. 마치 오랜 연인과의 싸움을 끝낸 듯 나란히 성 데니스와 성 조지의 깃발을 앞세우고 앞으로 향해갔다.

—G. K. 체스터턴, 『영국의 범죄*The Crimes of England*』 **❼-4**

　'세속적인 인류 역사의 가장 고결한 순간'이라는 대목에 다다르기까지는 격렬하고 생기 넘치는 글이다. 다만 이 지점부터 내 관심이 사그라든다. 마치 체스터턴이 볼에 바람을 가득 넣고, 세상을 비추는 이 아름다운 무지갯빛의 거품에 바람을 넣어 점점 더 크게 부풀리는 광경을 보는 것만 같다. 그러나 그 거품은 터지고 말아 그저 축축한 공허함만을 남긴다. 마른 전투가 '인류 역사의 가장 고결한 순간'이라는 말을 들을 때, 아무리 '세속적인 역사'라는 조건이 달렸다 할지라도 나는 이렇게 물을 수밖에 없다. "당신이 그걸 어떻게 알지? 어느 누가 그걸 어떻게 알지? 그런 걸 어떻게 평가하지?" 그로부터 26년 안에도 됭케르크와 영국 본토 항공전과 견준다면 마른 전투는 왜소해 보일 것이다.

　그러한 관점에서 볼 때, 위 글은 도에 넘치도록 낭만적이다. 영국과 프랑스가 세상의 모든 기사도 정신과 형제애의 보고였다는 점이나 영국과 프랑스가 수세기 동안 서로 사랑하는 사이였다는 점을 믿어야 한다면, 나는 그저 내 상상력이 거기까지는 따라가지 못한다고 변명할 수밖에 없다. 한편 벨록의 글에서는 돌이킬 수 없는 과장법이 처음부터 등장한다.

노르만족

　그들에 대해서는 오늘날 많은 글이 쓰였으나, 그들을 가까이서 보거나 그 눈부신 힘의 소극을 이해하는 자가 누가 있겠는가?

우리는 두상이 작고 둥글고 원기 넘치며 대단히 용감무쌍한 그들이 유럽 전역을 잠에서 깨어나게 했고 안정된 재정 체계와 정부를 최초로 제공했을 뿐만 아니라 그램피언에서 메소포타미아에 이르는 모든 곳에서 다른 모든 기독교인들이 나무나 납과 같았을 때 그들이 강철과 같았다는 사실을 안다.

우리는 그들이 섬광과 같았다는 사실을 안다. 그들은 1000년 이전에는 형성되지도 않았고 규정할 수도 없는 존재였다. 1200년이 되자 그들은 사라져버렸다. 유럽 혈통의 역사에서 매우 다행스럽고도 기이한 사건이라 할 수 있는 이종교배라는 일시적 현상 덕분에, 모두가 귀족이요, 서로 힘을 합칠 때 다름 아닌 천재성을 발휘하는 사람들의 무리가 생겨났다.

(이 지점에서 독자는 당연히 불쾌감을 느낄 수 있다. 그러나 계속 읽어볼 만하다.)

정복은 1070년에 이루어졌다. 같은 해에 그들은 베리 세인트 에드먼즈에 있는 나무 오두막을 헐어버리고 '위대한 성인에게는 어울리지 않는다'면서 돌로 거대한 성소를 만들었다. 이듬해에 그들은 옥스퍼드의 성을 목표로 삼았다. 1075년에는 몽스웨어마우스, 자로, 체스터에 있는 교회, 1077년에는 로체스터와 세인트 알반스, 1079년에는 윈체스터를 목표로 삼았다. 그 이후에는 일리, 우스터, 소니, 헐리, 링컨이 목표가 되었다. 또 1089년에 그들은 글로스터, 1092년에는 칼라일, 1093년에는 린디스판, 크라이스트처치, 더럼을 해결했다. …… 이는 그들이 유년기에 쌓은 위대한 업적의 일부만을 담은 짧고 무작위적인 기록에 지나지 않는다.

—힐레어 벨록, 『언덕과 바다*Hills and the Sea*』 ❼-5

'귀족'이니 '천재성'을 지닌 자들이니 하면서 노르만족을 과장되게 그려내는 대신, 위대한 그들이 스스로를 향해 소리 높여 외치도록 놔두는 편이 낫지 않았을까? 하지만 이는 낭만주의자들의 고질적인 약점처럼 보인다. 랜더는 이를 "과시적이고 흐트러진 열정의 자제되지 않는 열띤 매춘 행위"라고 불렀다. 18세기 초반에는 지나칠 정도로 자제하는 경향이 있었다. 스위프트는 사람의 심금을 울리려 하는 설교법의 방식을 피하라고 경고했다. 이는 자제력을 완전히 포기하는 편보다는 낫다. 자제력을 완전히 포기하는 경향은 18세기 후반에 이따금 모습을 드러냈는데, 한 예로 프랑스 정치가 폴 바라스는 사람들 앞에서 정치적 적수인 라자르 카르노에게 대놓고 거슬리는 말을 했다. "당신 몸에 이가 있는 게 아니라 당신 얼굴에 침 뱉을 권리가 있는 겁니다."

버크조차 이 같은 전염병에서 완전히 자유롭지 못했다.[5] 하지만 그가 열띤 논쟁 중 항의의 표시로 하원 의사당 바닥에 고깃덩이를 써는 칼처럼 생긴 단검을 내던졌을 때, 그와 정치적으로 대립 관계에 있던 셰리든은 고전주의의 정신으로 "포크는 어디에 있는가?"라고 냉소적으로 받아침으로써 멜로드라마를 익살극으로 전락시켰다. 이보다는 간결하지 않지만 역시나 대단히 파괴적인 영향력을 발휘했던 건 한 세기 이후, 앞서와 유사한 비국교도 존 클리퍼드 박사의 병적 흥분에 대한 아서 밸푸어*의 응수였다. 클리퍼드 박사는 아서 밸푸어가 도입한 1902년 교육법에 반대하여 사회운동을 일으킨 바 있다.

우리는 느슨한 논리와 상궤를 벗어난 역사를 쉽게 용서하기도 한다. 정치적 적수를 겨냥한 강력한 언어는 너무도 흔하기에 일시적인 후회만을 일으킨다. …… 그러나 나는 클리퍼드 박사와 같이 인격이 고매하고 높은 지위에 있는 자가 어떻게 해서 이 같은 방법에 빠져들 수 있는지 때때로 궁금했고, 그가 본인의 수사법의 무의식적인 희생자라는 사실에서 설명을 찾았다. 본래 사정이 어떻든 간에, 그는 이제 자기 문체의 주인이 아니라 노예다. 그의 문체는 유감스럽게도 표준적이지도 정확하지도 않다. 그저 왜곡되고 과장되어 있을 뿐이다. 만약 그가 전혀 좁힐 수는 없으나 전례가 없지는 않은 우리의 차이점에 대해 이야기해야 한다면, 그것을 필히 미국 남북전쟁에 비교해야 할 것이다. 만약 그가 상원의 지도자에게 입장을 개진하는 비국교도 각료들로 구성된 대표단을 묘사해야 한다면, 보름스 국회 앞에 선 루터의 모습을 떠올려야 할 것이다. 만약 그가 대표단을 구성하는 신사들이 각자의 주장의 근거를 굳게 믿고 있음을 증명해야 한다면, 그들을 '결코 꺾이지 않는 확신에서 우러난 가장 소박한 어조로 말을 하는 신실한 자들'이라고 묘사함으로써 수사학적으로 큰 대가를 치러야 할 것이다. 이러한 표현방식이

---

* 아서 밸푸어(Arthur Balfour, 1848~1930): 1902년부터 1905년까지 영국의 총리를 역임한 영국의 보수당 정치가.

제 2의 천성이 되어버린 자에게 중용이나 정확성을 요구한다면 몰인정한 행위다. 게다가 나는 클리퍼드 박사를 매몰차게 판단하고 싶지 않다. 그는 분명 본인의 방식이 때로는 본인에게조차 당혹감을 안긴다는 사실을 깨달았을 것이다.[6] **7-6**

평정을 잃지 않은 채 귀족 특유의 경멸감을 담은 위 글만큼 절제되었으면서도 적의 급소를 공격하는 글을 쓰기는 쉽지 않다. 테니슨은 풍자적인 어조로 이 글을 이렇게 표현했다.

> 베르 드 베르 가문의 위신을 보여주는 평정심*

귀족이라는 계층은 이제 시대에서 사라져버렸다. 정치에서는 이 현상이 진보일 수 있다. 하지만 나는 '보통 사람'이 특별한 대우를 받는, 황무지 같은 이 시대의 문학에 귀족적인 측면이 좀 더 있었으면 하고 가끔 바란다. 내가 위 글을 길게 인용한 이유는 위 글이 질책하는 과도한 과장법이 내가 기쁨을 갖고 가르치는 자들의 글쓰기에서 가장 고치기 어려운 결점 중 하나기 때문이다.

스위프트처럼, '감동을 주는' 문체를 금하려는 것은 결코 아니다. 작가는 강렬한 감정을 느끼는 지점에서 어떻게 해서든 힘을 주어 말해야 한다. 정서적 측면에서 점잔을 빼는 일부 20세기 지성인들의 태도는 그들의 빅토리아 시대 선조들의 육체적 정숙함만큼이나 가

---

* 베르~평정심: 「클라라 베르 드 베르Lady Clara Vere de Vere」는 테니슨이 '드 베르'라는 귀족 가문의 여인을 허구로 만들어 주인공으로 쓴 시다.

증스럽다. 나는 늘 애매하게 칭찬을 하거나 소극적으로 비판하는 사람을 몹시 싫어한다. 이는 궁극적으로 허위의 또 다른 형태이기 때문이다. 분별력과 진실성이 부족한 문체는 용서할 수 없다.

베이컨은 이렇게 말했다. "끊임없이 과장된 말은 오직 사랑 속에서만 힘을 발휘한다." 하지만 사랑 속에서라도 그런 말은 내게 꽤나 식상하다. 로미오는 줄리엣에게 그녀가 이 세상 그 누구보다 경이로운 여인이고 앞으로도 그러할 것이라고 숱하게 장담했을 것이다. 만약 그녀가 그의 말에 수긍했다면, 그는 그녀를 가장 행복하게 해준 셈이다. 그러나 내가 줄리엣이라면, 표현은 수수할지라도 더욱 진심을 담아 나를 칭찬해줄 만큼 로미오가 지혜롭기를 바랄 것이다. 영국의 저명한 저술가이자 비평가인 E. E. 켈레트는 정확성이 전혀 없다는 이유로 시를 반대한 과학계의 한 지인에 대해 이야기했다. 그 지인은 비너스라 하더라도 자기 생애의 10퍼센트도 사랑에 할애하지 못했을 터인데 '사랑이 여인의 전부'라는 터무니없는 말 따위를 시가 늘어놓는다고 불만을 토로했다. 그러면서 "시인은 통계학을 공부해야 한다."고 주장했다. 아마 꽤나 단순한 과학자였나 보다. 그러나 나는 그에게 상당히 공감한다.

결론적으로, 시인은 어떨지 몰라도 산문 작가는 과장을 하지 말아야 한다. 단, 작가가 농담을 하고 있음을 독자가 충분히 알 정도로 작가가 과장법을 과다하게 사용할 경우는 예외다. 그 밖의 경우에 산문 작가는 본인이 느낀 바를 정확히 말해야 한다. 아니면 더 효과적인 방법으로 느낀 바를 의도적으로 축소해서 말해야 한다. 그러나 이 점을 젊은 작가들에게 설득시키기가 얼마나 어려운지 모른다.

그들은 부풀려 말하는 것이 활기 있게 말하는 것과 같다고 충동적으로 믿는 경향이 있다. 게다가 노래를 가장 잘 할 수 있는 방법이 목청껏 부르는 것이라 생각한다. 내가 듣기로, 지금은 세상을 떠난 에드워드 마시 경*은 루퍼트 브룩*의 전기를 집필하면서 "루퍼트는 활활 타오르는 영광의 불길 속에서 럭비를 떠났다."라는 구절을 썼다고 한다. 그러자 심지 굳은 여인이었던 시인의 어머니는 '활활 타오르는 영광의 불길'을 '7월'로 바꾸었다고 한다. 이 일화가 정말로 사실인지는 모르겠으나 기억해둘 필요가 있다.

이 시점에서 다시 아이슬란드인들에게로 돌아와 보자. 아이슬란드 영웅전설에 등장하는 남녀 인물들만큼 열정적인 이들도 없을 것이다. 그러나 운명의 위기가 찾아올 때면 그들은 한두 문장 내지는 엄격하게 절제된 몇 마디로 만족한다. 그러한 순간에 아테네 또는 엘리자베스 시대의 극작품에 등장하는 인물이었다면 몇 페이지에 걸쳐 울부짖거나 포효했을 것이다. "울지 마세요, 어머니." 그래티어가 어머니에게 남긴 마지막 작별 인사였다. 게다가 (그를 보면 웃음이 나오지만) 「헬가나 영웅전설Helganna Saga」에 등장하는 인물인 헬기Helgi가 특별히 기억에 남는다. 그는 격투 중에 아랫입술이 잘려나갔다. "그러자 헬기가 말했다. '난 잘생기지 않았지만 그렇다고 자네가

• 에드워드 마시 경(Sir Edward Marsh, 1872~1953): 영국의 번역가, 예술인 후원자, 공무원. 영국 조지 5세 시대에 활약한 '조지언 포이츠Georgian Poets'라는 시인군을 후원했고, 루퍼트 브룩을 비롯한 여러 시인과 친밀한 관계를 맺었다.

• 루퍼트 브룩(Rupert Brooke, 1887~1915): 영국의 시인. 럭비 출생. 소네트집 『1914년』, 평론집 『존 웹스터와 엘리자베스조 연극John Webster and the Elizabethan Drama』 및 H. 제임스의 서문을 붙인 『미국에서 온 편지Letters from America』를 남겼다.

내 외모를 더 낫게 해준 건 아니군.' 그는 손을 쳐들더니 수염을 입속에 쑤셔 넣고 이로 잘근잘근 씹었다." 격투는 계속되었다. 이 대목을 관상학자 라바터가 낭만적인 푸젤리*를 묘사한 대목과 비교, 대조해보자. "그의 모습은 번개와 같고 그의 말은 폭풍우와 같으며 그의 농담은 죽음과 같고 그의 복수심은 지옥과 같다. 접근전에서 그는 꽤나 감당하기 힘든 상대다." 이 구절을 인용한 이유는 익살 섞인 과장과 건조하게 절제된 표현이 동시에 효과를 발휘하는 것을 잘 보여주어서이다.

요약하자면, 반어적인 과장법을 사용할 수도 있고 반어적으로 절제된 표현을 사용할 수도 있다. 그러나 맹목적인 과장은 피해야 한다.

왜곡된 글을 쓰도록 작가를 유혹하는 여러 열정 중에서 한 가지가 특히 위험하다. 바로 본인의 영리함에 대한 열정이다. 당연히 현명하고 선하면서 영리하기까지 하다면 바랄 게 없다. 그러나 영리함은 방금 언급한 세 가지 자질 중에서 가장 중요성이 떨어지면서도 나머지 두 자질에 해를 끼치는 고질적인 습관을 갖고 있다. 문학에서 (실제로 모든 예술에서) 영리함이 얼마나 파괴의 맹위를 떨치는지 글을 한 편 쓸 수 있을 정도다.

그리스에서는 이 결점이 고르기아스의 수사적인 과식체誇飾體와 함께 처음 모습을 드러냈다. 그러나 에우리피데스조차도 진실되다고 하기에는 너무 영리하다. 로마에서는 오비디우스와 루카누스의

---

* 헨리 푸젤리(Henry Fuseli, 1741~1825): 스위스 출신으로 영국 낭만주의 운동의 핵심 인물.

운문, 세네카의 산문과 운문이 영리함 때문에 변질되었다. 우리 시대의 문학에서는 이 위험한 자질이 릴리의 화려한 문체, 던, 허버트, 본, 크래쇼, 마벨 같은 작가의 형이상학적 시, 브라운과 풀러의 형이상학적 산문에서 다시 모습을 드러냈다. 그들의 작품의 상당수가 기억할 만한 작품으로 남아 있다면, 부분적으로 그 이유는 다행스럽게도 그들이 항상 자만하거나 형이상학적이지는 않아서일 것이다. 던은 이따금 카툴루스만큼이나 열의에 찬 단도직입적인 태도를 보였고, 허버트는 크리스티나 로제티만큼이나 단순 소박한 모습을 보이기도 했다. 또 부분적으로는 릴리, 마벨, 풀러를 비롯하여 그들 중 일부가 유머 감각 역시 지녔기 때문이다. 영리함이 허위로 이어지는 때는 그것이 혐오감을 자아낼 때다. 그러나 농담에는 속임수가 없다. 따라서 던은 열병에 시달리는 여인에게 이렇게 애걸할 수 있었다.

> 그대여 죽지 마오, 그대가 가버리면
> 내가 모든 여인을 증오할 것이오.
> 그대가 가버린 자라는 걸 기억할 때
> 나는 그대를 축복하지 않을 것이오. **❼-7**

작가가 익살을 유도했다고는 생각지 않는다. 그렇다고 위 구절을 진지하게 받아들일 수도 없는 노릇이다. 그러니 그저 우습다고 여길 수밖에 없다. 이는 역설을 가지고 부리는 헛된 곡예에 지나지 않는다. 반면 마벨의 「수줍은 여인에게Coy Mistress」에서는 시인의 입가에

맴도는 냉소적인 미소가 엿보이기 때문에 과장법이 절묘한 익살이 된다. 작품 전체가 진정으로 형이상학적인 최고의 시 중에 하나라고 할 수 있다. 이 부류의 작가들이 지닌 약점은 단순한 익살을 심오한 진실이나 진심에서 우러난 감정으로 받아들이도록 자주 요구한다는 점이다. 우리 대다수는『카울리의 생애*Life of Cowley*』에 드러난 존슨의 솔직하지만 불완전한 견해에 익숙하다. 하우스만이 그에 대해 단 두 단어로 요약한 '지적으로 경솔한'이라는 평을 기억하는 사람도 있을 것이다. 그러나 형이상학적 글쓰기, 아니 영리함을 위해 진실을 희생시킨 모든 글쓰기에 대한 내가 아는 최고의 비평은 바로 형이상학적인 시인 중 한 사람인 조지 허버트*에게서 비롯했다. 그는 무척이나 진실했기에 경구나 재담으로 부리는 광대짓 같은 익살에 염증을 느꼈다.

천상의 기쁨을 담은 내 첫 시구가 읊어졌을 때

그로써 빛이 발하고 탁월함이 발휘되었다.

이에 나는 진기한 말과 잘 다듬어 꾸며낸 이야기를 찾았다.

내 생각이 빛을 내고 싹을 틔우고 부풀기 시작했다.

있는 그대로의 순수한 의도가 비유로 구불거리고

마치 팔려는 물건처럼 감각이 장식되었다. ……

불꽃이 치솟아 굽이치며 휘감길 때

• 　조지 허버트(George Herbert, 1593~1633): 영국의 목사, 형이상파의 시인. 종교 시집『성
당』은 시인 J. 던의 영향을 받은 듯하다. 구어적 표현, 비근한 이미지, 유연한 시형이 특색이다.

나는 스스로를 감각 속으로 엮어 넣었다.

그러나 내가 바삐 움직일 때, 벗의 속삭임이 들려왔다.

이 구구절절한 가식은 그 얼마나 방대한가!

사랑 안에는 글로 쓰일 준비가 되어 있는 달콤함이 있다.

차라리 그것을 베껴 노력을 아껴라. **❼-8**

우리가 화려하고 기발한 재주나 재간을 맹목적으로 추구하거나 흠모하려는 유혹에 빠진다면, 위와 같은 인상적인 구절을 기억해야 할 때가 온 것이다.

물론 이 같은 태도가 오늘날 정통파와는 거리가 멀다는 점을 알고 있다. 우리 세기에서는 형이상학적 시가 대유행을 일으켰다. 하지만 그렇다고 해서 내 태도가 바뀌지는 않는다. 지금은 비평의 시대다. 무척 인간적이게도, 형이상학파 시인들처럼 비평가들은 본인이 어려움이나 미묘함을 상세히 설명할 수 있는 글을 선호한다. 혹은 필요하다면 그리스 희곡이나 셰익스피어 작품에서 볼 수 있는, 그러한 어려움이나 미묘함을 직접 만들어낸다. 던의 시구에 대해서는 수일에 걸쳐 이야기를 할 수 있지만, 크리스티나 로제티의 시구에 대해서는 그저 느낄 뿐 별달리 할 게 없다. 그렇다고 해서 던의 시가 더 나은 시라는 얘기는 아니다. 나는 가끔 현대 문학사에서 두 가지 큰 재앙이 일어나지 않았다면 어땠을까 하고 상상한다. 첫 번째는 드라이든과 르사주 같은 작가들이 등장하면서 문학이 건전한 정신이 주도하는 적극적인 삶의 결실로 남기보다는 평생 직업이 되기 시작했다는 사실이다. 두 번째는 문학 비평도 마찬가지로 하나의 직업이자 교수들의 생계수단이 되었다는 사실이다. 이 문제는 논의하기에 무척 많은 시간이 소요될 것이다.

17세기 후반 영국과 프랑스에서는 분별력이 입지를 되찾고 역설의 시대가 막을 내렸다. 부알로가 이를 적절히 요약했다.

초기의 우리 작가들에게는 생소했던 재담의 사용이
이탈리아로부터 우리의 운문으로 도입되었다.
대중은 그 눈부신 매력에 눈이 멀어
그 새로운 미끼를 물려고 덤벼들었다.
대중의 호응에 힘입어 재담은 더욱 대담해졌고
무모한 재담이 이제는 파르나소스 산에까지 넘쳐난다.
처음에는 마드리갈이 재담에 심취했고
심지어 도도한 소네트까지 재담에 몰두했으며
비극 역시 재담을 가장 큰 기쁨으로 삼았고
애가는 한탄을 재담으로 치장했으며
무대 위의 주인공도 재담으로 스스로를 꾸미려 애썼다.
재담 없이는 어떤 연인도 감히 사랑에 대해 탄식하지 못했다.
새로운 비탄에 휩싸인 목양자는
그럼에도 연인보다는 재담에 더 신의를 보였다.
모든 말은 늘 두 개의 다른 얼굴을 가졌고
운문 못지않게 산문도 재담을 기꺼이 반겼다.
법정의 변호사도 재담으로 말에 가시가 돋게 했고
설교단 위의 신학자도 재담으로 복음을 전파했다.

그러나 마침내 격노한 이성이 눈을 떠

진지한 글쓰기로부터 재담을 영원히 몰아내버렸다. ……

이제는 속내를 알 수 없는 뮤즈만이 이따금

지나는 김에 소소하게 말장난을 치거나

말의 의미를 비틀어댄다.

그러나 과도하면 기괴해진다는 점을 명심하자.[7] **❼-9**

　그러나 지난 수백 년 동안, 다른 독창적인 작가들은 이러한 과도한 재담에서 나오는 허위성에 굴복했다. 그들의 허위 섞인 재담은 벨록과 체스터턴에게서 볼 수 있는 열정에서 우러난 과장보다 더 진실되지 못하다. 벨록과 체스터턴은 적어도 그들이 다룬 주제, 즉 노르만족과 영국인에 대한 열정에 휩쓸린 반면, 그들은 본인의 영리함에 대한 과도한 열정으로 허위성을 드러냈기 때문이다. 브라우닝이 늘 그걸 피할 수 있었던 건 아니었다. 메러디스나 헨리 제임스도 마찬가지다. 오스카 와일드의 경우에는 그 문제가 크게 중요하지 않았다. 그는 당대의 익살꾼이었기 때문이다. 그러나 와일드가 진중한 주제를 다룰 때면, "책은 도덕적이거나 비도덕적일 수 없고 다만 잘 쓰이거나 못 쓰일 뿐이다."라는 그의 격언처럼, 결국 자신의 익살을 비극으로 만드는 자기기만의 징후가 드러났다.

　그러나 모든 영국 작가를 통틀어, 버나드 쇼만큼 영리함의 위험성을 극명하게 보여주는 예는 없다. 그는 파우스트가 자기 영혼을 메피스토펠레스에게 팔아버린 것처럼, 결국 스스로를 자기 기지에 팔아넘기고 말았다. 한때는 새뮤얼 버틀러와 입센과 같은 진중한 사상가의 신봉자였으며, 한때는 페이비언 사회주의를 위해 온 몸을 바쳐 분투하고 아일랜드와 이집트에 대한 영국의 탄압을 맹렬히 비난했던 개혁가 쇼는 바람직하지 못한 대의를 선한 대의로 포장하여 의아함을 자아내고 에티오피아의 무솔리니나 크렘린의 스탈린을 위해 악마의 변호인을 자처하는 것 외에는 어떤 일에도 열정이 남지 않은 진부한 협잡꾼이 되고 말았다. 볼테르 역시 지나치게 영리할 때가 많았다. 그는 가끔 개인적인 적수에게는 비열하게 행동하고 위대한 자에게는 진실성이 느껴지지 않을 만큼 과하게 행동했다. 그러나 적어도 그는 탄압 행위를 용납하는 게 아니라 이를 고발하는 데 말년을 바쳤다. 세월이 지나 쇼가 오랜 경쟁상대인 웰스와 비교하여 어떤 평가를 받게 될지 나는 모른다. 그러나 웰스가 비록 환멸과 절망 속에서 죽었으나 평생 인류를 향한 뜨거운 선의를 지녔던 자인 반면, 조지 버나드 쇼는 결국 영국 대중에 대한 일종의 단순히 감상적인 오락작가로 전락했다는 사실을 언젠가는 정의가 알아주리라 생각한다. 웰링턴은 '영리한 악마들'에 대해 뿌리 깊은 불신과 경멸을 보였다는 점에서 온당했다.

결론을 말하자면, 정신을 거울이 아닌 망원경이나 현미경 내지는 마법의 수정으로 사용하는 편이 현명하다. 또 공작새에게 노래를 배우는 건 어리석다는 점도 덧붙이고 싶다.

본인이 만든 경구적 표현과 사랑에 빠지는 위험과 관련하여, 쇼보다는 더 개화되고 인간적인 한 작가의 예로 끝을 맺고자 한다. 리턴 스트레이치는 역시나 진실보다 기지를 선호한다는 이유로 근래에 명예에 오점을 남겼다. 내 생각에 이러한 반응은 지나치다고 본다.

그의 『빅토리아 여왕』, 『세밀 초상화』, 일부 비평은 영원히 남을 가능성이 크기 때문이다. 그러나 이 점을 존슨의 『영국 시인전』에 대해 그가 쓴 유명한 소론에 비추어 생각해보자. "존슨의 미학적 판단은 어김없이 예리하거나 기초가 튼튼하거나 대담하다. 그의 판단은 권장할 가치가 있을 만큼 늘 바람직한 속성을 갖고 있다. 한 가지를 제외한다면 말이다. 바로 그 판단이 결코 옳지 않다는 점이다." 재미난 역설이다. 이 역설적인 표현이 불현듯 떠올랐을 때 그는 당연히 기뻐했을 것이다. 그러나 그 표현이 거짓되다는 사실조차 깨닫지 못한 채 그 글을 그대로 세간에 발표할 정도로 기뻐해서는 안 될 일이었다. 그가 "그의 판단은 자주 그릇돼 보인다."라고 썼더라도, 그의 요지가 충분히 전달되었을 것이다. 그의 글은 그 자체로 과장이었다. 존슨의 판단은 사실 감탄을 자아낼 정도로 글로 잘 표현되었을 뿐만 아니라 진실하기까지 하다. 삼일치론이 독단적인 규칙으로서 허황된 미신이라는 그의 주장, "너무 익숙하거나 생소한 표현은 시인의 의도를 좌절시킨다."라는 그의 격언, "밀턴은 인간 본성을 그저 총체적으로 알았다."는 그의 견해, 그레이는 "발끝으로 걷기 때문에 키가 크다."는 그의 절묘한 표현, 끝도 없이 재담을 늘어놓는 콩그리브의 등장인물들이 '지적인 검투사'라는 표현, 포프의 철학적 측면은 얄팍하다는 견해가 그 예다. 이 같은 견해에 전적으로 동의하지 않는 사람들조차도 이를 무조건 거짓이라고 치부한다면 성급한 판단일 것이다. 게다가 『셰익스피어 서문』은 말할 것도 없고, 셰익스피어에 관한 그의 주해는 또 얼마나 훌륭한가!

스트레이치는 계속 이어간다. "존슨은 시인들이 무엇을 하려고 노

력하는지에 대해 결코 의문을 품지 않았다." 스트레이치는 형이상학
파 시인들에 대해서 의문을 품었다. 그는 포프에 대해서 의문을 품
었다. 스트레이치는 더 나아간다. "그는 그레이의 장려함과 기품 속
에서 '꼴사나운 장신구들이 번쩍이며 쌓여 있는 것' 외에는 아무것
도 볼 수 없었다." 그렇다면 존슨의 『그레이의 생애*Life of Gray*』 결말
부에 수록된 「묘반의 애가Elegy」를 향한 눈부신 찬사는 무엇이란 말
인가? 스트레이치는 이렇게 끝맺는다. "존슨은 귀가 없었고 상상력
이 없었다." 귀가 없다니?

> 슬픔이나 위험으로부터 삶을 기대하지 말고
> 그대를 위해 뒤바뀐 인간의 운명도 생각하지 말라.
>
> 미성년의 속박에서 벗어나
> 자유로이 저당을 잡히거나 팔 수 있고
> 바람처럼 격렬하고 깃털처럼 가벼우며
> 검약의 아들들에게 작별을 고한다. **7-10**

　상상력이 없다니? "그는 선망의 대상이 되기에는 하찮은 존재고,
그의 애국심은 마라톤 평원 위에서 힘을 얻지 못할 것이며, 그의 독
실함은 아이오나의 폐허 속에서 뜨거워지지 않을 것이다." 게다가
존슨은 말년에 내세에 대한 두려움을 상상하느라 악몽에 시달리지
않았는가?
　스트레이치는 이 모든 사실을 알았다. 그러나 나는 매콜리가 그러

했듯이, 그가 그 사실을 잊었다고 상상한다. 자신의 역설을 최대한 빛나게 하기 위해서 말이다. 교양과 천부적 재능을 지닌 작가라도 일시적이나마 이렇게 눈멀게 된다는 점에서, 우리도 당연히 경계를 늦추지 말아야 한다.

결론은 간단하다. 그러나 쉽진 않다. 작가는 자신의 뮤즈에게 세이렌과 같은 면이 다분히 존재한다는 사실을 명심해야 한다. 작가는 자기 정신에서 파생된 자식을 마치 스파르타인 아버지와 같이 무정할 정도로 냉정하게 바라봐야 한다. 만약 그 자식이 온전히 견실하지 않다면 그것이 내쫓기도록 내버려둬야 한다. 그렇게 하지 않으면 다른 사람들이 다른 의미에서 그 자식을 지적할 것이다. 그 정도로 엄격하기란 당연히 쉽지 않다. 그렇게 하려면 헤롯의 영아 대학살을 일으켜야 할 수도 있다. 그러나 허위를 드러내기보다는 학살을 일으키는 편이 더 낫다.

> 그러나 그대여, 그대의 영혼에 계략을 쓰지 말라.
> 사실은 사실로 두고 삶은 그저 흘러가도록 두어라. **❼–11**

8장

건강과 활력

정직성과 진실성은 오로지 끊임없이 자제할 때 유지할 수 있어 보인다. '네 자신을 알라.' '지나친 것은 없느니만 못하다.' 그러나 숱한 통제를 받는 우리 세대는 적어도 자제가 과하면 위험하다고 배웠어야 한다. 자제는 필요로 시작되어 폐단으로 끝나는 경우가 많다. 실제로 여러 시대에서 사람들은 방종에서 금욕으로, 금욕에서 방종으로 위태롭게 이리저리 휘둘렸다. 그 이유는 부분적으로 환경의 영향력이기도 하고, 인간 본성에 내재된 공격성이 타인을 억압하다가도 쉽사리 스스로를 압제해서이기도 하다. 금욕주의자는 대개 자기 영혼 속에서 독재자로 군림하는 기쁨을 얻는 대가로 그보다 더 건강한 기쁨을 희생시키는 자다.

여기에 더 큰 위험이 있다. 우리의 의식적인 의지력이 우리의 활력을 배가시키기보다 활력을 저지, 속박하는 것이 훨씬 더 수월하다는 사실을 발견하기 때문이다. 말 굴레는 말보다 더 빨리 만들어진다. 그러나 그 가치는 훨씬 낮다. 좌우간 문학에서는 자제되지 않는 에너지가 적어도 에너지 없는 자제력보다 낫다.

배우 뒤메닐은 볼테르 앞에서 예행연습을 했을 때, 결국 소리 높여 항변하고 말았다. "당신이 원하는 어조를 내려면 악마에게 사로잡혀야 해요." 그러자 볼테르가 이렇게 받아쳤다. "그럼요. 모든 예술에서 두각을 나타내려면 악마에게 사로잡혀야 하지요." 블레이크가 그에게 격하게 공감했을 것이다.

T. E. 로렌스의 서신 일부를 옮겨보면 이렇다. "『뉴스테이츠먼*New Statesmen*』과 『오디세이아*Odysseia*』, 그 밖에 날조된 모든 글을 경계하시오. 오로지 필요하고 불가피하고 고도로 압축된 것만이 추구할 가치가 있소." 그의 신조에는 핵심이 담겨 있다. 다만 『오디세이아』를 '날조된 글'이라 매도한 점은 그저 심술로밖에는 보이지 않는다. 그도 그럴 것이 그는 『오디세이아』를 번역하느라 지칠 대로 지쳤기 때문이다.

고대 작가 중에서도 아이스킬로스나 아리스토파네스의 독자에게 깊은 인상을 주는 것이 바로 이 에너지다. (물론 자제력을 중시했던 고전주의자들은 바로 이 에너지를 이유로 두 작가를 때때로 비난했다.) 초서나 프루아사르를 비롯한 일부 중세 작가를 그토록 생기 있게 만든 것도 바로 이 열정이었다.

그가 땀 흘리는 걸 보니 기뻤지요!
그의 이마에서 땀이 물 흐르듯이 떨어졌지요.

그러나 하느님이시여! 제 젊음과 유쾌함이

과연 언제쯤 기억될까요?

사랑스러운 연인이 뿌리를 내리니 기쁘고

사랑스러운 연인이 이제 그만의 작은 공간을 만드니

나 역시 내 시간과 마찬가지로 내 세상을 가져야겠어요.

왕이 외스타슈와 오래도록 전투를 벌였고 외스타슈도 왕과 전투를 벌

였다.

그 광경을 지켜보는 것은 크나큰 즐거움이었다.

그 광경은 빠져들 듯이 흥미진진했고 그걸 지켜보는 것도 유쾌했기에

열병이나 이앓이가 있는 자도 씻은 듯이 나을 정도였다.[1] **❽-1**

헨리 8세와 라블레, 탬벌레인°과 팔스타프 등 개혁시대와 르네상
스 시대의 전형적인 인물들도 역동적인 활력을 자주 보여주었다. 루
터는 이렇게 말했다. "나는 화가 났을 때 기도를 더 잘하고 설교를 더
잘한다." 그리고 못지않게 열의가 대단한 녹스°에 대해 영국 대사는

- 탬벌레인(Tamburlaine): 중앙아시아 티무르제국의 건설자인 티무르. 영국 엘리자베스 여
왕 시대의 문호 말로Christopher Marlowe가 쓴 희곡 『탬벌레인 대왕*Tamburlaine the Great*』의 주
인공이다.

- 존 녹스(John Knox, 1513~1572): 스코틀랜드의 종교 개혁자·정치가·역사가. 스코틀랜
드 종교개혁의 첫 단추를 꿰고, 장로교의 발판을 마련했다.

역시나 인상적인 활기를 뿜어내는 문장으로 윌리엄 세실 경*에게 서신을 썼다. "장담하건대, 이 자의 목소리는…… 한 시간도 채 되지 않아 우리 귀에 끊임없이 울려 퍼지는 오백 대의 나팔 소리보다 우리에게 더 많은 활력을 불어넣어 줄 겁니다. 한편 멜빌*은 녹스를 두고 연로한 설교사가 힘겹게 연단 위에 올라서더니 돌연 "연단을 박살내 산산조각 내고 그로부터 날아오르는 듯했다."고 묘사했다.

한편 신고전주의 시대의 맥박은 보다 침착하게 고동친다. 라신의 일부 등장인물에 내재된 야만성조차도 곱고 보드라운 비단결 같은 모습을 보인다. 그러나 때로는 전원풍의 버니언이나 세련된 생시몽의 작품에서 과거의 불길이 다시금 치솟는다. 증오와 분노는 사람의 마음을 끌지 못한다. 그러나 어린애같이 유치하고 사소한 문제로 불거지는 증오와 분노는 우스워진다. 하지만 그러한 대목에서 느껴지는 활력이 대단하다.

(생시몽은 노아유 공작에 대해 이렇게 말했다.) "숨김없이 털어놓건대, 내 생애에서 가장 영광스럽고 기쁜 순간은 신성한 정의로써 내가 그를 짓이기듯 으스러뜨리고 두 발로 그의 배를 짓밟는 날이다."

(멘 공작의 공개적인 굴욕에 대해서는 이렇게 말했다.) "나는 기쁨에 숨이 넘어갈 지경이었다. 그러다 기절하진 않을까 걱정될 정도였다. 내 가슴은 이상하리만치 부풀어 올라 터지기 일보 직전이었다. 내

---

*   윌리엄 세실 경(Sir William Cecil, 1520~1598): 영국의 정치가. 엘리자베스 여왕이 가장 신임했던 조언자이자 그녀의 통치 초기 국무장관.
*   제임스 멜빌(James Melville, 1556~1614): 스코틀랜드의 장로교 개혁가이자 교육자. 세인트앤드루스대학교 재학 중에 존 녹스의 설교를 들었다. 존 녹스에 이어 스코틀랜드 개혁교회의 지도자가 된 그의 삼촌 앤드루 멜빌을 도와 국가의 지배로부터 교회를 보호하려고 애를 썼다.

감정을 배반하지 않기 위해 나 스스로에게 가한 폭력은 끝도 없었다. 그러나 그 고통은 달콤했다. …… 나는 큰 승리를 거두었고 설욕을 했으며 복수심에 흠뻑 젖었다. 내 인생에서 가장 뿌리 깊은 욕구가 해소되었음에 즐거움을 느꼈다."

(얼마나 많은 소설가가 인간 영혼의 현실을 이렇게까지 내비칠 수 있을까? 그러나 나는 독자들이 어떻게 해서 평범한 소설의 시답잖은 대화와 피상적인 심리학에 만족할 수 있는지 이해하는 데 실패한 지 오래다.)

예술은 치열하고 열정적인 자는 물론이고, 때로는 성격이 여리고 부서지기 쉬운 자에 의해서도 탄생한다. 사소하거나 중요하지 않은 문제에 사로잡히는 토마스 그레이, 교회 묘지의 백합 같은 분위기를 자아내는 페이터,* 마치 세기말 정신 자체가 되려고 결심한 듯 19세기의 마지막 해에 서른두 살의 나이로 세상을 떠난 시인 다우슨 같은 자들이 후자에 해당한다. 그러나 (그레이의 눈부신 작품 「묘반의 애가」를 제외하고) 이렇듯 기질이 약한 작가의 작품은 최고처럼 보이는 경우가 드물다. 한 예로 다우슨의 경우, 그의 사랑은 '붉은, 붉은 장미'가 아니다. 그에게 장미는 분명 창백할 것이다. 그리고 여인은 그림자에 불과할 것이다.

초점 없는 무심한 눈빛으로 우리는 앉아 기다린다.

떨어진 장막과 닫힌 문을.

* 월터 허레이쇼 페이터(Walter Horatio Pater, 1839~1894): 영국 비평가. 19세기 말 데카당스적 문예사조의 선구자.

나는 슬픈 게 아니라 다만 지쳤을 뿐이다.

생전 갈망했던 모든 것에 대해. **❽-2**

이렇듯 망령이 떠도는 듯한 무기력한 세상은 이내 견디기 힘들어진다. 나는 그로부터 돌아서서 플리트 강에서 템플 바까지 또 다시 울려 퍼지는 존슨의 한밤중의 웃음, 그리고 스콧, 위고, 디킨스, 뒤마, 트롤럽, 발자크의 활기를 애타게 바라고 그로부터 위안을 느낀다. 매콜리는 교양 없는 속물일지 모르나 베틀 채처럼 굵은 창자루를 쥔 골리앗과 같은 존재이고 어떤 비평적인 돌멩이로도 그를 죽일 수 없다. 독자들은 (비록 미소도 짓겠지만) 벗의 아들이 사랑에 빠진 것을 축하하는 스탕달의 서신을 이해할 것이다. "별문제 아닙니다. 적어도 열정이지요." 어떤 독자는 (전혀 낭만주의자가 아닌) 토크빌*의 견해에 수긍할 것이다.

"젊음을 뒤로하고 멀리 떠날수록 내게는 열정에 대한 더 많은 관심, 존중이 생겨난다. 나는 좋은 열정을 사랑하고, 나쁜 열정이라도 그걸 결코 혐오하지 않는다. 열정은 힘이다. 모든 힘은 그 원천이 무엇이든지 간에 지금 우리를 둘러싸고 있는 보편적인 무력함 속에서 돋보인다."

이 시점에서 스펀지를 두고 글래드스턴*이 한 말을 떠올려볼 필요

* 알렉시스 드 토크빌(Alexis de Tocqueville, 1805~1859): 프랑스의 정치학자, 역사가. 『미국의 민주주의De la démocratie en Amérique』를 썼다.

* 윌리엄 이워트 글래드스턴(William Ewart Gladstone, 1809~1898): 영국 정치가로 자유당 당수를 지냈고, 수상직을 4차례 역임하였다.

가 있다. 어느 주말 파티에서 대화 주제가 짐 꾸리기의 번거로움, 특히 젖은 스펀지를 짐 속에 꾸려 넣는 일로 옮겨갔다. 그러자 여느 때와 같이 열의를 보이며 글래드스턴이 말참견을 했다. "유일한 방법은 스펀지를 수건으로 감싼 다음 그걸 바닥에 놓고 짓밟아대는 것이죠." 참으로 통쾌한 상상이다. 그의 정치인 인생을 형성했던 인격이 잠시나마 드러나는 순간이기도 하다.

이러한 활력을 얻을 수 있을까? 어려운 일이다. 활력을 선천적으로 지니고 태어나는 사람도 있고 그렇지 않은 사람도 있다. 그러나 최소한 활력을 제대로 이용 못하고 낭비하는 일은 피할 수는 있다. 작가들의 삶에 관한 글을 읽다보면, 그들이 중산층 내지는 서민층의 삶 속에서 마치 협탄층과 같이 서서히 축적시킨 에너지를 단 한 번의 대형화재로 모조리 소진시켜버린 것처럼 보일 때가 많다. 때로는 스콧이나 트롤럽의 경우에서 보듯이, 작가의 활력이 그의 전반적인 원기 왕성함을 뿜어내는 하나의 건전한 배출구에 불과한 것처럼 보이기도 한다. 그러나 활력은 흥분, 정부情婦, 음주, 약물로 인위적으로 자극된 것으로 보일 때가 상당히 많다. 예술가의 이상적인 삶은 아마도 격동과 평온이 번갈아 찾아오는 삶일 것이다. 워즈워스는 프랑스혁명과 연인 아네트 발론에게서 힘을 얻었지만 끝내 그래스미어라는 마을에 푹 빠졌다. 마라톤 평원의 아이스킬로스, 사모스 섬 포위 작전에서 소포클레스, 세관에서 초서, 칼레의 원수 또는 대사로서 와이엇, 레판토의 세르반테스, 영연방 장관으로서 밀턴은 작가라는 직업에서 방향을 바꾸었다. 그러나 그들은 충분히 글을 썼다. 만약 그들이 그저 난롯가에만 앉아 있었다면 그들의 작품은 활력을 잃었을 것이다.

　타고난 인격과 비교하여 기술적 수칙은 문체에 활기를 불어넣는 데 별 도움이 되지 않는다. 그러나 간결성을 추구하면 뭔가를 얻을 수 있고, 구체성을 추구하면 더 많은 뭔가를 얻을 수 있다. 삶이 점점 복잡, 정교해지고 과학적인 성향을 띰에 따라, 언어는 그림들이 걸린 미술관에서 수학기호들이 적힌 칠판으로 변모해가는 경향을 줄곧 보인다. 그러나 구체적인 단어와 추상적인 단어의 관계는 살아 있는 생명체와 유령의 관계와 같다. 따라서 추상적 개념은 속임수를 쓰는 유령과 같다. 추상적 개념은 수많은 의미를 띠려는 속성이 있기 때문에 결국 아무 의미가 없는 셈이다. 디포는 '가톨릭교(popery, 당시 가톨릭에 대한 멸칭)'가 사람인지 말馬인지 알지도 못하면서 그에 맞서 죽도록 싸울 준비가 되어 있는 굳센 자들이 영국에 수두룩하다고 말했다. 마찬가지로, 소비에트 연방에도 '민주주의'가 엄밀히 말해 국민을 위한 정부일 뿐만 아니라 국민에 의한 정부라는 사실을 알지도 못하고서 '민주주의'를 위해 죽도록 싸울 준비가 되어 있는 굳센 자들이 수두룩하다. 그러나 학식이 풍부하거나 어느 정도 되는 사람들의 언어에서는 추상적인 용어가 계속해서 늘어나는 경향을 보이는데, 이는 부분적으로는 자만심과 단순한 나태에서 비롯한다. 물론 철학자와 과학자들은 보편적인 관념들로 이루어진 허깨비 같은 세상에서 살 수밖에 없다. 반면 자신만의 언어를 도에 넘치도록 자유롭게 사용하는 문학적인 예술가는 일종의 악성 빈혈을 일으킬 소지가 있다. 실제로 보편성을 추종했던 18세기에는 이런 빈혈이 전염병처럼 번졌다.

그 관은 천둥을 연상시킨다.

—드릴, 산탄총에 대해

공기가 건조하거나 습해짐에 따라 오르내리는

수은이라고 하는 액체 금속이 있다.

여기에 유색 액체가 담긴 관이

온도를 나타낸다.

—콜라르도, 기압계와 온도계에 대해

더 나은 기술과 세심한 주의로써

비상한 젊은이가 숲속의 전쟁을 새로이 한다.

나머지 것들 위로 그의 굽이치는 재목이 날아오르고

간사하게 일하여 상을 획득한다.

—니콜라스 엠허스트, 「볼링그린The Bowling Green」

바위에 필사적으로 매달려

알과 같은 음식을 모은다.

—톰슨 ❽-3

　그러나 위 인용구들에서는 적어도 무의식적인 유머가 묻어난다. 추상적 개념과 완곡어법이 쓰인 산문은 그러한 위안마저 주지 않는 경우가 많다.

관습 체계는 유럽의 여러 고트족 국가에서 생겨났고 그 안에서 기사도 정신은 원천이라기보다는 발로라고 하는 게 적절하다. 이 체계는 인사 人事에서 가장 독특하고 흥미로운 모습 중 하나다. 이 체계의 특성을 형성한 도덕적 동기는 여태껏 그리 성공적으로 조명되지 못한 듯하다. 그러나 우리 앞에 놓인 주제로 시야를 한정시켜보면, 기사도 정신은 분명 이 체계의 특성 가운데 가장 두드러졌고 이 체계의 영향 가운데 가장 주목할 만한 것이었다. 솔직하게 인정해야 할 사실은 이 독특한 제도가 당대의 흉포한 시대에서 교정자의 역할을 그리 충실히 해내지는 못했으나, 관습을 가다듬고 부드럽게 하는 데 기여함으로써 지식 보급과 상업 확산의 길을 터주었으며, 후에 지식 보급과 상업 확산이 어떤 측면에서 이 제도를 대신했다는 점이다. 사회는 불가피하게 진보를 거듭한다. 상업은 '봉건 및 기사도 세계'의 그늘 아래서 처음 성장했으나 결국 그 체계를 전복시켰고, 배움 역시 미신이 부여한 풍부한 자산으로 처음 꽃을 피웠으나 결국 미신을 타도했다. 기사도 정신의 관습과 연관된 특유의 환경은 이러한 상업의 승인과 지식의 성장을 환영했다. 한편 기사도 정신의 관습에 고유한 정서는 흉포함과 격변으로부터 진보하는 와중에 이미 약화되었고 평온과 품격에 의해 흔적이 거의 사라져버렸다. 사실상 상업과 보급된 지식은 품위를 갖춘 국가들의 우월함을 온전히 기정사실화했기 때문에 고트족 관습의 유물을 발견하기란 어려울 것이다. 하지만 환상적인 외양을 띤 그 유물은 고트족 관습이 한때 빛을 발하고 매력적으로 비쳐졌던 관대한 착각보다 더 오래 살아남았다. 그 직접적인 영향력은 유럽에서 사라진 지 오래다. 그러나 그 간접적인 영향력은 잔혹한 시대 속에서 기사도 정신이 만들어낸 온화함이 아니었다면 존재하지 않았을 대의라는 매개체를 통해, 점점 활력이 왕성해지는 가운데 여전히 생명을 이어가고 있다. 중세시대의 관습은 가장 두드러진 측면에서 볼 때, 강제적이었다. 후한 자비심이 보편적인 사나움으로 생겨났고, 사내다운 정중함이 지독한 무례함으로 생겨났으며, 인위적인 점잖음이 급류와도 같은 자연스러운 미개함에 저항했다. 그러나 그보다는 조화로운 체계가 뒤를 이었다. 그 체계 안에서, 인간의 이해관계를 통합시키는 상업 그리고 인간의 이해관계를 뒤얽히게 하는 편견을 배제하는 지식이 문명화되고 선을 베푸는 관습의 안정성을 위한 더욱 포괄적인 토대가 되었다. **❽-4**

매킨토시*는 매콜리가 존경하고 스탈 부인이 흠모했던, 선하고 명민하며 학식이 풍부한 자였다. 위 인용문이 수록된 그의 『프랑스혁명 옹호론*Vindiciæ Gallicæ*』(1791)은 루이 필리프가 번역했고 나폴레옹의 찬사를 받았다. 어빙거 경은 밤새워 이 책을 읽었다고 한다. 버크의 『프랑스혁명에 대한 고찰』을 반박하는 다른 글들은 잊혔으나, 이 책은 페인의 『인권*Rights of Man*』과 함께 여전히 기억되고 있다.

매킨토시는 노고를 아끼지 않고 공을 들이는 자였다. 그는 '유익함'과 '유용성'이라는 두 단어 중에 어느 것이 더 나은지 선택하려고

●   제임스 매킨토시(James Mackintosh, 1765~1832): 영국의 평론가이자 정치가. 버크가 『프랑스혁명에 대한 고찰』을 집필하여 프랑스혁명의 과격화를 경고하자 매킨토시가 이에 대한 반박으로 『프랑스혁명 옹호론』을 저술하여 프랑스혁명의 급진적 개혁을 변호하였다. 선거법의 개정, 노예무역의 폐지 등 자유주의적 개혁을 주장하였다.

나흘에서 닷새를 고민했다고 한다. 그러나 위 글의 문체는 심히 끔찍해 보인다. 마리 앙투아네트를 지키기 위해 칼집에서 칼을 꺼내들지 못하는 시대에 기사도 정신은 죽어버렸다는 버크의 선언에 대해 매킨토시는 강경하게 반대 입장을 표명했다. 그들이 벌인 유명한 공방에 대해 난 별로 흥미가 없다. 오히려 이 공방을 '순전한 겉치레'라고 일축한 필립 프란시스 경에게 공감한다. 그러나 버크의 글은 적어도 지금까지 살아남아 있다. 반면 매킨토시의 경우, 그가 실제 강철로 만들어진 불편한 옷을 입고, 실제 돌로 만들어진 불편한 벽 속에서 살면서 한때 이 단단한 땅을 실제로 밟았던 실제 사람들의 실제 행동에 대해 논의하고 있다고 그 누가 믿겠는가? 심지어 그들 중 일부는 영국 대성당의 이상하리만치 실제적인 석상 밑에 지금도 누워 있다. 비록 그들은 6세기에 죽었으나, 뭔가를 의미하기에는 너무 막연하고 진실이라고 하기에는 너무 포괄적인 매킨토시의 짙은 안개 같은 추상적인 언어보다는 그 죽음이 훨씬 더 믿기지 않는다. 물론 매킨토시의 운율은 법정에서의 사건 개요 설명처럼 단조로워지는 면이 있지만 그의 글에 공명이 전혀 없지는 않다. 게다가 그는 두운을 사용할 줄 안다. 반면, 문장에 which가 지나치게 많다. 정말로 심각한 문제는 추상명사에 대한 그의 재앙에 가까운 집착이다. 추상명사가 한 행에 무려 세 개에 이르기까지 한다.

이에 대해서는 존슨의 영향력도 분명 책임이 있다. 그러나 존슨은 다행스럽게도 그러한 글쓰기 방법에서 벗어나는 경향을 보였고, 그의 『영국 시인전』 중 최고에 해당하는 부분은 그의 활기 넘치는 대화체다. 실제로 존슨의 말은 그의 초기 저서와 매우 유사할 때가 많았다. 『존슨전』을 집필한 보즈웰에 따르면, 존슨은 희극 『리허설 *The Rehearsal*』에 대해 "글이 달콤할 만큼 기지가 넘치지 않는다."라고 평했다고 한다. 그러나 그것으로는 모자란지 뒤이어 "글이 부패하지 않을 만큼의 활력이 부족하다."라는 더 우회적인 문장을 덧붙였다고 한다. 그러나 우리에게 존슨은 '우회적'이지 않고 곧바로 정곡을 찌르는, 앞서와 다른 유형의 문장, 버클리가 틀렸음을 입증하기 위해 그가 발로 찬 돌멩이처럼 구체적인 형상, 활기찬 새벽과 같이 사색의 '사치스럽고 부정한' 혼령을 무無로 흩어지게 하는 담백한 현실주의로 기억된다. "벗이 교수형에 처해진다고 해서 과일 푸딩 한 조각을 적게 먹을 이가 누가 있겠는가?" "실업자의 다섯 시간은 사람이 미치기에 충분하다. 조언하건대, 대수학을 공부하라. …… 당신의 머릿속은 더 또렷해질 것이고 종이와 노끈으로 이웃을 괴롭히는 일을 멈출 것이며 그와 동시에 우리 모두는 죄와 슬픔이 가득한 세상에서 함께 살 것이다." "버킨저는 손이 없었다. 그래서 각각 반 크라운씩을 받고 채링 크로스에 발가락으로 자기 이름을 썼다. 그것은 '새로운 글쓰기 방식'이었다!"

이러한 공언의 진실성에 대해서는 가끔 의문이 제기되기도 한다. 그러나 적어도 그 활력에 대해서는 의문이 제기되지 않는다. 혹은 사람들이 잘 다니지 않는 길로 돌아와 보면, (18세기 귀족사회에서 맞닥뜨리기에는 굉장히 당혹스러운) 요란스러운 문체가 있다. 이 문체는 미라보의 아버지와 삼촌이 어린 미라보의 다루기 힘든 성격을 어떻게 할지 의논하려고 주고받은 서신에서 특징적으로 드러난다.

"미라보는 열두 살이 채 되기도 전에 온 세상을 집어삼키려고 혈안이 된, 자궁 속의 난잡한 폭객과도 같다." "러시아 여제 외에는 그 녀석을 감당해낼 사람이 없다." "미라보는 화선火船, 땔감용 장작단, 폭죽, 그림자, 미치광이, 소음, 바람, 혹 끼쳐오는 공기다. 그 녀석은 현인들의 까치, 네거리의 갈까마귀…… 수증기, 구름과 성교하는 익시온●이다." "형님 계획을 바꾸려는 건 아닙니다. 그런데 왜 제게 형님 아들을 보내십니까? 제가 그 녀석을 삶아야 할까요, 구워야 할까요?" ❸-5

행복한 가정은 아니다. (아내, 아들, 딸이 폭군 같은 아버지의 명령으로 감금되어 있었다. 결국 정치인 모르파가 "미라보 가족들의 신변을 처리하기 위한 서신이나 명령이 60건이나 된다. 가족 한 사람마다 특별 전담부서가 있어야 할 정도다."라고 불평하기까지 했다.) 그러나 표현의 신랄함만큼은 한없이 부럽다. 체스터필드가 두 형제를 '호텐토트족'●이라고 생각한 것도 당연하다. 그러나 과하게 인위적인 섬세함을 중시했던 18세기 사회에서는 호텐토트족에 대해 혐오를 느낄 수밖에 없었다. 비록 그 혐오는 인간이 갖는 대부분의 혐오와 마찬가지로 극단으로 치달았으나 온실보다는 바닷바람이 낫고 늑대나 역사가 없는 플로리앙●의 우화나 '진창이 없는' 혁명에 관한 라마르틴의 우화보다는 길

● 　익시온: 헤라를 범하려다 제우스의 분노를 산 테살리아의 왕.

● 　호텐토트족(Hottentots, Khoikhoin): 아프리카 남부에 사는 종족. '남자 중에 남자'라는 뜻의 코이코이는 이들 스스로가 사용하는 이름이고, 호텐토트는 네덜란드의 이주민(후에 아프리카너로 불림)이 코이코이족이 쓰는 말 중 독특한 혀 차는 소리를 흉내 내어 붙인 이름이다.

● 　장-피에르 클라리스 드 플로리앙(Jean-Pierre Claris de Florian, 1755~1794): 프랑스의 시인. 낭만주의 작가. 현대의 독자들에게는 아름다운 우화로 잘 알려져 있다.

들여지지 않은 야생 그대로의 자연의 손길이 더 낫다.

같은 이유로, 누군가는 후기의 헨리 제임스와 같은 세속과 동떨어진 분위기로부터 디포, 존슨, 또는 매콜리로 되돌아오면서 안도감을 느낄지도 모른다. 적의 말을 빌리자면, 제임스의 등장인물들은 심심풀이로 독심술을 하거나 현미경을 들여다보면서 과민증² 때문에 매트리스 열 개 밑에 있는 완두콩 몇 개로 생겨난 상처의 개수를 센다. 게다가 그들의 신체적 욕구는 그렇게 지극히 가벼운 일로는 좀처럼 충족되지 않는다. 제임스가 삶의 다양성에 보낸 모든 것을 고맙게 여기는 자들조차도 안타이오스의 전설을 기억하는 편이 현명할 것이다. 대지의 아들인 안타이오스가 헤라클레스와 싸웠을 때, 그는 땅에 내던져질 때마다 힘이 다시 솟아나 일어섰다. 불멸의 어머니인 대지의 품에서 새로운 힘을 얻었기 때문이다. 이 때문에 헤라클레스는 안타이오스를 물리치기 위해 그를 공중으로 들어 올려야만 했다. 마찬가지로, 문체도 단단한 땅과 거듭 접촉하면서 새로운 힘을 얻어야 한다.

따라서 특히 산문에서는 추상적인 단어가 조금이라도 애매모호하다면 그에 대해 불신을 가져야 한다. 이는 활기와 생명력뿐만 아니라 정확성과 진실성을 위한 것이다. 물론 추상적인 개념이 필요할 때도 있다. 게다가 그로써 간결성을 얻을 수도 있다. 그러나 대개는 명료성이 더 중요하다. 누군가가 '말馬'이라는 단어를 꺼내면, 모든 사람이 그게 무슨 의미인지 안다. 그러나 '민주주의'라는 단어를 꺼내면, 대여섯 건의 논쟁이 그림자 속에서 이빨을 드러낸다. 러브조이 교수는 18세기에 그토록 혹사당한 '자연'이라는 단어에 대해 예순 가지가 넘는 다양한 의미를 제시하지 않았는가? 명확한 단어는 그 대상을 곧바로 가리키는 손가락 모양의 도표와 같다. 반면 추상적인 용어는 부러지거나 뒤틀리거나 반이 잘려나간 팔이 여럿 달린, 안개 속을 가리키는 표지판과 같을 때가 많다.

그러나 구체성을 문체의 근간으로 삼으면 늘 그렇듯이 제약이 남는다. 그 결과, 다양성의 법칙이 우세를 떨치게 된다. 작가 중에는 셰익스피어만큼 구체성을 능숙하게 다루는 대가도 없다.

너희 뜻에 의존하면
납을 매달고 헤엄치는 꼴이며
짚으로 참나무 베는 꼴이다.

생각도 이름처럼 제왕답게 하세요.
태양이 빛을 잃으니 각다귀들이 날뛰지 않아요?

차라리 심장으로 돈을 찍어서
핏방울로 금화를 만들겠다.

치욕의 황야에서 정신을 소모하는 일

차디차게 꼼짝 않고 누워 썩는다는 것은
이렇게 살아 움직이는 따스한 육신이
짓이겨놓은 덩어리가 되고……

온당한 국가의 기대이자 장미

맵시의 거울이자 예법의 귀감 **❽-6**

역시나 주목할 점은 셰익스피어의 경우, 추상적 개념이라 할지라
도 손으로 만져 느낄 수 없는 안개 같지는 않다는 사실이다. 그의 손
길 속에서 그 개념들은 견고해지고 생명력을 얻는다. '사람의 손과
같은 구름'이 진짜 손처럼 꽉 움켜쥔다.

눈에 보이는 신이여.

불가능들을 조합하여

그들이 입맞춤하도록 만드네.

예술은 권세에 말문이 막히고

어리석음은 (의사처럼) 지배력을 휘두르며

명백한 진실은 소박함이라 잘못 거론되고

사로잡힌 선은 악이라는 우두머리의 시중을 드네.

역경의 달콤한 젖, 철학.

침체된 기근이 강철을 쪼개고 불길 위로 솟아오른다. **❽-7**

의인화가 쉬울까? 그러나 이렇게 손으로 만져질 듯 생생한 의인

화는 어렵다. 추상적 개념 속에서도 느껴지는 셰익스피어의 생기발랄함은 수증기 같은 막연함을 거부하고, 보편적 이론 따위는 신경쓰지 않으며, 난해한 개념조차도 보고 듣고 냄새를 맡고 맛을 보고 손을 대보고, 심지어 가장 관념적인 사상까지도 구체화하고 포용하는 정신의 건강한 자손처럼 보인다.

그러나 구체적이고 세부적인 내용을 제시하고 생생한 어조로 활력을 추구하는 작가는 욕심을 부리다가 자신의 글쓰기 기법을 망치는 일이 없도록 주의를 기울여야 한다. 욕심을 부리다 보면, 좀스러울 정도로 세밀해지거나 온갖 잡다한 내용을 다 끌어들일 수 있다.

> 인간은 왜 현미경 같은 눈을 갖지 않았을까?
> 이 분명한 이유로, 인간은 파리가 아니다.
> 시력이 뛰어난들, 무슨 소용이 있을까?
> 하늘을 이해하는 게 아니라 진드기를 관찰하는 것밖에. **❸-8**

묘사가 얼마나 세밀해야 하는가는 아직도 흥미로운 질문으로 남아 있다. 이를 논의하기에 가장 좋은 시작점은 바로 튤립에 대한 존슨의 말이다.

존슨의 『라셀라스』에서 임랙Imlac이 제시한 시 이론을 기억할 것이다.

"시인이 하는 일은 개인이 아니라 종족을 살펴보고 보편적인 속성과 전반적인 외양에 대해 언급하는 것이다. 시인은 튤립의 꽃잎 수를 세거나 초목이 가득한 숲속에 드리워진 갖가지 그림자를 일일이 묘사하지 않는다. 시인은 자연을 묘사할 때 눈에 띄고 두드러지는 특징들을 드러내야 한다. 그리고 극히 세세한 차이는 무시해야 한다. 이러한 세세한 차이를 언급하는 이도 있고 그냥 지나쳐버리는 이도 있는데, 그 이유는 그 특성들이 꼼꼼한 자에게나 부주의한 자에게나 분명하기 때문이다."

존슨은 아리스토텔레스의 견해를 따라 예술이 모방이라고 생각했다. 즉, 예술가가 하는 일은 우리에게 상기를 시키는 것이고 우리의 기쁨은 인식을 하는 것이라는 얘기다.[3] 시인이 튤립이 노란 꽃잎 17장으로 이루어졌다고 말하면, 내가 정원으로 달려가 꽃잎 수를 세어야 할까? 튤립이 피는 시기가 아니어도 말이다. (이상한 견해다. 존슨은 다른 곳에서는 작가가 익숙한 것을 새롭게 만들 뿐 아니라 새로운 것을 익숙하게 만든다는 현명한 말을 남겼다. 그렇다면 그는 왜 튤립에 관해 새로운 것을 말하지 않는가? 만약 그가 진실하게 보인다면, 우리는 그의 말을 고스란히 받아들일 것이다. 셰익스피어가 존슨의 법칙에는 전적으로 위배되게, 이모젠*의 가슴을 "점 다섯 개가 있는 두더지"라고 묘사할 때 우리가 그 표현을 그대로 받아들이는 것처럼 말이다.)

더 나아가 존슨은 역시나 아리스토텔레스의 견해를 따라, 진중한 시라면 보편화(더욱 철학적이므로)와 이상화(더욱 숭고하므로)를 해야 한다고 주장했다. 사소한 특징들은 보편적이지 않다. 튤립의 꽃잎은 저마다 다를 수 있다. 게다가 이러한 특징들은 숭고하지 않다. 신은 동등한 시선으로 "영웅은 죽고 참새는 추락한다."라고 말할지 모르

• 　이모젠: 희극 『심벌린Cymbeline』에 나오는 정절의 귀감을 상징하는 공주.

나 우리는 그렇지 않다.

이와 비슷하게, 존슨의 벗인 레이놀즈*는 회화에 대해 이렇게 말했다. "내 생각에 예술의 전반적인 아름다움과 장엄함은 그 무엇보다도 두드러진 형태, 지방 특유의 관습, 독특한 요소, 모든 종류의 세부 양식을 얻는 데서 비롯한다." (실제로 세부 양식은 낭만주의자와 사실주의자들이 열렬히 추구했다.) 그러나 레이놀즈는 존슨과 달리 한 가지 중요한 점을 인정했다. "나는 일부 환경을 정밀하게 구체적으로 표현할 경우, 작품에 진실을 더하고 비상한 방식으로 감상자의 관심을 끌 수 있다는 사실을 기꺼이 인정할 준비가 되어 있다." 그러나 이는 '독특하고 꼼꼼한 안목'을 필요로 한다. 간단히 말해, 레이놀즈는 크롬웰의 초상화에서 무사마귀를 허용했을 것이다. 존슨은 아마 그러지 않았을 것이다. 다행스럽게도, 보즈웰은 존슨을 묘사하면서 무사마귀를 여럿 포함시켰다.

내게는 존슨보다 레이놀즈의 견해가 훨씬 더 합리적으로 보인다. 그렇다면 문학에서 이 견해는 얼마만큼 사실로 입증될까?

내 생각에, 그리스인들은 이 문제에 대해서도 중도에 가까운 태도를 취하는 경향이 있다. 호메로스는 작고 생생한 것에 대해 누구보다도 예리한 시력이 있었다. 특히 직유법에서 그러했다. 그는 아르고스라는 이름의 개가 20년의 전쟁과 방황 끝에 돌아온 주인을 알아보고서 죽어가는 와중에도 꼬리를 흔들며 두 귀를 뒤로 젖히는 광경을 본다. 혹은 서풍이 불어올 때 바다가 갑자기 어두워지는 모습을

* 조슈아 레이놀즈 경(Sir Joshua Reynolds, 1723~1792): 영국의 초상화가. 18세기 영향력 있는 초상화가로 장엄한 양식인 '그랜드 매너'로 그린 작품으로 상류층 인사들에게 유명했다.

본다. 또 거센 파도가 해변에 떨어지는 눈을 휩쓸어가는 광경을 본다. 볼테르는 이렇게 말했다. "호메로스는 시야에 들어오는 무엇이든 묘사한다. 반면 극장에서만큼은 제외하고 훌륭한 시를 미처 완벽의 경지에 올리지 못한 프랑스인들은 영혼을 감동시키는 것만을 묘사할 수 있고 그럴 수밖에 없다." 이 말은 내게 크게 사실로 와 닿지 않는다. 호메로스가 시야에 들어오는 무엇이든 묘사한 건 아니었다. 그는 추악한 것을 묘사하기를 피했다. 그는 아마 상처를 과할 정도로 세밀하게 묘사할 것이다. 단, 사실주의에서 완전히 벗어난 방식으로 묘사할 것이다. 만약 그의 영웅들이 살아 있다면, 그들은 결코 불구이거나 신체가 심하게 훼손된 모습이 아닐 것이다. 외발의 전사가 트로이 평원을 절뚝거리며 돌아다닐 일은 없을 것이다.[4] 내 기억에, 그가 만들어낸 인물들 중 유일하게 신체에 흠이 있던 인물은 혐오스러운 선동 정치가 테르시테스이다. 그럼에도, 볼테르의 식견은 여전히 근거가 충분한 것으로 평가되고 있다.

마찬가지로, 헤시오도스도 굶주림에 지친 부랑자의 손길이 부풀어 오른 발을 어루만질 때와 같은 세세한 장면을 포착한다. 아이스킬로스 역시 트로이의 전사들을 괴롭히는 이와 나라 밖으로 나간 남편 생각에 잠을 설치는 클리템네스트라를 성가시게 하는 윙윙대는 각다귀 한 마리를 세밀하게 묘사했다. 테오크리토스는 이글거리는 한낮의 태양 아래 오래된 돌담에 앉아 있는 도마뱀이나 평온한 시칠리아 바다에 비친, 해변을 따라 질주하며 짖어대는 개의 모습을 생생하게 그려냈다. 그리스인들은 최상의 상태에서, 단순하면서도 미묘했고, 상스럽지 않으면서 사실적이었으며, 적절한 때에 세밀했고,

꼭 필요할 때에만 다소 구체적인 묘사를 더했다.

한편 라틴 문학은 생생하고 세밀한 묘사에 그렇게까지는 의존하지 않는다. 단, 희극, 베르길리우스의 「농경시Georgics」와 같은 교훈적인 시, 호라티우스의 일부 익숙한 시, 유베날리스처럼 풍자적인 작품, 페트로니우스의 소설 같은 작품은 제외다. (이 예외적 작품들은 심지어 18세기 취향에서도 수용되었다.) 그러나 비평의 위협을 받지 않은 중세시대는 꽃잎이 전부 고스란히 달린 튤립을 즐기는 경향으로 되돌아갔다. 볼테르는 이렇게 말했다. "단테는 이탈리아인들을 무엇이든 말하도록 길들였다." 예를 들어, 소돔인들은 지옥의 어둠함을 통해 그와 베르길리우스를 들여다본다.

우리를 향해 그들이 예리한 눈빛으로 응시한다.
늙은 재단사가 바늘구멍을 들여다보듯. **8-9**

프랑수아 비용은 '골무'처럼 교수대에 매달린 채 까마귀 떼에 쪼이고 패인 동지들의 검어진 얼굴을 본다. 초서는 면죄부 판매자의 토끼 같은 눈빛, 방앗간 주인의 무사마귀에 난 털, 젊은 5월을 향해 노래하는 늙은 1월의 목에서 떨리는 처진 피부, 소환자의 이야기 속 수사가 의자에 앉아 있다가 쉬이 하고 고양이를 쫓아내는 모습을 그려낸다. 내게 초서는 튤립을 다루는 예술에서는 완벽한 대가이다.

그러나 한편으로는 사실적이고 세밀한 묘사를 하려는 유혹이 과해질 경우 발생하는 상황이 있다.

"내 침대 발치에 여태껏 본 것 중 가장 흉물스러운 난쟁이의 형체가 다가와 섰다. 내가 본 대로라면, 그의 키는 보통이었고, 목은 가늘었으며, 얼굴은 수척했고, 눈은 석탄처럼 까맸으며, 주름진 이마는 찌푸린 채였고, 콧구멍은 작았으며, 입은 삐죽 내민 상태였고, 입술은 두툼했으며, 좁은 턱은 쑥 들어가 있었고, 수염은 염소 같았으며, 귀는 털투성이에 뾰족했고, 뻣뻣한 머리털은 헝클어진 채였으며, 치아는 개 이빨 같았고, 뒤통수는 끝이 뾰족한 모양이었으며, 가슴은 돌출되어 있었고, 등에는 혹이 있었으며, 둔부는 떨리고 있었고, 옷은 아주 더러웠으며, 몸 전체가 열망과 조바심으로 경련하고 있었다. 그는 내가 누워 있는 침대의 머리맡을 움켜쥐더니 침대 전체를 소름끼칠 정도로 흔들어댔다."[5]

라울 글라베르*는 악마를 무척이나 세밀하게 그려냈다. 그러나 때때로 비논리적인 순서로 인물 특징이 나열된 탓에 독자의 기억과 상상력이 억제되어, 공포심을 자아내도록 의도된 악마의 형상이 흐릿하고 비현실적인 상태로 남게 되었다. 이보다는 하이스터바흐의 케사리우스*의 글 속에 등장하는 사제가 마인츠에서 봤다고 말한, "공작새처럼 화려하게" 옷을 차려입은 여인을 비굴하게 기다리는 작은 악마들이 훨씬 낫다. "한참 뒤에서 그녀를 뒤따라가던 기차 안에서,

---

• 라울 글라베르(Raoul Glaber 혹은 Radulfus Glaber, 985~1047): 프랑스의 수도사이자 연대기 작자. 그가 쓴 연대기는 11세기 프랑스, 독일, 이탈리아에 관한 귀중한 사료로 인정받고 있다.

• 하이스터바흐의 케사리우스(Caesarius of Heisterbach, 1180경~1240): 독일의 교회 저술가. 시또회에 속한 하이스터바흐 수도원의 원장이었으며, 대표적인 저서로는 『기적들의 대화 Dialogus Miraculorum』(1223)가 있다. 이 책은 수련자들을 위해 교육적이고 영적인 일화들을 모은 책으로, 초자연적인 사건들이 많이 담겨 있다.

그는 악마 무리가 앉아 있는 모습을 보았다. 그들은 겨울잠쥐처럼 작았고, 에티오피아 사람처럼 까맸으며, 활짝 웃으며 박수를 치면서 그물에 걸려든 물고기처럼 이리저리 껑충껑충 뛰어다녔다." 이 작은 악마들이 훨씬 더 생동감 넘친다. 그 이유는 악마들의 특징이 일률적으로 열거되지 않았고, 라울 글라베르의 경우와 같이 항목별로, 특징별로 정적으로 그려진 게 아니라 움직이는 영상처럼 그려져서이다.

초기 르네상스 시대는 '보편성'이 아직 안장 위에 올라 독재자처럼 군림하지 않던 때였다. 몽테뉴나 롱사르, 셰익스피어는 '저급하다'는 평가를 받는 일 없이 사실적으로 정밀한 글을 쓸 수 있었다. 『햄릿』의 보초병은 "생쥐조차도 꼼짝 않고 있었다."라고 말했고, 영웅은 "오, 쥐새끼가 있군." 하고 외치면서 아라스 천으로 된 벽걸이 뒤에 서 있던 폴로니어스를 칼로 찔렀다. 그러나 볼테르는 생쥐라는 표현이 기괴하다고 생각했다. 재담을 위해 쥐와 백조를 기꺼이 등장시킨 아버지와 조부와 달리, 라신은 "이 꼴 보기 싫은 쥐(ce vilain rat)"를 없애려고 애썼다. 스코틀랜드의 의사이자 시인이었던 제임스 그레인저는 시 「사탕수수Sugar-cane」에서 처음에 "뮤즈여, 이제 생쥐에 대해 노래하자."라고 썼다가 '생쥐'를 '쥐'로, 그리고 또 다시 '쥐'를 '수염이 달린 해로운 종족'으로 격상시켜 표현했다. '종족'은 영광스러운 추상적 개념이기 때문이다. 어느 누구도 종족을 본 적이 없다.

다행스럽게도, 소설·풍자·익살극과 같이 귀족적인 성격이 덜한 형태의 문학은 이러한 귀족 특유의 금기사항에서 제외되었다. 따라서 디포의 소설, 『걸리버 여행기*Gulliver*』, 「머리카락을 훔친 자The Rape of the Lock」에서는 상황과 관련된 세부사항이 글에 생동감을 더한다. 낭만주의자들은 로버트 번스의 데이지 꽃이나 쥐, 새뮤얼 테일러 콜리지의 12월의 나뭇가지 위에서 흔들리는 마지막 붉은 잎새, 윌리엄 워즈워스의 애기똥풀이나 데이지 꽃과 같이 아무리 사소한 사물일지라도 연상력·암시력·상징력 덕분에 위대해질 수 있다는 사실을 깨닫고서 이러한 자유를 문학 전반에서 부활시켰다. 다음은 워즈워스가 데이지 꽃을 묘사한 대목이다.

> 별 모양의 그림자가 드리워진다.
> 헐벗은 돌의 매끄러운 표면 위로. **❽-10**

낭만주의자들의 자각은 테니슨이 벽 틈에서 꺾은 꽃에서 집약되어 나타난다.

> 갈라진 벽 틈에서 피어난 꽃
> 그 틈에서 너를 꺾어드네.
> 이렇게 너를 뿌리째 통째로 내 손에 쥐고 있네.
> 작은 꽃, 하지만 내가 이해할 수 있다면,
> 네가 무엇인지, 뿌리까지 통째로 전부 이해할 수 있다면
> 신과 인간이 무엇인지도 알 수 있을 텐데. **❽-11**

우리의 무지는 그대로 남아 있다. 그 사실을 절묘하게 상징한 이

름 없는 꽃 역시 그대로 남아 있다.[6]

라파엘전파Pre-Raphaelite는 튤립의 꽃잎 수를 사실 그대로 세는 것을 기본 원칙의 하나로 삼았다. 단테 가브리엘 로제티는 고뇌에 가득 찬 슬픔이 한 남자의 고개를 어떻게 떨구게 하는지, 그가 무엇을 보게 하는지를 묘사했다.

등대풀은 꽃받침에 세 송이 꽃이 달려 있다. **❽-12**

등대풀의 꽃받침 수를 세는 일은 헛되지 않다. 그것은 슬픔이 주는 비극적인 공허의 상징이 된다.

그러나 현대에 들어와서는 세밀한 사실주의가 과도해질 경우 생겨나는 위험이 이전보다 더 커졌다. 특히 핍진성을 추구하는 소설은 사소한 관찰과 별 내용 없는 대화를 자주 도입했는데, 그런 탓에 독자는 마치 바삐 움직이는 작고 성가신 생명체들로 가득한 개미굴에 목까지 파묻히는 듯한 느낌을 받는다. 로제티는 수도승이 기도하고 있는 수도실 안에 그 온전한 적막함을 나타내는 장치로 쥐 한 마리를 등장시켰을 것이다. 그러나 수백 마리의 쥐를 등장시키지는 않았을 것이다. 후기의 톨스토이는 고골과 본인의 작품과 같은 사실주의 소설의 '불필요한 세부사항'에 강한 반감을 드러냈다. 그럼에도 일반적인 상식으로 이끌어 낸 결론은 글에 생기를 더하는 세부사항을 추구하되, 그에 대해 신중함과 분별력을 발휘해야 한다는 것으로 보인다. 세부사항이 지닌 가치에 대한 세심하고도 실질적인 인식이 없다면, 이러한 종류의 기법은 벼룩마저도 온갖 공을 들여 묘사하는 행위로 전락하고 말기 때문이다. 독수리의 깃털 하나만으로도 충분할 때가 많다.

한 예로 플로베르의 『보바리 부인』에는 미묘한 단순함으로 진한 여운을 남기는 대목이 있다. 바로 칙칙한 시골집에서 가련한 여주인공이 무도회용 신발에 드리워진 노란 왁스의 얼룩을 향수에 젖은 채로 바라보는 대목이다. 그녀는 그 얼룩을 바라보면서 대저택의 무도회에서 펼쳐졌던 자신의 거짓된 천국을 잠시나마 떠올린다. 노란 얼룩은 독자의 뇌리에도 쉽사리 지워지지 않는 흔적을 남긴다.

다음은 침묵을 묘사한 네 개의 인용문이다.

(연인에 대하여)

그들은 구름 위를 걸었고 이따금 넘어졌다.

그들은 이슬처럼 쓰러졌으나 아무런 소리도 나지 않았다.

그렇게 고요히 그들은 한발 한발 내디뎠다.

배나 자두가 익어 슬머시 색이 드는 것처럼.

—헤릭

(미국 황야의 밤에 대하여)

누군가는 침묵에 이어 (그보다 더 적막한) 침묵이 찾아온다고 말할 것이다.

—샤토브리앙

(카르타고의 고대인들 앞에서 하밀카르가 연설한 이후)

수분 동안의 정적이 그토록 깊었기에 저 멀리 바다의 속삭임마저 들릴 정도였다.

—플로베르

그는 맨 땅에 미동도 없이 앉아 있었다. 얼마나 꼼짝도 하지 않았는지 내가 가까이 다가가자 그로부터 두 발걸음 떨어진 말라붙은 진흙더미 위에서 작은 새가 날아올랐다. 날개를 조용히 파닥이며 휘파람 소리와 함께 연못을 가로질러 날아갔다.

—투르게네프[7] [8-13]

모든 인용문이 훌륭하다. 단, 저마다 다른 방식으로 훌륭하다. 시인으로서 헤릭은 독자가 받는 인상을 강화하기보다는, 여름 과수원과 언덕에 드리워진 구름의 고요함 등 유사한 아름다움을 가진 다른 정적靜寂으로 그 인상을 풍부하게 하는 데 신경을 더 썼다. 샤토브리앙은 구체적인 것을 더 추상적으로 만들어서 원시림의 고요함으로부터 우리가 받는 인상을 강화했다. 따라서 완벽한 정적을 재현해냈다.

한편 플로베르와 투르게네프는 사소하지만 구체적인 주변 환경의 한 가지 세부사항을 첨가하여 우리가 정적을 더 실감나게 듣도록 한다. 정적이 어떻게 존재감을 드러내는지, 먼 바다의 소리가 어떻게 들릴 수 있는지, 자그마한 새가 어떻게 그토록 대담해질 수 있는지 느끼게 한다. 내 생각에 존슨은 플로베르의 문장을 선호했을 것이다. 바다는 웅장하고 보편적이며 여기서 적절하기 때문이다. 그는 투르게네프의 작은 새, 날개의 조용한 파닥거림, 휘파람 소리에 대해서는 너무 사소하다는 이유로 이의를 제기했을지도 모른다. 그러나 이 장치들 역시 시의 한 장면에 큰 생명력을 불어넣는다.

창가에서 거리의 악사에게 동전을 던지는 자를 묘사한 작가에게 도스토예프스키가 "그 동전이 쨍그랑 하고 떨어지는 소리를 듣고 싶소."[8]라고 충고한 일화도 글에 생기를 불어넣어야 할 필요성을 인식한 데서 나왔다.

따라서 레이놀즈의 견해가 그의 벗 존슨의 견해보다는 내게 더 타당해 보인다. "일부 환경을 정밀하게 구체적으로 표현할 경우, 작품에 진실을 더하고 비상한 방식으로 감상자의 관심을 끌 수 있다." 그가 '독특하고 꼼꼼한 안목'을 강조한 점 역시 적절하다.

이 모두는 특히 묘사적인 글쓰기에 적용된다. 그러나 어떤 종류의 글이든, 비현실성, 흐릿함과 모호함, 막연함과 부정확함을 적극적으로 거부하면 대개 새로운 힘을 얻기 마련이다. 분별력뿐만 아니라 오감도 항상 기억하는 작가가 바람직하다.

이것이야말로 매콜리의 탁월함 중 하나라고 생각한다. 그의 사상은 다소 깊이가 없어 보일 때도 있지만 실은 예리하다. 그의 머릿속은 과거에서 비롯한 생생하고 세밀한 재료들로 풍부하게 가득 차 있었기에 그가 실례를 들거나 비유를 할 때 전혀 당황하지 않았다. 수많은 역사학자나 정치 사상가들이 메마른 뼈만을 쌓아올릴 때, 그는 살아 있는 살을 붙이고 색깔 있는 옷을 입혔다. 그는 "메리 여왕의 빗, 울시의 붉은 모자, 반 트롬프가 마지막 해전에서 피웠던 파이프, 윌리엄 왕이 갈색 말 소렐의 옆구리에 달았던 박차*를 연구하며" 유물을 발굴하는 데 열을 올리는 호레이스 월폴을 비웃었을지도 모른다. 그러나 매콜리는 어떤 면에서는 그가 생각하는 것보다 월폴과 훨씬 더 닮았다. 정신적으로는 그 역시 세세한 골동품들을 지칠 줄 모르고 수집하는 자였기 때문이다. 따라서 그는 월폴의 보물들을 나열하기를 좋아했을 뿐만 아니라 그 보물 목록에 윌리엄 왕이 타던 말의 이름도 첨가했다.

소렐이라는 이름 속에는 무엇이 있을까? 글을 생생하게 하는, 꽤 많은 것이 있다고 나는 생각한다. 만약 그저 '윌리엄 왕의 박차'라고 이야기했다면 얼마나 단조로웠을까? 실제로 이 고유 명칭의 마법은 구체성, 명확성, 개별성이 지닌 힘을 또 다시 보여준다. 말로와 밀턴과 마찬가지로, 매콜리는 이 마법의 힘을 잘 알고 있었다. 한 예로, 적대적인 국가는 경제적으로 붕괴할 것이라는 희망에 사람들이 거듭 속아왔다는 통론을 제기하기는 쉽다. 그러나 매콜리의 펜 끝에서는 그러한 통론이 전혀 다른 에너지를 갖고 나온다. "알보인 왕*은 대부금을 5퍼센트에 협상한 후에야 이탈리아를 불모지로 만들 수 있었고, 훈족 최후의 왕의 국가재정 법안은 액면가대로 평가되었다." 수사적 표현 같은가? 그러면 왜 안 되는가? 영국인들은 가끔 이상할 정도로 수사적 표현에 대해 고지식하고 엄격한 태도를 보인다. 수사

- 박차(拍車): 말을 탈 때에 신는 구두의 뒤축에 달려 있는 물건. 쇠로 톱니바퀴 모양으로 만들어 말의 배를 차서 빨리 달리게 한다.
- 알보인 왕: 랑고바르드족의 왕으로 568년 북이탈리아로 침입하여 파비아를 수도로 하고, 포강 유역의 롬바르디아 지방에 랑고바르드왕국을 세웠다.

적 표현에도 좋은 것과 그렇지 않은 것이 있다. 페리클레스와 피트, 버크와 에이브러햄 링컨을 만족시킨 이러한 표현에서 우리가 왜 눈을 돌려야 하는지 그 이유를 모르겠다.

매콜리가 알보인과 아틸라에 대한 아이디어를 얻은 것은 수사적인 버크로부터가 아니었나 생각된다. 만약 그렇다면 매콜리는 버크의 장황한 글을 정통을 찌르는 간결한 글로 바꾸어서 글을 크게 개선한 셈이다.

"인류의 재앙이 최초로 발생한 저 멀리 타타르 지방의 차갑고 척박한 땅에 있는 자원들을 고려하여, 아시아는 물론 유럽이 칭기즈칸으로부터 무엇을 두려워해야 하는지 판단하는 일이 현명한가? 우리가 위험물의 물품세와 인지세 내지는 아라비아 사막의 종이 유통으로부터, 마호메트와 그의 종족들이 세상에서 가장 강력한 두 제국에 한때 떨쳤던 힘에 대해 판단을 내려야 하는가?"[9]

또 다시 매콜리는 고유 명칭이 아니라 예리하도록 정확한 실례가 보여주는 특별한 생생함으로 일반적인 통념에 생기를 불어넣을 것이다. 그가 독재자처럼 군림한 일부 문학적 관습을 고발했을 때처럼 말이다.

"우리가 왜 동일한 종류의 규칙을 더 만들면 안 되는지 그 이유를 모르겠다. 연극의 매 막마다 장場의 개수가 세 개 내지는 3의 배수가 되어야 하고, 각 장場의 행 수가 정확히 제곱수가 되어야 하며, 등장인물의 수가 16명을 넘거나 그보다 적으면 안 되고, 주인공이 읊는 시에서 36행마다 12음절이 들어가야 한다는 법칙을 만들면 왜 안 되는가?"

그러나 이 필수적인 구체성 그리고 그로써 생겨나는 활력을 얻기 위한 모든 방법 중에서 직유와 은유만큼 중요한 것도 없다. 그러나 직유와 은유는 무척 광범위한 사안이기 때문에 따로 한 장을 할애해서 논의해야 한다.

9장

직유와 은유

"산문은 근본적으로 분석적 서술의 예술이므로, 은유가 특히 산문과 관련된 것 같지는 않다. 은유는 아마도 시에 더 필요한 표현수단일 것이다. …… 그러나 우리가 산문에 대해 뭐라고 얘기하든, 산문의 기능이 얼마나 중요하고 포괄적이라고 규정하든, 산문은 근본적으로 시의 영역에 속한다. 시만이 창조적이다. 산문은 창조적이지는 않지만 건설적이거나 논리적이다."[1]

여기까지가 허버트 리드 경*의 견해다.[2] 반면 아리스토텔레스는 은유를 더 높이 평가했다. 그는 색다르고 시적인 단어의 가치를 논

---

*　허버트 리드 경(Sir Herbert Read, 1893~1968): 영국의 시인, 비평가. 1930년대부터 영국의 예술운동을 대변하고 해석했으며, 철학적 무정부주의의 관점에서 사회·예술·문학 등 여러 분야에 관한 치밀한 비평을 했다. 1930년대 유행한 정치적이고 지적인 시에 반대한 1940년대의 이른바 '신계시파New Apocalypse' 시인들 가운데서 중요한 영향력을 가진 인물이었다.

한 뒤 이렇게 이어갔다.

"그러나 그보다 훨씬 더 중요한 것은 은유에 대한 재능이다. 이 재능은 타인에게서 배울 수 없고, 타고난 능력의 징표이기 때문이다."(『시학』, xxii)

허버트 경은 위 구절을 인용하면서 아리스토텔레스가 시에 대해서만 언급한 것이라고 주장했다. 그러나 내 생각에 이보다 현명한 아리스토텔레스는 시와 산문을 따로 구별하지 않았다. 이소크라테스는 실제로 그렇게 구별을 했다. 반면 아리스토텔레스의 『수사학』(III, 2)은 산문을 위한 은유의 가치 역시 분명하게 강조한다.

"대화를 할 때, 우리는 은유와 일상적인 보통의 단어를 사용한다. 이 둘을 적절히 조합하면, 명쾌함을 유지하면서도 드러나지 않는 방식으로 식상함을 피하는 문체를 완성할 수 있다. …… 산문에서는 이 일에 특히 공을 들여야 한다. 산문은 운문보다 표현수단이 적기 때문이다."

따라서 산문에서는 은유가 지니는 가치에 대해 서로 상반되는 두 견해가 있다고 할 수 있다. 우리가 어떤 견해를 취할지는 궁극적으로 개인의 선호 문제로 남는다. 취향은 상대적이다. 그러나 과거로부터 오래도록 생명을 이어온 산문 작품들을 읽어보면, 많은 시대와 국가에서 대부분의 사람들이 아리스토텔레스와 같은 견해를 가졌음을 곧 알게 될 것이다. 물론 개중에는 어린애처럼 유치하거나 겉만 화려한 작품도 있기 마련이나, 은유와 직유 없는 문체는 내게 태양 없는 한낮이요, 새 없는 숲과 같다.

살아 있는 은유는 한 번에 두 방향을 바라보면서 우리 역시 거의 동시에 두 가지를 보도록 만드는, 일종의 두 얼굴을 지닌 야누스다.

　　지상과 천상으로부터 모든 불화가 비롯되었다.
　　분노는 현명한 자마저도 미치게 만든다. 혀끝에서
　　그 맛은 벌집에서 떨어지는 꿀보다도 달콤하다.
　　눈을 멀게 하는 짙은 연기와 같이, 분노가 사람 마음속에서 타오른다. **❾-¹**

　　호메로스의 아킬레우스는 회한에 사무쳐 파트로클로스를 향해 위와 같이 외쳤다. 여기서는 직유법으로 다뤄진, 눈을 멀게 하는 분노와 연기의 유사성보다 은유법으로 다뤄진 분노와 꿀의 유사성이 더 생생하게 집약되어 있다. 직유는 두 가지 생각을 나란히 배치한다. 은유에서는 두 가지 생각이 겹쳐진다. 직유가 더 단순하기 때문에 더 오래되었다고 생각하는 것도 당연하다. 실제로 이 때문에 고대인인 호메로스가 직유에서는 두각을 나타냈지만 은유에서는 그만큼 두드러지지 못했다고 생각할 수 있다. 반면 4~5세기 후 등장한 아이스킬로스나 핀다로스의 경우에는 직유가 대담한 은유법의 그늘에 가려 빛을 발하지 못했다.
　　그러나 이러한 설명은 별 설득력이 없다. 호메로스가 선보인 그리 많지 않은 은유적 표현 중에서 많은 수가 새로운 표현이 아닌 이미 오래된 전통적인 공식에 따른 것으로 보인다.[3] 마찬가지로, 『일리아스』나 『오디세이아』보다 오래된 고대 영어나 스칸디나비아어로 쓰인 시에도 이미 정형화된 은유적 완곡 대칭법metaphorical kennings이 풍부하다.

따라서 은유도 어떤 문학만큼이나 오래되었다고 할 수 있다. 태곳적부터 시작된 이 인간의 충동은 어쩌면 문학적일 뿐만 아니라 실용적이라고도 볼 수 있다. 바늘의 구멍을 '눈'이라고 부르거나 톱의 돌출된 톱날을 '이'라고 최초로 부른 자에게 어떤 시적인 동기가 있었다고 하기에는 근거가 희박하기 때문이다. 결국 은유는 인간의 뿌리 깊은 성향이다. 이 성향은 매머드가 활보하던 시절부터 헬리콥터가 날아다니는 오늘날까지 질긴 생명력을 이어오고 있다. 그런데 왜 이것을 산문에서 금해야 하는가?

우리가 평상시 쓰는 언어 중 얼마나 많은 부분이 죽은 은유인지 안다면 놀랄 것이다. 죽은 녹석들의 뼈대로 이루어진 산호초가 살아 있는 녹석들로 점점 더 자라나는 것과 같은 이치다. 어니스트 위클리 교수의 말을 빌리자면,[4] "가장 기본적인 물체 및 행위와 연관된 표현을 제외하고, 우리가 사용하는 모든 표현이 은유다. 물론 표현의 본래 의미는 그 표현이 지속적으로 사용되면서 희미해지긴 하지만 말이다.(Every expression that we employ, apart from those that are connected with the most rudimentary objects and actions, is a metaphor, though the original meaning is dulled by constant use.)" 바로 앞 문장에 쓰인 단어들만 봐도 그렇다. 'expression(표현)'은 쥐어짜낸 뭔가를 의미하고, 'employ(사용하다)'는 뭔가를 관계시키거나 포함시킨다는 의미이며, 'connect(연관시키다)'는 뭔가를 한데 묶는다는 의미이고, 'rudimentary(기본적인)'는 어근 RAD(뿌리. 싹)에서 나온 단어다. 또 'object(물체)'는 던져진 어떤 것을 의미하고, 'action(행위)'은 실시되거나 행해진 어떤 것을 의미하며, 'original(본래의)'은 식물, 샘 또는 천체의 '솟아오름'을 의미하고, 'constant(지속적인)'는 곧게 서 있음을 의미한다. 'metaphor(은유)'라는 말 자체도 어떤 용어나 표현을 통상적 의미에서 다른 의미로 전환한다는 뜻을 지닌, 하나의 은유다.

'well off(순조로운)'라는 평범한 어구에도 바람이 없어 위험한 해안으로부터 배가 잘 떠나왔다는 은유가 한때 내포되어 있었다. 겉보기엔 단순한 'zest(묘미, 즐거움)'라는 단어도 은유적으로 의미를 얻었다. 이 단어는 '오렌지나 레몬의 껍질'이라는 문자 그대로의 의미에서 '맛, 풍미'라는 의미, 더 나아가 '묘미, 즐거움'이라는 의미로 사용되었다. 그 뿐만 아니라 우리가 사용하는 관념적인 단어도 물질적 의미를 지닌 뿌리에서 비롯된 은유에 해당한다. 'idea(생각, 사상, 발상)'는 'shape(형태, 모양)'이고, 'πνεῦμα(공기, 호흡)' 'anima(생명, 혼)' 'spirit(정신, 영혼)'은 한때 'breath(입김, 숨)'를 의미했다.

언어가 대부분 죽은 은유로 구성되었다면, 그 이유는 부분적으로 편의를 위해서다. 원시 상태에서는 시각적 사고가 그림 문자만큼이나 정상적이고 당연하다. 그러나 내 생각에 이 사실은 직유와 은유에 인간의 기쁨이 얼마나 깊이 내재되어 있는지도 보여준다. 직유와 은유의 유용성은 차치하고서라도 말이다. "잘 내뱉은 한 마디는 제시든 마음에는 크리스마스의 장작불 같으니까요."

왜 그럴까? 부분적으로는, 그림이 아이들을 즐겁게 하듯이 형상화가 우리의 보다 단순한 측면을 즐겁게 하기 때문이다. 게다가 추상적인 구름 위에서, 손에 만져지고 눈에 보이고 귀에 들리는 것들로 이루어진 견고한 세계로 내려오면 안도감과 안심을 느끼게 된다.

추상적 개념은 지각된 것으로 생동감을 얻고 분명해진다. 그러나 우리의 무의식적인 사고에서 상징이 어떤 영속적이고 근본적인 역할을 행하는지, 우리의 꿈이 뭔가를 얼마만큼 가장하고 감추는지 완전히 밝혀낸 것은 현대 심리학의 꿈 해석이었다. 따라서 예를 들어 열정에 휩쓸리기를 두려워하는 사람은 플라톤의 『파이드로스*Phaidros*』에 나오는 영혼의 마차에 대해 들어본 바 없어도, 제어되지 않는 말에게 위협당하는 꿈을 꾼다. 우리가 수면을 취할 때 보는 환영은 상징적인 인물들이 등장하는 가장무도회일 때가 많다.

그의 칼날을 날카롭게 하는 것은 살인인가?
아니다! 그것은 바로 도끼를 쥔 나무꾼이다.
(그것은 틀림없이 정직한 거래다.)
거기 선 자, 프리아포스인가?
우리의 가장무도회 속으로 몸을 숨겨라.
잿빛의 낡은 교회 탑이
하늘을 향해 우뚝 솟았도다.
뻔뻔한 아프로디테가 저기 있네.
헐벗은 채 아름다움을 드러내놓고? 어서 그걸 감추어라!
비록 다른 곳에서는 판데모스이지만
여기서 그대는 그저 보석상자와 같네.
라다만토스여, 미노스여, 잠들어라!
우리가 여기서 벌이는 가장무도회는 떳떳하네. ❾-2

이유와 유래가 무엇이든, 조금만 주의 깊게 들여다본다면 산문과 운문의 가장 인상적인 구절들이 얼마나 자주 은유의 재능에서 나오는지 알고서 놀랄 것이다. 물론 은유는 사용하기에 어렵고 위험하기까지 하다. 은유를 사용하기가 어려운 이유는 숱한 세기가 지난 이 시점에서 새로운 은유를 찾기가 그리 쉽지 않기 때문이다. 진부하고 식상한 은유는 그만큼 오랜 세월 사용되었기에 매번 등장할 때마다 독자를 즐겁게 하기보다는 물리게 한다. 'the long arm of coincidence(신기한 우연의 일치)'라는 표현은 너무 혹사를 당해 마비돼 버렸고, 'trump-cards(비장의 카드)'라는 표현도 숱하게 사용되어 빛이 바랬다. 'burning question(핵심을 찌르는 질문)'이라는 표현도 아무런 감흥을 주지 않고, 'the eleventh hour(막판에)'라는 표현도 아무런 인상을 남기지 않는다.

게다가 은유가 위험해지는 경우도 있다. 은유라는 형상화를 맹목적으로 흠모해서는 안 된다. "고여 있는 물에는 생명체가 없다." 내지는 "의미는 거추장한 깃털의 방해를 최대한 받지 않는 상태로 표적에 다다르는 화살과 같다."라고 글을 쓰는 작가는 오리가 사는 연못을 본 적이 없거나 활을 쏘아본 적이 없는 자다. 아니면 로버트 바이런[*5]의 『비잔틴의 업적 *The Byzantine Achievement*』에 나온 다음 글을 살펴보자.

"그러나 우리는 이제 막 항해를 시작한 백과사전적 문명의 발판 위에 서 있을 뿐만 아니라 과학 혁명의 최초의 업적에 의해 무한성

• 　로버트 바이런(Robert Byron, 1905~1941): 영국의 여행 작가. 예술 비평가. 역사가.

의 이마에 모여 있다."

(콘스탄티노플에 대해) "유럽에서 가장 부유한 극단의 나라들, 아시아, 아프리카 사이의 교역이 골든 혼의 입술에서 빨아들여지고 토해지는 것은 바로 두 대륙의 어긋난 입맞춤에서다."

발판이 있는 배? 무한성의 고귀한 이마 위에 각다귀 떼처럼 모여 있는 인류? 구토하는 틈틈이 헤로와 레안드로스처럼 입맞춤하려 애쓰는 아시아와 유럽? 입술이 있는 골든 혼? 형상화는 이렇게 상상력을 제대로 사용, 자제하지 못하는 자를 위한 것이 아니다.

혼합 은유는 시각화를 제대로 하지 못할 때 생겨난다. 일각에서 뭐라고 하든, 여러 은유가 잇따라 나온다 해도 해가 되지는 않는다. 보통 속도의 사고력을 지닌 독자라면 이러한 은유 때문에 지장을 받지 않는다. 셰익스피어는 바로 이 방법을 사용하여 가장 격동적이고 눈부신 구절을 탄생시켰다. 다만 문제는 여러 생각이 결합되어 괴물 같은 혼종이 생겨날 수 있다는 점이다. "우리는 배를 불태우고……자유의 대양을 향해 과감히 항로를 틀 것이다."라고 외치는 연설가, 정부를 향해 "병목현상의 악순환을 다림질로 펴 없애도록" 촉구하는 언론인은 그야말로 가소롭다. 그들은 자기가 말한 바에 대해 본 적이 없고 따라서 그걸 본 독자들을 당혹스럽게 하거나 심기를 불편하게 만든다.

이러한 실수는 놀랍도록 일반적인 현상이다. 많은 사람의 상상력이 이상하게도 맹목적이라고밖에 할 수 없다. 허버트 그리어슨 경은 마크 패티슨으로부터 보기 드문 예를 인용했다. "심지어 오늘날에도 지방의 대지주나 교구 목사는 날개에 새끼를 품고 옥스퍼드로 내려

앉는 와중에 자신이 바다에 있음을 발견한다." 한편 옥스퍼드 그룹•
에 관한 책에는 다음과 같은 구절이 있다. "대학가의 분위기는 기도
하는 거인들로 상처가 난 상태다." 아래는 세인츠버리의 글이다.

> 그러나 간결성은 스킬라와 카리브디스•라는 모호함과 노골성이 그 자
> 신을 기다리도록 했다. 그리고 균형성은 단조로운 시계소리와 지루한
> 유사성이 그 자신을 기다리도록 했다. 이 배는 면죄의 정교한 대칭 속
> 에서 안전하다.[6] **❾-3**

(모호함과 노골성, 시계소리와 유사성이라는 위험들이 득실거리는 바다
에서 간결성과 균형성이 이끄는 배의 기묘한 항해이다. 게다가 스킬라와 카
리브디스는 또 다른 위험이다. 안타깝게도 작가는 노골적이면서도 모호할
뿐만 아니라 리듬이 단조롭고 대조법이 식상하기만 한 글을 쓰고 말았다. 이
러한 여러 실수를 한꺼번에 범하기 쉽다.) 세인츠버리는 러스킨에 관해
서도 글을 썼다.

> 그가 요람을 들여다보는 요정 대부처럼 글을 쓰기 시작한 노련한 산문
> 화성학자들의 영향력을 보여줄지의 여부에 대해서는, 어떤 근면성실한
> 자가 그 여부를 밝히거나 들추어내도록 남겨두어야 한다. 러스킨학파

• 옥스퍼드 그룹: 1921년 미국 루터파 교회 목사인 프랭크 부크먼이 옥스퍼드에서 결성한
그리스도교 운동 조직.

• 스킬라와 카리브디스: 둘 다 그리스 신화에 나오는 바다괴물이다. '스킬라와 카리브디스
사이Between Scylla and Charybdis'는 이러지도 저러지도 못하는 상황에 처했을 때 쓰는 영어식
표현이다.

자서전이라는 건초더미는 그 양이 어마어마할 뿐만 아니라 다소 기분 나쁘게 흩어져 있기 때문이다. **⑨-4**

(갓난아기의 요람 위에서 마치 기자들 무리처럼 글을 써대는 요정 대부들과 같은 산문음악가들과 흩어진 건초더미라니, 역시나 기이한 형상화이다.)

세인츠버리처럼 명민한 자도 위와 같이 말도 안 되는 글을 쓸 때가 있으니, 우리가 경계심을 늦추지 말아야 하는 건 당연하다. 부분적으로 문제는 요정 대부, 스킬라, 카리브디스와 같은 식상한 형상화를 도입한 데서 비롯된다. 이러한 형상화는 이미 오래전부터 숱하게 쓰였기 때문에 이제는 그만 쓰일 때도 되었다. 게다가 너무나 익숙해서 살아 있는 은유가 제시하는 형상을 흐릿하게 하는 경향이 있다. 이렇게 반쯤 죽은 은유를 사용하면 그보다는 생명력이 강한 다른 은유와 충돌한다.

물론 발군의 작가들이 매우 특이한 표현을 쓴다는 사실도 인정해야 한다. 셰익스피어에게서 그러한 예를 많이 볼 수 있다. 콜리지가 로저스에게서 전해 듣고 잠 못 들었다는 밀턴의 구절이 있다.

어떤 바위 같은 심장이라도 그토록 추악한 광경을
마른 눈으로 오래도록 지켜볼 수 있겠는가? **⑨-5**

크롬웰이 쓴 "신이 이 나라에서 씨앗에 불을 붙였다."라는 구절도 있다. 드 퀸시는 "한 나라의 법제가 이러한 것들 혹은 이 중 하나도 인식한다면, 그것은 도덕성이라는 커다란 아치형 구조물을 떠받

들고 있는 쐐기돌에 치명적인 상처다."라는 글을 썼다. 그러나 누가 이렇게 글을 쓰든지 간에, 내 생각에는 그런 글을 쓰지 않는 편이 낫다. 이러한 표현은 모방하기가 힘들다. 특히 산문에서 그렇다.

완전히 죽은 은유는 완전히 죽은 쐐기풀과 같이 따갑게 찌르지를 못한다. 그러나 은유는 반쯤 죽은 경우가 많다. 이는 신중히 다루어야 한다. 물론 일부 혼합 은유는 오로지 상상력이 지나치게 풍부한 독자들에게나 성가신 존재일 수 있다. 그러나 과연 지나칠 정도로 상상력이 풍부한 독자들이 있을지 의문이다. 어쨌든 많은 독자가 작가가 자기보다 상상력이 부족하다고 느낀다면, 그 작가는 독자들에게서 존경을 잃게 될 것이다. 형상화의 주된 목적은 문체를 더욱 구체적이고 분명하게 만드는 것이다. 웹스터가 시드니나 몽테뉴로부터 이미지를 빌려왔을 때처럼, 형상화가 더욱 구체적이고 분명해짐으로써 얼마나 힘을 얻게 되는지 보면 흥미롭다.

그녀는 가만히 누워 잠들지 못하는 그들과 같았다.
—시드니, 「아케이디아Arcadia」

그대는 깃털 침대에서 잠들지 못하는 누군가와 같소.
그토록 단단한 베개를 베었기 때문에.
—웹스터, 「말피 공작부인Duchess of Malfi」

새장에 가두면 새가 기뻐할지 보라. 묶어두면 개가 사나워지지 않는지 보라.

—시드니, 「아케이디아」

잉글리시 마스티프처럼, 그것은 묶어두면 사나워진다.
—웹스터, 「말피 공작부인」

지혜의 견해는 인간의 전염병이다.
—몽테뉴

지혜의 견해는 인간의 온몸에 번진 습진입니다.
—웹스터, 「말피 공작부인」 **❾-6**

표절은 단연코 정당한 행위가 아니지만, 여기서 표절자는 그의 희생자들보다 훨씬 더 큰 찬사를 받을 만하다. 그 이유는 각 글마다 그림이 훨씬 더 정확하게 시각화되었기 때문이다. '개'는 '잉글리시 마스티프'에 비해 막연하고, '전염병'은 '온몸에 퍼진 습진'에 비해 힘이 약하다. 여기서는 기타 종류의 명료성과 마찬가지로, 취향과 기질에 따라 선호하는 바가 달라질 수 있다. 때로는 어스름, 안개, 그림자로써 글이 힘을 얻기도 한다. 그러나 나는 특히 산문에서 예리한 시각, 정확한 초점, 명료한 태도를 선호한다.

한편 형상화는 다른 위험에도 노출된다. 형상화는 자칫 현실과 완전히 동떨어질 소지가 있다. 아이스킬로스는 다음과 같이 인상적인 구절을 남겼다.

살미데수스의 턱

시큰둥하게 선원들을 대하는 주인, 배의 계모 ❾-7

하지만 '목마른 먼지, 진흙탕에 빠진 쌍둥이 자매'와 같이 너무 현
실과 괴리된 표현을 접할 때면, 독자들 중 많은 수는 웃음을 짓고 만
다. 이러한 측면에서, 적어도 산문에서만큼은 고대인들의 취향이 우
리의 취향보다 훨씬 더 조심스러운 경향을 보인다. 따라서 아리스토
텔레스는 "『오디세이아』는 인간 삶의 사랑스러운 거울이다."라고 한
알키다마스의 표현에 이의를 제기했다. 또 롱기누스는 플라톤의 『법
률Nomoi』에서 땅 밑에서 잠자고 있는 (즉, 실제로 지어지지 않은) 이상
적인 도시의 벽이 등장하는 대목에 반감을 표시했다. 그러나 이 표
현들이 왜 비난을 받아야 하는지 알기란 쉽지 않다. 특히 페리클레
스가 적대적인 아이기나를 '피레에프스의 흉물'에 비유했을 때나 사
모스 전쟁에서 쓰러져간 젊은 아테네인들에 대해 "그 해에 봄이 사
라졌다."라고 되뇌었을 때 찬사를 받은 점을 생각하면 그러하다. 그
러나 일각에서는 엘리자베스 시대의 많은 예술적 장치와 그보다 훨
씬 더 형편없는 형이상학적 시들이 지나치게 과장된 비교에 기반하
고 있다는 점에 동의할 것이다. 일부 동양적인 형상화도 마찬가지
다. ('형이상학적' 시는 우리가 알고 있는 것보다 훨씬 더 오래되었다.)

칠흑같이 어두운 밤,[7] 그녀는 밝은 대낮[8]을 불러낸다.

두 개의 당[9]과 스물 세 개의 별[10]이 숨겨져 있다.

붉은 장미[11] 위에서 사향 냄새 나는 전갈[12]이 헤맨다.

그에 대비해 그녀는 효과 좋은 해독제 두 개[13]를 간직하고 있다.

—아불카심 알-바카르지, ~1075 **⑨-8**

아래는 현대에서 찾아본, 부자연스러운 혼합 은유의 예시다.

카스텔프랑코의 대성당에 있는 조르조네에게 한 남자가 온다. 그는 사막의 메마른 비스킷이 목에 걸렸거나 삶의 미묘함으로 잠을 설친 듯한 모습이다. 여기 비통함의 복잡다단함에 대한 확실한 답변이 있다. 여기 가톨릭교 특면이라는 덤불 사이로 약 기운 서린 입김을 내뿜는, 쉿 하는 야유 소리를 내기에는 적합하지 않은 온당한 가정이 있다.[14]

—에이드리언 스토크스, 『서쪽의 일출Sunrise in the West』 **⑨-9**

콘스탄티노플을 묘사한 로버트 바이런의 표현(p. 264)이나 앞서 인용한 웅변가의 "당신 몸에 이가 있는 게 아니라 당신 얼굴에 침 뱉을 권리가 있는 겁니다."라는 말처럼, 형상화는 조잡하고 상스러워질 수 있다. 혹은 『미사여구』에서와 같이, 형상화가 지나치게 다듬어지거나 꾸며질 수 있다. 이는 또 다른 위험을 의미한다. 즉, 은유와 직유가 의미를 더 분명히 하는 수단으로 사용되는 대신 남용될 수 있다는 얘기다. 토마스 브라운 경의 "두 갈래로 나뉘는 정리定理와 야누스의 얼굴을 지닌 교리" 혹은 "검은 황달"과 같은 표현이 이에 해당한다. 또 그는 우리에게 흑해에서 고래를 찾지 말라고 당부하거나 찾지 못할 곳에서 중요한 문제를 기대하지 말라고 촉구했다. 따라서 그가 글의 주제보다는 예술, 진실보다는 아름다움과 예스러움에 더 치중했음을 분명히 알 수 있다. 소수의 사람들 사이에서 이 경향은 경솔하고 무익한 유행이 되었고, 결국 현실적인 사람들의 반감을 사게 되었다. 심지어 17세기 초반에도 존 오브리는 이렇게 기록했다.

"스코틀랜드의 한 귀족은 신랄하고 매섭게 혹평을 했다. 제임스 왕이 A 주교의 설교를 들은 소감을 묻자, 그는 주교가 박식한 자이긴 하나 성서의 구절을 갖고 놀았다고 답했다. 마치 원숭이가 물건 하나를 집어 들더니 그걸 던지고 갖고 놀다가 또 다른 물건을 집어 들어 갖고 노는 것처럼 말이다. 여기에도 예쁜 것이 있고 저기에도 예쁜 것이 있다."[15]

새뮤얼 파커 주교는 의회제정법 때문에 설교자들이 '진실성이 느껴지지 않고 달콤하기만 한 은유'를 사용하지 못하게 된 점에 대해 흐뭇해했을 것이다. 주교들과 사이가 좋지 않았던 홉스 역시 적어도 이 점에 대해서만큼은 동의의 뜻을 내비쳤다. "은유는…… 도깨비불과 같다."[16]

17세기가 끝을 향해갈수록 왕립협회의 일원들은 이러한 '화려하고 장황한 화법'에 더 단호하게 반응했다. 왕립협회의 일원이었던 역사학자 토마스 스프랫*의 말을 인용하면 이렇다.

"허울만 그럴듯한 그들의 비유와 상징 때문에 우리 지식에 자욱한

• 토마스 스프랫(Thomas Sprat, 1635∼1713): 영국의 유명한 문장가이자 왕립협회의 창립 회원 겸 사학자. 『런던 왕립협회의 역사History of the Royal Society of London』(1667)에서 왕정복고시대 산문의 특징인 난해한 학술용어와 들뜨고 과장된 문체를 비판하고 좀 더 소박한 시대의 문체로 돌아갈 것을 주장했다.

안개와 불확실성이 드리워지는 광경을 그 누가 분개하지 않고서 지켜보겠는가? …… 인간의 모든 학문 중에서, 불쾌할 정도로 풍부한 어구, 은유라는 속임수, 이 세상을 그토록 떠들썩하게 만드는 언어의 유창성만큼 수월하게 얻을 수 있는 것도 없다. …… 실제로 배움의 다른 부분에서, 나는 그것이 그야말로 치료가 시급하다고 본다. 게다가 그것은 기독교 군주들의 불화, 종교의 실천 부족 등과 같이 사람들이 이제는 무감각해져버린 보편적 해악에 해당한다고 생각한다."

스프랫은 이렇게 전했다.

"왕립협회는 부연을 하거나 주제에서 벗어나 여담을 하거나 문제를 부풀리는 행위를 금하는 확고한 결의안을 마련하여 원시적인 순수성과 간결성으로 돌아가고자 했다."

분명 언어적 형상화가 그토록 절대적인 반대에 부딪친 것은 아니었다. '기독교 군주들의 불화', '종교의 실천 부족'을 언급한 점을 두고, 인습 타파자인 스프랫이 매우 과학적인 인물인지 아니면 (미래의 주교로서) 무척 종교적인 인물이었는지 의문을 품는 사람도 있으리라. 진중한 과학자라면 토마스 브라운 경과 같이 여전히 비현실적인, 중세에 젖어 있는 자에게 큰 인내심을 베풀기 어려울 테다. 그는 칠성장어를 언급하면서 한 장章을 시작하기까지 했다.

"우리는 칠성장어의 눈이 과연 아홉 개인지의 여부를, 그걸 판단할 눈이 하나밖에 없는 외눈박이 폴리페모스에게 판단하도록 넘긴다. 눈에 대한 오류는 눈의 오류에서 비롯한다……"

그러나 세상을 설득하고자 하는 과학자일지라도 은유와 직유가 전혀 가치가 없지는 않다는 사실을 깨달을지도 모른다. 몽테스키외는 본인이 정치 과학자로 불리길 원했을 것이다. 생트 뵈브는 그의 위대함을 다음과 같이 (절묘한 은유로) 표현했다.

"몽테스키외의 생각에서는 아무도 예상치 못한 순간에 정점이 돌연 황금으로 변한다."

예를 들면 다음과 같다.

사람들은 늘 행동이 도를 넘거나 턱없이 부족하다. 때로는 10만 개의 팔로 모든 것을 멀리 던져버리거나 때로는 10만 개의 다리로 마치 벌레처럼 기어간다.

스페인은 손에 닿는 것은 무엇이든 황금으로 변하게 해달라고 했던, 정신 나간 왕처럼 행동했다.

영국은 바람에 휩쓸렸다. 그 바람은 영국을 침몰시킨 게 아니라 항구까지 안전하게 데려다주었다.

상대성은 모든 편견을 지워 없애는 스펀지다. **⑨-10**

덧붙여 과학자의 예를 하나 더 들자면, (물론 일반 대중을 대상으로 말했지만) 아인슈타인은 원자를 쪼개기가 어려운 이유가 새가 거의 없는 어두운 숲속에서 새를 향해 총을 쏘는 것과 같기 때문이라고 절묘하게 비유했다.

그러나 우리의 관심사는 과학이 아니라 문학과 일반적인 글쓰기(말하기)다. 여기서도 형상화의 위험이 커지지만 형상화의 재능은 그보다 더 큰 힘을 발휘한다. 은유는 무엇보다도 힘, 명료성, 속도를 선사한다. 게다가 기지, 유머, 개성, 시적인 분위기를 보탠다. 작가에게 용납할 수 없는 (아마도 가장 일반적인) 흠은 단조로움이다. 대화 중 독백이 지루해지기가 쉽다. 연설은 그러기가 더더욱 쉽고, 책은 그야말로 그러기가 가장 쉽다. 그러나 지루함을 해결하는 데 생생한 은유가 선사하는 위와 같은 속성들만큼 효과적인 치료제는 없다.

　우선 에너지가 늘어나고 인상이 뚜렷해지는 점을 생각해보자. 수많은 사람들이 추방되어 집 없이 떠도는 신세를 한탄했지만 그들의 비통함은 무수한 세월의 침묵 속에서 억눌리고 말았다. 그러나 우리는 단테가 이중 은유를 통해 소금이 얼마나 쓰디쓴 망명자의 빵인지, 망명자에게 계단이 얼마나 가파른지 목소리 높였던 것을 아직도 기억한다. 많은 배우나 극작가가 관객을 즐겁게 하려고 자기 영혼으로 매춘 행위를 한 사실에 분명 고통을 받았을 것이다. 하지만 어떤 직접적인 형태의 발화도 셰익스피어의 "내 본성은 누그러지고 말았다. 염색업자의 손처럼 타고난 본성마저 그 일로 물들 지경이니."라는 비유나 운문극 『에르나니*Hernani*』의 첫 공연의 커튼이 젖혀졌을 때 "내 영혼의 치맛자락이 들추어지는 것을 보았다."라고 표현했던 위고의 은유만큼 감동을 주지 못한다.

　인간의 삶을 지켜봐온 많은 사람은 인간의 슬픔이 얼마나 변하기 쉽고 덧없는지 개탄했다. 샤토브리앙은 이 사실을 추상적이지만 그 누구보다도 뛰어난 능변으로 풀어냈다.

"내 말을 믿어라. 아들아. 슬픔은 영원하지 않단다. 이내 수그러들고 말지. 인간의 마음이 유한하기 때문이란다. 인간이 지닌 가장 비참한 사실의 하나지. 심지어 우리는 오래도록 불행할 수도 없어."

그러나 이 구절을 기억하는 사람이 한 명이라면, 셰익스피어가 고기 한 접시와 신발 한 켤레라는 소박한 재료로 탄생시킨 더욱 구체적인 형상화를 잊지 못하는 사람은 천 명이다.

절약일세, 절약. 호레이쇼. 장례식용 고기를
결혼식 피로연 탁자에 식은 채로 내놨거든.

고작 한 달, 니오베 왕비처럼 눈물바람으로
가엾은 아버지의 시신을 따라가던 어머니의 신발이
닳아버렸네. ❾-11

은유가 없었다면, 포프의 '그들의 마음속에 있는 움직이는 장난감 가게'라는 표현이나 발자크의 '겉면이 대리석으로 된 난로'라는 표현과 같이 여성 혐오에서 비롯한, 여성을 향한 가시 돋친 독설이 가능했을까? 나는 오스트리아의 정치가인 메테르니히가 옳았다고 생각한다. "정치에서는 차분한 명료성만이 진실한 웅변법이다. 그러나 이 명료성은 때로는 형상화를 통해 가장 최상으로 실현된다."¹⁷

그다음에는 속도가 있다. 셰익스피어의 작품 『트로일로스와 크레시다Troilus and Cressida』에서 율리시스가 한 유명한 연설이야말로 수많은 생각을 매순간 결집시키는 은유의 힘을 가장 잘 보여준다.

세월은 등에 가방을 지고 있는데

그 안에는 망각될 공적들이 들어 있소.

배은망덕이라는 거대한 괴물이오.

그 잔해는 지난날의 선행인데

행해지자마자 집어삼켜져 잊히고 마오.

친애하는 장군이여, 인내는

명예를 빛내주지만 과거의 공적은

녹슨 갑옷처럼 조롱하는 기념비 위에

초라하게 걸려 있소. 빠른 길을 택하시오.

한 사람이 간신히 지나갈 좁은 길을

명예가 곧장 지나고 있기 때문이오.

경쟁이란 숱한 사내들이 서로를

뒤쫓는 것이오. 당신이 포기하거나

곧장 이어진 길에서 옆으로 비껴나면

밀물처럼 그들이 모조리 달려들어

당신을 맨 뒤로 처지게 한다오.

혹은 용맹하게 선두를 달리다 쓰러진 말처럼

비참하게 길바닥에 나앉고 말 것이오.

그들은 과거에는 당신에게 뒤처졌지만

이제는 당신을 앞설 것이오.

세월은 세속적인 집주인처럼

떠나는 손님에게 대충 악수를 청하고는

날아갈 듯 양팔을 활짝 벌려

새로 오는 손님을 맞이한다오. 환영은 늘 미소 짓고

이별은 한숨을 쉬기 마련이오. 오, 미덕은

과거의 일에 대해 보상을 요구하지 못하오.

아름다움, 기지,

고귀한 태생, 뼈대의 힘, 나라에 대한 충성,

사랑, 우정, 자선, 이 모든 것이

세월의 시기와 중상의 대상이오.

인간 본성에 의해 온 세상이 하나처럼,

과거의 것들로 빚어 만든 것이라 해도

새로운 장식품을 한 목소리로 칭찬하고

먼지 쌓인 금박보다는 금박이 살짝 내려앉은

먼지를 떠받든다오. **❾-12**

조지 메러디스*는 이렇게 말했다. "나는 장광설을 피하기 위해 은유를 사용한다." 그는 자주 은유를 효과적으로 사용했다.

노예는 닫힌 입 아래에 있는 열린 입이다.

세월은 배배 꼬인 엄지손가락들 틈새로 음흉하게 힐끔거린다.

*   조지 메러디스(George Meredith, 1828~1909): 영국 소설가, 시인. 위트가 있는 대화와 경구警句조의 언어를 잘 구사한 소설로 유명하다. 대표작으로는 『리처드 페버럴의 시련*The Ordeal of Richard Feverel*』, 『이기주의자*The Egoist*』가 있다.

입맞춤을 위해 다시 태어날 때에
삶은 헝클어진 머리칼의 소나기 속에서 소용돌이친다.

입맞춤, 그것도 바로 지금의 입맞춤!
어떤 대홍수 같은 파도도 나를 바다로 떠밀지 못한다.
그러나 그대 마음대로! 우리는 만족스럽게 앉아
무덤 위의 단지에 담긴 꿀을 먹을 것이다.

우리는 기억의 시간을 위한 팔을 세게 잡아당긴다.
우리는 사로잡힌 페르세포네다.

두건 아래 천 개의 눈알들
그대의 머리칼 곁에 있네.
이 마법에 걸린 숲속으로 들어가라.
그대가 감히 누굴 두려워하리. **❾-13**

    안타깝게도, 메러디스는 그리스적 감각인 자제력이 부족했다. 마치 '문체의 핵심'은 열정이라는, 어딘가 모르게 단순한 신념을 갖고서, 심지어 콧구멍이 선명하지 못하고 과민하며 넓다는 이유로 젊은 여인들을 힐책하는 사람처럼 말이다. 활력은 이따금 몸이 춤을 추듯 제멋대로 움직이는 무도병이 되었다. 더욱이 뒤틀린 생각들의 고리

속에서 메러디스는 새로운 라오콘●과 같이 온몸을 비틀며 입모양으로 소리 없이 떠들어댔다. 따라서 그는 순전한 폭력을 추종하는 브라우닝의 태도를 공유하면서 사람들을 경악케 하려는 브라우닝의 다소 저속한 욕구 역시 공유했다. 그런 탓에, 존 몰리●는 새로운 방문객이 집에 찾아오자 그가 "화낼 이유가 없는 데도 폭력을 유발하려는 힘겨루기로 스스로를 몰고 갔다."고 묘사했다. 또 스티븐슨은 그의 '고도의 지적인 속임수'와 그보다 고결한 속성들이 한데 섞이는 점을 애석해했다. 메러디스는 「빈 지갑The Empty Purse」과 같은 후기 작품에서 은유를 자주 남발했다.

그는 활개 치는 전염병을 소멸시켰다.

벼랑에서 떨어지는 자신의 비곗덩어리로써.

비록 그들은 그대를 모호함을 낚고

그리 분홍빛이 아닌 것을 잡는 낚시꾼이라 부르지만

그대는 펜촉 같은 무기처럼 호리호리하다.

그대의 대의가 공동체의 대의라는 것을 알고서

흉악한 것을 공격하라. 반복하라.

반복하라. 반복하라. 진부한 말을 거듭 되뇌라.

승리하기 위한 우리의 설교자는 뻣뻣함 속의 유연함이다.

●　라오콘: 트로이 아폴론 신전의 신관. 바티칸미술관이 소장한 라오콘 군상은 포세이돈의 노여움을 사 큰 뱀에게 칭칭 감겨 질식당해 죽어가는 라오콘과 두 아들의 모습을 묘사한 것이다.

●　존 몰리(John Morley, 1838~1923): 영국 저술가, 정치가. 『새터데이 리뷰』 등의 주필을 역임하였고, 빅토리아대학 총장을 지냈다.

그러나 늘 예의를 품고 중도를 취한다. **❾-14**

그러나 메러디스는 은유가 시골 저택 정원에 있는 미로처럼 시간을 허비하는 쓸데없는 장식물이 아니라는 진실을 알고 있었다. 은유는 때로는 핵심에 다다르는 가장 빠른 지름길을 선사했다.

형상화가 제공하는 유머에서는 토마스 풀러만큼 좋은 예도 없다. 당연히 그는 유머를 비판하는 비평가들 때문에 이따금 곤란에 빠졌다. 실제로 그가 유머를 의도했는지 아니면 그것이 그저 독특한 기지의 결과물인지, 우리가 그와 함께 웃는지 아니면 그를 보고 웃는지 확실하지 않을 때가 더러 있다. 하지만 의심의 여지가 없을 때가 더 많다. 다음과 같은 구절을 보면, 일부 형이상학파 작가들보다 그가 훨씬 더 내 마음에 와 닿는다. 던 학파를 이루었던 전자의 작가들은 허울만 그럴듯한 엄숙함으로 경구를 선보이고 그들만의 예술적 장치에 대해 자부심이 지나친 듯 보인다.

과감히 해외로 날아간 몇몇 진중한 책들이 한 무리의 소책자 때문에 웃음거리가 되었다.

바람에 맞서 나는 게 아니고서는 스스로 날아오를 수 없는 새(검은머리물떼새)가 있다. 자기 앞에 놓인 모든 것을 판단할 때 모순적이고 역설적인 태도를 취하면서 발전하고자 하는 사람도 마찬가지다.

(키 큰 사람에 대해) 키는 4층 높이나 되지만 그 지붕 밑 다락방에는 별

다른 것이 없는 사람들이 있다.

(프랜시스 드레이크 경에 관해) 한 마디로, 그를 비난하는 사람들이 그가 빵을 가져온 곳에서 자신들 역시나 빵을 가져온다면, 그 빵을 먹을 식욕이 돌 것이다.

따라서 세상을 떠난 엘리자베스 여왕은 살아서는 지상의 첫 번째 하녀였고, 죽어서는 천국의 두 번째 하녀였다.

천직을 감옥으로 삼은 자는 결국 감옥을 천직으로 삼게 된다.

(불구인 성자에 대해) 그녀에게 다리를 허락하지 않은 신이 그녀에게 날개를 주었다.

만약 이 책에서 내가 어머니[18]에게 유리한 점을 제공하고 그녀의 역사로 처음 시작한다면, 이모인 옥스퍼드가 불쾌하게 여기지 않을 것이다. 따라서 신께서 둘 모두에게 축복을 내리셔서 둘 중 어느 누구도 아이들에게 먹일 젖이나 젖을 먹일 아이들을 원치 않기를 바란다.

(케임브리지 성에 대해) 오늘날 이 성은 문루가 떨어져 나간 것처럼 보인다. 문루는 그 자리에서 그저 감옥으로 사용되고 있다. ❾-15

풀러의 형상화를 없앤다면 그의 유머가 지닌 매력의 절반이 사라지는 셈이다.

직유와 은유의 기지에 대해서는 조너선 스위프트를 살펴보자. 스위프트가 때로는 지나친 형상화를 거의 전적으로 거부했다는 점에서 더욱 흥미롭다. 그러나 "그 불한당은 결코 형상을 위태롭게 하지 않는다."라고 말하는 것은 터무니없다. 그는 실제로 'ubi saeva indignatio ulterius cor lacerare nequit(격렬한 분노도 이제는 그의 가슴을 찢지 못하리)'라는 반쯤 죽은 은유적 표현을 자기 무덤에도 썼다. 『통 이야기』가 일련의 은유라고 지적하거나 『걸리버 여행기』의 빅엔디언과 리틀엔디언, 높은 굽과 낮은 굽을 떠올린다면 특별한 답변이 될 것이다. 하지만 스위프트의 형상화가 지닌 상대적인 희귀성은 그의 형상화의 핵심이나 치명성보다는 두드러지지 않는다. 매슈 아널드가 벌의 '꿀과 밀랍'과 거미의 '먼지와 독'을 대조시킨 유명한 비유법을 즐겨 사용하게 된 건 바로 스위프트 덕분이었다. (불행하게도 스위프트는 벌보다 거미가 되는 편을 무척 자주 선택했다.) 스위프트는 "인간은 대가 긴 빗자루다."라고 공언했고, 베르길리우스의 투구를 쓴 드라이든을 화려한 차양 밑의 쥐에 비교했으며, 시인들의 먹잇감이 된 시인들을 작은 벼룩에게 물린 벼룩에 비교했다. 또 "나는 저 나무처럼 정점에 달했을 때 죽을 것이다."라고 앞을 내다봤고, 자신이 '독약을 먹고 궁지에 몰린 쥐처럼 분노에 휩싸여' 죽어가고 있다고 신음했다. 만약 이러한 형상화가 없었다면 그의 말이 그토록 강력한 효과를 발휘했을까? 그 기지란 얼마나 씁쓸한가!

노인과 혜성은 같은 이유로 경외의 대상이 된다. 수염이 길고 앞날을 내다보는 척하기 때문이다.

대부분의 결혼 생활이 행복하지 않은 이유는 젊은 여인들이 우리를 만
드는 게 아니라 그물을 짜는 데 시간을 보내기 때문이다.

(연인에 대해) 생각과 시선을 별자리에 고정시킨 동안 아랫도리의 유
혹에 넘어가 도랑에 빠지고 만 자신을 발견한 철학자에 비하면, 그들은
완벽히 도덕적으로 보인다.

사람들이 몇 가지 의식에 몰두하도록 만들어서 국가의 평온을 유지할
수 있다면 그것은 현명한 자라면 결코 거부하지 않을 거다. 마스티프
개들이 건초로 속을 채운 양가죽을 갖고 놀도록 놔두어라. 그렇게 해서
그들이 양떼를 괴롭히지 않는다면 말이다. **❾-16**

　그러나 전반적으로는 스위프트가 직유와 은유를 상당히 자제한다
는 것이 사실이다. (게다가 그가 사용하는 형상화는 주로 독자를 매료시
키기보다는 상처를 주려는 목적이다.) 부분적으로는 그 때문에, 내게는
그가 매력적이지 못하다. 스위프트는 산악지대가 아니라 황무지같
이 인상적이긴 하지만 음산하고 단조롭고 우울함을 안겨준다. 존슨
이 그 사실을 이미 말한 바 있다.
　"그의 작품에 은유가 없다는 말은 사실이 아니다. 다만, 몇 안 되
는 그의 은유는 선택보다는 필요 때문인 것으로 보인다."[19]
　이어서 존슨은 말했다.

"이 쉽고 안전한 의미 전달은 스위프트가 달성하려 했던 욕구이고, 그 욕구를 달성했다는 점에서 그는 높이 평가를 받을 만하다. 단순히 교훈을 주는 것이 목적일 때, 전에는 알려지지 않았던 무언가를 말해야 할 때 그것은 최상의 표현수단이다. 그러나 그것은 알려진 진실을 간과한 채로 남겨두는 부주의는 아니지만, 아무것도 선사하지 않는다. 즉, 무언가를 가르치지만 설득시키지는 못한다."

내 생각에 이 견해가 옳다. 그러한 공감의 확대야말로 문학의 진정한 목적이지만, 스위프트의 글에서는 공감대가 잘 형성되지 않는다. 그는 설득하지 않는다.

스위프트가 흰 송곳니를 드러낸 야윈 잿빛 늑대처럼 황야를 거닐고 있을 때, 그가 자애로운 12세기의 성자 성 베르나르에 좀 더 가까웠으면 하고 바라는 건 별 의미가 없다. 그렇게 되면 그는 더 이상 스위프트가 아니다. 그는 있는 그대로의 모습으로 세상의 무한한 다양성에 주목할 만한 보탬이 되었다. 그러나 내게는 한 명의 스위프트만으로 족하다. 그의 문체는 형상화가 존재함으로써 글이 얼마나 통렬해지는지, 형상화가 부재함으로써 글의 매력과 색채가 얼마나 사라지는지 보여줄 때 흥미롭다.

지금까지 형상화가 어떻게 글에 힘과 속도, 기지와 유머를 보태는지 살펴보았다. 하지만 그것 못지않게 중요한 것은 도장을 찍듯 작가 고유의 개성을 작품에 부여하는 형상화의 힘이다. 이는 심리학자들이 꿈 형상을 통해 심지어 우리조차도 모르는 우리의 정신적 갈등을 밝혀내기 오래전부터 명백한 사실이었다. 셰익스피어의 여러 극작품의 형상화 덕분에 그의 정신에 드리워진 빛이 자주 조명된 바 있다. 작가들은 형상화를 사용하여 등장인물의 성격을 밖으로 드러냈다. 홋스퍼*의 조바심과 성급함에 생명력을 더하는 것은 바로 그의 은유와 직유다.

내가 차라리 새끼 고양이가 되어 야옹 하고 울겠소.

그는 기진맥진한 말이나

잔소리 해대는 여인네처럼 지겹고

연기 자욱한 집보다도 끔찍했소.

으리으리한 여름 별장에서

케이크를 먹으며 그의 이야기를 듣느니

차라리 시골 방앗간에서 치즈와 마늘을 먹고 살겠소.

당신 정말 사탕장수처럼 말하는군…….

케이트, 귀부인답게 맹세해보시오.

'진실로'라는 말은 집어치우고 그럴싸하게 말이야.

생강과자 같은 맹세 따위는

우단을 차려입은 일요일의 시민에게나 줘버리라지. **❾-17**

그러나 형상화를 통해 작가가 더욱 본인다워지는 확실한 예는 존슨에게서 찾아볼 수 있다. 보즈웰은 이렇게 말했다.

* 해리 홋스퍼(Harry Hotspur): 셰익스피어 작품 『헨리 4세*Henry VI*』의 극중 인물.

"존슨의 머릿속이 형상화로 가득 차 있었기 때문에 그가 영원히 시인이었는지도 모른다. 그러나 특이한 점은 형상화의 측면에서 그의 산문이 무척 풍부한 반면, 그의 시 작품은 대개 산문만큼 형상화가 화려하지는 않으나 강렬한 감정과 예리한 관찰력으로 차별된다는 것이다."

특히 존슨의 담화에서 형상화를 제거한다면 비웃는 듯하면서 전투적인 에너지가 넘치는 인상이 약화될 것이다. 올리버 골드스미스는 이러한 인상에 대해 또 다른 은유를 사용하여 만약 그의 권총이 불발된다면 그는 상대방의 엉덩이를 걷어차 넘어뜨릴 것이라 말했다. 보즈웰 역시 존슨이 칼로 허튼 동작을 하지 않는다면서 "그는 당신의 몸을 순식간에 관통한다."라고 말했다. 개를 소재로 한 존슨의 표현들이 대표적이다. "휘그당의 개" "당쟁을 일삼는 개들"(체스터필드에 대해) "난 이미 그 개에게 많은 상처를 입혔다."(자신의 초상화를 향해) "오호! 샘 존슨. 자네고만! 정말 못생긴 개로군!" "그들이 내게 보여줄 수 있는 온 세상의 우화적인 그림을 보느니 내가 아는 개의 초상화를 보겠다."[20] "당신이 그 개를 허비라고 부른다면 난 그 개를 사랑하겠소." "당신들은 도대체 누구요? 바로 개들이지! 당신들과 뛰놀아주지."

그는 흄과 루소를 향해 황소를 사용한 표현도 썼다.

진실은 그런 사람들에게 더 이상 우유를 주지 않는 암소입니다. 그래서 그들은 우유를 얻으려고 황소에게 가지요.

황소가 말을 할 수 있다면 이렇게 외칠 것이다. "난 여기 이렇게 암소와 함께 풀밭에 있다. 그 누가 이보다 더한 행복을 누리겠는가?" **❾-18**

그리고 토마스 에드워드가 셰익스피어의 작품을 편집한 워버튼*을 공격한 일화에 대해서는 이렇게 말했다.

"그게 아니라, 에드워드는 분명 워버튼에게 얼마간의 타격을 입혔다. 그러나 두 사람 간에는 균형이 없다. 따라서 그들을 같은 부류로 취급해서는 안 된다. 벌레 한 마리가 위풍당당하게 서 있는 말을 쏘아 움찔 놀라게 할 수는 있다. 그러나 벌레는 벌레일 뿐이고 말은 여전히 말이다."

여기서 벌레와 말이 나오는 대목을 생략한다면 글 전체가 얼마나 존슨답지 않겠는가.

존슨의 비평도 그러하다. 오늘날 그의 비평은 때로는 거짓되거나 시대에 뒤떨어져 보인다. 하지만 은유적 표현 덕분에 여타 비평가들의 변변찮은 평론보다 사람들의 머릿속에 더 오래 각인되었다. "그는 의미의 벼랑 끝에 서 있다." "그들의 비유가 현실과 너무 동떨어졌다면 그걸 다시 현실로 가져올 필요가 있다." "그에게 사소한 다툼은 치명적인 클레오파트라와 같다. 그녀를 위해서 그는 세상을 잃었고 기꺼이 세상을 잃을 준비가 되어 있었다." "무운시가 과장되지 않고 화려하지 않다면 그것은 불구가 된 산문이다." 그가 그레이의 송시를 '오이'라고 폄하한 건 열띠게 경멸 섞인 대화를 나누는 중에서

• 윌리엄 워버튼(William Warburton, 1698~1779): 작가, 비평가이자 성직자. 친구인 알렉산더 포프와 셰익스피어의 작품을 편집했다.

였다. 그러나 『그레이의 생애』에서 존슨이 숙고 끝에 내놓은 그레이에 대한 한 마디 평("그는 일종의 거만함이 풍기는 위엄을 지녔다. 그는 발끝으로 걷기 때문에 키가 크다.")은 그저 그런 비평가가 내놓은 책한 권보다 더 오래 기억에 남는다. 게다가 문학가의 허영을 비판한평 중에서, 존슨이 리처드슨•에 대해 한 말에 비교할 것이 또 어디있겠는가? "리처드슨은 노를 저을 때마다 거품을 맛보려는 갈망 없이, 명성이라는 바다를 조용히 항해할 수 없었는가?" "그는 아첨꾼들 사이에서 변화를 원하다가 죽어버렸다. 그는 공기가 소진될 때까지 그걸 다 마셔버려야 하는 사람처럼, 더 많은 변화를 원하다가죽어버렸다." 그리고 마지막으로, 존슨은 비평가들의 평을 앞두고서 역시나 그답게 온화하고도 거인 같은 태도를 보였다. (그는 『사전 Dictionary』에 관해 해부학자인 토마스 와튼에게 서신을 썼다.) "해안에 다다르면 누가 절 맞이하게 될지 도통 모르겠습니다. …… 저를 환영하는 칼립소•를 만나게 될까요, 아니면 저를 집어삼킬 폴리페모스•를 만나게 될까요. 만약 폴리페모스를 만나게 된다면, 전 그의 눈을공격할 겁니다."

마지막으로, 은유의 시가 있다. 일부 학자들은 산문이 전적으로산문적이기를 바란다. 물론 로크의 경우처럼, 일부 산문은 그러하다.

• 새뮤얼 리처드슨(Samuel Richardson, 1689~1761): 소설에 서간체 기법을 도입한 영국소설가. 주요 소설로 『파멜라Pamela』와 『클라리사Clarissa』가 있다.

• 칼립소: 신비의 섬 오기기아에 사는 바다의 님프.

• 폴리페모스: 외눈박이 거인족인 키클롭스 중 한 명.

그러나 시는 그 안에 산문이 없어야 더 나은 반면, 산문은 상당한 시를 담을 수 있다. 시 안의 산문은 흰 백조에 묻은 검은 잉크와 같은 흠이다. 하지만 시 없는 산문은 런던의 일요일처럼 칙칙하고 생기 없을 때가 많다. 이러한 의미에서의 '시'는 드 퀸시와 러스킨이 이따금 남용의 유혹에 빠졌던 '미문美文'이 아니다. 내가 의미하는 바는 삶의 아름다움, 품격, 비극에 대한 감정이다. 이 덕분에 일부 독자들은 드라이든보다 토마스 브라운 경에게서, 바이런보다 랜더에게서, 선반 스무 칸을 빼곡히 채운 시답잖은 시집들보다 예이츠의 산문 몇 단락에서 더 본질적인 시를 발견한다. 매년 학생들의 시험 답안지를 채점할 때 나를 분노와 절망에 빠뜨리는 한 가지는 그 많은 학생들이 이삼 년 동안 시를 수시로 접했어도 아주 드문 예를 제외하고는 시의 작은 입자 하나도 몸속으로 흡수하지 못했다는 사실이다. 그런 탓에 어느 정도 지식을 습득한 학생일지라도 현학자처럼 생각하고 식료품 잡화상처럼 글을 쓸 때가 많다.

은유와 직유로 힘을 얻는 시에 대해서는 샤토브리앙과 플로베르의 예가 대표적이다. 두 사람 모두 산문의 대가지만, 시와 아이러니, 낭만주의와 씁쓸한 현실주의가 고통스럽게 뒤섞인 삶을 이어갔다. 그들을 보고 스위프트를 떠올리는 순간이 있지만, 내게는 그들의 시적 재능이 스위프트보다 훨씬 더 위에 있다. 오로지 형상화에 의지해서만 산문이 시적인 모습을 띠는 건 분명 아니다. 다음과 같은 늙은 사제의 말에서는 형상화가 아무런 역할을 하지 않는다.

"오두막집에 사는 사람들과 궁전에 사는 사람들 모두 이 아래에서 고통스럽게 신음하고 있다. 여왕들은 초라한 여인처럼 우는 모습을 보였고, 사람들은 왕들의 눈에 얼마나 많은 눈물이 고였는지 보고서 놀라움을 금치 못했다."

여기에는 그저 히브리 성서와 프랑스 공포정치의 기억이 뒤섞여 있을 뿐이다. 그러나 샤토브리앙의 경우에는 대개 형상화를 통해 산문이 시적 모습을 띤다.

(위대한 작가들과 그들의 비평가들에 대해) 마치 팔미라의 폐허, 천재성과 세월의 빼어난 유물을 보는 것과 같다. 그 발치에는 사막의 아랍인이 보잘것없는 오두막집을 지어놓았다.

세월과 불행으로 피폐해진 영혼 속에서 이따금 위대한 생각이 떠오를 때면, 황량함 속에서 높은 기둥이 홀로 솟아오른다.

브레스트의 장대에 걸려 있는 나폴레옹의 잿빛 외투와 모자는 전 유럽이 무기를 들고 일어서게 할 것이다.

젊음은 매력적이다. 꽃의 왕관을 쓰고서 삶이 시작되는 순간에 첫 발을 내딛는다. 시칠리아를 정복하러 가는 아테네 함대와 같이.

겉으로 더없이 평온해 보이는 마음은 앨라추아의 대초원에 있는 자연 우물을 닮았다. 그 표면은 고요하고 맑다. 그러나 그 바닥을 들여다보면, 우물이 그 깊이로 먹여 살리는 거대한 악어 한 마리가 있다.

난 아무것도 하지 않는다. 영광이나 사랑, 권력이나 자유, 왕이나 국민을 더 이상 믿지 않는다. …… 그저 발치에서 내 마지막 시간이 지나가는 걸 지켜본다.

망령들을 소환하여 진정한 사회를 만들어내는 내 힘을 가진 자는 아무도 없다. 내 기억의 삶이 내 현실적인 삶의 모든 의식을 집어삼킬 지경에 이르렀다. 내가 주목하지 않은 자조차도 그가 죽고 나면 내 기억을 침범한다. 사람들은 어느 누구도 무덤의 관문을 통과하지 않고서는 내 벗이 될 수 없다고 생각할 것이다. 때문에 내가 죽은 자 아닌가, 하는 생각이 든다. 다른 사람들이 영원한 이별을 발견하는 곳에서, 나는 영원한 재회를 발견한다. 내 벗이 이 세상을 하직하면, 그건 마치 그가 살아서 내 난롯가 곁으로 돌아오는 것과 같다. 그는 더 이상 나를 떠나지 않는다. …… 만약 오늘날의 세대가 이제는 늙어버린 세대를 멸시한다면, 그들은 적어도 나에 대해서만큼은 감정을 허비하는 셈이다. 나는 그들의 존재조차 알지 못하기 때문이다.

나는 하품을 하면서 내 삶으로부터 멀어져 어디로든 간다.

삶은 고칠 수 없는 전염병이다. ❾-19

나는 한 인간으로서는 샤토브리앙을 그다지 좋아하지 않는다. 그러나 이 오만하고 고독한 루시퍼의 음울한 노래를 즐기지 못하는 사람들은 전혀 부럽지 않다.

한편 플로베르는 샤토브리앙보다 오만하고 자기중심적인 면이 덜하다. 오히려 더 정직하고 매력적이다. 그러나 그의 힘 역시 비통함에서 나온다. 내 생각에, 이것은 가장 고결한 성격의 힘은 아니다. (조르주 상드와 주고받은 서신에서 플로베르는 이따금 지혜로운 노파가 어르고 달래도 소용없는, 천재이긴 하나 잘 보채는 아이 같은 모습을 보였다.) 그러나 그의 인격과 등장인물들은 굽이굽이 바다로 향하는 센 강 옆 노르만 정원의 푸른 어둠 속에서 때로는 반항적으로, 때로는 슬픔에 잠겨 체념한 듯 빛나는 대리석과 같은 눈부신 형상화 속에서 가장 생생하게 살아 숨 쉰다.

나는 삶을 혐오한다. 나는 가톨릭 신자이고, 마음속에 노르망디 대성당의 푸른곰팡이 같은 무언가를 갖고 있다.

(엠마 보바리의 빛바랜 열정에 대해) 이 환한 빛은 큰 화재와 같이 그녀의 창백한 하늘을 보랏빛으로 물들였고, 더 깊은 그림자로 덮여 서서히 희미해져갔다.

그녀가 그토록 몰두했던 그들의 이 위대한 사랑은 강물이 바닥으로 가라앉듯이, 그녀 밑으로 서서히 수그러드는 듯 보였다. 그리고 그녀는 끈적한 점액 같은 것을 발견했다.

인간의 말하기는 금이 간 가마솥과 같다. 우리의 갈망이 별들의 가슴에 스칠 때, 우리는 그 가마솥 안에서 춤추는 곰들에 맞추어 요란스럽게 곡조를 뽑아댄다.

운동장을 뛰노는 소년들처럼 기쁨이 그녀의 마음을 짓밟아버린 나머지, 이제 그곳에서는 풀 한 포기 자라나지 않는다. 무엇이 그녀의 가슴을 스쳐가든, 아무리 소년들보다 조심성이 없다 한들, 벽에 이름조차 낙서해놓지 않았다.

우상에 절대로 손을 대서는 안 된다. 금박이 손에 묻어나기 때문이다.

그녀가 그를 타락시켰다. 저 멀리 무덤으로부터.

아무리 단단히 묶었다 한들 매듭은 저절로 풀린다. 끈이 닳기 때문이다. 모든 것이 가고 모든 것이 지나간다. 물은 흐르고 가슴은 잊는다.

궤변을 선호하고 장광설을 늘어놓으며 열변을 토하고 변호를 하려는 유행이 도처에 퍼져 있다. …… 가련한 올림푸스! 그 유행은 그대의 산봉우리를 감자밭으로 만들어버릴 수 있다.

꽤 젊었음에도 나는 삶을 완전히 예감했다. 그것은 환풍기에서 흘러나오는 메스꺼운 음식 냄새 같았다. 그게 얼마나 역겨운지 보려고 일부러 냄새를 맡을 필요는 없다.

스스로를 시와 자부심으로 이루어진 숨겨진 흉갑으로 만들어라. 쇠미

늘 갑옷을 황금과 철로 만들 듯이 말이다.

작품 속에서 작가는 우주의 신과 같아야 한다. 어느 곳에나 존재하나 어느 곳에서도 보이지 않아야 한다.

내게 진정한 시인은 사제와 같다. 성직복을 입는 순간 반드시 가족을 떠나야 한다. …… 아마존족을 흉내 내야 하고 가슴 한쪽 전부를 불로 지져야 한다.

나는 인간-펜이다.

(본인의 예술에 대해) 그것은 내가 긁어대는 궤양이다. 그 이상은 아니다.

내가 기억되는 한 내 원고들도 기억된다면 난 더 바랄 게 없다. 안타까운 사실은 내게 아주 큰 무덤이 필요하다는 것이다. 아니면 내 원고들이 나와 함께 묻히도록 해야 한다. 야만인이 자기 말을 그렇게 하듯이 말이다.

검게 칠할 종이 여러 장 외에는, 삶에서 더 바라는 게 없다. 내가 모르는 어딘가로 향하는 끝없는 황무지를 가로지르는 느낌이다. 나는 사막이요, 유랑자요, 낙타다.

(르콩트 드 릴에 대해) 그의 잉크는 창백하다.

책이 가하는 타격의 강도로써 그 책의 질을 평가할 수 있다. …… 천재의 가장 큰 특성은 무엇보다도 힘이다.

환상은 추락한다. 그러나 사이프러스의 영혼은 늘 푸르다. **❾-20**

힘과 신속함, 기지와 유머, 인격과 시에 대한 예는 지금까지 살펴본 걸로 충분하다. 그러한 글을 은유나 직유 없이 다시 쓰려고 한다면 어떨까. 아마도 본래의 생명력과 에너지가 절반은 날아가 버릴 것이다. 아리스토텔레스와 마찬가지로 존슨의 견해는 내게 옳다.

"은유적 표현이 적절하게 사용된다면 문체의 아주 큰 장점이 된다. 두 가지 생각을 한 번에 표현할 수 있고 의미를 더욱 분명하게 전달하며 즐거움 역시 선사하기 때문이다."

따라서 "은유는 산문과 특별히 관련이 없다."라는 말은 설득력이 없다. 결론적으로, 은유와 형상화의 재능이 없다면, 그걸 시도하지 않는 편이 바람직하다. 그러나 그러한 재능이 있다면, 글쓰기에서든 말하기에서든 그만큼 보람을 주는 속성을 발견하기 어려울 것이다.

10장

영어 산문의 음악성

산문의 음악은 어렵고 위험하기까지 한 주제다.[1] 이 주제가 어려운 이유는 복잡하고 막연해서이며, 이 주제가 위험한 이유는 비평적 측면에서 너무 깊게 분석을 하다 보면 문학의 더욱 세밀하고 미묘한 요소들을 해칠 수 있어서다. 물론 비평가들은 이러한 의견에 자주 분개하곤 한다. 그들은 이런 의견 탓에 자기들이 설 곳을 잃게 될까 걱정하는 경향이 있다. 다 그렇지는 않지만 몇몇 사람의 경우, 문학에 대해 알면 알수록 문학을 진정으로 느끼지 못하는 것처럼 보인다.[2] 문학을 즐기려면 예리한 지력과 고도의 집중력이 필요한 것도 사실이다. 그러나 정신의 다소 무의식적인 측면에 남겨놓아야 최상인 부분도 있다. 따라서 나는 분석의 측면에서 무리하게 주장을 펼치지 않을 것이다. 몇 가지 단순한 원칙들을 제외하면, 내게는 작가와 독자 모두 규칙보다는 본인의 귀를 신뢰할 때 영어 산문의 소리와 운율이 의미가 있다. 그러한 규칙들은 대체로 미에 대한 것보다는 호기심에 대한 우리의 감각을 충족시키는 경향이 있다. 기껏해야 이 규칙들은 무엇을 해야 할지보다는 무엇을 피해야 할지를 제시한다.

첫 번째 고려사항은 실제적인 것이다. 연설이나 담화는 직접 말로 하기에 어려워서는 안 된다. 그러나 분명히 발음하기에 어려운 소리들이 병치될 경우 그렇게 될 수도 있다. 혹은 발화자가 숨 가빠할 정도로 절들이 길어질 때에도 그렇게 될 수 있다. 요컨대, 플로베르가 말했듯이 좋은 문체는 호흡의 요건을 반드시 충족시켜야 한다. 따라서 작가라면 본인의 원고를 신중하게 소리 내어 읽어보거나 적어도 머릿속으로라도 읽어보아야 한다.

물론 대부분의 현대 문학은 무언의 독자를 대상으로 한다. 그렇다 하더라도, 어떤 문장을 그대로 전달하거나 소리 내어 읽을 때 호흡이 어려워진다면 그 문장은 아주 훌륭한 문장이 아닐 가능성이 크다. 문장이 너무 훌륭해서 감격에 찬 나머지 숨이 가빠지는 경우가 아니라면 말이다.

또한 독자에게 즐거움이나 감동을 주려고 하는 작가는 의미뿐만 아니라 소리를 통해서도 그렇게 하려는 경우가 있다. 이때 운율 rhythm이 중요하다. 느낌은 운율을 생성하는 경향이 있고 운율은 느낌을 생성하는 경향이 있다. 더 나아가, 강렬한 운율은 늙은 선원이 한 결혼식 하객을 사로잡았듯이* 독자를 휘어 감는 최면 효과를 발

---

* 늙은 선원이~사로잡았듯이: 콜리지의 「늙은 수부의 노래」와 관련된 구절이다. 늙은 수부가 한 결혼식 하객을 강제로 붙잡아놓고 자신의 신비로운 경험담을 들려주고 결국 하객이 홀린

휘할 수 있다. 이 효과는 독자의 주의가 흐트러지지 않게 하고 독자가 외부의 영향을 쉽게 받도록 만든다. 이것이야말로 율격metre*의 주요 기능이다.

그러나 시도 아니고 자유시도 아닌 산문에서는 율격적 특성이 지나칠 경우 귀가 예민한 독자에게서 공감을 얻어내는 것이 아니라 웃음이나 짜증을 유발할 수 있다. 한 예로 디킨스는 감정에 휘둘려서 무운시*를 썼다. 산문은 두드러지지 않고 보다 규정하기 힘든 종류의 음악을 필요로 한다. 반면 어떤 종류의 운율에 대해서든 듣는 귀가 없거나 관심이 없는 작가는 매우 지루하고 무미건조하거나 조악한 산문을 쓸 소지가 있다.

듯 그 이야기를 듣다가 결혼식 피로연을 놓치고 만다는 내용이다. 시 자체도 민요 형식을 띠고 환상적인 소재와 초자연적 배경이 사용되었다.

• 운율과 율격: 운율rhythm은 시에서 소리의 효과에 관한 일체의 현상을 총칭하는 말이다. 즉 시에서 언어의 음성적 특징이 일정 범위 내에서 일정한 유형에 따라 되풀이되는 것을 말한다. 운율은 '운韻'과 '율律'의 합성어로서, '운'은 특정한 위치에 동일한 음운이 반복되는 현상을 가리키고, '율'은 동일한 소리 덩어리가 일정하게 반복되는 현상을 가리킨다. 즉 '운'은 같은 소리, 또는 비슷한 소리의 반복을, '율'은 소리의 고저, 장단, 강약 등의 주기성을 가리키는 개념이다.
율격metre 혹은 보격步格은 흔히 운율과 같은 뜻으로 쓰이지만 시의 운율을 구성하는 한 방법이라고 보는 것이 정확하다. 대체로 한 시행의 운율 형태를 율격이라고 말한다. 율격은 운율과 달리 시에 반드시 필요한 요소는 아니다. 율격은 음의 강약이나 장단, 1행당 음절 수 등의 요소들을 특정한 유형의 형식으로 구성하는 추상적인 구조다.

• 무운시blank verse: 주로 희곡, 철학적인 내용의 장시, 이야기체 시에 사용되는 형식. 각운脚韻이 없는 약강弱强5보격步格 시행을 말한다. 각운은 둘 이상의 시행의 끝소리가 서로 같거나 매우 비슷할 때 그 반복된 소리의 리듬을 일컫는 말이다. 약강5보격은 약강격의 보 5개로 이루어진 행을 말한다. 음보音譜는 한 시행의 리듬을 이루는 가장 작은 단위를 말하는데, 하나의 보는 일반적으로 한 개의 강세 있는 음절과 한 개 또는 두 개의 강세 없는 음절이 결합되어 이루어진다. 영시에서 찾아볼 수 있는 4가지 주요 음보는 약강격, 강약격, 강약약격, 약약강격이 있다. 하나의 시행이 1개의 음보로 이루어져 있으면, 그 시행을 1보격이라 부른다. 2개의 음보로 이루어져 있으면 2보격, 3개면 3보격, 4개면 4보격, 5개면 5보격, 6개면 6보격이라 부른다. 영시에서 1행의 음보 수가 6개를 넘는 경우는 거의 없다.

이 모두는 역사가 오랜 이야기다. 아리스토텔레스는 웅변술에 대해 다음과 같이 말했다.[3]

"문체의 형태에는 율격이 없어야 하지만 운율이 없어서는 안 된다. 만약 율격이 있다면 이것이 인위적인 기교처럼 보이기 때문에 글이 설득력을 잃게 된다. 더욱이 청자가 어떤 가락이 반복되지 않는지 귀 기울이면서 청자의 주의가 딴 데로 쏠리게 된다. …… 반면 운율이 없다면 형태가 없는 것과 다름없다. 산문의 문체에는 반드시 형태가 있어야 한다. 그러나 율격은 없어도 된다. 문체에 형태가 없으면 읽는 즐거움이 없고 글을 이해하기도 힘들다."

마찬가지로 이소크라테스도 다음과 같이 말했다.

"산문은 완전히 산문적이어서는 안 된다. 그러면 글이 건조해지기 때문이다. 또 산문은 율격이 있어서는 안 된다. 그러면 글이 유난히 두드러진다. 따라서 산문에는 여러 율격적 형태, 특히 약강격과 강약격이 적절히 혼합되어 있어야 한다."[4]

실제로 많은 고전 작가는 특히 문장 끝(클라우술라clausula, 종지終止)에서 운율에 많은 공을 들였다. 그러나 이것이 우리에게 큰 도움이 되지는 않는다. 부분적으로는 고전어와 영어가 크게 다르기 때문이다. 고전어에서는 음의 양, 즉 장단이 중요한 반면, 영어에서는 강세가 가장 중요하다. 게다가 고전어와 영어는 저마다 선호하는 사항의 측면에서도 크게 다르다.[5] 따라서 여기서는 운율을 지닌 영어 산문의 좋은 예와 나쁜 예를 살펴보는 편이 더 현실적이다.

흠정역 성서에서 욥이 자신이 태어난 날을 저주하는 대목을 한번 살펴보자.*

let the stárs | of the twí |light thereóf | be dárk; (약강격 – 약약강격)

let it lóok | for líght, | but have nóne; (약강격 – 약약강격)

(P) neíther | lèt it | seé the | dáwning | òf the | dáy. (강약격)

Becaúse | it shút | not ùp ‖ the doórs | of my móth|er's wómb, (알렉산
더격*)

그 밤에 새벽 별들이 어두웠더라면,

그 밤이 광명을 바랄지라도 얻지 못하며

여명을 보지 못하였더라면 좋았을 것을,

이는 내 모태의 문을 닫지 아니하여

nor hid sorrow from mine eyes.

Why diéd | I nót | from the wómb? (약강격 – 약약강격)

whý did | I nót | give ùp | the ghóst ‖ when I cáme òut of | the bél |ly (14
음절)

*Whý did | he knées | prevént | me? ‖ or whý | the breasts | that Ì |
should súck?* (14음절)

- 살펴보자: 이 장 전체에서 아래의 부호는 다음을 지시한다.
′ : 제1강세
` : 제2강세
| : 음보 사이를 구분하는 기호
‖ : 행 중간의 휴지부를 표시하는 기호

- 알렉산더격: 한 시행이 12음절로 되어 있고 중간 휴지(6번째 음절 다음에 나오는 휴지)가
있는 음절격이다.

For now I should have lain still and been quiet,[6]

I should | have slépt: | thén had | I beèn | at rést, (무운시)

내 눈으로 환란을 보게 하였음이로구나.

어찌하여 내가 태에서 죽어 나오지 아니하였던가

어찌하여 내 어머니가 해산할 때에 내가 숨지지 아니하였던가

어찌하여 무릎이 나를 받았던가 어찌하여 내가 젖을 빨았던가

그렇지 아니하였던들 이제는 내가 평안히 누워서

자고 쉬었을 것이니

(P) With kíngs | and coún|sellors òf | the eárth, (4음보 크리스타벨 율
격*)

(P) which buílt | désolate | pláces for | themsélves;

or with prínc|es thàt | had góld, ‖ who fílled | their hoú|ses with

síl|ver; (알렉산더격)

ór as | an hídd|en untíme|ly bírth | I hàd | not béen; (알렉산더격)

as ín|fants which név|er saw líght. (약강격 – 약약강격)

Thére the | wícked | ceáse from | troúbling; (4음보 강약격)

and thére | the weár|y bè | at rést. (4음보 약강격)

자기를 위하여 폐허를 일으킨

세상 임금들과 모사들과 함께 있었을 것이요

• 크리스타벨 율격: 콜리지가 자신의 고딕풍 시 「크리스타벨Christabel」을 위해 만든 율격
형태. 음절을 세는 것이 아니라 단어의 강세를 세며, 음절의 수에 상관없이 각 시행마다 4개의
강세가 있는 2행 연구의 형태를 띤다. 음보는 대부분 약강격과 약약강격이다.

혹시 금을 가지며 은으로 집을 채운 고관들과 함께 있었을 것이며

또는 낙태되어 땅에 묻힌 아이처럼

나는 존재하지 않았겠고

빛을 보지 못한 아이들 같았을 것이라

거기서는 악한 자가 소요를 그치며

거기서는 피곤한 자가 쉼을 얻으며

위 구절과 앞으로 제시될 발췌문에서는 율독이 되는 구절을 이탤릭체로 표시했고 잠재적 운문으로 간주되는 구절에는 (P) 표시를 했다.[7] 물론 다른 배열과 율독도 가능하다. 그러나 이는 얼마나 많은 율격의 단편들이 이러한 종류의 산문에 삽입될 수 있는지를 충분히 보여준다. 산문 구절에 단 한 줄의 잠재적인 운문이라도 삽입하는 것이 위험하다고 생각하는 사람들에게는 아마도 상당히 놀라운 양일 것이다.

독자들은 어쩌면 위와 같은 성경 구절의 경우, 절반은 시나 마찬가지이기 때문에 산문의 적절한 예가 아니라고 생각할지도 모른다. 그렇다면 베니스를 주제로 쓴 러스킨의 글을 살펴보자.

It lay | *along* | *the face* | *of the wat*|*ers, no larg*|*er,* (무운시)

(P) as its cap|tains saw | it from | their masts | at even|ing, (무운시)

than a bar | *of sun*|*set that could* | *not pass* | *away*; (무운시)

but, for | *its power,* | *it must* | *have seemed* | *to them* (무운시)

(P) as if | they were sail|ing in | the expanse | of heav|en, (무운시)

and this | a great plan|et, whose or|ient edge (4음보, 크리스타벨 율격)

widened | through eth|er. A world | from which (4음보, 크리스타벨 율격)

all ignob|le care | and pett|y thoughts | were ban|ished, (무운시)

(P) *with all | the com|mon and poor | elements | of life.* (무운시)

(P) *No foul|ness, nor tum|ult in | those trem|ulous streets,* (무운시)

that filled, | or fell, | beneath | the moon ; (4음보 약강격)

(P) *but rip|pled mus|ic of | majest|ic change,* (무운시)

or thril|ling sil|ence.

No weak | walls could | rise ab|ove them ; (강약격)

no low-|roofed cott|age, nor straw-|built shed. (크리스타벨 율격)

Only | the strength | as of rock, | and the fin|ished sett|ing of stones |

most prec|ious. (14음절)

And around | them, far | as the eye | could reach, (크리스타벨 율격)

still the | soft mov|ing of stain|less wat|ers, proud|ly pure ; (알렉산더격)

as not | the flower, | so neith|er the thorn | nor the thist|le, (무운시)

could grow | in the glanc|ing fields.

(P) *Ether|eal strength | of Alps, | dreamlike, | vanishing* (무운시)

in high | process|ion beyond | the Torcell|an shore (무운시)

blue is|lands of Pad|uan hills, ‖ poised in | the gold|en west. (알렉산더격)

그것은 물의 표면을 따라 펼쳐져 있었다.

저녁 무렵 선장들이 돛대에서 바라보았을 때

지지 않는 저녁노을보다 크지 않았다.

그러나 그 힘을 생각한다면 그들은 마치

광활한 하늘을 항해하는 느낌이었을 것이고

이 거대한 행성의 동쪽 언저리는

창공 속에서 커져만 갔다. 세상으로부터

온갖 수치스러운 염려와 옹졸한 생각이 사라졌다.

삶의 그 모든 범상하고 초라한 것들과 함께.

흔들리는 거리의 어떤 불결함이나 소란도

달을 가득 채우거나 그 아래로 추락하지 않았고

다만 장대한 변화의 잔물결 이는 음악이나

황홀한 침묵만이 있었다.

어떤 약한 벽도 그 위로 솟아오를 수 없다.

지붕이 낮은 오두막집도, 짚으로 만든 헛간도.

오로지 바위와 같은 힘과 돌들의 매끈한 표면만이

가장 귀중하다.

게다가 그들 주변으로 시선이 닿는 곳까지

당당할 정도로 순수한 깨끗한 바다가 부드럽게 일렁인다.

꽃조차도, 가시나무조차도, 엉겅퀴조차도

반짝이는 들판에서 자라지 못한다.

천상의 힘을 지닌 알프스는 마치 꿈과 같이 사라진다.

토르셀란 해안 위의 높은 행렬 속에서.

파두안 언덕의 푸른 섬들이 황금빛 서쪽에 자리 잡고 있다.

위 구절 중 일부는 단순한 율격이 아니라 훌륭한 율격을 지녔다. 무운시 작가라면 'in high procession beyond the Torcellan shore(토르셀란 해안 위의 높은 행렬 속에서)'라는 구절을 두고 부끄러워할 필요가 없다. 그러나 이 구절은 산문의 경우 위험한 율격으로 보인다. 실제로 러스킨이 언어로 그려내는 풍경화의 상당 부분은 시적 상상력과 시적 운율로 가득 차 있다. 따라서 독자들은 그의 글을 두고, 감탄을 자아내긴 하지만 어떤 불편함을 유발하는 혼성적 형태가 아닌, 시로 쓰였으면 더 낫지 않았을까 생각할 수도 있다.

랜더(지나친 감이 있지만 조지 무어는 그를 셰익스피어 이상으로 평가했다.)의 경우를 살펴보자. 아래에 내가 인용하는 구절이 진부하다면 그 이유는 무엇일까? 독자에게 즐거움을 주는 힘이 부족한 것이다.

(P) AESOP. Lao|damei|a died ; | Hel|en died :

Leda, | the beloved | of Jup|iter, went | before.

(P) It is bett|er to repose | in the earth | betimes | than to sit | up late ;[8] better, than to cling pertinaciously to what we feel crumbling under us,

(P) and to | protract | an inev|itab|le fall.

We may enjoy the present, while we are insensible of infirmity and decay ; but the present, like a note in music, is nothing but as it appertains

to what | is past | and what | is to come.

There are no fields of amaranth on this side of the grave ; there are no voices, O Rhodope,

that are not | soon mute, | howev|er tune|ful;

there is no name, with whatever emphasis of passionate love repeated,

of which | the ech|o is | not faint | at last.

RHODOPE. *O Aes|op! let | me rest | my head | on yours;*

it throbs | and pains | me.

AESOP. *Whát are| thése id|eás to | thée?*

RHODOPE. *Sad, | sórrow|ful.* (강약격)

AESOP. *Harrows | that break| the soil, ‖ prepar|ing it | for his*

wis|dom. (알렉산더격)

Many | flowers must | perish ‖ ere a grain | of corn | be rip|ened.[9]

And now | remove | thy head: ‖ the cheek| is cool | enough (알렉산
더격)

after | its litt|le shower | of tears.

이솝: 라오다메이아는 죽었소. 헬렌도 죽었소.

주피터의 연인 레다는 그 전에 가버렸소.

밤늦도록 깨어 있기보다는 늦기 전에 땅속에 잠들어 있는 게 낫소.

우리 아래서 허물어지는 것에 끈질기게 매달리기보다는 그게 낫소.

불가피한 추락을 질질 끌기보다는 그게 낫소.

우리는 현재를 즐길 테지만 동시에 병약함과 쇠락에 대해 무감각하오.

하지만 현재는 노래 한 곡조와 같이

그저 지나간 것과 다가올 것에 속할 뿐이오.

무덤 이편에는 영원히 시들지 않는 꽃밭이 없소.

오, 로도폐여. 금세 사라지지 않는, 듣기 좋은 목소리도 없소.

격렬한 사랑을 되풀이하여 부르짖는 이름도 없소.

그 메아리만이 영영 사라지지 않을 것이오.

로도페: 오, 이솝! 그대의 머리에 기대 쉬게 해주오.

머리가 지끈거려 고통스럽소.

이솝: 이 모든 생각이 그대에게 다 무엇이오?

로도페: 슬프고 한탄스럽소.

써레는 흙을 일구어 지혜를 위한 준비를 하오.

옥수수 낟알들이 익기 전에 수많은 꽃들이 죽고 만다오.

이제 그대의 머리를 거두시오. 그대의 뺨이 충분히 차갑소.

소나기 같은 눈물이 한바탕 지나갔으니.

위 예문에서도 상당한 율격이 감지된다. 그러나 율독이 되지 않는 부분도 다수 있는데 그 이유는 비강세 음절의 비중이 크기 때문이다. 이러한 음절은 'pertinaciously', 'insensible of infirmity', 'emphasis of passionate love'와 같이 라틴어에서 파생된 긴 단어에서 자주 나타난다.

이번에는 기번의 경우를 살펴보자.

While Julian struggled with the almost insuperable difficulties of his situation,

the sil|ent hours | of the night | were still | devot|ed to stud|y and con|templat|ion.

Whenev|er he closed | his eyes ‖ in short | and in int|errupt|ed slumb|ers,

his mind was agitated with painful anxiety; nor can it be thought surprising that the Genius of the Empire should once more appear before him, covering with a funereal veil his head and his horn of abundance,

(P) and slow|ly retir|ing from | the Imper|ial tent.

The monarch started from his couch, and stepping forth to refresh his spirits with the coolness of the midnight air, he beheld a fiery meteor,

which shot | athwart | the sky | and sud|denly van|ished.

Julian was convinced that he had seen the menacing countenance of the god of war; the council which he summoned, of Tuscan Haruspices, unanimously pronounced that he should abstain from action; but on this occasion necessity and reason were more prevalent than superstition;

(P) and the trump|ets sound|ed at | the break | of day.

율리아누스가 극복할 수 없을 정도로 어려운 상황으로 고군분투하고 있을 때,

한밤의 조용한 시간은 여전히 숙고와 사색에 바쳐지고 있었다.

간간히 찾아오는 선잠 속에서 그가 눈을 감을 때면

그의 머릿속은 고통스러운 염려로 불안하게 동요했다.

제국의 천재가 머리에 장례용 베일을 두르고 풍부함의 뿔피리를 든 채 그의 앞에 다시 한 번 나타났다가

황제의 거소에서 서서히 물러난다 해도 놀랍지 않다.

군주는 침상에서 일어나 한밤중의 차가운 공기로 머리를 식히려고

발걸음을 옮겼다가 불타는 듯한 유성을 보았다.

유성은 하늘을 가로지르더니 갑작스레 사라졌다.

율리아누스는 전쟁의 신의 위협적인 얼굴을 보았다고 확신했다.

그가 소환한 장점 제관 평의회는

그가 행동을 개시하기를 피해야 한다고 만장일치로 선언했다.

그러나 이번에는 미신보다는 필요와 이성에 따른 결정이었다.

그리고 날이 밝자 나팔 소리가 들려왔다.

여기서도 독자들은 위 구절을 저마다 다르게 읽을 것이다. 어느 부분에 율격이 있고 없는지, 율격이 있다면 어떻게 율독을 해야 하는지 독자마다 의견이 다를 것이다. 그러나 위 예문은 'And slowly retiring from the Imperial tent', 'which shot athwart the sky and suddenly vanished', 'and the trumpets sounded at the break of day' 와 같이 문장 끝에 다다를수록 율격이 더 강해지는, 산문에서 흔히 나타나는 경향을 보여준다.

다음 예문은 『햄릿』의 일부로, 운문과 대조하기 위해 의도적으로 선택한 산문이다. 그러나 여기에도 율격이 부분적으로 존재한다.

I will tell you why; so shall my anticipation prevent your discovery and your secricie to the King and Queene moult no feather.

I have | of late, | but where|fore I know | not.

lost all | my mirth,

forgone | all cust|ome of ex|ercise;

and indeed, it goes so heavily with my disposition, that this goodly frame, the Earth, seemes to me a sterrill Promontory; this most excellent Canopy the Ayre, look you,

this brave | ore–hang|ing Firm|amemt,

this Majest|icall Roofe, | fretted | with gold|en fire:

why, it | appeares | no oth|er thing | to mee,

then a foule | and pesti|lent con|gregat|ion of vap|ours.

What a piece | of worke | is a man! | how Nob|le in Reas|on!

how in|finite| in fac|ulty!

in forme | and mov|ing how | expresse| and adm|irable!

in Ac|tion, how like | an Ang|el! || in

ap|prehens|ion how like | a God!

the beauty of the world, the Parragon of Animals;

and yet, | to me, | what is | this Quintess|ence of Dust?

(P) Man delights | not me; | no, nor Wom|an neith|er;

though by| your smil|ing you seeme| to say | so.

내가 그 이유를 말해주지. 그래야 자네들이 내게 먼저 누설한 꼴이 되지 않고

자네들이 왕과 왕비에게 한 비밀 약속도 털끝 하나 다치지 않게 할 수 있지.

최근 나는 왜 그런지 모르겠지만

웃음을 모조리 잃었고

늘 하던 운동도 그만두었다네.

정말이지 너무 심란해서 견고한 틀 같은 이 세상도 내게는 그저 황량한

곳과 같고

더없이 훌륭한 덮개 같은 이 창공도

내게는 그저 돌덩이로밖에 보이지 않는다네.

황금불로 뒤덮인 이 장엄한 지붕도

왜 내게는 그저

병을 옮기는 불결한 수증기 덩어리로밖에 보이지 않는지.

인간이란 대단한 작품이야! 이성은 얼마나 고결한지!

능력은 그 얼마나 무한한지!

자태와 움직임은 그 얼마나 표현력 넘치고 감탄스러운지!

행동은 그 얼마나 천사 같은지!

이해력은 또 얼마나 신과 같은지!

세상의 아름다움이자 동물들의 본보기라네.

그러나 내게는 왜 한낱 먼지에 불과한가?

사람을 만나도 즐겁지가 않고 여자는 더더욱 그렇다네.

하지만 자네들은 웃으면서 그렇지 않다고 말하는 것 같군.

　하지만 독자들은 이런 식이라면 율격적 요소들을 억지로 끼워 맞추지 못할 영어 산문은 없다고 반응할지도 모른다. 그러나 내 생각은 다르다. 메러디스의 다음 구절을 살펴보자.

Now men | whose in|comes have been | restricted | to the extent that they must live on their capital, soon grow relieved of the forethoughtful anguish wasting them by the hilarious comforts of the lap on which they have sunk back, insomuch that they are apt to solace themselves for their intolerable anticipations of famine in the household by giving loose to one fit or more of reckless lavishness. Lovers in like manner live on their capital from failure of income: *they, too | for the sake | of stifl|ing ap|prehension |* and pip|ing to | the pres|ent hour,| are lav|ish of | their stock,| so as rapidly to attenuate it: they have their fits of intoxication in view of coming famine: they force memory into play, love retrospectively, enter the old house of the past and ravage the larder, and would gladly, even resolutely, continue in illusion if it were possible for the broadest honey-store of reminiscences to hold out for a length of time against a mortal appetite: which in good sooth stands on the alternative of a consumption of the hive or of the creature it is for nourishing. Hére do | lóvers | shów that | thèy are | pérish|able.[10]

소득이 거의 없어서 가진 것만으로 살아야 하는 사람들은 지금 베고 누워 있는 무릎의 안락함에 빠져 그들을 지치게 하는 미래에 대한 번민을 잊어버리고, 곧 굶주림이 다가오리라는 참을 수 없는 생각 때문에 한 번씩 충동적으로 무모하게 낭비하며 위안을 찾는다. 마찬가지로 연인들 역시 새로운 소득이 없으면 가진 것만을 가지고 산다. 그들도 숨 막

• | : 굵은 선은 운문의 시작이나 끝을 나타낸다.

히는 불안 때문에 그리고 현재의 시간에 집착한 상태로, 가진 것을 낭비하여 그것들을 빠르게 약화시킨다. 그들은 다가오는 결핍 때문에 발작적인 극도의 흥분 상태를 보인다. 그들은 강제로 기억이 되살아나도록 하고, 추억에 잠겨 사랑을 하며, 과거의 오래된 집으로 들어가고, 식품 저장실을 황폐하게 만들며, 언젠가는 사라질 식욕이 다할 때까지 추억이라는 달콤한 꿀을 넣어둔 커다란 꿀통으로 버틸 수 있다는 듯이 기꺼이 심지어 결연하게 환상 속에 계속 머물러 있다. 실제로 식욕은 꿀의 소비나 그 꿀이 키워내는 것에 의존한다. 여기서 연인들은 그들이 말라죽기 쉬운 존재라는 사실을 보여준다.

위 예문에서는 공정을 기하기 위해 율독이 가능한 몇몇 부분을 표시했다. 그러나 대체적으로 위의 산문적인 글에서 독자의 귀가 율격을 감지해내기는 어려울 것으로 보인다. 더욱이 독자는 글의 의미를 파악하는 데 전적으로 집중할 가능성이 크다. 다만 개인적으로 덧붙이고 싶은 말은 일종의 요란한 허세 때문에 문체와 운율 모두 불쾌감을 유발한다는 것이다.[11]

하지만 그게 글의 요지는 아니다. 실제로 메러디스의 산문에는 오히려 율격이 지나치다고 여겨질 수 있는 시적인 측면도 있다. 'Golden | lie the | meadows; ‖ golden | run the | streams……(황금처럼 초원이 펼쳐져 있고, 황금처럼 시내가 흐른다)'라는 구절이 그 예다.[12] 그러나 소용돌이 모양의 미끄럼틀을 연상케 하는 긴 절과 덜컥거리는 느낌의 다음절어가 특징인, 메러디스의 일상적인 문체는 운문과는 상당한 거리가 있다. 어떤 작가가 "Yet, if you looked on

Clara as a délicàtely inímitàblè pórcèlain beauty, the suspicion of a délicàtely inímitàblè* ripple over her features touched a thought of innocent roguery, wild-wood roguery.(그러나 클라라를 섬세하고 독특한 도자기 같은 미인이라 여긴다고 하면, 그녀의 이목구비에 드리워진 섬세하고 독특한 약간의 잔물결이 순수한 장난, 자연림의 장난을 떠올리게 할 것이다.)"와 같은 문장을 쓸 경우, 그가 율격을 과도하게 선호한다고 비난할 사람은 없다. 그러나 누군가는 이 치료법이 과연 질병보다 더 나은지 의심을 품을지도 모른다.[13]

하지만 그 정도 양의 다음절어가 유일한 해결책은 아니다. 율격은 존슨, 기번, 버크의 경향으로 회귀하기 전인 18세기 초의 다수의 산문과 같이, 어조의 측면에서 대화에 가까운 문체에서는 나타날 가능성이 별로 없다. 작가가 전반적으로 산문적이고 감정을 드러내지 않는 방식으로 글을 쓸수록 독자는 그의 글에서 무의식적으로 규칙적인 운율을 감지할 가능성이 적다.

He must have been a man of a most wonderful comprehensive nature, because, as it has been truly observed of him, | he has tak|en in|to the com|pass || of his Cant|erbur|y Tales | the various manners and humours (as we now call them) of the whole English nation, in his age. Not a single character has escaped him. All his pilgrims are severally distinguished from each other; and not only in their inclinations, but in

* : 점은 비강세 음절을 나타낸다.

their very physiognomies and persons.

그는 무척이나 놀랍도록 포용력 있는 본성을 지녔음에 틀림없다. 실제로 그에게서 볼 수 있듯이, 그는 당대 영국이라는 한 나라의 다양한 관습과 해학을 『캔터베리 이야기』 속에 집약시켰기 때문이다. 그는 단 한 명의 등장인물도 그냥 지나치지 않았다. 그의 모든 순례자들은 서로 완전히 구별된다. 저마다의 성향뿐만 아니라 생김새와 풍채의 측면에서도 뚜렷이 구별된다.

―드라이든

As Sir Roger is landlord to the whole Congregation, he keeps them in very good Order, and will suffer no Body to sleep in it besides himself; for if by Chance he has been surprized into a short Nap at Sermon, upon recovering out of it he stands up and looks about him, and if he sees any Body else nodding, either wakes | them himself, | or sends | his Serv|ants to | them. Several other of the old Knight's Particularities break out upon these Occasions: Sometimes he will be lengthening out a Verse in the Singing-Psalms, half a Minute after the rest of the Congregation have done with it; sometimes, when he | is pleased | with the matt|er of his | Devo|tion, he pronounces *Amen* three or four times to the same Prayer; and sometimes stands up when every Body else is upon their Knees, to count the Congregation, or see if any of his Tenants are missing.

로저 경은 전체 신도들의 지주와 같은 존재이므로 그들 사이에서 질서가 곧게 서도록 하며, 자신 말고는 어느 누구도 잠드는 것을 허용하지 않는다. 그는 설교 중에 우연히 졸 때면 크게 놀라며 잠에서 깨어나 일어서서 자기 주변을 둘러보고, 누군가가 꾸벅이며 조는 모습을 볼 때면 직접 그를 깨우거나 그에게 자기 하인들을 보낸다. 훈위를 수여받은 노인 특유의 또 다른 몇 가지 유별난 행동은 다음 경우에도 나타난다. 이따금 그가 찬송가를 부를 때면 다른 신도들이 어떤 대목을 부른 지 30초가 지나도록 그 대목을 길게 늘여 부른다. 또 자신의 헌신에 흡족할 때면 같은 기도에 대해 아멘을 서너 번이나 외친다. 그런가 하면 모든 사람이 무릎을 꿇고 있는 와중에 혼자 벌떡 일어나 신도들의 인원수를 세거나 누군가 빠진 사람이 없는지 확인한다.

—애디슨

And as his lordship, for want of principle, often sacrificed his character to his interest, so by these means he as often, for want of prudence, sacrificed his interest to his vanity. With a person as disagreeable as it was possible for a human figure to be without being deformed, he affected following many women of the first beauty and the most in fashion, and, if you would have taken his word for it, not without success; whilst in fact and in truth he never gained anyone above the venal rank of those whom an Adonis or a Vulcan might be equally well with, for an equal sum of money. He was very short, disproportioned, thick and clumsily made; had a broad, rough-featured, ugly face, with black teeth and a head big enough for Polyphemus. Ben Ashurst, who said few good things, told Lord Chesterfield once that he was like a stunted giant, which was a humorous idea and really apposite.

귀족의 신분으로서 그는 원칙이 부족한 탓에 이해관계를 위해 인격을 희생시키기 일쑤였고, 마찬가지로 신중함이 부족한 탓에 허영심을 위해 이해관계를 희생시키기 일쑤였다. 기형까지는 아니더라도 사람 얼굴이라고 하기에는 생김새가 더없이 유쾌하지 못한 그는 자신을 따르는, 일류급 미모를 지니고 유행에 밝은 많은 여성에게 상처를 주었다. 만약 그의 말을 곧이곧대로 받아들인다면 성공하지 못할 것도 없었다. 그럼에도 실제로 그는 같은 액수의 돈이면 아도니스나 불카누스와 어울릴 법한 부패한 계급을 제외하고는 아무도 자기편으로 만들지 못했다. 그는 키가 무척 작고 균형이 맞지 않고 뚱뚱하고 투박했다. 또 얼굴이 넓적하고 이목구비가 매끈하지 않고 못생긴 데다 치아가 검고 두상은 폴리페모스만큼이나 컸다. 좋은 말에 인색한 벤 애셔스트는 언젠가 체스터필드 경에게 그가 발육이 멎은 거인 같다고 한 적이 있는데, 그것은 재미있는 발상이자 아주 적절한 비유였다.

—허비 존 경, 체스터필드에 관해

Mr. *Allworthy* had been absent a full Quarter of Year in *London*, | on some ver|y partic|ular Bus|iness, ‖ though I know | not what | it was; | but judge of its Importance, by its having detained him so long from home, whence he had not been absent a Month at a Time during the Space of many Years. He came | to his House | very late | in the Even|ing, and after a short Supper with his Sister, retired much fatigued to his Chamber. Here, having spent some Minutes on his Knees, a Custom which he never broke through on any Account, he was preparing to step into Bed, when, upon opening the Cloaths, to his great Surprize, he beheld an Infant, wrapt up in some coarse Linnen, in a sweet and profound Sleep, beneath his Sheets.

올워디 씨는 어떤 특별한 일 때문에 일 년 중 석 달 내내 런던에 없었다. 그 일이 무엇인지 나는 모르지만 말이다. 그러나 수년간 한 달도 자리를 비우지 않았던 그가 그렇게 오랫동안 떠나 있었다는 사실을 생각하면 틀림없이 매우 중요한 일일 것이다. 그는 아주 늦은 저녁에 집에 도착해서 누이와 간단히 저녁식사를 한 다음 무척이나 피곤했는지 방으로 들어갔다. 그는 무슨 일이 있어도 절대 거르지 않는 통과의례로 몇 분간 무릎을 꿇고 있은 뒤 잠자리에 들 채비를 하려는데 옷장 문을 열고 소스라치게 놀랐다. 그 안에는 거친 천으로 싸인 채 달콤하게 곤히 잠들어 있는 갓난아이가 있었다.

―필딩

So far as routine and authority tend to embarrass energy and inventive genius, academies may be said to be obstructive to energy and inventive genius, and, to this extent, to the human spirit's general advance. But then this evil is so much compensated by the propagation, on a large scale, of the mental aptitudes and demands which an open mind and a flexible intelligence naturally engender, genius itself, in the long run, so greatly finds its account in this propagation, and bodies like the French

Academy have such power for promoting it, that the general advance of the human spirit is perhaps, on the whole, rather furthered than impeded by their existence.

관례와 권위가 활력과 창의적인 천재성을 저해하는 한, 학술기관은 활력과 창의적인 천재성에 장애가 될 수 있으며 따라서 인간 정신의 전반적인 진보에도 장애가 될 수 있다. 그러나 이 악은 열린 생각과 융통성 있는 지성에 의해, 자연적으로 생겨나는 정신적 성향과 요구의 전파에 의해 대규모로 크게 상쇄된다. 결국 천재성 자체는 이러한 전파 속에서 크게 이로움을 얻게 되고, 프랑스 한림원과 같은 기관은 이를 고쳐시킬 수 있는 힘을 지니고 있기 때문에 인간 정신의 전반적인 진보는 아마도 그 존재에 의해 지연되기보다는 더욱 촉진될 것이다.

—매슈 아널드

위 글은 아널드가 교사와 같은 태도로 영국의 평범한 일반인을 대상으로 성실하게 반복을 해가며 설파를 하는 것처럼 들린다. 내가 그다지 선호하는 문체는 아니다. 그러나 그가 옥스퍼드를 주제로 글을 쓸 때 운율이 어떻게 변화하는지 살펴보자.

> Ador|able dream|er, whose heart | has been | so romant|ic!
> (P) who hast giv|en thyself | so prod|igally,
> given | thyself | to sides | and to her|oes not mine,
> only never to the Philistines!
> (P) home of | lost caus|es, and | forsak|en beliefs,

and unpop|ular names, | and imposs|ible loy|alties!

마음이 그토록 낭만적인 사랑스러운 몽상가여!

내가 아닌 측근에게, 영웅들에게

그대의 몸을 호탕하게 맡겼구나.

다만 범인들에게만은 그대를 맡기지 않았구나!

길을 잃은 대의, 버림받은 신념과

알려지지 않은 이름과 불가능한 충성심의 안식처!

위와 같은 대비를 그저 우연이라고 하기는 힘들다. 물론 우연도 한몫을 한다. 그리스어 산문에서도 순전히 우연에 의해 약강격의 3보격이 나타날 수 있다. 타키투스의 『연대기*Annals*』는 "*ūrbēm | Rōmam ā | prīncĭpĭ|ŏ rēg|ēs hăbŭ|ērĕ*"•와 같은 형편없는 6보격으로 시작하고, 그의 『게르마니아*Germania*』에서는 "*aūgŭrĭ|īs pātrum | ēt prīsc|ā fŏrm|ĭdĭnĕ | sācrām*"과 같이 그보다는 나은 6보격을 찾아볼 수 있다. 6보격은 영어 담화의 경우 자연스러운 형태가 아니지만 성경에서는 "Hów art thou | fállen from | heáven, ‖ O | Lúcifer, | són of the | mórning"[14]과 같은 예를 찾아볼 수 있다. 게다가 영어에서는 고전어보다 우연에 의한 약강격, 강약격, 약약강격의 율격이 나타날 가능성이 더 큰데, 그 이유는 영어의 운율 체계가 훨씬 더 단순하고 느슨해서이다. 특히 그리스어와 라틴어의 경우 율격에 맞게 마음대로 늘이거나 줄일 수 있는 음절이 비교적 적은 반면, 영어에는 시인

• ‾ / ˘ : ‾는 장음, ˘는 단음을 나타낸다.

의 편의대로 위치에 따라 강세를 주거나 없앨 수 있는 음절이 무수히 많다. 그럼에도, 타 작가들에 비해 영어로 글을 쓰는 일부 작가들에게서 율격을 지닌 구절이 눈에 띄게 풍부하게 나타나는 현상은 우연만으로는 설명할 수 없다. 그렇긴 하지만 그러한 구절이 일반적으로 의식적이고 의도된 것이라고도 생각할 수 없다. 어떤 때는 그저 작가의 나쁜 습관인 경우도 있다. 그러나 보통은 물 끓이는 주전자가 특정 온도에 다다르면 소리를 내는 것처럼, 산문이 격정에 달하면 저절로 어떤 곡조를 드러내기 마련이다. 게다가 어느 한도 내에서라면 그러지 못할 이유가 어디 있겠는가?

더 이상 긴 예문을 실을 여유가 없으므로 결론을 내리고 확인을 하는 차원에서, 율격의 측면에서 정교한 산문 문장의 몇 가지 간단한 예문을 제시하겠다.

And thou were the godelyest persone that ever cam emonge prees of knyghtes, and thou was the mekest man and the jentyllest that ever ete in halle emonge ladyes, | and thou | were the stern|est knyght | to thy mort|al foo | that ev|er put spere| in the reeste.

그대는 기사들 중에서도 가장 신성한 자였고, 그대는 가장 온화하고 신사적인 자였으며, 그대는 창을 든, 죽을 운명에 처한 적에게 가장 근엄한 기사였다.

—맬러리

O el|oquent, just,| and might|y Death!

whom none | could advise,| thou hast | persuad|ed;

what none | hath dared,| thou | hast done;

and whom | all the world | has flatt|ered,

thou on|ly has cast | out of | the world | and despised.

Thou hast drawn | togeth|er all | the far-|stretched great|ness,

(P) all the | pride, cru|elty, and | ambit|ion of man,

and cov|ered it | all ov|er ‖ with these | two narr|ow words,

Hic jacet.

오, 감동적이고 공명정대하며 장대한 죽음이여!

아무도 조언을 건네지 못한 자를 그대가 설득시켰고

아무도 감히 해내지 못한 일을 그대가 해냈으며

온 세상이 아첨한 자를

그대가 세상 밖으로 몰아내 멸시했도다.

그대는 인간의 모든 위대함과

자긍심과 잔인함과 야망을 한데 모아

이 인색한 단 두 마디로 그 모두를 덮어버렸다.

여기 잠들다.

―롤리

Life is | a journ|ey in a dust|y way,

the furth|est rest | is death;

in this | some go | more heav|ily burth|ened than oth|ers;

swift and | active | pilgrims ‖ come to | the end | of it

in the morn|ing or | at noon,| which tort|oise-paced wretch|es,

clogged with | the fragmentary rubb|ish of | this world,

scarce with | great trav|ail crawl | unto | at midnight.

삶은 먼지투성이 길 위의 여정이고

가장 긴 휴식은 죽음이다.

이 여정에서 어떤 이는 다른 이들보다 더 무거운 짐을 지고 간다.

잽싸고 민활한 순례자들이 아침이나 정오에 여정의 끝으로 다가온다.

거북처럼 느린 가련한 자들은 이 세상의 쓰레기 조각들로 막힌 채

큰 고역을 치르지 않은 채 한밤중으로 기어든다.

　　―호손덴의 드러먼드

For so | have I seen | a lark

rísing | fròm his | béd of | grass,

soaring | upwards | and sing|ing as | he ris|es

and hopes | to get | to Heav|en ‖ and climb | above | the clouds;

but the | poor bird | was beat|en back

with the | loud sigh|ings of | an east|ern wind

and his mot|ion made | irreg|ular and inconst|ant,

descend|ing more | at ev|ery breath | of the temp|est

than it could recover by the vibration and frequent weighing of his

wings;

till the litt|le creat|ure was forced | to sit down | and pant

and stay | till the storm | was ov|er;

and then | it made | a prosp|erous flight

and did rise | and sing

as if | it had learned | music ‖ and mot|ion from| an ang|el

as he passed | sometimes | through the air ‖ about | his min|istries here

| below.

내가 본 종달새 한 마리는

풀밭에서 날아올라

높이 비상하여 지저귀며

천국에 다다라 구름 위로

날아오르길 바랐다.

그러나 가련한 종달새는

동풍의 거센 한숨에 압도당했고

고르고 일정치 못하게 움직이며

폭풍이 입김을 불 때마다 자꾸만 내려갔다.

새는 거듭 퍼덕이며 날갯짓을 한 후에야

제 몸을 가눌 수 있었다.

결국 그 작은 생명체는 내려앉아 헐떡이며

폭풍이 지나가기를 기다릴 수밖에 없었다.

그러고는 다시금 순조롭게 날아올라

하늘 높이 비상하며 지저귀었다.

천사에게서 노래와 날갯짓을 배운 듯이.

새는 이따금 하늘을 가로질러 저 아래의 목사들을 스쳐갔다.

—제레미 테일러

Now sínce | these deád | bònes have | alreád|y outlást|ed

the liv|ing ones | of Methus|elah,

ànd in | a yard | under ground,| and thin | walls of clay,

outworn| all the strong | and spec|ious build|ings above | it;

and quiet|ly rest|ed

under | the drums | and trampl|ings of | three con|quests;

what Prince | can prom|ise such| diuturn|ity

unto | his rel|iques, or might | not glad|ly say,

Sic ego componi versus in ossa velim?

이제 이 죽은 뼈들은

므두셀라의 살아 있는 뼈들보다 오래되었다.

땅 밑의 뜰과 얇은 흙벽에서

그 위에 지은 튼튼하고 널찍한 건물들보다 오래 남았으며

세 번의 정복에서 들린 북소리와 발소리에도

평온히 안식을 취했으니

자기 유물에 그 같은 영속성을 부여할 수 있는 군주가 또 어디 있겠는가.

'이것이야말로 뼈에 관한 시다.'라고 기꺼이 말할 군주가 또 어디 있겠는가.

—토마스 브라운 경

Nor will | the sweet|est delight | of gard|ens ‖ afford | much com|fort in sleep;

wherein | the dul|ness of | that sense

shakes hands | with delect|able od|ours;

and though | in the bed | of Cle|opatr|a,

can hard|ly with an|y delight || raise up | the ghost | of a rose.

정원의 가장 달콤한 기쁨조차도 그다지 편하게 잠들 형편이 못 된다.

그곳에서 그 감각의 무딤이

아주 맛있는 냄새와 악수를 한다.

그러나 클레오파트라의 침상에서는

장미의 혼령이 좀처럼 기쁘게 솟아오르지 못한다.

—토마스 브라운 경

When all | is done,| human | life is, || at the greatest and | the best,

but like | a frow|ard child | that must | be played | with

and hum|oured a litt|le

to keep | it qui|et till | it falls | asleep;

and then | the care | is ov|er.

모든 것이 행해졌을 때 인간의 삶은 최고조에 달한다.

그러나 이 삶은 심술궂은 어린애처럼

조용히 있다가 잠들 수 있도록

데리고 놀고 비위를 맞춰주어야 한다.

그제야 보살핌이 끝나게 된다.

—윌리엄 템플 경

⋯⋯ our dign|ity? That | is gone. ‖ I shall say | no more | about | it.

Light lie | the earth | on the ash|es of Eng|lish pride!

⋯⋯ 우리의 존엄성? 그것은 사라져버렸다. 그에 대해 더 이상 말을 하지 않겠다.

영국의 자부심이라는 잿더미 위에 이 세상이 살포시 내려앉았다!

—버크[15]

She droops | not; and | her eyes,

rising | so high,| might be hidd|en by dist|ance.

But be|ing what | they are,| they can | not be hidd|en;

through the treb|le veil | of crape | that she wears,

the fierce |⸍light | of a blaz|ing mis|ery

that rests | not for mat|ins or vesp|ers,

for noon | of day | or noon | of night,

for ebb|ing or| for flow|ing tide,

may be read | from the ver|y ground.

She is | the defi|er of God.

She al|so is | the moth|er of lun|acies,

and the | suggestr|ess of su|icides.

Deep lie | the roots | of her power;

but narr|ow is | the nat|ion that | she rules.

그녀는 풀이 죽지 않았고 높이 치켜 뜬

그녀의 눈은 멀리서는 보이지 않을지도 모른다.

그러나 존재 자체만으로 그녀의 눈은 가려질 수 없다.

그녀가 걸친 비단옷의 세 겹의 베일을 통해

아침기도나 저녁기도에도 아랑곳 않는

한낮이나 한밤중에도 아랑곳 않는

밀물과 썰물에도 아랑곳 않는

타오르는 불행의 맹렬한 불빛이

땅바닥으로부터 드러난다.

그녀는 신에게 도전하는 자이다.

그녀는 광기의 어머니이기도 하고

자살의 암시자이기도 하다.

그녀의 힘이 깊이 뿌리를 내리고 있다.

그러나 그녀가 통치하는 나라는 작을 뿐이다.

—드 퀸시

The pres|ence that | thus rose ‖ so strang|ely beside | the waters,

is express|ive of what | in the ways | of a thous|and years

men had come | to desire.

Hers is | the head | upon which ‖ all ‘the ends | of the world | are

come ……’

바다 곁에서 그토록 기묘하게 떠오른 존재는

수천 년이 흐르는 동안

인간들이 바라게 된 것을 나타낸다.

그녀의 머리 위로 '세상의 모든 끝이 다가온다……'
—페이터[16]

Let me │ now raise │ my song │ of glor│y.

Heaven │ be praised │ for sol│itude.

Let me be │ alone.

Let me cast │ and throw │ away │ this veil │ of be│ing,

this cloud │ that chang│es with │ the least breath,

níght and │ dáy, and │ áll night │ and áll │ day.

While I │ sat here │ I have │ been chang│ing.

I have watched │ the sky change.

I have seen │ clouds cov│er the stars, │ then free │ the stars,

then cov│er the stars │ again.

Now I look │ at their chang│ing no more.

Now no │ one sees │ me and I │ change no more.

Heaven │ be praised │ for sol│itude

that has │ removed │ the press│ure of │ the eye,

the solic│itat│ion of │ the bod│y,

and all need │ of lies │ and phras│es.

이제 내가 영광의 노래를 소리 높여 부르게 해줘.

하늘은 고독을 위해 찬양을 받지.

나를 혼자 있게 내버려 둬.

내가 이 존재의 베일을 내던지게 해줘.

한 줌의 입김에도 밤낮으로

이 구름은 시시각각 변하네.

여기 앉아 있는 동안 나는 변하고 있어.

나는 하늘이 변하는 걸 보았어.

구름이 별들을 덮었다가 놓아주고

다시 덮는 광경을 보았어.

이제 나는 그들이 변하는 걸 더 이상 보지 않아.

이제 그 누구도 나를 보지 않고 나도 변하지 않아.

하늘은 고독을 위해 찬양을 받지.

눈을 짓누르는 압박도

몸뚱이의 간청도

거짓말과 빈말이 필요한 이유도 거두어갔다네.

　　—버지니아 울프

　요컨대, 시적인 성격을 지닌 영어 산문에는 생각보다 훨씬 많은
율격이 숨겨져 있다고 할 수 있다. 그러나 이 발언은 신중하게 발설
해야 하는 위험한 비밀이다.[17] 덧붙이자면, 이는 운문에 관한 워즈워
스식의 이론, 즉 작가가 독자로부터 이성적인 공감을 끌어내려면 타
인과 같은 방식으로 본인을 표현해야 한다는 이론을 산문에 적용하
는 자들 때문에 영어 문학에서 사라지는 또 다른 아름다움이라 할
수 있다. 대화에 상당히 가까운 산문의 경우에는 영어 담화에서는
드문 (아일랜드의 경우에는 어떨지 모르지만) 운율적 강도가 어김없이
존재하지 않는다.

물론 음절뿐만 아니라 생각의 대칭적 배열에 따라 달라지는 또 다른 운율의 종류도 있다. 이를 대조법antithesis이라 한다. 릴리, 존슨과 같은 산문 작가와 포프 및 그의 학파와 같은 시인들이 이 방법을 과도하게 사용한 결과, 이 방법이 식상하고 진부해졌다고 생각할 수도 있다. 그러나 그렇지 않다. 실제로 현대 작가들 중에 18세기에 그랬던 것만큼 이 방법을 남용하는 경우는 드물다. 그럼에도 대조법은 영원한 젊음을 유지하는데, 이것이 인간 사고의 영원한 필요성에 부합하기 때문이다. 정신은 끊임없이 균형을 유지하고 추구한다. 진실은 서로 반대되는 양 극단 사이에 영원히 존재하고, 지혜는 역시나 서로 반대되는 과도함 사이에 영원히 존재한다. 따라서 유럽 문화가 시작될 당시 호메로스의 작품에는 'μέν(반면에)'와 'δὲ(그러나)'가 이미 가득했다. 서로 반대되는 이 두 역접 담화표지어adversative particle가 얼마나 오래되었단 말인가. 다만 이야기하고 싶은 점은 대조법을 너무 많이 사용하면 문체가 인위적으로 보일 가능성이 크고 또 이를 너무 적게 사용하면 핵심이 되는 의미가 약해진다.

　　운율과 명료성, 둘 다와 관련하여 또 다른 문제가 있다. 바로 어순이다. 가장 중요한 지점에 가장 강력한 군대를 배치하는 것이 전쟁의 기술이듯이, 글쓰기의 기술도 가장 중요한 대목에 가장 강력한 단어를 배치하는 것에 따라 크게 좌우된다. 앞서 말했듯이, 영어에서는 문장에서 가장 강조되는 부분이 문장 끝에 놓인다. 그리고 그다음으로 강조되는 부분은 문장 시작부에 놓인다. 그러나 통상적으로 문장 끝 부분에 놓이는 단어나 절이 문장 시작부에 놓일 때 더욱 강조된다. 그러한 단어나 절을 시작부에 놓는 행위 자체가 정상적이지 않다는 사실 때문이다. 다음의 예를 보자. "*This Jesus* hath God raised up.(이 예수를 하나님이 살리신지라.)" "*The atrocious crime of being a young man*, which the honourable gentleman has with such spirit and decency charged upon me, I shall neither attempt to palliate nor deny.(젊은이라는 극악무도한 범죄, 이는 그토록 높은 기백과 품위를 지닌 지조 있는 신사가 내게 씌운 죄명이다. 나는 이에 대해 변명도 부정도 하지 않겠다.)" (피트에게 바치는 존슨의 연설 중 한 대목)[18]

두말할 필요도 없이, 강조되는 단어를 문장 끝에 두고, 강조되는 단어를 위해 문장 끝을 남겨둔다는 이 원칙은 결코 융통성 없는 원칙이 아니다. 강조는 중요할 수 있다. 그러나 그보다 중요한 것이 다양성이다. 매 문장마다 끝을 강조하면 글이 견디기 어려울 정도로 단조로워진다. 그런가 하면 페이터와 같은 작가는 강력하게 끝나지는 않으나 억양이 수그러들며 추락하는 느낌으로 끝나는 문장을 유독 선호한다. 그와 같은 문장을 소리 내 읽는 것을 계속해서 듣다 보면 문장이 끝에 다다랐음을 자연스레 알게 된다. 그러나 종종 분사 구문이나 종속절의 형태를 띠는, 앞을 보충하는 내용이 뒤따르면서 마침표 대신 세미콜론이 나타난다.[19]

"That flawless serenity, better than the most pleasurable excitement, yet so easily ruffled by chance collision even with the things and persons he had come to value as the greatest treasure in life, was to be wholly his today,| he thought,| as he rode | towards Tib|ur, || und|er the ear|ly sun|shine; | the marb|le of | its vill|as || glist|ening all | the way | before | him on | the hill|side.(세상에서 가

장 즐거운 흥분감보다 낫지만 그가 삶에서 가장 귀한 보물이라 여기게 된 사물이나 사람들과 우연에 의해 그토록 쉽게 충돌하는, 한 점 흐트러짐 없는 고요함이 전적으로 자신의 오늘이 될 것이라고 그는 이른 아침 햇살 아래서 티부르를 향해 달리며 생각했다. 그의 눈앞에 펼쳐진 언덕 위에서 저택들의 대리석이 내내 반짝였다.)"

"And the true cause of his trouble is that he has based his hope on what he has seen in a dream, or his own fancy has put together; without previous thought whether what he desires is in itself attainable and within the compass of human nature.(그가 처한 문제의 진짜 원인은 그가 꿈에서 본 것 내지는 그의 환상이 만들어낸 것에 토대하여 그가 희망을 갖고 있었다는 점이다. 그가 갈망하는 것이 그 자체로 실현 가능하고 인간 본성의 범위 내에 있는 것인지 전혀 생각해보지 않고서 말이다.)"

이 모든 구절은 느슨한 태도로 정밀성을 추구하는 페이터의 특성을 고스란히 드러낸다. 쾌락주의자인 그는 때로는 스토아학파의 망토 같기도 하고 때로는 영국 성공회교도의 중백의와 같은 것의 주름을 다소 꾸며진 섬세함으로 가지런히 펴낸다. 그럼에도 이는 문장을 끝내는 한 가지 방식이자 유용한 변형이다.

그러나 일반적으로는 날카롭고 깔끔하게 끝내는 문장에 대해 할 말이 더 많다. 스트레이치의 『빅토리아 여왕』의 한 구절을 살펴보자.

The English Constitution—that indescribable entity—is a living thing, growing with the growth of men, and assuming ever-varying forms in accordance with | the sub|tle and com|plex laws | of hum|an char|acter. | It is the child of wisdom and *chance*. | The wise | men of 16|88 moulded | it in|to the shape | we know; | but the chance | that George |I| could not | speak Eng|lish | gave it one of its essential peculiarities—the system of a Cabinet independent of the Crown and subordinate to the *Prime Minister*. The wisdom of Lord Grey saved it from petrifaction and destruction, and set it upon the path of *Democracy*. Then chance intervened once more; | a fem|ale sov|ereign happ|ened to marr|y | an ab|le and per|tinac|ious man; | and it seemed likely that an element which had been quiescent in it for years—the element of irresponsible administrative power—was about to become its predominant characteristic and to change completely the direction of its growth. | But what | chance gave,| chance *took* | *away.* | The Con|sort per|ished in | his *prime*; | and the English Constitution, dropping the dead limb with hardly a tremor, contin|ued its | myster|ious life || *as if* | *he had nev|er been.*

명확히 말로 표현할 수 없는 독립체인 영국 헌법은 살아 있는 존재로서 인간의 성장과 함께 진화하고 인류의 미묘하고 복잡한 법에 따라 끊임없이 변화하는 형태를 띤다. 영국 헌법은 지혜와 우연의 자식이다. 1688년의 현명한 자들이 이를 현재 우리가 아는 형태로 만들었다. 그러나 우연찮게도 조지 1세가 영어를 구사하지 못한다는 사실 때문에 영국 헌법은 한 가지 극히 중요한 특성을 갖게 되었다. 그것은 바로 왕으로부터는 독립되었으나 수상에게 종속된 내각 체계다. 그레이 경의 지혜는 영국 헌법이 화석과 같은 존재가 되어 파괴되지 않도록 했고 민주주의의 길을 텄다. 그 뒤 우연이 또 한 차례 찾아왔다. 여성 군주가 능력 있고 완고한 남성과 혼인하게 된 것이다. 그 일로, 수년간 영국 헌법 속에서 조용히 침묵하고 있던 요소, 즉 책임을 띠지 않는 행정권이 영국 헌법의 지배적인 특성이 되어 그 성장의 방향을 완전히 바꿀 조짐이 나타났다. 그러나 우연이 가져다준 것을 우연이 도로 앗아갔다. 통치자의 배우자가 인생의 한창 때에 세상을 떠났고, 영국의 헌법은 좀처럼 미동도 않는 죽은 사지를 축 늘어뜨린 채 그 신비에 싸인 삶을 계속해 나갔다. 언제 그랬냐는 듯.

위의 일부 문장을 강도가 그보다 약한 단어로 끝내보자. 'the subtle and complex laws of human character(인류의 미묘하고 복잡한 법)'를 'subtle and complex psychological laws(미묘하고 복잡한 정신적인 법)'로, 'It is the child of wisdom and chance.(영국 헌법은 지혜와 우연의 자식이다.)'를 'Wisdom and chance were its parents.(지혜와 우연은 영국 헌법의 부모다.)'로, 'subordinate to the Prime Minister(수상에게 종속된)'를 'which the Prime Minister controlled(수상이 통제하는)'로, 'the path of Democracy(민주주의의 길)'를 'democratic path(민주주의적 길)'로 바꾸어보자. 이렇게 하면 본래의 글이 지녔던 힘이 크게 상실된다.

요한 계시록에서 천사가 했던 말을 다시 한 번 살펴보자.

"Babylon is fallen, is fallen, that great city, because she made all

nations drink of the wine of the wrath of her fornication.(무너졌도다.
무너졌도다. 큰 성 바빌론이여. 모든 나라에게 그의 음행으로 말미암아 진노
의 포도주를 먹이던 자로다 하더라.)"[20]

Q는 『글쓰기의 기술』에서 우리의 첫 번째 충동이 글을 강조하
려고 수정하는 행위라고 했다. "Babylon, that great city, is fallen,
is fallen.(바빌론, 그토록 큰 성이 무너졌도다. 무너졌도다.)"[21] (그러나 그
는 불가타 성서의 서서히 희미해지는 종결부 'cecidit, cecidit, Babylonia illa
magna'를 유지한다는 이유로 흠정역 성서의 손을 들어준다.)[22] 그러나 나
는 이러한 충동 때문에 문장이 바뀌지 않을까, 하는 의문을 품는다.
내가 보기에는 성의 거대함이 자연스럽게 강조되어 있는 듯 보인다.
물론 그 거대함이 그보다 더 큰 죄악에 대한 응징을 피할 수는 없었
지만 말이다. 성서 개역자들은 다음과 같이 greatness를 절의 끝에 위
치시키고 fall을 절의 시작에 위치시켜 두 단어 모두를 강조하려고
노력했다. "Fallen, fallen is Babylon the great.(무너지고 있는 것은, 무
너지고 있는 것은 바빌론, 그토록 큰 성이도다.)" 내게는 이것이 최상의
문장으로 보인다.

또 다른 예를 살펴보자. 베인은 다음과 같은 베이컨의 정교한 문
장의 어순을 비판한다. "A crowd is not a company, and faces are but
a gallery of picture, and talk but a tinkling cymbal, where there is no
love.(군중은 벗이 아니고, 얼굴들은 그저 그림들이 걸린 미술관이며, 대화
는 쨍그랑거리는 심벌즈에 불과하다. 사랑이 없다면 말이다.)" 베인의 주
장대로라면 독자가 첫 세 가지 발언을 보편적 진리로 착각했다가 마
지막에 가서 'where there is no love(사랑이 없다면 말이다)'라는 전제

를 마주하고 당황하게 된다는 것이다. 따라서 그는 'where there is no love(사랑이 없다면 말이다)'라는 구절을 문장 시작부로 옮기기를 추천한다. 그러나 안 하느니만 못한 수정이다. 여기서 강조되는 것은 사랑이 없는 삶의 공허함이므로 이 사랑의 부재가 문장 끝에 적절하게 놓일 수 있다. 물론 독자는 이 대목에 다다라서 놀라게 될 것이다. 그러나 그게 베이컨의 의도가 아니겠는가?

베인이 쓴 다음 글을 비교해보자. 이 글에서는 끝에 다다르기도 전에 흥미가 시들해진다.

The Humour of Shakespeare has the richness of his genius, and follows his peculiarities. He did not lay himself out for pure Comedy, like Aristophanes; he was more nearly allied to the great tragedians of the classical world. ...... The genius of Rabelais supplies extravagant vituperation and ridicule in the wildest profusion; a moral purpose underlying. Coarse and brutal fun runs riot. ...... For Vituperation and Ridicule, Swift has few equals, and no superior. On rare occasion, he exemplifies Humour and, had his disposition been less savage and malignant, he would have done so much oftener.

셰익스피어의 익살은 그의 풍부한 천재성을 보여주고 그의 특색을 고스란히 드러낸다. 그는 아리스토파네스와 같이 순수한 희극을 위해 전력을 다하지 않았다. 그는 고전 세계의 위대한 비극 작가들에 더 가까웠다. ...... 라블레의 천재성은 떠들썩한 풍성함 속에서 사치스러울 정도의 독설과 조롱을 선사한다. 도덕적 목적은 겉으로 드러나지 않는다.

거칠고 잔혹한 재미가 마구 날뛴다. …… 독설과 조롱에서는 스위프트
에 비견할 자도, 그를 능가할 자도 없다. 드물게 그는 익살의 전형적인
예를 보여주는데, 그의 기질이 덜 사납고 흉포했다면 그는 훨씬 더 자
주 그러한 예를 보여주었을 것이다.

다른 이의 문체를 다시 쓴다는 것은 경솔한 행위다. 베인이 베이
컨의 글을 다시 쓴 예만 봐도 그러하다. 그러나 위에서는 베인이 문
장 말미에 더 신경을 썼더라면 글이 적어도 더 명료하고 또렷해졌으
리라는 생각을 지울 수 없다.

The Humour of Shakespeare has the richness of his *genius*. He did not,
like Aristophanes, lay himself out for *pure Comedy*; he was more nearly
allied to the classic *Tragedians*. …… The genius of Rabelais shows a
wild extravagance of satire and ridicule, underlaid by *moral purpose*. His
work is a riot of *coarse and brutal fun*. …… In vituperation and ridicule
none have surpassed and few have equalled *Swift*. But he rarely shows
humour; he might indeed have done so oftener, had his temper been
less *savage* and *malignant*.

셰익스피어의 익살에는 그의 풍부한 천재성이 녹아 있다. 그는 아리스
토파네스와 같이 순수한 희극을 위해 전력을 다하지 않았다. 그는 고전
비극 작가들에 더 가까웠다. …… 라블레의 천재성은 도덕적 목적에 의
해 겉으로 드러나지 않은 풍자가 지닌 조롱의 무모한 사치스러움을 보
여준다. 그의 작품은 거칠고 잔혹한 재미의 향연이다. …… 독설과 조

롱에서는 스위프트를 능가할 자가 없으며 그에 비견할 자도 별로 없다. 그러나 그는 이따금 익살을 보여준다. 그는 훨씬 더 자주 그러한 예를 보여주었을 것이다. 그의 기질이 덜 사납고 흉포했다면 말이다.

혹은 더 최근의 예로 나폴레옹 시대에 관한 글을 살펴보자. 황제의 두 번째 결혼을 둘러싼 러시아와의 협상에 관해 이러한 글이 있다.

"A few days later, however—on the 5th of February—despatches which made it sufficiently clear that Alexander, embarrassed by his mother's dislike of Napoleon as a son-in-law, was countenancing delay to cover evasion, arrived from Petersburg.(그러나 며칠 후 2월 5일, 모친이 나폴레옹을 사위로 맞이하기를 원치 않는다는 사실에 당황한 알렉산더가 그 일을 적당히 둘러대려고 거사를 미루는 데 동의했음을 확실히 알리는 긴급 공문이 페테르부르크로부터 도착했다.)"

주어와 동사 사이에 23개의 단어를 배치하기란 어려운 일이다. 게다가 긴급 공문이 상트 페테르부르크에서 보내졌다는 사실도 중요하지 않다. 중요한 것은 회피하는 태도다. 따라서 나 같으면 다음과 같이 문장을 쓸 것이다.

"A few days later, however, on February 5th, despatches from Petersburg made it sufficiently clear that Alexander, embarrassed by his mother's dislike of Napoleon as a son-in-law, was countenancing delay only to cover *evasion*.(그러나 며칠 후 2월 5일 페테르부르크로부터 도착한 긴급 공문으로 명백해진 사실은 모친이 나폴레옹을 사위로 맞이하기

를 원치 않는다는 사실에 당황한 알렉산더가 그 일을 적당히 둘러대려고 거사를 미루는 데 동의했다는 것이었다.)"

문장 대부분을 정말로 중요한 단어로 끝내면 그 덕분에 문체가 상당한 힘을 얻는다.[23] 간단하긴 하지만 심리학적 근거에 비춰볼 때, 이는 가장 효과적인 글쓰기 기술 중 하나다. 비슷한 원칙이 단락의 종료에도 적용된다.

여기서 더 나아가면, 소리를 감각에 맞추고 운율을 의미에 맞추는 기술이 있다. 여기서 비평적 분석은 주로 호기심의 문제다. 이러한 분석은 작가에게는 큰 도움이 되지 않는다. 작가는 귀와 직관력에 의지하는 편이 더 낫다. 그러지 않을 경우, 보다 중요한 사안으로부터 상대적으로 그보다 사소한 사안으로 독자의 관심이 쏠리거나 독자가 존재하지도 않는 가상의 중요성을 찾으려 할 수 있다. 그러나 (산문에서보다 소리가 상대적으로 더 중요한) 운문에서는 확실히 모방적인 소리의 예를 어렵지 않게 찾을 수 있다.

> πολλά δ᾽ ἄναντα, κάταντα, πάραντά τε, δόχμιά τ᾽ ἦλθον
> 호메로스—거친 산길의 노새들

> αὖθις ἔπειτα πέδονδε κυλίνδετο λᾶας ἀναιδής.
> 호메로스—비탈 아래로 다시 튀는 시시포스의 돌

> ἔσωσά σ, ὡς ἴσασιν Ἑλλήνων ὅσοι ……
> 에우리피데스—메데이아의 쉿 하는 경멸의 소리

Quădrŭpĕd|āntĕ pŭtr|ĕm ‖ sŏnĭt|ū quătĭt | ūngŭla | cāmpūm.

베르길리우스—전속력으로 돌진하는 기병대

Tūm cōrn|ĭx plēn|ā ‖ plŭvĭ|ăm vŏcăt | īmprŏbă | vōcĕ

Ĕt sōlă | ĭn sīcc|ā ‖ sēc|ūm spătĭ|ātūr ăr|ēnā

베르길리우스—모래밭에서 깍깍 소리를 내며 몰래 다가가는 까마귀

Heaven opened wide

Her ever-during gates, harmonious sound

On golden hinges moving

하늘이 활짝 열어젖히네.

그 영원한 문들을. 조화로운 소리가

움직이는 황금 경첩에서 들려오는구나.

—밀턴

On a sudden open fly,

With impetuous recall and *jarring* sound,

The infernal doors, and on their hinges *grate*

Harsh thunder that the lowest bottom shook

Of Erebus.

홀연히 획 하고 열리네.

성급한 기억, 삐걱대는 소리와 함께

지옥의 문이. 삐걱대는 경첩에서

에레보스의 무자비한 천둥소리가 들려오네.

저 아래 바닥부터 흔들어대듯이.

—밀턴

'Tis not enough no harshness gives offence,

The sound must seem an Echo to the sense.

Soft is the strain when Zephyr gently blows,

And the smooth stream in smoother numbers flows;

But when loud surges lash the sounding shore,

The hoarse rough verse should like the torrent roar.

가혹함이 감정을 해치지 않는 것만으로는 충분치 않다.

소리는 의미에게 메아리처럼 들려야 한다.

산들바람 살며시 불어올 때 노랫가락 달콤하고

잔잔한 시냇물은 그보다 더 부드러운 노래를 부르며 흐른다.

그러나 포효하는 파도가 신음하는 해안을 후려칠 때

거칠고 난폭한 시는 으르렁거리는 급류와 같다.

—포프

By the long wash of Australasian seas.

오스트랄라시아 바다의 긴 너울

—테니슨

Dry clash'd his harness in the icy *caves*

And *barren chasms*, and all to left and right

The bare black cliff clang'd round him as he based

His feet on *juts* of slippery crag that *rang*

Sharp-smitten with the dint of armed heels —

And on a sudden, lo! the level lake

And the long glories of the winter moon.

얼음 동굴에서 그의 마구가 부딪치며 내는 메마른 소리

사방으로 나 있는 황량하고도 깊은 골

그가 미끄럽고도 험한 바위의 돌출부에 두 발을 딛자

헐벗은 검은 절벽이 무장한 그의 발뒤꿈치에 부딪쳐

그의 곁에서 쨍 하는 소리를 낸다.

그리고 돌연, 오! 잔잔한 호수

겨울 달의 길고 찬란한 아름다움

—테니슨

The mellow ouzel fluted in the elm.

느릅나무에서 휘파람을 부는 명랑한 검은지빠귀[24]

—테니슨

The moan of doves in immemorial elms,

And murmuring of innumerable bees.

먼 옛날 느릅나무에서 들리는 비둘기들의 신음소리

셀 수 없이 많은 벌들의 윙윙거림

—테니슨

그러나 이러한 기술은 금세 한계를 드러낸다. 현대 비평가들이 어떤 시행에서 개구음의 a라는 소리가 점점 거세지는 소리를 나타낸다고 나를 설득하려 할 때면 나는 이 사안에 관한 존슨의 글을 떠올리곤 한다.

대표 율격이라는 개념 그리고 의미에 적응시킨 소리를 발견하려는 바람 때문에 뜻밖의 예술적 장치와 상상에 의한 아름다움이 많이 생겨났다. 이러한 표현을 가능하게 하는 것은 개별적으로 간주되는 단어의 소리와 이 소리가 발음되는 시간이다. 각 언어에는 thump, rattle, growl, hiss와 같이 특정한 소음을 나타내는 단어가 있다. 그러나 이러한 단어는 그 수가 극히 적은 데다가 시인이 이를 더 만들 수도 없고, 이러한 단어는 그 소리가 발음될 때에만 쓸모가 있다. 발음의 시간은 상당한 다양성을 지닌, 학습된 언어의 강약약격에 있다. 그러나 그 다양성은 움직임이나 음의 길이에만 적응시킬 수 있고, 움직임의 각기 다른 정도는 작가가 별다른 주의를 기울이지 않은 채 작가의 상상력이 심상에 완전히 장악된 상태에서 빠르거나 느린 운문으로 표현된다. 그러나 우리의 언어는 유연성이 그리 뛰어나지 않기 때문에 운문이 억양의 측면에서 크게 다양하지 않다. 우려되는 점은 상상에 의한 유사성이 그저 단어의 애매모호함에서 비롯되는 경우가 있다는 것이다. 즉, *부드러운*soft 시행과 *푹신한*soft 의자 내지는 *강세가 있는*hard 음절과 *혹독한*hard 운명 사이에 얼마간의 연관성이 있다는 얘기다.

반면 움직임은 어느 정도는 표현될 수 있다. 하지만 그러한 유사성 속에서도 정신이 종종 귀를 지배하고 소리가 의미로 추정된다고 의심해 볼 수 있다. 그 중 가장 성공적인 시도가 시시포스의 노고를 묘사하는 대목이었다.

With many a wear step, and many a groan,
Up a high hill he heaves a huge round stone;
The huge round stone, resulting with a bound,
Thunders impetuous down, and smokes along the ground.
피로에 지친 무거운 발걸음과 숱한 신음으로
높은 언덕을 향해 그가 거대한 바위를 들어올린다.
그러자 거대한 바위 덩어리가 튀어 올라
천둥 같은 소리를 내며 굴러 떨어져 땅 위에 먼지를 일으킨다.[25]

거대한 돌덩이가 서서히 위로 올랐다가 맹렬하게 아래로 굴러 떨어지는 광경을 그 누가 상상할 수 없겠는가? 그러나 같은 시를 다른 측면에서 살펴보자.

While many a merry tale, and many a song,
Cheer'd the rough road, we wish'd the rough road long.
The rough road then, returning in a round,
Mock'd our impatient steps, for all was fairy ground.

수많은 즐거운 이야기와 끊임없는 노래로

우리는 거친 길을 향해 환호하며 그 길이 죽 이어지길 바랐네.

그러자 거친 길이 굽이쳐 되돌아오며

우리의 조급한 발걸음을 비웃네. 모든 것은 요정의 땅이었으니까.[26]

위 대목에서는 지연 효과와 민첩성의 상당 부분이 사라진 것을 분명히
알 수 있다.[27] 그러나 아무리 시의 대가라도 전형적인 조화의 원칙을 완
전히 뒤바꿀 수 없다는 사실은 다음과 같이 노래하는 시인의 예만 봐도
충분히 알 수 있다.

When Ajax strives some rock's vast weight to throw,

The line too labours, and the words move slow:

Not so, when swift Camilla scours the plain,

Flies o'er th' unbending corn, and skims along the main;

아이아스가 그 무거운 돌덩이를 던지려 애를 쓸 때

미간은 한껏 찌푸려지고 입은 소리조차 낼 수 없었다.

그러나 잽싼 카밀라가 평원을 샅샅이 뒤질 때에는 그렇지 않았다.

꼿꼿이 서 있는 옥수수 밭을 날아올라 땅을 미끄러져 갔다.

그는 30년이 넘도록 카밀라의 가벼운 발걸음에 대한 칭송을 즐기면서
소리와 시간에 대한 또 다른 실험을 시도하여 다음과 같이 인상적인 3
행 연구를 남겼다.

Waller was smooth ; but Dryden taught to join

The varying verse, the full resounding line,

The long majestic march, and energy divine.

월러는 부드러웠으나 드라이든은 이에 합류하라는 가르침을 받았다.

시시각각 다채로운 연과 길게 울려 퍼지는 시행

길고도 장엄한 행렬과 신성한 힘

위 시행에서는 재빠르고 민첩한 질주와 서서히 길게 이어지는 장엄한
행렬이 동일한 시인에 의해 음절들의 동일한 배열 속에서 드러났다.
단, 정확한 운율학자라면 *민첩함swiftness*의 시행이 *느림tardiness*의 시
행보다 한 차례 더 길다는 사실을 발견할 것이다.[28] 이러한 종류의 아
름다움은 대개 상상에 의한 것이다. 반면 이러한 아름다움이 실제적인
것일 때, 이는 거부되지도 않고 요구되지도 않는, 기술적이고 무가치한
것에 해당한다.[29]

 세부사항의 측면에서는 어떨지 몰라도, 존슨의 견해는 본질적으
로 내게는 타당해 보인다. 운문과 산문 모두 운율이 의미에 맞춰질
때가 있다. 하지만 그러한 기교는 정말로 의도했다 할지라도 극장의
소음처럼 그 범위가 한정적이다. B. B. C.가 그토록 사랑하는 질주
하는 말발굽 소리, 하늘을 가르는 천둥소리, 휘파람 같은 바람 소리,
기관차 소리로도 충분하지만 이러한 소리는 극의 극히 일부를 차지
할 뿐이다. 일부 비평가들은 이러한 문체의 세세한 것들을 분석하기
를 아주 선호하는데, 그들이 흔히 저마다 다른 이유에서 평범한 작

가들의 예술 작품을 흠모하기를 좋아하기 때문이다. 그들은 보티첼리가 그린 〈프리마베라〉의 전반적인 비극적 아름다움을 느끼기보다는 현미경을 들여다보듯 미시적으로 한 가닥의 풀잎에 주목하곤 한다. 그러나 이러한 탐미주의자들은 내게는 그리 도량이 커 보이지 않는다. 보편적 인간성보다 꾸미는 행위에 더 관심이 많은 일종의 미용사 같은 비평가가 되기란 매우 쉽다.

한편 모방적인 글도 존재한다. 이러한 글은 즐거움을 줄 수 있다. 그러나 소소한 재미에 그치고 만다. 그 예(글이 좋든 나쁘든)를 킹즐리의 『누룩 *Yeast*』(ch. III)에서 찾아볼 수 있다.

He tried | to think,| but the riv|er would | not let | him.| It thund|ered and spouted out ‖ behind | him from | the hatch|es,| and leapt madly past him, and caught his eyes in spite of him,| and swept | them away | down its danc|ing waves |, and let them go again only to sweep them down again and again, till his brain felt a delicious dizziness | from the ev|erlast|ing rush ‖ and the ev|erlast|ing roar.| And then below, how it spread, and writhed, and whirled into transparent fans, hissing and twining snakes, polished glass wreaths, huge crystal bells, which boiled up from the bottom, | and dived | again | beneath | long threads | of cream|y foam,| and swung | round posts | and roots,| and rushed blackening under dark weed-fringed boughs, and gnawed at the marly banks,| and shook | the ev|er-rest|less bul|rushes,| till it was swept away and down over the white pebbles and olive weeds, | in one | broad ripp|ling sheet | of molt|en sil|ver, | towards | the dist|ant sea. | Downwards | it fleet|ed ev|er, | and bore | his thoughts float|ing on | its oil|y stream ; | and the | great trout, | with their yell|ow sides | and pea|cock backs, | lounged among the eddies, and the silver grayling dimpled and wandered upon the shallows, and the May-flies flickered and rustled round him like water-fairies, with their green gauzy wings ; the coot clanked musically among the reeds ; the frogs hummed their ceaseless vesper-monotone ; | the king|fisher dart|ed from | his hole | in the bank | like a blue spark | of electr|ic light ; | the swallows' bills snapped | as they twined | and hawked | above | the pool ; | the swifts' wings whirred like musket balls, as they rushed screaming past his head ; | and ev|er the riv|er fleet|ed by, | bearing his eyes away down the current, till its wild eddies | began | to glow | with crim|son || beneath | the setting sun.

그는 생각하려고 애썼지만 강이 그를 내버려두지 않았다. 강은 천둥처럼 으르렁거리더니 그의 뒤에서 솟구쳐 올라 맹렬하게 소용돌이치며 그를 지나갔다. 그의 시선은 단번에 사로잡혀 춤추는 물결을 좇아 아래로 쏠렸고 다시금 평정을 되찾는가 싶더니 또 다시 자꾸만 아래로 쏠렸다. 그는 끊임없이 쇄도하는 물줄기와 포효 속에서 달콤한 현기증을 느꼈다. 그 아래로 펼쳐져 온몸을 비틀며 빙그르르 도는 물줄기의 형상은 투명한 부채요, 쉭쉭 소리를 내며 몸을 휘감는 뱀이요, 광이 나는 유리 화환이요, 거대한 수정 종이었다. 물줄기는 바닥으로부터 위로 끓어오르더니 긴 실 가닥 같은 하얀 포말 속으로 다시 뛰어들었고 나뭇가지와 뿌리를 휘감아 돌다가 짙은 색 잡초로 뒤얽힌 나뭇가지 아래서 검은 빛을 띠며 돌진했고 이회암으로 된 강둑을 할퀴고 쉴 새 없이 들썩이는 골풀을 흔들어댔다. 이윽고 물줄기는 녹아버린 은 같은 광대한 물결로 하얀 조약돌들과 올리브 풀을 휘감더니 저 먼 바다로 흘러갔다. 강줄기는 덧없이 아래로 흐르며 그의 생각이 기름처럼 번지르르한 수면 위를 떠다니도록 했다. 그리고 옆구리가 노랗고 등이 공작새 같은 거대한 송어가 물회오리 속에서 유유히 헤엄쳤고, 은빛 나비가 수면 위에서 잔물결을 일으키며 배회했으며, 하루살이들은 마치 물의 요정처럼 속이 비치는 얇은 초록빛 날개를 파닥이면서 그의 주위를 나풀거리며 살랑이 듯 날아다녔다. 검둥오리는 갈대 속에서 노래를 부르듯 절꺽이는 소리를 냈고, 개구리들은 저녁기도를 드리듯 쉴 새 없이 단조롭게 웅얼거렸다. 또 물총새는 강둑의 구멍에서 튀어나와 파란 불꽃이 튀듯 쏜살같이 지나갔고, 제비들은 물웅덩이 위에서 쌍을 이루어 매처럼 날면서 부리를 딱딱거렸다. 칼새들은 새된 소리와 함께 그의 머리를 쏜살같이 스쳐 지나가며 총알처럼 쎙 소리를 내며 날갯짓했다. 그리고 강줄기는 그 거친 회오리가 석양 아래서 진홍빛으로 물들어 빛날 때까지 물결 아래로 그의 시선을 사로잡았다.[30]

분명 모든 것이 강물처럼 격정적으로 포말을 일으키며 흘러넘친다. 그러나 전적으로 만족스럽지는 않다. 지나친 효과 때문에 글이 긴장되어 보인다.

그러나 운율과는 별개로, 단어 자체의 소리에서 배어나오는 아름다움 내지는 건강함이라는 좀 더 광범위한 문제가 있다. 하지만 여기서도 회의적인 입장을 취할 필요가 있다. 귀가 속임수에 넘어갈 때가 자주 있기 때문이다. 한 예로 비평가이자 에세이스트인 로건 피어셜 스미스는 장모음이 단모음보다 더 느린 동작을 나타낸다고 주장했다. 'crawl', 'creep', 'dawdle'과 같은 단어가 장모음을 지니고 느린 동작을 함축한다는 것은 사실이다. 반대로 'skip', 'run', 'hop'와 같은 단어는 단모음을 지니고 속도를 나타낸다. 그러나 'leap', 'dart', 'speed'와 같은 단어는 장모음을 지니지만 속도를 나타낸다. 또 'drag', 'shilly-shally', 'hesitate', 'dilatory'와 같은 단어는 단모음을 지녔지만 느림을 나타낸다.

그런가 하면 영어에는 본질적으로 보기 좋지 않은 단어가 있다. 특히 격식을 차려 어려운 다음절어가 그러하다. 반면 본질적으로 아름다운 단어도 있다. 그러나 두 경우 모두, 우리가 생각하는 것보다 그 수가 훨씬 적다. E. E. 켈레트는 언어에서 어떤 단어가 가장 아름다운지 논쟁을 벌이는 미학파가 있다고 얘기한 적이 있다. 'Greece'라는 단어는 아름다운 단어로 간주할 수 있다.

The Isles of Greece, the Isles of Greece!
The glory that was Greece.
그리스의 섬들이여, 그리스의 섬들이여!
영광이 곧 그리스였도다.

그러나 'grease'라면? 'The glory that was grease'라면? 소리는 구분되지 않는다. 'grace'라는 단어라면 눈으로 보기에도 좋고 귀에도 좋게 들릴지 모르나 프랑스어 'graisse'는 어떠한가? 한편 'scavenger'라는 단어는 소리만 생각한다면 품격 있는 단어라 할 수 있다. 그러나 의미가 소리를 죽여 버린다. 'forlorn'이라는 단어가 일종의 감자를 의미한다면 그래도 이 단어가 종소리처럼 반향을 일으키겠는가? 'Mesopotamia'가 질병의 이름이라면 그래도 우리의 귀를 즐겁게 하겠는가? 'Mary Stuart'는 어원적으로 'Mary Styward'이며 돼지 사육사를 의미한다. 그러나 스튜어트라는 왕가의 이름을 자랑스럽게 지녔던 스코틀랜드의 군인 앨런 브렉 스튜어트에게는 다행스럽게도, 대부분의 우리는 그 어원을 잊고 있다. 가장 최고라고 꼽을 수 있는 일반 단어가 무엇인지에 대한 이론을 정립할 때 워즈워스가 잊었던 것은 바로 놀라운 연상력이었다. 영어에는 바다에 관한 음악적인 시구가 숱하게 많다.

The unplumb'd, salt, estranging sea.
The sad, sea-sounding wastes of Lyonesse.
깊이를 알 수 없는, 분리된 짠 바다.
라이어네스의 슬프고 바다 소리 나는 폐허.

그러나 분명 피츠제럴드가 영어에서 아름답고도 두려운 것을 표현하는 데 'sea'보다 더 나은 단어가 없다고 불만을 토로한 것은 근거가 없지 않다. sea는 그리스어로는 'thalassa'에 해당하는데, 이 단어의 음절들로부터 그 누가 에게 해의 어느 해안가에 들이치는 파도의 소리를 듣겠는가? 왜 그럴까. 'sea'는 소리의 측면에서 단순한 알

파벳 문자와 동일하므로 하나의 단어라 하기에 무리가 있기 때문이다. sea는 심지어 'mer', 'Meer', 'mare'보다도 열등해 보인다. 그럼에도 우리의 시인들은 어려운 일을 해낸다.

비유를 사용해 요지를 설명할 수도 있겠다. 한 무리를 이루는 단어들의 의미(와 연상되는 내용)를 전류라고 생각하자. 그 단어들의 소리는 전도체라고 생각하자. 어떤 단어는 다른 단어보다 전도가 더 잘 된다. 또 어떤 단어는 강한 저항을 띤다. 전기를 띤 구리선을 거칠게 건드리면 전선 자체에서 마법과 같은 현상이 발생할 수 있다. 마찬가지로, 우리는 아름다움이 언어적 소리 덕분이라고 생각하는 경향이 이따금 있다. 물론 실제로 아름다움이 언어적 소리 덕분일 수도 있지만 본질적으로 항상 그런 것은 아니다. 문자는 정신으로부터 영광을 빌려오는지도 모른다. 귀는 무척이나 외부의 영향을 받기 쉽다. 요컨대 문장이 의미의 측면에서나 운율의 측면에서나 정교하고 또렷이 발음하기 쉽다면, 즉 자음들이 혼잡하게 얽혀 있지 않고 동음 반복으로 미관상 흉하지 않다면, 그 음절들의 실제 소리, 즉, 모음의 작용, 치음, 순음, 그 외 나머지 것으로부터 훨씬 더 큰 아름다움이나 효과를 얻을지도 모른다. 이러한 종류의 미묘함을 대단히 즐기는 자들이 이따금 주장하는 것처럼 말이다. 달리 말해, 모든 일이 그저 번지르르한 치장과 장식으로 전락할 가능성이 크다.[31]

내가 자음과 모음의 작용을 전적으로 부정하는 것은 아니다. 스위프트의 다음 구절이 그 예다.

There is a *portion* of enthusiasm assigned to *every* nation, which if it

hath not *proper* objects to work on, will burst out and set all into a
*fl*ame. If the quiet of the state can be bought by only *fl*inging men a
*f*ew ceremonies to de*v*our, it is a *p*urchase no wise man would re*f*use.
Let the masti*ff*s amuse themsel*v*es about a *sh*eepskin stu*ff*ed with hay,
*p*ro*v*ided it will kee*p* them *f*rom wo*rr*ying the *fl*ock.

각 나라에는 저마다 얼마간의 열정이 있다. 만약 열정을 내쏟을 대상
이 없다면, 열정이 폭발하여 모든 것을 불길에 휩싸이게 할 것이다. 사
람들이 몇몇 의식에 열정적으로 심취하게 만드는 것만으로 국가의 평
온을 살 수만 있다면, 그것은 현명한 자라면 그 누구도 마다하지 않을
거래다. 마스티프 개들에게 속을 건초로 채운 양가죽을 주고 갖고 놀게
해보라. 개들이 가축 무리를 겁주는 일이 사라질 것이다.

이러한 종류의 분석을 좋아하는 자라면 끝부분에서 불쾌하게 쉬
쉬 소리를 내는 치찰음, 으르렁거리는 듯한 r, 반복되는 p, v, f에 주
목할 것이다.

다음과 같은 버크의 구절도 마찬가지다.

We have not been drawn and tru*ss*ed, on order that we may be *fi*lled,
like *stuff*ed birds in a museum, with cha*ff* and *r*ags, and *p*alt*r*y blu*rr*ed
*sh*re*ds* of *p*a*p*er about the *r*ight*s* of man. We *p*reser*v*e the whole of our
*f*eelings, nati*v*e and enti*r*e, un*s*o*ph*isti*c*ated by *p*edant*r*y and in*fi*delity.

우리는 끌어당겨져 묶이지 않았기 때문에 박물관의 박제된 새처럼 왕
겨, 누더기, 인간의 권리에 관한 보잘것없는 종이 조각들로 속이 채워

질지도 모른다. 우리는 선천적이고 온전한, 현학과 부정不貞에 의해 순수를 잃지 않은 감정을 고스란히 간직한다.

여기서도 불쾌하게 쉬쉬 소리를 내는 치찰음, 으르렁거리는 듯한 r, p, v, f를 찾아볼 수 있다.

이러한 장치가 어디까지 의도되었는지는 알 길이 없다. 그러한 장치가 크게 중요한지 의심이 든다. 그러한 장치에 대해 환상을 갖기란 위험할 정도로 쉽다. 어쨌든 이용할 수 있는 모음의 수는 제한되어 있고 자음 역시 그보다는 덜하지만 이용할 수 있는 수가 제한적이다. 따라서 상당한 우연의 여지를 반드시 인정해야 한다. 게다가 앞서 언급한 테니슨의 일부 구절과 같이 이러한 종류의 장치가 분명히 의도되었다고 보이는 경우라 할지라도, 어떤 소리들이 즐거움을 주는지에 대해서는 여전히 의견이 크게 엇갈릴 수 있다. 예를 들어 테니슨에게는 내가 보기에, 's로 끝나는 단어 뒤에 's로 시작되는 단어를 병치시키기를 피하는 집착 같은 것이 있었다. 그러나 그에 못지않게 귀가 예민한 포프와 같은 다른 시인들은 그러한 단어들을 병치시키는 행위에 전혀 거부감이 없어 보인다. 마찬가지로 드라이든도 궐문에 대해 관대했다. 그 누가 신경 쓰겠는가?

그러나 그보다는 중요성이 더 확실한 한 가지 소리 장치가 있다. 다음 구절을 다시 살펴보자.

The sad, sea-sounding wastes of Lyonesse.
라이어네스의 슬프고 바다 소리 나는 폐허.

여기서 두운의 효과에 대해서는 특별한 것이 없다. 이 오래된 기법은 고전 시에서 이미 강한 영향력을 발휘했다. 두운법은 게르만 민족 선조들이 사용했던 작시법의 토대였다. 이에 따라 속담이나 일상 대화에서 'naked as a needle', 'common as the cartway', 'by might and main', 'by fair means or foul', 'in for a penny, in for a pound'와 같은 전형적인 표현이 숱하게 생겨났다. 두운법이 선사하는 즐거움과 별개로, 두운법은 언어를 발음하기 쉽게 만드는 일종의 윤활유 역할을 한다.

물론 두운법은 위험한 장치기도 하다. 이 '글자 사냥'은 랭글런드에 이르러 단조로워졌고 릴리에 이르러서 인위적인 모습을 보였으며 스윈번에 이르러서는 그야말로 진부하고 식상해졌다. 실제로 스윈번은 자신의 문체의 결점을 인정하면서도 고티에에게 부치는 송시와 관련하여 다음과 같은 글을 쓰면서 두운법을 마음껏 사용했다.

"the *d*anger of such metres is *d*i*ff*useness and *fl*acci*d*ity. I per*c*eive this one to have a tenden*c*y to the *d*ul*c*et and *l*us*c*ious *f*orm of verbosity which has to be *g*uared against *l*est the poem *l*ose its *f*oothold and be *s*wept off its *l*egs sense and a*ll*, down a *fl*ood of e*ff*eminate and *m*onotonous *m*usic, or be *l*ost and spi*l*t in a *m*aze of draggle-tai*l*ed me*l*ody.(이러한 율격의 위험은 분산과 무기력이다. 이는 감미롭고 달콤한 형태의 장황함을 띠는 경향이 있다. 시가 발판을 잃고 휘청거려 의미를 비롯한 모든 것이 휩쓸려가고 나약하고 단조로운 노래로 전락하거나 질질 끌리는 듯한 선율의 미로 속에서 길을 잃고 헤매지 않도록 하기

위해서는 이를 경계해야 한다.)"

이보다 더 기묘한 예는 스티븐슨이 인용한 매콜리의 글이다.[32]

Meanwhile the disorders of Kannon's Kamp went on inKreasing. He Kalled a Kouncil of war to Konsider what Kourse it would be advisable to taKe. But as soon as the Kouncil had met, a preliminary Kuestion was raised. The army was almost eKsKlusively a Highland army. The recent viKtory had been won eKsKlusively by Highland warriors. Great chiefs who had brought siKs or seven hundred fighting men into the field did not think it fair that they should be outvoted by gentlemen from Ireland, and from the Low Countries, who bore indeed King James's Kommission, and were Kalled Kolonels and Kaptains, but who were Kolonels without regiments and Kaptains without Kompanies.

대포 부대의 무질서가 계속해서 심해지고 있을 때였다. 그는 어떤 조치를 취하면 좋을지 고려하기 위해 전쟁전략위원회를 소집했다. 그러나 위원회가 소집되자마자 사전적인 질문이 제기되었다. 군대는 거의 전적으로 산악지대에 적합했다. 최근에 거둔 승리는 전적으로 산악지대 병사들 덕분이었다. 600 내지는 700명의 전사들을 전장으로 이끌고 온 고위 사령관들은 아일랜드와 저지대 국가들의 신사들과의 투표에서 지는 것이 정당하지 못하다고 생각했다. 후자들은 실제로 제임스 왕에게서 임무를 부여받았고, 대령과 대위로 불리지만 연대를 거느리지 못한 대령들이었고 중대를 거느리지 못한 대위들이었다.

솔직히 말하면 위 글은 가히 충격적이다. 어렵기도 어려웠겠지만, 매콜리가 이 글을 쓰고 완전히 탈진했으리라 짐작해볼 수 있다. 두 운은 훌륭한 도구지만, 이를 사용할 때에는 신중을 기해야 한다.

요점을 되풀이하는 차원에서, 나는 소리와 운율에 대해 다음과 같은 이단적인 결론을 제시하려 한다.

(1) 대부분의 산문 독자는 빤한 운문으로 된 절을 좋아하지 않는다. 그러나 열정적으로 쓰인 산문이라면, 절정을 이루는 대목에 빤하지 않은 운문이 숨어 있기도 하다. 따라서 이러한 대목은 우리에게 즐거움을 선사한다. 우리가 어떻게 즐거움을 느끼는지 우리가 정확히 알아채지 못한다면 말이다.

(2) 이렇게 존재를 숨긴 율격과 운율은 이를 중용적으로 사용할 때 부분적으로 효과가 배가될 수 있다. 또 약강격, 강약격, 약약강격, 강약약격에 이르기까지 사용하는 운율에 두루 변화를 주어서, 그리고 2~3음보에서 6~7음보에 이르기까지 길이에 두루 변화를 주어서 부분적으로 효과를 배가시킨다. 특히 알아보기 쉬운 무운시는 위험하다. 다양해야 안전하다.

(3) 문장이 끝에 다다를 때 율격의 세분화가 특히 일반적이다. (그리고 특별한 효과를 발휘한다.)

(4) 율격을 띠는 경향은 연속적으로 나열된 많은 무강세 음절로 중화될 수 있다. 이렇게 무강세 음절을 많이 나열할 수 있는 한 가지 방법은 다량의 다음절어를 사용하는 것이다. 그러나 이렇게 할 경우 인용된 메러디스의 구절에서 볼 수 있듯이, 글이 과시적이거나 미관상 흉해지기 쉽다.[33] (실제로 데모스테네스는 3개 또는 그 이상의 단음절

어를 연속으로 쓰지 않았다고 한다.) 또 다소 짧거나[34] 긴 절을 사용하는 것도 도움이 된다. (절이 정확히 운문의 길이와 일치할 때 율격의 효과가 가장 두드러지기 때문이다.) 일반적으로, 시와는 거리가 멀게 기복이 없는, 대화에 가까운 어조의 산문은 율격을 띠는 경향이 덜하다.

(5) 그러나 운문의 운율을 지나치게 두려워하는 작가는 어떠한 종류의 운율도 찾아볼 수 없는 단조롭고 따분한 글을 쓰기 쉽다.

(6) 산문에서 운율은 독자가 감지하지 못해야만 효과를 발휘한다. 운율이 섞인 글을 그 율격을 강조하면서 소리 내어 읽는 것은 실력이 형편없는 배우가 셰익스피어의 율격을 무운시처럼 읊는 것만큼이나 잘못된 행위다.

(7) 운문과 산문에서 모두, 소리와 운율이 이따금 의미의 메아리가 되기도 한다. 그러나 이 경우 범위와 중요성이 한정적이다. 이는 별것 아닌 기술처럼 보이기 쉽다. 게다가 이러한 장치에 유독 주목하는 비평가는 의미보다는 소리를 더 중시하는 경향이 있다.

(8) (투박하고 거친 특정한 다음절어들과는 별개로) 본질적으로 아름답거나 추한 단어는 흔히 생각하는 것보다 그 수가 적다. 중요한 점은 문장이 호흡의 요건을 충족시켜야 하고, 단어들의 조합이 입에 쉽게 붙어야 한다는 것이다.

(9) 두운법은 중요하지만 위험하다.

카덴스에 대한 주의사항

운율적인 산문을 썼던 고대 그리스어 및 라틴어 작가들은 발화자가 호흡을 하려고 멈추는 지점에 앞서서, 문장이나 절의 끝부분에 선호하는 특정한 카덴스(cadence : 클라우술라clausula, 종지終止)를 만들었다. 고대의 청중이 오늘날의 청중보다 귀가 더 섬세했다는 얘기다. 고대 문학이 대부분 구전되거나 소리 내어 읊는 형태였기 때문이라고 짐작해볼 수 있다.[35]

물론 작가나 연설가마다 취향이 크게 달랐다. (예를 들어 이소크라테스, 키케로, 플루타르크는 ‐◡◡◡◡‐◡을 선호했지만 뤼시아스, 아이스키네스, 브루투스, 살루스티우스, 리비우스, 타키투스는 이를 피했다.)[36] 키케로는 이론적으로는 지지했던 특정한 카덴스를 실제로는 사용하기를 삼갔다.

그러나 키케로는 이론적으로나 실제적으로나 유일하게 살아남은 걸출한 고전 저술가였기에 그가 선호했던 일부 카덴스가 (물론 강세가 양을 대체한 형태로) 중세 라틴어에 도입되었다. 그러한 카덴스는 1개에서 2개 반에 이르는 장단격이 뒤따르는 장단장(‐◡‐)격으로 구성되었다. 그리고 그로부터 변형된 3개의 주요 형태는 각각 쿠르수스 플라누스(평조平調),● 쿠르수스 타르두스(지조遲調),● 쿠르수스 벨

● 쿠르수스 플라누스(cursus planus, plane course, 평조): 한 문장이나 삽입구 마지막 말마디에 세 음절의 말을 놓는데, 이 말의 마지막에서 두 번째 음절에 악센트를 준다. 그리고 그다음 말마디도 마지막에서 둘째 음절에 악센트를 준다.

● 쿠르수스 타르두스(cursus tardus, slow course, 지조): 네 음절의 말로 문장을 마치는데 이 말의 마지막에서 세 번째 음절에 악센트를 주는 운율 조화법. 뒤따르는 말마디는 마지막에서 두

록스(속조速調)●로 불렸다.

고전 시대의 양적인 형태	**후대의 강약 형태**
1. 평조 – ⏑ – | – ⏓●	´ . . | ´ .●
예) Voce testatur(he/she testifies by voice) → Vōcĕ tēstātŭr(장단장|장단)	예) Voces testantur(voices testify) → Vóces testántur(강약약|강약)
	Mércy and píty.
	(예: 강세가 있는 6보격의 끝)
(또한 – ⏑ ⏑ ⏑ | – ⏓	´ . . . | ´ .)
2. 지조 – ⏑ – | – ⏑ | ⏓	´ . . | ´ . .
예) Nostra curatio(our concern) → Nōstră cūrātĭō(장단장|장단|장)	예) Posse subsistere(to be able to stand up)→ Pósse subsístere(강약약|강약|약)
	Thém that be| pénitent.
(또한 – ⏑ ⏑ ⏑ | – ⏑ | ⏓	´ . . . | ´ . .)[37]
3. 속조 – ⏑ – | – ⏑ | – ⏓	´ . . | ¯ . | ´ .
예) Gaudium pervenire(joy to arrive) → Gaūdĭūm pērvĕnīrĕ(장단장|장단|장단)	예) Saecula saeculorum(for eternity) → Saécula saēculórum(강약약|약[장]약|강약)
	Lóse not the thìngs etérnal.
(또한 – ⏑ ⏑ ⏑ | – ⏑ | – ⏓	´ . . . | ` . | ´ .)[38]

번째 음절에 악센트를 준다.

- 쿠르수스 벨록스(cursus velox, rapid course, 속조): 마지막 말을 역시 네 음절의 말마디로 끝내는데 악센트는 마지막에서 두 번째 음절에 준다. 그러나 그 이전의 말마디는 마지막에서 세 번째 음절에 악센트가 들어간다.
- ⏓: 맨 마지막 음절은 장음이나 단음 모두 허락된다.
- . : 점은 강세가 없는 음절을 나타낸다.

4. 속조 - ᴗ ᴗ | - ᴗ | - ᴗ ᴗ | ᴗ   ´ . . | ` . | ´ . .

예) Spiritum pertimescere(to be scared
of the spirit) →
spīrĭtūm pērtĭmēscĕrĕ(장단장 | 장단 | 장
단 | 단)

예) (Amari)tudinem penitentiae(bitterness
of regret) →
(Amari)túdinem pèniténtiae(강약약 | 중
약 | 강약약)

이렇게 강세가 있는 라틴어 카덴스는 4세기부터 6세기까지 유행
했다. 이 카덴스는 10세기에 부활하여 교황청에 의해 도입되었다.
이는 단테와 페트라르카의 라틴어에서 찾아볼 수 있다. 그러나 르네
상스 시대의 학자들은 이를 저속하다고 여겼다.

개혁시대가 되자 영국 기도서의 집필자들은 의식적으로나 무의식
적으로나 로마 미사경본과 성무일도서로부터 이러한 종류의 운율을
받아들인 것으로 보인다. (이는 영어 성서에도 나타난다.)

지금까지는 전반적으로 의견이 합일된 내용이었다. 그러나 더 나
아가, 이러한 종류의 카덴스가 예술적인 영어 산문에서 중요한 역할
을 한다는 점을 두고 논의가 진행되었다.

이 점은 중요한 사안이다. 성직자들이 사용하던 라틴어에 익숙했
던 개혁시대의 영국 성직자들이 영어에서 라틴어의 카덴스를 재현
시켰다고 생각해볼 수 있다. 또 기도서에 익숙했던, 신앙심이 두터
웠던 후대의 작가들이 세속적인 산문에서 라틴어의 카덴스를 재현
시켰다고 생각해볼 수 있다. 그러나 클라우술라clausula나 쿠르수스
cursus에 대해 전혀 들어본 적 없는, 영어로 글을 쓰는 일반 작가들이
그에 등가하는 것을 영어에서 다시 고안해냈다고 믿기는 아직까지

다소 무리다.

그런가 하면 신문을 펼치면 주요 기사란에서 'prévìòus àd|mìnistr|átìòns'와 같은 문장 종지부를 발견하는데, 이는 쿠르수스 벨록스(속조)의 변형된 형태다. 또 금융란을 펼치면 'Dulness renewed in N. British Loco. at 12/6 was due to competítìòn còn|sìdèr|átìòns'와 같은 문장을 발견하는데, 이는 또 다른 형태의 속조다. 이러한 문장들은 영국 신문업계가 우연히 생각해냈다고 하기에는 이상하게도 품위가 있는 형태다.

또 이 모든 카덴스가 무강세 음절로 끝난다는 점을 주목할 만하다. 그러나 정교한 영어 문장은 강세 음절로 끝나는 경우가 많다. (예를 들어 p. 305~306에서 인용한 랜더의 글에서는 18개 문장 중 13개가 그러하다.) 물론 쿠르수스를 칭송하는 자들은 ' . ', ' . . ', ' . . . ' 와 같은 본래 그대로의 카덴스도 있다고 목소리를 높일 것이다. 실제로 위 예 중 두 번째와 세 번째는 영어의 10음절 시행이 이탈리아어의 11음절 시행에 일치하는 것처럼 ' . . '.(평조) 또는 ' . . . '.(평조의 변형된 형태)의 축약된 형태라고 짐작해볼 수 있다.

그러나 이 시점에서 나는 회의적인 입장을 갖고, 이 모든 것이 키케로에서 스티븐슨에 걸쳐 비밀스럽게 계승된 전통의 산물이 아니라, 그저 영어 화법의 운율이 지닌 속성 그리고 아주 운율적이지도 비운율적이지도 않은 영어 산문을 쓸 때 발생하는 문제에서 생기는 자연스러운 결과가 아닐까 하는 생각을 해본다.

다음 요인들로 충분히 설명이 가능하다.

(1) 영어에서 운율은 강약격 내지는 약강격을 띠는 경향이 있다.

(2) 그러나 지나친 강약격이나 약강격의 운율은 눈에 빤하거나 인위적이다. 자연스러운 해결책은 이곳저곳에 추가의 무강세 음절을 삽입하여 규칙성을 숨기는 것이다.

(3) 그러나 영어에서는 대개 3개 이상의 무강세 음절이 연속되기 어렵다. 부차적인 강세가 삽입되는 경향이 있기 때문이다. 따라서 다음과 같은 변형이 나타난다.

규칙적인 강약격 운율	변형된 형태
´ . ´ .	´ . . ´ . 또는 ´ . . . ´ .
´ . ´ . ´	´ . . ´ , ´ . . . ´ , [39]
	´ . . . ´ , ´ , ´ . . . ´ [40]
´ . ´ . ´ .	´ . . ´ .

위의 변형된 형태들은 우리에게 익숙한 평조, 지조, 속조에 해당한다.

테니슨이 쓴, 다음 두 행을 살펴보자.

Cámelot a cíty of shádowy pálaces.

Prick d with incrédible pínnacles ìnto heáven.

그림자 드리워진 궁전들이 있는 도시, 카멜롯.

굉장한 첨탑들이 하늘 높이 솟아 있구나.

테니슨은 'shádowy pálaces'에서 완벽한 지조(´ . . ´ . .)를, 'pínnacles ìnto heáven'에서 완벽한 속조(´ . . ` . ´ .)를, 'Cámelot a cíty'에서 평조의 변형을 보여준다. 그가 이것을 의도했다고 그 누가 생각하겠는가? 그는 그저 변화를 주어서 엄격한 약강격 운율의 단조로움을 피하려고 노력했을 뿐이다. 산문 작가들도 종종 같은 방법을 사용한다.

어쨌든 실질적으로 산문 작가는 이러한 케케묵은 유물을 무시하고 본인의 귀를 믿어야 한다. 작가라면 강세 음절로 끝나는 문장들과 무강세 음절로 끝나는 문장들을 한데 섞어, 지나치게 율격에 사로잡힌 운율을 피하고 다양성을 추구하려고 신중을 기할 것이다. 랜더의 작품 속에서 체스터필드 경은 "키케로의 카덴스는 다소 경솔한 면이 있다. 카덴스에 대해 지나치게 숙고하는 자라면 누구나 그러할 것이다. 그 숙고 자체가 너무 진지하다면 말이다."라고 말한 바 있다.

랜더는 어떤 자에게서든 산문의 운율과 관련하여 배울 것이 별로 없었다. 더 존경스러운 사실은 그가 그러한 꾸밈 장치에 대해 본인만의 균형 감각을 유지했다는 점이다.[41]

11장
글쓰기의 방법

사람의 성향이 제각각인 만큼 글 쓰는 방법도 다양하다. 예를 들어 루소는 손에 펜을 쥐고 있으면 글을 쓰지 못한 반면, 샤토브리앙은 손에 펜을 쥐지 않으면 글을 쓰지 못했다. 워즈워스는 걸어 다니면서, 뭔가를 타고 가면서, 혹은 침상에서 글을 썼다. 그러나 사우디는 오로지 책상에서만 글을 썼다. 그런가 하면 셰익스피어는 글에서 지웠다 다시 쓴 행이 하나도 없었다. 스콧은 초고를 읽지도 않고 인쇄업자에게 넘길 수 있었다. 트롤럽은 15분마다 250단어를 쓰기 위해 책상 앞을 떠나지 않았다. 또 평론가 데스먼드 매카시가 내게 말한 바에 따르면, 힐레어 벨록은 하루에 2만 단어의 글을 썼다고 한다. 그리고 발자크는 열흘 만에 6만 단어의 글을 썼다.[1] 반면 롱사르, 몽테뉴, 피츠제럴드, 조지 무어는 심지어 발표된 작품마저도 부단히 광을 내고 다듬었다. 쉼표 하나를 찍는 데 오전 나절을 보내고 오후가 되면 그걸 다시 지워버린다는 오스카 와일드의 말을 곧이곧대로 믿을 필요는 없다. 그러나 플로베르는 실제로 여덟 행을 써내려가는 데 사흘간 온갖 심혈을 기울였다. "그럼에도 그 행들을 지울 수밖에 없었다."

글쓰기의 다양한 방법은 대개 흥미롭고 때로는 유익하다. 모든 작가는 저마다 시행착오를 거쳐 자신만의 글쓰기 방법을 터득하지만, 본질적으로 더 유용한 특정한 글쓰기 방법이 있다.

글쓰기 방법은 분명 심리적인 측면과 관련이 있다. 작가가 그 자신은 물론 다른 누구도 그걸 어떻게 생각해냈는지 모를 정도로 번득이는 아이디어나 구절을 떠올릴 때, 사람들은 그것을 '영감'이라 부른다. 나폴리의 뮈라 왕*은 밖에서 말을 타다가 새뮤얼 로저스를 만날 때마다 "오늘은 영감을 받았나요?"라고 묻곤 했다. 디킨스는 주인공 피크위크에 관해 어디까지 글을 썼는지 질문을 받을 때마다 그에 관해 그저 생각을 했다고밖에 대답할 수 없었다. 히브리 예언자는 그러한 갑작스러운 깨달음이 신의 정신에서 비롯된 것이라고 말했다. 그리스 시인은 그러한 깨달음이 뮤즈[Muse: 어원적으로 mania(광기), mantis(앞날을 내다보는 사람)와 유사하다.]의 자애로운 손길에서 나왔다고 말했다. 그러나 우리는 그보다는 확실한 형태가 없고 사악한 괴물인 무의식으로부터 영감을 받는 듯하다.[2]

우리가 알지도 못하는 새에 우리 머릿속에서 생각이 흐른다는 개념은 물론 새로운 것이 아니다. 태곳적부터 인간은 어떤 문제로 고

• 요아킴 뮈라(Joachim Murat, 1767~1815): 나폴레옹의 최측근으로 1808에서 1815년까지 나폴리 국왕으로 재임했다.

민을 할 때 그 문제에 대해 하룻밤 자면서 생각하는 편이 현명하다는 사실을 깨달았다. 중세 시인들은 몇 번이고 잠든 척을 하면서 자신의 시에 대해 꿈을 꾸었다. 헤로도토스에 따르면, 고대 페르시아인들은 처음에는 취한 채로 그다음에는 맨 정신으로 혹은 처음에는 맨 정신으로 그다음에는 취한 채로 중요한 사안에 대해 두 번 숙고해서 그들의 덜 의식적인 사고가 발휘되도록 했다고 한다. 드라이든은 『경쟁하는 여인들*The Rival Ladies*』의 헌정사에서 "어둠 속에서 혼란스럽게 뒤얽힌 생각의 덩어리", 그리고 "사물의 잠자는 형상을 빛으로 끌어내는 환상(우리가 말하는 '상상력')"에 대해 생생하게 전한다. 이와 비슷하게, 존슨은 "상상력이 살아나는 행운의 순간", "기지나 노력을 기울인다고 해서 마음대로 생겨나지는 않지만 시를 순조롭게 쓰기에 좋은 시간에 예상치 못하게 떠오르는 절묘한 표현들", "전적으로 당사자의 능력 밖에 있는 어떤 원인으로, 당사자가 그 출처를 알 수 없는 암시로, 스스로는 이룰 수 없고 때로는 별 기대를 하지 않을 때에 이루어지는 갑작스러운 정신의 고조로 발휘되는 영향력"에 대해 언급한다. 스티븐슨에게는 야행성의 요정인 브라우니가 있었다. 입센은 인물들이 살찌워지길 바라는 기대에서 그들을 '방목'한다고 말한다. 그리고 수학자 앙리 푸앵카레는 자신만의 3단계 사고에 대해 언급했다. 그 3단계란 의식적인 노력, 무의식적인 동요, 그리고 앞서 두 단계에서 형성된 새로운 조합에 대한 최종적인 의식적 분석이다. 그러나 무의식적인 정신 과정이 존재할 뿐만 아니라 그러한 과정이 사람들이 꿈꾸는 것보다 훨씬 더 방대하고 중요하다는 위대한 발견은 프로이트의 업적이다. 사람들은 그들이 생각하는

것보다 훨씬 더 적게 안다. 그러나 사람들은 그들이 아는 것보다 훨씬 더 많이 생각한다.[3]

따라서 작가가 지닌 문제의 주요한 부분은 정적 속에서 마법의 쥐처럼 구멍에서 나와 살금살금 기어가는 생각들을 어떻게 포착하느냐 하는 것이다. 여기서 나는 고양이의 방법이 개의 방법보다 더 효과적이지 않을까 생각한다. '현명하게 수동적으로 기다리는 자세'는 조바심에 돌진하여 덮치는 행위보다 더 나은 결과를 가져다줄 수 있다. 물론 예술가나 사상가가 백일몽에 너무 심취하면 도리어 그것이 해가 될 수 있다. 발자크는 그것을 '연기의 마법에 걸린 담배'라고 표현했다. 그러나 내가 생각하기에 글을 쓰기 전에 그리고 글을 쓰는 중간에 깊이 명상을 하는 것이 도움이 된다. 창조의 과정은 바삐 서두르는 것을 거부할지도 모른다. 작가가 난롯가에서 담배를 물고 몽상하는 것은 발자크가 말한 것만큼 시간 낭비가 아닐지도 모른다. 그로써 종이가 연기로 바뀔 수 있을 뿐만 아니라 연기가 종이로 바뀔 수 있다.

그러나 무의식 외에, 두 번째로 중요한 사안이 있다. 바로 의식적이고 비판적인 이성이다. 이성이 없다면 사람들은 초현실주의자의 아수라장 속으로 빠져들고 말 것이다. 그리고 의식적인 정신이든 무의식적인 정신이든 서로의 영역을 침범하지 않는 것이 중요하다.

한편으로 무의식은 알처럼 품어져 있는 행복한 생각들을 부화시킬 수 있다. 따라서 부화를 위한 시간이 필요하다. 그러므로 작가가 서두르거나 염려를 하거나 녹초가 되도록 과로를 하거나 스스로를 혹사시키는 경우는 대개 바람직하지 못하다. 그러나 이러한 부화, 배양의 시간이 꼭 나태로 이어질 필요는 없다. 하던 일을 바꾸는 편이 더 낫다. 따라서 스콧은 한 번에 여러 개의 작업에 착수하는 편이 본인에게 적합하다는 사실을 발견했다. 메테르니히*는 파른하겐 폰 엔제*에게 날이 갈수록 문제에 집중할 수 없다고 토로했다. 결국 그는 그 문제를 저절로 흘러가도록 놔두었고 마침내 다른 일을 하는 중에, 즉 식사를 하고 운전을 하고 일상의 대화를 하다가 최상의 해결책이 떠올랐다고 한다. 그런가 하면 본인이 다루는 주제에 관한 가장 빛나는 아이디어를 그와는 별 관련이 없는 다른 주제에 관한 글을 읽을 때 얻기도 한다. 혹은 작가가 제 2장을 쓰려고 골몰하고 있을 때 제 10장에 관한 아이디어가 불현듯 떠오를 수 있다. 무의식은 마치 마음대로 무단결석을 했다가 뜬금없이 나타나는, 다루기 힘든 어린애와 같다. 달리 말하면 뮤즈는 때때로 요부와 같다.

그러나 무의식이 던진 암시는 곧바로 움켜잡아야 한다. 혹은 새뮤얼 버틀러가 말한 것처럼, "그것에 생기를 불어넣어야 한다". 무의식은 뚜렷한 이유 없이 주는 것을 역시나 뚜렷한 이유 없이 도로 가져갈 수 있기 때문이다. 때로는 그것을 기억조차 할 수 없다. 포프가 어둠 속에서 유령처럼 찾아온 영감을 글로 받아 적기 위해 그토록 추운 밤에 불쌍한 가정부를 매정하게 네 번씩이나 침대에서 끌어냈던 일화는 오래도록 기억될 것이다. 이와 비슷하게 별난 기벽이

• 　메테르니히(Metternich, 1773~1859): 오스트리아의 정치가. 보수적이어서 프랑스혁명이나 자유주의에 반대했다.

• 　파른하겐 폰 엔제(Varnhagen von Ense, 1785~1858): 독일의 외교관, 문필가. 프랑스혁명에 영향을 받은 자유주의자. 부인인 라엘이 주최한 살롱은 베를린 문화의 중심이 되었으며, 하이네 등과 교류했다.

있는 뉴캐슬 공작부인은 밤에 떠오르는 영감을 받아 적을 수 있도록 언제나 하인을 대기시켰다. 그녀는 이렇게 외치곤 했다. "존, 내게 뭔가가 떠올랐어!" 그보다 이성적인 벤담은 불현듯 떠오르는 생각들을 작은 종잇조각에 써서 나비처럼 핀으로 고정시켜놓은 초록색 커튼 옆에서 글을 썼다.

그러나 다행스럽게도, 모든 좋은 아이디어가 어김없이 적절치 못한 순간에 찾아오는 건 아니다. 그러한 아이디어들은 작가의 마음이 내킬 때, 글쓰기의 분주함과 흥분 속에서도 소환될 수 있다. 대화의 흥분 속에서 말하는 사람이 자극을 받아 수 시간에 걸친 혼자만의 생각 속에서는 결코 떠오르지 않았던 기지나 지혜를 발휘할 수 있는 것처럼 말이다.[4] 이후에는 글쓰기에 대한 흥분과 기쁨이 몰려온다. 이 순간에는 너무 더디거나 냉정하거나 계산을 하거나 자기 비판적인 태도로 남지 않도록 한다. 이는 전율이 흐르는 순간이기도 하지만, 오히려 정신의 더욱 의식적인 부분이 간섭과 방해를 할 수도 있기 때문이다. 테니스를 칠 때 이를 악물고 너무 긴장한 채로 집중하여 경기를 하면 오히려 근육만 뭉칠 수 있다. 우선 필요한 반사 신경을 연습으로 형성한 다음, 공을 어디로 던질지 머리를 써서 생각하되, 공을 어떻게 던질지는 몸에 맡겨두는 편이 훨씬 더 나을 수 있다. 어떤 작가들은 (스콧과 마찬가지로) 가장 빠르게 쓴 글이 최상의 결과임을 알아챘다. 그리고 악마 같은 인쇄업자가 원고를 받아가려고 현관문을 두드리는 급박한 와중에 영감을 얻었다. 이러한 과정은 부분적으로는 시간에 쫓기면서 작업하는 부담에서 올 수 있다. 또 부분적으로는 작가가 쓴 단어가 한 해 또는 그 이상의 세월이 아닌

단 며칠 후에 세상에 던져질 것이라는 느낌이 주는 자극에서 나올 수 있다. 그러나 또 부분적으로는 자기 글에 혹평을 할 여유가 없다는 사실에서도 비롯한다. 지나치게 생각에 몰두하다 보면 그간 쌓아올린 문학적 결실에 뭔가를 보태기보다는 오히려 덜어낼 수 있기 때문이다.

이렇듯 팽팽한 자기의식은 18세기 시인들이 가진 하나의 약점이었다. 심지어 그레이마저도 그러했다. 그들은 글을 쓰는 동안 또 다른 비판적인 자아가 냉정한 눈빛으로 그들의 어깨 너머로 글 쓰는 광경을 바라보도록 했다. 그런 탓에, 패니 버니*는 후기 작품에서 역설적으로, 즉흥적인 소녀였던 과거보다 원숙한 여인이 된 그 당시에 삶에 대해 더 잘 알지 못하는 것처럼 보였다. 그러는 동안 그녀의 문체는 거짓되고 둔감한 문체로 전락해버렸다.

연설가에게는 자기비판이 더욱 해가 될 수 있다. 토크빌은 말하기의 실패의 원인을 주의가 산만해지는 것이 아닌, 자기 말을 듣는 습관으로 돌렸다. 어떤 연사들은 이따금 공들여 쓴 원고를 잃어버렸을 때 최상의 결과를 내기도 한다. 지금 당장 깊게 생각할 시간이 없기 때문이다. 의회에서는 토론자로서 찰스 제임스 폭스*가 상대 토론자였던 피트*의 표현을 빌리자면 '마술사'와 같았다고 한다. 그러나 그

•   패니 버니(Fanny Burney, 1752~1840): 본명은 프랜시스 버니Frances Burney. 소설가. 대표작으로 『에블리나Evelina』가 있다. 제인 오스틴에게 영향을 끼쳤다.

•   찰스 제임스 폭스(Charles James Fox, 1749~1806): 영국의 초대 외무장관(1782, 1806), 국무장관(1783). 프랑스혁명을 지지했다. 교양과 웅변으로 영향력을 발휘한 자유주의의 선구자.

•   윌리엄 피트 더 영거(William Pitt the Younger, 1759~1806): 정치가. 소小피트. 1783년

는 결코 연설을 준비한 적이 없었다. 그러나 그가 순수주의를 표방하며 드라이든의 어휘를 빌려 한 줄씩 공들여 쓴 『제임스 2세*James II*』는 오늘날 제목으로만 남아 있다. 존슨은 이렇게 말했다. "톰 버치•는 대화를 할 때 벌처럼 활발하고 분주하다. 그러나 그가 펜을 들면 그것이 곧 어뢰가 되어 그를 공격하고 그의 모든 능력을 마비시킨다." 그리고 존슨은 자신의 가장 뛰어난 업적인 『영국 시인전』에 대해 "작업하려는 의지가 꺾인 채 늑장을 부리다 서두르고 또 때로는 열의를 가지고 분주하게 작업하면서 평상시의 방식대로 썼다."고 전했다.[5]

따라서 작가는 빠른 속도로 글을 쓰면서 이따금 힘을 얻는 것으로 보인다. 단, 오랜 시간에 걸쳐 한 번에 빠른 속도로 글을 쓰려 한다면 무리다. 따라서 종종 단속적으로 분발하여 글을 써야 한다. 반면 플로베르의 방법은 그레이와 마찬가지로 더디지만 고심하여 글을 쓰는 것이었다. 그와 기질이 비슷한 작가라면 이 방법이 효과적일 수 있다. 그럼에도 더 빨리 더 자유롭게 썼을 것이 분명한 플로베르의 서신은 그가 심혈을 기울인 일부 작품보다 문체상으로 더 나아 보일 때가 있다. (어떤 프랑스인 역시 나와 같은 말을 한 걸 들은 적이 있다.) 따라서 일반적으로, 오전에 다수의 행을 빠르게 쓴 다음 하루의 나머지 동안 그 글을 몇 줄의 완벽한 운문의 형태가 되도록 다듬는 베르길리우스의 관례를 따르는 편이 나을 수도 있다.

24세의 나이로 수상직에 올랐다. 프랑스혁명이 일어나자 혁명의 파급을 방지하려고 노력했다.

• 토마스 버치(Thomas Birch, 1705~1766): 영국의 역사가. 다작을 하는 것으로 유명했고 당대 인사들과 교류가 활발했다. 대표 저서로는 『로버트 보일 전집 *The Works of the Honourable Robert Boyle*』, 『존 밀턴 전집 *A Complete Collection of the Historical, Political, and Miscellaneous Works of John Milton*』이 있다.

물론 이 방법에는 한계가 있다. 초고를 너무 서둘러서 무신경하게 쓴 나머지, 이후에 글을 그저 다듬는 것이 아니라 완전히 다시 써야 할 지경이라면, 이는 전혀 답이 되지 못한다. 이러한 경우는 시간 낭비에 불과하다. 게다가 잘못된 지점에서 시작된 글에 대한 기억을 지우고 완전히 새로운 마음으로 글쓰기에 임하기란 때로는 지독히도 어렵다. 금속을 일단 잘못된 형태로 굳히고 나면 그걸 다시 녹여 다른 형태로 만들기가 예상외로 어려울 수 있다. 느린 작가였던 그레이는 시인 메이슨에게 초고를 지나치게 서둘러 작업하면 위험하다고 경고했다.[6]

그러나 존슨은 글을 빨리 써서 글쓰기 능력을 향상시켜야 한다고 말한 반면, 퀸틸리아누스는 글쓰기를 잘해서 글을 빨리 쓰는 법을 배워야 한다고 권고했다. 전반적으로 나는 존슨이 퀸틸리아누스보다 더 현명하다고 생각한다. 중국의 회화 감정가는 더욱 간명하게 선을 그었다. "길게 생각하고 빠르게 작업하라."

물론 그렇다고 해서 순식간에 그림 한 점을 완성하거나 책 한 권을 통째로 써야 한다는 얘기는 아니다. 대개는 명상과 부화를 위한 간격을 남겨두는 편이 바람직하다. 병아리가 알을 깨고 나오는 과정에서 용을 쓰다가 쉬고 또 용을 쓰다가 쉬고 하는 것처럼 말이다. 그러니까 이따금 멈추고 천장을 바라보며 영감을 찾거나 펜 끝을 물어뜯기도 하면서 글을 쓰면 한 번에 한 단어씩이 아닌, 더 빠르게 글을 쓸 수 있다는 얘기다.

게다가 필요할 때에는 책상에 앉기 전에 생각을 깊게 하는 편이 더 낫다. 중세 아일랜드(11세기~15세기)의 음유시가 학교의 학생들은 그보다 더 많은 수의 현대 시인들과는 달리, 음유시가를 쓰려고 6~7년의 고된 훈련을 거쳤다. 그들은 온종일 어두운 좁은 방의 침상에 누워 작품을 구상한 다음 저녁이 되어 불이 밝혀지면 시를 쓰기 시작했다. 마찬가지로, 이와는 매우 다른 세계에 속하지만 운하 기술자인 제임스 브린들리는 어떤 어려운 문제와 씨름을 할 때면 해결책을 찾기 위해 잠자리에 들었다고 한다. 신체가 이완되고 다른 세계가 닫혀 있을 때 명상이 가장 잘 되기 때문이다. "길게 생각하고 빠르게 작업하라."

지금까지 이야기한 내용을 종합해보면, 이 원칙들 중 다수는 칸트의 작업 방식에 잘 드러나 있다. 그는 우선 본인이 쓰려는 주제에 대해 상상력이 발휘되도록 놔두면서 소설이나 여행 책과 같이 그와는 다른 주제의 책들을 읽었다. 그는 불시에 떠오른 아이디어를 중시했고 그 내용을 조심스럽게 적어 내려갔다. 그런 다음, 적은 내용을 읽으면서 짧은 문장 형태로 대략 구상하여 본격적으로 글을 쓰기 시작했다. 이 과정 중에 새로운 생각이 떠오르면 재빨리 그것을 여백에 적어두고 다시 글을 쓰기 시작했다.[7]

그러나 긴 부화의 시간과 빠른 글쓰기로 '정신의 덜 의식적인 수준'에 기회를 주어야 할 필요성을 시사한다고 해서, 의식적인 이성이 차지하는 비중을 최소화하려는 것은 아니다. 오히려 그 반대로, 제인 오스틴의 경우와 같이 나는 '어느 경우에든 이성적인 태도가 큰 찬사'라고 생각한다. 우리의 세기에서는 술 취한 문학이 너무도 많이 양산되었다. 나는 로제티의 '근본적인 뇌 활동'을 무척 선호한다. 이 활동은 부화를 위한 시기가 시작되기 전에 (의식이 우선 진지하게 작용하지 않으면 무의식 역시 진지하게 작용하지 않을 수 있기 때문이다.) 그리고 실제 집필 작업 중에 또 다시 이루어진다. 자유 연상과 자동적인 글쓰기에 흠뻑 빠지지 않는 한, 혹은 '시적인 격정'에 휩쓸리지 않는 한, 내지는 콜리지가 「쿠블라 칸Kubla Khan」을 썼을 때처럼 약물에 중독되지 않는 한, 작가는 머리를 쓸 뿐만 아니라 침착과 냉정을 잃지 않아야 한다. 예를 들어 밤에 글이 자유롭고 수월하게 써질 때가 있다. 그러나 그 결과물은 황금 요정과 같이, 아침의 차가운 햇살 속에서 시든 잎처럼 드러나기 십상이다. 밤 시간에 창의력이 더 빛을 발하곤 하나, 단순히 판단력이 흐려졌기 때문일 수 있다. 알코올이 실제로 뇌를 자극하는 것이 아니라 센서로 작용하는 뇌의 일부를 마취시키는 것과 마찬가지다.

그러나 무엇보다도 의식적이고 비판적인 이성이 주된 역할을 하는 지점은 수정의 마지막 단계다. 누구나 행복감에 휩싸여 손쉽게 글을 쓰거나 열정에 도취되어 글을 쓸 수 있다. 그러나 냉정한 거리를 두고서 결과물을 바라봐야 하는 순간이 찾아온다.[8] 생트 뵈브는 『월요한담』의 각 부분의 초고를 완성하고서 그것을 비서에게 넘겨주면서 이렇게 말했다. "마치 적이 읽듯이 내게 읽어주세요."

특히 문체와 관련하여 이 마지막 단계의 중요성은 일반 대중이 제대로 깨닫지 못한다. 그러나 뷔퐁의 역설로부터 얼마간의 진실이 떠오른다. "천재란 단순히 인내심이 대단한 사람이다." 물론 셰익스피어, 드라이든(그는 포프와는 정반대다.), 바이런과 같이 수정에 반감을 갖는 작가들도 있다. 바이런은 최초의 샘을 놓칠 때면 으르렁대며 밀림으로 다시 돌아갔다.[9] 그러나 수정을 거부하는 작가들은 비싼 대가를 치를 수도 있다. 물론 그들은 그러한 대가를 감당할 여유가 있을지도 모르지만 말이다. 심지어 셰익스피어의 작품에도 '안타까운 부분'이 상당수 있다. 스콧의 문체는 고르지 못하고 트롤럽[10]의 문체는 특출한 점이 없다. 실제로 개미처럼 근면성실하게 부단히 노력을 기울이지 않는, 영원히 완벽한 문장가는 찾아볼 수 없다.

여기서 나는 문체를 완성하는 데 필요한 힘들고 고된 견습 기간에 대해서는 많이 고려하지 않는다. 데모스테네스는 투키디데스의 모든 저서를 다섯 번씩 필사했고, 스티븐슨은 과거의 저자들의 작품을 보고서 신중하게 모방 작품을 썼으며, 뷔퐁은 70세의 나이에 "나는 매일 글 쓰는 법을 배운다."라고 말했고, 괴테는 "40년이 지난 후에야 나는 독일어로 글 쓰는 법을 배웠다."라고 말했다.[11] 그보다 나는 입지가 확립된 작가라 할지라도 대중이 짐작조차 할 수 없을 정도로 글을 수없이 다시 써야 한다는 점에 대해 생각한다. 플라톤은 『국가 Politeia』의 첫 단어들을 거듭하여 다시 썼고, 아리오스토 역시 『광란의 오를란도』의 첫 행을 쓰려고 무던히 애를 썼다.

간단히 말하면, "빨리 쓰고 느긋하게 수정하라."라는 원칙에 대해서는 할 말이 많다. 대개 수정은 작가에게 충분한 시간이 있어 그동안 쓴 내용을 잊어버리고 새로운 시선으로 그 내용으로 돌아갈 때 최상으로 이루어진다. 라 브뤼예르는 『성격론 Caractères』을 집필하는 데 십 년이 걸렸고 그것을 수정하는 데에도 거의 십 년이 걸렸다. 겉으로는 단순하고 나태해 보이는 라퐁텐 역시 지칠 줄 모르고 부단히 수정 작업을 했다.

파스칼은 그의 열여덟 번째『프로뱅시알*Provinciale*』•을 열세 번이나 썼다고 한다.[12] 뷔퐁은『자연의 신기원*Époques de la Nature*』의 초고를 열여덟 차례나 썼고, 그자비에 드 메스트르는『나병 환자*Lépreux*』를 열일곱 차례나 썼다. 샤토브리앙은『회상*Mémoires*』을 30년이라는 세월에 걸쳐 다듬고 또 다듬었다. 인내심 강한 톨스토이 백작 부인은 남편을 위해 방대한 양의『전쟁과 평화*Voyna i mir*』를 일곱 번이나 베껴 썼다. 그리고 톨스토이는 단어 하나를 수정하라고 전보를 쳤다. 그의 위대한 작품들이 그를 붕괴의 나락으로 빠뜨린 건 당연했다. 버지니아 울프는『파도*The Waves*』의 일부를 스무 번이나 썼다. 아나톨 프랑스는 교정쇄를 여덟 차례나 검토하기를 선호했다. 발자크는 불같이 서두르는 성질에도 교정쇄를 스물일곱 차례나 검토했다. 실제로 그는 저서『인간 희극*Comédie Humaine*』이 100만 행으로 이루어졌다고 치면, 한 행마다 수정하는 데 2프랑(파운드의 가치가 지금과는 완전히 달랐던 당시에 8만 파운드에 해당한다.)의 비용이 들었을 것이라 자신 있게 말했다. 이러한 완벽을 향한 열정은 분명 광기로 변질될 수 있다. 루소는 다락방에서 느닷없이 달려 나와 원고를 다시 붙들고 수정을 하곤 했다. 폴 루이 쿠리에•는 서신 하나를 쓰는 데 초고를 열일곱 번이나 썼다.[13] 그러나 종합해보면 교훈은 분명하다. 좋은 글쓰기란 대부분의 사람들이 생각하는 것보다 훨씬 더 고된 작업이라는 것이다.

• 『프로뱅시알』: '한 시골사람에게 보내는 편지'라는 뜻을 가진 열여덟 편의 서간문.
• 폴 루이 쿠리에(Paul-Louis Courier, 1772~1825): 프랑스 작가, 평론가, 번역가. 주요 저서로『팸플릿의 팸플릿*Pamphlet des Pamphlets*』이 있다.

그러나 내가 학생들에게 에세이를 쓸 때 대강의 초고를 한 번이라도 써야 한다고 조언할 때면 그들 대부분은 그것마저도 벅차다고 생각한다. 물론 학생들은 9년을 들여 에세이를 쓸 수는 없다. 그러나 거장들이 들인 고통의 십분의 일도 들이지 않고 글을 잘 쓸 수 있다고 생각하는 것은 지나친 낙관이다. 결국 다른 예술에서도 두각을 나타내려면 그만큼의 피땀 어린 노고가 필요하다. 자르디니*는 바이올린 실력을 연마하는 데 얼마나 걸렸느냐는 질문에 "20년 동안 하루에 12시간씩 연습했다."라고 답했다. 파가니니는 같은 악절을 10시간 동안 내리 연습했다. 레오나르도는 〈최후의 만찬〉의 한 가지 색조를 수정하기 위해 밀라노의 끝에서 끝까지 걸어 다녔다. 모네는 건초더미를 83번이나 칠했다. 글의 주제가 무엇이든, 읽기 수월한 문체는 가장 얻기 어려운 것 가운데 하나일 테다. 아나톨 프랑스는 "자연스러움이란 가장 마지막에 보태진다."라고 말한다. 또 미켈란젤로의 말을 빌리면 이렇다.

가장 공을 들인 것은 마치 아무런 노력도 기울이지 않았다는 듯 성급히 던져진 것처럼 보여야 한다. 아니 진실과는 달리, 아무런 수고도 들이지 않은 것처럼 보여야 한다. 수월해 보이는 뭔가를 만들어내는 데에는 무한한 고통이 따른다.[14] ⑪-1

또 한 가지 기억해야 할 점은 수정은 글을 다듬는 수단일 뿐만 아

* 펠리체 데 자르디니(Felice de Giardini, 1716~1796): 이탈리아의 바이올리니스트, 작곡가, 지휘자.

니라 글을 압축하는 수단이라는 것이다. 완벽한 간결성은 오랜 줄질과 절단 없이는 얻을 수 없기 때문이다. 퀸틸리아누스는 이렇게 말했다. "펜은 글을 쓸 때와 마찬가지로 선을 그어 지울 때에도 유용하다." 일부 단편을 3~5년 동안 품에 간직하고서 그 분량을 해마다 줄였던 키플링에게는 특별한 방법이 있었다. 그는 그 방법을 '고등 편집'이라 불렀다.

"잘 갈아 놓은 충분한 양의 먹물과 행 간격에 맞춤한 크기의 낙타모로 된 붓을 준비하라. 글을 읽기 편한 시간에 최종 원고를 읽고 매 단락, 문장, 단어를 충실히 고려하면서 삭제가 필요한 부분마다 검게 칠하며 지워라. 먹물이 마르도록 최대한 오랫동안 그것을 그대로 두라. 시간이 흐르고서 원고를 다시 읽으면 두 번째로 요약할 부분들이 떠오를 것이다. 마지막으로 느긋한 시간에 혼자 소리를 내서 원고를 읽으라. 아마도 붓 칠을 더 해야 할지 말아야 할지가 결정될 것이다. 만약 붓 칠이 더 필요하지 않다면, 알라신께 감사하면서 그쯤 해두자. 이렇게까지 한다면 후회할 일이 없다."[15]

원칙적으로, 이 방법이 내게는 가장 바람직해 보인다. 그러나 방법의 측면에서 너무 정성이 들어간다. 키플링은 먹물과 낙타모에 편애를 느꼈나 보다. 그러나 첫 번째 원고를 왜 변경하지 못하도록 영영 지워버릴까? 결국 누군가는 군데군데 복구를 하고 싶어 할지도 모르는데 말이다. 따라서 내 생각에는 평범한 연필과 지우개로 수정 작업을 하고 앞서와 같은 붓 칠은 화가에게 맡기는 편이, 비록 시적인 면은 덜하지만 좀 더 현실적인 방법이 아닐까 한다.

그러나 솔직히 말하면, 그렇게 거창한 노력을 쏟아부어도 결국에는 시간 낭비보다 더 심각한 참사가 초래될 수 있다. 누군가의 두 번째 생각, 혹은 스물두 번째 생각이 늘 최상인 것은 아니다. 지긋할 정도로 정확성을 추구하면서 수정에 집착하다 보면 자연스러운 즉흥성이 희생될 수 있다. 이소크라테스는 저서『찬사*Panegyric*』를 10년 내지는 15년 동안 갈고 다듬었으나 그는 오늘날 그저 그런 작가로 남아 있다. 벰보 추기경*은 16단계에 걸쳐 원고를 작업하면서 각 단계마다 수정을 했다. 절로 감탄이 나온다. 그러나 이유를 모르겠으나, 그렇게 근면 성실했다고 해서 그가 불멸의 작가 반열에 오른 것 같지는 않다. 워즈워스의 「서곡Prelude」 혹은 피츠제럴드의 「오마르 하이얌의 루바이야트The Rubáiyát of Omar Khayyám」의 최종 원고 역시 이전본보다 많은 독자를 기쁘게 하지 못했다.[16] 사실인지 아닌지는 모르겠으나, 생트 뵈브의『월요한담』의 탁월함에 대해서는 "그에게는 작품을 망칠 시간이 없었다."라는 말이 들려온다. 포프도『스펙테이터*Spectators*』에 글을 실을 때를 제외하곤 수정 작업에 굉장히 집착했던 애디슨에 대해 비슷한 발언을 한 적이 있다.

따라서 수정하는 것뿐만 아니라 언제 수정을 멈출지를 아는 것 역시 중요하다. 개인적으로 나는 마지막 수정 시에 어떤 대목을 삭제했다가 마지막에서 두 번째 수정 원고에 있던 그 대목을 원상태로 복구시킬 때를 경고 신호로 간주한다. 그럴 때에는 수정 작업을 멈추는 것이 낫다.

지금까지는 주로 창조적인 문학에 대해서 그리고 그 문학 안에서

• 벰보 추기경(Cardinal Bembo, 1470~1547): 본명은 피에트로 벰보Pietro Bembo. 최초의 이탈리아어 문법책을 써 이탈리아 문어를 확립하는 데 기여한 인문학자이자 시인.

도 문체의 요소에 대해서 살펴보았다. 그러나 잠시 짚고 넘어가야 할 또 다른 문제가 있다. 형편없는 관리 역시 문체에 막심한 피해를 줄 수 있다. 여기서 관리란 자료 수집과 기록을 의미한다. 예를 들어 비평가나 학자, 심지어 소설가나 시인도 방대한 양의 사실들을 수집 해야 할 필요가 있다. 실제로 나는 연구생들에게 조언을 할 때 특히 이 문제에 자주 직면한다. 그러나 이 문제는 다른 일반적인 상황에 도 흔히 적용된다.

양심적인 작가라면 무엇보다도 종이에 펜을 대기 전에 주제에 관 해 글로 쓰인 모든 것을 통독하려 할 것이다. 플로베르는 소설『부바 르와 페퀴셰Bouvard et Pécuchet』를 집필하기 위해 무려 1500권이 넘는 책을 읽었다고 1880년 1월 25일에 전했다. (결국 그는 2000권을 읽어 치웠다. 그는 이렇게 말했다. "이렇게 풍부한 자료를 읽은 덕에 나는 학자 티 만 내는 사람 신세를 면할 수 있었다." 과연 그럴까?)

플로베르는 이내 학자 티만 내는 신세가 되고 말았다. 그는 단 3초 만이라도 등장인물들의 열정에 정말로 마음이 동할 수만 있다면 그 간 읽은 98권의 책과 적어둔 기록의 절반을 기꺼이 포기하겠다고 토 로했다. 그의 조카딸이 전하기를, 그는 자료 수집에 너무 오랜 시간 열을 올렸음을 깨달았고 남은 생 동안에는 순수 예술에 전념하기를 원했다고 한다.

물론 사람들마다 과식해서 체하는 일 없이 정보를 수집할 수 있는 능력이 천차만별이다. 에드워드 기번의 방대한 역사 연구에서 가장 놀라운 점은 그가 대작의 역사서를 집필하면서 그것을 평온하게 즐 겼다는 사실이다. 그는 보통 사람들이 취미생활에 대해 말하는 어조로 역사서 집필에 대해 말한다. 그는 이렇게 썼다. "이 즐거운 작업은 20년 가까이 계속되었다. 얼마간의 명성과 수익, 그리고 매일 즐거울 수 있다는 안도감이 나를 지탱했다." 반면 그의 위대한 동시대인인 몽테스키외는 서고트족 법규에 관한 사료를 힘겹게 뒤적이다 녹초가 되어 본인을 돌을 집어삼키는 토성에 비유했다. 몽테스키외는 『법의 정신L'Esprit des Lois』을 탈고하느라 기력이 완전히 소진된 탓에 동화책보다 어려운 책은 읽지 못했다고 한다. 그렇기에 그의 저서가 여전히 읽기 쉽고 생동감 넘친다는 사실은 그에게 더할 나위없는 영예다.

대부분의 우리에게는 정보의 축적이 상당히 소모적인 일이기 때문에 글을 쓰기도 전에 진이 빠지지 않도록 주의해야 한다. 어떤 주제에 대해 글로 쓰인 모든 것을 읽으려는 시도는 내게는 헛된 이상처럼 보인다. 5세기 전에는 그러한 야심찬 시도를 실천하기도 했다.[17] 오늘날에는 대개 현실성 없는 일이고 미래에는 더욱 그러할 것이다. 그러므로 읽을 가치가 없는 책의 저자를 재빠르게 알아보는 안목을 길러야 한다. 덧붙여, 가치가 아주 없진 않지만 그래도 중요성이 떨어지는 책을 추가로 걸러내는 눈을 길러야 한다.[18] 그렇지 않으면 작가는 종이에 펜을 대기도 전에, 말할 새로운 내용이 전혀 없고 그걸 말할 열의도 없는 박제된 올빼미 신세가 되고 만다.

두 번째 주안점은 너무 늦게까지 글쓰기를 미루지 말라는 것이다. 주어진 주제에 대해 백 권의 책을 읽기로 했다면, 예를 들면 오십 권까지 읽었을 때 글쓰기를 시작하는 게 좋다. 나머지 책들은 글 쓰는 중간이나 초고가 완성된 후 읽어도 된다. 이렇게 하면 작가는 머리에 건초더미를 이고 가파른 산비탈을 올려다보는 알프스 농부의 처지 같다는 느낌을 조금이나마 덜 수 있다. 작가에게는 독창적인 아이디어를 떠올릴 수 있는 더 많은 기회가 생기고, 문체가 생명력과 민첩성을 잃을 수 있다는 염려도 줄어든다.

이후 수정 단계가 다가오면 작가는 반드시 읽어봐야 할 책들을 다 읽으면 된다. 그런 다음, 기억을 새로이 한 상태에서 그리고 글이 이미 대강 갖춰졌고 이제는 보완만 하면 된다는 사실에 기분이 고조된 상태에서 생략했던 내용을 첨가하고, 잊었거나 이해하지 못했던 내용을 확인하면 된다.

그런데 이런 식으로 내용을 첨가하면, 본래의 글 구조가 과중한 부담을 떠안게 되거나 왜곡될 위험도 있다. 그러나 원칙적으로, 책 내용을 줄이는 것보다 늘리는 것이 훨씬 더 쉽다. 물론 작가는 주제를 통달하려고 방대한 양의 자료를 훑어보는 동안 영감을 잃을까봐 염려하기도 한다. 매슈 아널드가 가끔 그랬다. 그는 「소럽과 러스텀 Sohrab and Rustum」과 같은 시를 많은 자료를 애써 수집하지 않고 그저 프랑스 학술지의 떠도는 기사에 의존하여 쓰곤 했다.

그러나 요점은 좋은 글쓰기란 지칠 대로 지친 신체나 포화 상태가 된 정신에서 이루어지지 않는다는 점이다. 실제로 나는 학자와 문인들이 그들에게는 더없이 소중한 자산인 정신과 신체를 과도하게 긴장, 혹사시킨다는 사실에 거듭 놀라곤 한다. 신중한 지휘관이라면 자기 군대에게 절대로 그렇게 하지 않고, 신중한 기수라면 자기 말에게 절대로 그렇게 하지 않으며, 신중한 운전자라면 자기 차에 대해 절대로 그렇게 하지 않는다. 스스로를 노예처럼 혹사시키면 얼마간은 대가를 얻을지도 모른다. 블랙커피를 마시면서 하루에 18시간씩 글을 쓴 발자크처럼 말이다. 그러나 종국에는 정신과 신체가 완전히 무너지고 만다. 게다가 발자크의 저작물이 양적으로 적었다면 질과 문체가 더 나았으리라는 생각을 좀처럼 지울 수가 없다.[19] 훌륭한 문장가가 되려고 한다면, 정력을 신중하게 관리, 조절할 줄 알아야 한다.

다른 방법들도 많지만, 지금까지 내가 제시한 글쓰기의 방법을 정리하면 다음과 같은 단계로 이루어진다.

1. (a) 명상과 자료 수집 및 기록
   (b) 부화를 위한 시기
2. 초고가 완성될 때까지 사고, 빠른 글쓰기, 부분 수정을 번갈아 하는 시기
3. 수정: 추가적인 자료 수집 및 기록, 정정, 삭제, 첨가. 책이 방대해지거나 거추장스러워지거나 식상해지려고 한다면, 방금 말한 수정의 네 가지 작업을 계속해서 반복할 수 있다.

이에 더해, 글쓰기 방법의 측면에서 사소하지만 다양한 질문이 있다. 기번은 한 단락을 종이에 쓰기 전에 머릿속에서 완벽하게 완성했다. 파스칼도 그러했다. 아마도 한 문장씩, 한 절씩 글을 쓰고 수정하는 방법이 훨씬 더 일반적일 것이다. 기번의 방법은 장점이 있겠지만 그러려면 기억력이 비상해야 한다. 그런데다 나는 인쇄된 형태로 직접 보지 않고서는 문장이 옳게 보이는지 아닌지 결코 알지

못한다. 요즈음에는 작가가 발자크처럼 스물일곱 번씩 교정쇄를 볼수가 없기 때문에 (심지어 식자공들이 싼 임금으로 착취당했던 그 시절에도 이런 사치스러운 습관 탓에 발자크는 빚더미에 앉고 말았다.) 타자한 원고에 만족해야 한다. 그렇지만 타자한 원고를 반드시 읽어봐야 한다. 그렇게 한다 하더라도, 원고를 직접 소리 내서 읽어봐야 드러나는 결점들이 있다. 기번의 방법을 따랐던 리턴 스트레이치는 언젠가 내게 글의 이곳저곳에서 단어를 바꿀 수 없다고 토로했다. 단어 하나를 바꿀 때마다 그에 따라 다른 단어 역시 바꿔야 하고 그 과정이 무한정 반복된다는 것이었다. 나는 "그럴 경우에는 불가능이 영구적으로 지속되죠. 『보바리 부인』의 원고를 보세요."라고밖에 대답할 수 없었다. 그러나 누군가에게는 이렇게 단편적으로 수정을 하는 방법이 모순되게 보일 수 있다는 점을 인정한다. 한 예로 모리스는 글이 마음에 들지 않으면 글 전체를 처음부터 다시 썼다.

그렇다 해도 책 전체를 열 번이 넘도록 다시 쓴다는 저자들의 이야기를 접할 때면 (그 횟수가 정말이라면) 수정을 더 많이 하고 다시 쓰기를 적게 하는 편이 낫지 않았을까 하는 의구심을 떨쳐낼 수 없다. 열 번이 넘도록 글을 다시 쓰려면 그 기계적인 노동만 해도 어마어마하다. 더욱이 주의 깊게 대조하지 않는다면, 마음에 들지 않는 대목과 함께 좋은 대목까지 날아가 버릴 수 있다. 만약 두 번째 원고에 썼던 어떤 대목이 여섯 번째 원고에서 그걸 대체해서 쓴 대목보다 더 낫다면, 그걸 되돌리기 위해 얼마나 수고를 해야 한단 말인가! 게다가 그 대목을 어떻게 썼었는지 잊었다면 또 어떡할 것인가! 그러나 초고를 쓸 때 각 행마다 충분한 공간을 남겨두면서 각 페이지의 삼분의 일 내지는 사분의 일만 채운다면, 페이지의 나머지 공간을 다시 쓰기나 첨가를 하는 데 사용할 수 있다. 이렇게 하면 특정 대목을 여러 문장으로 변형하여 쓴 것들이 한눈에 들어온다. 작가는 이 여러 문장 중에서 맘에 드는 것을 자유롭게 선택할 수 있고, 필요하다면 맨 처음에 썼던 문장으로 되돌아갈 수 있다. 마지막으로, 페이지 전체가 너무 혼잡해지면 그때는 해당 페이지를 수정된 내용으로 다시 타이핑하면 된다. 이 경우 어떤 페이지든 실제 내용은 몇 행밖에 되지 않으므로 시간 낭비를 최소화할 수 있다. 게다가 각 페이지마다 문제가 적을수록 구절의 순서를 바꾸거나 새로운 구절을 삽입하기가 더 수월하다. 이렇게 하면, 글 전체를 다시 쓰는 일을 크게 줄이면서도 동일한 양의 수정을 할 수 있다. 그러나 작가들이 내가 제시한 방법과 달리 작업하는 일이 흔한 게 아니라면, 나는 그토록 당연한 일을 조언할 필요가 없다. 종이 값이 많이 들 수는 있다. 그러나 종이보다는 시간, 삶, 정력이 훨씬 더 귀중하다.

글쓰기에 사용되는 기계적인 수단과 관련하여 사소한 문제가 또하나 있다. 내가 아는 저자들 중에는 안락의자에 앉아 연필로 글을 쓰는 사람들이 있다. 그러나 이렇게 하면 얼마나 오래 글을 쓰든 왠지 모르게 의욕이 저하되고 문체에 소홀해질 위험이 있다. 어떤 사람들은 타자기로 글을 쓴다. 그러나 길어진 집게손가락처럼 이내 내 몸처럼 익숙해지는 펜과 달리, 타자기를 자유자재로 쓰려면 이 기묘한 기계의 자판을 누르는 일에 상당히 익숙해져야 한다. 마지막으로, 스탕달이나 후기의 헨리 제임스처럼 누군가에게 받아 적게 하는 작가들도 있다.[20] 이 방법은 사업 문서를 작성할 때에는 적절하다. 그러나 아주 오래전에도 이 방법이 작가에게 미치는 해로움에 대한 인식이 있었다. 물론 습관이 잘 잡히면 그러한 해로움을 방지할 수 있다. 그렇지만 진지한 작가라면 홀로 창작을 해야 한다고 생각한다. 다른 사람에게 글을 받아 적게 하면, 문체가 안이하거나 장황하거나 너저분해지는 등 끔찍한 결과가 발생할 수 있다. 따라서 제안하건대, 일반적으로 산문의 문체는 너무 담화 같지 않아서도 안 되지만 너무 담화 같아도 안 된다. 다른 사람에게 글을 받아 적게 하면, 문체가 느슨한 잡담 같아질 수 있다.

그러나 글쓰기 방법에서 핵심은 정신의 더욱 의식적인 부분과 덜 의식적인 부분 사이의 균형을 유지하는 일이다. 이 균형이 무너지면 글이 냉담할 정도로 정확해지거나 극도로 괴벽스러워질 수 있다. 그러나 자연적으로 사람들은 적절한 균형이 무엇인지에 대해 혹은 아예 균형이 있어야 하는지에 대해 저마다 의견이 다르기 마련이다. 블레이크는 내가 비판적인 이성을 중시한 점에 대해 반대 의견을 내세울 것이다. 반대로 플로베르는 냉정한 거리감이 더 중요하다고 주장할 것이다. "작가는 냉정하게 글을 써야 한다. 모든 것이 냉혈과 평온 속에서 이루어져야 한다. 공화주의자 루벨이 루이 18세의 유력한 계승자였던 베리 공작을 암살하려고 했을 때 그는 보리차 한 병을 마시고 계획을 성공으로 옮겼다." 그는 실제로 위대한 배우들의 냉정함과 침착함에 대해 디드로의 역설을 인용했다. 열정이 넘치는 배우는 월요일에 특출하게 뛰어난 연기를 보였다가 화요일에는 그저 그런 연기를 보일 수 있는 반면, 그보다 냉정하고 침착한 배우들은 꾸준히 훌륭한 연기를 유지한다고 신뢰를 받기 때문이다.

그러나 기록된 역사가 시작된 이래, 어떤 사람들은 디오니소스, 어떤 이들은 아폴론의 성향을 선호하도록 태어났다. 사람들은 오래 전부터 예술이나 문학이 사람을 얼마만큼 도취시켜야 하는지에 대해 의견이 분분했다. 대부분의 비판적인 논쟁은 어김없이 이 사안에 관한 것이다. 내 경우에는 감성보다는 이성을, 음유시인과 광신도보다는 냉소주의자를 유달리 선호한다. 어느 편이 더 많은 예술적인 기쁨을 선사하는가를 둘러싼 논쟁은 헛되다. (물론 어떤 것도 사람들이 이 사안을 두고 논쟁하는 것을 막지 못하는 듯 보인다.) 나는 그저 인류가 역사를 통틀어 보기 드물도록 과도하게 냉철한 이성보다는 정신적인 도취와 광신주의로 훨씬 더 많은 고통을 받아왔다고 짐작할 수밖에 없다. 아폴론과 디오니소스의 성향 모두 기억에 깊이 남을 만한 작가들을 양산해냈다. 그러나 아폴론 유형에 속하는 형편없는 작가는 그저 따분한 작가가 될 뿐이고, 디오니소스 유형에 속하는 형편없는 작가는 광기를 퍼뜨리는 미치광이가 될 뿐이다. 요약하자면, 문학이 주는 기쁨의 가치는 논외에 있지만 문학의 영향력이 지니는 가치는 균형과 자제의 편에 선 것처럼 보인다. 어느 누구도 디오니소스를 파괴할 수 없다. (그러한 시도를 하려던 펜테우스가 대가를 치렀듯이 말이다.) 그리고 디오니소스는 그만의 재능을 가졌다. 그러나 디오니소스보다 신뢰하기에 더 나은 다른 힘들이 있다.

남아 있는 또 다른 측면에서, 작가는 정신의 덜 의식적인 부분에 압제당하지 않도록 주의해야 한다. 작가는 '영감'을 소극적으로 기다려서는 안 된다. 롱사르, 헤릭, 그레이는 기분이 내킬 때를 제외하고는 글을 쓸 수 없다고 단언했다. 셸리는 어느 누구라도 의지를 가지면 시를 쓸 수 있다는 의견을 부정했다. 매콜리는 기분이 내키고 생각이 빠르게 흐를 때를 제외하고는 글을 절대 쓰지 않았다는 점을 성공의 비결로 내세웠다. 그러나 영감에 대해서는 위선적인 말을 하려는 유혹이 존재한다. 그레이의 견해는 4펜스-반 페니로 하루를 연명하면서 "끈덕지게 열심히 하려고 애쓰면 누구나 글을 쓸 수 있다." 라고 배웠던 존슨의 심기를 불가피하게 건드렸다. 비록 존슨이 그레이에 대해 '현실과 동떨어진 허식'이라고 부른 것은 단호함과 과단성이 다소 부족했지만 말이다. 실제로 시는 산문보다 억지로 쓰기가 더 힘들 수 있다. 그러나 셸리의 말이 사실이라면, 지금까지 발표된 긴 시들은 어떻게 쓰였다는 말인가? 크래브는 하루에 30행씩 꾸준히 글을 쓸 수 있었다. 독자들은 크래브를 존경하지 않을지도 모른다. 그러나 밀턴의 『실락원』이나 소포클레스의 극작품 120편은 상상 속에만 존재하는 뮤즈의 손길만 기다려서는 완성되지 못했을 것이다.[21] 저녁식사 자리에서 폭포수처럼 말을 쏟아낼 것만 같은 매콜리에 대해서, 사람들은 그가 종이 위에서 본인을 표현하기를 꺼려한 날들이 얼마나 많을까, 하고 의심을 품는다. 수지 양초 제조인조차도 '양초를 녹일 신성한 순간'을 기다린다는 트롤럽의 비웃음 섞인 솔직한 발언이 더 일리 있어 보인다. 트롤럽은 분명 자기 원칙을 고수하며 살았고 바다의 선상에서 멀미 때문에 갑판으로 뛰쳐나가는 와중에도 글을 썼다. 아마도 대부분의 작가들은 억지로 책상 앞에 앉아야 할 것이다. 자동차처럼 차가운 상태에서는 시동이 잘 안 걸리는 사람들이 있다. 그러나 시동을 거는 전동기가 잘 돌아가지 않는다면, 해결책은 산책을 하러 나가는 것이 아니라 엔진을 돌리는 것이다. 아무리 허튼 소리가 머릿속에서 떠오르더라도 그걸 받아 적을 수는 있다. 내일이면 그 내용 중 일부가 전혀 터무니없는 소리 가 아닌 걸로 증명될 수도 있다. '하루에 한 행은 꼭 쓴다' 내지는 '느 리지만 항상'이라는 수칙은 연꽃과 등불을 가져다놓고 영감이 떠오 르길 기다리는 것보다 내게는 더 현명한 방법처럼 보인다. 고티에가 말한 대로, "영감은 책상에 앉아 펜을 드는 것으로 시작될 수 있다".

그러나 누군가는 "좋은 글쓰기가 대부분의 사람들이 짐작하는 것 보다, 영감보다는 고되고 단조로운 노고에 의존한다고 할 경우, 수 고스럽게 글을 다시 쓰고 광을 내고 다듬을 필요가 정말로 있을까?" 라고 반문할지도 모른다. 셸리는 아리오스토의 56가지 초안[22]에 대 해 이렇게 말했다고 한다. "그렇게까지 수고를 들일 가치가 있을 까?"

세상 일이 다 그렇듯이, 완벽을 향한 열의가 도를 넘을 수 있다 는 사실을 인정한다. 문체에서 무엇이 그토록 중요한가라는 질문에 서 번드르르한 미사여구가 인간이 세운 업적의 정점이 아니라는 점 을 기억해야 한다. 마차 안에서 교황에게 바칠 글을 살펴보다가 글 자상의 오류를 발견하고서 심장마비로 죽은 이탈리아 작가의 처지 를 두고 눈물을 흘릴 사람은 아마 없을 것이다. 잘못 인쇄된 쉼표 하 나 때문에 삼일 밤을 꼬박 샌 알프레드 드 뮈세*에게 깊은 연민을 느끼는 사람은 거의 없을 것이다. 플로베르가 'un bouquet de fleurs d'oranger'라는 표현에서 de를 두 번 쓴 걸 두고 괴로워한 일화도 어

•　알프레드 드 뮈세(Alfred de Musset, 1810~1857): 프랑스 낭만파 시인, 극작가, 소설가.

11장·글쓰기의 방법　391

쩌면 다소 과하다.

예술이 정도를 크게 넘어서는 안 된다는 점은 자명한 이치다. 그리고 우리보다 '신사gentleman'와 '정직한 인간'honnête homme'이라는 덕목에 더 관심 있었던 시대에서는 적절한 무심함의 품격을 중시했다. 일부 독자는 지나치게 공을 들여 갈고닦은 스티븐슨의 글에 거부감을 느낀다. 테니슨이 쓴 『목가Idylls』의 빼어난 용어 선택과 리듬은 그보다 화려하지 않은 초서나 모리스의 문체에 비해 서술의 측면에서 큰 효과를 발휘하지 못한다. 서술은 일반적으로 호메로스의 작품에서 볼 수 있는 속도로 힘을 얻는다. 반면 유려한 표현은 아무리 절묘하다 할지라도 달리기 시합 중에 땅에 떨어진 황금사과를 줍느라 시합에서 진 아탈란테*처럼 지연 효과를 발생시킬 수 있다.

그런가 하면 페이터의 연약함과 섬세함에는 그보다 강건한 사람들이 불편하게 느끼는 뭔가가 있다. 페이터는 스티븐슨이나 키플링의 힘 있는 문체에 자신의 문체가 물들까 봐 그들의 글을 읽지 않았다. 누군가는 그가 그들의 글을 읽었다면 더 낫지 않았을까 생각할지도 모른다. 그렇게 까다로운 건강 염려증 환자보다는 매콜리와 같이 호전적인 사람이 더 낫다. 글의 주제를 절대로 함부로 다룰 수 없다는 결벽으로 스스로를 옭아맸던 아미엘*의 경우도 마찬가지다.

- 아탈란테: 그리스 신화에 나오는 처녀 사냥꾼이자 달리기 명수. 결혼을 원치 않았기에 구혼자들을 물리칠 심산으로 자신과 달리기 시합을 해서 이긴 자와 결혼하리라고 선언했다. 어느 날 히포메네스가 그녀와 결혼할 심산으로 아프로디테의 신전에 가서 황금 사과 세 개를 얻었고 그녀와 달리기 시합을 하는 도중에 미끼처럼 황금 사과를 하나씩 땅바닥에 떨어뜨렸다. 아탈란테는 황금 사과를 줍느라 속도를 늦추다 시합에서 지고 말았다.
- 드니 아미엘(Deni Amiel, 1884~1977): 1920~40년대 활동한 프랑스의 극작가. 심리극

문학은 우상화되면서 위상이 떨어지고 인간적인 것에서 신성한 것으로 격상되면서 타락한다고도 볼 수 있다. "루이 14세 치하에서 문학의 운명을 결정한 것은 당시에 문학의 중요성이 낮았다는 사실이다. 열정과 문학은 그저 하찮은 것에 불과하다." 그러나 스탕달의 이러한 냉소주의는 대학, 예술가의 작업실과 사교 모임에서 종종 잊히는 진실의 요소를 갖고 있다. 훌륭한 작가가 되는 것은 좋다. 그러나 정직한 인간이 되는 것이 더 중요하다.

그렇다. 사람을 위해서는 더 중요하다. 그러나 사회를 위해서는 언제나 그렇지는 않다. 문학에 전념하느라 정작 본인의 삶은 뒤틀려버린 작가들이 있다. 그러나 세상은 할 왕자가 팔스타프를 향해 그랬듯이, 그들을 향해 이렇게 말할 것이다. "I could have better spar'd a better man.(더 나은 인간을 살릴 수도 있었는데.)" 포프나 플로베르 혹은 테니슨의 무한한 고통이 당사자에게 정말로 가치가 있었는지는 아무도 알 수 없다. 그러나 우리에게는 상당히 귀중했다.

어느 경우에든 많은 작가가 책을 열일곱 번씩 아니 일곱 번씩 다시 쓰는 데에는 현실적으로 큰 위험이 없어 보인다. 오히려 작가들이 수정 작업을 충분히 하지 않은 건 아닌가, 그리고 대개의 책들이 더 정성을 들인다면 더 나은 결과물이 되지 않았을까, 하는 생각이 든다.

흥미로운 저서 『현대 산문 문체Modern Prose Style』에서 도브리* 교수

전통을 추구하고, 제1차 세계대전 후 '침묵파'로 활약했다.

* 보나미 도브리(Bonamy Dobrée, 1891~1974): 영국의 학자. 영국 리즈대학교 영문학 교수를 역임했다.

는 이렇게 썼다. "현대의 작가는 문체에 대해 생각해서는 안 된다."
그리고 13쪽이 지나서 또 이렇게 썼다.

"어떤 의미에서, 생동감 넘치는 뛰어난 산문은 모두 실험적이다.
모든 뛰어난 시 역시 그러하다. 즉, 일상적인 표현을 쓰면서도 그 전
에는 한 번도 언급되지 않은 무언가를 말하려는 필사적인 시도를 했
다는 뜻이다. 독창적인 작가라면 쉴 새 없이 단어와 씨름하고 그로
부터 전에는 없었던 새로운 의미를 끄집어내거나 그 안으로 새겨 넣
어야 한다. 이 정도의 끈질긴 의지가 없다면 독창적인 작가가 될 수
없다."

내가 이 두 수칙을 조화시키기가 어렵다고 말한다 하더라도, 저자
는 나를 용서하리라 믿는다. 진중한 작가라면 문체에 대해 깊이 숙
고를 해야 온당하다. 그러나 새로운 의미를 단어에 불어넣으려는 그
모든 '필사적인' 노력이 작가에게나 언어에 큰 기여를 하는지는 모
르겠다. 결국 '필사적인' 처지에 놓일 수 있는 쪽은 독자다. 나는 '독
창적인' 작가가 되기 위한 광적인 결의에는 반대한다. 작가라면 다
른 사람들과 달라야 하는 것이 아니라 온전히 그 자신이 되려고 노
력해야 하고, '독창적인' 글을 쓰려고 노력해서는 안 된다. 물론 그
러한 글을 쓸 수는 있지만 말이다. 진정한 독창성은 즉흥적이고 자
연스럽다. 아이스킬로스, 헤로도토스, 셰익스피어, 밀턴, 심지어 그
보다 위상이 낮은 베도스, 랜더와 같은 작가들마저도 노력을 했지만
그들의 독창성을 숨길 수 없었다. 카이사르는 뱃사람이 암초를 피
하듯 작가는 흔치 않은 단어를 피해야 한다고 말했다. 그는 흔치 않
은 '의미'에 대해서는 더없이 호의적이었다. 언어에 대한 그의 태도

는 지나치게 보수적으로 보인다. 아마도 이러한 태도는 정치에 대해서는 전혀 보수적이지 않았던 그의 태도에 대한 보상일지도 모른다. 그러나 이는 상당히 사리에 맞는 말이다. 누군가가 '생동감 넘치는 모든 산문'은 반드시 그 반대를 행해야 한다고 타당하게 교리를 내세울 수 있는지에 대해서는 당연히 의심이 든다. 스위프트나 볼테르가 단어에 새로운 의미를 입히기 위해 팔을 걷어 부치고 나선다고 상상해보라!

독창성을 추구하는 사람들은 세네카, 릴리, 메러디스, 쇼와 같이, 실은 독창성의 못난 여동생, 즉 기이함을 좇았을 가능성이 높다. 진보는 아무리 가망이 없다 할지라도 완벽을 목표 삼는 데에서 비롯될 수 있다. 문학에서는 '진보'를 목표 삼음으로써 완벽이 실현되었는지 의심이 든다. 실제로 문학에서 진보는 상향의 모습을 띠는 만큼 하향의 모습도 띠었기 때문이다.

단순하게 결론을 내리자면, 예술가의 양심이 있는 작가라면 정직한 장인의 열정을 지녀야 한다. 이러한 열정이 있다면, 작가는 할 수 있는 한 최상의 작품이 나올 때까지 결코 안주하지 않고 자기 길에 매진할 것이다. 그럼에도 "지나친 것은 없느니만 못하다."라는 그리스의 영원한 지혜나 "지나치게 공정하지 말라. 왜 스스로를 파괴하려고 하는가?"라는 이스라엘의 격언 역시 명심해야 한다.

지금까지 말을 주제로 많은 말을 했다. 의도했던 것보다도 더 많이 말이다. 시작부에서 말했듯이, 말은 작가에게뿐만 아니라 말로 생각을 해야 하고 그걸 입 밖으로 내뱉어야 하며 적어도 서신에서 그걸 글로 적어야 하는 독자와 일반인인 우리 모두에게 실로 중요하다. 또한 그것은 모국어 전승자로서 우리에게도 중요하다. 우리는 저마다 미약하게나마 후대를 위해 좋든 나쁘든 모국어를 보존하는 데 반드시 보탬이 되어야 한다. 누군가는 문체에 관한 책을 통해 문체가 과연 크게 개선될 수 있는지 의심할지도 모른다. 창조적인 작가들, 국가의 역사, 사회 변화의 영향력이 분명 그보다 훨씬 더 클 것이다. 게다가 어떠한 가르침도 재능을 선사할 수 없다. 그러나 때로는 재능이 낭비되는 일을 막는 데 도움이 될 수 있다. 수많은 글이 너무도 혼란스럽고 모호하다. 장황한 글도 많고, 괴팍하거나 오만하거나 가식적인 글도 많다. 전혀 생기가 없는 글도 많고, 티끌만큼의 성의가 없는 글도 많다. 이는 몇 가지만 기억한다면 영영 고칠 수 없는 결점이 아니다. 명료성, 간결성, 독자에 대한 예의를 지켜야 함을 기억한다면, 유쾌하진 않더라도 적어도 즐거운 기분을 유지한다면, 하려는 말이 정말로 진실인지 혹시 말이나 증거를 과장한 건 아닌지 충분히 숙고하고서 글을 쓴다면, 죽은 형상화를 피하고 살아 숨 쉬는 형상화를 중시한다면, 그리고 끈질기게 수정을 거듭한다면, 글을 빼어나게 잘 쓰진 못하더라도 적어도 조잡한 글을 쓰게 되진 않을 것이다. 지금까지 쓰인 책들 중 열에 아홉은 이렇게 명백한 수칙들을 하나 또는 그 이상 간과한 것으로 보인다.

적어도 위와 같은 사안들을 논의할 필요가 있다. 문명화된 언어는 원시인의 언어처럼 환경의 비자의식적인 자식으로서 발달할 수 없다. 어쩌면 원시인들은 우리가 생각하는 것보다도 언어에 대해 얼마간의 자의식을 갖고 있을지도 모른다. 아테네 어부의 아내조차도 그리스 애티카 방언에 대해 강력한 의견을 갖고 있었다. 어느 경우에든 교육이 이루어지면 규칙과 계율이 불가피하게 따른다. 물론 그 때문에 좋거나 나쁜 결과가 초래된다. 이 규칙과 계율들은 사고와 질문 제기에 항상 열린 상태여야 한다. 이게 내 목표다. 그러나 그러한 질문 제기에 기여하고자 노력하는 이들은 어리석게 너무 큰 기대를 해서는 안 된다. 포프가 말한 것처럼 반드시 어느 선에서 만족해야 한다.

> 배우지 못한 자들이 원하는 것을 보고자 하고
> 배운 자들이 전에 알았던 것을 되돌아본다면 나는 그것으로 만족한다.
> ⑪-2

한 세기 후에 세상이 어떻게 될지 예측하기란 전혀 불가능한 일이 아니다. 점점 불어나면서 빠르게 굴러가는 거대한 눈 덩이처럼, 과학은 우리를 미지의 세상으로 데려갈 것이다. 그 세상이 고도로 기계화된 미개인들이 우글거리는 개밋둑 내지는 과학 지식과 기술을 갖춘 관료들이 신학자들의 자리를 꿰찬 새로운 암흑시대가 아니기를 바랄 뿐이다. 그러나 미래가 어떠하든, 우리가 과거로부터 물려받은 전통 유산 중에서 인간이 말로써 만든 기억에 남을 만한 것들과 인간의 말 자체가 무언가로 대체될 가능성은 극히 적다.

영어의 경계선이 그 어느 때보다도 폭넓게 확장하고 있다 한들, 미래의 영어는 현재 우리의 영어와는 점점 더 달라질 것이다.[23] 그것은 사물의 영원한 변화의 일부이며, 지나친 후회 없이 받아들일 수 있어야 한다. 그러나 앞서 말했듯이, 영어의 모습이 장차 어떠할지는 미약하게나마 우리 각자가 일상생활에서 하는 말에 따라 달라질 것이다. 누군가는 영어가 여전히 소박하지만 풍부하고 단순하지만 미묘하며 품격 있지만 강건한 언어이기를 바랄 것이다. 영어를 지금의 상태로 보존하려는 노력이 성공하든 실패하든, 내가 지금까지 말한 모든 내용에 강력히 반대하는 사람들이라 할지라도 그러한 노력이 여러 세대에 걸쳐 거듭되어야 한다는 데에는 뜻을 같이하리라 믿는다.

1장

1   S. *Butler's Notebooks*, ed. G. Keynes and B. Hill, 1951, p. 290.

2   사실 플라톤은 『국가』에서 '첫 단락' 전체가 아닌 시작부(Quintilian, VIII, 6, 64에 따르면 첫 네 단어라고 함)에서 '70가지'가 아닌 '다수'의 안을 남겼다고 한다. 이와 비슷하게, 아리오스토Ariosto가 『광란의 오를란도*Orlando Furioso*』의 첫 행을 쓰면서 56가지의 서로 다른 안을 내놓았다는 일화가 있다.〔E. E. Kellett, *Fashion in Literature*(1931), p. 172; G. Murray, *The Classical Tradition in Poetry*(1927), p. 46.〕 그러나 일화의 출처는 찾을 수 없다. A. 파니치Panizzi의 편집본(1834; I, cxx)에는 시인이 쓴 세 가지 안이 나와 있다. 다음과 같다. 'Di donne e cavalier gli antiqui amori', 'Di donne e cavalier l'arme e gli amori', 'Le donne, i cavalier, l'arme, gli amori.' 아리오스토의 세밀한 수정 작업 전반에 대해서는 S. Debenedetti, *Frammenti Autografi dell'Orlando Furioso*, 1937 참조.

3   *The Idea of a University*, 1935 ed., p. 322 참조.

4   pp. 66~67.

5   그러나 난 그를 믿지 않는다. 해즐릿이나 버틀러만큼 개성을 지닌 사람이라면 본인의 글 속에서 자신의 개성을 드러내지 않기가 매우 어렵기 때문이다. 정말 다행이다. 만약 그들이 그걸 숨길 수 있었다면 삶이 얼마나 칙칙해졌겠는가? 삶에서도 마찬가지지만, 글쓰기에서 중요한 것은 '다른 누군가'처럼 보이는 게 아니라 진정한 자기 자신이 되는 것이다.

6   *Works*(1798), IV, p. 361. 호레이스 월폴이 정식으로 글을 쓸 때 얼마나 잘 쓸지 궁금하다. 반면 (뷔퐁과 마찬가지로) 몽테스키외는 이러한 신고전주의적 편견에 동조하지 않았다. "글을 잘 쓰는 사람은 '다른 사람들처럼' 글을 쓰는 게 아니라 본인만의 방식으로 글을 쓴다." 내게는 이 말이 더 일리 있게 들린다. 그러나 그 누구와도 다르게 자신만의 방식으로 글을 쓰지만 함량 미달인 작가들도 있다. 누군가는 『미사여구*Euphues*』나 메러디스를 떠올릴 것이다.

7   옥스퍼드 사전에는 "찌르는 등의 공격 행위에 사용되는 도구"라는 뜻도 포함되어 있다. 라틴어 stīlus는 STIG라는 어근에서 파생되었다. 참조: 그리스어 στίζω, stigma, stimulus, instigate, stick, 독일어 stechen, stecken. 영어는 논리적인 언어이므로 'stile'이라고 써야 한다.(참조: 독일어 stil, 이탈리아어 stile, 스페인어 estilo) 그러나 라틴어 stīlus는 '기둥'을 뜻하는 그리스어 στύλος과 혼동되어 stylus로 변질되었고, 이 비논리적인 'y' 덕분에 우리는 'style(문체)'을 'stile(울타리에 낸 사다리)'과 혼동하지 않게 되었다.

8   이와 비슷하게 헛된 논란을 일으켰던 'poetry'의 다양한 의미를 비교해보자. (1) 운문 쓰기 (2) 좋은 운문 쓰기 (3) 좋은 운문이 일으키는 것과 유사한 감정을 일으키는, 운율 없는 글쓰기

(4) 역시나 유사한 감정을 일으키는 문학 외의 것(예: 그림, 봄, 달빛)의 속성.

9 볼테르가 이에 반대했다는 사실이 역설적이다. "수학에는 농담이 없어야 한다. …… 농담
은 진중한 학문에 결코 어울리지 않는다." *Dictionnaire Philosophique*, 'Style'.

10 루칸 경은 경기병 여단을 통솔하는 카디건 경이 자신의 명령을 또 다시 오해하여 참혹한
결과가 발생했다고 주장했다. Kinglake, *Invasion of the Crimea*, Ⅳ, p. 248.

11 *Correspondance*, 1852년 9월 25일. 반면 볼테르는 다음과 같이 반대의 입장을 보였다. "문
체가 없다면, 웅변술에서든 시에서든 가치 있는 작품이 있을 수 없다." 그러나 여기서는 플로베
르의 견해가 더 일리가 있다.

12 월터 스콧의 경우, 캐롤라인 여왕을 향한 지니 딘스의 호소와 메그 메릴리즈의 비방(스콧
의 소설 『미들로디언의 중심부*The Heart of Midlothian*』를 말한다.)(A. W. Verrall, *Literary Essays*
참조), 그리고 디킨스의 경우『황폐한 집*Bleak House*』도입부의 챈서리 법정에 대한 묘사가 그 예
다. 발자크는 다음과 같이 우둔한 문장을 쓰기도 했다. "그의 이마로부터 생각의 급류가 쏟아졌
다.(Un torrent de de pensées découla de son front.)" "장군은 분노의 눈물을 바다에 던지려고 돌
아섰다.(Le général se tourna pour jeter à la mer une larme de rage.)" "지난 2년간 내 가슴은 매일
부서졌다.(Voilà deux ans que mon coeur se brise tous les jours.)" 그러나 그는 보트랭이 성공에
관해 라스티냑에게 해준 조언처럼 정곡을 찌르는 문장도 썼다. "사람은 포탄과 같이 인간의 무
리를 꿰뚫거나 역병과 같이 그 안으로 스며들어야 한다네. 체면은 소용없어.(Il faut entrer dans
cette masse d'hommes comme un boulet de canon ou s'y glisser comme une peste. L'honnêteté ne
sert à rien.)" 또 고리오의 장례식 후 라스티냑을 묘사한 대목도 인상적이다.
"홀로 남은 라스티냑은 몇 걸음 옮겨 묘지 꼭대기에 올라 불빛이 반짝이기 시작한 가운데 센강의
양 강둑을 따라 굽이쳐 펼쳐진 파리를 바라보았다. 방돔 광장의 기둥과 앵발리드의 둥근 지붕 사
이에 펼쳐진 공간으로 그의 시선이 탐욕스럽게 붙박였다. 그가 출세하여 동참하고자 했던 상류
사회 사람들이 그곳에 살고 있었다. 그는 벌집처럼 윙윙대는 그곳을 바라보며 이미 꿀을 빨아대
려는 기대에 가득 찬 시선으로 당당히 말했다.
'이제 우리 둘의 대결이로다!' 그리고 상류사회에 도전하려는 첫걸음으로, 라스티냑은 누싱겐
부인의 집에 저녁을 먹으러 갔다.(Rastignac, resté seul, fit quelques pas vers le haut du cimetière
et vit Paris tortueusement couché le long des deux rives de la Seine, où commençaient à briller
les lumières. Ses yeux s'attachèrent presque avidement entre la colonne de la place Vendôme et
le dôme des Invalides, là où vivait ce beau monde dans lequel il avait voulu pénétrer. Il lança sur
cette ruche bourdonnante un regard qui semblait par avance en pomper le miel et dit ces mots
grandioses : 'À nous deux maintenant!'
Et pour premier acte du défi qu'il portait à la Société, Rastignac alla dîner chez Mme. de
Nucingen.)"

13 시「가스티벨자Gastibelza」가 그 예다.

마을 사람들이여 춤추고 노래하라. 밤이 온다네.
어느 날 사빈은
비둘기 같은 아름다움을 팔아버렸지.

그리고 사랑도.
그저 살다뉴 백작의 금반지를 위하여,
그저 보석을 위하여
산비탈을 가로질러 부는 바람이
나를 미치게 하네.
Dansez, chantez, villageois, la nuit tombe
Sabine, un jour
A tout vendu, sa beauté de colombe
Et son amour,
Pour l'anneau d'or du comte de Saldagne
Pour un bijou……
Le vent qui vient à travers la montagne
Me rendra fou
(영어 번역: Dance, villagers, and sing: the night is falling.
One day Sabine
Sold all — her dove-like beauty
And her love —
Just for the gold ring of the Comte de Saldagne,
Just for a jewel……
The wind that comes across the mountainside
Will drive me mad.)

주제는 일반적이지만 문체는 그렇지 않다. 플로베르는 1875년 12월에 조르주 상드에게 서신을
보내면서 위고의 문체에 대해 더 공정한 태도를 보였다. "저는 '어둠은 신부 같았고 침통했으며
엄숙했다.'라는 빅토르 위고의 문장과 같은 거장의 표현과 구절을 위해 가바르니의 모든 일화를
소개할 것입니다."

14 *Iliad*, IX, 442~443. 확실히 아킬레우스는 그 교훈을 체득했다. 아가멤논(*Iliad* I), 아가멤
논의 사절들(*Iliad* IX), 연로한 프리아모스(*Iliad* XXIV)에게 내놓은 그의 답변을 능가하는 웅변
술은 문학사상 찾아볼 수가 없다.

15 J. M. Robertson, *Essays towards a Critical Method*(1889), p. 25 참조.

16 *Plays*(1924 ed.), pp. 269~271.

17 *The Playboy*의 서문(*Plays*, 1924 ed., p. 183).

18 J. B. Le Blanc, *Lettres d'un François*(1745). 여기서는 1749년 판, III, p. 17(Letter LXVII)
에서 인용했다.

19 이러한 순수주의는 이따금 우스워 보일 정도로 도가 지나쳤다. 말레르브(Racan of
Malherbe, 1555~1628)의 일화는 이렇다. "그는 죽기 한 시간 전, 갑자기 기운을 차리더니 자신
을 간호하던 여주인을 꾸짖었다. 여주인이 쓴 어떤 단어가 그가 생각하기에 바람직한 프랑스어
가 아니었기 때문이다. 고해신부에게 질책을 당했을 때 그는 어쩔 수 없었다고 답했다. 그는 생

의 마지막 순간까지 프랑스어의 순수성을 지키려 했다." 페레 부우르 신부Père Bouhours는 다음과 같은 말로 생을 마감했다고 한다(1702). "Je vas, ou je vais, mourir; l'un ou l'autre se dit."(Je vais 또는 je vas mourir는 "나는 죽을 것이다."라는 뜻으로 둘 다 옳은 표현이다.) 그리고 샹포르 Chamfort에 따르면, 한 재치 넘치는 자가 순수주의자 보보 왕자Prince de Beauvau와 관련하여 다음과 같은 말을 남겼다. "아침 산책을 하다가 그를 만났고, 그가 탄 말의 그림자가 내게 드리웠다. …… 나는 그날 온종일 프랑스어로 단 한 번의 실수도 하지 않았음을 깨달았다."

20 J. A. Symonds, *Essays Speculative and Suggestive*(1907 ed.), p. 199.

21 "나는 『파우스트』를 더 이상 독일어로 읽을 수 없다. 그러나 프랑스어 번역본에서는 모든 세세한 내용이 무척 새롭게 다가온다." Sainte-Beuve, *Nouveaux Lundis*, III, p. 311. *Hermann and Dorothea*의 경우에도, 괴테는 독일어 원본보다 라틴어 번역본을 선호했다.

22 *Mein Kampf*(1936 ed.), pp. 506~507.

23 참조: "Ach, es giebt so viel Dinge zwischen Himmel und Erde, von denen sich nur die Dichter Etwas *haben träumen lassen*." "Und verloren sei uns der Tag wo nicht Ein Mal getanzt wurde! Und falsch heisze uns jede Wahrheit, bei der es nicht ein Gelächter *gab*!" 여기서 핵심 단어는 'getanzt'와 'Gelächter'이지만, 이 단어들은 그보다 중요하지 않은 'wurde'와 'gab' 때문에 끝자리를 차지하지 못했다.

24 그러나 로마인들은 그러한 규칙에 얽매이지 않았다.

25 참조: Shakespeare, *Venus and Adonis*, 409: "I know not love (quoth he) nor will not know it."

26 3장 pp. 105~107. "이탤릭체에 관한 주의사항" 참조.

27 예: "You shall see her." ("You will be allowed to") 또는 "You *shall* see her." (예: "You must")

28 비슷한 원칙이 관용구, 숙어에도 적용된다. 예를 들어 우리는 to 부정사를 분리해야 할까? 존슨을 비롯한 과거의 작가들은 그렇게 했다. 이후 금기가 생겨났다. 여타 많은 금기와 마찬가지로, 그리 합리적이지는 않았다. 누군가는 "I see no reason to consistently avoid split infinitives. (부정사를 분리하는 것을 계속 피할 이유는 없다고 본다.)"라고 주장할 것이다. "consistently to avoid split infinitives"는 부자연스러운 표현이다. 반면 "to avoid consistently split infinitives"는 "consistently"가 "split"에 걸리는 것처럼 읽힌다. 그러나 현 상태로는, 어떤 분리부정사든 집중하여 글을 읽는 독자의 주의를 산만하게 한다고 할 수 있다. 독자는 '작가가 의도적으로 부정사를 분리했을까? 아니면 문법에 무지하여 분리했을까?'라고 의문을 품게 된다. 따라서 주의 깊은 자라면 여기서 분리부정사의 사용을 반대하는 데 심리적인 이유가 있음을 알아챌 것이다. 분리부정사는 일부 독자를 충격에 빠뜨린다. 게다가 분리부정사를 피하는 데 어떤 특별한 재간이 필요하지도 않다.

마찬가지로 'due to'가 'owing to'와 동등한 전치사구가 되고 있다. 다음과 같은 문장이 예다. "They stopped work, due to the rain." 이 새로운 사용법에는 두 가지 반대 이유가 있다. 하나는 문장이 모호해질 수 있다는 이유다.('due to' the rain에 걸리는 것이 stopped인지 work인지 애매하다.) 또 하나는 이러한 사용법이 아직 확립되지 않았다는 이유다. 이 문장은 거슬리는 표현이 될 수 있다. 어쩌면 이 사용법은 영영 확립되지 않을 수도 있다. 두고볼 일이다.

29 18세기 초에는 상황이 반대였다. 당시에는 영어 문학이 영국 외부에 잘 알려져 있지 않았다. 예스페르센Jespersen이 지적했듯이, Veneroni, *Dictionary*(1714)에서는 이탈리아어, 프랑스어, 독일어, 라틴어를 유럽의 4대 주요 언어로 다루고 영어는 다루지 않았다. 그러나 흄Hume은 일찍이 앞을 내다보고 기번Gibbon에게 프랑스어로 글을 쓰지 말도록 권고했다.(1767년 10월 24일) "따라서 현재 프랑스어가 널리 보급된 가운데 프랑스인들이 승리를 만끽하도록 놔두십시오. 야만족들의 쇄도를 전보다 두려워할 필요가 없어진 아메리카 대륙에서 우리의 입지가 더욱 커지고 단단해지고 있으니, 앞으로 영어가 뛰어난 안정성과 견고성을 지니게 될 겁니다." ('안정성'에 대해서는 크게 확신하지 못하는 사람들이 있을 수도 있다.)

2장

1 내 짐작으로는 여기서 '완곡하게euphemistically'라는 말이 '듣기 좋게euphoniously' 즉, 불쾌한 것을 듣기 좋은 명칭으로 표현하여 글을 써야 한다는 의미인 듯하다.

2 그 반대의 예는 11장 참조.

3 참조: 생트 뵈브Sainte-Beuve가 빅토르 쿠쟁Victor Cousin을 두고 한 발언. "쿠쟁의 문체는 장려하고 그의 기개 역시 당당하다. 그는 루이 14세 때의 대군주 시대를 연상케 한다. 그러나 독창적이지는 않다. 그의 저작물 어디에서도 한 개인으로서 글을 쓰는 당사자의 특성이 드러나지 않는다. 보쉬에Bossuet 역시 가끔 같은 발언을 했다. 그리고 쿠쟁은 보쉬에가 아니다." *Causeries du Lundi*, XI, p. 469. 요약하자면, 빌려온 깃털은 결국 떨어져나간다는 얘기다.

4 *Rhetoric*, II, 1

5 IX, 2. 이와 비교하여 로마에서는 바람직한 연설가를 '연설에 정통한 훌륭한 자'라고 정의했다. 낙관적인 정의이긴 하지만 진실이 아닌 건 아니다. 게다가 웅변술보다 역사가 더 긴 문학에서는 더더욱 진실이다.(이 정의는 대大 카토Cato the Elder가 내놓은 것으로 알려져 있다. 다음 참조: 수사학자 Seneca, *Controv*, I, 9; Quintilian XII, 1,1.) 한편 아나톨 프랑스Anatole France는 다음과 같이 정의했다. "위대한 작가는 영혼이 비열하지 않다. 브라운 씨가 그가 가진 비밀의 전부다."

6 'Le style, c'est l'homme' 또는 'le style est *de* l'homme'의 형태로도 인용된다. 그러나 'de'의 첨가와 'même'의 생략으로 뜻이 약해진다. 게다가 의미와 관련하여 불필요한 어려움이 생겨난 듯하다. 한 예로 고스Gosse는 뷔퐁Buffon이 생물학자였고 해당 문장이 그의 저서 *Natural History*에서 시작되었음을 상기시킨다. 따라서 실제로 뷔퐁이 의미한 것은 문체가 사자의 단조로운 포효나 새의 지저귐과 인간(호모 사피엔스)의 언어를 구별해준다는 점이라는 얘기다. 뷔퐁은 미학이나 사상이 아닌 생물학을 연구한 자였다.
하지만 나는 과연 뷔퐁이 민망함을 무릅쓰고 사람은 문체를 갖지만 새는 그렇지 않다는 진부한 이야기를 굳이 우리에게 들려준 것일까 하는 의문이 든다. 게다가 이는 시 「인간의 진보, 반反자코뱅당원들의 시Anti-Jacobin」를 떠올리게 한다.

날개 달린 종족이 하늘을 스치듯 날아가네
고등어도 그러하지 못하는데 하물며 곰이야.
The feather'd tribes on pinions skim the air,
Not so the mackerel, and still less the bear.

사실 뷔퐁의 발언은 『박물지』가 아니라 그의 프랑스 아카데미 입회연설인 「문체에 관한 담론 Discours sur le Style」에서 발췌되었다. 이 연설은 전혀 '생물학적으로' 들리지 않는다. 나는 빅토르 위고가 낭만적인 열정으로 선언했던 것과 매우 흡사한 내용을 뷔퐁이 전형적인 평정심을 갖고 말했으리라 생각한다.

유명인이든, 무명인이든, 조롱의 대상이든, 승리자이든,
대인이든, 소인이든, 사람은 책으로 자기 마음을 표현한다.
우리가 천성의 펜으로 어떤 글을 쓰든
그 글이 황금 종이 위의 부드러운 베르길리우스와 같든
그 글이 철의 성전의 단테와 같든
그 글은 우리의 살이요, 우리의 불꽃이다.
Quiconque pense, illustre, obscur, sifflé, vainqueur,
Grand ou petit, *exprime en son livre son coeur.*
Ce que nous écrivons de nos plumes d'argile,
Soit sur le livre d'or comme le doux Virgile,
Soit comme Aligieri sur la bible de fer,
Est notre proper flamme et notre proper chair.
(영어 번역: Whoever thinks, be he famous or obscure, hissed or triumphant,
Great or small, *expresses in his book his heart.*
Whatever with our pens of clay we write,
Whether like the gentle Virgil on a page of gold,
Or like Dante in a scripture of iron,
Is our own flesh, our own flame.)

반면 기번은 "문체는 인격의 형상이다."라는 더 간결하고 명쾌한 말을 남겼다.(*Autobiographies of E. Gibbon*, ed. J. Murray, 2nd ed. 1897, p. 353.) 이 정의의 기원은 훨씬 과거로 거슬러 올라간다. 소크라테스는 이렇게 말했다. "말로 사람 됨됨이를 알 수 있다." 플라톤과 메난드로스도 비슷한 격언을 남겼다. 세네카는 이 사안을 *Epistle* 114에서 심도 있게 논의했다.

7　Tsui Chi, *Short History of Chinese Civilization*(1942), p. 53.

8　*Importance of Living*(1938), p. 384.

9　개인적인 서정시처럼 주관적인 형태의 글쓰기에서는 작가의 감정이 주가 되고 청중이 배경으로 밀려날 수 있다. 밀Mill의 시에서는 독자가 시인의 노래를 듣기보다 엿듣는 것에 가깝다. 그러나 이러한 장치에는 허구적 측면이 상당수 있다. 시인은 어쩌면 하피즈(Hafiz: 코란을 전부 암기한 이슬람교도에게 주어지는 칭호―옮긴이)만큼이나 직접적으로 선언하는 것일 수 있다.

동쪽에서 서쪽에 이르기까지 그 누구도 나를 이해하지 못하네.

그 누구도 아닌 바람에게 털어놓으니 더욱 기쁘구나.

From the east to the west no man understands me —

The happier I that confide to none but the wind!

그러나 주관적이고 개인적인 시를 쓰는 경향이 강한 현대의 시인들조차 자기 작품을 펴내줄 출판사를 찾고 교정쇄를 검토한다. 책으로 출판된 것은 무엇이든 대중의 이목을 집중시키기 마련이다. 대부분의 산문 작가들은 청중 앞에 직접 서는 연설가보다 훨씬 더 의식적이다.

10   참조: Johnson, *Dictionary*에 수록된 후원자patron의 의미는 다음과 같다. "오만한 태도로 누군가에게 도움을 주고 그 대가로 아첨을 받는 가엾은 인간." "The Vanity of Human Wishes"의 2행 연구聯句는 다음과 같다.

학자의 삶을 병들게 하고 괴롭히는 것들이 있다.

바로 고역, 시기, 빈곤, 후원자, 감옥이다.

There mark what ills the scholar's life assail,

Toil, envy, want, the Patron, and the jail.

(존슨은 체스터필드와 충돌한 이후 원본의 '후원자'를 '다락방'으로 대체했다.)

11   아내 테티의 죽음 참조.

12   *Unpublished Letters*, ed. E. L. Griggs(1932), II, pp. 131~132. (콜리지는 바이런의 영향력이라면 자신에게 더 나은 출판 조건이 주어지리라는 기대에서, 자신이 쓴 시들을 '특정 출판사'에 권유하도록 바이런에게 청했다.)

13   콜리지는 *Pepys*(1825)의 여백에 바이런의 작품에 대해 더 솔직한 견해를 내비쳤다. "W. 워즈워스는 바이런 경을 우리의 시적인 조류학의 앵무새라 칭한다. 그러나 사람들이 말하길, 앵무새는 자기에게 딱 어울리는 진실된 곡조의 매우 달콤한 노래를 부른다. 하지만 나는 그에게 그러한 노래를 한 번도 들어본 적이 없다. W. 스콧 경에도 불구하고, 내가 감히 예상하건대 한 세기도 지나지 않아 스콧과 바이런의 시들은 동일한 망각의 시령에 놓일 것이다. 다만 스콧은 소설가로서, 새로운 유형의 소설을 창안한 자로서 기억되고 그의 작품이 널리 읽힐 것이다. 반면 바이런은 병적이고 끝없는 허영심에 가득 차 실제보다 열 배는 더 사악한 척하는 악독한 귀족으로밖에 기억되지 않을 것이다."

따라서 콜리지에게는 바이런이 '백조'는커녕 앵무새와 같은 존재도 아니었음이 분명하다. 저자들 간의 적대감에 대해 판단을 내리는 건 성급한 행위다. 어느 누구도 모든 사실을 다 알지 못하기 때문이다. 물론 이 일화와 같이, 꽤 많은 사실이 알려진 경우도 있지만 말이다. 어쨌든 1816년에 콜리지는 바이런에게서 100파운드를 받았다. 1824년에 콜리지가 하이게이트에 편안히 앉아 있는 동안, 바이런은 메솔롱기온에서 그리스를 위해 죽었다. 콜리지가 여백에 쓴 글은 서신과 마찬가지로 쓰지 않는 편이 나았다.

14   무척 궁핍했으면서도 번역서를 왕세자에게 헌정하면 한 달에 300프랑의 연금을 지급하겠다는 나폴레옹 III의 제안을 거절한 르콩트 드 릴Leconte de Lisle의 일화는 즐거운 대조를 보여준다. 그는 이렇게 답했다. "고대의 위대한 걸작들을 그걸 이해하기에 너무 어린 자에게 헌정한

다는 건 신성모독입니다." 그러나 그는 제 2제정의 명예를 지키기 위해 연금을 받아들였다.

15 이 맥락에서 초서와 드라이든의 대표적 구절을 자세히 비교하려면 다음 참조. *Decline and Fall of the Romantic Ideal*(1948 ed.), pp. 214~218.

16 참조: 괴테가 에커만Ekermann에게 한 말. "나는 셰익스피어, 스턴, 골드스미스에게 무한한 빚을 졌다."

17 *Correspondance*(1926), VIII, p. 209(1879년 2월).

3장

1 참조: 메테르니히Metternich의 방법. "내가 쓴 글이 모호하다면…… 투구트Thugut 남작의 수칙을 따른다. 그는 글이 모호할 경우, 다른 표현을 찾거나 생각을 바꾸거나 다른 접근법을 취하려 하지 말고 그저 모호한 구절에서 불필요한 것을 모두 삭제하는 데 집중하라고 조언했다. 그렇게 하여 남은 구절이 전적으로 신뢰할 만하고 필요한 요점이다." Varnhagen von Ense, *Denkwürdigkeiten*(1859), VIII, pp. 112~113.

2 Voltaire, *Candide*, ch. XXX.

3 참조: 마르몽텔Marmontel: "라신이나 마시용의 작품에는 독자나 청자가 단번의 생각으로 이해할 수 있는 구절이 하나도 없을 것이다."

4 매콜리를 담당했던 교정자는 『영국사*History of England*』 전체를 통틀어 모호한 문장을 단하나 발견했다. 매콜리가 기뻐한 것도 당연하다.

5 9장 참조.

6 9장 참조.

7 새커리는 여타 작가들보다 이탤릭체를 더 자유롭게 사용했지만 그 위험성을 알고 있었다. 그는 『뉴컴일가*The Newcomes*』에서 클라라 부인의 과도함에 미소 짓는다. "'친애하고 사랑하는 펜더니스 부인.' 클라라 부인은 고민에 휩싸인 채 많은 이탤릭체를 사용하여 서신을 써내려갔다. '부인의 방문은 *없을 예정*이군요.'"

4장

1 두 인용문 모두 워즈워스의 시 4행은 제외.

2 T. L. Kington Oliphant, *The New English*(1886), II, p. 232.

3 발자크는 19년 동안 매년 평균 4~5편의 작품을 내놓았고, 트롤럽은 1847년부터 1879년까지 45편의 작품을 내놓았다.

4　　Antipater of Sidon(*Palatine Anthology*, VII, 713).

5　　H. A. Giles, *Chinese Literature*(1901), p. 145에 따르면, 당나라 시대(A. D. 600~900)의 이상적인 시 길이는 12행이었다고 한다. 물론 8행이나 4행에 그친 시들도 있었다. 그러나 수백 행을 넘는 시는 없었다. 이렇듯 시가 간결했음에도, 1707년에 선보인 당나라 시 선집에는 무려 4만 8900편이 수록되었고 선집 전체는 30권 규모였다.

6　　참조: 몽테스키외: "타키투스는 모든 것을 간명하게 압축시켰다. 그가 모든 것을 보았기 때문이다."

7　　Tacitus, *Histories*, I, 2, 11.

8　　Flavius Vopiscus, *Tacitus*, V.

9　　Trebellius Pollio, *Claudius*, IV.

10　　Lampridius, *Commodus*, XVIII.

11　　흥미로운 예시는 G. Williamson, *The Senecan Amble*, 1951 참조. 〔amble(천천히 느긋하게 걷다)이라는 비유는 섀프츠베리의 『인간, 관습, 견해, 시대의 성격*Characteristics*』에서 비롯되었으나 그리 적절한 비유가 아니다. 세네카의 날카로운 문체는 유유히 걷는 승용마보다는, 조바심 내지 않고 냉정하고 침착한, 뾰족한 가시털로 덮인 호저를 연상케 한다.〕

12　　감정을 자극하도록 견해가 표현되었다. 산문은 반드시 긴 리듬으로 써야 한다. 분명, 때로는 반드시 그래야 한다. 그렇지만 왜 '반드시'일까? 이 구절은 충분히 열정적이다.

13　　존슨은 후반기로 가면서 실제로 두 가지 문체를 보여주었다. 일반적인 논문에 쓰이는 다소 점잖고 묵직한 문체와 일상적인 서신이나 서술에 쓰이는 가볍고 생생한 문체가 그것이다. 그러나 그의 문장의 평균적인 길이는 초기의 「램블러Ramblers」 시절과 이후 『영국 시인전』 사이의 기간에 5분의 2가량 줄어들었다. (W. K. Wimsatt, *Prose Style of Johnson*, 1941 참조.)

14　　예: 그의 장교직.

15　　따라서 길드 집회소에서 '유럽의 구세주'라는 찬사에 대한 화답으로 피트가 마지막으로 했던 가장 간단한 공개연설을 웰링턴이 높이 평가한 점은 주목할 만하다. "제게 영광을 안겨주신 여러분께 깊은 감사를 드립니다. 그러나 유럽은 단 한 사람의 손으로 구원되지 않습니다. 영국은 자력으로 스스로를 구원했고 제가 믿는 바와 같이, 그 본보기로써 유럽을 구원할 것입니다." 웰링턴은 이 연설에 대해 이렇게 말했다. "그게 다였다. 그의 연설은 채 2분도 되지 않았다. 그러나 어떤 연설보다도 완벽했다."

16　　프루스트조차도 때로는 자기가 만든 등장인물인 게르망트 공작의 퉁명스러움에서 한 수 배웠다. 게르망트 공작은 이렇게 전보를 보내 초대를 회피하곤 했다. "가기가 불가능합니다. 거짓말이 따릅니다."

17　　G. Saintsbury, *History of English Prose Rhythm*에서 인용했다. 이 구절은 리듬의 활기뿐만 아니라 단어 선택의 생기도 두드러진다. 세인츠버리와 마찬가지로 나 역시 구두법을 현대화했다.

18 *Anatomy of Melancholy*, Part II, Section III, Member VII.

19 Herbert Spencer('The Philosophy of Style' in *Essays Scientific, Political, and Speculative*)는 좋은 문체의 필수적인 원칙이 노력의 경제라고 했다. 이 원칙은 우리가 명료성, 다양성, 특정 형태의 간결성을 왜 중시하는지에 대해 부분적으로 설명한다. 하지만 이 원칙은 너무 단순하다. 독자들이 언제나 나태하기를 바라는 건 아니다. 반면, 많은 독자는 자신의 기지를 사용하는 도전을 환영한다. 실제로 일부 독자는 심지어 모호함에서 즐거움을 느끼기도 한다.

20 이 책은 처음 출간될 당시 지은이가 맨스필드 경 또는 캠던 경으로 알려졌다. 벤담이 책의 저작권을 갖게 되자 책 판매량이 떨어졌다. (새뮤얼 버틀러의 『에레혼*Erewhon*』도 같은 경우였다.)

21 여기서는 마침표로 기능할 수 있는 콜론이나 세미콜론으로 구분되는 짧은 절들의 축적이 아닌, 나누기가 불가능한 정말로 긴 문장을 뜻한다. 내 생각에, 문체는 마지막으로 눈이 아닌 귀에 호소해야 한다.

5장

1 그러나 교육수준이 낮더라도 더 나은 자라면 정말로 그렇게 무례를 범할 수 있을까?

2 *La Vie Littéraire*, III, Préface.

3 자기만족에서 비롯된 이 구절을 드 퀸시의 『수사학*Rhetoric*』과 비교해보자. "(수사학에 대한 아리스토텔레스의 견해)에 관한 우리의 설명은 매우 주목할 만한 발견을 수반한다. 이는 특정한 관점에서 무수한 책의 오류를 비판한다. 우리는 옥스퍼드 학파에 전해진 작은 충격에도 폭발하는 뇌홍雷汞 가루가 우리가 앞으로 발휘할 참신함의 폭발보다 더 큰 놀라움을 일으킬지의 여부에 질문을 제기한다." 엘턴의 말을 빌리자면 드 퀸시는 "기분 나쁠 정도의 의기양양함과 통탄스러울 정도의 저속함"을 보였다고 한다. 다행스럽게도 그가 언제나 그런 식으로 글을 쓴 건 아니었다.

4 'shant', 'wont', 'cant'와 같은 표현은 더 불쾌하다. 마지막 표현은 부정적 의미의 cant와 구별이 불가능하다.

5 예: Otway: 'Boy, don't disturb the ashes of the dead
    With thy capricious follies.'

6 *Lucian and Timotheus*.

7 *Palatine Anthology*, IX, 314.

6장

1   Swinburne, *Letter to Emerson*.

2   D. H. Lawrence, *Scrutinies* 중 *John Galsworthy*, ed. Edgell Rickword, 1928.

3   Julianus, Prefect of Egypt; *Anth. Pal.* VII, 58.

7장

1   1장 참조.

2   2장 참조.

3   참조: 총신에게 많은 비용을 들인다는 점에 대해 제임스 1세가 추밀원에서 했던 자기 변호 발언: "짐은 신도 천사도 아니요, 여느 사람과 같은 인간일 뿐이다. 따라서 나는 여느 인간과 마찬가지로 행동하고 내게 더없이 소중한 다정한 이들에게 고백을 한다. 여러분은 내가 그 누구보다도, 이 자리에 모인 여러분보다도 버킹엄 백작을 친애한다는 사실을 알 것이다. …… 예수 그리스도도 마찬가지였다. 따라서 나는 비난받을 이유가 없다. 예수에게는 요한이 있었고 내게는 조지가 있다."

4   독자들은 둥그스름한 불독의 형상과 '각진' 형체가 과연 어울리는지 의문을 품을 수 있다.

5   예를 들어 그는 피트의 섭정 법안Regency Bill을 왕에게 가시 면류관을 씌우고 갈대를 손에 쥐어주는 행위라고 비난하면서 '영국 국왕 만세!'라고 소리 높여 외쳤다. 그는 루이 16세를 '아마도 영원히 군림할 최선의 의도를 지닌 자'라고 칭했고, 구체제Old Régime의 프랑스 성직자들을 '어떠한 체제에서도 이 세상에 존재할, 가장 신중하고 너그럽고 온후하며 회유적이고 독실한 자들'이라고 칭했다. 또 루이 16세가 베르사유에서 파리로 떠나야 했던 일을 두고 '인류의 연민과 분노를 영원히 자아낼, 가장 경악스럽고 극악무도하며 비참한 사건'이라고 칭했다. 당시 버크는 햄릿이 배우들에게 했던 현명한 조언을 잊었던 것 같다. "열정의 회오리바람과 폭풍우가 몰아칠 때 자제력을 발휘하면 평온함이 찾아올 것이다."

6   A. J. Balfour, *Dr. Clifford on Religious Education*; Desmond MacCarthy가 *Portraits*, pp. 21~22에서 인용함.

7   *L'Art Poétique*, II.

8장

1   프루아사르는 프랑스가 영국을 침공하기 위해 레클루스에서 준비하는 모습을 묘사했다.

2   이 과민증이 매우 예민한 문체와 늘 함께하지는 않는다는 점이 의아하다. *Waymarsh, who had had letters yesterday, had had them again today.*(어제 편지를 받았던 웨이마시는 오늘도 편

지를 받았다.)' 인칭대명사의 사용은 가끔 단정치 못해 보인다. 일부 독자에게는 제임스가 그러한 임시변통책을 지나치게 좋아하는 것처럼 보일 수 있다. 존슨은 그러한 임시변통책을 비난했고 나 역시 존슨이 옳다고 생각한다. 게다가 작가의 인격의 일부가 어떻게 해서 단 하나의 형용어구에서 드러날 수 있는지도 의아하다. 'The balconied inn stood on the very neck of the sweetest pass in the Oberland.(발코니 딸린 여관이 오버란트에서 가장 달콤한 산길로 이어지는 길목에 서 있었다.)' 도대체 어떤 작가가 알프스의 산길을 '달콤하다'고 표현하겠는가?

3   참조: 존슨의 『셰익스피어 서문*Preface to Shakespeare*』: "보편적인 자연의 묘사만큼 많은 사람을 오래도록 기쁘게 하는 것도 없다. 특정한 방식은 극소수의 사람들에게만 알려질 수 있기 때문에 그들은 그것들이 얼마나 면밀하게 복제되는지에 대해 판단만 할 뿐이다."

4   당시의 의학 기술로 볼 때, 사지 절단은 과다 출혈로 사망함을 의미했을 것이다. 아이스킬로스의 남자 형제는 마라톤에서 페르시아 선박을 움켜잡았다가 양손이 절단되어 사망했다. 그러나 그 당시에도 손이나 발이 절단된다고 해서 반드시 목숨을 잃는 것은 아니었다.

5   R. Glaber, *Historiae*, V, i, 2. (원본은 물론 라틴어로 되어 있다.)

6   존슨은 시인이 '꽃'이라는 보편 명사를 사용했다고 지적할지도 모른다. 그러나 워즈워스가 애기똥풀을 묘사할 때처럼 대상을 구체적으로 묘사할 경우, 보편 명사의 사용이 해가 된다고는 생각하지 않는다.

7   A. Albalat, *L'Art d'Ecrire*(1899), pp. 242~243에서 인용.

8   J. M. Murry, *The Problem of Style*(1922), p. 79에서 인용.

9   *Letters on a Regicide Peace*〔*Works*(1792), IV, p. 491〕.

9장

1   왜일까?

2   *English Prose Style*(1928), pp. 26, 34. 제 2판(1952)에는 마지막 두 문장이 생략되어 있다.

3   다음 참조. Milman Parry, 'The Traditional Metaphor in Homer', *Classical Philology*, 1933 ; W. B. Stanford, *Greek Metaphor*, 1936.

4   *The Romance of Words*(1912), p. 97.

5   로버트 바이런에게 에드워드 기번은 '가짜 역사가'였다. 그러나 적어도 기번은 제대로 된 글을 쓸 줄 알았다. 게다가 Cilicia를 'Silicia'로 쓰는 일도 없었다.

6   *English Prose Rhythm*, p. 126.

7   그녀의 머리칼.

8   그녀의 얼굴.

9   그녀의 입술.

10 그녀의 치아.

11 그녀의 볼.

12 그녀의 애교머리.

13 그녀의 입술.

14 Sir Herbert Read, *English Prose Style*(1928 ed.), p. 31에서 인용.

15 *Aubrey's Brief Lives*, ed, O. L. Dick(1950), 'Lancelot Andrewes', p. 7.

16 참조: 로크의 견해. "진실을 의도한 글에서는 모든 비유적 표현이 '완벽한 속임수'다."

17 Varnhagen von Ense, *Denkwürdigkeiten*(1843~1859), VIII, p. 112.

18 케임브리지.

19 나는 그렇게 생각하지 않는다.

20 존슨이 『램블러*The Rambler*』에서 우화적 표현을 상당히 선호한 점을 생각하면 다소 의아한 부분이다.

10장

1 이 주제를 심도 있게 살펴보고 싶다면 R. Wellek and A. Warren, *Theory of Literature*(1949), ch. XIII과 참고문헌에 요약된 운율학과 산문율에 관한 최근 이론 참조.

2 한 여대생의 민망한 발언을 한동안 잊지 못할 듯싶다. 그 학생은 독서가 즐거웠느냐는 지도교수의 질문에 이렇게 대답했다. "전 즐기려고 책을 읽지 않아요. 평가를 하려고 책을 읽죠."

3 *Rhetoric*, III, 8.

4 C. Walz, *Rhetores Graeci*(1834), VI, pp. 165~166.(Saintsbury, *English Prose Rhythm*, p. 2 에서 인용.)

5 pp. 302~303 참조.

6 이것은 완벽한 엘리자베스 시대의 무운시다.

7 나는 신랄하고 까다로운 학자들 때문에 소란스러운 율격 이론의 난국으로 뛰어들고 싶지는 않다. 그러나 이 장에서는 산문의 율격 요소에 관해 이야기해야 하므로 운문의 율격에 관한 내 입장을 간단히 밝힐 필요가 있다고 생각한다.

일부 운율학자들은 10음절 시행에서 많게는 7개의 강세를 찾거나 적게는 단 3개의 강세를 찾는 등 그야말로 혼란스러운 무법 상태에 있는 것처럼 보인다. 반면 지나치게 엄격한 학자들도 있다. 따라서 기계적인 노래에서 율독을 하는 것이 무의미하다.

> While SMOOTH AdONis FROM his NATive ROCK
> Ran PURple TO the SEA

'from'과 'to'의 경우, 강세가 없는 'While'이나 'Ran'보다 음절이 덜 두드러지고 강세가 덜하다. 그러나 시행에서 강세가 있는 모든 음절이 강세가 없는 모든 음절보다 더 강한 강세를 지닌다고 생각하는 데에 오류가 존재한다. 강세는 절대적인 것이 아니라 상대적인 것이다. 즉, 앞뒤에 있는 음절에 대해 상대적이다. ('From'은 율격 패턴의 도움으로 그 앞에 있는 '-is'나 그 뒤에 있는 'his'보다 더 강한 강세를 띤다. 같은 이유로 'to'는 '-ple'이나 'the'보다 더 강한 강세를 띤다.) 요약하면, 약강격이나 강약격의 시행은 전선처럼 파도 모양을 이룬다. 즉, 평탄지가 아닌 기복이 진 땅에 서 있는 전선처럼 물결 형태를 보인다. 후자의 경우, 일부 파도 형태의 꼭대기 지점은 실제로 기타 파도 형태의 최하부 지점보다 실제로 낮다. 그러나 그럼에도 파도 형태는 계속해서 존재한다. 강세의 상대성에 관한 이 원칙과 별개로, 나는 세인츠버리가 『영어 산문 리듬의 역사 *History of English Prose Rhythm*』에서 제시한 견해에 대체로 동의한다.

강세 자체는 부분적으로 음성적이기도 하고(호흡의 압력에 따라 달라짐) 정신적이기도 하다. 강세가 부분적으로 정신적인 이유는 머릿속에서 운율 패턴을 놓치지 말아야 하기 때문이다. 따라서 일부 시행은 산문 구절에 삽입된 것이라 하더라도 계속해서 율독이 가능할 테고, 기타 시행의 경우 그것이 산문으로 읽힌다면 율격이 존재하지 않을 것이다.

덧붙여, 음악가가 율격에 공을 들일 경우 그 결과는 대개 그리 좋지 못하다. 음악과 율격은 생각보다 훨씬 더 별개의 것이다. 스윈번과 같은 율격의 마술사도 전혀 음악적이지 않은 결과물을 내놓을 수 있다.

8   4음절의 제 2음보가 몇몇 현대 무운시 작가들을 단념하게 하지는 않을 것이다. 게다가 이것이 필요하지도 않다.

9   참조: 메러디스의 *Love in the Valley*: "Knees and tresses folded to slip and ripple idly(접힌 채 미끄러져 나른하게 넘실거리는 무릎과 머릿단)"

10   *The Egoist*, ch. VII.

11   메러디스의 산문 중 내가 생각하기에 역시나 운율이 없고 불쾌한 예는 세인츠버리의 *The History of Eglish Prose Rhythm*, pp. 438~439에서 찾아볼 수 있다.

12   *Richard Feverel*, ch. XIX. 참조: *Love in the Valley*의 율격: 'Tying up her laces, looping up her hair.'

13   그러나 심지어 여기서도 일종의 무운시가 단락 끝에서 끼어들려는 모습을 보인다. 'He detested but was haunted by the phrase.'

14   *Isaiah*, XIV, 12.

15   그러나 덧붙일 말은 전반적으로 버크의 글은 율격이 그리 강하지 않다는 점이다.

16   그러나 페이터 역시 전반적으로는 시적 산문을 쓰는 작가들 중에서 율독이 잘 되지 않는다.

17   물론 마찬가지로, 훌륭한 프랑스어 산문 작가들에게서도 알렉산더격을 찾아볼 수 있다. 르낭의 구절이 한 예다. 'Les dieux passent comme les hommes …… *il ne | serait | pas bon || qu'ils fuss|ent ét|ernels*. La foi qu'on a eue ne doit jamais être une chaine. On est quitte envers elle quand on l'a soigneusement roulée *dans le | linceul | de pourpre || où dorm|ent les | dieux morts*.(신

도 인간과 마찬가지로 지나가는 존재다. …… 신이 영원하다는 생각은 바람직하지 못하다. 누군 가의 과거의 신념이 속박이 되어서는 안 된다. 죽은 신들이 잠들어 누워 있는 곳에서 누군가가 그러한 신념을 보랏빛 수의로 조심스럽게 감쌀 때 비로소 그 신념이 끝나게 된다.)" 다음 참조. J. Marouzeau, *Précis de Stylistique Français* (2nd ed., 1946), p. 182.

18 A. Bain, *Rhetoric and Composition*(1887), Part I, p. 16에서 인용. 다음과 같이 다시 쓴다 면 그 효과가 훨씬 줄어들 것이다. "The honourable gentleman has with much spirit and decency charged upon me the atrocious crime of being a young man: this I shall neither attempt to palliate nor deny.(그토록 높은 기백과 품위를 지닌 지조 있는 신사가 내게 젊은이라는 극악무도 한 죄명을 씌웠다. 나는 이에 대해 변명도 부정도 하지 않겠다.)"

19 페이터의 생각은 그 얼마나 전형적인가.

20 *Rev*. XIV, 8.

21 참조: *Rev*. XVIII, 2: "Babylon the great is fallen, is fallen.(거대한 성 바빌론이 무너졌도다. 무너졌도다.)"; Tennyson, *Princess*, "Our enemies have fall'n, have fall'n.(우리의 적들이 무너졌 도다. 무너졌도다.)"

22 마찬가지로 그리스어로는 다음과 같다. ἔπεσεν, ἔπεσεν Βαβνλὼν ἡ μεγάλη.

23 참조: pp. 56~57.

24 테니슨은 '독과 같다'는 이유로 제임스 톰슨James Thomson의 문체를 혐오했으나 그의 시 의 영향을 받은 것으로 보인다.

> The blackbird whistles from the thorny brake,
> The mellow bullfinch answers from the grove.
> 검은새가 가시 가득한 써레에서 휘파람을 분다.
> 명랑한 피리새가 숲속에서 그에 화답한다.

그러나 테니슨이 톰슨의 시를 차용했다고 할 경우, 테니슨의 시가 원작보다 낫다.

25 Pope, *Odyssey*, XI.

26 참조: 테니슨은 한 서신에서 6음절의 약강격은 근본적으로 암울하고 8음절 시구는 근본 적으로 명랑하고 쾌활하다는 패트모어의 터무니없는 이론을 완전히 무력하게 만들었다. (H. Tennyson, *Memoir*(1897), pp. 469~470.)

27 여기서는 존슨이 다소 거짓된 말을 한 게 아닌지 우려된다. 그는 'weary', 'groan', 'heaves' 와 같은 긴 음절에 등가되는 것을 실제로는 제시하지 않았다. 'merry', 'song', 'wish'd'는 내게 는 훨씬 더 짧은 모음을 지닌 것으로 보인다. 한편 'impatient steps'(사실상 4음절)는 'impetuous down'(5음절)에 정확히 등가되는 것이 아니다. 그로 인한 약약강격이 속도에서 중요하다.

28 존슨이 이탤릭체를 두려워하지 않았다는 사실이 흥미롭다. 그러나 여기서 'the exact prosodist'가 정말로 충분한 것인지 의문이 든다. 'Flies o'er th' unbending corn'은 실제로 추가 음 절을 제공하고 'time' 역시 'The long majestic march'와 비교하여 그러하다. 그러나 신속한 약약 강격을 생성하면 시행이 보다 빠르게 움직인다. 그리고 중요한 것은 음절의 수가 아니라 속도다.

더불어, 'scours'와 'skims'의 'sc'와 'sk'가 서두름의 느낌을 부가한다고 주장해볼 수 있다.

29 Johnson, *Life of Pope*. 참조: *Rambler* 94, *Idler* 60.

30 Saintsbury, *The History English Prose Rhythm*, p. 401에서 인용.

31 T. S. 엘리엇Eliot은 테니슨의 시 「마리아나Mariana」에서 'The blue fly sung in the pane'이 'The blue fly sang in the pane'보다 훨씬 더 낫다고 주장했다. 아마도 'sung'이 파리의 소음에 더 가깝기 때문인 것으로 생각된다.(참조: 'hum', 'buzz') 그러나 이 점에 대해서도 나는 의구심을 떨쳐낼 수가 없다.

32 *The Art of Writing*, 'Elements of Style'

33 p. 312~313.

34 참조: 버턴의 구절, pp. 139~141.

35 그러나 조금이라도 귀가 예민하다면 BBC 뉴스의 경우, 말로 전달되는 형태이지만 단어나 음절의 반복에 대해 이상하리만치 둔감하다는 사실을 알아챌 수 있다. 예: it is reported that the port is blocked.

36 *Oxford Classical Dictionary*, S. V. 'Prose-Rhythm'에 관련 내용이 잘 요약되어 있다.

37 이론적으로나 실제적으로나 강세가 있는 라틴어에서는 나타나지 않는다고 하나 영어에서는 발견된다.

38 이론적으로나 실제적으로나 강세가 있는 라틴어에서는 나타나지 않는다고 하나 영어에서는 발견된다.

39 마지막 음절 다음에 문장 종지부의 정지가 오므로, 이 경우 마지막 음절에 대한 강세의 양은 크게 중요하지 않다.

40 마지막 음절 다음에 문장 종지부의 정지가 오므로, 이 경우 마지막 음절에 대한 강세의 양은 크게 중요하지 않다.

41 이와 관련하여 다음을 참고할 수 있다.
John Shelley, 'Rhythmical Prose in Latin and English' in *Church Quarterly Review*, 1912.
A. C. Clark, *Prose Rhythm in English*, 1913.
P. Fijn van Draat, 'Voluptas Aurium', in *Englische Studien*, XLVIII, 1914.
M. W. Croll, *Cadence of English Prose*(University of N. Carolina Studies in Philology, XVI, 1919).
O. Elton, *A Sheaf of Papers*, 1922.

11장

1 참조: 그는 1835년에 한스카 부인에게 자신만만한 어조로 이렇게 말했다. "18세기에는 저

자가 책을 열 권 쓰려면 십 년이 걸렸지만 난 올해에만 열네 권을 썼소." 그러나 아마도 18세기의 글쓰기 방법이 발자크의 글쓰기 방법보다 더 많은 이점이 있지 않았나 생각된다.

2 더 자세한 내용은 내 저서 *Literature and Psychology*에서 'Wit'와 'Creation and Criticism'을 다룬 장 참조.

3 참조: 프루스트 참조. "대중의 본능적인 삶과 위대한 작가의 재능(침묵이 내려앉은 와중에 종교적으로 귀를 기울여야 하는 본능-암묵의 완벽한 본능)은 판사들의 피상적이고 장황한 언변과 수시로 변하는 잣대와 공통점이 많기보다는, 전자의 둘 사이에 더 많은 공통점이 있다." *Le Temps Retrouvé*(1927), II, p. 46. 여기서 '본능'이라는 단어의 선택은 적절치 않아 보인다. 그러나 비평가들이 지나치게 생각을 많이 하고, 느끼고 꿈꾸는 일에는 몹시 인색하여 부릅뜬 눈을 감지 못한 채로 눈멀어 있다는 점은 사실이다.

4 참조: 몽테스키외는 연구를 통해 생각에 질서와 논리를 부여할 수 있다고 했다. "반대로 사회에서 사람은 상상력을 사용하는 방법을 배운다. 사람은 사회에서 이루어지는 대화 속에서 수없이 다양한 사안을 접하기 때문에 여러 가지에 대해 상상하게 된다. 그 과정에서 타인을 호의적이고 유쾌한 시선으로 바라본다. 사람은 생각을 하지 않으므로 생각을 한다. 이는 즉, 우연한 아이디어를 얻는다는 의미인데 그 아이디어가 정말로 훌륭할 때가 더러 있다." 그러한 대화를 할 수 있었다니 얼마나 행복한 시대인가!

5 『영국 시인전』이 놀랍도록 수월하게 읽히는 이유는 존슨이 명사가 되었던 후기에 범상치 않은 자들과 자주 끊임없는 대화를 했기 때문인 것으로 짐작된다.

6 참조: 퀸틸리아누스, X, 3, 17-8. "성급하게 내던진 것들은 본래의 박약함을 유지한다. 따라서 좀 더 신중을 기하고, 후에 완벽히 새로 다시 쓸 필요 없이 글로 다듬기만 하면 될 정도로 처음부터 글 작업을 하는 것이 바람직하다. 그러나 때로는 감정의 따스함이 공들인 노고보다 더 큰 힘을 선사하는, 순간의 기분을 따르는 편이 현명하다."

7 콜리지가 자주 논의했던 Fancy(공상)와 Imagination(상상력)의 구별이 여기서 얼마간 관련이 있어 보인다. 이 두 단어가 내게 달갑게 들리지는 않는다. 과거의 영어에서는 이 둘이 같은 의미였기 때문이다. 만약 이 두 단어를 과학적으로 구별하려 한다면, 과학자들이 으레 그러는 것처럼 혼란스러운 연상 작용이 일어나지 않도록 아예 새로운 용어를 만들어내는 편이 바람직할 것이다. 게다가 구별 자체가 상당히 거짓된 심오함을 야기한 것으로 보인다. 일반적으로, 콜리지가 언급한 'imaginative(상상력이 풍부한)'는 명민함의 표현이라기보다는 진정한 감정의 표현이고 더욱 진중하며 깊게 느껴진다는 이유로 'fanciful(공상적인)'과는 다른 것으로 해석된다. 그러나 「늙은 수부의 노래」에서와 같이, '상상력 풍부한(imaginative)' 아이디어가 완전히 의식적인 지적 능력에 의해 피상적으로 조작되는 것이 아닌, 더러는 무의식 속에서 부화하면서 더욱 정교한 속성을 띠게 되는 것도 사실이다. 이후에는 'fanciful'과 'imaginative'라는 단어 사이에 확실한 구분선을 긋기가 어려워지게 되었다. 스펙트럼의 색상들처럼, 한 단어가 다른 단어 속으로 서서히 녹아들어 갔다.

8 신고전주의 시대에서는 이미 이 점을 알고 있었다. 참조: 제 4대 로스커먼 백작 웬트워스 딜런Wentworth Dillon, 4th Earl of Roscommon, 격분하여 글을 쓰고 침착하고 냉정하게 그 글을 수정하라. 그런가 하면 월시Walsh는 연애시를 쓰는 것과 사랑에 빠지되, 그 시를 수정할 때에

는 사랑에서 빠져나와야 한다는 이상적인 견해를 피력했다.

9 "나는 수정할 수 없다. 그럴 수 없을뿐더러 그러지도 않을 것이다. 정도가 어찌 되었든, 수정에 성공한 사람을 본 적이 없다." 그러나 바이런은 그저 자기 생각을 밝히는 데 그쳤어야 한다. 때로는 그마저도 상당히 신중을 기해 글을 수정하고 수정안을 두고 의논했다. (다음 참조. R. E. Prothero, *Byron's Works*(*Letters and Journals*), II, pp. 145~161.)

10 트롤럽이 『자서전*Autobiography*』에서 젊은 작가들에게 한 조언을 보면 놀라움을 감출 수 없다. "다 쓴 글을 다시 읽어야 마땅하다. 작품을 인쇄업자에게 맡기기 전에 적어도 두 번은 읽어보아야 한다. 나는 이 마땅한 도리를 따른다." 두 번이라니!

11 마찬가지로, 로댕은 60세가 되어서야 비로소 예술을 이해하기 시작했다고 말했다. 에도 시대 우키요에 화가 호쿠사이(Hokusaï, 1760~1849) 역시 73세에 비슷한 발언을 했다.

12 그의 열여섯 번째 『프로뱅시알*Provinciale*』은 서둘러 집필해야 했다. "따라서 이 작품은 그가 의도했던 것보다 길다." 늘 그렇듯이, 간결성을 얻으려면 시간이 필요하다.

13 A. Albalat, *Le Travail du Style*(1903), p. 150. (매우 유익한 책이다.)

14 수정 작업으로 글이 크게 개선된 예를 살펴보자.

(1) Since then at an uncertain hour
Now ofttimes and now fewer,
That anguish comes and makes me tell
My ghastly aventure.
그때 이후로, 일정치 않은 시간에
자주 그리고 이따금씩
그 고통이 찾아와
내가 그 끔찍한 고초에 대해
말을 꺼내게끔 하지요.

(2) Since then at an uncertain hour
That agony returns :
And till my ghastly tale is told,
My heart within me burns.
그때 이후로, 일정치 않은 시간에
그 고통이 찾아오지요.
내 끔찍한 이야기를 마칠 때까지
내 안에서 가슴이 타오른다오.
─콜리지, 「늙은 수부의 노래」

(1) Underneath the bearded barley
The reaper, reaping late and early,
Hears her ever chanting cheerly,
Like an angel, singing clearly,

O'er the stream of Camelot.
Piling the sheaves in furrows airy,
Beneath the moon, the reaper weary
Listening whispers, "tis the fairy
Lady of Shalott'
수염을 늘어뜨린 보리밭에서
수확꾼이 밤낮으로 수확을 하며
그녀의 유쾌한 노랫소리를 듣는다.
영롱하게 노래하는 천사 같기도 하지.
카멜롯의 강이 흐른다.
보리다발을 쌓던 수확꾼은
달빛 속에서 지쳐만 간다.
어디선가 속삭임이 들려온다.
'이건 샬롯의 요정 아가씨야.'

(2) Only reapers, reaping early
In among the bearded barley
Hear a song that echoes cheerly
From the river winding clearly,
Down to tower'd Camelot:
And by the moon the reaper weary,
Piling sheaves in uplands airy,
Listening, whispers "Tis the fairy
Lady of Shalott'
오직 수확꾼들만이, 아침 일찍
수염을 늘어뜨린 보리밭에서 수확을 한다.
선명하게 굽이쳐 흐르는 강으로부터
탑이 솟은 저 아래 카멜롯까지
유쾌하게 울려 퍼지는 노래를 듣는다.
지친 수확꾼들이 달빛 속에서
고지에 보리다발을 쌓으며
속삭임에 귀 기울인다.
'이건 샬롯의 요정 아가씨야.'
—테니슨, 「샬롯의 아가씨」

15 R. Lynd, *Books and Writers*(1952), p. 93에서 인용.

16 첫 번째 안이 두 번째 안보다 나은 예를 살펴보자.

(1) She took me to her elfin grot,
And there she wept and sigh'd full sore,
And there I shut her wild wild eyes

With kisses four.
그녀는 나를 요정 동굴로 데려가
거기서 구슬피 울며 비통한 한숨을 쉬었소.
그리고 난 그녀의 야성적인 눈을 감겨주었소.
네 번의 입맞춤으로.

(2) She took me to her elfin grot,
And there she gaz'd and sighed deep,
And there I shut her wild sad eyes —
So kiss'd to sleep.
그녀는 나를 요정 동굴로 데려가
거기서 어딘가를 응시하며 깊은 한숨을 내쉬었소.
그리고 난 그녀의 야성적인 슬픈 눈을 감겨주었소.
입맞춤에 잠들도록.
—키츠, 「무자비한 미녀」

(1) Awake! for Morning in the Bowl of Night
Has flung the Stone that puts the Stars to Flight:
And lo! the Hunter of the East has caught
The Sultán's Turret with a Noose of Light.
깨어나라! 항아리처럼 우묵 패인 밤하늘에
아침이 던진 돌이 별들을 걷어낸다.
아! 동쪽의 사냥꾼이 빛의 올가미를 던져
술탄의 성탑을 사로잡았구나.

(2) Awake! for the Sun, who scatter'd into flight
The Stars before him from the Field of Night,
Drives Night along with them from Heav'n, and strikes
The Sultán's Turret with a Shaft of Light.
깨어나라! 태양이 던진 돌에
밤하늘의 별들이 흩어져 달아나버린다.
밤 역시 하늘로부터 물러나
빛의 자루로 술탄의 성탑을 치는구나.
—피츠제럴드, 「오마르 하이얌」
(사막의 아랍인들은 진영을 철거하겠다는 표시로 잔에 돌을 던졌다. 그러나 후기 번역본
에서는 이러한 지역적 색채가 희미해졌다.)

17 (믿거나 말거나) 9세기 전 1028년에는 클루자의 베네딕트가 이렇게 자부했다. "내게는 책
들로 빼곡한 대저택이 두 채 있다. ······ 이 세상에 내가 소장하지 않은 책은 한 권도 없다."

18 존슨은 이렇게 물었다. "책을 전부 통독하십니까?" 통독하지 않아서 안타까운 책들도 많지
만, 대충 넘겨보면 그만인 책들은 더 많다.

19   참조: 브라우닝이 고스Goss에게 한 말. (Miss B. Patch가 인용함. *Thirty Years with G. B. S.*, p. 243.) 고스는 브라우닝에게 후회할 일이 없어서 부럽다고 말했다. 그러자 브라우닝은 공무원이 되지 않은 일을 후회한다고 답했다. "제가 공무원이었다면 온종일 사무실에서 일을 보다가 저녁에만 글을 썼을 겁니다. 전 글을 너무 많이 썼어요. 지나치다 싶을 정도죠. 진이 빠질 때까지 썼으니까요. 만약 제가 공무원이었다면 글을 훨씬 적게 썼을 뿐만 아니라 더 좋은 글이 나왔을 겁니다." 그 얼마나 많은 기성 작가에게 해당되는 말인가!

20   시력을 상실한 밀턴이 그렇게 할 수밖에 없었다. 짐작건대, 그는 글을 먼저 완성한 뒤 그것을 외운 다음, 다른 사람에게 받아 적게 했을 것이다.

21   밀턴은 추분점과 춘분점 사이에 글을 쓰기를 선호했다. 이렇게 하면 한 해에 6개월밖에 시간이 없기 때문에 변덕을 부릴 여유가 없었다.

22   1장 각주 2번 참조.

23   한 예로 방송은 문체를 일반 담화에 가깝게 만들면서 문체의 허세나 가식을 덜어내는 경향이 있다. 그러나 방송 때문에 문체가 일반 대화에 지나치게 가까워질 위험도 있다. 즉, 문체가 비속화되거나 단순해질 수 있다. 일부에서는 이러한 현상이 이미 일어나고 있다.

1장

❶-1

Ce qui distingue les grands génies, c'est la généralisation et la création ⋯⋯ Est-ce qu'on ne croit pas à l'existence de Don Quichotte comme à celle de César? Shakespeare est quelque chose de formidable sous ce rapport. Ce n'était pas un homme, mais un continent; il y avait des grands hommes en lui, des foules entières, des paysages. Ils n'ont pas besoin de faire du style, ceux-là; ils sont forts en dépit de toutes les fautes et à cause d'elles. Mais nous, les petits, nous ne valons que par l'exécution achevée. Hugo, en ce siècle, enfoncera tout le monde, quoiqu'il soit plein de mauvaises choses; mais quel souffle! quel souffle! Je hasarde ici une proposition que je n'oserais dire nulle part: c'est que les très grands hommes écrivent souvent fort mal, et tant mieux pour eux. Ce n'est pas là qu'il faut chercher l'art de la forme, mais chez les seconds(Horace, la Bruyère).

〔영어 번역: What distinguishes great geniuses is the power to generalize and to create. ⋯⋯ Do we not believe in the real existence of Don Quixote as firmly as in Caesar's? Shakespeare in this respect is something tremendous. He was not a man, he was a whole continent; there lived in him great men, whole multitudes, whole landscapes. No need for writers like that to labour at style; they are powerful despite all their faults — even because of them. But we — we little men — can succeed only by finish of execution. Hugo, in our century, will overwhelm all rivals, although he is full of things that are bad; but what inspiration he has, what inspiration! I will venture here an assertion that I should never dare utter anywhere else — that is, that very great writers often write very badly — and so much the better for *them*. It is not to them that you must look for the art of form, but to the writers of a second rank(Horace, la Bruyère)〕.

❶-2

τοὔνεκά με προέηκε διδασκέμεναι τάδε πάντα,

μύθων τε ῥητῆρ᾽ ἔμεναι πρηκτῆρά τε ἔργων.

(영어 번역: Therefore he set me by thee, to guide thee and to teach,
To make thee a doer of deeds, and *a master too of speech*.)

❶-3

So by false learning is good sense defac'd:

Some are bewilder'd in the maze of schools,

And some made coxcombs Nature meant but fools.

❶-4

To be a poet, a man must have a particular *frame of receptivity* in his contact with the outer world. His medium may be prose, poetry, blank verse, or doggerel. If the essence is there, *the formal ectoplasm* slips off unnoticed.

(Of inspiration.) The *spark* which achieves it cannot be superseded by a rule, but something must be its *vehicle*. In many cases the vehicle must be that of a prose-form. We now feel satisfied that temperament cannot be *such a tortuously circuitous state of health as to pursue this figure eight*, and are justified in concluding that external factors are *the vital cog-wheels in determining the writer's 'niche'*.

❶-5

This is made possible by *the veneer of contented bewilderment and the soaring moral ceiling* of the whole play, the treasure-house of fulfillment [sic].

❶-6

It is clear that the later poem was designed for delivery to audiences of mixed character and education, and it is addressed specially to the unlearned, for the better occupation of their minds in the place of secular entertainment, and therefore employing the same conventions and presented in the same manner and context: framed verbally and structurally to be recited aloud and attractively to chance as well as prepared gatherings of people of varying interests, by anyone able or accustomed to it, whether familiar (as a local curate, domestic clerk, or other member of a secular or religious community), or a stranger (casual visitor, mendicant, or other migrant by profession), usually by reason of motive and capacity one of the clergy.

❶-7

"More know Tom Fool — what rambling canticle is it you say, Hostler?" inquired the milkman, lifting his ear. "Let's have it again — a good saying well spit out is a Christmas fire to my withered heart."

❶-8

Sir Thomas Kirkpatrick, one of Bruce's friends, asking him soon after, if the traitor was slain, "I believe so," replied Bruce. "And is that a matter," cried Kirkpatrick, "to be left to conjecture? I will secure him."

❶-9

PEGEEN (*backing away from him*). You've right daring to go ask me that, when all knows you'll be starting to some girl in your own townland, when your father's rotten in four months, or five.

CHRISTY (*indignantly*). Starting from you, is it? (*He follows her.*) I will not, then, and when the airs is warming, in four months or five, it's then yourself and me should be pacing Neifin in the dews of night, the times sweet smells do be rising, and you'd see a little, shiny new moon, maybe, sinking on the hills.

PEGEEN (*looking at him playfully*). And it's that kind of a poacher's love you'd make, Christy Mahon, on the sides of Neifin, when the night is down?

CHRISTY It's little you'll think if my love's a poacher's, or an earl's itself, when you'll feel my two hands stretched around you, and I squeezing kisses on your puckered lips, till I'd feel a kind of pity for the Lord God is all ages sitting lonesome in His golden chair.

PEGEEN That'll be right fun, Christy Mahon, and any girl would walk her heart out before she'd meet *a young man was your like for eloquence, or talk at all*.

CHRISTY (*encouraged*). Let you wait, to hear me talking, till we're astray in Erris, when Good Friday's by, drinking a sup from a well, and making mighty kisses with our wetted mouths, or gaming in a gap of sunshine, with yourself stretched back unto your necklace, in the flowers of the earth.

PEGEEN (*in a low voice, moved by his tone*). I'd be nice so, is it?

CHRISTY (*with rapture*). If the mitred bishops seen you that time, they'd be the like of the holy prophets, I'm thinking, do be straining the bars of Paradise to lay eyes on the Lady Helen of Troy, and she abroad, pacing back and forward, with a nosegay in her golden shawl.

PEGEEN (*with real tenderness*). And what is it I have, Christy Mahon, to make me fitting entertainment for the like of you, that has *such poets talking*, and such bravery of heart.

❶-10

In writing *The Playboy of the Western World*, as in my other plays, I have used one or two words only that I have not heard among the people of Ireland, or spoken in my own nursery before I could read the newspapers. ······ Anyone who has lived in real intimacy with the Irish peasantry will know that the wildest sayings and ideas in this play are tame indeed, compared with the fancies one may hear in any little hillside cabin in Geesala, or Carraroe, or Dingle Bay. ······ When I was writing *The Shadow of the Glen*, some years ago, I got more aid than any learning could have given me from a chink in the floor of the old Wicklow house where I was staying, that let me hear what was being said by the servant girls in the kitchen. This matter, I think, is of importance, for in countries where the imagination of the people, and the language they use, is rich and living, it is possible for a writer to be rich and copious in his words, and at the same time to give the reality, which is the root of all poetry, in a comprehensive and natural form. In the modern literature of towns, however, richness is found only in sonnets, or prose poems, or in one or two elaborate books that are far away from the profound and common interests of life. One has, on one side, Mallarmé and Huysmans producing this literature; and, on the other, Ibsen and Zola dealing with the reality of life in joyless and pallid words. ...... In a good play every speech should be as fully flavoured as a nut or apple, and such speeches cannot be written by anyone who works among people who have shut their lips on poetry. In Ireland, for a few years more, we have a popular imagination that is fiery, and magnificent, and tender; so that those of us who wish to write start with a chance that is not given to writers in places where the spring-time of the local life has been forgotten, and the harvest is a memory only, and the straw has been turned into bricks.

❶-11
For frantic boast and foolish word,
Thy mercy on Thy People, Lord!

❶-12
Be not the first by whom the new are tried,
Nor yet the last to lay the old aside.

❶-13
Rules for good verse they first with pain indite,
Then show us what is bad, by what they write.

2장

❷-1
A man may, and ought to take pains to write clearly, tersely and euphemistically: he will write many a sentence three or four times over — to do much more than this is worse than not rewriting at all: he will be at great pains to see that he does not repeat himself, to arrange his matter in the way that shall best enable the reader to master it, to cut out superfluous words,

and, even more, to eschew irrelevant matter: but in each case he will be thinking not of his own style but of his reader's convenience. Men like Newman and R. L. Stevenson seem to have taken pains to acquire what they called a style as a preliminary measure — as something they had to form before their writings could be of any value. I should like to put it on record that I never took the smallest pains with my style, have never thought about it, do not know nor want to know whether it is a style at all or whether it is not, as I believe and hope, just common, simple straightforwardness. I cannot conceive how any man can take thought for his own style without loss to himself and his readers.

❷-2

Seven years, My Lord, have now past since I waited in your outward Rooms or was repulsed from your Door, during which time I have been pushing on my work through difficulties of which It is useless to complain, and have brought it at last to the verge of Publication without one Act of assistance, one word of encouragement, or one smile of favour. Such treatment I did not expect, for I never had a Patron before.

The Shepherd in Virgil grew at last acquainted with Love, and found him a native of the rocks.

Is not a Patron, My Lord, one who looks with unconcern on a Man struggling for Life in the water and when he has reached ground encumbers him with help? The notice which you have been pleased to take of my Labours, had it been early, had it been kind; but it has been delayed till I am indifferent and cannot enjoy it, till I am solitary and cannot impart it, till I am known, and do not want it.

I hope it is no very cynical asperity not to confess obligation where no benefit has been received, or to be unwilling that the Public should consider me as owing that to a Patron, which Providence has enabled me to do for myself.

Having carried on my work thus far with so little obligation to any Favourer of Learning I shall not be disappointed though I should conclude it, if less be possible, with less, for I have been long wakened from that Dream of hope, in which I once boasted myself with so much exultation,

My Lord,
Your Lordship's most humble,
Most Obedient Servant,
Sam: Johnson.

❷-3
My lord,

I feel that I am taking a liberty for which I shall have but small excuse and no justification to offer, if I am not fortunate enough to find one in your Lordship's approbation of my design; and unless you should condescend to regard the writer as addressing himself to your Genius rather than your Rank, and graciously permit me to forget my total inacquaintance with your Lordship personally in my familiarity with your other more permanent Self, to which your works have introduced me. If indeed I had not in *them* discovered that Balance of Thought and Feeling, of Submission and Mastery; that one sole unfleeting music which is never of yesterday, but still remaining reproduces *itself*, and powers akin to itself in the minds of other men:— believe me, my Lord! I not only could not have hazarded this Boldness, but my own sense of propriety would have precluded the very Wish. A sort of pre-established good will, like that with which the Swan instinctively takes up the weakling cygnet into the Hollow between its wings, I knew I might confidently look for from one who is indeed a Poet: were I but assured that your Lordship had ever thought of me as a fellow-laborer in the same vineyard, and as not otherwise unworthy of your notice. And surely a fellow-laborer I have been, and a co-inheritor of the same Bequest, tho' of a smaller portion; and tho' your Lordship's ampler Lot is on the sunny side, while mine has lain upon the North, my growing Vines gnawed down by Asses, and my richest and raciest clusters carried off and spoilt by the plundering Fox. Excuse my Lord! the length and 'petitionary' solemnity of this Preface, as attributable to the unquiet state of my spirits, under which I write this Letter, and my fears as to its final reception. Anxiety makes us all ceremonious ······

❷–4

I am known to the horse-troop, the night, and the desert's expanse;
Not more to the paper and pen than the sword and the lance'.

❷–5

Je lui dis que je m'en étais allé un samedi au marché, et qu'en présence de tout le monde j'avais acheté un sac et une petite corde pour lier la bouche d'icelui, ensemble un fagot, ayant pris et chargé tout cela sur le col à la vue d'un chacun; et comme je fus à ma chambre, je demandai du feu pour allumer le fagot, et après je pris le sac, et là j'y mis dedans toute mon ambition, toute moo avarice, ma paillardise, ma gourmandise, ma paresse, ma partialité, mon envie et mes particularités, et toutes mes humeurs de Gascogne, bref tout ce que je pus penser qui me pourrait nuire, à considérer tout ce qu'il me fallait faire pour son service; puis après je liai fort la bouche du sac avec la corde, afin que rien n'en sortît, et mis tout cela dans le feu; et alors je me trouvai net de toutes choses qui me pouvaient empêcher en tout ce qu'il fallait que je fisse pour le service de Sa Majesté.

(영어 번역: I told the King that I had gone off one Saturday to the market, and in sight of everybody bought a bag, and a little cord to tie its mouth, together with a faggot, taking and shouldering them all in the public view; and when I reached my room, I asked for fire to kindle the faggot, then took the bag and stuffed into it all my ambition, all my avarice, my sensuality, my gluttony, my indolence, my partiality, my envy and my eccentricities, and all my Gascon humours — in short, everything that I thought might hinder me, in view of all that I had to do in his service; then I tightly tied the mouth of the bag with the cord, so that nothing should get out, and thrust it all in the fire. And thus I found myself clear of everything that could impede me in all I had to do for the service of His Majesty.)

3장

❸-1

Il y avait dans le voisinage un derviche très fameux qui passait pour le meilleur philosophe de la Turquie; ils allèrent le consulter; Pangloss porta la parole, et lui dit: Maître, nous venons vous prier de nous dire pourquoi un aussi étrange animal que l'homme a été formé.

De quoi te mêles-tu? lui dit le derviche; est-ce là ton affaire? Mais, mon révérend père, dit Candide, il y a horriblement de mal sur la terre. Qu'importe, dit le derviche, qu'il y ait du mal ou du bien? Quand sa hautesse envoie un vaisseau en Égypte, s'embarrasse-t-elle si les souris qui sont dans la vaisseau sont à leur aise ou non? Que faut-il donc faire? dit Pangloss. Te taire, dit le derviche. Je me flattais, dit Pangloss, de raisonner un peu avec vous des effets et des causes, du meilleur des mondes possibles, de l'origine du mal, de la nature de l'âme et de l'harmonie préétablie. Le derviche, à ces mots, leur ferma la porte au nez.

(영어 번역: There was in the neighbourhood a very famous dervish who was reputed the best philosopher in Turkey; they went to consult him; Pangloss acted as spokesman, and said: "Master, we come to beg you tell us why so odd an animal as man was ever created."

"What are you meddling with?" said the dervish. "Is that *your* business?" "But, reverend father," said Candide, "there is a horrible amount of evil on earth." "What does it matter," said the dervish, "whether there is good or evil? When His Majesty the Sultan sends a ship to Egypt, does he worry whether the mice on board are comfortable or not?" "Then what should one do?" said Pangloss. "Hold your tongue," said the dervish. "I had flattered myself" said Pangloss, "with the hope of having a little discussion with you about cause and effect, about the best of possible worlds, about the origin of evil, about the nature of the soul and the pre-established harmony." At this the dervish shut his door in their faces.)

4장

❹-1

When the highest intelligence [enlisted] in [the service of the higher] criticism has done all it can [ever aim at doing] in exposition of the highest things in art, there remains always something unspoken [and something undone which never in any way can be done or spoken]. The full cause of the [full] effect achieved by poetry of the first order can (*cannot*) be defined and expounded [with exact precision and certitude of accuracy by no strength of argument or subtlety of definition. All that exists of good in the best work of a Byron or a Southey can be defined, expounded, justified and classified by judicious admiration, with no fear lest anything noticeable or laudable should evade the analytic apprehension of critical goodwill]. No one can mistake what there is to admire[, no one can want words to define what it is that he admires,] in the [forcible and fervent] eloquence of [a poem so composed of strong oratorical effects arranged in vigorous and telling succession as] Byron's *Isles of Greece*. There is not a [single] point missed that an orator [on the subject] would have aimed at making: [there is] not a touch of rhetoric that would not[, if delivered under favourable circumstances,] have brought down the house [or shaken the platform with a thunderpeal of prolonged and merited applause]. It is almost as effective[, and as genuine in its effect,] as anything in *Absalom and Achitophel*, or *The Medal*, or *The Hind and the Panther*. It is Dryden – and Dryden at his best – done [out of couplets] into stanzas. That is the [very] utmost [that] Byron could achieve; as the [very] utmost [to which] Southey could attain was the noble and pathetic epitome of history[, with its rapid and vivid glimpses of tragic action and passion, cast into brief elegiac form] in his monody on the Princess Charlotte. And the merits of either are as easily definable as they are obvious [and unmistakable]. The same thing may be said of Wordsworth's defects: it cannot be said of Wordsworth's merits. The test of the highest poetry is that it eludes all tests. Poetry in which there is no element at once perceptible and indefinable [by any reader or hearer of any poetic instinct] may have every other good quality; it may be as nobly ardent [and invigorating] as the best of Byron's, or as nobly mournful [and contemplative] as the best of Southey's: if all its properties can [easily or can ever] be [gauged and] named [by their admirers], it is not poetry – above all it is not lyric poetry – of the first water. There must be something in the mere progress and resonance of the words, some secret in the very motion and cadence of the lines, (*that remains*) inexplicable [by the most sympathetic acuteness of criticism]. [Analysis may be able to explain how the colours of this flower of poetry are created and combined, but never by what process its odour is produced. Witness the first casual instance that may be chosen from the high wide range of Wordsworth's]

Will no one tell me what she sings?
Perhaps the plaintive numbers flow
For old, unhappy, far-off things,
And battles long ago.

If not another word were left of the poem [in which] these two last lines [occur, those two lines] would suffice to show the hand of a poet differing not in degree but in kind from the tribe of Byron or [of] Southey. [In the whole expanse of poetry there can hardly be two verses of more perfect and profound and exalted beauty. But if anybody does not happen to see this, no critic of all that ever criticized from the days of Longinus to the days of Arnold, from the days of Zoilus to the days of Zola, could succeed in making visible the certainty of this truth to the mind's eye of that person]. And this[, if the phrase may for once be used without conveying a taint of affectation – this] is the mystery of Wordsworth: that [none of all great poets] (*no great poet*) was ever so persuaded of [his capacity to understand and] his ability to explain how his best work was done[, his highest effect attained, his deepest impression conveyed]; and yet there never was a poet whose power[, whose success, whose unquestionable triumph] was more independent of all this theories, more inexplicable by any of his rules.

❹–2

When the highest intelligence in criticism has *said* all it can, there remains always something unspoken. The full cause of the effect achieved by poetry of the first order cannot be defined and expounded. No one, *indeed*, can mistake what there is to admire in the eloquence of Byron's *Isles of Greece*. There is not a point missed that an orator would have aimed at making; not a touch of rhetoric that would not have brought down the house. It is almost as effective as anything in *Absalom and Achitophel*, or *The Medal*, or *The Hind and the Panther*. It is Dryden – and Dryden at his best – done into stanzas. That is the utmost Byron could achieve; as the utmost Southey could attain was the noble and pathetic epitome of history in his monody on the Princess Charlotte. And the merits of either are as easily definable as they are obvious. The same thing may be said of Wordsworth's defects: it cannot be said of Wordsworth's merits. The test of the highest poetry is that it eludes all tests. Poetry in which there is no element at once perceptible and indefinable may have every other good quality; it may be as nobly ardent as the best of Byrons', or as nobly mournful as the best of Southey's: if all its properties can be named, it is not poetry – above all it is not lyric poetry – of the first water. There must be something in the mere progress and resonance of the words, some secret in the very motion and cadence of the lines, that remains inexplicable.

Will no one tell me what she sings?
Perhaps the plaintive numbers flow
For old, unhappy, far-off things,
And battles long ago.

If not another word were left of the poem, these two last lines would suffice to show the hand of a poet differing not in degree but in kind from the tribe of Byron or Southey. And this is the mystery of Wordsworth: that no great poet was ever so persuaded of his ability to explain how his best work was done; and yet there never was a poet whose power was more independent of all his theories, more inexplicable by any of his rules.

❹-3

Terse-tongued and sparely-worded was the singing of Erinna,
And yet on those brief pages the Muses' blessing came;
Therefore the memory fails not, that her words had power to win her,
No shadowy wing of darkness casts night upon her name;
Whilst we, earth's latter singers, O stranger, are left lying
To moulder unremembered, in heaps past numbering.
Better the muted music of the swan than all the crying
Of jackdaws chattering shrilly across the clouds of spring.

❹-4

Says this gravestone sorrow-laden: 'Death has taken to his keeping,
In the first flower of her springtide, little Theódote :
But the little one makes answer to her father: 'Cease from weeping,
Theódotus. Unhappy all men must often be?'
— PHILITAS OF SAMOS; *Palatine Anthology*, VII, 481.

May! Be thou never grac'd with birds that sing,
Nor Flora's pride!
In thee all flowers and roses spring,
Mine only died.
— WILLIAM BROWNE, *In Obitum M.S.*

Mais elle étoit du monde, où les plus belles choses
Ont le pire destin;
Et, rose, elle a vécu ce que vivent les roses,
L'espace d'un matin.
—MALHERBE. *Consolation à M. du Périer.*
(영어 번역 : She was this world's, that for fairest things disposes
The harshest destiny.
Rose as she was, her span was but a rose's—
A single morn had she.)

–5

The snow has gone from Chung-nan; spring is almost come.
Lovely in the distance its blue colours, the brown of the streets.
A thousand coaches, ten thousand horsemen pass down the Nine Roads;
Turns his head and looks at the mountain — not one man!
—PO CHU-I, 772-846; tr. A. WALEY.

The red tulip I gave you, you let fall in the dust. I picked it up. It was all white.
In that brief moment the snow fell upon our love.
—CHANG-WOU-KIEN, b. 1879.

–6

A shower in spring, where an umbrella
And a raincoat walk conversing.

A morning-glory had entwined the well-bucket:
I begged for water.

My barn is burnt down —
Nothing hides the moon.

(of rural silence)
A butterfly sleeps on the village bell.

–7

Tell them at Lacedaemon, passer-by,

That here obedient to their laws we lie.

❹-8

Opus adgredior opimum casibus, atrox praeliis, discors seditionibus, ipsa etiam pace saevom. Quattuor principes ferro interempti. Trina bella civilia, plura externa, ac plerumque permixta. Prosperae in Oriente, adversae in Occidente res. Turbatum Illyricum; Galliae nutantes; perdomita Britannia, et statim missa; coortae in nos Sarmatarum ac Suevorum gentes; nobilitatus cladibus mutuis Dacus; mota prope etiam Parthorum arma falsi Neronis ludibrio. Iam vero Italia novis cladibus vel post longam seculorum seriem repetitis afflicta. Haustae aut obrutae urbes fecundissima Campaniae ora. Et urbs incendiis vastata, consumptis antiquissimis delubris, ipso Capitolio civium manibus incenso. Pollutae caerimoniae, magna adulteria. Plenum exsiliis mare, infecti caedibus scopuli. Atrocius in urbe saevitum. ⋯⋯ Hic fuit rerum Romanarum status, cum Servius Galba iterum, Titus Vinius, consules inchoavere annum sibi ultimum, rei publicae prope supremum.

(영어 번역: I am entering on a work rich in disasters, savage wars, civil strife; even its peace was cruel. Four emperors perished by the sword. There were three civil wars; more wars abroad; often both at once. Things went well in the East, ill in the West. Illyricum was troubled; the Gauls wavered; the full conquest of Britain was achieved, but at once abandoned; the Sarmatic and Suevic tribes rose against us; Dacia became famous by heavy blows given and received; Parthia, too, nearly drew the sword, duped by a false Nero. Italy itself was stricken by disasters, either wholly new or unknown for centuries. Cities were swallowed up or overwhelmed on the richest part of the Campanian coast. Rome was wasted with conflagrations; her most ancient shrines destroyed; the Capitol itself kindled by Roman hands. There were profanations of religious rites, adulteries the high places. The seas were crowed with exiles; and rocky islets stained with murder. Rome itself saw cruelties yet more savage. ⋯⋯ Such was the state of the Empire when Servius Galba assumed his second consulship, with Titus Vinius for colleague, in the year that was to be their last, and came near being the last for Rome.) (Tacitus, *Histories*, I, 2 and II.)

❹-9

Dies irae dies illa,
Teste David cum Sibylla,
Solvet saeclum cum favilla.
(영어 번역: A day of wrath shall that day be,
As David and the Sibyl prophesy —
It shall dissolve the world to ashes.)

The Erth goes on the Erth glittering with gold;

The Erth goes to the Erth sooner than it wold;

The Erth builds on the Erth castles and towers;

The Erth says to the Erth, 'All this is ours.'

Mais où sont les neiges d'antan?

(영어 번역: But where are the snows of yesteryear?)

❹-10

May Margaret sits in her bower door

Sewing her silken seam;

She heard a note in Elmonds' wood,

And wish'd she there had been.

She loot the seam fa'frae her side,

The needle to her tae,

And she is on to Elmond's wood

As fast as she could gae.

❹-11

Non ragioniam di lor, ma guarda e passa.

(영어 번역: Let us not speak of them; but look and pass.)

Vuolsi cosi colà, dove si puote

Ciò che si vuole; e più non dimandare.

(영어 번역: Thus it is willed, there where each thing willed

Becomes a thing possible: ask thou no more.)

Cesare armato con gli occhi grifagni.

(영어 번역: The weaponed Caesar with the falcon eyes.)

(Of Semiramis) Che libito fe'licito in sua legge.

(영어 번역: That, in her law, she made things liked to be things allowed.)

Amor che a nullo amato amor perdona.

(영어 번역: Love that exempts from love no heart beloved.)

Quel giorno più non vi legemmo avante.
(영어 번역: And in it for that day we read no further.)

E quindi uscimmo a riveder le stelle.
(영어 번역: And issued thence to see once more the stars.)

Siena mi fe', disfecemi Maremma.
(영어 번역: Siena gave me birth; Maremma, death.)

❹–12
Genti v'eran con occhi tardi e gravi,
Di grande autorità ne'lor sembianti;
Parlavan rado, con voci soavi.
(영어 번역: Figures were there, with glances grave and slow,
And with a semblance full of majesty.
Seldom they spoke, with voices calm and low.)

❹–13
But flee we now prolixitee best is,
For love of God, and lat us faste go
Right to th'effect, withouten tales mo.

❹–14
Cover her face: Mine eyes dazell: she di'd yong.

❹–15
Iterations are commonly loss of time; but there is no such gain of time as to iterate often the state of the question; for it chaseth away many a frivolous speech as it is coming forth. Long and curious speeches are as fit for despatch, as a robe or mantle with a long train is for a race. Prefaces, and passages, and excusations, and other speeches of reference to the person, are great wastes of time; and though they seem to proceed of modesty, they are bravery. ······
Above all things, order and distribution, and singling out of parts, is the life of despatch: so as the distribution be not too subtile; for he that doth not divide will never enter well into business; and he that divideth too much will never come out of it clearly. To choose time, is to save time; and unseasonable motion is but beating the air.

❹–16

La véritable éloquence consiste à dire tout ce qu'il faut et à ne dire que ce qu'il faut.

(영어 번역: Eloquence consists in saying only what is necessary.)

—LA ROCHEFOUCAULD

Words are like leaves; and where they most abound,

Much fruit of sense beneath is rarely found.

—POPE

Yes I am proud; I must be proud to see

Men not afraid of God, afraid of me.

—POPE

'I have left Trim my bowling-green', said my uncle Toby. My father smiled. 'I have also left him a small pension.' My father looked grave.

—STERNE

Pour bien écrire, il faut sauter Jes idées intermédiaires; assez pour n'être pas ennuyeux; pas trop, de peur de n'être pas entendu. Ce sont ces suppressions heureuses qui ont fait dire à M. Nicole que tous les bons livres étoient doubles.

(영어 번역: To write well one must skip intermediate ideas—enough to avoid being boring; though not excessively, for fear of not being understood. It was these felicitous suppressions that made M. Nicole say that all good books were double.) (As containing twice as much as they actually said.)

—MONTESQUIEU

Jamais vingt volumes in-folio ne feront de révolutions: ce sont les petits livres portatifs à trent sous qui sont à craindre. Si l'Évangile avait coûté douze cents sesterces, jamais la réligion chrétienne ne se serait établie.

(영어 번역: Never will twenty folios start revolutions; it is the little pocket-volumes costing 30 sous that are dangerous. If the Gospel had cost 1200 sesterces, Christianity would never have prevailed.)

—VOLTAIRE

The present question is not how we are to be affected with it in regard to our dignity. That is gone. I shall say no more about it. Light lie the earth on the ashes of English pride!

— BURKE

I had avoided him; I had slighted him; he knew it; he did not love me; he could not.
— LANDOR, of Byron

Whom should we contend with? The less? It were inglorious. The greater? It were vain.
— LANDOR

❹–17

The Chamber of Commerce at Cadiz, in the true spirit of monopoly, refused, even at this conjuncture, to bate one jot of its privilege. The matter was referred to the Council of the Indies. That body deliberated and hesitated just a day too long. Some feeble preparations for defence were made. Two ruined towers at the mouth of the bay of Vigo were garrisoned by a few ill-armed and untrained rustics; a boom was thrown across the entrance of the basin; and a few French ships of war, which had convoyed the galleons from America, were moored within. But all was to no purpose. The English ships broke the boom; Ormond and his soldiers scaled the forts; the French burned their ships, and escaped to the shore. The conquerors shared some millions of dollars; some millions more were sunk. When all the galleons had been captured or destroyed came an order in due form allowing them to unload.

❹–18

(To an officer asking reinforcements.) 'Tell him to die where he stands.'

(To an office asking an inordinate prolongation of leave from the Cape.) 'Sell or sail.'

(When French Marshals turned their backs on him in Paris.) 'I have seen their backs before.'

❹–19

But to your farther content, Ile tell you a tale. In *Moronia pìa, or Moronia faelix*, I know not whether, nor how long since, nor in what Cathedrall Church, a fat Prebend fell void. The carcasse scarce cold, many sutors were up in an instant. The first had rich friends, a good purse; and he was resolved to out-bid any man before he would lose it; every man supposed he should carry it. The second was My Lord Bishops Chaplain (in whose gift it was); and he thought it his due to have it. The third was nobly born; and he meant to get it by his great parents, patrons, and allies. The fourth stood upon his own worth; he had newly found out strange mysteries in Chymistry, and other rare inventions, which he would detect to the publike good. The fifth was a painfull preacher, and he was commended by the whole parish where he dwelt; he had all their hands to his Certificate. The sixth was the prebendaries son lately deceased; his father died in debt (for it, as they say), left a wife and many poor children. The seventh stood upon fair promises, which to him and his noble friends had been formerly made for the next place in his Lordships gift. The eighth pretended great losses, and what he had suffered for the Church, what pains he had taken at home and abroad; and besides he brought noble mens letters. The ninth had married a kinswoman, and he sent his wife to sue for him. The tenth was a forrain Doctor, a late convert, and wanted means. The eleventh would exchange for another; he did not like the formers site, could not agree with his neighbours and fellows upon any termes; he would be gone. The twelfth and last was (a suitor in conceit) a right honest, civil, sober man, an excellent scholar, and such a one as lived private in the Universitie; but he had neither means nor money to compasse it; besides he hated all such courses; he could not speak for himself, neither had he any friends to solicite his cause, and therefore made no suit, could not expect, neither did he hope for, or look after it. The good Bishop amongst the jury of competitors thus perplexed, and not yet resolved what to do, or on whom to bestow it, at the last, of his own accord, meer motion, and bountifull nature, gave it freely to the University student, altogether unknown to him but by fame; and, to be brief, the Academical Scholar had the Prebend sent him for a present.

The newes was no sooner published abroad, but all good students rejoyced, and were much cheered up with it, though some would not beleeve it; others, as men amazed, said it was a miracle; but one amongst the rest thanked God for it, and said, '*Nunc juvat tandem studiosum esse, et Deo integro corde servire.*' You have heard my tale; but alas, it is but a tale, a meer fiction; 'twas never so, never like to be; and so let it rest.

❹–20

Such being the tendency, such even the effects of the work, what became of it? how happened it, that, till now, not so much as a second edition has been made of it? Questions natural enough; and satisfaction, such as can be, shall accordingly be given: words as few as possible. Advertisements, none. Bookseller did not, Author could not, afford any. Ireland pirated. Concealment had been the plan: how advantageous has been already visible. Promise of secrecy had accordingly been exacted: parental weakness broke it. No longer a great man, the Author was now a nobody. In catalogues, the name of Lind has been seen given to him. On the part of the men of politics, and in particular the men of law on all sides, whether endeavour was wanting to suppression may be imagined.

❹-21

οὔρεά τε σκιόεντα θάλασσά τε ἠχήεσσα.

(영어 번역: Shadowy mountains and far-echoing seas.)

ῥοδοδάκτυλος Ἠώς·

(영어 번역: Rosy-fingered Dawn.)

Ἴλιος ἠνεμόεσσα.

(영어 번역: Windy Illios.)

κορυθαίολος Ἕκτωρ.

(영어 번역: Hector of the glancing helm.)
— HOMER

Luna, dies, et nox, et noctis signa severa.

(영어 번역: Moon, day, and night, and all night's solemn stars.)

Altitonans Volturnus et Auster fulmine pollens.

(영어 번역: Deep-thundering Volturnus and South Winds strong with storm.)
— LUCRETIUS

Fortuna omnipotens et inelectabile Fatum.

(영어 번역: Almighty fortune and resistless Fate.)

Confusae sonus urbis et ineluctabile murmur.

(영어 번역: The sound of a city troubled, and a murmur void of joy.)
— VIRGIL

Wynsynge she was, as is a joly colt,
Long as a mast, and upright as a bolt.
— CHAUCER

Amelette ronsardelette,
Mignonnelette, doucelette,
Très chère hôtesse de mon corps,

Tu descends là-bas faiblette,
Pâle, maigrelette, seulette,
Dans le froid royaume des morts.
(영어 번역: Little soul of Ronsard,
little gentle darling one,
dearest guest of my body,
now as a feeble, pale,
meagre, lonely little one,
you descend to the cold kingdom of the dead.)
— RONSARD

The belching Whale
And humming Water.

The gilded Puddle
Which Beats would cough at.

That glib and oylie Art.

To be imprison'd in the viewlesse windes
And blowne with restlesse violence round about
The pendant world.
— SHAKESPEARE

Now came still Evening on, and Twilight gray,
Had in her sober Liverie all things clad.
They view'd the vast immeasurable Abyss,
Outrageous as a Sea, dark, wasteful, wilde.
— MILTON

Rolled round in earth's diurnal course,
With rocks and stones and trees.

Their incommunicable sleep.
— WORDSWORTH

The unplumb'd, salt, estranging sea.

—ARNOLD

5장

❺-1

He has his eyes on all his company; ⋯⋯ he can recollect to whom he is speaking; he guards against unseasonable allusions, or topics which may irritate; he is seldom prominent in conversation, and never wearisome. ⋯⋯ He has too much good sense to be affronted at insults, he is too well employed to remember injuries, and too indolent to bear malice. ⋯⋯ If he engages in controversy of any kind, his disciplined intellect preserves him from the blundering discourtesy of better, perhaps, but less educated minds; who, like blunt weapons, tear and hack instead of cutting clean, who mistake the point in argument, waste their strength on trifles, misconceive their adversary, and leave the question more involved than they find it. He may be right or wrong in his opinion, but he is too clear-headed to be unjust; he is as simple as he is forcible, and as brief as he is decisive.

❺-2

Tout le monde a de l'esprit à présent, mais, s'il n'y en a pas beaucoup dans les idées, méfiez-vous des phrases. S'il n'y a pas du trait, du neuf, du piquant, de l'originalité, ces gens d'esprit sont des sots à mon avis. Ceut qui ont ce trait, ce neuf, ce piquant peuvent encore ne pas être parfaitement aimables; mais si l'on unit à cela de l'imagination, de jolis détails, peut-être même des disparates heureux, des choses imprévues qui partent comme un éclair, de la finesse, de l'élégance, de la justesse, un joli genre d'instruction, de la raison qui ne soit pas fatigante, jamais rien de vulgaire, un maintien simple ou distingué, un choix heureux d'expressions, de la gaieté, de l'à-propos, de la grâce, de la négligence, une manière à soi en écrivant ou en parlant, dites alors qu'on a réellement, décidément de l'esprit, et que l'on est aimable.

(영어 번역: Everyone nowadays has brilliance, but if there is not plenty of it in a person's ideas, distrust mere phrases. These brilliant wits, unless they possess vividness, novelty, piquancy, originality, remain in my opinion only fools. Those who do possess this vividness, novelty and piquancy may still lack perfect charm: but if to these qualities a person adds also imagination; attractive minor traits; perhaps even some pleasing inconsistencies; certain flashes of unexpectedness; subtlety; elegance; precision; a fund of engaging information; a type of reasonableness that is not wearisome; a complete freedom from vulgarity; a manner that is either simple or distinguished; a range of happy turns of speech; gaiety; tack; grace; an easy unconstraint, and an individual style in speech or writing — then you may say that such a man is really and unquestionably a brilliant intelligence, and possesses charm.)

❺-3

M. Ferdinand Brunetière, que j'aime beaucoup, me fait une grande querelle. Il me reproche de méconnaître les lois mêmes de la critique, de n'avoir pas de critérium pour juger les choses de l'esprit, de flotter, au gré de mes instincts, parmi les contradictions, de ne pas sortir de moi-même, d'être enfermé dans ma subjectivité comme dans une prison obscure. Loin de me plaindre d'être ainsi attaqué, je me réjouis de cette dispute honorable où tout me flatte: le mérite de mon adversaire, la sévérité d'une censure qui cache beaucoup d'indulgence, la grandeur des intérêts qui sont mis en cause, car il n'y va pas moins, selon M. Brunetière, que de l'avenir intellectuel de notre pays. ⋯⋯

Il est donc plus juste que je me défende tout seul. J'essayerai de la faire, mais non pas sans avoir d'abord rendu hommage à la vaillance de mon adversaire. M. Brunetière est un critique guerrier d'une intrépidité rare. Il est, en polémique, de l'école de Napoléon et des grands capitaines qui savent qu'on ne se défend victorieusement qu'en prenant l'offensive et que, se laisser attaquer, c'est être déjà à demi vaincu. Et il est venu m'attaquer dans mon petit bois, au bord de mon onde pure. C'est un rude assaillant. Il y va de l'ongle et des dents, sans compter les feintes et les ruses. J'entends par là qu'en polémique il a diverses méthodes et qu'il ne dédaigne point l'intuitive, quand la déductive ne suffit pas. Je ne troublais point son eau. Mais il est contrariant et même un peu querelleur. C'est le défaut des braves. Je l'aime beaucoup ainsi. N'est-ce pas Nicolas, son maître et le mien, qui a dit:

Achille déplairait moins bouillant et moins prompt.

J'ai beaucoup de désavantages s'il me faut absolument combattre M. Brunetière. Je ne signalerai pas les inégalités trop certaines et qui sautent aux yeux. J'en indiquerai seulement une qui est d'une nature tout particulière; c'est que, tandis qu'il trouve ma critique fâcheuse, je trouve la sienne excellente. Je suis par cela même réduit à cet état de défensive qui, comme nous le disions tout à l'heure, est jugé mauvais par tous les tacticiens. Je tiens en très haute estime les fortes constructions de M. Brunetière. J'admire la solidité des matériaux et la grandeur du plan. Je viens de lire les leçons professées à L'École normale par cet habile maître de conférences, sur l'Évolution de la critique depuis la Renaissance jusqu'a nos jours, et je n'éprouve aucun déplaisir à dire très haut que les idées y sont conduites avec beaucoup de méthode et mises dans un ordre heureux, imposant, nouveau. Leur marche, pesante mais sûre, rappelle cette manoeuvre fameuse des légionnaires s'avançant serrés l'un contre l'autre et couverts de leurs boucliers, à l'assaut d'une ville. Cela se nommait faire la tortue, et c'était formidable. Il se mêle, peutêtre, quelque surprise à mon admiration quand je vois où va cette armée d'idées. M. Ferdinand Brunetière se propose d'appliquer à la critique littéraire les théories de l'Évolution. Et, si l'entreprise en elle-même semble intéressante et louable, on n'a pas oublié l'énergie déployée récemment par le critique de la *Revue des Deux Mondes* pour subordonner la science à la morale et pour infirmer l'autorité de toute doctrine fondée sur les sciences naturelles. ······ Il repoussait les idées darwiniennes au nom de la morale immuable. 'Ces idées, disait-il expressément, doivent être fausses, puisqu'elles sont dangereuses.' Et maintenant il fonde la critique nouvelle sur l'hypothèse de l'évolution. ······ Je ne dis pas du tout que M. Brunetière se démente et se cotredise. Je marque un trait de sa nature, un tour de son caractère, qui est, avec beaucoup d'esprit de suite, de donner volontiers dans l'inattendu et dans l'imprévu. On a dit un jour, qu'il était paradoxal, et il semblait bien que ce fût par antiphrase, tant sa réputation de bon raisonneur était solidement établi. Mais on a vu à la réflexion qu'il est, en effet, un peu paradoxal à sa manière. Il est prodigieusement habile dans la démonstration: il faut qu'il démontre toujours, et il aime parfois à soutenir fortement des opinions extraordinaires et mêmes stupéfiantes.

Par quel sort cruel devais-je aimer et admirer un critique qui correspond si peu à mes sentiments! Pour M. Ferdinand Brunetière, il y a simplement deux sortes de critiques, la subjective, qui est mauvaise, et l'objective, qui est bonne. Selon lui, M. Jules Lemaître, M. Paul Desjardins, et moi-même, nous sommes atteints de subjectivité, et c'est le pire des maux; car, de la subjectivité, on tombe dans l'illusion, dans la sensualité et dans la concupiscence, et l'on juge les oeuvres humaines par le plaisir qu'on en reçoit, ce qui est abominable. Car il ne faut pas se plaire à quelque ouvrage d'esprit avant de savoir si l'on a raison de s'y plaire; car, l'homme étant un animal raisonnable, il faut d'abord qu'il raisonne; car il est nécessaire d'avoir raison et il n'est pas nécessaire de trouver de l'agrément; car le propre de l'homme est de chercher à s'instruire par le moyen de la dialectique, lequel est infaillible; car on doit toujours mettre un vérité au bout d'un raisonnement, comme un noeud au bout d'une natte; car, sans cela, le raisonnement ne tiendrait pas, et il faut qu'il tienne; car on attache ensuite plusieurs resonnements ensemble de manière à former un système indestructible, qui dure une dizaine d'années. Et c'est pourquoi la critique objective est la seule bonne.

(영어 번역 : M. Ferdinand Brunetière, for whom I have a great fondness, subjects me to serious attack. He reproaches me with ignoring the very laws of criticism; with having no criterion for judging things intellectual; with drifting, at the mercy of my instincts among contradictions; with never getting away from myself, and being shut up in my own subjectivity as in some murky dungeon. Far from complaining of his onslaught, I rejoice in a contention so honourable, where every detail is so flattering for me – the distinction of my opponent; the vigour of a condemnation that yet conceals so much indulgence; and the importance of the issues at stake – for, according to M. Brunetière, there is involved nothing less than the intellectual future of France. ⋯⋯

'It is, then, fairer that I should defend myself alone. This I will try to do; but not without first paying tribute to the valour of my adversary. M. Brunetière is a fighting critic, of uncommon intrepidity. He belongs, in controversy, to the school of Napoleon and those great captains who know that a victorious defence is possible only by taking the offensive, and that to let oneself be attacked is to be already half beaten. And so he has come to assail me in my little woodland, beside my limpid stream. He is a fierce opponent. He goes at it tooth and nail, to say nothing of his feints and stratagems. I mean that, in controversy, he has a variety of tactics; and, when deduction fails him, does not despise the purely intuitive. I was not troubling his waters. But he is of a disputatious humour; even a little quarrelsome. A common fault among the brave. And I like to see him so. Did not the good Nicholas, our common master, say? -

We should care less for Achilles, if less quick and choleric.

I suffer from many disadvantages if I really must do battle with M. Brunetière. No need for me to point out inferiorities of mine that are only too certain and obvious. Enough if, among them, I indicate one of special prominence – that is, that while he finds my criticism deplorable, I find *his* excellent. This in itself throws me on to the defensive – which, as we just remarked, all tacticians disapprove. I have the greatest respect for the robust constructions produced by M. Brunetière. I admire the solidity of their materials, the spaciousness of their planning. Recently I have been reading the courses given by this master-lecturer at the École normale on "The Evolution of criticism from the Renaissance to modern times"; and I have no hesitation in saying emphatically that his ideas are there marshalled with careful system, and set forth in an order that is felicitous, imposing, and new. Their march, ponderous but sure, recalls that famous manoeuvre of the Roman legionaries when, in serried ranks, under cover of their shields, they advanced to attack a town. This formation was called "the Tortoise"; and formidable it was. There is, perhaps, a certain admixture of surprise in my admiration when I see the direction taken by this army of ideas. M. Ferdinand Brunetière proposes to apply to literary criticism the theories of Evolution. Now, if this seems an enterprise both interesting and laudable itself, the public still remembers the energy recently displayed by the critic of the *Revue des Deux Mondes*' (Brunetière himself) in subordinating science to morality, and impugning the authority of any doctrine based on natural science. ⋯⋯ He rejected the ideas of Darwin in the name of immutable morality. "These ideas", he said explicitly, "*must* be false, for they are dangerous." And now he bases his new criticism on the Theory of Evolution. ⋯⋯ I am not saying for a moment that M. Brunetière is denying, or contradicting, himself. I merely note a natural disposition, a trait of character in him – a tendency, along with his gift for clear reasoning, to plunge into the unexpected and the unforeseen. When he was once called a lover of paradox, this seemed (so firmly established was his reputation for logical thinking) a mere piece of irony. But on reflection it *has* appeared that he really is, in his way, rather paradoxical; and at times he likes vigorously to maintain opinions that are extraordinary and, indeed, stupefying.

What cruel destiny was it that doomed me to like and admire a critic who so little returns my feelings! For M. Ferdinand Brunetière there exist merely two kinds of criticism – the subjective, which is evil, and the objective, which is good. In his view, M. Jules Lemâitre, M. Paul Desjardins, and myself are infected with subjectivity – the worst of plagues; for from subjectivity one falls into illusion, into sensuality, into concupiscence, and judges the works of men by the pleasure they give; which is abominable. For one must not take pleasure in any creative work until one knows whether it is right to take such pleasures; for, since man is a rational animal, he must, first of all, reason; for it is necessary to reason rightly, and it is not necessary to find enjoyment; for it is the special quality of man to seek to instruct himself by means of dialectic, which is infallible; for one must always append a truth to the end of a train of reasoning, as a knot to the end of a pigtail; for, otherwise, the reasoning would not hold, and it is essential it should hold; for then one combines a number of reasonings together to build an indestructible system, which lasts a dozen years. And this is why objective criticism is the only kind that is good.)

❺–4

An easy Stile drawn from a native vein,
A clearer Stream than that which Poets feign,
Whose bottom may, how deep so e're, be seen,
Is that which I think fit to win Esteem:
Else we could speak *Zamzummim* words, and tell
A Tale in tongues that sound like *Babel-hell*;
In Meteors speak, in blazing Prodigies,
Things that amaze, but will not make us wise.

❺–5

LUCIAN. Timotheus, I love to sit by the side of a clear water, although there is nothing in it but naked stones. Do not take the trouble to muddy the stream of language for my benefit; I am not about to fish in it. ⋯⋯

I do not blame the prose-writer who opens his bosom occasionally to a breath of poetry; neither, on the contrary, can I praise the gait of that pedestrian who lifts up his legs as high on a bare heath as in a cornfield. Be authority as old and obstinate as it may, never let it persuade you that a man is the stronger for being unable to keep himself on the ground, or the weaker for breathing quietly and softly on ordinary occasions. ······
I also live under Grace, O Timotheus! and I venerate her for the pleasures I have received at her hands. I do not believe she has quite deserted me. If my grey hairs are unattractive to her, and if the trace of her fingers is lost in the wrinkles of my forehead, still I sometimes am told it is discernible even on the latest and coldest of my writings.

❺-6

On a Statue of Hermes by the Wayside

Beside the grey sea-shingle, here at the cross-roads' meeting,
I, Hermes, stand and wait, where the windswept orchard grows.
I give, to wanderers weary, rest from the road, and greeting:
Cool and unpolluted from my spring the water flows.

❺-7

Cool and unpolluted from my spring the water flows.

6장

❻-1

I am informed that certain American journalists, not content with providing filth of their own for the consumption of their kind, sometimes offer to their readers a dish of beastliness which they profess to have gathered from under the chairs of more distinguished men. ······
A foul *m*outh is so ill-*m*atched with a white beard that I would gladly believe the newspaper-scribes alone responsible for the bestial utterances which they *d*eclare to have *d*ropped from a teacher whom such *d*isciples as these exhibit to our *d*isgust and com*p*assion as *p*erforming on their obscene *p*latform the last *t*ricks of *t*ongue now possible to a gap-*t*oothed and hoary-headed ape, *c*arried at first notice on the shoulders of Carlyle, and who now in his *d*otage spits and chatters from a *d*irtier perch of his own *f*inding and *f*ouling: *c*oryphaeus or *ch*oragus of his *B*ulgarian tribe of auto*c*opro*ph*agous *b*aboons, who make the *f*ilth they *f*eed on.

It is when he comes to sex that Mr. Galsworthy collapses finally. He becomes nastily sentimental. He wants to make sex important, and he only makes it repulsive. Sentimentalism is the working off on yourself of feelings you haven't really got. We all *want* to have certain feelings; feelings of love, of passionate sex, of kindliness, and so forth. Very few people really feel love, or sex passion, or kindliness, or anything else that goes at all deep. So the mass just fake these feelings inside themselves. Faked feelings! The world is all gummy with them. They are better than real feelings, because you can spit them out when you brush your teeth; and then tomorrow you can fake them afresh. ······

Mr Galsworthy's treatment of passion is really rather shameful. The whole thing is doggy to a degree. The man has a temporary 'hunger'; he is 'on the heat' as they say of dogs. The heat passes. It's done. Trot away, if you're not tangled. Trot off, looking shamefacedly over your shoulder. People have been watching! Damn them! But never mind, it'll blow over. Thank God, the bitch is trotting in the other direction. She'll soon have another trail of dogs after her. That'll wipe out my traces. Good for that. Next time I'll get properly married and do my doggishness in my own house.

❻-2

But since, alas! frail beauty must decay,
Curl'd or uncurl'd, since locks will turn to grey,
Since painted, or not painted, all shall fade,
And she who scorns a man must die a maid:
What then remains but well our pow'r to use,
And keep good humour still, what'er we lose?

❻-3

Queen of the Phantom faces that no smiles ever brighten,
Yet give Democritus welcome, as he comes, Persephone,
Though dead, still gaily laughing. Laughter alone did lighten
Even thy mother's burden, what time she mourned for thee.

❻-4

Mieux est de ris que de larmes escripre,
Pour ce que rire est le propre de l'homme.
(영어 번역: Better to write of laughter than of tears,
For laughter is the special quality of man.)

❻-5

If German is spoken on that day, there will be confusion and many errors. I receive so many letters informing me of my eternal damnation that I have finished by regarding it as a matter of course. ······ I am confident, however, that I shall ameliorate the situation if I can converse with the good God in French. In my sleepless hours of the night I compose petitions. ······ I try nearly always to prove to Him that He is to some extent the cause of our perdition and that there are certain things that ought to have been more clearly explained. Some of my petitions, I think, are sufficiently piquant to make the Eternal smile; but it is very evident that they would lose all their salt if I were obliged to translate them into German. Let French be kept alive until the Day of Judgement. Without it I am lost.

7장

❼-1

Betray kind husband thy spouse to our sights,
And let myne amorous soule court thy mild Dove,
Who is most trew, and pleasing to thee, then
When she's embrac'd and open to most men.

❼-2

And when you shall find that hand that has signed to one of you a *Patent* for *Title*, to another for *Pension*, to another for *Pardon*, to another for *Dispensation*, Dead: That hand that settled Possessions by his *Seale*, in the *Keeper*, and rectified *Honours* by the *sword*, in his *Marshall*, and distributed relief to the *Poore*, in his *Almoner*, and *Health* to the *Diseased*, by his *immediate Touch*, Dead: That hand that ballanced *his own three Kingdomes* so equally, as that none of them complained of one another, nor of him; and carried the *Keyes* of all the Christian world, and locked up, and let out *Armies* in their due season, Dead; how poore, how faint, how pale, how momentary, how transitory, how empty, how frivolous, how Dead things, must you necessarily thinke *Titles*, and *Possessions*, and *Favours*, and all, when you see that Hand, which was the *hand* of *Destinie*, of *Christian Destinie*, of the *Almighty God*, lie dead! It was not so *hard* a hand when we touched it last, nor so *cold* a hand when we kissed it last: That hand which was wont *to wipe all teares from all our eyes*, doth now but presse and squeaze us as so many spunges, filled one with one, another with another cause of teares. Teares that can have no other banke to bound them, but the declared and manifested *will of God*: For, till our teares flow to that heighth, that they might be called a *murmuring* against the declared will of God, it is against our Allegiance, it is *Disloyaltie*, to give our teares any stop, any termination, any measure.

As this solitary and silent girl stood there in the moonlight, a straight slim figure, clothed in a plaitless gown, the contours of womanhood so undeveloped as to be scarcely perceptible, the marks of poverty and toil effaced by the misty hour, she touched sublimity at points, and looked almost like a being who had rejected with indifference the attribute of sex for the loftier quality of abstract humanism. She stooped down and cleared away the withered flowers that Grace and herself had laid there the previous week, and put her fresh ones in their place. 'Now, my own, own love'; she whispered, 'you are mine, and on'y mine; for she has forgot'ee at last, although for her you died! But I – whenever I get up I'll think of'ee, and whenever I lie down I'll think of'ee. Whenever I plant the young larches I'll think that none can plant as you planted; and whenever I split a gad, and whenever I turn the cider wring, I'll say none could do it like you. If ever I forget your name let me forget home and heaven! ⋯⋯ But no, no, my love, I never can forget'ee; for you was a good man, and did good things!'

–3

I tremble for something factitious,
Some malpractice of heart and illegitimate process.

After all, perhaps there was something factitious about it; I have had pain it is true: I have wept, and so have the actors.

But play no tricks upon thy soul, O man;
Let fact be fact, and life the thing it can.

–4

The Battle of the Marne

The driven and defeated line stood at last almost under the walls of Paris; and the world waited for the doom of the city. The gates seemed to stand open; and the Prussian was to ride into it for the third and last time: for the end of its long epic of liberty and equality was to come. And still the very able and very French individual on whom rested the last hope of the seemingly hopeless Alliance stood unruffled as a rock, in every angle of his sky-blue jacket and his bull-dog figure. He had called his bewildered soldiers back when they had broken the invasion at Guise; he had silently digested the responsibility of dragging on the retreat, as in despair, to the last desperate leagues before the capital; and he stood and watched. And even as he watched the whole huge invasion swerved.

Out through Paris and out and round beyond Paris, other men in dim blue coats swung out in long lines upon the plain, slowly folding upon Von Kluck like blue wings. Von Kluck stood an instant; and then, flinging a few secondary forces to defy the wing that was swinging round on him, dashed across the Allies' line at a desperate angle, to smash it at the centre as with a hammer. It was less desperate than it seemed; for he counted, and might well count, on the moral and physical bankruptcy of the British line and the end of the French line immediatly in front of him, which for six days and nights he had chased before him like autumn leaves before a whirlwind. Not unlike autumn leaves, red-stained, dust-hued, and tattered, they lay there as if swept into a corner. But even as their conquerors wheeled eastwards, their bugles blew the charge; and the English went forward through the wood that is called Creçy, and stamped it with their seal for the second time, in the highest moment of all the secular history of man.

But it was not now the Creçy in which English and French knights had met in a more coloured age, in a battle that was rather a tournament. It was a league of all knights for the remains of all knighthood, of all brotherhood in arms or in arts, against that which is and has been radically unknightly and radically unbrotherly from the beginning. Much was to happen after—murder and flaming folly and madness in earth and sea and sky; but all men knew in their hearts that the third Prussian thrust had failed, and Christendom was delivered once more. The empire of blood and iron rolled slowly back towards the darkness of the northern forests; and the great nations of the West went forward; where side by side, as after a long lover's quarrel, went the ensigns of St. Denys and St. George.

—G. K. CHESTERTON, *The Crimes of England*

 7–5

The Normans

They have been written of enough today, but who has seen them from close by or understood that brilliant interlude of power?

The little bullet-headed men, vivacious, and splendidly brave, we know that they awoke all Europe, that they first provided settled financial systems and settled governments of land, and that everywhere, from the Grampians to Mesopotamia, they were like steel when all other Christians were like wood or like lead.

We know that they were a flash. They were not formed or definable at all before the year 1000; by the year 1200 they were gone. Some odd transitory phenomenon of cross-breeding, a very lucky freak in the history of the European family, produced the only body of men who all were lords and who in their collective action showed continually nothing but genius.

The Conquest was achieved in 1070. In that same year they pulled down the wooden shed at Bury St. Edmunds, 'Unworthy,' they said, 'of a great saint,' and began the great shrine of stone. Next year it was the castle at Oxford; in 1075 Monkswearmouth, Jarrow, and the church at Chester; in 1077 Rochester and St. Alban's; in 1079 Winchester. Ely, Worcester, Thorney, Hurley, Lincoln, followed with the next years; by 1089 they had tackled Gloucester, by 1092 Carlisle, by 1093 Lindisfarne, Christchurch, tall Durham ⋯⋯ And this is but a short and random list of some of their greatest works in the space of one boyhood.

— HILAIRE BELLOC, *Hills and The Sea*

❼-6

We may easily forgive loose logic and erratic history: strong language about political opponents is too common to excite anything but a passing regret. ⋯⋯ But I have often wondered how a man of Dr. Clifford's high character and position can sink to methods like these, and I am disposed to find the explanation in the fact that he is the unconscious victim of his own rhetoric. Whatever may have been the case originally, he is now the slave, not the master, of his style: and his style is unfortunately one which admits neither of measure nor of accuracy. Distortion and exaggeration are of its very essence. If he has to speak of our pending differences, acute, no doubt, but not unprecedented, he must needs compare them to the great Civil War. If he has to describe a deputation of Nonconformist ministers presenting their case to the leader of the House of Commons, nothing less will serve him as a parallel than Luther's appearance before the Diet of Worms. If he has to indicate that, as sometimes happens in the case of a deputation,' the gentlemen composing it firmly believed in the strength of their own case, this cannot be done at a smaller rhetorical cost than by describing them as 'earnest men speaking in the austerest tones of invincible conviction. ⋯⋯' It would be unkind to require moderation or accuracy from anyone to whom such modes of expression have evidently become a second nature. Nor do I wish to judge Dr. Clifford harshly. He must surely occasionally find his method embarrassing, even to himself.

❼-7

Oh doe not die, for I shall hate
All women so, when thou art gone,
That thee I shall not celebrate,
When I remember, thou wast one.

❼-8

When first my lines of heavenly joys made mention,
Such was their lustre, they did so excel,
That I sought out quaint words, and trim invention;
My thought began to burnish, sprout, and swell,
Curling with metaphors a plain intention,
Decking the sense, as if it were to sell. ······

As flames do work and wind, when they ascend,
So did I weave myself into the sense.
But while I bustled, I might hear a friend
Whisper, *How wide is all this long pretence!*
There is in love a sweetness ready penn'd:
Copy out only that, and save expense.

❼-9

Jadis de nos auteurs les pointes ignorées
Furent de l'Italie en nos vers attirées.
Le vulgaire, ébloui de leur faux agrément,
A ce nouvel appâs courut avidement.
La faveur du public excitant leur audace,
Leur nombre impétueux inonda le Parnasse :
Le Madrigal d'abord en fut enveloppé:
Le Sonnet orgueilleux lui-même en fut frappé :
La Tragédie en fit ses plus chères délices :
L'Elégie en orna ses douloureux caprices :
Un héros sur la scène eut soin de s'en parer,
Et sans pointe un amant n'osa plus soupirer ;
On vit tous les bergers, dans leurs plaintes nouvelles,
Fidèles à la pointe encor plus qu'à leurs belles ;
Chaque mot eut toujours deux visages divers :
La prose la reçut aussi bien que les vers :
L'avocat au Palais en hérissa son style,
Et le docteur en chaire en séma l'évangile.
La raison outragée enfin ouvrit les yeux,
La chassa pour jamais des discours sérieux. ······

Ce n'est pas quelquefois qu'une muse un peu fine

Sur un mot, en passant, ne joue et ne badine,

Et d'un sens détourné n'abuse avec succès:

Mais fuyez sur ce point un ridicule excès.

(영어 번역: The use of quips, unknown to our writers in earlier days,

Was imported into our verse from Italy.

The vulgar, dazzled by their charm,

Rushed eagerly after this new bait.

With the public favour, quips grew bolder,

And their headlong hordes now flooded Parnassus;

First the Madrigal was wrapped up in them;

Then even the lofty Sonnet grew stricken;

Tragedy made quips her dearest delight;

Elegy adorned with them its wayward laments;

The hero on the stage took pains to deck himself with them;

And without a quip no lover dared now to sigh for his love.

Every shepherd in his new plaints,

Showed still more fidelity to the quip than to his sweetheart;

Every word had always two different faces,

And prose welcomed the quip no less than verse;

With this the lawyer in the courts made his style bristle,

With this the theologian in the pulpit bestrewed the Gospel

But finally outraged Reason opened her eyes

And drove the quip from serious writing forever. ⋯⋯

Not that, sometimes, a delicate Muse may not,

In passing, play and trifle with some word,

Or successfully wrest terms from their meaning:

But beware in this matter of the excess that grows grotesque.)

❼–10

Yet hope not life from grief or danger free,

Nor think the doom of man revers'd for thee

Loosen'd from the minor's tether,

Free to mortgage or to sell,

Wild as wind and light as feather,

Bid the sons of thrift farewell.

❼-11

But play no tricks upon thy soul, O man;
Let fact be fact, and life the thing it can.

8장

❽-1

But it was joye for to seen hym swete!
His forheed dropped as a stillatorie.

But, Lord Christ! whan that it remembreth me
Upon my yowthe, and on my jolitee,
It tikleth me aboute myn herte roote.
Unto this day it dooth myn herte boote
That I have had my world as in my tyme.

Là se combattit le roi au dit Messire Eustache moult longuement, et Messire Eustache à lui, et
tant qu'il les faisoit moult plaisant voir.
(영어 번역: There the King battled long with the said Messire Eustache, and Messire Eustache
with him, so that it was an extreme delight to watch them.)

Sachez que l'oubliance du voir et la plaisance du considérer y étoit si grande, que qui eût eu
les fièvres ou le mal des dents, il eût perdu la maladie. ······
(영어 번역: Rest assured that so absorbing was the sight, so delightful its contemplation, that
even a man with fevers, or toothache, would have been cured.)

❽-2

With pale, indifferent eyes, we sit and wait
For the dropt curtain and the closing gate.

I was not sorrowful, but only tired
Of everything that ever I desired.

❸-3

Le tube, image du tonnerre.

(영어 번역: The tube that images the thunder.)

— DELILLE, of a shot-gun

Là de l'antique Hermès le minéral fluide

S'élève au gré de l' air plus sec ou plus humide;

Ici par la liqueur un tube coloré

De la température indique le degré.

(영어 번역: There the liquid metal of the antique Hermes(Mercury) rises or falls as the air grows dryer or moister; here a tube with its coloured fluid marks the degree of temperature.)

— COLARDEAU, of barometer and thermometer

When now with better skill and nicer care,

The dexterous youth renews the wooden war,

Beyond the rest his winding timber flies

And works insinuating and wins the prize.

— NICHOLAS AMHERST, *The Bowling Green*

To the rocks,

Dire-clinging, gathers his ovarious food.

— THOMSON

❸-4

That system of manners which arose among the Gothic nations of Europe, and of which chivalry was more properly the effusion than the source, is without doubt one of the most peculiar and interesting appearances in human affairs. The moral causes which formed its character have not, perhaps, been hitherto investigated with the happiest success; but to confine ourselves to the subject before us, chivalry was certainly one of the most prominent of its features and most remarkable of its effects. Candour must confess, that this singular institution was not admirable only as the corrector of the ferocious ages in which it flourished; but that in contributing to polish and soften manners it paved the way for the diffusion of knowledge and the extension of commerce, which afterwards, in some measure, supplanted it. Society is inevitably progressive. Commerce has overthrown the 'feudal and chivalrous system' under whose shade it first grew; while learning has subverted the superstition whose opulent endowments had first fostered it. Peculiar circumstances connected with the manners of chivalry favoured this admission of commerce and this growth of knowledge; while the sentiments peculiar to it, already enfeebled in the progress from ferocity and turbulence, were almost obliterated by tranquillity and refinement. Commerce and diffused knowledge have, in fact, so completely assumed the ascendent in polished nations, that it will be difficult to discover any relics of Gothic manners, but in a fantastic exterior, which has survived the generous illusions through which these manners once seemed splendid and seductive. Their direct influence has long ceased in Europe; but their indirect influence, through the medium of those causes which would not perhaps have existed but for the mildness which chivalry created in the midst of a barbarous age, still operates with increasing vigour. The manners of the middle age were, in the most singular sense, compulsory: enterprising benevolence was produced by general fierceness, gallant courtesy by ferocious rudeness; and artificial gentleness resisted the torrent of natural barbarism. But a less incongruous system has succeeded, in which commerce, which unites men's interests, and knowledge, which excludes those prejudices that tend to embroil them, present a broader basis for the stability of civilized and beneficent manners.

❽-5

'C'est un embryon de matamore ébouriffé, qui veut avaler le monde avant d'avoir douze ans.' — 'Je ne connais que l'impératrice de Russi avec laquelle cet homme peut être bon encore à marier.' — 'Un brûlot, un fagot, une fusée, une ombre, un fou, du bruit, du vent, du pouffe et rien. C'est la pie des beaux-esprits et le geai des carrefours ······ ce n'est qu'un brouillard, c'est Ixion copulant dans la nue.' — 'Je n'ai rien à changer dans tes plans; mais tu m'envoies ton fils, est-ce pour le faire bouillir ou rôtir?'

(영어 번역: 'He is a tousled bully in embryo, eager to swallow the earth itself before he is twelve years old.' — 'I know no fit match left for the fellow except the Empress of Russia' — 'He is a fire-ship, a faggot for burning, a firework, a mere shadow, a maniac — noise, wind, a mere blast of air. He is the magpie of the wits, the jackdaw of the cross-roads ······ a mere vapour, Ixion copulating with the cloud.' — 'I have nothing to modify in your plans; but why are you sending *me* your son — am I to have him boiled or roasted?')

❽-6

He that depends
Upon your favours, swimmes with finnes of Leade,
And hewes down Oakes with rushes.

King, be thy thoughts Imperious, like thy name.

Is the Sunne dim'd, that Gnats do flie in it?

By Heaven, I had rather Coine my Heart,
And drop my blood for Drachmaes.

Th'expence of spirit in a waste of shame.

To lie in cold obstruction, and to rot,
This sensible warme motion, to become
A kneaded clod······

Th'expectansie and Rose of the faire State,
The glasse of Fashion, and the mould of Forme.

❽-7
Thou visible God,
That souldrest close Impossibilities,
And mak'st them kisse.

And arte made tung-tide by authoritie,
And Folly (Doctor-like) controuling skill,
And simple-Truth miscalde Simplicitie,
And captive-good attending Captaine ill.

Adversity's sweet milke, Philosophie.

Leane Famine, quartering Steele, and climbing Fire.

❽-8
Why has not Man a microscopic eye?
For this plain reason, Man is not a fly.
Say, what the use, were finer optics giv'n,
T'inspect a mite, not comprehend the heav'n?

❽-9
sì ver noi aguzzavan le ciglia

Come vecchio sartor fa nella cruna.

(영어 번역: Toward us there they peered with sharpened glance,

As an old tailor at his needle's eye.)

❸—10

With its star-shaped shadow thrown

On the smooth surface of the naked stone.

❸—11

Flower in the crannied wall,

I pluck you out of the crannies,

I hold you here, root and all, in my hand,

Little flower — but *if* I could understand

What you are, root and all, and all in all,

I should know what God and man is.

❸—12

The woodspurge has a cup of three.

❸—13

(Of lovers)

They tread on clouds, and though they sometimes fall,

They fall like dew, but make no noise at all.

So silently they one to th' other come,

As colours steal into the Peare or Plum.

— HERRICK

(Night in the American wilderness.)

On dirait que des silences succèdent à des silences.

〔영어 번역: One might say that on silences there follow (deeper) silences.〕

— CHATEAUBRIAND

(After the speech of Hamilcar before the Ancients at Carthage.)

Et le silence pendant quelques minutes fut tellement profond qu'on entendait au loin le bruit de la mer.

(영어 번역: For several minutes the silence was so profound that there could be heard far away the murmur of the sea.)

—FLAUBERT

He was sitting motionless, on the bare ground — so motionless that as I came near a little bird rose from the dried mud, two paces from him, and passed across the pond, with little beats of its wings, whistling as it went.
—TURGENEV

9장

❾-1

Ah would that from earth and Heaven all strife were for ever flung,
And wrath, that makes even a wise man mad! Upon the tongue
Its taste is sweeter than honey, that drips from the comb — but *then*
Like a smother of blinding smoke it mounts in the hearts of men.

❾-2

Is it Murder whets his blade?
No! — a woodman, axe in hand.
(*That*, for sure, 's an honest trade.)
What, Priapus? There you stand?
Veil you in our masquerade
As a churchtower old and grey,
Primly pointing Heaven's way.
Aphrodite brazen there,
Bare in beauty? — quickly mask it!
Though Pandemos otherwhere,
Seem you here a simple casket.
Rhadamanthus, Minos, sleep!
Blameless revels here we keep.

❾-3

But brevity has the Scylla and Charybdis of obscurity and baldness ever waiting for it; and balance those of monotonous clock-beat and tedious parallelism. The ship is safe through all these in such things as the exquisite symmetry of the Absolution.

❾-4

Whether he shows any influence from the older prose harmonists who had begun to write, as it were, like fairy parents over his cradle, I must leave to some industrious person to expiscate or rummage out; for the haystack of Ruskinian autobiography is not only mighty in bulk but scattered rather forbiddingly.

❾-5

Sight so deform what heart of rock could long
Dry-eyed behold?

❾-6

She was like them that could not sleepe, when they were softly layd.
—SIDNEY, *Arcadia*

You are like some, cannot sleepe in *feather-beds*,
But must have *blockes for their pillows.*
—*Duchess of Malfi*

See whether any cage can please a bird. Or whether a dogge grow not fiercer with tying.
—SIDNEY, *Arcadia*

Like *English Mastiffes*, that grow fierce with tying.
—*Duchess of Malfi*

The opinion of wisedome is the plague of man.
—MONTAIGNE

Oh Sir, the opinion of wisedome is a *foule tettor*, that runs all over a mans body.
—*Duchess of Malfi*

❾-7

the jaw of Salmydessus,
Sour host to sailors, stepmother of ships;

❾-8

Night black as pitch she bids bright day bestride;
Two sugar-plums stars two-and-thirty hide;

O'er the red rose a musky scorpion strays.
For which she keeps two antidotes well-tried.
— Abul-Quasim Al-Bakharzi, d. A.D. 1075

❾-9

To the Giorgione in the Cathedral at Castel Franco a man must come should the dry biscuit of the desert have stuck in his throat or should the subtlety of life have bent his sleep. Here is the certain rejoinder to the intricacy of bitterness, here the sane assumption that is not keyed to mark the loaded hiss that whistles a drugging breath through the undergrowth of a Catholic dispensation.
— Adrian Stokes, *Sunrise in the West*

❾-10

Le peuple a toujours trop d'action ou trop peu. Quelquefois avec cent mille bras il renverse tout; quelquefois avec cent mille pieds il ne va que comme les insectes.
(영어 번역: The people always act too much or too little. Sometimes with 100,000 arms it overthrows everything; sometimes with 100,000 feet it merely crawls like an insect.)

L'Espagne a fait comme ce roi insensé qui demanda que tout ce qu'il toucheroit se convertît en or.
(영어 번역: Spain has behaved like that demented king who asked that all he touched might turn to gold.)

L'Angleterre est agitée par des vents qui ne sont pas faits pour submerger, mais pour conduire au port.
(영어 번역: England is tossed by winds whose effect is not to sink her, but to bring her safe to port.)

(Of relativity.) Il est l'éponge de tous les préjugés.
(영어 번역: Relativity is the sponge that effaces all prejudices.)

❾-11

Thrift, thrift, *Horatio*: the Funerall Bakt-meats
Did coldly furnish forth the Marriage Tables.

A little Month, or ere those shooes were old,

With which she followed my poore Fathers body
Like *Niobe*, all tears.

❾–12

Time hath (my Lord) a wallet at his backe,
Wherein he puts almes for oblivion:
A great-siz'd monster of ingratitudes:
Those scraps are good deedes past,
Which are devour'd as fast as they are made,
Forgot as soone as done: perseverance, deere my Lord,
Keepes honor bright, to have done, is to hang
Quite out of fashion, like a rustie mail,
In monumentall mockrie: take the instant way,
For honour travels in a straight so narrow,
Where one but goes abreast, keepe then the path:
For Emulation hath a thousand Sonnes,
That one by one pursue; if you give way,
Or hedge aside from the direct forthright,
Like to an entred Tyde, they all rush by,
And leave you hindmost:
Or like a gallant Horse falne in first ranke,
Lye there for pavement to the abject rear,
Ore-run and trampled on: then what they doe in present,
Though lesse then yours in past, must ore-top yours:
For Time is like a fashionable Hoste,
That slightly shakes his parting Guest by th'hand;
And with his armes out-stretcht, as he would flye,
Graspes in the commer: the welcome ever smiles,
And farewell goes out sighing: O let not vertue seeke
Remuneration for the thing it was:
For beautie, wit,
High birth, vigor of bone, desert in service,
Love, friendship, charity, are subjects all
To envious and calumniating Time:
One touch of nature makes the whole world kin:
That all with one consent praise new-borne gaudes,

Though they are made and moulded of things past,
And give to dust, that is a little gilt,
More laud then gilt oredusted.

❾–13

Slave is the open mouth beneath the closed.

Time leers between above his twiddling thumbs.

When the renewed for ever of a kiss
Whirls life within the shower of loosened hair.

A kiss is but a kiss now! And no wave
Of a great flood that whirls me to the sea.
But as you will! We'll sit contentedly
And eat our pot of honey on the grave.

Strain we the arms for Memory's hours,
We are the seized Persephone.

Thousand eyeballs under hoods
Have you by the hair.
Enter these enchanted woods
You who dare.

❾–14

He cancelled the ravaging Plague
With the roll of his fat off the cliff.
Do thou with thy lean as the weapon of ink,
Though they call thee an angler who fishes the vague
And catches the not too pink.
Attack one as murderous, knowing thy cause
Is the cause of community. Iterate,
Iterate, iterate, harp on the trite:
Our preacher to win is the supple in stiff:
Yet always in measure, with bearing polite.

❾-15

Some serious books that dare flie abroad, are hooted at by a flock of Pamphlets.

There are some Birds (Sea-pies by name) who cannot rise except it be by flying against the winde, as some hope to achieve their advancement, by being contrary and paradoxical in judgement to all before them.

(Of tall men.) Ofttimes such who are built four stories high, are observed to have little in their cockloft.

(Of Sir Francis Drake.) In a word, should those that speak against him fast till they fetch their bread where he did his, they would have a good stomach to eat it.

Thus dyed Queen Elizabeth, whilest living, the first maid on earth, and when dead, the second in heaven.

They who count their calling a prison, shall at last make a prison their calling.

(Of a crippled saint.) God, who denied her legs, gave her wings.

Wherefore I presume my aunt Oxford will not be justly offended, if in this book I give my mother the upper hand and first begin with her history. Thus desiring God to pour his blessing on both, that neither may want milk for their children, nor children for their milk, we proceed to the business.

(Of Cambridge Castle.) At this day the castle may seem to have run out of the gate-house, which only is standing and employed for a prison.

❾-16

Old men and comets have been reverenced for the same reason; their long beards, and pretences to foretell events.

The reason why so few marriages are happy, is, because young ladies spend their time in making nets, not in making cages.

(Of lovers.) They seem a perfect moral to the story of that philosopher, who, while his thoughts and eyes were fixed upon the constellations, found himself seduced by his lower parts into a ditch.

If the quiet of the state can be bought by only flinging men a few ceremonies to devour, it is a purchase no wise man would refuse. Let the mastiffs amuse themselves about a sheepskin stuffed with hay, provided it will keep them from worrying the flock.

❾–17
I had rather be a Kitten and cry mew.

Oh, he's as tedious
As a tyred Horse, a rayling Wife,
Worse than a smoakie House. I had rather live
With Cheese and Garlick in a Windmill farre,
Than feede on Cates, and have him talke to me,
In any Summer-House in Christendome.

You sweare like a Comfit-makers Wife……
Sweare me, *Kate*, like a lady, as thou art,
A good mouth-filling Oath: and leave 'In sooth,'
And such protest of Pepper Ginger-bread,
To velvet-guards and Sunday-Citizens.

❾–18
Truth, sir, is a cow which will yield such people no more milk, and so they are gone to milk the bull.

If a bull could speak, he might as well exclaim: 'Here am I with this cow and this grass; what being can enjoy greater felicity?

❾–19
(Of great writers and their commentators.) On croit voir les ruines de Palmyre, restes superbes du génie et du temps, au pied desquelles l'Arabe du désert a bâti sa misérable hutte.

Quelquefois une haute colonne se montrait seule debout dans un désert, comme une grande pensée s'élève, par intervalles, dans une âme que le temps et le malheur ont dévastée.

La redingote grise et le chapeau de Napoléon placés au bout d'un bâton sur la côte de Brest feraient courir l'Europe aux armes.

La jeunesse est une chose charmante; elle part au commencement de la vie, couronnée de fleurs, comme la flotte athénienne pour aller conquérir la Sicile.

Le coeur le plus serein en apparence ressemble au puits naturel de la savane Alachua; la surface en paraît calme et pure, mais quand vous regardez au fond du bassin, vous apercevez. un large crocodile, que le puits nourrit dans ses eaux.

Je ne fais rien; je ne crois plus ni à la gloire ni à l'amour, ni au pouvoir ni à la liberté, ni aux rois ni aux peuples. ⋯⋯ Je regarde passer à mes pieds ma dernière heure.

Personne ne se crée comme moi une société réelle en invoquant des ombres; c'est au point que la vie de mes souvenirs absorbe le sentiment de ma vie réelle. Des personnes mêmes dont je ne me suis jamais occupé, si elles meurent, envahissent ma mémoire: on dirait que nul ne peut devenir mon compagnon s'il n'a passé à travers la tombe, ce qui me porte à croire que je suis un mort. Où les autres trouveront une éter-nelle séparation, je trouve une réunion éternelle; qu'un de mes amis s'en aille de la terre, c'est comme s'il venait demeurer à mes foyers; il ne me quitte plus ⋯⋯ Si les générations actuelles dédaignent les générations vieillies, elles perdent les frais de leur mépris en ce qui me touche: je ne m'aperçois même pas de leur existence.

Je vais partout bâillant ma vie.
La vie est une peste permanente.
(영어 번역: Dwellers in huts, dwellers in palaces — all alike suffer and groan here below. Queens have been seen weeping like humble women; and men have marvelled how many tears were contained in the eyes of kings.

It is like seeing the ruins of Palmyra, superb relics of genius and of time, at whose foot the Arab of the desert bas built his miserable hut:

At times a tall column appeared towering alone amid desolation, as a great thought rises up, at moments, in a soul that time and calamity have laid waste.

The grey overcoat and the hat of Napoleon, hoisted on a stick off Brest, would send all Europe rushing to arms.

Youth is a charming thing; it sets off at life's beginning, crowned with flowers, like the Athenian fleet on its way to conquer Sicily.

The heart that is calmest in appearance, resembles the natural well of the savannah of Alachua: the surface seems calm and pure; but when you peer into the basin's bottom, you perceive a huge crocodile which the well feeds in its depths.

I do nothing; I believe no longer either in glory or in love, in power or in liberty, in kings or In peoples. ······ I watch passing at my feet my final hour.

No one has my power of creating a real society by summoning the ghosts; it has reached such a point that the life of my memories swallows up all consciousness of my real life. Even persons whom I never took notice of, if they die, invade my memory; one would think that no one could become my companion without passing the gate of the grave — which leads me to think that I am myself a dead man. Where others will find an eternal separation, I find an eternal reunion; If one of my friends departs from this world, it is as if he came to live at my fireside; he leaves me no more. ······ If the generations of today despise the generations that are now grown old, they waste their contempt so far as I am concerned: I do not even notice their existence.

I go everywhere yawning away my life.
Life is a permanent plague.)

❾–20
Moi, je déteste la vie; je suis un catholique, j'ai au coeur quelque chose du suintement vert des cathédrales normandes.

(Of Emma Bovary's fading passion.) Cette lueur d'incendie qui empourprait son ciel pâle se couvrit de plus d'ombre et s'effaça par degrés.

Leur grand amour où elle vivait plongée, parut se diminuer sous elle comme l'eau d'un fleuve qui s'absorberait dans son lit, et elle aperçut la vase.

La parole humaine est comme un chaudron fêlé où nous battons des mélodies à faire danser des ours, quand on voudrait attendrir les étoiles.

Les plaisirs comme des écoliers dans la cour d'un collège avaient tellement piétiné sur son coeur, que rien de vert n'y poussait et ce qui passait par là, plus étourdi que les enfants, n'y laissait pas même, comme eux, son nom gravé sur la muraille.

Il ne faut pas toucher aux idoles: la dorure en reste aux mains.

Elle le corrompait par-delà le tombeau.

Les noeuds les plus solidement faits se dénouent d'eux-mêmes, parce que la corde s'use. Tout s'en va, tout passe; l'eau coule et le coeur oublie.

L'avocasserie se glisse partout, le rage de discourir, de pérorer, de plaider ⋯⋯ O pauvre Olympe! ils seraient capables de faire sur ton sommet un plant de pommes de terre.

J'ai eu tout jeune un pressentiment complet de la vie. C'était comme une odeur de cuisine nauséabonde qui s'échappe par un soupirail. On n'a pas besoin d'en avoir mangé pour savoir qu'elle est à faire vomir.

Fais-toi une cuirasse secrète composée de poésie et d'orgueil, comme on tressait les cottes de maille avec de l'or et du fer.

L'auteur, dans son oeuvre, doit être comme Dieu dans l'Univers, présent partout, et visible nulle part.

Le vrai poète pour moi est un prêtre. Dès qu'il passe la soutane, il doit quitter sa famille ⋯⋯ il faut faire comme les amazons, se brûler tout un côté du coeur.

Je suis un homme-plume.

(Of his art.) C'est un ulcère que je gratte, voilà tout.

Pourvu que mes manuscrits durent autant que moi, c'est tout ce que je veux. C'est dommage qu'il me faudrait un trop grand tombeau; je les ferais enterrer avec moi comme un sauvage fait de son cheval.

Je n'attends plus rien de la vie qu'une suite de feuilles de papier à barbouiller de noir. Il me semble que je traverse une solitude sans fin, pour aller je ne sais où. C'est moi qui suis tout à la fois, le désert, le voyageur, et le chameau.

(Of Leconte de Lisle.) Son encre est pâle.

On peut juger de la bonté d'un livre à la vigueur des coups de poing qu'il vous a donnés ······ je crois que le plus grand caractère du génie est, avant tout, la force.

Les illusions tombent, mais les âmes-cyprès sont toujours vertes.

[영어 번역: It seems unlikely that Flaubert had ever read Macaulay's serious exultation (in his Essay on Southey's *Colloquies*) at the pleasing prospect of cultivation being carried hereafter to the very tops of Helvellyn and Ben Nevis.

As for me I detest life; I am a catholic, and have in my heart something of the green mould of the cathedrals of Normandy.

This glare like a conflagration that turned her pale sky to purple, became more deeply covered in shadow, and by degrees grew dim.

This great love of theirs in which she lived immersed, seemed to ebb beneath her, like the waters of a river sinking into its bed; and she perceived the slime.

Human speech is like a cracked cauldron where we bang out tunes fit for dancing bears, when our longing is to touch the heart of the stars.

Pleasures, like schoolboys in a schoolyard, had so trampled on her heart, that nothing green grew there now; and whatever passed through it, more heedless than the schoolboys, did not even leave, like them, its name scratched on the wall.

One should never touch idols: their gliding comes off on the hands.

She corrupted him still, from beyond the tomb.

The knots that are most firmly tied, untie themselves, because the cord wears out. All goes, all passes; the water flows, and the heart forgets.

Everywhere there insinuates itself the love of quibbling, the rage to hold forth, to perorate, to plead cases. ······ Poor Olympus! They would be capable of turning your summit into a potato-patch.

Even quite young, I had a complete presentiment about life. It was like a nauseous smell of cookery, exhaling through a ventilator. No need to taste it, to know that it is sickening.

Make yourself a hidden cuirass of poetry and pride, as mailcoats were woven out of gold and iron.

The author in his work should be like God in the Universe — everywhere present, nowhere visible.

The true poet, for me, is like a priest. From the moment he dons his cassock. he must quit his family ······ one should imitate the Amazons and cauterize one whole side of one's breast.

I am a man-pen.

(Of his art.) It is an ulcer that I scratch — no more.

Provided my manuscripts last as long as I do, I ask no more. A pity that I should need too big a tomb — or I would have them buried with me, as a savage does with his horse.

I expect nothing further from life than a series of sheets of paper to daub with black. I feel as if J were crossing to an endless desolation, bound for I know not what I am myself desert, traveller, and camel all in one.

(Of Leconte de Lisle.) His ink is pale.

One can judge the goodness of a book by the energy of the punches it has given you. ······ I believe that the greatest characteristic of genius is, above all, force.

Illusions fall; but cypress-souls are ever-green.

Who has ever had more brilliance than Voltaire; and who has been less of a poet?)

11장

⓫-1
What one takes most pains to do, should look as if it had been thrown off quickly, almost without effort — nay, despite the truth, as if it had cost no trouble. Take infinite pains to make something that looks effortless.

⓫-2
Content, if hence th' unlearn'd their wants may view,
The learn'd reflect on what before they knew.

ㄱ

각주(footnotes) 174, 175
골드스미스, 올리버(Goldsmith, Oliver) 79, 80,
　90, 102, 153, 286, 406
골즈워디, 존(Galsworthy, John) 180
공자(孔子) 71, 90
괴테, 요한 볼프강 폰(Goethe, Johann Wolfgang
　von)과 독일어 54
그레이, 토마스(Gray, Thomas) 117, 200, 222,
　223, 229, 287, 372, 373, 389, 390
그레인저, 제임스(Grainger, James) 248
그리스어, 현대(Greek, modern) 54
글라베르, 라울(Glaber, Raoul) 247, 248
글래드스턴, 윌리엄 E.(Gladstone, William E.)
　230, 231
기번, 에드워드(Gibbon, Edward) 175, 403, 404,
　410; 글쓰기 방법에 대하여 383, 385, 386; 낙
　천적 기질에 대하여 181, 191; 율격에 대하여
　307, 314

ㄴ

나폴레옹, 보나파르트(Napoleon, Bonaparte) 37,
　71, 142, 143, 235, 290, 339, 367
녹스, 존(Knox, John) 227, 228
뉴먼 추기경(Newman, Cardinal) 23, 66,
　154~156, 197
뉴캐슬 공작부인(Newcastle, Duchess of) 371
니체, 프리드리히(Nietzsche, Friedrich) 56, 57,
　136

ㄷ

다우슨, 어니스트(Dowson, Ernest) 229
다윈, 이래즈머스(Darwin, Erasmus) 106
다윈, 찰스(Darwin, Charles) 31, 106, 160
단테, 알리기에리(Dante, Alighieri) 101, 128,
　129, 157, 246, 274, 362
대조법(antithesis) 331
던, 존(Donne, John) 192, 197, 200, 202
데모크리토스(Demokritos) 186, 189
데팡 부인(Deffand, Mme, du) 157, 166
도데, 알퐁스(Daudet, Alphonse) 147
도브리, 보나미(Dobrée, Bonamy) 393
도스토예프스키, 표도르 미하일로비치
　(Dostoyevsky, Fyodor Mikhaylovich) 253
독일어와 독일인 56, 57
두데토 자작부인(d'Houdetot, Vicomtesse) 119
두운(alliteration) 236, 356, 359
'due to'의 사용 402
드 퀸시, 토마스(De Quincey, Thomas) 25,
　164~166, 266, 289, 328, 408
드라이든, 존(Dryden, John) 79, 88, 89, 111, 113,
　132, 146, 182, 282, 289, 315, 347, 355, 368,
　373, 376, 406
드릴, 자크(Delille, Jacques) 233
디드로, 드니(Diderot, Denis) 47, 48, 388
디킨스, 찰스(Dickens, Charles) 32, 42, 230, 298,
　367, 400
디포, 대니얼(Defoe, Daniel) 93, 232, 239, 249
디플록, 칼렙(Diplock, Caleb) 28, 29

ㄹ

라 로슈푸코, 프랑수아 드(La Rochefoucauld,

François de) 70, 119, 133, 134, 163, 182

라 브뤼예르, 장 드(La Bruyère, Jean De) 32, 119, 133, 377

라바터, 요한 카스파어(Lavater, Johann Kaspar) 215

라블레, 프랑수아(Rabelais, François) 188, 227, 337, 338

라신, 장 바티스트(Racine, Jean Baptiste) 33, 102, 146, 228, 248, 406

라퐁텐, 장 드(La Fontaine, Jean de) 119, 377

랜더, 월터 새비지(Landor, Walter Savage) 89, 102, 133, 135, 210, 289, 363, 394; 세련성 과 소박함에 대하여 172, 173; 운율에 대하여 305~307, 365

러스킨, 존(Ruskin, John) 41, 152, 183, 265, 289, 302, 305

레이놀즈, 조슈아 경(Reynolds, Sir Joshua) 193, 244, 253

로댕, 오귀스트(Rodin, Auguste) 416

로렌스, D. H.(Lawrence, D. H.) 153

로렌스, T. E.(Lawrence, T. E.) 11, 226

로모노소프, 미하일(Lomonosov, Mikhail) 170

로스커먼(Roscommon) 415

로저스, 새뮤얼(Rogers, Samuel) 84, 266, 367

로제티, D. G.(Rossetti, D. G.) 250, 375

로제티, 크리스티나(Rossetti, Christina) 216, 218

로크, 존(Locke, John) 49, 103, 288, 411

로페 데 베가(Lope de Vega) 117

롤리, 월터(Raleigh, Walter) 322

롱기누스(Longinus) 33, 50, 70, 269

롱사르, 피에르 드(Ronsard, Pierre de) 149, 248, 389

루소, 장 자크(Rousseau, Jean-Jacques) 29, 48, 80, 83, 135, 155, 168, 169, 183, 286, 366, 378

루칸 경(Lucan, Lord) 28, 400

루크레티우스(Lucretius) 148

루터, 마르틴(Luther, Martin) 211

르 블랑, 아베(Le Blanc, Abbé) 54

르낭, 에르네스트(Renan, Ernest) 187, 190, 412

르사주, 알랭 르네(Lesage, Alain-René) 187, 218

리뉴 공(Ligne, Prince de) 155, 156

리드, 허버트 경(Read, Sir Herbert) 16, 257

리처드슨, 새뮤얼(Richardson, Samuel) 288

리코프론(Lycophron) 100

린위탕(林語堂) 71

릴, 르콩트 드(Lisle, Leconte de) 195, 405

릴리, 존(Lyly, John) 171, 216, 331, 356, 395

□

마르몽텔, 장 프랑수아(Marmontel, Jean François) 406

마르크스, 카를(Marx, Karl) 31, 81, 116

마벨, 앤드루(Marvell, Andrew) 216

말라르메, 스테판(Mallarmé, Stéphane) 46, 101

말레르브, 프랑수아 드(Malherbe, François de) 47, 48, 120, 401

말로, 크리스토퍼(Marlowe, Christopher) 227, 254

말버러, 존 처칠(Marlborough, John Churchill) 163

매리어트, 프레더릭(Marryat, Frederick) 165

매카시, 데스먼드 경(MacCarthy, Sir Desmond) 80, 184, 366

매콜리, 토마스 배빙턴(Macaulay, Thomas Babington) 58, 59, 84, 90, 137, 138, 224, 230, 235, 239, 390, 392, 406; 간결성에 대하여 136; 구체성에 대하여 253~255; 두운에 대하여 357, 358; 명료성에 대하여 102; 문장 길이에 대하여 115

매킨토시, 제임스 경(Mackintosh, Sir James) 235, 236

맬러리, 토마스(Malory, Thomas) 130, 321

머리, 길버트(Murray, Gilbert) 48, 61

메러디스, 조지(Meredith, George) 80, 95, 220, 277~280, 311, 313, 358, 395, 399, 412

메스트르, 그자비에 드(Maistre, Xavier de) 378

메테르니히, 클레멘스(Metternich, Klemens) 275, 370, 406

모리스, 윌리엄(Morris, William) 39, 146, 386, 392

몰리, 존(Morley, John) 279

몰리에르(Molière) 102, 104, 153, 183

몸, 서머싯(Maugham, Somerset) 147

몽뤼크, 블레즈 드(Montluc, Blaise de) 85, 87, 90

몽테뉴, 미셸 드(Montaigne, Michel de) 47, 80, 82, 91, 95, 153, 167, 186, 248, 267, 268, 366; 명료성과 간결성에 대하여 131; 활력에 대하여 46

몽테스키외, 샤를 루이 드 세콩다(Montesquieu, Charles-Louis de Secondat) 133, 134, 273, 383, 399, 407, 415

문체의 의미(style, meaning of) 26

뮈세, 알프레드 드(Musset, Alfred de) 391

미르스키, D. S.(Mirsky, D. S.) 170

미슐레, 쥘(Michelet, Jules) 168

미켈란젤로(Michelangelo) 379

밀턴, 존(Milton, John) 29, 49, 61, 77, 88, 102, 121, 157, 158, 178, 190, 222, 231, 254, 266; 고유 명칭에 대하여 254; 글쓰기 방법에 대하여 390, 394, 419; 소리에 대하여 341, 342; 형용어구에 대하여 150

ㅂ

바라스, 폴(Barras, Paul) 210

바이런, 로버트(Byron, Robert) 263, 270, 410

바이런, 조지 고든(Byron, George Gordon) 78, 80, 82, 84, 110~114, 135, 199, 204, 289, 376, 405, 416

발자크, 오노레 드(Balzac, Honoré de) 32, 117, 201, 230, 275; 글쓰기 방법에 대하여 366, 369, 378, 385, 386; 문체에 대하여 32, 400

백거이(白居易) 104, 120

밸푸어, 아서(Balfour, Arthur) 211

버니, 패니(Burney, Fanny) 372

버치, 톰(Birch, Tom) 373

버크, 에드먼드(Burke, Edmund) 29, 78, 102, 133, 135, 210, 235, 236, 255, 314, 327, 354

버턴, 로버트(Burton, Robert) 47, 133, 139, 414

버틀러, 새뮤얼(Butler, Samuel) 23, 24, 27, 66, 86, 221, 370, 399, 408

베도스, T. L.(Beddoes, T. L.) 142, 394

베르길리우스(Vergilius) 33, 74, 79, 148, 246, 282, 341, 374

베이컨, 프랜시스(Bacon, Francis) 80, 132, 144, 213, 336, 337

베인, A.(Bain, A.) 336~338

벤담, 제러미(Bentham, Jeremy) 145, 371, 408

벤틀리, 리처드(Bentley, Richard) 84

벨록, 힐레어(Belloc, Hilaire) 205, 206, 208, 210, 220, 366

벰보 추기경(Bembo, Cardinal) 381

보들레르, 샤를 피에르(Baudelaire, Charles Pierre) 80, 84

보보 왕자(Beauvau, Prince de) 402

보브나르그, 뤽 드 클라피에르 드(Vauvenargues, Luc de Clapiers de) 70

보줄라, 클로드 파브르(Vaugelas, Claude Favre) 47

보즈웰, 제임스(Boswell, James) 193, 237, 244, 285, 286

볼테르(Voltaire) 29, 49, 80, 155, 168, 221, 226, 400; 간결성에 대하여 96, 133, 135; 문체에 대하여 169; 비평가로서 94, 245, 246, 248; 형용사에 대하여 147; 활력에 대하여 182, 189, 193

부알로, 니콜라(Boileau, Nicolas) 219

부우르 신부(Bouhours, Père) 402

분리부정사(split infinitives) 68, 402

뷔퐁, 조르주 루이 르클레르 드(Buffon, Georges Louis Leclerc de) 70, 157, 376~378, 399, 403, 404

브라우닝, 로버트(Browning, Robert) 80, 94, 220, 279, 419

브라운, 윌리엄(Browne, William) 119

브라운, 토마스 경(Browne, Sir Thomas) 98, 168, 192, 270, 272, 289, 325, 326

브룩, 루퍼트(Brooke, Rupert) 214

브린들리, 제임스(Brindley, James) 375

비니, 알프레드 드(Vigny, Alfred de) 109

비용, 프랑수아(Villon, François) 80, 83, 246

빌라르 공작(Villars, duc de) 163

ㅅ

사우디, 로버트(Southey, Robert) 24, 25, 110,
111, 113, 114, 366

상드, 조르주(Sand, George) 117, 292, 401

새커리, 윌리엄 메이크피스(Thackeray, William
Makepeace) 106, 406

생시몽 공작, 루이 드 루브루아(Saint-Simon, duc
de, Louis de Rouvroy) 163, 164, 228

생트 뵈브, 샤를 오귀스탱(Sainte Beuve, Charles
Augustin) 72, 118, 273, 376, 381, 403

샤토브리앙, 프랑수아 르네 드(Chateaubriand,
François-René de) 153, 169, 251, 252, 274,
289, 292, 366, 378 : 형상화에 대하여 290, 291

샹포르, 니콜라 세바스티앙 드(Chamfort, Nicolas
Sébastien de) 402

shall과 will의 사용 58~60

성 히에로니무스(St. Hieronymus) 125

성서(Bible) 27, 30, 100, 125, 131, 146, 182, 271,
290, 299, 336, 362

세네카(Seneca) 15, 123, 131, 132, 216, 395, 404,
407

세인츠버리, 조지(Saintsbury, George) 164~166,
265, 266, 407, 412

셰리든, 리처드 브린슬리(Sheridan, Richard
Brinsley) 210

셰익스피어, 윌리엄(Shakespeare, William) 38,
79, 89, 102, 114, 131, 144, 146, 175, 191, 218,
222, 242, 243, 248, 264, 266, 274, 275, 284,
285, 287, 366, 377, 394, 406 : 구체성과 추상성
에 대하여 240, 241 : 문체에 대하여 32 : 산문
운율에 대하여 359 : 형용어구에 대하여 149

셸리, 퍼시 비시(Shelley, Percy Bysshe) 29, 204,
389~391

쇼, G. B. (Shaw, G. B.) 206, 220, 221

쇼펜하우어, 아르투르(Schopenhauer, Arthur)
56, 87

스미스, 로건 피어설(Smith, Logan Pearsall) 351

스위프트, 조너선(Swift, Jonathan) 49, 80, 104,
153, 169, 182, 183, 188, 189, 289, 338, 339,
395 : 냉정함에 대하여 157, 168, 210, 212,
283 : 두운에 대하여 353 : 명료성에 대하여
167 : 형상화에 대하여 282~284

스윈번, 앨저넌 찰스(Swinburne, Algernon
Charles) 114, 115, 150, 178, 356, 412

스켈턴, 존(Skelton, John) 126

스콧, 월터 경(Scott, Sir Walter) 32, 42, 89, 189,
230, 231, 366, 370, 371, 377, 400, 405

스탈 부인(Staël, Mme. de) 235

스탈린, 이오시프(Stalin, Iosif) 30, 221

스탕달(Stendhal) 89, 230, 387, 393

스턴, 로렌스(Sterne, Laurence) 79, 80, 90, 133,
134, 198, 406

스트레이치, 리튼(Strachey, Lytton) 193, 221,
224, 386 : 간결성에 대하여 138, 139 : 문장 말
미에 대하여 333, 334 : 존슨에 대하여 222,
223

스티븐슨, R. L.(Stevenson, R. L.) 279, 357, 363,
368, 377, 392

스파르타(Sparta) 121, 122

스펜서, 에드먼드(Spencer, Edmund) 130

스프랫, 토마스(Sprat, Thomas) 271, 272

시드니, 필립 경(Sidney, Sir Philip) 267

시먼즈, 존 애딩턴(Symonds, John Addington)
55

시모니데스(Simonides) 122

시송, 프랑수아 티에보(Sisson, François
Thiébault) 91

싱, 존 밀링턴(Synge, John Millington) 43, 45, 48

ㅇ

아널드, 매슈(Arnold, Matthew) 50, 80, 107, 112, 150, 189, 190, 319, 384

아르킬로코스(Archilochos) 182

아리스토텔레스(Aristotles) 50, 70, 72, 164, 186, 194, 243, 408; 연사와 청중에 대하여 69; 운율에 대하여 299; 은유에 대하여 257, 258, 269, 295

아리오스토, 루도비코(Ariosto, Ludovico) 377, 391, 399

아미엘, 드니(Amiel, Deni) 392

아이스킬로스(Aeschylos) 48, 101, 226, 231, 268, 394, 410

아이슬란드 영웅전설(Icelandic Sagas) 53, 214

아인슈타인, 알베르트(Einstein, Albert) 93, 273

안토니우스, 마르쿠스(Antonius, Marcus) 72, 73, 124, 162, 196

알 무타나비(al-Mutanabbi) 83

알-바카르지, 아불카심(Al-Bakharzi, Abul-Quasim) 270

애디슨, 조지프(Addison, Joseph) 99, 194, 316, 381

'as if'의 사용 61

야스하라 데시쓰(Yasuhara Teishitsu) 121

어빙거 경(Abinger, Lord) 143, 235

어순(order of words) 56, 331

에린나(Erinna) 117

에우리피데스(Euripides) 48, 215, 340

엘리엇, T. S.(Eliot, T. S.) 11, 414

엠허스트, 니콜라스(Amherst, Nicholas) 233

예이츠, 윌리엄 버틀러(Yeats, William Butler) 70, 167, 201, 203, 289

오브리, 존(Aubrey, John) 271

오스틴, 제인(Austen, Jane) 372, 375

와일드, 오스카(Wilde, Oscar) 80, 220, 367

왕립학회(Royal Society) 132, 271, 272

울프, 버지니아(Woolf, Virginia) 49, 193, 330, 378

워즈워스, 윌리엄(Wordsworth, William) 23, 24, 45, 78, 89, 111~114, 136, 150, 231, 249, 352, 366, 381, 405, 410; 이론에 대하여 330

월시, 윌리엄(Walsh, William) 415

월폴, 호레이스(Walpole, Horace) 25, 26, 103, 176, 254, 399

웰링턴 공작(Wellington, Duke of) 138, 221, 407

웰스, H. G.(Wells, H. G.) 107, 116, 206, 221

웹스터, 존(Webster, John) 35, 131, 267, 268

위고, 빅토르(Hugo, Victor) 183, 230, 274, 404; 문체에 대하여 32, 401

위클리, 어니스트(Weekley, Ernest) 260

윌크스, 존(Wilkes, John) 185

유베날리스(Juvenalis) 50, 182, 183, 246

율격(metre) 103, 298, 299, 301, 302, 305, 314, 320, 321, 330, 344, 358, 359, 365, 411, 412

음유시가 학교(Bardic Schools) 375

이소크라테스(Isokrates) 299, 381

이탤릭체(italics) 105~107

입센, 헨리크(Ibsen, Henrik) 90, 221, 368

ㅈ · ㅊ

제임스, 헨리(James, Henry) 214, 220, 239, 387

존, 허비 경(John, Lord Hervey) 317

존슨, 새뮤얼(Johnson, Samuel) 25, 49, 63, 64, 72, 90, 102, 103, 183, 185, 189, 193, 196, 198, 204, 217, 230, 236, 239, 295, 315, 331, 402, 407, 410, 413, 415, 418; 간결성에 대하여 135, 136; 구체성에 대하여 237, 242~244, 252, 253; 글쓰기 방법에 대하여 368, 373, 374, 390; 비평가로서 118, 191, 222, 223, 283, 284, 287, 288; 소리에 대하여 344~347; 어순에 대하여 331, 332; 체스터필드에게 보낸 서신 74~78, 405; 튤립에 대하여 243; 형상화에 대하여 286, 287

졸라, 에밀(Zola, Emile) 46, 100, 198

창워우키엔(Chang-wou-kien) 120

체스터턴, G. K.(Chesterton, G. K.) 108, 205, 206, 208, 220

체스터필드 경(Chesterfield, Lord) 49, 76~78,
238, 317, 365, 405
체호프, 안톤(Chekhov, Anton) 50, 51
초서, 제프리(Chaucer, Geoffrey) 44, 45, 79,
146, 148, 189, 231, 392, 406; 간결성에 대하여
130; 세부사항에 대하여 246; 열정에 대하여
226

ㅋ

카덴스(cadences) 360~365
카디건 경(Cardigan, Lord) 28, 400
카르노, 라자르 니콜라 마르게리트(Carnot, Lazare
Nicolas Marguerite) 210
카이사르, 가이우스 율리우스(Caesar, Gaius
Julius) 32, 73, 122, 126, 129, 163, 394
카툴루스, 가이우스 발레리우스(Catullus, Gaius
Valerius) 126, 216
칸트, 이마누엘(Kant, Immanuel) 375
칼라일, 토마스(Carlyle, Thomas) 81, 109, 152,
179, 183, 209
칼뱅, 장(Calvin, Jean) 188
켈레트, E. E.(Kellett, E. E.) 213, 351
코로, 장 바티스트 카미유(Corot, Jean Baptiste
Camille) 102
콜리지, 새뮤얼 테일러(Coleridge, Samuel Taylor)
24, 45, 95, 100, 115, 136, 249, 266, 297, 301,
376, 405, 415; 글의 수정에 대하여 416; 바이
런에게 쓴 서신 75, 76, 78, 79, 82, 199
쿠르수스(cursus) 360~363
쿠리에, 폴 루이(Courier, Paul-Louis) 378
'Q', 아서 퀼러-쿠치 경(Q, Sir Arthur Quiller-
Couch) 16, 36, 184, 336
퀸틸리아누스(Quintilianus) 16, 50, 91, 374, 380,
415
크래브, 조지(Crabbe, George) 78, 390
크롬웰, 올리버(Cromwell, Oliver) 244, 266
클라우술라(clausula) 299, 360, 362
클라프, 아서 휴(Clough, Arthur Hugh) 203

클리퍼드, 존(Clifford, John) 211, 212
키츠, 존(Keats, John) 418
키케로, 마르쿠스 툴리우스(Cicero, Marcus
Tullius) 29, 50, 122, 132, 163, 360, 365
키플링, 러디어드(Kipling, Rudyard) 52, 380, 392
킹즐리, 찰스(Kingsley, Charles) 80, 348

ㅌ

타키투스(Tacitus) 118, 123, 124, 132, 181, 182,
320, 360, 407
테니슨, 앨프레드(Tennyson, Alfred) 29, 80, 154,
184, 212, 364, 392, 393, 413, 414, 417; 간결성
에 대하여 109; 구체성에 대하여 249; 귀에
대하여 355; 소리에 대하여 342~344, 355
테오크리토스(Theocritos) 245
테일러, 제레미(Taylor, Jeremy) 324
템플, 윌리엄 경(Temple, Sir William) 326
토크빌, 알렉시스 드(Tocqueville, Alexis de) 230,
372
톨스토이, 레프 니콜라예비치(Tolstoy, Lev
Nikolayevich) 250, 378
톰슨, 제임스(Thomson, James) 233, 413
투르게네프, 이반 세르게예비치(Turgenev, Ivan
Sergeevich) 252, 253
트러헌, 토마스(Traherne, Thomas) 171
트롤럽, 앤터니(Trollope, Anthony) 117, 230,
231, 366, 377, 390, 406, 416

ㅍ

파게, 에밀(Faguet, Émile) 188
파른하겐 폰 엔제, 카를 아우구스트(Varnhagen
von Ense, Karl August) 370
파스칼, 블레즈(Pascal, Blaise) 70, 133, 378, 385
파커, 새뮤얼(Parker, Samuel) 271
팔스타프(Falstaff) 191, 227, 393
패티슨, 마크(Pattison, Mark) 264

페리클레스(Pericles) 170, 255, 269

페이터, 월터(Pater, Walter) 16, 25, 229, 329,
332, 333, 392, 412, 413

포프, 알렉산더(Pope, Alexander) 33, 49, 62,
133, 134, 182~184, 222, 223, 275, 287, 331,
335, 370, 376, 381, 393, 397; 소리에 대하여
342; 좋은 기질과 나쁜 기질에 대하여 177, 178

폭스, 찰스 제임스(Fox, Charles James) 372

폴로니어스(Polonius) 65, 108, 248

퐁트넬, 베르나르 르 보비에 드(Fontenelle,
Bernard Le Bovier De) 94, 109

푸앵카레, 앙리(Poincaré, Henri) 368

푸젤리, 헨리(Fuseli, Henry) 215

풀러, 토마스(Fuller, Thomas) 192, 216, 280, 281

프랑스, 아나톨(France, Anatole) 93, 176, 378,
379, 403; 세련성에 대하여 158~162

프랑스어와 프랑스인 57

프로이트, 지그문트(Freud, Sigmund) 368

프루스트, 마르셀(Proust, Marcel) 158, 407, 415

프루아사르, 장(Froissart, Jean) 226, 409

플라톤(Platon) 23, 146, 186, 262, 269, 377, 399,
404

플로베르, 귀스타브(Flaubert, Gustave) 31~33,
87, 89, 201, 297; 구체성에 대하여 251, 252;
글쓰기 방법에 대하여 367, 373, 382, 388, 391,
393, 401; 예술지상주의 86; 위대한 작가의 형
편없는 문체에 대하여 33; 형상화에 대하여
289, 292~295

피츠제럴드, 에드워드(FitzGerald, Edward) 191,
352, 366, 381, 418

피터버러 경(Peterborough, Lord) 136, 137

피트, 윌리엄(Pitt, William) 255, 332, 372, 407,
409

필딩, 헨리(Fielding, Henry) 318

필리타스(Philitas) 119

ㅎ

하디, 토마스(Hardy, Thomas) 42, 80, 153, 154,
167, 198, 201, 202

하우스만, A. E.(Housman, A. E.) 178, 217

하이네, 하인리히(Heine, Heinrich) 81

하이스터바흐의 케사리우스(Caesarius of
Heisterbach) 247

하이쿠(haiku) 121

하피즈(Hafiz) 404

해즐릿, 윌리엄(Hazlitt, William) 24, 25, 399

허버트, 조지(Herbert, George) 217

헤로도토스(Herodotos) 368, 394

헤릭, 로버트(Herrick, Robert) 251, 252, 389

헤시오도스(Hesiodos) 245

형용어구(epithets) 147~150

호라티우스(Horatius) 32, 33, 79, 123, 153, 182,
246

호메로스(Homeros) 33, 175, 182, 195, 259, 331,
392; 세부 묘사에 대하여 244, 245; 소리에 대
하여 340; 형용어구에 대하여 148

호손덴의 드러먼드(Drummond of Hawthornden)
323

호쿠사이, 가쓰시카(Hokusaï, Katsushika) 416

홉스, 토마스(Hobbes, Thomas) 142, 271

홉킨스, G. M. (Hopkins, G. M.) 89

휘슬러, 제임스(Whistler, James) 41

흄, 데이빗(Hume, David) 43, 286, 403

히틀러, 아돌프(Hitler, Adolf) 30, 56, 68, 95

좋은 산문의 길, 스타일
품격 있는 글쓰기 지침서의 고전

초판 1쇄 발행 2018년 4월 15일
초판 2쇄 발행 2018년 10월 22일

지은이 | F. L. 루카스
옮긴이 | 이은경
디자인 | 여상우
디자인 | 김하늘

펴낸이 | 박숙희
펴낸곳 | 메멘토
신고 | 2012년 2월 8일 제25100-2012-32호
주소 | 서울시 은평구 연서로182-1(대조동) 502호
전화 | 070-8256-1543 팩스 | 0505-330-1543
이메일 | mementopub@gmail.com
블로그 | mementopub.tistory.com
페이스북 | www.facebook.com/mementopub
ISBN 978-89-98614-51-5 (03800)

이 도서의 국립중앙도서관 출판예정도서목록(CIP)은 서지정보유통지원시스템 홈페이지
(http://seoji.nl.go.kr)와 국가자료공동목록시스템(http://www.nl.go.kr/kolisnet)에서
이용하실 수 있습니다. (CIP제어번호: CIP2018010677)